国家出版基金项目
NATIONAL PUBLICATION FOUNDATION

国家社科基金重大项目
"十三五"国家重点出版物出版规划项目

百年来中国文学海外传播

日语研究卷

主编 王尧

本卷主编 熊鹰

江苏凤凰教育出版社

编委（按音序排序）：

安必诺　樊　明　范　劲　葛桂录　顾正祥　何碧玉
黄英哲　季　进　姜智芹　潘　莉　戎文敏　孙兴春
王瑞书　王　尧　熊　鹰　阎国栋　于　颖　余夏云
臧　晴　张寅德　周敬芝

本书编写者：

王中忱　熊　鹰　江　棘　高华鑫

导 言

王 尧

中国文学的海外传播行之有年。20世纪以来，中国文学外译的数量增长迅速。在中国学者的译介之外，随着众多国家逐渐完善学科建制，汉学系、东亚系以及相关研究中心的创设与壮大，也从研究层面切实推进了中国文学的海外传播。翻译和研究的齐头并进，催生了中国文学跨文化传播的学术现象，"百年来中国文学海外传播研究"这一"学术共同体"由此形成。

尽管碍于政治或文化等多方面的原因，这一现象在海外世界可能仍处边缘或是弱势，但其受到压抑且非主流的"身份"，反切合了"后学"理路下发言主体不断寻求解构的诉求，因此，颇值一观。总体而言，既往关于"中国文学海外传播"的研究，因为受到学术条件的制约，通常局限在一个较小的范围内进行。这个较小的范围，既是指我们研究的对象不够全面，往往在国别、语种、时代、文类等方面表现出一种不够均衡的取材倾向，也是指在具体论述时，多就事论事，未能拓展到更宽泛的国别汉学史甚至世界汉学史的脉络中形塑一种跨文化的比较。随着中国与世界的对话逐渐频繁，在当代中国社会经济政治文化日益发展并取得巨大成就的背景下，中国文学"走出去"成为文化发展战略，为探讨"学术共同体"中的"中国文学海外传播"问题创造了良好条件。尽管在整体上建立一套周延的论述框架以处理形态各异的中国文学世界传播问题仍有诸多困难，但是，借由"中国文学"这个共同的中介，探讨一种基于具体批评对象的"比较诗学"甚至"世界汉学"的时机已经成熟。这样一种批判性的学术建构，将有助于我们在认识"他者"中反观"自身"，从而探寻中国文学"走出去"的路径，并解决"对话"中的问题。

"比较诗学"立志在不同的文学理论批评间做出对比研究，它探赜文学的本体、形式、范畴等多方面内容。无论这些理论或批评得以形成的前提多么驳杂、纷乱，它们都有一个明确的特征，即作为其源头的文学作品和施用于它们的论述方案，隶属于同一个文化体系。正如西方诗学的奠基性文类是西方戏剧，而中国诗学的关键来源是抒情诗一样，文学作品和文学理论之间存在着一种亲密的"民族主义"联结和共同的文化归属。现在的问题是，西方理论有可能是通过阅读或阐释非西方作品而形成的吗？或者至少说，对非西方作品的批评，是否也为西方诗学的建设贡献了力量？尽管弗雷德里克·杰姆逊（Fredric Jameson）有关"民族寓言"的阐发，表面的目标对象是第三世界，所取用材料也是鲁迅的文学创作，但显然它隶属于西方的问题视野，其论辩构造也和西方理论若合符节。就此例而言，"比较诗学"其实有可能突破诗学和奠基文类之间"天然"的血缘关系，而在对同一对象的不同阐释间形成对话。如果所谓"阐释史"或"阅读史"的提法，侧重说明时间的纵向流动所带来的变化，那么，由中国文学所触发的"比较诗学"则有可能补充一种横向的视野与内涵，并使得横纵的文化交错变得更加复杂。在这个意义上，"世界汉学"就成为"世界文学"和"中国文学"的过渡地带和接触界面。

在一般的语用层面，"世界汉学"一词侧重强调整体性，其本身可视为"世界文学"的一个片段，用以区分"国别汉学"所专注的区域特性。换句话说，通常意义上"世界汉学"是一个集合概念。它突出"世界"的面相，但也由此回避"汉学"和"世界"间复杂的联动关系。在此，我们不妨调用学术界有关"世界文学"的讨论来做引申。对大卫·丹穆若什（David Damrosch）而言，"世界文学"既不是各国文学的总和，更不是具有世界影响力的文学经典的荟萃。相反，它是一种阅读和流通的体系，勾画的乃是在"世界"和"民族"两个焦点间做往返运动的椭圆形文化轨迹或空间。"世界文学"直接受益于翻译。它在翻译中生成、流布，因此，本质上是一种具体的跨文化实践。这一点极不同于歌德在18世纪最初使用它时的意味——那仅仅是一种美好的文化憧憬。由虚入实、从简入繁，丹穆若什对"世界文学"的理解提示我们："世界汉学"其实也可以超克它作为集合概念的定位，转而强调内部复杂而具体的双向互动关系。换而言之，"世界汉学"是一种动态实践。

而且相比于"世界文学",它的复杂性更在于明确了研究在实践中的重要作用。"世界文学"作为一种流通,无疑受到"研究"这一"前理解"的影响,但丹穆若什并不准备凸显这一点。至少对他而言,翻译和研究之间存在呼应关系。但是,"世界汉学"则提示了另一种并不对等的研究和翻译关系,即被翻译的作品和被研究的作品可能不完全对称。比如麦家的《解密》行销世界,仅英语国家就达35个之多,但时至今日,仍没有专门的英文论文来研究这一作品。这种不对等性,展示了更复杂的学术生态,揭示了所谓的"流通"其实也有所谓的强弱、领域之分。如果我们试图更准确地把握何谓"世界汉学",就需要在"世界文学"的基础上,进一步辨析这些细节差异。这样一来,"世界汉学"就不仅要在"民族"和"世界"之间做往返探索,也需要在"翻译"和"研究"之间做出细致的辨析。

以下,我们将首先描述百年来中国文学海外传播的翻译与研究的基本图景,并通过几组关系来说明百年来中国文学海外传播的重要面向和理论对话,并由此叩问"世界汉学"如果要成立,有哪些方面的内容是它不能回避的。

一、翻译与研究

百年来中国文学的海外传播,从早期的詹姆斯·理雅各(James Legge)、阿瑟·韦利(Arthur Waley)开始,至今蔚为大观。从《诗经》、《史记》、唐诗、话本、四大名著等文学作品,到《文赋》《沧浪诗话》《文心雕龙》等中国古典文论,都得到了广泛的译介。相关的中国文学研究,不仅有对中国文学的总体观照,如柳存仁的《中国文学概论》(*An Introduction to Chinese Literature*)、梅维恒(Victor H. Mair)的《哥伦比亚中国文学史》(*Columbia History of Chinese Literature*)、宇文所安(Stephen Owen)和孙康宜主编的《剑桥中国文学史》(*Cambridge History of Chinese Literature*)等大部头著作,而且涌现了一大批各有专攻的名家,如研究汉赋的康达维(D. Knechtges),研究诗歌的宇文所安、侯思孟(D. Holzman)、桀溺(Jean-Pierre Diény),研究词类的叶嘉莹、孙康宜、林顺夫,研究小说的韩南(Patrick Hanan)、浦安迪(A. Plaks)、何谷理(R. Hegel),研究戏曲的伊维德(W. Idema),研究文论的宇文所安、魏世德(J. T. Wixted),还有研究中国现当代文学的夏志清、李欧梵、王德威等等。

"走出去"和"请过去"构成了中国文学海外传播复杂交错的图景。以中国现当代文学为例，域外传播实践可以追溯至 20 世纪二三十年代，当时少数中国重要作家的作品被翻译介绍至国外，触及世界读者。例如鲁迅的《阿 Q 正传》在 1921 年 12 月至 1922 年 2 月于《晨报副刊》连载后的一二十年内，陆续被译成英语、法语、俄语、日语、德语、韩语、世界语、捷克语等多种文字，这既是鲁迅作品进入世界文学体系的重要开端，更是在"西学东渐"的历史语境下，中国现代文学为数不多的域外传播实践。新中国成立后，外文局于 1951 年创办英文杂志《中国文学》，对外译介中国文学，特别是当代社会主义文学的成就。1981 年，《中国文学》主编杨宪益倡议出版"熊猫丛书"，以英法两种文字为主出版中国文学作品，多达 190 余种。这些都是主动"走出去"的典型案例。新世纪以来，不少中国文学翻译计划和工程正在进行，例如"金水桥计划"（2003）、"中国图书对外推广计划"（2004）、"缅怀过去，展望未来"中国现当代文学经典丛书（2005）、"中国当代文学百部精品对外译介工程"（2006）、"21 世纪中国当代文学书库"（2007）、"中国文化著作翻译出版工程"（2009）、"中国文学海外传播工程"（2010）、"经典中国国际出版工程"（2009）、"中华学术外译项目"（2010）等先后设立。这些译介计划和工程，体现了中国文化的制度性力量。

  20 世纪 80 年代以后，中国文学的海外译介发展迅速，成为翻译中国文学的主导性力量。中国文学海外译介与出版的增加有多重因素。海外译者的个人选择与出版商的市场考量是影响中国当代文学作品能否进入海外市场，传播给读者受众的关键性因素，因此，译者与出版商成为中国当代文学在海外传播的双重"把关人"。在译者层面，个人兴趣与偏好是原因之一，如我们熟悉的葛浩文（Howard Goldblatt）对莫言作品的英译。葛浩文曾坦承，在翻译《浮躁》时十分不习惯其中"许多令人头疼的带有地域特色的概念"，而《秦腔》中过多陕西方言和地方戏曲的艰涩陌生则直接迫使其选择放弃。美国学者罗鹏（Carlos Rojas）曾明确表示他在确定是否翻译某个中国作家的作品时，"首先考虑的是自己对作品本身是否感兴趣——从文学性和思想性两方面来考虑"。在海外出版商层面，出版商首要考虑的是出版效果与利润，成功的例子是姜戎《狼图腾》在海外的畅销。由于出版商位于市场第一线，并主导整个作品市场的营销，因此推出的作品很多时候会由出版商推荐与决定而非译者自行选择。杜博妮（Bonnie S. McDougall）翻译的阿城"三王"系列，即缘于一家伦敦的出版公司的推荐。

  除此之外，意识形态分歧也是影响中国文学译介和研究的重要因素。西方学者想象中国的局限和意识形态偏见,无疑影响了他们翻译时的作品选择和研究时的作品评价。这正是我们今天研究中国文学海外译介与研究时需要面对的问题,"学术共同体"中的意识形态差异和文化差异显而易见。所以说,我们对中国文学海外传播的研究是一种批判性的学术建构。在探讨中国文学的海外传播这一现象时,我们将明确"他者之眼"这一前提和限定,避免将其视为来自本质化的"世界文学"的普世眼光。

如果对比"走出去"和"请过去",就会发现,二者对中国文学特别是中国当代文学的评价标准,存在诸多差异,而随着中国与世界对话的加强,其中的一些差异正在缩小。对比夏志清写于冷战时期的《中国现代小说史》和国内中国现代文学史著作,关于作家作品评价标准差异之大显而易见。20世纪80年代以后,对夏著的批判性接受,也表明了学术对话在解决分歧时的重要性。在这个意义上,莫言获诺贝尔文学奖、刘慈欣获"雨果奖"、曹文轩获国际安徒生奖等,我们不必简单视为"西方"对中国文学的认可,而要看到在跨文化语境中对优秀作家作品的评判标准亦有以"文学性"为最大通约性的可能。

二、弱势与无辜

百年来中国文学海外译介与研究,如上所述,牵连甚广,是一个系统而长期的过程,涉及政治、经济、文化、社会、历史等方方面面的内容。在这样的文学传播实践图景下,我们理解西方对中国的观察起点或萨义德(Edward Wadie Said)所谓的"东方学",其实话分两头。一方面,它是从具体的区域研究或人类学领域兴起的一种知识形态,我们视之为客观、理性的研究实践,是为"学问";另一方面,这样的学问,不免是社会整体构造中的一部分,易受到意识形态的影响,无论它有意还是无心,都或多或少带有建构论的色彩,是为"主义"。而更进一步,"东方学"虽然从来不是西方学术的主流,它身处压抑的边缘,但这一处境并不会改变它同样是一种文化霸权的现实。它操控有关东方的"知识"和"形象",使其为我所用,设置人我的边界,区分文明的等级,在在不能脱离与社会的整体联系。换句话说,边缘并不总是等同于无辜的。在我们特别认可它的发言位置,彰显其对主流的抗议之际,不应忘记它们自身也问题重重,其本身也是西方知识版图中的一个核心构件。

在这样的思路下，我们必须意识到，文学的跨文化传播和研究虽然也是海外世界的"弱势族群"，但这并不代表它们能置身于西方知识体系之外，与权力划清界限。身处弱势已然是最大的政治。弱势是被给予的，它已经被动地卷入权力的分配方案之中。而且它一旦试图发言，就必须搬用强势族群的话语。表面上看来，这也许是抗议，但实际上却有可能强化主次的历史分野，固化双方的位置。久而久之，相互配合，构成后殖民论述最惧怕的"亲密敌人"的关系——殖民"戏拟"乍看之下以殖民与后殖民的坚壁清野为前提，但是，一旦拟仿的行为展开，双方就变得你中有我，我中有你。就此现实而论，无论是在世界范围内，还是在一国文化内的东西方关系，或强弱族裔的关系，都不是一面倒的关系，而是彼此依存、相互融合的，充分呈现了一种霍米·巴巴（Homi K. Bhabha）所谓的现代文化是混杂的这一特性。

因此，当我们提出中国文学海外传播呈现出偶然、零星和不够系统之类的观点时，应该警惕，这不是一种表层的现实，而是西方学术体制的中心-边缘构造的逻辑延伸。它必须保证一定的不完整度以配合其他优势学科的发展。比如与英语语系文学相较，它必须维持在一个次级的状态，以说明英语文学研究更具活力和前景。由此而言，"不完整性"从来都是汉学的常态、特征，并不是什么可以被解决的问题。而这就意味着，当我们强调某时某地的政治、文化生态如何特别，以至于产生了对某种类型或性质的中国文学的强大兴趣时，事实上，不过是放大了历史的偶然性，而偏离了学科发展的必然性。比如，上述百年来中国文学海外传播历史表明，我们会很自然地将冷战和美国的中国现代文学研究兴起相关联。可实际上，冷战期间有关中国古典文学的研究亦未稍息。夏志清本人就身兼"二职"，既探讨现代小说，也追踪古典文学。而且，作为国情咨文，对中国政治、经济和军事领域的材料进行直接研究，无论从哪个角度看，都要比研究文学作品来得有针对性。换句话说，冷战和中国现当代文学研究的姻缘，是我们今天讨论汉学史时过分强调时代性的一个结果。如果说真有什么时代潮流可以与之关联，应该是彼时流行的"现代"研究，正展现出一种要求自我普及的倾向。它开始在世界范围内寻求应用的可能。中国文学因此有了"现代"的可能。

在这个意义上，我们不应轻信史书美所谓"用西方的批评术语来分析非西方著作的做法极为轻捷地动摇了文化话语中的欧洲中心主义范式"的提法。尽管这种跨文化的术语应用，为研究提供了某些特别的地方材料，暴露了术语的涵括局限，但研究的结果通常被冠以"另类"的标签,这不过是表明了非西方的文学文化形态,是一种不够纯正的西方模式,或为其变种。至于这种变异,是不是放在一个"进化"的视角下来评估的,更是值得怀疑。尽管我们没有必要矫枉过正地把东方材料和西方理论对立起来,但是,必须警惕这种所谓的"一体关联"正将我们卷入一种文化无意识之中。它承诺了一个让中国文学发言,甚至挑战理论周延性的可能,但是,这个承诺本身表明我们处在一个怎样的处境中,需要用怎样的语言来表述的问题。

顾明栋将这种出于"文化无意识"而做的学术判断和选择,称为"汉学主义"。尽管希利斯·米勒(J. Hillis Miller)宣称,此"文化无意识"虽受惠于弗洛伊德和荣格的"无意识"理念,但两者的关键差别在于,"文化无意识"既与性压抑无关,也与普遍原型无涉。不过,这种习惯性地将西方认识应用于非西方材料,进行价值判断的惰性行为,毫无疑问是架设在东西方历史性形成的不平等关系之上的。严格来讲,中国文学之中并不缺乏"理论"或"文论",但至少到目前为止,我们并没有看到其被用于解读西方文学作品的情况。这表明压抑是存在的,而且西方理论试图将自我原型化变成一种普遍的解释模式。"汉学主义"的发生,或许比"东方主义"包含更复杂的动机,比如它并不完全为殖民事业服务,并提供某些跨文化的洞察,但是,这并不能从根本上改变它和"东方主义"同为西方内部知识生产模式的事实。而且如顾明栋所见,这种生产模式已经溢出西方汉学圈,转而被我国学者所吸收,成为他们解释本国文学的一种重要"无意识"。

三、视角和特权

表面上看起来,这种标举西方的惯性思维,已经呈现出一种全球趋同性。这表明全球化已经不可避免地在学术领域发生了。如同资本可以通过汇率换算或兑换成黄金在世界范围内自由流通,西方话语也变为资本,在全球扩散。而且如上所述,这绝不是一个能够让西方话语检讨或调整自身的有利契机。文化跨国为它提供了特权,而不是视角。同比较文学的理想化方案不同,西方话语在不同文化中,都为自己找到了位置。通过局部地变更表述方式,这些话语证明了自己具有可以适应不同文化的能力。在这样的现实面前,我们有必要放大历史的局部,特别是将不同文化交接的刹那作为对象,以取消这种特权建立的自然属性。而且区别于过去将出口和进口做分类观察的方法，我们不妨把外国思潮进入中国和中国文学走出国门合并观察。这本身就是一个同步的过程，甚至存在重叠的可能。例如，20世纪三四十年代，布卢姆斯伯里文化圈和新月派围绕着一种全新"现代主义"进行了广泛的文化交往。而其中最为人熟知的故事来自弗吉尼亚·伍尔夫（Virginia Woolf）与凌叔华之间的跨国通信。史书美同时比较了这组关系和林徽因、费慰梅（Wilma Canon Fairbank）之间的跨国友谊。尽管她揭示了跨国文化交往的多样性，但她的重点还是在于解释西方介入对中国女性主体生成的作用。而至于这个主体最后是否引起西方变动的问题则被搁置一旁。帕特丽卡·劳伦斯（Patricia Laurence）同样也只强调了这种跨文化交际在中国是一种"逾矩"行为，因为它挑战了中国准则。这多少意味着同一种传播，包含着特权和视角两个方面的内容。对特权的持有者而言，传播不会带来任何实质性的触动；而视其为视角的一方，则珍视交往所带来的刺激与转变。

陈小眉曾经提出"西方主义"的看法。这是另一个与"东方主义"相对的概念。陈小眉想要用它来辨析，中国文学对西方文学的翻译利用，完全摆脱了东方主义式的（后）殖民目的。它仅仅为改善自身的文学境遇而努力，并无意将他者置于对立的位置，甚至予以野蛮化、妖魔化。西方主义总是以对西方高看一眼的形式出现，相形之下，东方主义对东方居高临下、态度傲慢。这一组关系颇接近跨文化传播到底是视角还是特权的区别。但两者的不同之处在于：因为西方主义过于谦卑，以致让人怀疑它就是为了配合东方主义而生的。东方主义说明西方对东方的态度，而西方主义则补充东方对西方的态度。它们奉行的都是单向的观察思路。而与之相对，"视角"不仅在于度人，更在于审己，是双向的流通。

在中国文学中，现当代文学多年来备受指摘。其中一个关键的批评是它对西方文学亦步亦趋的模仿导致它是次生的文学现象。这种不加分辨地将在地的中国文学实践视为西方文学母本亦步亦趋的模仿者的思考模式，本身也是对世界文学互动模式的窄化认知。与此相应地，也不存在一个自足的"西方文学"的概念。20世纪以降，中国诗学传统的西方传播也参与到现代主义的全球扩散中，并极大程度地成为"西方作者"自我克服的他者资源。在此复线的世界文学的展开过程中，离析"东方""西方"几无可能。除此之外，中国文学的外传将重新引起一种可能，即西方有机会来重新审视自己的文学书写风格、主题和模式等等。而且恰恰因为中国文学并不是他们心目中的最佳范本，反而更容易看到其所推崇的文学经典到底包含什么问题，或者至少顺藤摸瓜，理解跨文化传播给文学作品带来怎样的冲击。为什么跨文化传播会导致作品的二流化？而这种贬谪传播的做法，是否可以反过来帮助我们为中国现当代文学正名，即它们也是在跨文化传播中被次等化的牺牲品？在宇文所安对北岛《八月梦游者》的翻译批评中，我们了解到传播之所以会导致作品二流化，主因在于一群匿名的"国际读者"主导了作品的创作取向。换句话说，可译性成了某种潜在的创作诱因。在刘禾看来，翻译绝不是简单的修辞工作，符码的等值交换，源自政治、文化领域内持久而细密的利益交战。尽管其结果可能表现出偏向侧重，但话语双方均应为这一结果负责。

在这个意义上，玛丽·路易斯·普拉特（Mary Louise Pratt）要求我们开辟一个"地带"来观察这种交互发生的真实状况。虽然她处理的是殖民拓荒的问题，与现今讲求的全球多元文化交往已大异其趣，但如上所述，这一"帝国之眼"并没有完全消失，相反，以更隐秘的方式混迹于跨文化实践之中，以操控我们对他国文化的理解。"可译性"的潜台词之一是"不可译"。"不可译"既可以是宇文所安式的对中国古典文学独一性的推崇，也可以是拒绝看到帝国视线之外的事物。在此，我们必须强调的是，如上文所述，在百年来中国文学海外传播历程中，悠久的中国古代文学被越来越多的海外读者接受，越来越多的现当代作家作品也获得了能见度。我们积极地研讨着这些被翻译的作家作品如何在世界范围内被具体接受，但无论评价的结果是客观还是主观，一种危险的倾向是：这导致我们自动忽略了仍有许多作家作品未能被翻译。这些"走不出去"的作品，在思考跨文化传播时，是否真的一无是处？它们是基于怎样的理由被遗忘？它们进入不了普拉特所谓的"接触地带"，说明了什么问题？相应地，有一部分作家则被反复地讨论。这种重复性是否暗示曾经充满张力的"接触地带"，在百年的经历之后，也正在失去它的活力，而变成一种程式？

四、语系和空间

为了能够有效维持文化交往过程中必要的紧张性，学者们提议模糊"地带"一词所指定的具体边界，拓开时空，从而使"接触"而非"接受"成为一种跨文化常态。王德威以马丁·海德格尔（Martin Heidegger）的"世界中"（worlding）一词，来指代中国文学的不断显现，而非定性。他所要拆解的是海德格尔的另一个概念

"框架中"(framing)——一种支配事物、组织生活所必需的存在模式。尽管它并非完全是否定的,却极有可能使我们卷入物化的陷阱,使自我工具化,甚至异化。对王德威来讲,"世界中"之所以带来巨大的变更力量,正源于它和"框架中"持续不已的对话张力。破与立是相反相成的两面。同样的,如何使跨文化交往成为一个持续涌动、变化的过程,如何在给定的框架中去寻求新的对话可能,也就成为中国文学海外传播需要重点思考的内容。

今天我们通盘考察百年来中国文学海外传播,主要思考的是西方学界和社会怎样吸收转化中国形象、中国思想,我们理想地将其视为一种文化态度和文明视野。虽然我们也深刻检讨这些接受中存在的意识形态和文化无意识,但它总体的目标在于获得一种"文化上的承认"。尽管"承认"可以非常具有弹性,比如它可以使用对方的语言和逻辑去认识对方、接受对方,但是它也于无形中假定文化具有某种本质性,而且恰因如此,它能够被辨识、指认。围绕中国文学传播,"中国性"当然是最值得辨析的问题。无论我们是把它推崇为一种文化上的道德号召力,还是面对在地境况的求变策略,甚至是基于语言论转向的话语发明,"中国性"本身就充分展示出一种多样化的特征。如果说,探究中国文学在不同区域中的接受情况,可以帮助我们提炼某种"中国性"的话,那么,并置这些不同的境遇中的"中国文学形象"本身,已经构成了一个"中国性"的巨大光谱。

在此,我们不妨引入海外学界有关"华语语系"的讨论。在早期的应用中,史书美用它来指代中国大陆以外的中国文学实践。她特别彰显这些"离散"的文学如何以在地的责任反抗源头压制,立定"反离散"的立场,建立自己新的文化身份和归属。但是,这种因急切融入在地而否认历史关联的做法,导致了一个重要的遗忘,即对这些"反离散"文学而言,它们目前最大的工作应该是反对在地的霸权,因为那才是切实具体的。不过,有趣的是,这个疏忽引出了饶有思辨性的话题:这些尝试以在地来自我定位的文学,与在地的文学之间构成了怎样的关系?套用到文学传播之上,提问可以是:翻译成外文的中国文学,是所谓的美国文学、法国文学或日本文学吗?为什么我们有关中国文学外译、研究的讨论总是围绕"中国文学"展开,这是不是一种所谓的"原文中心主义"?探讨翻译文学作为本国文学,是不是可以成为文学传播思考的另一种取向?

当然,对王德威而言,史书美立论中的后殖民意味太浓,处处架设二元立场。从山东的莫言、陕西的贾平凹,再到上海的王安忆、湖南的韩少功、四川的阿来,华语是如何的言人人殊，众声喧哗，我们何以将之视为混沌的一团。在此意义上，王德威主张以华语为最大的公约数，将海内海外合并观之。而且尤为重要的是，如果我们总也忧心传统的负累过重而令写作裹足不前，那么，我们不妨发挥主观能动性，发明传统。因为传统从来不必一成不变。套用王德威对华语语系的广义看法，我们或可推演中国文学在世界范围内的传播亦可形成一种语系状态。大家有志一同将"中国文学"作为最大的公约数，或翻译或研究，或弹或赞，毋宁形成一种复调喧声。而且打破区域的格局，我们亦不妨在它们之间找到共同的话题，比如有关现代性的研究或鲁迅的研究已经成为一种国际现象，我们是否也可以此为关键，系统地观察它们之间如何纵横捭阖，形成一种"交互解释"——特定的文本在不同的文化中产生不同的解释，这些解释彼此作用，既相互对话，也共同丰富原文的意义。

在"语系"的视角下，我们理解跨文化传播不仅是对各种霸权构造的抗争，也是不同话语系统之间的协商。在某种意义上，我们不妨视之为"世界中的公共空间"。"世界中"不仅是指这样的抗争、协商必须置于全球化的语境中进行，也是指这样的实践是一个运动的过程而不是一种规范。这个空间并不能确保所有的产出都是"正确"的，但至少它能够让各种声音独立表述自身。不过，这种公共性面临的最大问题仍是翻译。在这个空间里，我们仍然需要一些中介。尽管围绕"中国文学"的研究和翻译已经全面开花，但未必见得日本的中国文学研究和德国的中国文学研究形成了照应。在这个意义上，中国自身应该作为重要的中介出现，而不是为仲裁各种观点提供标准。必须承认，中国具有解释中国文学的优势但并不独占解释中国文学的特权，更不能确保解释的准确性。相反，基于大家对中国的共同关心，我们应该为它们的对话提供条件。在这个意义上，"中国"是为"之间"。它是美国和中国文学的"之间"、中国文学和日本文学的"之间"、德国汉学和瑞典汉学的"之间"。"之间"是非此非彼，不具属性，它的功效在于联通彼此、无限生成。

在《我们与他人——关于人类多样性的法兰西思考》一书的最后，茨维坦·托多罗夫（Tzvetan Todorov）提出了"适度人文主义"的看法。他亦称之为"批判人文主义"。这种人文主义重新正视了普遍特征的价值。与一般意义上的普遍主义不同，他从克劳德·列维-施特劳斯（Claud Lévi-Strauss）那里借来了"经历的普遍性"的提法，并指出普遍"不是某种理论的固定内容，而是指辩论双方设立一个共同视域的必要性"。就这一观察而言，推演"世界汉学"无异于为世界各国的文学和文化对话，提供一个共同的视域，为全球化给出一种"经历的普遍性"。借由中国作为"之间"的桥梁作用，它不仅丰富了中国文学的阐释维度，也充实了比较文学的对话层次。

"百年来中国文学海外传播"不仅是一个客观、可观的历史现实，清楚揭示了中国文学进入世界文学之林的长征路如何曲折多艰，而且它也是我们积极探求人文主义对话，在边缘与无辜、特权与视角、语系与空间中省思人我关系，发展共同视域的有益探索。大卫·丹穆若什说，如果有足够大的世界和足够长的时间，世界文学将如期而至。而同样的，如果有另一个百年和更多的国家参与中国文学对话，世界汉学也将于焉生成，刷新我们对学术共同体的认知。

基于以上的认识，我们设计了"百年来中国文学海外传播"这一课题，并于2012年成功申报为国家社科基金重大招标项目。本课题中的"中国文学"包括"中国古典文学"和"中国现当代文学"；"海外"是一个范围广泛的概念，在设计本课题时，课题组将"海外"的范围集中在以英语、德语、法语、日语和俄语等五个主要语种为官方语言的外语世界（事实上，中国文学在海外的传播也主要集中在这五个语种，这是本课题如此设定范围的原因），兼及其他（如捷克语、意大利语和韩语等）；"传播"则是指海外对中国文学的"译介"与"研究"两个方面。我国的《中国文学》杂志，包括香港的《译丛》（*Renditions*）等，以及我国外译的中国文学作品，不在此研究范围之内，但在论述中会有所涉及。考虑到中国文学在外语世界传播的实际情况和体例的统一，无论研究还是文献整理，我们均以语种划分单元。所涉语种，通常以一个或几个国家为主，如《俄语研究卷》主要是研究中国文学在俄罗斯的译介和研究，不涉及其他俄语国家和地区。

在"甄别比较—跨越对话—理论检讨—诗学建构"总体框架下，项目从论证到实施再到完成最终成果并付梓，历经十余年，个中艰辛难以言表。现在出版的最终成果分为"研究"与"文献"两个系列，远远超出了当初的预设。即便如此，这些成果呈现的也许只是百年来中国文学海外传播的部分景观，期待读者们的批评指正。我要特别感谢各卷主编朋友，他们均是本领域的优秀学者，他们及其团队的学术水平和治学态度给我留下了深刻印象，因为他们的卓越工作，这个宏大的项目才得以完成。十余年来，江苏凤凰教育出版社不离不弃，始终等待和督促最终成果的完成，高质量出版了这套书，这也是我要特别感谢的。

目 录

绪 论 | *1*
  第一节 世界的转换 | *2*
  第二节 从汉学到支那学再到现代中国文学研究 | *4*
  第三节 文化割裂与文明等级 | *5*
  第四节 出版资本与翻译场域 | *6*
  第五节 跨文化阅读与主体再建 | *7*
  第六节 帝国的空间 | *9*
  第七节 历史节点 | *10*

第一章 日本"世界文学全集"中的中国文学视点 | *12*
  第一节 不在场的中国文学 | *14*
  第二节 多元的"世界" | *19*
  第三节 文化自负与和化"世界文学" | *23*
  第四节 二战之后民主运动中的世界文学 | *28*
  第五节 经典的确立与国民身份的重建 | *33*
  第六节 新的普遍性的建立 | *39*

第二章 世界图景、转型时代与传统的经典化：以民国戏曲赴日公演中的"戏画一体论"为中心 | *47*
  第一节 "戏画一体论"举隅与问题的提出 | *51*
  第二节 工巧与空灵：传统转型的张力呈现 | *55*
  第三节 恽南田与梅兰芳：传统寻证中的投射与想象 | *58*
  第四节 唐宋与明清：褒贬分殊背后的地缘政治 | *63*

第三章　日本汉语教科书中的中国文学 | 68
第一节　中国文学译介的学术史视野及其问题 | 68
第二节　明治后的汉学分化 | 72
第三节　二战之前汉语教材中的中国文学 | 74
第四节　汉学传统转型中的文求堂 | 78
第五节　二战之后日本汉语教学中的中国文学 | 80

第四章　《改造》杂志与鲁迅的跨语际写作 | 85
第一节　与鲁迅相关的日本媒体状况 | 86
第二节　《改造》杂志中的鲁迅形象 | 90
第三节　横跨中日双重语境的言说方式 | 95

第五章　"中国题材"的政治：以郭沫若与改造社为例 | 103
第一节　改造社与"现代中国" | 105
第二节　"日华文化提携"促生的"中国题材" | 108
第三节　在日本发现"现代中国" | 111
第四节　日本左翼文学脉络中的"中国" | 116

第六章　自我与他者的再确认：日本作家堀田善卫的鲁迅阅读与接受 | 123
第一节　日本的鲁迅接受史与中国新文学"走向世界" | 123
第二节　堀田善卫：在由欧入亚的时刻与鲁迅相遇 | 125
第三节　堀田的早期文学评论与鲁迅的潜在影响 | 129
第四节　"上海物语"与鲁迅形象的意义 | 134
第五节　鲁迅的启示：与异民族交涉的彻底性 | 139

第七章　作为事件的鲁迅：中日共通主体的理想与实践 | 143
第一节　被遮蔽的鲁迅影响 | 144
第二节　中野重治的鲁迅论 | 155
第三节　"事件"的发现 | 160
第四节　经验与个人政治 | 166
第五节　共同历史中的共通主体 | 169
第六节　"普通道德感情"的重建 | 175
附　录　《致萧军的信》 | 183

第八章　日据时期东北、华北的日本"戏通"及其京剧书写：从"华北交通写真"的京剧文献说起 | *192*

第一节　"华北交通写真"京剧文献与因时顺势的民国日本人京剧研究 | *192*

第二节　石原岩彻其人、周边日本"戏通"群体以及相关的东北、华北戏曲活动 | *196*

第三节　在"亚细亚精神"的想象中辨析京剧的传统和未来 | *204*

第九章　帝国内部的中国现代文学 | *212*

第一节　中国文学的"复兴" | *216*

第二节　"民族协和"与中国文学 | *220*

第三节　帝国的中国专家 | *223*

第四节　"民族协和"的建国梦 | *229*

第五节　文学翻译中的"民族协和" | *239*

第六节　作为帝国榜样的"民族协和" | *247*

第十章　二战之后日本语境里的中国"人民文学" | *254*

第一节　"人民文学"的初步引入：以鹿地亘和岛田政雄为例 | *257*

第二节　日本《人民文学》杂志与中国文学的接受 | *279*

第三节　"人民文学"译介的局限性与意义 | *308*

第十一章　民主的追求：仓石武四郎的冰心译介 | *317*

第一节　五四作家冰心的民主意义 | *317*

第二节　冰心与日本 | *320*

第三节　日本汉学转型中的《寄小读者》 | *323*

第四节　拉丁化与民间外交的悖论 | *327*

第五节　汉字与二战之后的中日关系 | *330*

第十二章　不曾中断的事业：二战之后日本思想文化脉络中的丁玲 | *335*

第一节　《人间》杂志与丁玲的译介 | *335*

第二节　20世纪50年代的"困境" | *340*

第三节　新女性主义者的契机与历史 | *344*

参考文献 | *353*

中文文献 | 353
西文文献 | 362
日文文献 | 364

后　记 | 371

绪 论

1936年，郭沫若在《我的母国》中写道：日本同我国从任何方面说起来都是有非常深切关系的两个国家……"千余年来共受着那种不大可感谢的艰难的方块字的桎梏"，共同"领略着茶的清淡、丝的柔软、磁器的玲珑、南画的渊默"。① 正如郭沫若所说的那样，中日两国在地理位置上可谓一衣带水，在文化方面也息息相关。百年来——从19世纪末20世纪初开始——两国间的文学译介和传播不断、文人和书市的往来络绎不绝。

日本从20世纪四五十年代就开始了中日文学译介方面相关目录的整理与编撰工作。据王奇生介绍，早在1945年和1956年，日本学者实藤惠秀就编印过《中译日文书目录》和《日本译中国书目录》，介绍中日两国相互间的译介情况，但由于《日本译中国书目录》是手抄油印本，且只有59页，并未产生多大影响。② 在此基础上，20世纪80年代初，香港中文大学出版社出版了由谭汝谦主编、实藤惠秀监修的《中国译日本书综合目录》(1980)及《日本译中国书综合目录》(1981)，将两书两相对照，整理出1883—1978年间中日两国间的译书目录。其中的文学部分介绍了中日两国间文学作品的翻译情况，成为开展相关研究必须参阅的资料。

从研究方面来看，早在1990年，严绍璗与王晓平就合著了《中国文学在日本》，从飞鸟奈良时代一直讨论到第二次世界大战之后，广涉

---

① 郭沫若：《我的母国·作为日本文学课题》，《文学丛报》1936年第4期。
② 王奇生：《民国时期的日书汉译》，《近代史研究》2008年第6期。

日本汉诗、平安时代的日本故事、日本古代物语及近代小说、竹内好的鲁迅研究、中日左翼文艺之间的联系等课题，力图从历史发展的角度"描述中国文学在日本流传的轨迹和方式，阐明日本在接受中国文学的过程中，本民族文学在内在层次上所产生的诸种变异"①。2014 年，王晓平出版了《中日文学经典的传播与翻译》(上下册)，全面而集中地考察了《诗经》《楚辞》《论语》等中国文学经典在日本的译介和接受情况。其他相关研究还有：杨四平《跨文化的对话与想象：现代中国文学海外传播与接受》(2014) 的第三章重点考察"现代中国文学在日本的流布"；方长安的《选择·接受·转化：晚清至 20 世纪 30 年代初中国文学流变与日本文学关系》(2003) 则重点考察中国近现代文学与日本文学的关系；宋绍香的《中国新文学 20 世纪域外传播与研究》(2012) 也对鲁迅、郭沫若以及延安文艺在日本的译介和传播进行了研究。除此之外，近年来，关于《论语》《红楼梦》《水浒传》等中国文学经典作品在日本的翻译以及白居易、鲁迅、老舍等著名诗人与作家在日本的传播研究也汗牛充栋。这些研究体现了在 20 世纪 80 年代以后，尤其是进入 21 世纪以后，我国学术界对中国文学"走出去"问题的关注。但是正如王晓平所言，中日两国间的文化和文学交互有着上千年的历史，作为一个研究课题，中国文学在日本的传播和译介尚未得到很好的总结，还需要长期的研究和讨论。②我们需要开阔视野，梳理历史问题，进行理论总结，对丰富的个案展开深入研究。因此，我们需要在现有研究成果的基础上，对中国文学在日本的译介和传播进行进一步探究。与以往长时段的历史叙述与勾勒不同，我们可以通过世界的转换、出版资本与翻译场域、跨文化阅读与主体再建、帝国的空间、中国文学与二战之后日本的重建等专题，力图从不同的角度勾勒中国文学在日本的译介情况。这些专题包含了对中国文学在日本的传播这一研究领域的一些理论思考。

第一节
世界的转换

加藤周一曾在《日本文学史序说》中将日本文学的发展分为四个转折期——第

---

① 严绍璗、王晓平：《中国文学在日本》，花城出版社 1990 年版，"前言"，第 6 页。
② 王晓平：《中日文学经典的传播与翻译》(上)，中华书局 2014 年版，"序"，第 2 页。

一个转折期是从8世纪末平安朝迁都至10世纪初约100年的时间,此时正是日本"把引进的大陆文化进行'日本化'的时期";第二个转折期是13世纪的镰仓时代,这个时期的一大特征便是佛教改革;第三个转折期是16世纪中叶至17世纪中叶约100年的时间,这个时期日本文化开始受到西方的影响;①第四个转折期正是19世纪现代文学的建立时期。其中第四个转折期也是我们要重点研究的时期,是百年来中日文学交流与互译的起点。始于19世纪后期的日本近代国家自立的历史过程,也是日本将中国作为一个他者予以创造和重新把握的过程。东亚在19世纪遭遇西方猛烈冲击之前,在文明论上是由中华文明圈世界所统摄的。然而,在明治维新之后,以日本为主导的东亚政治秩序开始重新建立,近代国家的出现对原有的地缘政治结构和文化文明体系都发起了新的挑战。与中日百年来文学翻译和交流历史相伴的正是这种原有东亚文明结构发生巨大变化的历史过程。因而本研究的第一章便是对日本的世界文学的装置追问,19世纪末20世纪初,世界文学对日本而言到底是什么?中国经典作品及中国文学在日本是如何传播的?在《日本书纪》中记载了《论语》《千字文》东传的故事,在《怀风藻》里记录了我国六朝诗歌、初唐应诏诗及应制诗对日本文学的影响,《枕草子》中提到的"文"是指《文选》《白氏文集》,这说明日本在江户时期便流行中国文学。②以明治维新为起点的百年,中国文学对日本而言又意味着什么呢?这些便是本书第一章《日本"世界文学全集"中的中国文学视点》所讨论的问题。当然,如果从明治维新开始将日本的历史再进行分段,九一八事变或是中国抗日战争开始、第二次世界大战终结、以美国为首的同盟国军队对日占领结束等不同历史事件可成为历史分期的节点。这些标志性的历史事件对现代日本具有决定性的意义。因为我们的研究并非基于长时段的总体研究,故没有具体探讨19世纪之后日本历史的转折分期问题,而是具体探讨了加藤周一上述的第四个转折期内,也就是自明治维新开始百年来中国文学在日本的译介过程中的一些重要标志。

---

① 加藤周一:《日本文学史序说》,叶渭渠、唐月梅译,外语教学与研究出版社2011年版,第95、322页。
② 王晓平:《中日文学经典的传播与翻译》(上),中华书局2014年版,第13页。

第二节
从汉学到支那①学再到现代中国文学研究

在19世纪之前,以儒家文化为基础的汉学是包括日本在内的东亚地区的通用文化,汉文也是中日所共享的文字。在明治维新以前,中日两国都以儒学为意识形态,以汉文为书写形式,有相同的汉文圈。然而,在明治维新之后,日本引进了以欧洲文学为主体的"世界文学"观念,此时,"中国文学"这一范畴又会发生怎样的分裂?本书第二章《世界图景、转型时代与传统的经典化:以民国戏曲赴日公演中的"戏画一体论"为中心》和第三章《日本汉语教科书中的中国文学》就回答了这些问题。从19世纪开始,日本对世界的认识有所转变,中国之于日本的意义也发生了改变,日本自身的知识体系和认识系统也开始重新建构。在明治时期前期,中国文学经典在日本的传播以江户时期学界的遗老为核心,到了19世纪末20世纪初,一批帝国大学的年轻新型学者承担着中国文学在日本的译介工作。20世纪初,京都和东京先后建立了支那文学科,日本的中国文学研究逐渐发生了从汉学到支那学的转换。②"这些从西方留学归来的新锐学者,了解西方学者的方法",与锁国时代汉学家的做派大不相同。③可是,有意思的是,即便是开创了"支那文学史"的古城贞吉、藤田剑峰、高濑武次郎等人均没有能力在他们的文学史或选集编撰中收录《三国志演义》《水浒传》《西游记》《红楼梦》《西厢记》《琵琶记》《牡丹亭》(又名《还魂记》)等中国元明清时期流行的白话小说和戏曲。没有收录的原因,一方面是白话小说戏曲不能归入经史子集;另一方面,则是帝国大学从事"支那学"研究的学院派学者们的语学能力不够。日本帝国大学的汉学和汉文教育均以训读为主,毕业于这些帝国大学的文学史家和丛书编撰人只能根据日语文法解读汉文,无法根据中文典籍的发音直接读出汉文,更无法阅读白话文。古城贞吉在编撰《支那文学史》时虽得见了数种版本的《元曲选》及古本《西厢记》,但因语学能力不够,完

---

① 本书未将"支那"改为中国,仅为保留历史文献的原貌,便于展示不同概念的演进历史,除此之外别无他意。特此说明。
② 王晓平:《中日文学经典的传播与翻译》(上),中华书局2014年版,第34—35页。
③ 王晓平:《中日文学经典的传播与翻译》(上),第35—36页。

全读不懂，故而也未在自己的文学史中对这些作品加以论述。由此可见，当时中国五四以后的现代文学并未很快流传到日本。正如本书第一章和第三章所表述的那样，二战之前日本并未充分关注五四后的现代中国文学，不但日本大正时期的"世界文学"中没有包含中国现代文学，而且现代文学的翻译和教学也被从日本支那学的传统中分离了出去，让渡给了东亚同文书院、东京外国语大学这些专门的汉语教学机构，二战结束前的日本早期现代中国文学翻译工作大多由日本的语言教学人才承担，翻译的作品作为语言教学的教材出版。这种情况直到20世纪30年代由竹内好等人发起成立中国文学研究会后才有所改善，竹内好等人呼吁以中国古典文学为重心的支那学内部改革，建立一种以现代中国为对象的新的中国和中国文学研究。不过，目前对日本的中国文学译介研究主要集中在对学院中的学者或文学史的关注。这种做法忽视了其背后的日本汉学的现代转型，将原本较为丰富、复杂的中国文学在日本的传播与译介历史简单化为以学院研究为主的学术史，而忽略了日本社会的其他层面，本书第三章希望能够稍稍弥补这方面研究的空缺，充分揭示在中国文学译介方面，支那学内部的传统以及支那学与中国文学研究会之间的区别。

第三节
文化割裂与文明等级

加藤周一曾在《日本文学史序说》中谈到，在中国，文学与艺术，尤其是与绘画的关系往往是密不可分的，音乐也不像西方那样独立于文学而独自完成器乐上的发展，因为"在中国的传统里，对完整性体系的意志是彻底的"①。正如加藤周一所举例说明的那样，在德川时代引入日本的宋学在随后日本化的过程中，其完整的体系被分解为实践伦理与政治学，而不再是形而上学的世界观。②这样的译介与日本化现象在文学领域表现最为明显的莫过于戏曲。原本无法在日本汉学、汉文、中国文学观念中立足的戏曲于20世纪在日本尤其受到关注。1906—1912年在德国和中

---

① 加藤周一：《日本文学史序说》，叶渭渠、唐月梅译，外语教学与研究出版社2011年版，第4页。
② 加藤周一：《日本文学史序说》，第4页。

国留学的东京帝国大学专职教员盐谷温归国后讲授中国白话小说与戏曲,并终其一生致力于元曲的翻译与研究工作,译有《琵琶记》《桃花扇》《长生殿》等作品,他这样做部分是出于对日本的中国文学译介和研究不满。他曾指出,在汉学时代懂得唐宋八大家、唐诗选就足够了,但是东京帝国大学的中国文学讲座若要与英国文学、德国文学对抗的话,那一定要有比莎士比亚、歌德、席勒更好的东西才行。[①] 在他看来,那更好的东西便是中国的戏曲。经历第一次世界大战后,日本迈入世界强国之列,文化自信也随着资本主义的发展而高涨。国民文库刊行会曾出版过一套3函20册的《国译汉文大成》,收录了宫原民平所译的《西厢记》《还魂记》《汉宫秋》《燕子笺》,盐谷温所译的《琵琶记》《桃花扇》《长生殿》《宣和遗事》《剪灯新话》等,戏曲和白话小说的比例与以往的中国文学选集相比大大提高了。1928年,日本还出版了由宫原民平翻译和评议的《世界戏曲全集》。以元曲为代表的中国戏曲在大正时期成为日本得以建构既不同于中国又不同于西欧文化身份的重要资源。可以说,对中国戏曲的研究和再阐释是日本在这种双重差异化之下,维护民族文化身份的一种手段。在日本开始扩张后,正如第二章《世界图景、转型时代与传统的经典化:以民国戏曲赴日公演中的"戏画一体论"为中心》中所揭示的那样,日本将对戏曲的接受与对传统绘画的接受联系起来,昆曲所具有的文化象征及其日益凋落的境遇还曾激发了日本重新编组衰颓的中华文明"固有文化"的想象。日本对中国戏曲的译介和关注无疑成为观察日本对中国文化和文明态度的极好窗口。

第四节
出版资本与翻译场域

传播渠道和媒介在文学的译介和传播过程中起着重要的作用。与原有以学术史为主要研究对象的传播研究不同,本研究注意到了学术史之外的出版社和新闻媒体等借助政治与资本的巨大推动力致力于文学翻译的历史。王晓平曾对中日文学经典的传播与翻译过程中的文本形态和传播形式作过"写本再生产传播时代""刻本再

---

① 鹽谷温:『天馬行空』,日本加除出版株式会社,1956年,第60頁。

生产传播时代""近现代机器印刷传播时代"以及"计算机文明、网络再生产传播时代"的分类,并由此注意到各种传播形态对文学经典版本和流传形式的影响等问题。① 本研究所涉及的日本译介文学主要处于"近现代机器印刷传播时代",其中涉及的政治和资本问题尤为复杂。例如,第一章涉及明治维新后成立起来的富山房、博文馆、新潮社、岩波书店、筑摩书房等现代出版社在出版中国文学及世界文学作品时所作的选择。第二章指出,相比于帝国大学中学院式的中国文学,出版市场以及与中国有更多实际联系的中国语言学者有着更敏锐的直觉、更具实验性的勇气和胆量,文求堂在20世纪二三十年代出版了很多中国现代文学翻译作品。第四章则追溯日本著名的出版社改造社对鲁迅的追捧。改造社在鲁迅逝世后出版了日本第一套鲁迅全集——《大鲁迅全集》。《大鲁迅全集》共7卷,收录了当时所能见到的鲁迅的绝大部分作品,从1937年2月开始刊行,比中国的《鲁迅全集》还早一年出版。它的出版正值日本发动全面侵华战争的前夜,日本读者出于各种不同的目的竞相阅读有关中国的书籍,由此可见,改造社可谓具有敏锐的市场洞察力。改造社的这套《大鲁迅全集》被列入许多日本现代作家的爱读书目,为本研究后续将要提到的中野重治和堀田善卫当时及日后的中国理解提供了物质基础。本书第五章《"中国题材"的政治:以郭沫若与改造社为例》则通过郭沫若的例子揭示出日本出版界为何在中日战争全面爆发前夜对中国题材产生兴趣,并由此左右中国现代文学和作家在日本的翻译与介绍。

第五节
跨文化阅读与主体再建

受阿兰·巴迪欧的"事件"哲学的启发,本研究并未将阅读和文化传播仅仅看作一种翻译活动或文化交流手段,而是将阅读行为本身看作必然促成"主体"建立的一种行为。中国文学原作与日本作家的跨文化阅读行为构成了不断显现与生成的"观念"。② 可以说,正是在跨文化阅读过程中,原作的文学精神才得以阐释与

---

① 王晓平:《中日文学经典的传播与翻译》(上),中华书局2014年版,"序",第4页。
② 阿兰·巴迪欧:《第二哲学宣言》,蓝江译,南京大学出版社2014年版,第133页。

继承，原有的"观念"才得到彰显与维持。本书第六章《自我与他者的再确认：日本作家堀田善卫的鲁迅阅读与接受》讨论了鲁迅文学在1944—1945年间对日本作家堀田善卫的精神意义，介绍了堀田善卫如何将鲁迅作为自己思考的资源和坐标，并在自我发展过程中不断重新思考和阅读鲁迅。本书第七章《作为事件的鲁迅：中日共通主体的理想与实践》则讨论了日本左翼作家中野重治如何在鲁迅逝世前最后10年所写的杂文中获得对中日共通主体以及对中日自明治时期以来现代历史关系的认识。

  堀田善卫和中野重治的鲁迅阅读与接受并未仅仅停留在阅读这一层面，还对他们后续的发展产生了持久的影响。1957年，堀田善卫和中野重治受到中国作家协会、中国人民对外文化协会的邀请曾一起访问中国。11月10日，日本文学代表团成员和中国作家协会代表在北京就两国文化交流问题进行了商谈，中野重治等人代表日本文艺家协会与中国作家协会一起发表了联合声明，强调两国的文学工作者愿意为促进两国文化的发展进一步加强交流。此后，日本文学代表团成员又访问了上海、成都、重庆、武汉、广州等地。回国后，堀田善卫以此次访问为契机，写作了系列随笔，后结集出版了《在上海》，中野重治也根据此次中国之行的经历写作出版了《中国之旅》。在《在上海》中，堀田善卫以历史与现实交错的方式展开叙述，集中思考和探究了日本如何"与异民族交涉"的问题，这正是他从鲁迅的《我要骗人》中所理解到的鲁迅在面对日本民族时所持的"与异民族交涉"的态度。从20世纪50年代后期开始，堀田善卫不断参加亚非作家会议和各类第三世界和平运动，其所持的也正是这种"与异民族交涉"的态度。堀田善卫从鲁迅那里获得与继承的思考也触及了中日两国文化交往中的一个重要问题，即各自民族身份如何在享有共同文化遗产的基础上发展。进入20世纪以后，现代中国如何才能成为日本重视与交往的对象？在《中国之旅》中，中野重治思考的是如何超越日本特殊的"国民情感"，建立一种可以通往政治领域的"普通道德感情"。可以说，在阅读鲁迅作品的过程中，堀田善卫和中野重治将在跨文化阅读过程中所汲取的思想和感受进一步化为他们日后的行动，以各自独特的方式影响着二战之后中日文化和文学的交流。此时，中国文学在日本的译介已经从原有的文本层面或曰文化交流层面转变为推动历史进步的力量。

第六节
帝国的空间

与以往中国文学在日本的传播研究相比，本研究最大的不同可能正在于其对日本作为帝国形态的重视。本书第八章重点讨论了日本在中国东北和华北所进行的文学翻译与研究活动。本书第八章《日据时期东北、华北的日本"戏通"及其京剧书写：从"华北交通写真"的京剧文献说起》对当时供职于日本华北交通株式会社、以翻译《红楼梦》的著名日本翻译家石原岩彻为主的日本"戏通"群体的中国戏剧翻译和研究活动进行了勾勒。本书第九章《帝国内部的中国现代文学》则通过日本外务省的一系列档案揭示了现代中国文学1937年以后在伪满洲国的兴起，以及中国文学在帝国政治中所承担的"民族协和"的话语功用。日本著名文学评论家川村凑曾将日本在伪满洲国领土上所推行的日本文学称为"异乡的昭和文学"。在伪满洲国译介和传播的中国文学则很自然地被看作在昭日本帝国内部被译介的中国文学，而在华北所展开的中国戏剧文本研究也被视为日本帝国在现代性追求过程中对中国文学和文明的一种认识。

20世纪二三十年代在帝国空间内开展的中国文学的翻译与研究活动也清楚地勾勒出日本自19世纪末以来的对外扩张之路。早在甲午战争时期，时任日本首相伊藤博文就曾在《列国的国土侵略主义与日清战争的意义》一文中指出，"国民性，依美国之例而言，未必须由同一种族之民构成，而同一种族未必成为同一国民，同一种族亦未必会形成同一国家"①。伊藤博文所提出的这种超出单一民族的日本帝国构想在日本建立伪满洲国以后便向前迈进了一步。1941年与1942年，川端康成、北村谦次郎、山田清三郎和古丁编选了两卷《满洲国各民族创作选集》②。第一卷除了收录东北作家山丁、疑迟、石军和吴瑛的作品外，还收录了流亡到东北的俄国作家的作品。这两卷选集的出版不仅对伪满洲国意义重大，它对整个日本帝国都具有

---

① 伊藤博文：《列国の国土侵略主義と日清戦争の意義》，转引自王中忱：《现代文学路上的迷途羔羊》，作家出版社2020年版，第8页。
② 本书所提到的"满洲""满洲文学""满人""满洲国"均为引用，目的是保留历史文献的原貌，除此之外别无用意，特此说明。

重要的借鉴意义，因为在这两卷选集出版的同时，日本正在南方拓展帝国版图，伪满洲国的"民族协和"政策对正在南方扩张的日本帝国具有一定的借鉴作用。到了1942年，日本在南方攻克了新加坡等地，这些南方区域有着非常复杂的民族和族群关系，有很大一部分人都是马来人后裔。川端康成预见，在南方日本作家和其他民族一起创造新的文学是迟早的事情，伪满洲国的日满文学交流肩负着为帝国的新型治理方式树立榜样的重任。那么，那些生活在帝国空间内的日本作家和中国文学译者与研究者又是如何来认识和译介中国文学的呢，在帝国空间内的中日文学交流又具有怎样的形态呢，这也是第八、第九章主要讨论的问题。

第七节
历史节点

在本研究所提出的百年"世界转换"的过程中，可以清晰地找出几个重要的历史节点。第一个节点是1894—1895年的甲午战争，甲午战争导致中日两国文化输出位置的对调，自此以后中国汉译日书的数量开始超过日译汉书的数量。正如第一章中所述，甲午战争及之后的日俄战争的胜利使得日本自信心高涨，进而重新审视以西欧化为基调的近代化的逆流期，并由此带动了汉籍经典及小说的出版。第二个节点是改造社对中国题材产生兴趣、筹办和出版鲁迅全集的1936—1937年间。这一时期也是日本帝国急于构筑新的意识形态，从而在伪满洲国开始大量翻译和资助中国文学出版的时期。第三个历史节点是1942年，毛泽东在延安组织召开文艺座谈会。但是，1942年对日译中国文学的影响在1945年以后才显现，主要的体现便是第十章中所谈到的日本《人民文学》杂志的创刊及人们对"人民文学"的接受。《人民文学》杂志只短暂存在于日本战后1946—1951年间，译介了黄谷柳、丁玲、赵树理等人1942年之后创作于延安的大量作品。第四个历史节点是1952年《旧金山对日和平条约》（简称《旧金山和约》）生效及以美国为首的同盟国军队在日军事占领的结束。在1946—1951年间，中国五四时期的女作家冰心的作品在日本得到了充分的关注和译介，并以文学为手段参与了二战之后中日间的文化交流。本书最后一章指出，1951年9月签署的《日美安全保障条约》标志着日本作为一个国家明确站在了以美国为首的西方阵营，与社会主义中国处于对峙状态。1951年以后，日本开始了以竹内好等为代表的日本国民文学论争，进入了独自探索二战之后文化身份的关键时期。第五个历史节点便是1957年。此时，一方面中国的反"右派"斗争使日本的"关注中国革命及中国的社会主义建设"人士中断了对人民文艺和中国革命历史与文学的研究；另一方面，日本经济开始快速发展。经过1957—1967年10年的恢复，到了1968年，日本已经成为资本主义世界仅次于美国的第二经济大国，也正是在这经济高速增长的自信时刻，日本的"世界文学"迎来了20世纪六七十年代战后世界文学全集出版的高潮，实现了19世纪末20世纪初明治政府想要实现而未能完全实现的"世界的转换"，中国文学的在日译介被重新规整到以单纯的民族国家为唯一单位的日本新的、普遍的文学"世界"中。本书最后一章有关日本20世纪70年代后的丁玲研究指出，70年代成为一个中国文学在日本传播以及中国文学研究在日本展开的新起点，它以一种开放的形式连接着当下的生活与政治。这也是我们眼下重新审视百年来中国文学在日本传播的原因——为了理解世界、创造一个更美好的世界而努力阅读与行动。

第一章

日本"世界文学全集"中的中国文学视点

新潮社1927年出版的《世界文学全集》(57卷)没有收录任何中国文学作品,这是日本第一部以"世界文学全集"之名出版的大型丛书。在此之后,太平洋战争期间河出书房出版的《新世界文学全集》(23卷)依然没有收录中国的文学作品。中国文学作品最早进入日本以"世界文学"为名的全集是在1956年,新潮社出版的《现代世界文学全集》第42卷收录了由竹内好等人翻译的鲁迅、茅盾、赵树理、丁玲和郭沫若的作品。这套书与新潮社的《新版世界文学全集》(33卷)同期出版,侧重于古典作品的《新版世界文学全集》没有收录任何中国文学作品,而《现代世界文学全集》收录了部分中国现代文学作品,但也仅仅局限于此。也就是说,除了部分中国现代文学作品外,其他中国文学作品并未进入日本的世界文学全集。到了1958年,平凡社的《世界名作全集》虽然收录了中国古典"四大名著",除此之外也没有收录任何中国现代文学作品。就在同一年,日本文艺评论家加藤周一在《有关〈世界文学全集〉》中批评道,日本所谓的"任何世界文学"从地理上来看无非是在英德法的欧洲中心的基础上加上美国和俄罗斯,而从时间上来看,则集中在19世纪,从体裁上来看则主要是小说。[①] 简而言之,日本所谓的"世界文学"是除去日本自

---

① 加藤周一:『「世界文学全集」について』,『加藤周一著作集』第6卷,平凡社,1978年,第93頁。

身的文学和中国文学之后的"翻译文学"。① 加藤周一所批评的情况在很长一段时间内都没有得到改善。直到20世纪50年代末，在筑摩书房出版的《世界文学大系》中才出现了《史记》（第5卷）、《诗经　楚辞　唐诗　宋诗　宋词》（第7卷）、《鲁迅　茅盾》（第62卷）、《论语　孟子　大学　中庸》（第69卷）、《文选》（第70卷）、《中国古小说集》（第71卷）和《中国散文选》（第72卷），出现了横跨古今，广涉经典诗词、散文和小说等文类的中国文学作品。

上述这些文学现象引发我们反思这样一些问题：为何中国文学作品并未出现在日本第一套"世界文学"丛书中？为何除了现代和古代白话小说之外的各类文体要到20世纪50年代末才会悉数出现在日本的世界文学全集中？到了20世纪50年代，日本从明治时期所追求的世界文学的"普遍性"是否得到实现？从19世纪末的明治时期到20世纪50年代，日本的"世界文学"是如何收录中国文学作品的？中国文学作品是如何在不同时期被表述为日本"世界文学"的一部分的？这些文学作品又是如何反映两个不同世界秩序的转换的？

现在通行的对"世界文学"的解释皆强调其与民族文学（日本文学史中惯称"国文学"）既联系又对立的关系。例如，根据《日本国语大辞典》的解释，世界文学是以各国国民性为基准，但以表现普遍人性为目标的统一的文学，是与日本文学相对的世界各国的文学。《世界大百科事典》也强调世界文学并非全世界文学的总合，而是在确认作为世界文学对应物存在的国民文学的基础上，在深化国民文学存在意义的同时，能够超越时代和民族的限制，成为超国民文学理念的文学。正如上述解释所指出的，在日本，"世界文学"几乎与"国文学"的概念同时出现。据研究，"世界文学"概念在19世纪末的明治时期进入日本，其作为与国文学不同、"可以适用于好几国的文学"的概念出现在三上参次1890年所撰写的日本第一部"国文学史"《日本文学史》中。②

作为日本"世界文学"一部分的中国文学与日本国文学并非简单的对立关系。在19世纪之前，以儒学为基础的汉学是包括日本在内的东亚地区的普遍文学，汉文也是中日所共享的"世界文学"。在明治维新之前，中日之间有一段以儒学为意

---

① 加藤周一：『外国文学のうけとり方と戦後』，『加藤周一著作集』第6卷，平凡社，1978年，第71頁。
② 秋草俊一郎：『術語としての「世界文学」』，『文学』2016年第17卷第5号。

识形态，以汉文为书写形式的汉文圈共有历史。即便在日本引入了以欧洲文学为主体的"世界文学"观念之后，中日之间的"前现代"文学遗产和文学概念也并未消失。诚然，在日本江户时期建立起来的朱子学传统正如丸山真男所揭示的那样，也在18世纪之后逐渐分解，转而诞生了日本的国学思想及"和文学"。日本江户时期的汉学在20世纪初受到了提倡抛弃"训读"的"支那学"的挑战。即便是"支那学"的传统也在后续的学术范式转换中进一步衰落和分解，受到以竹内好等人为代表的现代中国文学研究会的进一步挑战。一个极端的例子便是汉学名家出身、昭和时代的"支那学家"仓石武四郎不仅在京都帝国大学和东京帝国大学的课堂里教授中国现代白话文学，更在二战之后的20世纪50年代激进地提倡"汉语拉丁化"。然而，正如本章一开始所提到的那样，20世纪50年代《世界文学大系》的出版表明中日之间曾共有的汉文文学和文学概念存活了下来，并最终进入了以欧洲文学概念为基准的世界文学全集。在《世界文学大系》中既可以找到中日共享的儒学经典《论语》，也能找到在欧洲小说观念基础上发展起来的鲁迅文学。由此，日本"世界文学"中的中国文学研究课题所提出的真正问题是，从明治时期到二战之后的20世纪50年代，现代日本如何在"东西"两个世界的基础上重建一个新的"世界文学"空间？汉文学传统如何在西欧文学世界的冲击下隐没、激变与重生？在日本"世界文学"空间重构的过程中，作为日本"世界文学"一部分的中国文学又意味着什么？当然，从全集到各类辞典，从文学史到读本，世界文学经典确立的方式有很多种，本章仅以从明治时期到20世纪50年代至70年代初日本出版的一些主流世界文学全集为研究对象，考察上述这些问题。

第一节
不在场的中国文学

在日本，第一套冠以"世界文学全集"之名的大型世界文学丛书是1927年新潮社出版的《世界文学全集》，它的前身是新潮社出版的《世界文艺全集》。1926年出版完全的《世界文艺全集》（32卷）为新潮社赢得了"新潮社的翻译"的口碑。在此之后，新潮社对《世界文艺全集》进行了体系化的规制扩充，由此创造了"廉价本时代"最卖座的世界文学全集。① 据当时的社长佐藤义亮介绍，1927年1月30日，《东京朝日新闻》刊登了长达两页的关于新潮社《世界文学全集》的广告。② 不久，新潮社就收到了大量想要阅读样章的读者申请，一天多达2000—3000份。光是印刷这些试读样章，就已经让印刷厂整夜忙碌不停了。③ 到3月1日截止时，《世界文学全集》试读样章的预定多达58万份。④ 校正出身的佐藤亲自把关翻译，要求翻译接近普通大众，对有名的译者也毫不顾忌，要求不断地订正，直到翻译顺达为止。⑤ 可以说，《世界文学全集》是让"世界文学"走向普通民众的一次成功尝试。

一战以后，没有像英法那样付出很大牺牲的日本如愿以偿地步入了世界大国的行列。早在1914年，钟美堂书店就出版了《世界文艺丛书》。从现存的目录来看，《世界文艺丛书》收录了莎士比亚的《威尼斯商人》、奥斯卡·王尔德的《莎乐美》、契诃夫的《熊》和《名贵的狗》、莫里斯·梅特林克的《青鸟》、弗里德里希·席勒的《奥尔良的姑娘》、亨利克·易卜生的《玩偶之家》、列夫·托尔斯泰的《复活》等13部西欧和俄国作品。在此之后，大正末年、昭和初期，日本出版界一举进入了"世界文学"的"廉价本时代"。关东大地震后，中等教育普及，庶民教育迫在眉睫。以此为背景，改造社1926年刊行了《现代日本文学全集》，销量高达25万套。上面提到的新潮社的《世界文学全集》紧随其后出版，销售了40万套。⑥ 除了"世界文学"外，这一时期也出现了众多关于政治、经济、军事、地理的"世界"全集。这无疑反映了作为"五大强国"之一的日本，以加入国际联盟为契机，直接进入了"国际市场"的现实。⑦

不过，无论是《世界文艺全集》，还是之后的《世界文学全集》，都没有收录

---

① 『新潮社出版年史』，新潮社：『新潮社四十年』，新潮社，1936年，第157页。
② 佐藤义亮：『出版思いで話』，新潮社：『新潮社四十年』，新潮社，1936年，第127页。
③ 佐藤义亮：『出版思いで話』，第128页。
④ 佐藤义亮：『出版思いで話』，第130页。
⑤ 佐藤义亮：『出版思いで話』，第131页。
⑥ 秋草俊一郎：『術語としての「世界文学」』，『文学』2016年第17卷第5号。
⑦ 笹沼俊晓：『「国文学」の思想—その繁栄と終焉』，学術出版会，2006年，第90页。

任何中国文学作品。《世界文学全集》第一期38卷涵盖了但丁的《神曲》、乔万尼·薄伽丘的《十日谈》、莎士比亚的《莎士比亚杰作集》、塞万提斯的《堂吉诃德》、弥尔顿的《失乐园》、沃尔特·司各特的《艾凡赫》、雨果的《悲惨世界》、卢梭的《忏悔录》、大仲马的《基督山伯爵》以及歌德、席勒、爱伦·坡、纳撒尼尔·霍桑、巴尔扎克、查尔斯·狄更斯、左拉、福楼拜、莫泊桑、加布里埃尔·邓南遮等人的作品。从统计上来看,除去一些混合了各个国别的《近代戏曲集》《近代短篇小说集》和《近代诗人集》外,法国文学占绝对优势,有12卷,其次是英国文学,有6卷,德国文学有3卷,而意大利和西班牙文学各两卷。在各个文学类别里,戏剧则具有主导优势。

新潮社的世界文库里没有任何中国文学作品,不仅没有中国文学作品,甚至没有任何亚洲文学作品。《世界文学全集》是一套以英国、法国、德国文学为主的,以欧洲为中心的作品集,这一点一目了然。然而,有意思的是,除了以法国为中心的19世纪西欧文学,这套《世界文学全集》还收录了一定数量的北欧、东欧与南欧的文学作品。例如,第25卷便是波兰作家亨利克·显克维奇的《你往何处去》,而第26卷便是挪威作家亨利克·易卜生的《易卜生集》。第27卷是宫原晃一郎等人所译的《北欧三人集》,其中收录了1920年诺贝尔文学奖获得者挪威作家克努特·汉姆生的作品,而收入其中的作品《饥饿》曾于1930年由上海水沫书店翻译出版过。这些西欧之外"被压迫民族"的文学曾深受鲁迅等中国作家的喜爱。不过,《世界文学全集》之所以关注西欧之外的作家,很大程度上还是出于对销量和流行性的关注。例如,《北欧三人集》中还收录了1909年诺贝尔文学奖获得者塞尔玛·拉格洛夫的作品,她是瑞典首位获此殊荣的作家,也是世界上首位获此殊荣的女性作家。《北欧三人集》中还收录了1903年诺贝尔文学奖获得者挪威作家比昂斯滕·比昂松的作品。

另一个有意思的现象便是俄国作家的作品在新潮社出版的《世界文学全集》中所占比例较高。《世界文学全集》第21卷是俄国作家伊万·谢尔盖耶维奇·屠格涅夫的专集,收录了《父与子》《处女地》和《初恋》等作品。第23卷是俄国作家列夫·托尔斯泰的专集,收录了《复活》《主人与仆人》和《高加索的俘虏》等作品。第24卷是《俄国三人集》,收录了契诃夫、高尔基和果戈理的作品。俄国作家的作品在《世界文学全集》中占有重要位置与日本20世纪初的帝国动向及新潮社自身的发展历史有关。新潮社的前身是《新声》杂志社,创刊于1896年,正值甲午战争结束之后,恰逢日本战后急速发展文化的契机,迎来新文学勃兴的大好时机。①在此基础上改组成立的新潮社从 1908 年，即日俄战争结束之后开始关注文学翻译。新潮社的首个译本是 1909 年由相马御风所译的屠格涅夫的《父与子》。社长佐藤义亮读到了发表在《国民之友》上的二叶亭四迷所翻译的《猎人笔记》，大受感动。据说当时日本的文学青年几乎无人不为屠格涅夫所倾倒。②此后，新潮社又出版了屠格涅夫的《贵族之家》。随后，升曙梦又编辑了俄国 10 人短篇集，在新潮社翻译出版的《近代名著文库》中收录了陀思妥耶夫斯基的《被侮辱与被损害的人》。③大正五年，即 1916 年，日本出现了第三次托尔斯泰热。1926 年出版的《世界文艺全集》便收录了四卷托尔斯泰的《战争与和平》。④从明治末期到大正初中期，日本盛行俄国文学译介风潮，其中有一半俄国文学作品的翻译是由新潮社承担的，包括屠格涅夫和契诃夫的文学全集。⑤在此背景下，不难理解为什么新潮社出版的《世界文学全集》中有如此多俄国作家的作品。这一时期日本所翻译的俄国作品又进一步在东亚文学世界流转，进入了中国。鲁迅便购买和收藏了很多日译俄国文学作品。日本所著的有关苏俄文学的研究论著也被译介到中国，对中国的文学理论，特别是左翼文学理论产生过重要的影响。

尽管新潮社出版的《世界文学全集》兼顾了东欧和北欧的文学，也涉及了俄国文学，甚至在第一期最后一卷《新兴文学集》里收录了苏联作家伊利亚·爱伦堡的作品，并且以翻译和出版西方文艺作品为专长的新潮社曾获得"一提到新潮社首先想到的便是文艺书，尤其是小说和西洋现代作品的翻译"这样的美名，⑥《世界文学全集》里却没有收录中国及亚洲其他任何国家的文学作品。

《世界文学全集》在这方面并非特例。1925—1928 年，国民文库刊行会出版的《世界名作大观》分为第一部英国篇和第二部各国篇，各国篇依然是以欧洲文学为

---

① 佐藤义亮：『出版思いで話』，新潮社：『新潮社四十年』，新潮社，1936 年，第 40 頁。
② 佐藤义亮：『出版思いで話』，第 88 頁。
③ 佐藤义亮：『出版思いで話』，第 90 頁。随后新潮社又企划了《近代名著文库》，第一弹出版了 1913 年由生田长江所翻译的加布里埃尔·邓南遮的《死亡的胜利》，《近代名著文库》接着又出版了阿尔封斯·都德的《萨福》。
④ 新潮社：『新潮社出版年史』，『新潮社四十年』，新潮社，1936 年，第 150 頁。
⑤ 新潮社：『新潮社出版年史』，第 151 頁。
⑥ 木村毅：『「社会問題講座」のごろ』，新潮社：『新潮社四十年』，新潮社，1936 年，第 19 頁。

主，没有收录中国文学作品。1928年，平凡社出版了《新兴文学全集》，前10卷为日本篇，后14卷为世界篇，无一收录中国文学作品。1933年，淡海堂出版了《世界文豪名作选集》，收录了易卜生、莎士比亚和陀思妥耶夫斯基的作品，也没有收录任何中国作家的作品。1932—1934年连续出版的15卷《岩波讲座世界文学》里也没有涉及任何中国作家的作品。二战之前的1940年由河出书房出版的23卷《新世界文学全集》虽然兼顾了长篇和短篇、古代欧洲作品和现代德国与苏联作品，且涵盖英、美、德、法、俄、南北欧地区的文学，却依然没有收录亚洲的文学作品。无论是中国的古典文学作品还是五四后的新文学作品都没有被收录到日本冠以"世界文学"之名的各类全集和读本中。日本大正时期提倡"教养主义"，但是这一时期，特别是关东大地震后，日本世界文学的读者教养是不包括中国文学的。正如本书第三章指出的那样，与世界文学全集的情况不同，反而是日本的语言学书籍中收录了较多的中国五四后的白话现代文学作品。

日本各类世界文学全集中不收录中国文学作品这一现象大约可以追溯到明治初年的社会政治和文化变革。高须芳次郎在《日本近代文学史》中写道：最先给予日本近代文学以影响的是英美文学，"这一点只要看看明治初年（从明治元年到明治十年）的教育、出版图书就会明白。这时期的学校，大学（东京大学即现在的帝大）以及庆应义塾、同人社、同志社等都是很有影响力的。庆应义塾宣传美国文化，同志社传播基督教文化，同人社鼓吹英国文化。当然，与英美文学思想一样，法国革命思想主要作为政治方面的目标受到推崇，并没有对文学产生直接影响"①。从翻译方面来看，"从明治十一年至明治二十年期间，由于英美文学本位，通过英语翻译了法国、德国的文学作品""而进入明治后半期，比之英美文学，法国、德国、比利时、俄国、挪威、意大利等国文学，对我国文坛产生更为有力的震动。西欧文学的势力就是如此统治着日本"②。自明治时期以后，以英国文学为首的欧洲文学依然影响着日本文坛。正如内村鉴三1895年在《国民之友》上所发表的《如何能写出大文学》以及《如何能得到大文学》两篇文章中所谈到的那样，从此一个以《圣经》、莎士比亚、但丁、荷马、歌德这样的西洋正典为蓝本的"大文学＝西洋文

---

① 高须芳次郎：《日本近代文学史》，黎跃进、杜武媛等译，中央编译出版社2017年版，第17—18页。

② 高须芳次郎：《日本近代文学史》，第20、28页。

学=世界文学"这种"灰暗无光"的文学世界便一直绵延到日本战败。①当"世界文学"概念第一次出现在三上参次和高津锹三郎编撰的《日本文学史》时,追求的是"可以适用于好几国的文学"的普遍概念。②但在此之后的明治和大正时期的文学史中,很快就将这种普遍性重新集约在西欧普遍性上了。基于这样的事实,难怪矢口进也在其二战之后出版的《世界文学全集》一书中写道:"由于明治维新主要是为了扭转科学落后的局面而采取了急速近代化的政策,因此我国的民众也将目光投向了西欧。不仅仅是自然科学与技术,思想、文艺、美术等所有的领域都急速地引入了西欧的文物。因此本书虽冠以'世界文学全集'之名,其实质为'西欧文学全集',这是向西欧文物学习的姿态所必然产生的结果。"③然而,明治以来逐渐确立的日本的"世界文学"当真就等于"西欧文学"或"欧美文学"吗?

第二节
多元的"世界"

秋草俊一郎曾指出,中国首次被收入"世界"中是 1956 年新潮社的《现代世界文学全集》中的中国现代文学卷,此时是中华人民共和国进入社会主义建设的时期。④果真如此吗?虽然正如上文所指出的那样,"世界文学"于大正末年和昭和初期在很大程度上已经成了欧洲文学或西洋文学的同义词,但是,中国文学一直都在日本"世界文学"中存在着。1928 年,近代社世界戏曲全集刊行部曾编辑出版过 40 卷的《世界戏曲全集》。其中的第 40 卷是《印度中国剧集》,该卷收录了中国的一些元杂剧,包括关汉卿的《窦娥冤》、郑光祖的《倩女离魂》、高明的《琵琶记》、武汉臣的《散家财天赐老生儿》。又如,改造社 1930 年出版了 80 卷的《世界大众文学全集》,其中第 38 卷是施耐庵的《水浒传》,第 66 卷是蒲松龄的《聊斋志

---

① 秋草俊一郎:『術語としての「世界文学」』,『文学』2016 年第 17 卷第 5 号。
② 三上参次、高津锹三郎:『日本文学史』,金港堂,1890 年,第 25 頁。
③ 矢口進也:『世界文学全集』,トパーズプレス,1997 年,第 12 頁。
④ 秋草俊一郎:『カノンをはかる——「世界文学全集」に見る各国別文学の受容の移り変わり』,『世界文学』2014 年第 120 号。

异》，第67卷则是《西游记》。可见，中国文学并未完全从日本广义的"世界文学"范畴中消失，在一些诸如"戏曲"与"大众"的限定范畴里还是存在的。在日本明治时期以来所建构的"世界文学"中，有一个与以欧洲史诗、小说、戏剧为主的"世界文学"相对的文学世界，那里就有着诸如"戏曲"与"大众"等限定范畴下的中国文学"世界"。

当然，秋草俊一郎的说法也并不错，日本二战之前的各种"世界文学全集"里完全没有收录过中国文学作品，此前出版的《泰西名著文库》《泰西近代名著文库》《世界名作大观》等也没有收录过中国文学作品，此后的各类世界文学全集也同样没有收录过中国文学作品。不过，此结论的前提便是承认所谓的"世界文学"是以欧洲文学经典为参照的"世界"与"文学"。在这样的"世界文学"概念参照下，自然没有中国文学的"经典"，即用中国古文，也就是日本所说的汉文所写作的丛书。若将这一以西欧19世纪小说为中心的"世界文学"概念暂且搁置，或者说重新用一个宽泛的"世界文学"标准来衡量，我们就会在其他一些丛书类别中发现一个更为多元的"世界文学"世界。①

日本人最初接触的中国读物是用汉文写作的汉籍，或是汉译的佛典。到了江户时期，如果说起学问，既不指国学，也不指兰学，而首先是指以儒学为代表的汉学。明治时期，1877年设立东京大学时，文学部分第一为"史学、哲学及政治学科"，第二为"和汉文学科"。1886年，和汉一分为二，遂演变为第一"哲学科"，第二"和文学科"，第三"汉文学科"，而设立"英文文学科"和"德意志文学科"则是在大学已创建10多年后的1888年。由此可见，明治初期东京大学设立时，汉文学科和日本的国文学科具有同等地位，而与西洋文学有着本质的区别，地位远非西洋文学所能企及。② 又如，日本出版的第一部"中国文学史"是日本驻英国外交官末松谦澄根据自己旅英时期的演讲稿整理出版的《支那古文学略史》，它出版于1882年，旨在介绍以儒学为主的先秦思想。③ 这一时期，古典讲习会和汉学杂志

---

① 上原究一：『近代日本における漢文または漢籍の叢書について：その位置付けと盛衰』，『文学』2016年第17卷第5号。
② 上原究一：『近代日本における漢文または漢籍の叢書について：その位置付けと盛衰』，『文学』2016年第17卷第5号。
③ 赵苗：《日本明治时期刊行的中国文学史研究》，大象出版社2018年版，第67页。

《斯文》都较为活跃，汉学研究呈现出一定的复兴态势。明治政府还曾于1890年10月颁布《教育敕语》，确定了"以儒教为根本，西洋哲学为参考"的教育准则。① 也就是说，在甲午战争前，汉学依然在明治时期的日本保有相当重要的地位。因此，日本文学研究者上原究一不无感慨地说，拥有这种具有深厚文化背景的汉籍，日本近代的出版社在成立时期自然有能够出版大型丛书的底气，明治时期以来日本出版的汉文丛书从质和量两个方面都与当时的日本文学全集不相上下，是其他法国文学全集、英美文学全集等各国的"文学全集"所不能比拟的。②

近代日本汉籍大型丛书的始祖要算得上1892—1894年博文馆出版的《支那文学全书》。《支那文学全书》收录了散文《正统文章轨范》两册，并收韵文《唐诗选》和《三体诗》各一册，《诗经》一册，所谓的文学共占了六分之一，剩下的百分之八十是《四书》《孝经》这样的儒学经典，以及《史记》《战国策》这样的历史书，《老子》《庄子》《荀子》《韩非子》《墨子》《文中子》《孙子》《吴子》这样的诸子百家著作。③若按今天的文学标准来看，它们并不属于现在所认定的中国文学范畴，只能属于中国经典。当时汉文世界的"文学"概念指的是宽泛的学问，是对用汉字书写的汉文和汉诗的学术总体的指称，核心便是历史书籍。④

据日本学者铃木贞美研究，文学作为 literature 的对应物在日本出现的时间大约是1870年，日本思想家西周在其讲义录《百学连环》中使用"文学"一词来指汉诗文。⑤1885年，深受英国文学影响的坪内逍遥写作了日本第一本文学理论专著《小说神髓》，自此以后作为 literature 译语的"文学"开始慢慢专指小说和戏剧。不过，此时文学概念本身依然留有汉学的影子。曾受基佐的《欧洲文明史》与亨利·托马斯·巴克尔的《英国文明史》影响而写作《日本开化小史》的田口卯吉在为古城贞吉1897年出版的《支那文学史》所写的序言中称："至文学界，词客文人，儒释黄老，诸子百家，触物应事，或悲哀，或欢喜，或怒号，或骂笑，或谆谆

---

① 赵苗：《日本明治时期刊行的中国文学史研究》，大象出版社2018年版，第6页。
② 上原究一：『近代日本における漢文または漢籍の叢書について：その位置付けと盛衰』，『文学』2016年第17卷第5号。
③ 上原究一：『近代日本における漢文または漢籍の叢書について：その位置付けと盛衰』，『文学』2016年第17卷第5号。
④ 小森阳一：《文学的形式与历史》，郭勇译，清华大学出版社2018年版，第34页。
⑤ 铃木贞美：《文学的概念》，王成译，中央编译出版社2011年版，第108页。

如谕蒙，或扬扬如夸荣。其言高妙雄大，皆有足使人叹服者。"①古城贞吉的《支那文学史》从中国的文字起源讲起，专设诸子之文、叙事文（司马迁、班固等）、汉代韵文（古诗、乐府等）、六朝词人、唐诗、唐朝的佛教文学、宋代散文、清代文学等章节。对此，中国学者李庆在《日本汉学史》中称，古城贞吉的"文学"已经不再是文人学士所从事的缀连文字这样意义上的学问，而是专指用语言来塑造形象，来表达作者思想、情感、感觉的艺术，也即我们现在所理解的 literature 了。但显然《支那文学史》仍留有中国传统文学概念的影子，古城贞吉将"五经"诸子乃至宋儒的流派都算作"文学"，却对小说、词曲等基本未涉及。②在东京帝国大学攻读汉学博士学位的高濑武次郎曾在 1902 年出版的《中国文学史》中抱怨当时文学史中普遍存在的"泛文学观"，即"文学与史学、文学与哲学之间纠缠不清"，同时"文学难以作为一门独立的学问而存在"的现象。③对于同一年在英国留学的夏目金之助，即日后著名的日本作家夏目漱石来说，"何谓文学"也依然是一个不甚明了的问题。他在回国后所作的《文学论》序言中回忆道，那时自己的文学观还停留在"左国史汉"，也即中国历史书籍的代表著作《春秋左氏传》《国语》《史记》《汉书》和《后汉书》所构成的文学世界，他曾以为英国文学亦如此。④对夏目金之助而言，"中国自古以来的王朝兴亡、战争谋略、经世济民的智慧以及作为政治统治者应有的形象"这些都是文学，用他自己的话来说，都是"汉学中所谓的文学"。⑤"文学"概念的多元与混杂直接决定了在此概念统摄下的"世界文学"的多元与混杂。总而言之，在 19 世纪末与 20 世纪初，日本在学术体系现代化，也即欧化的进程中实现了对 literature 概念的引介。但与此同时，即便在甲午战争以后，另一个基于汉学的汉文文学概念依然并行存在，并未完全消失。

1905 年，日俄战争的胜利给日本带来了进一步向中国大陆扩张的机会，同时也给其带来了汉学复兴的机会，早稻田大学出版部此时期出版了《汉籍国字解全书》《汉文大系》等大型丛书。其中 45 册的《汉文大系》由汉学家服部宇之吉担任

---

① 田口卯吉：『支那文学史序』，古城贞吉：『支那文学史』，富山房，1902 年，第 1—2 页。
② 李庆：《日本汉学史》，上海外语教育出版社 2002 年版，第 456—457 页。
③ 久保天随：『中国文学史』，人文社，1903 年，第 2 页。
④ 夏目漱石：《文学论》，王向远译，上海译文出版社 2016 年版，第 4 页。
⑤ 小森阳一：《文学的形式与历史》，郭勇译，清华大学出版社 2018 年版，第 34 页。

主编，除了《笺注唐诗选》《唐宋八家文》《古诗赏析》《楚辞》《毛诗》等现在所认定的属于文学范畴的作品外，还收录了《大学》《中庸》《论语集说》《十八史略》《史记列传》《左氏会笺》《尚书》《列子》《武经七书》《墨子间诂》《荀子》《周易》《礼记》《文章轨范》《孔子家语》等作品。①《汉文大系》出版于1909—1917年，以其为代表，汉文文学作为一个与欧洲 literature 并行的文学世界从明治时期一直延续到大正时期，产生了深远的影响。它与新潮社后来出版的《世界文学全集》的出版时间仅相隔10年，却分属于两个不同的"世界"。不过也正是由于《汉文大系》的存在，日本世界文学的空间才不再是一个一元封闭的世界。

第三节
文化自负与和化"世界文学"

无论是在古城贞吉、藤田剑峰，高濑武次郎等人的"中国文学史"中，还是在《支那文学全书》和《汉文大系》的汉文"世界"里，虽然收录了中国的汉文"经典"，却均没有《三国志演义》《水浒传》《西游记》《红楼梦》《西厢记》《琵琶记》《牡丹亭》等元明清时期中国流行的白话小说和戏曲的位置。没有收录的原因主要是：首先，白话小说和戏曲不能归入经史子集。古城贞吉在谈到自己编撰《支那文学史》的经历时，认为受益最多的是在岛田番根家中所浏览的《四库全书总目提要》。②清代纪昀总纂的《四库全书总目提要》分经、史、子、集四大类，基本上囊括了清乾隆以前我国重要的古籍，其文体以诗文为中心，以词曲和文言小说为边缘，并完全排斥作为叙事文学的白话小说与戏曲作品，相应的总目提要里也不收这类作品。③其次，帝国大学的汉学和汉文教育均以训读为主，帝国大学出身的文学史家和丛书编撰人只能根据日语文法解读汉文，无法根据中文典籍的发音直接

---

① 東京古書籍商組合企画部監修：『叢書全集書目』第2輯，東京古書籍商組合，1934年，第54頁。
② 古城貞吉：『「支那文学史」刊行当時の思い出』，富山房編：『富山房五十年』，富山房，1936年，第132頁。
③ 吴承学、何诗海：《论〈四库全书总目〉的文体学思想》，《北京大学学报》（哲学社会科学版）2007年第4期。

读出汉文，更无法阅读白话文。古城贞吉曾谈到，自己在撰写《支那文学史》时曾通过同乡朋友进入日本内阁文库，得见《元曲选》及古本《西厢记》的数种版本。但他只是浏览了目录，而未阅读全文，究其原因乃是自家学识不足，完全读不懂。①日本另一位中国文学史家久保天随也坦承，其在撰写元明清文学史时，由于未能细读某些原著，只好以寥寥数笔带过。②东京大学的学者们正如古城所自述的那样，无法阅读与文言文在词汇和语法上都相差甚远的、用口语体写成的戏曲和小说。明治时期，从属于日本汉学系统的日本中国文学史家们都不懂白话文，主要研究训读汉文，而中国语则被认为是庸俗的实用语，这一领域被让渡给了专以培养外交人才、翻译人才和中国通为目标的外语学校和东亚同文书院。③这种情况一直到日本著名的中国语学家仓石武四郎20世纪20年代从东京大学到中国留学时也没有多大的改观。因此，不难理解为什么上文所提到的收录了元杂剧的《世界戏曲全集》要等到1928年才出版，而译者和担任评议的不是帝国大学的学者，而是在日俄战争中担任过翻译的宫原民平。④出于上述语学和语力上的原因，进入20世纪30年代以后，日本的"世界文学"中的中国文学部分才开始真正多元起来，例如，由增田涉所编辑的《世界幽默全集》第12卷《中国篇》主要收集了《今古奇观》《儒林外史》《笑林广记》中的白话故事以及更为现代的五四以后的白话小说。

  不过，与此同时，未收录于汉文"世界"的《三国志演义》《水浒传》之类的小说却被收录到"日本文学"的范畴里。1893—1897年，博文馆曾策划50卷的《帝国文库》，内收《三国志演义》与《水浒传》，同时收录于《帝国文库》的还有《南总里见八犬传》《源平盛衰记》《净琉璃名作集》《马琴杰作集》《西鹤全集》等日本国文学经典。1900年出版的《续帝国文库》里则收录了一册清代编辑的《续水浒传》。据日本学者上原究一研究，《帝国文库》《续帝国文库》《有朋堂文库》这些属于日本国文学类别的丛书之所以收录《三国志演义》《水浒传》《西游记》等中国

---

① 古城贞吉：『「支那文学史」刊行当时の思い出』，富山房编：『富山房五十年』，富山房，1936年，第132页。
② 赵苗：《日本明治时期刊行的中国文学史研究》，大象出版社2018年版，第14页。
③ 安藤彦太郎：《中国语与近代日本》，卞立强译，北京大学出版社1991年版，第42页。
④ 不过，在文学史方面，1897年笹川临风曾出版过《支那小说戏曲小史》。

通俗小说，是因为它们经过翻译后变成了和文，而不再是汉籍系统中的汉文或训点形式。①

以《帝国文库》第 36 卷和第 37 卷的《新编水浒画传》为例，编译者为曲亭马琴和高井兰山。1805 年，江户时期的小说家曲亭马琴曾出版《新编水浒画传》初编 10 卷，11 册，由角丸屋出版。但后因语言能力不足等种种原因，没有继续翻译下去。之后，书商平吉又拜托高井兰山继续翻译，高井则把江户时期的《通俗忠义水浒传》原本中的片假名改写成平假名草草出版。②从江户时期到明治时期再到大正的前半期，对大多数日本人来说水浒就是曲亭马琴和高井兰山的《新编水浒画传》，虽然曲亭马琴参与的部分只有十分之一，但是由于他久负盛名，因此在后续的翻印中，《新编水浒画传》经常与日本国文学的代表作、曲亭马琴自身所创作的《南总里见八犬传》相提并论。③可见，在《帝国文库》中与《南总里见八犬传》并列的《新编水浒画传》体现的不仅仅是日本的《水浒传》日译历史，也是日本文化吸收与"和化"《水浒传》的历史。《帝国文库》中收录的中国通俗小说，既不属于以欧美小说、戏剧为中心的"世界文学"，也不属于日本汉学传统内的汉文世界，而被归入"日本国文学"范畴。正如上原究一所说的那样，对于明治大正时期的文学丛书来说，要区别到底是日本文学还是中国文学，国别地域并非唯一的标准，同时也存在着到底是日语和文还是汉文这样的基准。④与其说它在日本与世界之间划定界限，不如说它是在和汉之间划定世界的边界，这种情况本身也是由于中日两国间有悠久的文化交流历史。

据高岛俊男研究，《水浒传》流入日本的确切时间不详，大约是江户初期的 17 世纪。⑤此时传入日本的还有《三国演义》《西游记》等长篇小说和《三言》等短篇小说集。⑥不过，自 1851 年《国字水浒传》中断以后，从幕末维新到明治初期，

---

① 上原究一：『近代日本における漢文または漢籍の叢書について：その位置付けと盛衰』，『文学』2016 年第 17 卷第 5 号。
② 高島俊男：『水滸伝と日本人』，筑摩書房，2006 年，第 183 頁。
③ 高島俊男：『水滸伝と日本人』，第 212 頁。
④ 上原究一：『近代日本における漢文または漢籍の叢書について：その位置付けと盛衰』，『文学』2016 年第 17 卷第 5 号。
⑤ 高島俊男：『水滸伝と日本人』，第 20 頁。
⑥ 高島俊男：『水滸伝と日本人』，第 42 頁。

日本《水浒传》的历史是一片空白。但据高岛俊男统计，1882—1883 年间、甲午战争时期、日俄战争胜利后，这三个时期却突然出现了众多版本的《水浒传》。这三个时期都是日本人重新审视自己，自信心高涨的时期。从另一个角度来看，这三个时期也是日本以西欧化为基调的近代化过程的逆流期。① 上述提到的末松谦澄的《支那古文学略史》《支那文学全书》、古城贞吉等人的《支那文学史》《汉文大系》，乃至收录了《新编水浒画传》的博文馆的《帝国文库》均在这三个时期集中出版。前田爱曾在《明治初期戏作出版的动向》里写道："明治十四年政变后，作为政府用于对付自由民权运动的思想武器的儒教道德又复活了。文教政策大幅右转。维新以来被视作旧物的汉学抓住了复活的机会。在东京的汉学私塾里都是为了学校考试而从地方上京的书生。敏锐地捕捉到了这种情况的书肆企划了汉学私塾考试用的浩瀚的汉籍复刻。"随之而来的便是戏作文学的翻刻浪潮。② 为了应对考试，日本人重新审视和再发现的首先肯定是包含《论语》《孟子》《史记》在内的中国古典和儒学经典，像《水浒传》这种谈不上是古典，也谈不上是儒教伦理的书，也跟上了汉籍复刊的浪潮从而得到了出版的机会。③

在日本文学范畴中出现的"中国文学"，不仅体现了日本在明治时期向帝国迈进过程中的文化自省，也体现了长期受到汉文熏陶的日本人的文化自负，以及明治时期日本对于长期的文化输入者中国的再审视。还是以水浒在明治时期的复热为例，1897 年由日本作家森鸥外主编的杂志『めさまし草』展开了一次关于《水浒传》的讨论，参与者除森鸥外以外还有日本作家幸田露伴、尾崎红叶，剧评家三木竹二（森笃次郎），日本文艺评论家、汉学家依田学海，翻译家兼小说家饗庭篁村（与三郎），可以说集中了当时文学界的豪华阵容。这些著名文学家和评论家们都想通过《水浒传》窥探中国文学的历史与现实。森鸥外认为，《水浒传》虽说是对作者当时所生存的中国社会的一个侧面反映，中国的社会状况与《水浒传》所描写的也有许多不同，但到底也反映了当时中国社会的一个侧面。而当时中国社会的侧面便是贿赂多，官场腐败多，由此而产生的饥荒多，时有吃人的现象，盗贼横行，宗

---

① 高岛俊男：『水滸伝と日本人』，筑摩書房，2006 年，第 212 頁。
② 前田愛：『近代読者の成立』，筑摩書房，1989 年，第 69—70 頁。
③ 高岛俊男：『水滸伝と日本人』，第 212 頁。

教和迷信的力量也容易滋生。① 此时正值森鸥外参加甲午战争并在台湾担任军医后回日本不久。正如日本学者笹沼俊晓所言，此时的中国对日本而言是一个"地理"和"政治"上的外国。《水浒传》成了日本作家借机"了解"中国现实，表达甲午战争后日本人文化自负的一种文化途径。

更为重要的是，对以《水浒传》为代表的、不同于西欧19世纪小说范式的中国文学的重新审视清楚地体现了甲午战争后日本人对"世界文学"的自负。日本明治时期的哲学家井上哲次郎在为古城贞吉的《支那文学史》所撰写的序言里称："目前西洋人对于中国文学的研究领域尚未真正开辟，除《诗经》以外，只有李白、白居易、苏东坡等人的诗词被翻译而已，对古今3000年的中国文学进行历史考察，这并非西洋人容易做到的事情。而中国人自身缺乏概括能力，对当前的学术动向亦无从辨析，中国人尚并不知晓编写中国文学史的必要性。而即使中国人知道有此必要性，他们也没有编写的资格，若果然编著中国文学史，也只能由我邦人来担任。"② 盐谷温也曾说过类似的话。他自述，他在日本帝国大学里讲授中国文学，开拓中国文学的处女地——戏曲，是因为在汉学时代懂得唐宋八大家、唐诗选就足够了，但是中国文学讲座若要和英国文学、德国文学对抗的话，那一定要有比莎士比亚、歌德、席勒更好的东西才行。③ 在这些汉学家和中国学研究者眼中，日本对抗另一个西欧"世界文学"的可能性便在于重新发掘中国戏曲和明清小说的价值。

进入大正时期以后，国民文库刊行会曾出版过一套20册的《国译汉文大成》。与以往的汉文丛书不同，《国译汉文大成》分文学部和经子史部两部分。文学部中收录了宫原民平所译的《西厢记》《还魂记》《汉宫秋》《燕子笺》，盐谷温所译的《琵琶记》《桃花扇》《长生殿》《宣和遗事》《剪灯新话》等，另外还收有幸田露伴所译的80回《红楼梦》的全译本。总体来看，《国译汉文大成》中戏曲和白话小说的比例有所提高。虽然也有《唐诗选》《唐宋八家文》等诗文卷，但由宫原民平、盐谷温、幸田露伴所译介的戏曲和白话小说占比接近一半。因此，在上原究一看来，

---

① 笹沼俊晓:『「国文学」の思想—その繁栄と終焉』，学術出版会，2006年，第56頁。
② 井上哲次郎:『支那文学史序』，古城贞吉:『支那文学史』，富山房，1902年，第3頁。
③ 鹽谷温:『天馬行空』，日本加除出版株式会社，1956年，第60頁。

《国译汉文大成》大约有着与西方"经典"抗衡的意思。① 此时,虽然被冠以"汉文"之名,但是由于加入了和译白话文学,在《国译汉文大成》里,和文与汉文的边界已经模糊。中国的汉文经典与日本和译中国白话文学一起成为日本的文化资源,成为能有效对抗欧美"世界文学"的另一个日本内部的"世界文学"。

第四节
二战之后民主运动中的世界文学

正如上文所述,虽然日本在二战之前的大正时期就试图通过发现中国白话文学和戏曲来对抗一个"普遍"的西欧的"世界文学",但是在中国古代白话小说的基础上发展起来的中国现代白话小说并未在20世纪上半叶进入日本的世界文学全集。

鲁迅的作品虽然在20世纪20年代就被陆续翻译成日语,鲁迅和郭沫若等人的作品曾收录于日本出版的《世界幽默全集》和《支那印度短篇集》,但是,20世纪中国现代文学作品正式收录于日本的《世界文学全集》却是二战结束之后的事情,起点便是1956年由新潮社出版的《现代世界文学全集》第42卷《鲁迅 郭沫若 茅盾 丁玲 赵树理》,译者主要是竹内好、冈崎俊夫等现代中国文学研究会的同人。这一卷收录了《阿Q正传》《狂人日记》《祝福》《故乡》《李家庄的变迁》《林家铺子》《春蚕》《我在霞村的时候》《新的信念》《夜》等作品。

20世纪40年代末、50年代初正是中国现代文学开始进入日本读者视线的时期。由"镰仓文库"发行的月刊《人间》杂志早在1946年就开始译介茅盾的《腐蚀》《清明前后》《耶稣之死》、郭沫若的《苏联纪行》《屈原》、丁玲的《我在霞村的时候》等作品。② 而以了解现代中国为宗旨的"岩波新书"也在1953—1955年集中出版了一批中国文学书籍,其中有竹内好的《鲁迅评论集》、赵树理的《结婚登记及其他四篇》、巴金的《憩园》、老舍的《东海巴山集》、许广平的《暗夜的记录》

---

① 上原究一:『近代日本における漢文または漢籍の叢書について:その位置付けと盛衰』,『文学』2016年第17卷第5号。
② 丸山升:《战后50年——中国现代文学研究回顾》,吴俊译,《文艺理论研究》1998年第3期。

以及骆宾基的《北望园的春天及其他五篇》。①岩波书店的杂志《文学》也在 1950 年 5 月的《近代文学的创出过程》、1953 年 9 月的《中国文学和日本文学》特集、1954 年的《社会主义诸国的文学》特集中介绍和讨论了中国文学。②冈崎俊夫在其所译的丁玲小说集序言中谈到中国文学对日本社会的冲击:"战时的中国文学状况,直到战争结束,我们这些专业研究者也几乎是一无所知。重庆的作家在艰难生活中尝受困苦的消息传来,我们就想,所有的地方都是一样的吧。大家都在水深火热之中,不是搞文学的地方。但是,揭开盖子一看,全然不同。与日本文学的情况不一样,中国文学与其说没有因战争而带来空白,不如说从战争中汲取了新的营养,获得了前所未有的发展。"③1956 年新潮社的《现代世界文学全集》中的中国现代文学卷以及同一时期河出书房规模更为巨大的 15 卷《现代中国文学全集》大约就是在二战之后初期日本对中国了解的迫切渴望中出版的。

一般说来,二战之后中日两国文学正式关系的建立始于 1957 年 11 月 10 日中国作家协会和日本文艺家协会共同发表的联合声明。④不过,显然在此之前,中日两国作家已经通过"世界文学"的空间开始进行了相互了解与沟通。在此之后,筑摩书房的《世界文学大系》(1958)、平凡社的《世界名作全集》(1960)、筑摩书房的《世界名作全集》(1962)、河出书房的《世界文学全集》(1962)、河出书房的《世界文学全集(豪华版第 I 期)》(1966)、筑摩书房的《世界文学全集》(1968)、河出书房的《世界文学全集(彩色版)》(1969)、集英社的《世界文学全集》(1970)、筑摩书房的《筑摩世界文学大系》(1974)、集英社的《世界文学全集(爱藏版)》(1974)、讲谈社的《世界文学全集》(1975)、集英社的《世界文学全集》(1978—1979)、学习研究社的《世界文学全集》(1978)、集英社的《世界的文学》(1991)等选集也都不断地重新收录和翻译鲁迅、茅盾、老舍的作品。

其中,1956 年新潮社出版的《现代世界文学全集》中的现代中国文学一卷具

---

① 参见鹿野政直:『岩波新書の歴史』(岩波书店,2006 年)一书后所附的 1938—2006 年的岩波新书目录。
② 笹沼俊晓:『「国文学」の戦後空間——大東亜共栄圏から冷戦へ』,学術出版会,2012 年,第 79—80 頁。
③ 丸山升:《战后 50 年——中国现代文学研究回顾》,吴俊译,《文艺理论研究》1998 年第 3 期。
④ 中岛健藏:《中国现代文学在日本》,李芒译,《世界文学》1959 年第 9 期。

有划时代的历史意义。二战之后,在以美军为主的联合占领军控制下,日本迅速开始了民主化进程:颁布和平宪法,解除武装,废除新闻法,释放政治犯,废除治安维持法,保障思想、宗教、言论和集会的自由,实施"五大改革指令",日本朝着非军事化和民主化方向迈进。日本二战之后"世界文学"的确立便是这种广义的民主运动的一部分。1957 年初,岸信介内阁成立,日本经济开始高速增长,广大国民在政治上的自主意识有所加强,客观上要求改变吉田内阁时期制定的对美一边倒的路线,自主发展与其他国家的外交往来,要求修正不平等的《日美安全保障条约》,"以自民党为首的保守阵营和以社会党为首的革新阵营,围绕着修改宪法还是维护宪法、走资本主义道路还是走社会主义道路、日美结盟还是和平中立等一系列重大课题相互抗衡"。①也就是说,1956 年《现代世界文学全集》出版时,正值"东西"道路的选择尚未最终确定的时期,而《现代世界文学全集》中的现代中国文学所代表的便是二战之后民主化运动中日本社会的"希望"与"选择",是各种力量尚未明确成型与分化前的合作。此后,各种不同力量分道扬镳,朝着不同的方向发展。

  日本左翼作家团体新日本文学会在二战之后很快就关注到世界文学的问题。在该会 1948 年编辑的《民主主义文学运动》一书中,英语文学者松本正雄在《世界文学的现状》一文中谈到,战争对于普罗文化运动的破坏也破坏了作为其一环的世界文学研究,因此为了恢复日本的民主传统,加速日本加入国际民主主义国家的行列,就要尽快恢复世界文学的阅读和研究。②因此,以中野重治、宫本百合子、藏原惟人等无产阶级作家为主要成员的新日本文学会成立了世界文学研究会,创刊《世界文学研究》。岛田政雄在《世界文学研究》第 1 期上发表了《一九四二年以后的中国文学》一文,特别强调了赵树理的意义,认为他是"一九四二年以后的中国文学最具有代表性的作家",因为赵树理用现实主义创作手法描写了中国农民的面貌,这是中国历史上从未有过的。③岛田政雄是日本汉学家,1938 年到上海,日本

---

① 王振锁等著:《日本政治民主化进程研究》,上海三联书店 2011 年版,第 169 页。
② 松本正雄:『世界文学の現状』,新日本文学会编:『民主主義文学運動』,新日本文学会,1948 年,第 209 页。
③ 岛田政雄:『一九四二年以後の中国文学』,『世界文学研究』1948 年第 1 期,第 270 页。笔者看到的新日本文学会所编的《世界文学研究》只有两期。第二期中有冈崎俊夫的『戦後における中国の人民文学』、坂井德三的『内戦と中国作家』、岛田政雄的『艾青の詩——中国詩の 10 年間』。

战败前曾在上海的《改造日本》杂志社工作，由此接触到了茅盾等人。1946年11月从上海回到日本后，岛田政雄一直在日中文化研究所工作，新中国成立后，岛田创办了日中友好协会，是日中友好协会机关报《日本与中国》的第一任总编辑。他从1950年开始编辑《人民文学》杂志，曾翻译过黄谷柳、周而复、赵树理等人在延安创作的"人民文学"，1952年著有《中国新闻学入门》。他一生都致力于推动中日两国的友好运动。①

与新日本文学会有联系但立场并不完全一致的中国文学研究会也在20世纪50年代初期开始大量译介中国现代文学作品。此时，竹内好正在思考"近代主义和民族的问题"。②他曾直言，"虚无主义和存在主义是西欧个性解放过程中的产物，所以，在以表面的现代化还未成熟的个体为条件建立起来的日本社会里，想要诚实地生存下去、诚实地思考的人，是不能长期停留在虚无主义和存在主义之上的"，日本的年轻人会自然而然地发现不一样的中国文学。③在日本从二战之前开始的"世界文学"体系中，占主流的一直是法国文学。据秋草俊一郎统计，法国文学战前与战后平均约占"世界文学全集"的百分之三十。即便到了20世纪60年代，英美文学相加也依然无法与法国文学抗衡。可以说，法国文学、世界文学以及翻译文学这三者在日本的"世界文学"中具有一定的同义性。④战前日本"世界文学"里占主导的是19世纪的戏剧和小说，例如莫里哀、拉辛、高乃依等人的古典戏剧，以及卢梭、雨果、巴尔扎克、大仲马、左拉、福楼拜、小仲马、罗曼·罗兰、司汤达、莫泊桑等人的作品。二战之后，日本的"世界文学"则主要被20世纪的法国现代主义小说所占据，主要有普鲁斯特、纪德、莫里亚克的作品，以及萨特的《恶心》、波伏瓦的《他人的血》、加缪的《局外人》以及马尔罗的《人的境遇》等。二战之后，京都的出版资本里最先复苏的也是法国文学和法国的存在主义文学与思

---

① 岛田政雄：《为友谊架桥四十年——岛田政雄回忆录》，田家农、李兆田译，新华出版社1992年版。
② 1951年9月竹内好在『文学』杂志『日本文学における民族の問題』专集中发表了著名的『近代主義と民族の問題』一文。
③ 竹内好：《新颖的赵树理文学》，荻野修二、马若芬等著，中国赵树理研究会编：《赵树理研究文集（下卷）——外国学者论赵树理》，中国文联出版公司1998年版，第74页。
④ 秋草俊一郎：『カノンをはかる—「世界文学全集」にみる各国別文学の受容の移り変わり』，『世界文学』2014年第120期。

想。①1946年4月，在京都创刊、由太平洋战争时期文艺春秋社的社员柴野方彦担任社长的《世界文学》从第2期开始就转由法国文学研究者伊吹武彦担任编辑，到1950年共发行了38期。杂志所属的世界文学社不仅出版杂志，也翻译出版小说，其中最主要的工作就是介绍法国作家萨特。1950年，京都的人文书院出版了《萨特全集》。②这种译介法国存在主义的风潮并不局限于京都，东京新潮社出版的《现代世界文学全集》第20卷就是萨特与波伏瓦专卷。③

除了与以诺贝尔文学奖为中心的出版资本的运作有关，日本二战之后对法国现代主义文学的介绍也与日本战后对民主及和平的普遍追求有关。④正如日本文学批评家加藤周一所深情回忆的那般，法国文学和欧洲文学是太平洋战争爆发后对战争持有批判态度的人们在暴风雨中的最后避难所。一个曾经诞生了"反法西斯文学"、为人类的自由和威严大声疾呼、忠实于"人权宣言"的、有"抵抗的文学"之称的法国文学形象在战后自然成了"落后"的"前近代"的日本文学形象的鲜明对立面。⑤在这种思想的指引下，加藤周一曾于1952年翻译出版了萨特的《什么是文学》。对战后一部分进步的日本知识分子来说，正是以法国文学为代表的欧洲文学的"普遍性"，也即"世界文学"所应具有的特性，才是反思"反合理性"的日本"特殊性"的一剂良药。⑥然而，同样是在战后的民主运动内重新认识世界文学的意义，竹内好所选择的作为世界文学的中国文学显然还处在与西欧现代性对立的过程中，它也是在与以法国存在主义哲学为代表的"世界文学"的对立中被认识的。

---

① 石井素子：『日本における J.-P. サルトルの受容についての一考察：翻訳・出版史の視点から』,『京都大学大学院教育学研究科紀要』2006年第52期。
② 石井素子：『日本における J.-P. サルトルの受容についての一考察：翻訳・出版史の視点から』,『京都大学大学院教育学研究科紀要』2006年第52期。
③ 河出书房1962年出版的《世界思想教养全集》第24卷关于法国存在主义，中央公论1964年出版的《世界的文学》第49卷是萨特卷，集英社1965年出版的《世界文学全集》第25卷也是萨特卷，河出书房1968年出版的《世界文学全集》第38卷便是萨特卷。
④ 秋草俊一郎：『術語としての「世界文学」』,『文学』2016年第17卷第5号。
⑤ 加藤周一：《羊之歌——我的回想》，翁家慧译，北京出版社2019年版，第211页。
⑥ 参见渡边一夫为加藤周一1948年出版的《现代法国文学论1》所写的序言，转引自成田龍一：『「戦後」思想家としての出発』，加藤周一：『20世紀の自画像』，筑摩书房，2005年，第180页。

第五节
经典的确立与国民身份的重建

  20世纪50年代，在日本各大"世界文学全集"中从事中国现代文学译介的主要有竹内好、冈崎俊夫、驹田信二、松枝茂夫、松井博光、饭冢朗等，他们或隶属于东京都立大学，或与现代中国文学研究会有关。竹内好及现代中国文学研究会在二战之后日本"世界文学"对中国现代文学的理解和译介方面发挥了重要作用。也就是说，竹内好及中国文学研究会的同人对中国文学的认识以及他们在失去"大东亚共荣圈"及其"普遍性"后对战后日本的自我认识在很大程度上助推了20世纪50年代日本"世界文学"中中国现代文学经典的确立。

  在1951年每日新闻社出版的《每日图书馆：世界文学》第二部分"各国的现代文学"第九章中国部分，竹内好勾勒了从鲁迅的《阿Q正传》到赵树理的《李家庄的变迁》这段中国文学史。这也是他后来为新潮社出版的《世界文学全集》选编中国卷的基础。他感叹道，日本是从明治维新后走上近代化发展道路的。与日本相比，中国的近代文学运动晚了50年，但较晚开始现代化的中国却比日本进行得更彻底。① 通过中国的现代文学和现代性来反思日本的现代性是竹内好这一时期以"作为方法的中国"为核心的工作的主要内容。

  竹内好在勾画中国文学历史时，一以贯之的风格便是采用现实主义的方法。"现代中国里有各种各样的倾向，生成了各种各样的作家个性，但是一以贯之的，就是这个现实主义的线"，这个现实主义打开了社会的视野。② 这也是中国被认为不同于日本近代以后自然主义文学发展的地方。他认为，鲁迅的《阿Q正传》与《堂吉诃德》一样都是世界级的讽刺名作，但是像阿Q这样的人物在世界文学中是个特殊的典型。③ 竹内好对茅盾的理解也贯穿了这样的想法。他认为，从《子夜》到《霜叶红似二月花》都是用现实主义的方法将全体社会浪漫地构筑起来的大作。竹内好1951年5月在《人间》第6卷第5期《世界文

---

① 竹内好:『「世界の文学」中国篇』,『竹内好全集』第三卷，筑摩書房，1980年，第22頁。
② 竹内好:『「世界の文学」中国篇』,『竹内好全集』第三卷，第26頁。
③ 竹内好:『「世界の文学」中国篇』,『竹内好全集』第三卷，第19頁。

学所直面的问题》专号上发表了《社会主义的现实主义》一文,此文后收录在其重要的代表作《作为方法的亚细亚》中。在这篇文章中,竹内好根据《新日本文学》1950 年 11 号和 12 号上连续刊出的茅盾有关现实主义的讲话指出,在中国文学革命之后的现代历史中所发展出来的正是以茅盾为核心代表的"具有民族个性的现实主义"。① 在竹内好看来,虽然中国文学与美国文学和苏联文学相似,但"社会主义的现实主义"让中国文学具有独特的民族特色,也让中国文学成为世界文学。②

早在 20 世纪 30 年代,与中国文学研究会的同人有所交往的日本作家堀田善卫就发现了茅盾的作品不同于一般西方现代主义小说。他认识到茅盾的"《蚀》是所谓的社会小说,里面贯彻着茅盾企图总体描述社会的企图",他注意到"这个和当时侧重于描写心理的西欧新文学很不一样。而且这正是现代中国正在发生的东西"。③20 世纪 50 年代竹内好在《世界文学全集》中对茅盾的介绍与同伴堀田善卫有许多相近之处。正如同一时期茅盾的《夜读偶记》在日本译出后被重新命名为《东洋的现实主义》所显示的那样,竹内好和当时的日本文坛对茅盾的理解有着强烈的"日本意识",即通过发掘另一种不同于西欧写作方法的中国文学传统来重新

---

① 竹内好:『社会主義の現実主義』,『竹内好全集』第三卷,筑摩書房,1980 年,第 100—101 頁。
② 竹内好对茅盾的关注很早,早在 1935 年 3 月,竹内好在《中国文学月报》创刊号上发表时评《今日中国文学之问题》之际,就在该文的"农民文学之动向"一节中关注到了茅盾的《春蚕》。但他对茅盾的印象不佳,早期竹内好在读了茅盾的《子夜》后,感觉并不好,他在《茅盾论》里写道"像茅盾这样的作家流行,正好证明了文学的贫困"(竹内好:《茅盾论》,《中国文学月报》1936 年 5 月第 14 号)。但二战之后,竹内好先后翻译了茅盾的《西北见闻记》(1948)、《霜叶红似二月花》(1949)、《子夜》(1963)等代表作品,也写作了《茅盾的见闻杂记》(1947 年 4 月《随笔中国》创刊号)、《茅盾传》(1948 年 9 月《二十世纪外国作家辞典》)、《霜叶红似二月花附记》(1949 年 9 月《中国研究》第 9 号)、《茅盾》(1951 年 9 月《近代文学》9 月特辑现代外国作家论)等评论,对茅盾有了新的理解。参见裴亮:《轨迹与方法:竹内好的茅盾论》,《中国现代文学研究丛刊》2016 年第 11 期。20 世纪 50 年代初期竹内好对茅盾的理解与其二战之前对茅盾的理解并不相同。在此之后,竹内好对茅盾的理解也与他 50 年代的观点不尽相同。
③ 在 1970 年河出书房新社出版的《现代中国文学》系列里收录了堀田善卫为竹内好所译茅盾的《子夜》写的解说《回想作家茅盾》。

审视日本的国民文学及民族身份。①1951年是茅盾的文学作品开始影响日本的关键时刻。1933年，上海开明书店出版了《子夜》的单行本。1938年，增田涉将该作品的部分内容翻译成日语，他发表在《大陆》杂志上的翻译是节选，首个全译本在日本出版发行在1951年。1951年，东京千代田书房发行了尾坂德司所翻译的《子夜》的日语版『真夜中』上下卷。堀田善卫正是利用了尾坂德司1951年的译本，他在茅盾《子夜》现实主义写作手法的影响下，于1952—1953年创作了长篇小说《历史》。②茅盾有关现实主义的讲话和理论著作也是在1950年后开始陆续译介到日本的。可见，此时茅盾代表的并不是欧洲文学的传统，而是一种有别于欧洲现代主义小说的中国和"东洋"形象。

　　日本二战之后对赵树理的解读也有着同样的理解。日本画家洲之内彻曾认为："赵树理的小说中没有人物分析。既是现代小说创作的基本方法，同时又是削弱现代小说的致命伤的所谓心理主义，和赵树理文学是无缘的。心理主义可以说是自动地把现代小说逼进了死胡同。"③竹内好则在《新颖的赵树理文学》一文中指出，赵树理文学既包含了现代文学，同时又超越了现代文学。他有意识地试图从现代文学中超脱出来，这种方法以回到中世纪文学作为媒介。由于中世纪文学处于读者和作者未分化的状态，所以他就能以此超越现代文学。竹内好这里所说的中世纪的文学，指的便是其用作对比的《水浒传》一类的古典小说。④师从盐谷温的中国文学

---

① 竹内好对文学的评判标准并没有完全摆脱西方心理描写的基准，虽然他在1963年翻译的《子夜》的解说中说自己真正喜欢《子夜》是在60年代，这时一改30年代对茅盾强烈的散文精神的不满与偏见（竹内好：『茅盾「夜明け前」解説』，『竹内好全集』第三卷，筑摩书房，1980年，第148页），但是，同一时期他依然在为河出书房的《世界文学全集》所作的解说中谈到：《子夜》的确是雄大的作品，但是人物是类型化的，和社会关系相比，心理描写是不够的。这一缺陷在写作《腐蚀》时得到了相当的克服。（竹内好：『「世界文学全集　鲁迅　茅盾」解説』，『竹内好全集』第三卷，筑摩书房，1980年，第112页）
② 陈童君：《在华日侨文人史料研究：堀田善卫的上海时代》，上海人民出版社2020年版，第222—230页。
③ 洲之内彻：《赵树理文学的特色》，荻野修二、马若芬等著，中国赵树理研究会编：《赵树理研究文集（下卷）——外国学者论赵树理》，中国文联出版公司1998年版，第65—66页。
④ 竹内好：《新颖的赵树理文学》，荻野修二、马若芬等著，中国赵树理研究会编：《赵树理研究文集（下卷）——外国学者论赵树理》，中国文联出版公司1998年版，第75—78页。

研究者小野忍则认为赵树理的小说与托尔斯泰的民间故事有相近的风趣，他的小说具有描写的单纯，采用民间故事的形式，吸收了中国民间艺术的滋养。① 竹内实认为赵树理"不直接触及人物的内心世界，而是依据描绘人物身体的行动来理解人物的内心世界"并且"对话也起着重要的作用"的"客观现实主义"是吸收了说唱故事等中国传统的艺术手法。②

对以赵树理、茅盾、鲁迅、老舍等为代表的中国现代文学在日本"世界文学"中的引介正值日本在二战之后文学中重新激活民族传统，意图通过民族遗产和文化重建民族身份的时期。当时，日本共产党内占主流的是重视民族主义立场的"所感派"。以日本历史学家石母田正为代表的马克思主义史学家在 20 世纪 50 年代也通过"国民的历史学运动"重新发掘集权统治体制成立之前的"民族共同体"。③ 文学领域也不例外。1950 年，日本文学研究会曾召集过讨论日本中世文学的大会。④ 日本国文学者也在这一时期将目光投向新成立的中华人民共和国。例如，据日本学者笹沼俊晓介绍，在同一时期日本"国文学"的学科内，斋藤秋男曾在《日本文学》杂志所组织的"世界文学的动向"专辑中发表了《中国文学中的民族遗产与传统问题》，介绍了新中国成立后中国重新评价《红楼梦》《三国演义》《水浒传》等"文学遗产"的情况。中国重新发掘民族传统，在文学中运用戏曲、神话、民间传说等民族传统形式给予力图从西方近代性"迷途"中走出来的日本以及时的视野与思路。⑤ 正如列文森在研究中所指出的那样，传统主义残余的吸收、民族文化的界定和转化、普遍与特殊的结合等问题正是新中国成立后文化工作的重要内容。⑥ 这

---

① 小野忍：《赵树理——二十世纪作家评传之一》，荻野修二、马若芬等著，中国赵树理研究会编：《赵树理研究文集（下卷）——外国学者论赵树理》，中国文联出版公司1998 年版，第 81—84 页。
② 竹内实：《关于赵树理型的小说》，荻野修二、马若芬等著，中国赵树理研究会编：《赵树理研究文集（下卷）——外国学者论赵树理》，中国文联出版公司 1998 年版，第 93—96 页。
③ 笹沼俊晓：『「国文学」の戦後空間—大東亜共栄圏から冷戦へ』，学術出版会，2012 年，第 89 页。
④ 加藤周一：『20 世紀の自画像』，筑摩書房，2005 年，第 69 页。
⑤ 笹沼俊晓：『「国文学」の戦後空間—大東亜共栄圏から冷戦へ』，第 166 页。
⑥ 列文森：《儒教中国及其现代命运》，郑大华、任菁译，中国社会科学出版社 2000 年版，第 118—127 页。

些日本国文学家们看到的正是中国共产主义运动过程中，特别是 1942 年以来对传统主义吸收和运用的历史。

与日本国文学者和日本国民历史学家等几乎同一时期发现中国文学中"东洋现实主义"的竹内好也正在通过将以西欧为中心的"世界文学"系统边缘化来构建自身的"国民文学"。1949 年前后，竹内好陆续发表了《政治与文学的问题》《何谓近代》《中国人的抵抗意识与日本人的道德意识》《新中国的精神》等文章，借此将中国近现代作家对西方的抵抗意识与日本近代化的过程进行比较，批评日本近代一味模仿西方，缺乏独立的主体意识。在此基础上，竹内好又于 1951 年发表了《近代主义与民族的问题》，直接对《旧金山和约》及《日美安全保障条约》表示了自己的批判态度，开启了日本二战之后"国民文学"的历史。不过我们可以看到，日本的"国民文学"论争却是在对"世界文学"的召唤中、在对作为世界文学的中国文学的再评估中展开的，即竹内好自己所说的"民族的同时也是世界的"。① 可以说，1948 年新日本文学会成立的世界文学研究会、以岛田政雄为代表的"人民文学"派对中国 1942 年以后的延安文学的发现有力地推动了竹内好 1951 年开始的"国民文学"论。如果没有这些对中国文学及世界文学的再审视，便不会有竹内好的"国民文学"。在 20 世纪 40 年代末、50 年代初，左翼的新日本文学会、以竹内好为代表的中国文学研究会、《旧金山和约》签订后转向民族主义立场的日共"所感派"，这几个不同的力量之间有着重叠的部分。作为这种合作关系成果呈现的，便是上述 1956 年新潮社所出版的《现代世界文学全集》第 42 卷。②

进入 20 世纪 60 年代后，日本的"世界文学"对丁玲、赵树理、郭沫若等作家不再关心，而将"世界文学"中的现代中国文学的范围逐渐收缩为鲁迅、老舍和茅

---

① 竹内好：『茅盾「霜葉は二月の花より紅なり」付記』，『竹内好全集』第三卷，筑摩書房，1980 年，第 85 頁。
② 当然，正如笹沼俊晓所判定的那样，竹内好这种在"世界文学"中强调五四以来中国现代文学的做法，部分是源于其二战之前中国文学研究会发足时日本中国学研究的主流依然被日本汉学所占据的现状。可以说，它所延续的正是战前由官原民平、盐谷温、幸田露伴等担当戏曲和白话小说编辑工作以及意图与西欧 19 世纪小说抗争的《国译汉文大成》的精神传统。

盾了。①鲁迅自然是中国现代作家中最具有世界影响力的一位。老舍也是"世界文学"中的名作家。从20世纪40年代开始,老舍的作品就被陆续译成日文、英文、俄文等。1945年,其代表作《骆驼祥子》在纽约出版,成为美国当年"每月一书"的畅销书。②老舍的重要作品于1954—1955年间几乎全部在日本出版。③茅盾也是较早在日被译介的作家,是继鲁迅之后日译作品最多的作家。二战之后日本各类"世界文学全集"中译介鲁迅、茅盾、老舍的作品似乎并无不妥。不过,在这种经典逐渐确立的过程中,原本所呈现的"中日战争爆发之后""1942年以后"等重要的历史分水岭及其对中国文学的意义也逐渐变得模糊不清,取而代之的是一个以"国家民族"为基本单位建构起来的具有"普遍"历史意义的现代中国形象,体现的是竹内好所谓的"自近代文学革命以来",作为"一以贯之从未改变的目标"而建立起来的"国民文学"。④随着一个与西方现代性模式相异的"具有民族个性的现实主义"传统一同消失的还有一个认同于这种特殊性的日本形象。经过20世纪50年代对民族身份的摸索后,日本在60年代迎来了新的"普遍性"的时代。

---

① 筑摩书房《世界文学大系》96卷,别卷2卷,1958年,收:第62卷《鲁迅 茅盾》。平凡社《世界名作全集》70卷,别卷3卷,1960年,收:第33卷《鲁迅 老舍》。筑摩书房《世界名作全集》46卷,1962年,收:第33卷《高尔基 鲁迅》。河出书房《世界文学全集》48卷,别卷7卷,1962年,收:第47卷《鲁迅 茅盾》。河出书房《世界文学全集(豪华版第Ⅰ期)》25卷,1966年,收:第19卷《鲁迅》。筑摩书房《世界文学全集》70卷,别卷1卷,1968年,收:第54卷《鲁迅》。河出书房,《世界文学全集(彩色版)》50卷,别卷2卷,1969年,收:第35卷《鲁迅 老舍》。集英社《世界文学全集》66卷,1970年,收:第62卷《老舍》。筑摩书房《筑摩世界文学大系》89卷,1974年,收:第78卷《鲁迅 茅盾》。集英社《世界文学全集(爱藏版)》45卷,1974年,收:第33卷《鲁迅 老舍 巴金》。讲谈社《世界文学全集》103卷,别卷1卷,1975年,收:第93卷《鲁迅》。集英社《世界文学全集》88卷,1978年,收:第72卷《鲁迅 巴金》。学习研究社《世界文学全集》50卷,1978—1979年,收:第44卷《鲁迅》,第45卷《老舍 茅盾》。集英社《世界的文学》20卷,1991年,收:第20卷《中国及亚非》,安宇植等译,收录《狂人日记》《寒夜》《子夜》等。根据矢口进也:《世界文学全集》,第221—356页整理增补。
② 舒济:《国外翻译研究老舍文学作品概况》,曾广灿、吴怀斌编:《老舍研究资料》(下),北京十月文艺出版社1985年版,第1016页。
③ 舒济:《国外翻译研究老舍文学作品概况》,第1018页。
④ 竹内好:『社会主義の現実主義』,『竹内好全集』第三卷,筑摩书房,1980年,第99頁。

第六节
新的普遍性的建立

20世纪50年代初,伴随着日本国民文学论的展开、新中国的成立、二战之后《旧金山和约》的签订以及日本原有殖民地的丧失、战后亚洲民族主义运动的兴起等一系列历史事件,中国的现代文学及民族文学遗产通过"世界文学"对战后日本的民主运动与社会都产生了一定的冲击。不过,20世纪50年代上半叶以民族特色为基调的日本"世界文学"重建工作很快就遭到了质疑。吉川幸次郎在1960年发表的论文《日本的中国文学研究》中反思了日本的中国文学研究"偏重于戏曲小说"的现状。他指出"正因为中国人是富有现实性、不能与现实相分离的,因此叙述实在经验的散文以及以此为基础的抒情诗,比起虚构非实在的文学更为重要"。① 他继而反思了日本中国研究"偏重现代文学"的倾向。吉川幸次郎的上述文章虽发表于1960年,但该文章是在其1944年的《支那学的问题》《支那人的古典与生活》,1951年的《中国文学入门》,1952年的《中国的智慧》等一系列研究延长线上的思考。他在二战时就曾提出,要知道现在的中国就必须了解古代的中国,日本的现代中国研究亟需打通古今。② 吉川幸次郎的这一呼声是针对战后日本"日本和中国的古籍山一样地堆积在古书店之前,论堆拍卖"的现状发出的,而且明显与竹内好等人的"现代中国文学"观分属不同的路径。③

作为在大正时期以后成长起来的中国学专家,吉川幸次郎的研究领域十分广阔,广涉先秦到晚清时期的文学,他曾写过《鲁迅的寂寞》《小学老师倪焕之》《巴金〈寒夜〉》等关于现代文学的评论。一般认为,其学术成就主要集中在元曲、杜

---

① 吉川幸次郎:『日本の中国文学研究』,『吉川幸次郎全集』第十七卷,筑摩書房,1969年,第419頁。
② 吉川幸次郎:『支那学の問題』,筑摩書房,1944年,第77頁。
③ 关于二战之后日本古籍萧条的情况,可参见吉川幸次郎《中国文学入门》课程讲义提供者黑川洋一的话,见黑川洋一:《序言》,吉川幸次郎:《中国文学史》,陈顺智、徐少舟译,四川人民出版社1987年版,第1页。加藤周一也曾说过二战之后中国古籍在日本旧书店售卖的价格异常便宜,当西洋文学作品的价格同物价一起飞升时,中国古籍的价格丝毫没有涨,好似白送一般。加藤周一:『外国文学のうけとり方と戦後』,『加藤周一著作集』第6卷,平凡社,1978年,第61頁。

甫及宋诗三个领域。元曲是其博士论文的研究方向，杜甫研究贯穿其一生，而宋诗研究是其晚年的主要工作。这几个方面代表了其学术研究的最高水平。①现有研究也注意到吉川幸次郎早年的经学研究，指出其所注译的《尚书正义》不仅奠定了他的学术地位，而且使他成功地超越了单纯的中国文学研究的范围。②然而，在吉川幸次郎的上述学术生涯中，也贯穿着另一项重要的工作。那就是，从20世纪50年代初开始，他积极推动中国古典文学，尤其是《论语》在日本的大众化。

1952年，吉川幸次郎一边在京都大学讲授《中国文学史》，一边借着在《新潮》上连载《中国的智慧》这个机会开始了对《论语》的重读。③这两方面的工作有一个相通之处，即吉川幸次郎重新发掘了中国文明和文学中的人本主义。据他所言"如果可以将人道主义一词换为人本主义，那么，没有比中国更尊重人道主义的了"，中国人认为人是世界的中心。④带着人本主义或人道主义观念来重读《论语》，吉川幸次郎发现，中国原本的儒家思想并不教条，而是充满人间温情，只是在日本的接受过程中才走向了极端的教条主义。其代表人物之一就是江户时期的儒学家荻生徂徕。明治时期以后，日本社会逐渐西化，在现代化的进程中，《论语》一再遭到过度批判，这种批判在大正时期达到顶峰。根据吉川幸次郎的回忆，其所在的京都大学的中国文学科的先生们都对《论语》持严厉的批判态度。⑤在吉川幸次郎看来，与明治时期具有儒学及汉学素养的政治家及军人不同，第二次世界大战中的战犯大多缺乏儒学素养，只信奉狂妄的军国主义。在他看来正因为缺乏儒学的宽容和温情才导致了战争。⑥日本在近代化进程中存在的问题恰恰是儒学传统的遗失。二战之后日本著名思想家丸山真男在1952年出版的《日本政治思想史研究》中分析了朱子学在日本的解体以及此后以解放原先受"合理主义"束缚的个人发展为目标

---

① 张哲俊：《吉川幸次郎研究》，中华书局2004年版，第1页。
② 严绍璗：《吉川幸次郎与"吉川中国学"》，黄裳：《学林漫录》四集，中华书局1981年版，第168页。
③ 到1981年，《中国的智慧》已经是第34次印刷，由此可见吉川幸次郎二战之后的《论语》解读影响力之大。
④ 吉川幸次郎：《中国文学史》，陈顺智、徐少舟译，四川人民出版社1987年版，第1—4页。
⑤ 吉川幸次郎：『中国文学雑談：吉川幸次郎対談集』，朝日新闻社，1977年，第8—12頁。
⑥ 吉川幸次郎：『日本の儒学』，『吉川幸次郎全集』第十七卷，筑摩书房，1969年，第83頁。

的日本国学的诞生。他指出，当朱子学的治国平天下思想转化为德行和穷理后，原先的"合理主义"就逐步解体，到了荻生徂徕那里，儒学已完全被政治化。当规范向政治之物升华的同时，也激发了人的精神的解放，打开了自由发展之路，诞生了"把扫荡一切规范性的内在心情原封不动地作为道而加以肯定"的国学。这就为日本明治以后的非合理主义个人和感情埋下了种子。① 吉川和丸山的观点具有一定的相似性，可以说，吉川幸次郎从20世纪50年代开始的用西方人道主义精神重新解读《论语》、重新挖掘中国文学中"现实性"和"人道主义"的工作具有反思日本军国主义历史和重建"人"的文学的进步意义。

对国民文学的反驳更为重要的一面在于其所强调的中国文学所具有的"世界性"。在吉川幸次郎看来，像《论语》"子罕篇"中的"子在川上曰，逝者如斯夫，不舍昼夜"这样的句子体现的正是孔子把人类使命或命运喻于河水的思想，即便在河水不向东流的地方，这句话仍然是恰当的。因而，《论语》并不是以中国本土为中心的地方文学，而是"具备着丰富的世界性的世界文学"。② 在中国，讴歌个人喜怒哀乐的诗歌大量存在，但它们不是大文学。真正的大文学是在讴歌个人喜怒哀乐的同时将喜怒哀乐情感扩展到每一个人。或者，为了讴歌每一个人的喜怒哀乐情感而歌唱个人的喜怒哀乐情感。③ 中国文学和《论语》证明了所谓的普遍性并不是西方所特有的。

正是基于对中国文学和《论语》所作的"世界性"理解，吉川幸次郎重新激活中国古典的努力很大一部分便体现在筑摩书房20世纪60年代后出版的一系列"世界文学"丛书中。1971年，吉川幸次郎所评注的《论语》作为《世界古典文学全集》第4卷出版。除此之外，1970年，吉川幸次郎和福永光司一起编辑了《世界文学全集》第3卷《五经　论语》。他还在60年代参与了筑摩书房《世界文学大系》古典部分的评论工作，参与了其中《中国散文选·传记篇》《中国古小说集·唐宋传奇集》以及《杜甫诗集》的翻译。虽然吉川幸次郎的博士论文以代表

---

① 丸山真男：《日本政治思想史研究》，王中江译，生活·读书·新知三联书店2000年版，第115页。
② 吉川幸次郎：《中国文学史》，陈顺智、徐少舟译，四川人民出版社1987年版，第28页。
③ 吉川幸次郎：『中国文学的政治性』，『吉川幸次郎全集』第一卷，筑摩书房，1969年，第114页。

"虚构文学"和"口语文学"的元杂剧为研究对象，但在研究"世界文学"的过程中，他并不关注日本国民文学论者都看重的口语文学，自己后来的研究兴趣也逐渐离开了元杂剧，而归于诗文和杂学。① 虽然吉川幸次郎在1947—1950年间连续翻译了5册《水浒传》，但他对明清小说的评价总体不高。② 他认为《水浒传》的趣味终不如《史记》，而《三国志演义》的趣味终比不上陈寿的《三国志》，甚至比《资治通鉴》的趣味都不如。总之，"在接触西方文明前的中国文明的体系中，小说的趣味远不及历史记录"。③ 在他看来，中国人历来对虚构的作品不太抱有敬意，明代小说的急遽盛行只不过是中国文学史上的异常现象罢了。④ 吉川幸次郎和其京都学派的恩师狩野直喜一样，都相信中国文学的精髓在古代文学中，中国的古典和古文支配了中国人的思想和语言，而俗文学的起源较晚，地位也较低，无法与中国的古典相媲美。⑤ 这样看来，由日本中国学会理事长吉川幸次郎参与的筑摩书房的《世界文学大系》中收录《五经　论语》《史记》《诗经　楚辞　唐诗　宋诗　宋词》《中国古小说集》《中国散文选》，甚至收录现代文学《鲁迅　茅盾》，却没有收录明清的白话长篇小说似乎也并非偶然。

　　不过，吉川幸次郎对中国古典的再评价与二战之后日本国民文学或国民史学的话语并不完全矛盾。正如上述所论，20世纪50年代，无论中国也好，日本也好，并未彻底拒绝传统，而是重新挖掘民族文化资源。例如，吉川幸次郎在中国文学史中对《诗经》国风的发现与中国50年代在"人民性"的解释下剥去《诗经》的"经典外衣"而"重新认定它是一部民歌总集"的做法有重合的地方。⑥ 他所重读的《论语》也并非作为"经典"的《论语》，而是在他看来带有许多"非真实性"、不能当作孔子生平传记来参考的《论语》，是一种具有很多"虚构因素"的、"作为文学的真实"的文本。⑦ 但是，在吉川幸次郎所理解的"中国文学"概念中又不包

---

① 张哲俊：《吉川幸次郎研究》，中华书局2004年版，第227页。
② 张哲俊：《吉川幸次郎研究》，"年谱部分"，第371—372页。
③ 吉川幸次郎：『中国の知恵』，新潮社，1981年，第15頁。
④ 吉川幸次郎：《中国文学史》，陈顺智、徐少舟译，四川人民出版社1987年版，第227页。
⑤ 狩野直喜：『支那文学史』，みすず書薦，1970年，第9頁。
⑥ 列文森：《儒教中国及其现代命运》，郑大华、任菁译，中国社会科学出版社2000年版，第122—123页。
⑦ 吉川幸次郎：『中国の知恵』，第8頁。

括《论语》《诗经》和《史记》,甚至连《楚辞》都无法归入中国文学的开端。这些都只能算作"前史"。它们是作为规模宏大的"古典"和"文献"的一部分被重新发现的。总的来说,此时吉川幸次郎对"世界文学"中的中国文学"世界性"的发现是基于其对"中国古典"的发现,这种"中国古典"既不是"经"也不是欧洲的"文学",可以说它回到的正是明治时期的日本汉学传统中的"文学"观念,在精神上继承的是《汉文大系》和古城贞吉的"中国文学"观念。

需要补充说明的是,收录在1968年筑摩书房《世界文学大系》第69卷和1970年《世界文学全集》第3卷中的《论语》都是由求学于东京帝国大学,与吉川幸次郎同样留学中国、同样受教于狩野直喜、同样任教于京都帝国大学的汉语教育家仓石武四郎用现代日语口语翻译的。[①] 吉川幸次郎后来依据清朝考证方法所作的《论语》评注与此日语口语翻译的性质完全不同,由此更进一步清楚地彰显了吉川幸次郎在"口语"与"古典"两者之间的选择。日后与吉川幸次郎一起对谈"中国文学的世界性"的法国文学研究者桑原武夫曾在他1954年出版的《世界文学入门》一书中谈道:"日本从古代就受到中国文学的影响。诗人有屈原,谈到史家则有写作《史记》的司马迁,《唐诗选》则首推杜甫和李白,这些都是伟大的文学。但是,这些都是贵族的文学,不是一般庶民的文学,到了明清时代,才有了像《三国志演义》《水浒传》《红楼梦》《西游记》这样用民众的语言所书写的民众的文学。"[②] 桑原武夫认为,继承这些传统的正是赵树理的文学,因而他将赵树理与司汤达、卢梭、雨果、陀思妥耶夫斯基、斯坦贝克等著名作家并列为"世界文学"大家。桑原武夫认为,所谓的世界文学应当是能够负起全社会和全世界责任的文学,也包含知识分子自我蜕变和发展的过程。而日本明治以来的文学即便在学习西洋文学上花费很大精力也依然缺少"世界性",这是因为日本的作家没有考虑到如何激活日本民众的活力。[③] 桑原武夫的上述发言与竹内好有相似之处,但并非从中国文学的特殊性出发,而是将白话文学和民众文学作为一种贯穿古今、兼及东西的"文学世界性"因素来看待,与吉川幸次郎"复古"的世界文学观形成了鲜明的对比。

---

① 有关仓石武四郎用日语口语翻译《论语》的意义参见王晓平:《中日文学经典的传播与翻译》(上),中华书局2014年版,第403—431页。
② 桑原武夫:『世界文学入門』,新評論社,1954年,第146頁。
③ 桑原武夫:『世界文学入門』,第172頁。

在20世纪60年代以后重回《汉文大系》对日本而言有特殊的时代意义。吉川幸次郎所构筑的"中国文学的世界性"也有特殊的时代性，在强调中国文学"世界性"的同时，他也认为虚构文学之所以没能占文学的主流是因为中国人认为，"被现实地、感觉地把握的是客观实在，只有在现实世界中，而不是在空想中，才有陶冶人情操的美好之物"，也就是说这是源于中国人的"国民性"。① 这恰恰与日本文学形成了强烈的对比。中国现实的国民性不仅在素材方面，而且在描写方面也得到有力的表现，那便是"准确的描写"。据吉川幸次郎总结，日本文学往往尊崇一些极不明确的叙述，而中国文学则尊重那些历历在目的情景描写；日本文学尊尚余韵，而中国文学则利索地突出中心。② 在吉川幸次郎看来，从《诗经》到《史记》，到杜甫、韩愈、白居易的作品，再到《水浒传》的中国文学史与从《万叶》《源氏》到西行、芭蕉、西鹤的日本文学史很不一样，甚至是对立的。③ 吉川幸次郎认为这种对立性的产生在于中国文学的"世界性"。正因为中国文学和《论语》有如此大的包容力，受到中国文化影响的日本古代文学的发展模式便是对中国文学和文化中的已有部分不加发展，而专注于发展中国文学中所没有的因素。④ 也就是说，《论语》既有国民性又有包容性，而日本文学则是与此具有补足作用的另一种国民文化。当《论语》及中国文学被单独考察时，它们无疑有其"世界性"，但是对于日本而言，中国文学无疑是一种基于国民性的"外国文学"，位于日本文学的外部，延续的依然是日本明治以后以中国为对象的支那学的传统。中国文学从日本内部走向了对立的外部。在这种包含"国别"与"世界"的双重理解下，20世纪50年代末，中国古典文学在明治以后第一次重新回到日本的"世界文学"中。

明治时期，在日本引进了以西欧小说为基准的文学观念后，一方面，日本国文学在努力去除汉文和文学中的"汉意"，另一方面，与国文学一起诞生且相对的"世界文学"并未收录基于中国文学观念的汉文作品。在日本转换到"现代世

---

① 吉川幸次郎：《中国文学史》，陈顺智、徐少舟译，四川人民出版社1987年版，第7页。
② 吉川幸次郎：《中国文学史》，第10页。
③ 吉川幸次郎：『中国文学的政治性』，『吉川幸次郎全集』第一卷，筑摩书房，1969年，第114页。
④ 吉川幸次郎：『中国文学雑談：吉川幸次郎対談集』，朝日新闻社，1977年，第10页。

界"之前的中日所共享的汉文"文学"则被收录在诸如《支那文学全书》这样的大型丛书中,"支那文学"的范围包括诗歌、散文和经典。进入大正昭和时期,无论是"中国古典"还是五四以后的白话文学都没有进入追求以欧洲文学为基准的日本世界文学,唯有中国古代白话和戏曲作品,抑或作为日本和文学的一部分被收录到《国译汉文大成》中,抑或作为可以对抗西欧"世界文学"的中日共同的文学财产,得到盐谷温等新一代支那学家的承认。中国文学整体而言并未在大正与昭和时期的日本世界文学史中占据重要的位置。

与此同时,通过日本"世界文学全集"也能反观出,在日本,世界文学的普遍性并未在二战之前真正建立起来。日本对"世界文学"的自信直到 20 世纪 50 年代才真正树立起来。筑摩书房于 60 年代末出版《世界文学全集》时,正值日本经过了二战之后民主运动的高峰、内阁交替的不安、反对《日美安全保障条约》的民众运动后,走上经济高速增长道路的时刻。1968 年,日本实现了国民收入倍增的计划目标,并成为资本主义世界中仅次于美国的第二经济大国。从 1966 年到 1970 年 7 月,日本经济年平均增长率高达 11.8%,出现了日本现代史上创纪录的长达 57 个月的长期繁荣局面。① 也正是在这经济高度增长的自信时刻,日本的"世界文学"迎来了 20 世纪六七十年代日本战后世界文学全集出版的高潮,这是继战前 20 年代以后的第二次世界文学出版高潮。新潮社 1965 年出版的《新潮世界文学小辞典》前言里这样写道:与以往"将'世界'等同于'西洋'"的文学常识不同,世界文学的新视野"重视文学的世界同时性,使用自身的远近视野",即"从现代日本的视点出发,中国、印度、阿拉伯、波斯等古今东洋各国的文学与西洋被置于相同的概念中考虑",日本新的世界文学观"在这种新的视点中重新发现了世界的古典"。② 与新潮社相似,筑摩书房出版的《世界文学全集》所展示的便是这种重新发现中国古典的自信。此时,明治时期被日本排除在"世界文学"空间之外的中国古典——既有文言文的也有白话的,既有"大文学"范畴的也有"纯文学"范畴的——终于得以出现。

不过,这种出现也意味着原有的中日共有的汉文和儒教世界彻底消亡以及二战之后民族国家形式在东亚的确立,中国文学作为日本的外部世界最终确立。如果从

---

① 王振锁等:《日本政治民主化进程研究》,上海三联书店 2011 年版,第 159 页。
② 新潮社:『新潮世界文学小辞典』,新潮社,1965 年,"序言"。

世界文学的角度来看，日本从明治时期就开始追求的"普遍性"曾一度在20世纪50年代反弹，直到60年代才彻底完成。中国的历史曾被认为是世界的历史，"天下"即指"帝国"，也指世界，中日曾有一个共同的儒教与汉文世界。但是当民族国家体制在二战之后最终确立时，孔子及其学说，中国文学及汉文无疑"代表了'国性'，而不是超国家的真理"——不管它们自身是否具有"世界性"。① 中国文学代表了20世纪60年代后成为资本主义国家第二经济大国的日本能够"占有"世界的能力，而汉文则多少沦为列文森所说的"博物馆化"或"历史纪念碑"的地位，原物得到保护，生存没有被剥夺，但是文化作用和含义已经被取代。② 然而，日本"世界文学"中经学科专业化处理而被保存下来的汉文学却表现出对"前现代"的怀旧，给人一种"浪漫的想象"，让人相信日本保持了一种从未断裂过的独特精神。

---

① 列文森：《儒教中国及其现代命运》，郑大华、任菁译，中国社会科学出版社2000年版，第363—364页。
② 列文森：《儒教中国及其现代命运》，第337、360页。

第二章

世界图景、转型时代与传统的经典化：以民国戏曲赴日公演中的"戏画一体论"为中心

18世纪以来，《窦娥冤》《赵氏孤儿》《灰阑记》等戏曲经典在海外传播的辉煌早已人所共知，中国戏曲走出国门演出的历史亦可上溯至两三百年之前。不过，这些早期的译介主要集中于古典戏曲文本，且多为海外汉学界和热心人士的单方面行为，舞台演出也主要集中在华侨社团活动区域内。虽然这些演出可能有着已难重见的精彩，其中一些团体的行程可能比日后反响强烈的海外公演走得更远，但因为种种原因，早期的海外演出并未给后人留下足够动人的中外"对话"之声。应该说，1919年梅兰芳首次访日，标志着中国戏曲作为一种舞台艺术对外传播的自觉期及交流高潮期的到来。1919—1937年间，梅兰芳、韩世昌、绿牡丹、小杨月楼等人将戏曲带出国门，出现了广为人知的戏曲跨文化交流的演出大事件，而在20世纪30年代之前，上述这些名伶无一例外地选择将日本作为自己海外试啼的新舞台。

1919年与1924年，梅兰芳两度登上日本剧坛，引发了学界和媒体的大量品评。1919年，梅兰芳已在剧坛绽放异彩，其身边以缀玉轩同人为代表的文人团体一直在为梅兰芳、为中国戏曲寻求更广阔的舞台，"梅党"中冯耿光（时任中国银行总裁）等具有资本实力者的存在，也使得梅兰芳最有可能担当起被时人称为发扬国剧先声的重

任。出于文化相似、易于接受的考虑，加之有日本帝国剧场的大仓喜八郎男爵、日本文学家兼园艺学家龙居松之助、日本地质学家兼新舞踊运动推进者福地信世等"梅迷"和"中国通"作为后盾，热心牵线，赴日公演终于以民间商演的形式成行。

1919年4月21日—5月27日，应日本帝国剧场邀请，梅兰芳带领"喜群社"访问日本东京、大阪、神户等地（其中在神户的演出是为华侨学校募捐的义演），梅兰芳本人出演了《天女散花》《御碑亭》《虹霓关》《黛玉葬花》《贵妃醉酒》《琴挑》《春香闹学》《游园惊梦》《游龙戏凤》《嫦娥奔月》等剧目，除此之外，剧团的姚玉芙、高庆奎、贯大元、姜妙香、赵醉秋等还演出了《思凡》《空城计》《乌龙院》《鸿鸾禧》《武家坡》《洪羊洞》《监酒令》《乌盆记》《举鼎观画》等剧目。

1924年10月9日—11月22日，在日本已颇具人气的梅兰芳，应日本帝国剧场邀请，以恭贺大仓男爵88岁米寿以及东京震灾之后帝国剧场重建开幕演出之名，第二次访问日本。携姚玉芙、姜妙香、罗文奎、陈喜星、陈喜奎、陈少五、札金奎、乔玉林、朱桂芳、李春林等人先后在东京、大阪、京都等地演出《麻姑献寿》《廉锦枫》《贵妃醉酒》《红线传》《奇双会》《审头刺汤》《御碑亭》《洛神》《黛玉葬花》《头本虹霓关》（以上剧目由梅兰芳出演）和《连升三级》《空城计》《风云会》等剧目，其形式仍为与日本歌舞伎演员同台竞艺。

在这两次演出中，由缀玉轩同人李释戡、齐如山等人编写的《天女散花》《黛玉葬花》等古装新戏，在演出场次上胜过了传统戏。这当然与东京帝国剧场主导者大仓喜八郎等人的喜好有关[1]，但梅兰芳等艺术家亦确有着强烈的新意图。齐如山并不讳言他编制《嫦娥奔月》《天女散花》等古装歌舞戏是对法德神话剧的借鉴和模仿[2]，在1919年公演前的宣传中，这一点又被诸如"其舞蹈融合了中国纯古式舞蹈、日本舞踊和西洋的舞蹈特征，调和而成"[3]的说法着意提出，东京报纸等大众传媒亦多强调这"再创传统"的多元来源与杂糅性，并给予认可和肯定，视其为与

---

[1] 在1919年的东京公演中，《天女散花》一家独大反复上演，甚至连演5天，便与大仓个人的喜好有关，当时便引起一些反感。1924年的公演又有贺大仓米寿之由，自然也要考虑其喜好。

[2] 齐如山著，王晓梵整理：《齐如山文存》，辽宁教育出版社2010年版，第213页；陈纪滢：《齐如老与梅兰芳》，黄山书社2008年版，第139页。

[3] 村田乌江：『支那劇と梅蘭芳』，玄文社，1919年，第67页。

世界图景、转型时代与传统的经典化：以民国戏曲赴日公演中的"戏画一体论"为中心

"进步的社会步调一致"的现代性表达。① 就在梅兰芳首次访日前不久，《新青年》杂志上刚刚进行了一场不可谓不火爆的"新旧剧论争"，陈独秀、胡适、钱玄同、刘半农、周作人等"新文化"阵营对"旧剧"展开了集中、猛烈的抨击。虽然说精英知识分子们热烈的纸上论争与其在当时对梨园界的实际影响并不可等而视之，但"梅党"知识人不可能完全置身于这样的时代声势之外。事实上，此时期不仅《嫦娥奔月》《天女散花》等据齐如山本人说是效法法德神话剧的新编古装歌舞戏，另外像《一缕麻》《孽海波澜》等专为梅兰芳量身打造的时装新戏，也都流露出趋西、趋新、趋时的特点。其表情、心理呈现之细腻，舞台美术的光电新尝试与"新文化"知识人对写实和科学性的强调不无相应。这种趋势在1924年具有为大仓贺寿性质的赴日演出中，被媒体以"日渐世界化，也许更确切地说是欧化""打破了传统旧剧的程式""写实的""心理的"表演②等评语进一步强化。今日，更有学者不满足于泛泛之议，关注到了其时梅兰芳表演艺术与电光舞等更为具体的艺术形态在美国、日本传播的可能关联③，又为考察当时戏曲所处之声色光电的"环球性语境"提供了新的视点。

不过在日本的梅评中，始终还有另一种着意于为"传统"订立标杆的声音。众所周知，1919年在《品梅记》中发表观剧评论的京都学派的代表狩野直喜、青木正儿、内藤湖南等人，并不认为梅兰芳的新编京剧是与时俱进的东西合璧，相反认为它是有技无艺，脱离了昆曲这一戏曲典范传统的空中楼阁。1924年，南部修太郎对梅兰芳的表演作出"新颖而时尚的"判语的同时，内心希望的却是"能看到更加纯粹的中国戏"，而不是这种"非中国戏性质的""被

---

① 吉田登志子：《梅兰芳1919、1924年来日公演的报告（续）——纪念梅先生诞辰九十周年》，细井尚子译，《戏曲艺术》1987年第2期。

② 吉川操：《中国戏剧的性质和构造》，《都新闻》1924年10月19日；米田祐太郎：《票价宣传》，《东京朝日新闻》1924年10月23日；南部修太郎：《梅兰芳的〈黛玉葬花〉》，《新演艺》1924年12月号（转引自吉田登志子：《梅兰芳1919、1924年来日公演的报告（再续）——纪念梅先生诞辰九十周年》，细井尚子译，《戏曲艺术》1987年第3期）。

③ 平林宣和：《梅兰芳古装新戏与"电光"的世纪——试探梅兰芳〈天女散花〉与洛伊·富勒的"电光舞"之关系》，刘祯、秦华生主编：《梅兰芳精神及传播国际学术研讨会论文集》，学苑出版社2018年版，第218—223页。

日本化",甚至可以说"是被帝国剧场化了的中国戏"。①在公演座谈中,面对梅兰芳方面对其头脑新、创作新戏、在新剧场演出、主动使用布景的强调,久米秀治、山本有三、山本久三郎等学者、戏剧家在回应的同时,锲而不舍地将话题引向"原封不动""元曲""旧戏""纯粹的中国剧",②也透露出将梅兰芳与他们心中的传统相连接的某种执着。到了1925年,这份蓄积多时的执着终于获得了更好的表达与释放机会——上海名旦绿牡丹访日公演这一新参照系出现,在"梅绿争胜"评论热潮中,日本对梅兰芳的评论出现了"经典化"转向,相比更年轻稚嫩、更具近代化剧风的绿牡丹,梅兰芳的古典与传统地位得到重新评估,成为成熟、雅致传统的代言。到了1928年,北方昆曲艺人韩世昌赴日公演,又使中国戏曲传统在日本的经典化进程发生了新变化:《品梅记》中"京昆对立"的观点再次回归并深化,韩世昌作为昆曲代表,在日本舆论中普遍胜出更擅长京剧的梅兰芳,在一个短时期内成功取代了后者此前拥有的经典化地位。③在上述10年左右的时间内,梅兰芳及其所代表的戏曲传统在日本的认知情形有着一个从争鸣、辨析到相对固定又不乏波折的经典化过程,而在此后20世纪30年代梅兰芳两度欧美公演的海外评论中,我们却不太能看到这种复杂性。

值得注意的是,民国时期对中国戏曲在日本的传播乃至经典化问题的评论,是与剧评中常见的"戏画"问题密切相关的。由于戏曲和绘画艺术在形象化呈现方面有一定的联系,加之梅兰芳本人的绘画修养及其在新剧目创演中借鉴引用古画资源等因素,④无论是在欧美还是在日本,"以画喻戏""戏画一体"都是观剧者经常采用的评论方式。在欧美,因为曲词意义的隔阂,对梅兰芳和中国戏曲的解读尤其倚重

---

① 南部修太郎:《梅兰芳的〈黛玉葬花〉》,李玲译,《戏曲艺术》2013年第4期。
② 金凤吉译:《梅馨远流樱花国——1924年日本〈演剧新潮〉邀请著名戏剧家为梅兰芳举行座谈会(速记稿)》,《新文化史料》1996年第1期。
③ 关于民国时期戏曲访日公演舆论,江棘在《穿过"巨龙之眼":跨文化对话中的戏曲艺术(1919—1937)》(中国人民大学出版社2016年版)中有过较详细的考察,此处仅作简要概括。
④ 在村田乌江所编赴日公演宣传册《中国剧与梅兰芳》中,特别介绍了梅兰芳习中国画,尤擅花鸟画。在梁社乾(George Kin Leung)、梅其驹(Ernest K. Moy)等编的《梅兰芳美国之行及演剧》*Special Plays and Scenes to Be Presented by Mei Lanfang on His American Tour*(1929)、《梅兰芳太平洋沿岸演出》*The Pacific Coast Tour of Mei Lanfang*(1930)等赴美公演指南中,都曾提到梅兰芳参酌古画创编古装歌舞戏的情形。

第二章
世界图景、转型时代与传统的经典化：以民国戏曲赴日公演中的"戏画一体论"为中心

并诉诸视觉形象，然而这种解读中的绘画意象往往流于空泛，佐证着他们对东方名物和传统的本质主义想象。日本的"戏画一体论"则鲜明体现出受所谓传统"内部"的文化亲缘感和认同框架的影响，同时作为东亚现代化的"先进"国，这种文化认同表达又悖论式地与其基于"先发"优势而在传统问题上的优越感并存。

考察民国戏曲海外公演中的"戏画一体论"在共时断面与历时线索上的差异与变化，有利于我们从一个跨艺术领域的角度，理解转型时代东亚艺坛对传统寻证的特殊焦虑以及某种寓于感官形象的独特表达策略，揭示出在文明冲突与跨文化对话中有着更为复杂迎拒状态的东亚经验，也有助于呈现出与时代政治环境紧密连接的更为广阔的世界图景。

第一节
"戏画一体论"举隅与问题的提出

在中国，戏论与画论的结盟古来有之，它曾催生出如"写意"等诸多著名且有效的理论概括，相关研究也不胜枚举。然而，海外的"戏画一体论"又有怎样的特点？分别翻检梅兰芳访美与访日时的相关评论，不难发现个中差异：欧美观剧者往往以"古老的中国画""古老丝画""绘画""中国绘画"这样空洞宽泛的整体性意象比拟戏曲，且多与"中国瓷器""雕刻""古塑"等人们熟悉的东方名物搭配并置使用，凸显戏曲的古老、精美和高贵，以及中国形象艺术所突出具有的那种抽象而精妙的现实主义。[①] 相比之下，我们可以看看几例有代表性的日本观剧者对中国戏曲的画喻：

（一）摄影和绘画如果排除掉选择场所或景物这一主观因素，那么可以说照片展示的是纯粹的客观的风景，而绘画却是纯粹的画家心中的主观风景。即便是

---

① 参见 "Foremost of the Pear Orchard", *New York Herald-tribune*, Feb. 11th, 1930; Robert Littell, "Review", *New York World*, Feb. 17th, 1930; Stark Young, "Review", *New York Republic*, Mar. 5th,1930。分别收于 Ernest K. Moy, *Mei Lanfang: What New York Thinks of Him*, 1930: p.16, p.7, p.23；斯达克·扬：《梅兰芳》，引自梅绍武：《我的父亲梅兰芳》（下），中华书局2006年版，第544页。

所谓的写生画,与照片相比较的话,也不可能纯粹是客观的,因为绘画无法完全创作出纯粹的客观的东西。例如一张湖畔风景的照片,那上面是实实在在的,比例缩小的远山、近水、舟筏、人物,是纯粹客观的景物。如果画下这些景物,得到的肯定不可能完全和照片一样,肯定含有画家的主观想法:船上钓鱼的人让画家印象深刻,所以情不自禁地细致地描绘了钓鱼,船体、远山、芦苇就自然地使用了简略的手法。这种例子在南宗画中非常显著,钓鱼的人与船体比例相比略大,这从理论上是讲不通的,但现实绘画中却很多见,这就是画家主观因素明显地表露在画面上的例子,这就是为什么艺术创作品要优胜于照片的原因。

中国剧中砌末的繁简与绘画类似……省略掉这些真实道具而采用暗示性的道具为的是能够突出戏剧表演的重点,让表演不至于散漫……就像前文提到绘画中的钓鱼者那样,而省略车马城门这些具体的事物,只留下暗示性事物,就犹如描绘船体、远山、芦苇那样,自然地使用了简略的笔法。(那波利贞,1919)①

(二)当天演出的是《琴挑》《乌龙院》《天女散花》三出戏。其中我觉得《琴挑》最为韵味深长,中国情调的舞台背景前,抱琴上台的梅兰芳姿态绰约优雅,面容姣艳……即便其唱、白及音乐颇为高锐,但观此戏仿如静静品味一幅唐画。(丰冈主资,1919)②

(三)您的艺术让我不禁联想到与清朝乾隆时代的艺术品有一种相通的气质,例如乾隆时代洗练的院画、精巧之极的古月轩的瓷器等,特别是您演《思凡》《醉酒》《闹学》等戏时,这种感受最为深切,这些戏似乎像康乾时代的当代剧。我想如果高宗(乾隆)当时能看到您的艺术的话,他将会多么感兴趣,将会给您多少照拂啊!(天鹅,1919)③

(四)梅兰芳艳冶的仪态和舞姿对懂或不懂中国剧的人来说都是夺人心魂

---

① 青木正儿等:《品梅记》,李玲译,文化艺术出版社2015年版,第97—98页。
② 青木正儿等:《品梅记》,第57页。
③ 青木正儿等:《品梅记》,第73页。

世界图景、转型时代与传统的经典化：以民国戏曲赴日公演中的"戏画一体论"为中心

的。我国民众挑剔中国剧有许多刺眼障耳的毛病，尽管如此，那些人看了一回戏却都成了崇拜者。如果和我国舞蹈相比的话，我国舞蹈的特点犹如光琳派的花卉，充满别样的逸趣；而梅的优点则像恽南田的画风，空灵缥缈。梅在《尼姑思凡》中的舞蹈遵从了传统程式，恰如其分，无可挑剔；但在被誉为拿手绝活的《天女散花》中，我感觉舞蹈身段太过火了……《天女散花》也许是适应于近代皮黄的，而与昆曲不相符。（内藤湖南，1919）①

（五）《黛玉葬花》这出戏……很近似于日本戏。情感很淡……淡彩……很抒情。说抒情也许不妥，非常接近日本人的心情……与其说接近日本人的心情，倒不如说更接近我们的情感。我们本以为贵国的戏剧更追求强烈的刺激……（久米正雄，1924）②

（六）总而言之，昆曲因其高贵，只是一种少数人爱好的戏曲，除此之外，也不能做更高期望。打比方的话，这种戏曲的特色不在花朵的五彩缤纷，而在它的芳香；不像《西厢记》《红楼梦》那般香艳，却像唐诗那样气派优雅；不像恽南田的花卉之美，而具有宋徽宗笔下鹌鹑的神韵。昆曲是这样一种艺术：一般人看来可能没有什么趣味，但在别具慧眼的人看来则是佳品，并且随着心境的提升，会益加体会到它的佳处。虽然观众方呼应的力度有大有小，但我认为昆曲是极具深度的。（大谷武男，1928）③

在上述评论中，我们看到了南宗画、乾隆院画、古月轩瓷画、宋徽宗院画、恽南田花鸟、光琳派绘画等更加具体细致的指涉，并且不同于日本观剧者往往多用本国能乐、歌舞伎、净琉璃等戏剧艺术为戏曲之参照，当进入到以画为喻的评论时，他们更多取源并对照中国画史。20世纪20年代，英国皇家学会驻华刊物《中国科学美术杂志》的文艺编辑就曾感慨"西方思维"与亚洲内部思维的不同："一位普

---

① 青木正儿等：《品梅记》，李玲译，文化艺术出版社2015年版，第44—45页。
② 金凤吉译：《梅馨远流樱花国——1924年日本〈演剧新潮〉邀请著名戏剧家为梅兰芳举行座谈会（速记稿）》，《新文化史料》1996年第1期。
③ 大谷武男：『昆曲の匂ひ』，『满蒙』1928年第11期。

通的西方人会把中国画和日本画归为一类，然而每个中国或日本评论家都能够轻易将两者区分开来。"① 以此观照日本戏画评论，无疑显示出与"异国奇珍"这一外在视角所不同的、进入了"传统"内部的"亚洲思维"。

上述评论中出现的画喻主要用来描述戏曲的舞台美术与整体的表演风格。前者以那波利贞为代表。日本戏剧的布景道具虽秉承幽玄美学，但多比戏曲舞台繁复精美，当时已日益近代化的歌舞伎舞台更是如此。因此，无论是梅兰芳本人还是日方，都曾提到中国戏曲舞台相较于日本的疏简，以及普通日本观众可能存在的不适应。② 在此种情形下，以艺术的主观性本质来为戏曲美学辩护并镜鉴自身，就成为欧美和日本评论中共有的一大代表性观点。不过，那波利贞以"南宗画"为喻，比起欧美评论中多见的"中国绘画""中国工艺品"等泛指，更见高明。日人所谓南宗画，与中国明清画论中的南宗及文人画取义甚近。自13世纪起，中国的宋元艺术和禅宗对日本绘画颇有影响，色彩富丽的大和绘盛行的画坛开始向水墨意趣转移，出现了室町时代的如拙、雪舟等有名的画僧、画家。到了18世纪，以中国文人画为楷模，日本兴起"南画运动"，在池大雅、与谢芜村等著名画家的推动下，遍及日本全国，③ 因此，"南画"是一个对日本人而言并不陌生的有效喻体。同时，相较于诸多烦冗、拘谨的解释，点出南宗画这一喻体本身，既可包含那种文人"墨戏"的生动之意，更突出了淡去色相，反为求真，"只开天趣无和有，谁问人看似与不"④ 的主观"错误"意图。以笔墨之"戏"的文人画喻"剧戏"，凸显的不仅是戏曲美学胜于逼真写实造像的主观性，更有那以稚拙通大道的游戏（play）精神。

至于上述其他人的画喻，则都指向了戏曲的表演风格。在迄今为止的梅兰芳赴日公演研究中，尤其是在对1919年写作《品梅记》的京都学派学者的研究中，人们多关注到其褒扬昆曲贬抑京剧的倾向，并多以古/今、传统/现代的分野来标定、阐明这种昆、京间的好恶判判。这当然有其道理，但恐怕并非问题的全部。从

---

① J. C. F, "Editorial Comments: Asiatic Art", *China Journal of Science and Art*, April. 4, 1926: p.164.
② 村田乌江:『支那劇と梅蘭芳』，玄文社，1919年，第23—24页，第28页；西田真三郎:『梅は歌舞伎、緑は新派』,『支那劇研究』1925年第4辑。
③ 秋山光和:《日本绘画史》，常任侠、袁音译，人民美术出版社1978年版，第191—197页。
④ 徐渭:《墨花卷跋》,《徐渭集》第四册，中华书局1983年版，第1307页。

某种角度说，充斥着各种画派名目的"戏画一体论"可以帮助我们摆脱上述对立框架的拘囿，别具只眼，发现其中更细微的面相。诚然，这些剧评人最称道的对象仍多集中于《琴挑》《思凡》①《春香闹学》等昆曲以及源自昆曲的时剧《贵妃醉酒》，主要原因在于他们偏爱洗练、精致、雅丽的艺风甚于感官刺激较强的舞台表现。因此，他们既感知到昆曲与京剧在总体风格上有不同并产生了偏向，同时又因"淡彩"风纤细、精致的美感，对新编京剧《黛玉葬花》给予认可。更重要的是，从绘画的角度看，这些评论中一些画喻之间形成的张力远远不能以单纯的京、昆分判解决。例如，那波利贞以山水画为大宗的文人画精妙比喻戏曲舞美艺术，但对戏曲表演风格的评判，评论者却集中选择以宫廷院画与花鸟画为喻，而非更具写意性的文人山水画；再就这些院画与花鸟画的喻体而言，虽然大都具有洗练、精致、雅丽的特点，但内在又不乏紧张，它既表现为以不同的，甚至在艺术特点上形成冲突和对抗的画派来称赏相同的戏曲（昆曲）对象（例如天鹅、内藤湖南等人援引精巧之极的乾隆院画瓷艺与空灵缥缈的恽南田花鸟的评论），同时也体现为对同一个画人的相反解读。在日本品评中国戏曲的"戏画一体论"中，我们发现了一个不止一次被拿来作为梅兰芳艺风喻体的名字——恽南田（寿平）。在内藤湖南的评论中，恽南田的花鸟画风被认为体现了梅兰芳及中国传统艺术优于日式工巧匠艺的"空灵缥缈"，但也有稍后的其他论述（例如大谷武男），用它比拟梅兰芳和京剧艺术中的某种美艳气质，而在神韵上逊于堪比"宋徽宗鹤鹑画"的昆曲。上述问题所体现的紧张、矛盾和暧昧，正可作为一个个思考基点，帮助我们走进处于转型时代的特殊敏感的东亚艺坛。

第二节
工巧与空灵：传统转型的张力呈现

在品评戏曲表演时，日本人多取譬院画花鸟而无视更具写意之风的文人山水画，这一问题无疑说明了日本人对戏曲表演中的精巧工丽（例如规定性极强且繁复

---

① 1919年赴日公演《思凡》一折由姚玉芙主演，天鹅和内藤湖南认为《思凡》为梅兰芳所演，有误。

的程式表演和明丽的舞台色彩)有着特别的偏重和敏感,这与其时日本画坛趋于工巧、南画式微的整体审美倾向也是吻合的。进入19世纪后的日本,文人画影响力大为衰落,从题材上看,日本人对花鸟实物工笔的欣赏偏好往往胜过作为中国文人画大宗的水墨山水。以1928年由中日画家联合成立的"东方绘画协会"在日本举办的"唐宋元明名画展览会"为例。此次展出规模大、等级高,搜罗了中日收藏大家共600余件藏品。在北宋作品中,日本人偏爱徽宗和李公麟的画作,而像郭熙、苏轼的作品则全为中方收藏;南宋院体画和僧人画作,日方藏品占压倒性多数,而元明两代文人画作藏品则以中方占压倒性多数,[①]可见此时日本收藏界总体对文人画兴味的淡薄。究其原因,一方面大约是由于日本民族崇尚纤弱、细腻的美学风格及强烈的色彩感,相比追求率性与自我表达的文人画笔墨意趣,他们更偏向于工细、精致的画风和工艺性创作;[②]另一方面也与明治维新以后日本画坛日益兴起的趋西之风有关。此时期,像桥本关雪这样对南画倾心神往且家学渊源深厚的日本画大家在对文人画笔墨意趣的追摹中,也早已带有师事竹内栖凤和四条派的那种兼具日式风情与西洋写生光影处理的印迹。在这种情形下,书商天鹃用清代乾隆时期糅合了西洋油画主题与技法,极其重视色彩、光影运用与立体透视造型的院体画(如郎世宁的画作)和古月轩瓷器来赞赏梅兰芳的传统戏和昆曲表演,可以说是对当时日本文化界偏于工巧精细且"中西合璧"之审美风尚的更为极致的反映。

如果说天鹃看重的是梅兰芳艺术中体现出的盛世之风的精巧富丽与包容性,那么内藤湖南所看重的则似乎恰与之相反。需要指出一点,这里引用的中文版《品梅记》翻译,将内藤湖南形容光琳派的原文"一種ヒ子クレた逸趣",译为"充满别样的逸趣",有些学者认为不如细井尚子译为"带有一点别扭的情趣"精准。[③]因为此处原文含有"扭曲""乖僻"之意,用以形容尾形光琳一派那种色彩明艳、装饰性极强、极重工艺性的艺术(其所擅长的屏风画和漆器画有大量工艺成分,如将

[①] 久世夏奈子:『外務省記錄にみる「唐宋元明名画展覽会」(一九二八年)』,『日本研究』2014年第50期。

[②] 有学者观察到,中国人不大喜欢工艺性过强的制作,而日本观众直到今天也多少对中国水墨画持有偏见,参见贾方舟:《中国画与日本画比较研究》,《朵云》1992年总第33期。

[③] 吉田登志子:《梅兰芳1919、1924年来日公演的报告(续)——纪念梅先生诞辰九十周年》,细井尚子译,《戏曲艺术》1987年第2期。

世界图景、转型时代与传统的经典化：以民国戏曲赴日公演中的"戏画一体论"为中心

金属、青贝等镶嵌在漆器表面作为花纹图案），并与恽南田并置（实为对立），确有以后者的"空灵缥缈"来贬抑那种过于工巧的艺术的价值评判。可以说，内藤湖南从梅兰芳的表演艺术中，着力辨析出举重若轻和灵动之处，将之归因为昆曲传统，并对比于日本戏剧和京剧过于人为匠气（别扭）的精巧和过火。然而，正如斯坦尼斯拉夫斯基认为中国戏曲是"有规则的自由动作"①一样，无论是昆曲还是京剧，其表演艺术都是高度的规定性与无比的自由性的辩证统一。而工巧匠气与空灵天成的画喻正是分别侧重对应了戏曲艺术的规定性特征和自由性特征，并不尽是昆曲与京剧的高下分野问题。那么，我们是否就能完全将内藤湖南的褒贬之论作为一种成见等闲视之呢？其中是否还潜藏着某些因种种局限而未能得到准确表达的敏锐观察呢？

如果我们放眼当时的日本剧坛，便会发现日本"新国剧"运动倡导者坪内逍遥也曾以绘画为喻，用空灵天然来抵抗工巧匠气，尽管他所针对的主要是日本歌舞伎。他认为当时的歌舞伎表演就好比用过细的线条来描绘浮世绘中鸟居派、胜川派、歌川派的肖像画一般，且进一步清晰表明他所不满的正是某种过于伶俐聪慧，过于精细化、严肃化、理智化与具有分析性的"现代"摹古心理，对宽裕、轻妙、舒畅、洒脱、天真稚气、有着游戏感的传统艺术感知的损害，以及因为这种损害的发生而导致对原本自然"余裕"的刻意化、夸张化，也即过分的装饰化。简言之，所谓摹古，却过犹不及。②他对年轻梅兰芳的认可之处，也正在于其将清新稚气与某种古意进行勾连。③内藤湖南和坪内逍遥对尾形光琳与恽南田、浮世绘开派宗师与后传弟子之间的褒贬，相比于那波利贞笔下的"南宗画"与"摄影"的东西洋对立，更加精微敏感，它指向了转型时代传统被继承利用转化的一种虽然典型却更具遮蔽性的状态，即某种现代特质凭借其与固有传统的看似契合面貌而入侵、渗透"传统"并带来一种更为隐形的改造（损害）的可能。正是基于这样一种危机意识，相比在戏剧、绘画等艺术领域以改良为名的和、洋之间的缠绕纠结，坪内逍遥更主张和、洋并置，各行其道，而与反感为日本艺术贴上"装饰化"标签类似，坪内逍遥对以"象征主义"等来重新发现、称赏并定义日本艺术传统的西方话

---

① 梅兰芳：《梅兰芳戏剧散论》，中国戏剧出版社1959年版，第203页。
② 逍遥协会编：『逍遥選集』第十卷，東京第一書房，1977年，第163—164、168页。
③ 逍遥协会编：『逍遥選集』第十卷，第131—133页。

语，也保持充分警惕。① 对内藤湖南来说，这或许也正是他虽偏爱昆曲，但对《天女散花》等借鉴了昆曲曲牌、舞蹈等资源新编的古装歌舞戏并未施以青眼的原因之一。

第三节
恽南田与梅兰芳：传统寻证中的投射与想象

前文所提到的恽南田在日本"戏画一体论"中具有特殊且重要的地位。同一个恽南田，为何在10年间被反复用来分别喻指梅兰芳的昆曲与京剧表演，且对其艺术评价会以"空灵"与"香艳"内蕴褒贬？同样，简单的京昆好恶并不能有说服力地解释恽南田本人何以会在日本人眼中具有这般重要性与暧昧性。我们只有从恽南田的画风及其与当时日本画坛的某种关联中寻找答案。

恽南田是清初文人画大家，擅山水、花鸟。明治以来对明清文人画不太看重的日本人，在对梅兰芳和中国戏曲的评论中数次出现恽南田的大名，本就不太寻常。我们注意到，日方评论中的恽南田，其山水画的成就被略去了，被拿来作喻体的他的花鸟画是居于院画与文人画交汇点上的代表。恽南田的花鸟画清新雅丽，重视写生，其不以线条勾描而以"粉笔点脂，点后复以染笔足之"的"没骨画法"② 风靡一时，追随者众。恽南田自陈其是师法以"没骨画法"画花鸟的首创者北宋画家徐崇嗣。③ 徐崇嗣的祖父是徐熙，他与黄筌是五代时齐名的花鸟画家，徐为江南处士，重墨轻色，画意生动野逸，为后世水墨写意花鸟先声；黄筌寓身宫廷，敷彩重染，用笔新细，画风精致华贵，开后世院体与工笔重彩花鸟之风，中国美术史上历来有

---

① 逍遥协会编：『逍遥選集』第十卷，東京第一書房，1977年，第171、654—658頁。
② 方薫：《山静居画论》，于安澜编：《画论丛刊》（下卷），人民美术出版社1989年版，第451页。
③ 《图画见闻志》说："（徐崇嗣）其画皆无笔墨，惟用五彩布成。"（卢辅圣主编：《中国书画全书》第一册，上海书画出版社1993年版，第493页）。《图绘宝鉴》认为，徐崇嗣"画花鸟，绰有祖风，又出新意，不用描写，止以丹粉点染而成，号没骨图，以其无笔墨骨气而名之，始于崇嗣也"（卢辅圣主编：《中国书画全书》第二册，上海书画出版社1993年版，第864页）。

"徐黄体异"之说。徐崇嗣虽为徐家之后，秉承家学，但应时风，亦转学黄家，并在此基础上创立"没骨"花鸟新体。师法徐崇嗣的恽南田，因此也被认为是糅合徐、黄画风的大家。这份感官性形色之美与超越性写意之神的兼具，当是日本人口中恽南田花鸟集"香艳"与"空灵"于一体的艺术上最直接的依据，亦是梅兰芳艺风与之相似的重要所在。

无疑，戏曲的舞台色彩是浓艳鲜明的，梅兰芳的舞台形象姿容艳丽、仪态万方，确有无与伦比的"形色"之"美"。有着"花谱"品评传统的中国曾广为流传四大名旦一字评，其中梅兰芳所占之字便是"样"，也难怪龙居枯山、藤井乙男等众多日本观剧者用本国江户以来品评伶妓姿容的"野良评判"传统来看待梅兰芳了。他们引用"螓首蛾眉，巧笑倩兮，美目盼兮"①的古诗和"面貌之美"令"日本之美人都成灰土"②的语句高谈梅兰芳的玉貌娇态，在公演宣传中，尤为推重春柳旧主（李涛痕）对梅兰芳"眼、首、颈、肩、声、手、腰、汗"③逐一品评的文字，予以全文翻译。无论是在当时还是在其后，日本人津津乐道于梅兰芳的文雅逸事、私生活秘闻，乃至对梅氏出身的"相公"群体，从容貌、肌肤、歌舞、媚术诸方面的养成与训练，以及此现象背后对变态性欲的追逐都颇予关注，④这种偏于感官（乃至肉感）的描摹，确乎不能仅以"美艳"概之，而近于"香艳"了。

不过，正如恽南田花鸟的艳色中自有空灵，梅兰芳艺风的超拔之处同样体现为超越感官的诗性气质。恽氏"没骨画法"恰恰为这一曾多被泛泛表达为"写意自由"的诗性气质提供了一个更具体贴切的喻体。不勾线亦不设界，那份摒弃了生硬、在水墨宣纸间灵动濡染开来的温润感，对应着戏曲中正平和、在想象与现实之间进退自如的审美哲学，也对应着男旦表演的上品——突破生理束缚和模仿的限度（即"勾线"的边界与桎梏），直臻主观创造与理想之境。正如美国评论家斯达克·扬在20世纪30年代对宣传和评论中认为梅兰芳是一位"女性模仿者"（female

---

① 青木正儿等：《品梅记》，李玲译，文化艺术出版社2015年版，第36页。
② 陈纪滢：《齐如老与梅兰芳》，黄山书社2008年版，第114页。
③ 村田乌江：『支那劇と梅蘭芳』，東京玄文社，1919年，第54—58頁。
④ 波多野乾一：『梅蘭芳傳』，『現代支那の政治と人物』，東京改造社，1937年，第489—511頁。

impersonator）的严词否定："他没有任何的模仿一位女性的意图……他努力做到的只是以全部的优雅、感情的深度、柔和与力度的韵律来传达出女性特征的精华和本质。"①"不勾线""不设界"，既指向了男旦演员站在跨性别的"他者"立场，超越生理自然性别"镣铐"进行审美理解和创作的可能，也揭示了表演优秀与否取决于其打开想象空间的能力，因为最美、最理想的性格和形象永远只能是由观众自己在头脑中亲身参与想象搭建出来的。优秀男旦表演的复合性与中性，看似留有余地，却为观众排除过多外表真实的干扰，在主观世界里搭建、实现理想、完满之"真实"，打开了方便之门。对梅兰芳而言，20 世纪 20 年代中期以后在齐如山、梁社乾等知识人的帮助下，这一点得到了日益自觉的理论阐发。对日本观众而言，相比歌舞伎男旦（女形）表演将"色气"（具有生理与性诱惑力的性感魅力）作为其艺术生命，②或许他们此时切实感知到了梅兰芳跨性别扮演的不同之处，并把这种感受融入了梅氏艺风"空灵缥缈"的表达中。

  恽南田之喻的深意还不仅如此。如上所述，无论是恽南田的花鸟画还是梅兰芳的艺风，其中蕴含的感官性审美传统与形而上的审美哲学相统一的艺术丰富性，并不必然指向带有文明论色彩的褒贬、复义与暧昧性。要理解这种指向转换的发生，我们还需要走进当时的日本画坛，去发现恽南田画风与其时某种更为隐性暧昧的对抗的关联。

  如神田喜一郎所批判，明治维新后日本画坛崇洋媚外之风盛行，"我们那些研究日本与中国的学者们中间就有很多人认为日本和中国的事物先天性地低劣于西洋事物。然而日本和中国的东西一旦博得西洋人的赞赏时，他们就会瞬间改变立场，交口称赞起来。因此我们的国学家们向费诺罗沙请教日本美术的价值……还为此洋洋自得"③。引文中的费诺罗沙（Ernest Fenollosa），也写作费诺罗萨或费诺洛萨，是美国哲学家和美术研究家，一般认为其日本画比洋画优秀的言论在当时欧化风潮中刺激了日本人对本国传统的尊重，不仅与 19 世纪 80 年代日本国粹保存运动兴起有关，也有力推动了日本"传统"美术获得更大的世界影响力，带

---

① Ernest K. Moy, *Mei Lan-fang: What New York Thinks of Him*, p. 22.
② 日本著名歌舞伎学者郡司正胜在《歌舞伎入门》（李墨译注，中国戏剧出版社 2004 年版）一书中多次提到这点。
③ 青木正儿等：《品梅记》，李玲译，文化艺术出版社 2015 年版，第 62—63 页。

世界图景、转型时代与传统的经典化：以民国戏曲赴日公演中的"戏画一体论"为中心

来了日本画的复兴。不过，在当时日本美术界，费诺罗萨所处的"传统"立场值得进一步深究。无疑，费诺罗萨处于与"洋画"（即以油画为代表的西方绘画）对立的"日本画"阵营。1879年，以美术官员佐野常民、河濑秀治、九鬼隆一为中心，成立了以保护日本传统工艺美术为宗旨的"龙池会"，费诺罗萨与冈仓天心都是其成员，但是因费诺罗萨和冈仓等人主张"在尊重传统的同时，革新传统，创造出新的日本画""将日本画的传统和西洋画的立体空间表现相结合"，导致"龙池会"内部不合，因此他们脱离出来，新成立了"鉴画会"（也即后来的东京美术学校一派），实际上成了近代日本画中的"新派"。[①]"新派"在创作上以菱田春草、横山大观、川合玉堂等画家为代表，他们在日本画古来兼有的细腻色彩与线条笔意之间进行了选择，对传统线描有所"背叛"，除吸取西洋画法的写实透视，还采取大面积色块涂染的"没线彩画法"，形成了如横山大观的"朦胧体"这样在用笔着色的技法形态上具有强烈现代感的表现手法。可以说，与坪内逍遥所论那种现代特质凭借其与"固有传统"的看似面貌契合而实则入侵、渗透"传统"的情形类似，日本画"新派"重色彩光影而轻线条水墨所体现出的，正是"在传统技法与外来技法之间寻找一个恰当的契合之点"，即选择了日本画中"便于充分吸收写实技法和色彩表现的工细风格"那一方面，从而"小心翼翼地将西方的写实主义引入日本画"[②]。

分离出"龙池会"之后的"鉴画会"，改名为"日本美术协会"，而剩下的是立足保护"纯粹的传统绘画"，即为近代日本画坛的"旧派"，代表有荒木宽亩及其学生渡边晨亩等[③]。观其画作，虽然同是重彩风格，但能明显看出更近于中国院画花鸟的工丽雅致和笔墨意趣，而与重视色彩光影造型的"新派"不类。在当时的传统与文明论话语中，对日本画内部"新派""旧派"间更为隐性的对抗，更多的人并没有充分认识到，再加之日本画传统本身所具有的外来性，因此应时而生的"新派"的势力远远超过了"旧派"。表现之一就是"主张固守传统的'旧派'在官方

[①] 战晓梅：《他山之石——浅析日本花鸟画家渡边晨亩对民国时期北京画坛的影响》，李廷江、王中忱主编：《晚清中国社会变革与日本》，社会科学文献出版社2014年版，第166—167页。

[②] 贾方舟：《中国画与日本画比较研究》，《朵云》1992年总第33期。

[③] 战晓梅：《他山之石——浅析日本花鸟画家渡边晨亩对民国时期北京画坛的影响》，第166—167页。

的展览会文展和后来的帝展中明显呈劣势"①。日本画与西洋画往往还能如坪内逍遥所主张的达成"并置",日本画中的"新派"却对"旧派"呈现"碾压"态势。今天,我们一提起近代日本画的主流,往往会想到横山大观等人,也证明了"新派"势力之大。在此危机环境中,力守"纯粹传统"的日本画"旧派",自然需要解决寻源自证的问题。

正是在日本画坛的关注视野和投射中,恽南田的特殊性、开放性才显现出来。恽南田花鸟画所带有的工丽重彩的院画传统和笔墨意趣,正是日本画"旧派"所看重的,因此,他被处于寥落危机之中、急于寻源自证的日本画"旧派"看作了某种具有源头性的古意代表。一例可证:日本画"旧派"代表渡边晨亩曾自20世纪20年代初至30年代中期致力于中日画坛交流,尤其与溥仪、徐世昌等清朝(前)皇室和政界高层交往频繁,屡次献画以示奉迎。特别是溥仪曾在1924年为渡边晨亩题字"方驾徐黄",更是为渡边珍藏并制印以自我标榜。②如此重视来自中国(前)皇室的认证和"徐黄"判语,也可见其对日本画传统与中国画尤其是宫廷御用画风(院画)之间勾连的认同。同时,据日本学者研究,渡边晨亩之所以直接推动促成20世纪20年代的"中日联合绘画展",正是由于他在看到北京中国画学研究会金城等人所收藏的古画后惊叹不已,并深感中日画坛联手努力的必要。③至于联手努力的目的,除了汲古养今,结合前述日本收藏古画多为宋代作品,元明以来画作较少,而文人画尤少的现状,是否有可能正是他从中国收藏更多的明清文人画中也感受到了以线条笔墨对抗日本画"新派"的可能性?如若站在这一立场,那么处于院画与文人画交汇点的恽南田花鸟画得以高标,几乎是必然的。然而,这一问题的复杂之处还在于,恽南田花鸟画所采用的"没骨画法"与色彩之丰富空灵,在解读中又反过来可以与日本画"新派"的"没线彩画法"乃至"朦胧体"的设色感相联系。虽然恽氏作品并没有后者受西画影响的光影与空间感,但是正如大谷武男的评论所透露的,相比徽宗院画鹌鹑图所代表的那种主要靠精巧造型描摹而非在于色彩

---

① 战晓梅:《他山之石——浅析日本花鸟画家渡边晨亩对民国时期北京画坛的影响》,李廷江、王中忱主编:《晚清中国社会变革与日本》,社会科学文献出版社2014年版,第167页。
② 战晓梅:《他山之石——浅析日本花鸟画家渡边晨亩对民国时期北京画坛的影响》,第169页。
③ 久世夏奈子:『外務省記録にみる「唐宋元明名画展覧会」(一九二八年)』,『日本研究』2014年第50期。

的水墨写实，恽南田的色彩写生之"美"又确实可以在日本画坛的观照视线中被附加上某种类似令"香艳"《西厢记》对立于"优雅"唐诗、令京剧之缤纷对立于昆曲之芳香的"现代性"。当然，将清初的恽南田置于传统与现代的文明冲突语境中去理解，视其为某种中介和过渡，可谓是当时日方艺坛的想象性自况。

事实上，日本画"新派"也是用这种置于日本视域中的恽南田想象来类比梅兰芳和中国京剧的。一方面，梅兰芳出身梨园世家，接受过良好的昆曲训练，可谓传承有源；另一方面，梅兰芳以新编古装歌舞戏为代表的当下发展，即便不谈齐如山取法法德神话剧的影响和声色光电的剧场实验，就是其中对昆曲曲牌与唱做、古舞古画（如唐代仕女图）的"传统"借鉴，也在舞台呈现、人物理解的外化诸方面确与以往有更加自觉的不同之处。这些在当时的中国和日本都更多被标记为或隐或显的"现代意图"，尤其在东亚"现代化"进程中更具"先发优势"、更多一重现代性批判语境的日本，它被知识精英视为大众流行文化的代表而遭到的批判（即青木正儿所谓梅兰芳仅凭眼波外貌之美"因时得势"[①]，亦即戏画论中的"俗艳"评价）也更加强烈。被日本化了的恽南田想象，与由此承托起梨园代兴之际的梅兰芳合二为一，共同成为传统转型期最具代表性的代言与隐喻。

第四节
唐宋与明清：褒贬分殊背后的地缘政治

行文至此，我们尚未对日本"戏画一体论"中的丰冈圭资的观点作出分析。这并不是无意的疏忽，也并不是因为丰冈圭资将观赏《琴挑》类比于"静静品味一幅唐画"失之空泛，比不上恽南田花鸟画这般精细具体。如果说当时的日本观众把唐代大盛的佛教题材故事"天女散花"与唐风联系是当然之事，[②]那么把南宋后的"琴挑"故事也作此类比，就令人有些费解了。事实上，"唐画"这一看似空洞的喻

---

① 青木正児：『青木正児全集』第七卷，春秋社，1984年，第112页。
② 日本茶道家高桥箒庵1919年在观看了梅兰芳的《天女散花》后，就认为梅氏的天女形象与日本天平时期（8世纪中叶）雕刻画中的天女形象无异，而天平文化受盛唐文化影响极大（高桥箒庵：『萬象録：高橋箒庵日記』第七卷，思文阁，1990年，第170页）。

体本身亦藏褒贬，而这种价值判断，正需与日本人对恽南田评价的褒贬分殊结合视之。

我们知道，在中国，梅兰芳走过了从惊艳众人的新星偶像到与"国剧宗师"杨小楼、余叔岩并称"三大贤"的历程。在日本，在与20世纪20年代中期相继赴日演出的更为写实的新派"海派"京剧名旦绿牡丹、小杨月楼的对照下，梅兰芳的身份也在趋向经典化的定位。不过，正如前文所述，这一总体趋势在20世纪20年代临近尾声之时，却出现了一个小的反复和波折。这就是1928年北昆艺人韩世昌赴日公演事件。当时的日本各大媒体不约而同捧韩抑梅、捧昆抑京，出现了诸多"胜过梅兰芳""京中独步""第一名伶"等醒目标题和语句[1]。如果说这些还只是报纸的噱头，那么在石田贞藏为此次公演编写的单行本宣传册和学界权威青木正儿的专门撰文中，则用较大篇幅特意对比了梅、韩的短长，认为梅氏"太过美艳""有些过火""缺乏雅味"[2]、"好像是百货大楼五光十色的霓虹"[3]；而年轻的韩氏则"天真烂漫""艺风真挚""不迎合讨好大众"[4]，其"精妙典雅无法言传""宛如孤岛灯塔之光"[5]那般可贵。这些更具分量的公演宣传，一方面从学理上着力强调昆曲，尤其是韩世昌所代表的北昆在以唐宋宫调体系为代表的中华雅乐中的"正统"血脉，另一方面甚至还造出了梅兰芳正是因自叹不如韩世昌才中断昆曲学习，转而致力于创编皮黄新戏的谣言，[6]凡此种种，都显出有意为之的精心策划感。

也恰是在此时，我们发现在日本的戏画之论中，作为梅兰芳与京剧喻体的恽南田被视为劣于宋徽宗鹌鹑图神韵的俗艳存在。这表面看起来是一个以宋代院画与清代花鸟画成就高下来作喻的纯艺术判断，但正如前文所论，日本戏画论中的

---

[1] 聴花散人：『御大礼博に出演する昆曲最後の名優韓世昌の芸術　曾つては未成品だったが今は極上の精製品』，『北京週報』1928年10月7日；『梅蘭芳に勝る支那名優が来る』，『大阪毎日新聞』1928年9月6日；『支那の名優韓世昌』，『大阪毎日新聞』1928年9月30日；『名優の演技に生きる昆曲』，『満州日報』1928年10月1日（夕刊）等。

[2] 青木正児：『昆曲劇と韓世昌』，『大阪毎日新聞』1928年10月。

[3] 石田貞蔵：『支那劇　昆曲と韓世昌』，南満州鉄道株式会社中日文化協会，1928年，第4頁。

[4] 青木正児：『昆曲劇と韓世昌』，『大阪毎日新聞』1928年10月。

[5] 石田貞蔵：『支那劇　昆曲と韓世昌』，第4頁。

[6] 石田貞蔵：『支那劇　昆曲と韓世昌』，第4頁。

世界图景、转型时代与传统的经典化：以民国戏曲赴日公演中的"戏画一体论"为中心

中国对象实际凝聚着日本艺坛对文明冲突问题的自我投射，并不那么"纯粹"。其实，在1928年的公演事件中，还有着另一层更为具体的政治背景，即其背后的殖民势力运作。此次公演的邀请方和主办方是南满洲铁道株式会社（即"满铁"），名为参加京都大博览会的展演，然而京都大博览会实为配合纪念昭和天皇即位加冕典礼而举行，① 韩世昌的昆曲演出又恰恰被安排在博览会中与日本各行政下属府县并置的"满蒙馆"。至于为什么要选用与满蒙其实无甚关系的韩世昌和昆曲，一方面是因为满铁物色人员在京戏与梅兰芳已不再稀奇，希望另觅奇珍的思路下，与狩野、青木等所代表的京都（博览会举办地）文化界、学者的诉求正好合拍；另一方面是因为自1903年以内国劝业博览会的台湾馆为肇始，日本大博览会就被作为帝国主义、殖民主义的宣传装置进行利用。之于日本堪称一块特别土地的"满洲"，在1928年京都大博览会上，以满蒙参考馆形式与各府县、殖民地展馆并置陈列，给人以它们都是被收入"日本"囊中的错觉。从京都大博览会与天皇即位大典的关系来看，各场馆选定的节目，尤其是"满蒙馆的重头戏"，就有着向大典"进贡"的"供品"之感。因此，对韩世昌和昆曲在中华文化中"本来"和"至高"性的塑造与强调，在某种意义上并不是按其所表征的"文化"自身的价值，而是被塑造为对日本"帝国"最具象征的祝祭供物来被消费的。从这一角度来看，昆曲所具有的文化象征性无疑比"俗"的皮黄戏更相宜，且其正在凋落途中的境遇及宣传中对这点的强调，又激发了那种对衰颓的中华文明"固有文化"正在日本"帝国"支配下重新编组的想象可能。在日方心里，"满洲"的殖民地身份为此次海外公演多少添加了"属国进贡"的意味。昆曲作为"贡品"的合法性被强调，举国上下对韩世昌／昆曲优于梅兰芳／京剧的判断，也就当然不仅仅是一个纯艺术的判断了。

与此相关，宋徽宗与恽南田的短长相较，佐证着在中华文化中唐宋优于明清的论调，显然与此时日本颇有影响力的东亚近世文化中心移动说互相唱和。在这一论说中，宋代成为重要的历史分期，标志着中华文明盛极而衰的转捩。内藤湖南本人便是持这一观点的代表。他在1919年的梅评中认为中国古剧极为杰出且是日本戏剧来源，而相比今日已堕落了的"太过火"的中国戏，多少继承了中国古代文化的

---

① 中塚亮：『韓世昌による昆曲来日公演とその背景について——満鉄の弘報活動との関係から』，『名古屋大学附属図書館研究年報』2007年第6辑。

日本戏剧反而胜出的言论，也正反映了这点。① 同是在 1928 年，"东方绘画协会"又策划了第六次中日联合画展，即"唐宋元明名画展览会"。在这次展览中，面对日方唐宋藏品数量远比中方藏品多的情形，评论认为这"遗憾地说明，在中国古代名画保存困难，需要转而向日本寻求安全之所"②，鲜明流露出日本人在偏好唐宋文化背后，那种中华礼失而求诸己的自命与自负。不可忽视的是，在这一展会背后，除了主办方"东方绘画协会"，还有"外务部对支（那）文化事业"的赞助，虽然在中日关系日趋紧张之时，它尽力低调藏于幕后，以减少人们对展会中政治介入的顾忌，但"对支文化事业"计划，正是根据 1901 年中日缔结议定书以及 1922 年的山东问题条约由中国赔款而设的，③ 刻意回避展会的政治性，反令人觉得欲盖弥彰。上述例子，连同韩世昌赴日公演时的评论都体现出日方某种具有普遍性的文明优越感在当时与地缘政治的紧密结盟。此时我们再来回看明清时期大兴的中国文人画在 19 世纪日本的式微，恐怕又会于审美心理与西风影响之外，体会到另外一重意味。丰冈圭资之将昆曲《琴挑》比为"唐画"，这看似普通的推崇赞美之语，也由此而显得耐人寻味。

　　以画喻戏、以画证戏不仅是寻源追古的话语，同样也是当时的现实。在 20 世纪 20 年代前后梅兰芳的写真（照片）风行日本各大画报和社交场所之时，日本还出现了一大批摹写梅兰芳舞台形象的画作。无论是有着矿物素描功底的地质学家兼戏通福地信世的速写，还是桥本关雪融南画与四条派于一身的简练造型，乃至作为日本近代知识分子"和魂洋才"典型代表木下杢太郎的作品，都留下了颇具特色的梅郎倩影。它们多为重彩设色，没骨没线或骨线朦胧，整体有着东方笔墨的洒落与游戏感，但对景深透视感和立体光影（尤其是人物面部）又颇为着意，笔触与体态造型也与传统人物画不同。仿若恽南田上承古意下接现代，这些画作更似以不同于"洋画"的日本画"新派"笔触，佐证着梅兰芳舞台形象的经典化过程正在于传统

---

① 青木正儿等:《品梅记》，李玲译，文化艺术出版社 2015 年版，第 43—44 页。
② 久世夏奈子:『外務省記録にみる「唐宋元明名画展覽会」（一九二八年）』，『日本研究』2014 年第 50 期。
③ 久世夏奈子:『外務省記録にみる「唐宋元明名画展覽会」（一九二八年）』，『日本研究』2014 年第 50 期。

世界图景、转型时代与传统的经典化：以民国戏曲赴日公演中的"戏画一体论"为中心

古意与现代风格之间的微妙契合与纠缠之中。画可证戏，戏亦可证画。那位"方驾徐黄"的渡边晨亩与在日本人眼中有着恽南田花鸟画般艺风的梅兰芳，在实际历史中确有交集。据佐佐木干先生的整理，在渡边晨亩和金城等人的组织推动下，曾于1920—1929年在日本的东京、大阪，中国的北京、天津、上海、大连、沈阳等地举办过五届中日联合画展，其中在日本举行的第二届（1922）、第四届（1926）画展中皆有梅兰芳的画作展出，为佛像和月季花鸟四件作品。而梅兰芳与日方绘画交流的发端，正是荒木十亩（荒木宽亩的学生兼养子）、渡边晨亩通过金城所进行的主动联络与登门拜访。这种友好关系一直延续到20世纪30年代梅兰芳访美中途暂停日本时所受到的日本画界的款待，以及中华人民共和国成立后梅兰芳与日本文化界的交往。①20世纪20年代，梅兰芳学画未久，与中日画坛大家相比自然难说技艺上乘。渡边晨亩等人看重梅兰芳的原因，大约一则是他在两国皆有非凡声望与人气，二则恐怕也是因为进入20年代中期后，无论是在中国还是在日本，对梅兰芳及其剧艺的评价都日益显示出经典化、国粹化的倾向。对渡边而言，不仅中国的古画精品和中国军政上层收藏家及北京"中国画学研究会"等群体是为他的"纯粹传统"作出证明的绝好证据与盟友，梅兰芳日益趋于传统定位的文化身份也同样有着征用价值。这一点似乎可为民国时期戏曲赴日公演中的"戏画一体论"再添一个"戏画互证"的现实注脚。画内画外，舞台上下，那诸多有着继承、对抗、缠绕关系的画坛喻体，既勾连并命名着戏曲中难以言传的形象美学，又开启了一种突破京/昆、传统/现代、东/西对立等二元论的言说策略。在现实中，亦更具在场感地呈现出转型时代与地缘政治的微妙复杂关系，呈现出那些易为戏曲研究者忽视的文化史与思想史脉络。

---

① 佐佐木干：《梅兰芳与日本画界的交流》，《中国京剧》2017年第12期。

第三章
日本汉语教科书中的中国文学

第一节
中国文学译介的学术史视野及其问题

目前,已有许多学者对中国文学在日本的翻译与流传情况作了梳理与研究。仅以中国现代文学史上作品在日本翻译最多且受众最广的鲁迅为例,丸山升曾在《日本的鲁迅研究》一文中总结过鲁迅在日本的译介历史。我们可以简单地看看丸山升所勾勒的鲁迅在日译介史。他曾注意到,在青木正儿1920年9—11月连载于《支那学》上的长篇论文《以胡适为中心的汹涌澎湃的文学革命》中,他对鲁迅有一段非常简短的介绍,称鲁迅是未来可期的作家。丸山升也曾指出,1922年12月24、25日,清水安三在《读卖新闻》上连载了题为《周树人》的文章。在此之前,1922年6月,周作人曾将鲁迅的小说《孔乙己》翻译成日语刊登在《北京周报》(藤原镰兄主笔,发行地北京)上,鲁迅作品最初的日译是由周作人而非日本人完成的。随后,鲁迅自己也翻译了《兔和猫》。同一时期,《北京周报》的记者丸山昏迷也对周氏兄弟进行了介绍。不过,据丸山升介绍,除了与鲁迅有特殊关系的一些人以外,当时在日本是没有人注意他的。①《北京周报》是在北京的日本记者创办的日文期刊，还算不上是日本的期刊。鲁迅的第一篇在日译文是1927年10月发表在武者小路实笃的月刊《大调和》上的《故乡》，这一期是"亚洲文化研究专号"。1928年以后，随着中国大革命的发展，鲁迅作品的日译与介绍开始增多。但是以藤枝丈夫为代表的日本左翼人士，当时接受了创造社的观点，对鲁迅基本是持批评态度的。这便构成了从"青木正儿到战前左翼为止"的鲁迅在日译介史。

进入20世纪30年代以后，在丸山升的叙述中，占据主导的是佐藤春夫、增田涉与小田岳夫的鲁迅在日译介史。1932年4月，《改造》杂志上刊出了增田涉所作的《鲁迅传》，同年1月和7月，佐藤春夫在《中央公论》上翻译刊载了《故乡》和《孤独者》。这一年还有井上红梅翻译的一卷本的《鲁迅全集》，主要收录了《呐喊》与《彷徨》中的小说。②1935年对日译鲁迅作品来说是重要的一年。这一年井上红梅在新潮社翻译出版了《阿Q正传》，增田涉翻译出版了《中国小说史略》，增田涉和佐藤共同翻译了《鲁迅选集》，该选集收录于岩波文库。③鲁迅逝世后的第二年，改造社就出版了七卷本《大鲁迅全集》。④至此，日本拥有了关于鲁迅的第一篇介绍、第一部鲁迅传、第一套鲁迅全集。⑤

日本对鲁迅的翻译和介绍主要集中在二战之后。⑥除了学习研究社的《鲁迅全集》全20卷、岩波书店的《鲁迅选集》13卷、筑摩书房的《鲁迅文集》全6卷、青木书店的《鲁迅选集》5卷外，尚有不少文库本都收录了鲁迅的作品。鲁迅的《故乡》自1956年被收录于日本中学教科书后，又被不断地收录到各类学校图书和各个版本的教科书中，鲁迅也成了日本二战之后学生广为阅读的"国民作家"。⑦

---

① 丸山昇：『日本における魯迅』，伊藤虎丸编：『近代文学における中国と日本：共同研究・日中文学交流史』，汲古书院，1986年，第419页。
② 丸山昇：『日本における魯迅』，第427页。
③ 丸山昇：『日本における魯迅』，第431页。
④ 藤井省三：『東京外語支那語部：交流と侵略のはざまで』，朝日选书，1992年，第83页。
⑤ 张杰：《鲁迅：域外的接近与接受》，福建教育出版社2001年版，第208页。
⑥ 丸山昇：『日本における魯迅』，第439页。
⑦ 藤井省三：『東京外語支那語部：交流と侵略のはざまで』，第80页。

可以说，通行的文学史叙述是，"40年代是对日本近代反省以及中国再发现的时期，而50年代前半期则是包括鲁迅在内的中国现代文学获得新的动机的时期。那就是对于美国占领军的对日占领的批判"。①

当然，近年来对鲁迅在日接受也有新的推进。例如，据藤井省三考察，日本最早介绍鲁迅是在明治时期的1909年。在三宅雪岭主笔的《日本与日本人》5月的文艺杂事栏里写道："本乡居住的周某，不过二十五六岁的中国兄弟两人在大量阅读英语和德语两种语言的欧洲读物。他们计划在东京完成一本名为《域外小说集》的书，卖价30钱，寄回国销售。"②这是对鲁迅、周作人兄弟两人世界文学全集《域外小说集》第一卷刊行的介绍，也是日本对鲁迅最早的关注和介绍。又如，尾崎文昭在《战后日本鲁迅研究》中勾画出了更为细致的日本路线面貌。他提到了由尾上兼英、高田淳、伊藤虎丸、木山英雄、北冈正子、桧山久雄等东京大学学生组成的"鲁迅研究会"。这个组织成立于美军对日占领结束后的1952年，强调对鲁迅的文章一句话一句话地精读，他们拥有自己的刊物《鲁迅研究》（1952—1966）。他还提到了东京都立大学学生组织成立的"中国文学会"以及他们的刊物《北斗》（1954—1957），其中不乏后来知名的鲁迅研究者今村与志雄、饭仓照平等，还有茅盾研究专家松井博光，主要成员后来还参与了竹内好所组织的民间团体——"鲁迅友之会"，出版了《鲁迅友之会会报》（1957—1984）以及后来的刊物《中国》（1963—1972）。京都大学则有相浦杲、伊藤正文、吉田富夫、山田敬三、中岛长文等年轻的中国现代文学研究者。藤井省三也论述到20世纪70年代到80年代，包括阿部兼也、片山智行、丸尾常喜等在内的战后第二代鲁迅研究者。③

不过，通过以上综述，我们可以看到，当时的鲁迅或中国现代文学在日译介和研究的历史主要是被学术史和学院的文学史话语所占据。在当时的叙述中，参与并推动鲁迅在日传播的主要是日本的作家和日本大学中的研究者。而日本大学也主要集中在东京大学及京都大学的中国文学或中国研究学科。但是，这样一种叙述稍有

---

① 丸山昇：『日本における魯迅』，伊藤虎丸编：『近代文学における中国と日本：共同研究・日中文学交流史』，汲古書院，1986年，第449頁。
② 藤井省三：『東京外語支那語部：交流と侵略のはざまで』，朝日選書，1992年，第80頁。
③ 尾崎文昭、薛羽：《战后日本鲁迅研究——尾崎文昭教授访谈录》，《现代中文学刊》2011年第3期。

简单化的嫌疑，在其背后是对日本汉学现代转型的漠视，是将原本较为丰富和复杂的中国文学在日传播与译介历史简单化为以学院和研究为主的学术史，是将近现代日本对中国更为普遍和范围更广的关注仅仅局限于文学史的范围，从而忽略了日本社会的其他层面。

丸山升在讲述青木正儿对鲁迅的介绍时曾提到，就在青木正儿介绍鲁迅的同一时期，他还在《支那学》上发表了《汉文训读废止论》。青木正儿的文章所刊载的杂志《支那学》的名字清楚地显示出，日本对中国现代文学的关注和介绍，其中很重要的一面与其自身汉学传统的发展或者说近代以来日本中国研究的自身转型有关。正如丸山升所指出的那样，身在对东京的"汉学"传统有强烈批判意识的京都"支那学"的传统中，青木正儿对中国现代新文学的介绍并非偶然。[①]但是丸山升也指出，京都"支那学"对中国现代文学的关心并未持续下去，后来反而变冷淡了，这种对汉学的批评在与清朝遗老罗振玉和王国维的交往中走向了清朝考证的传统，而对中国现代文学的普遍关心则要等到中国文学研究会建立后才开始，[②]那是1934年以后的事情了。当时，丸山升也注意到中国文学研究会的创始人竹内好针对东京大学的"汉学"、京都大学的"支那学"以及从事马克思主义文学理论与批评研究的日本普罗科学研究所三方面展开了共同批判。[③]也就是说，丸山升敏锐地注意到日本对鲁迅和中国现代文学的关注始终是在日本自身的"汉学"与"支那学"传统中，并且看出了京都与东京汉学传统的差异。

事实上，要谈日本"汉学"传统的转型，光谈"汉学"与"支那学"的对立仍是不充分的，在明治以后"汉学"现代化的过程中，或者说"汉学"分化的过程中，在汉学转换为支那学后，被帝国大学所代表的支那学所排斥的重要的一支便是主要以中文语言教学为中心的一支。这样的以现代白话文为主要教学和研究对象的中国语言教学的分支和后来竹内好等人成立的中国文学研究会在研究对象和方法上有一定的重合。中国语言教学分支所代表的中国文学译介和研究有以下特征：1. 远离我们原来所熟悉的学术史传统；2. 由于其为政治、贸易、教育培养大量的翻译人

[①] 丸山昇：『日本における魯迅』，伊藤虎丸编：『近代文学における中国と日本：共同研究・日中文学交流史』，汲古書院，1986年，第415页。
[②] 丸山昇：『日本における魯迅』，第416页。
[③] 丸山昇：『日本における魯迅』，第442页。

才，对日本社会影响更大；3. 它采用教科书的出版形式，发行量更大，与普通民众生活的关系更为紧密；4. 从江户时期的汉学传统里分化出来，却没有在随后的明治时期被很好地继承下来；5. 大正时期以后，由于中国在五四之后，文学与文化都发生了重要的变化，特别是到了二战之后，这一支语学传统在译介中国文学方面发挥了重要的作用。

第二节
明治后的汉学分化

日本于 1871 年开设中文学习机构。这一年缔结了中日修好条规，日本与清政府首次正式建立邦交，由此，外务省设立了"汉语学所"和"鲁语学所"（即俄语学习所）。由于是为了外交和贸易，是按培养翻译的目的而设立的，最初"汉语学所"由外务省管理，不归文部省管理。1873 年，"汉语学所"和"鲁语学所"归入文部省，改为外国语学所，后来又与开成学校里的英、德、法三科合并，归入新设立的东京外国语学校，分为清语科与俄语科。可是，按当时在东京外国语学校执教的米基尼科夫的说法，在英、德、法三种西欧语的学生的面前，敞开着前途光明的展望，而俄语科的学生则毫无显身扬名的希望，清语科的学生则连规定的人数都招不满。[①]

明治十八年，即 1885 年，东京外国语学校停办，英、德、法三门归入帝国大学预科的预备科，即第一高等学校，也即战后的东京大学教养学部，而俄、清、韩三科则归入高等商业学校，即东京商科学校，现在的一桥大学。东京商科学校的前身是 1875 年森有礼私人设立的商法讲习所。当时的东京商科学校仍然残留着商法讲习所的气氛，学生大多数是商人的子弟，喜欢高谈阔论亚洲大事。政府废止东京外国语学校，并将俄、清、韩三科归入高等商业学校的做法遭到了旧外语学校学生的抗议，俄语科的长谷川辰之助，即后来被认为开启了日本现代文学源头的著名作家二叶亭四迷，以及清语科的宫岛大八则因参加抗议活动而被开除。

1895 年中日甲午战争结束后，日本顿感中国语翻译人才不足，1896 年第九次

---

① 安藤彦太郎：《中国语与近代日本》，卞立强译，北京大学出版社 1991 年版，第 9 页。

帝国议会众议院便提出建议，日本与俄清韩之关系将日益密切，今尚无教授其语言之学校，外交、商业均几乎以摸索应之，"今有专修此等一切语言之必要"。① 第二年，即1897年，明治政府又在高等商业学校的基础上设立了高等商业学校附属外国语学校。1899年，该附属学校独立，成为东京外国语学校。② 日本的中国语学习从19世纪末就开始与实用性结合在了一起，在实际需求中完成了学科改制。不过，虽然日本在明治维新以后一直倡导学习中国语，但是像英语、德语、法语等学科主要是为了吸收对方国家的文化而学习的外语；相反，中国语被看作一种不必顾及其文化背景，以实用会话为中心的特殊外语。因而，仅有极少数人去学。③ 二战之前的社会科学系统的院系，当然不会开设中国语。就连在文学院系的支那文学科和东洋史学科中，中国语也不是必须的。④ 东京大学开学后就设置了汉文学科，但是当时的汉文学科是讲授古典文学的，而且并非用中文讲授，而是用汉文训读的方法来讲授。选修课程中虽有"支那语"，但那并非正式的讲座，一向是由外国的讲师来教授明治时期的袖珍本绘画教科书《急就篇》。⑤ 日本所谓的中国文学是按日本训读汉文的方式来阅读，中国的古典文学和中国语没有直接的关系，这一点与英文学科和英语的关系根本不一样。在东京帝国大学文学部，能够用中文来读古典白话文作品是1918年，即大正七年以后的事情了。所有的古典都能用中文来读则是1940年以后的事情，是日本著名汉学家及汉语教育家仓石武四郎倡导以后的事情了。

因此，据安藤彦太郎介绍，从第一高等学校进入东京帝国大学并奠定二战之后中国语教育基础的仓石武四郎，以及由大阪高中进入东京帝国大学"支那文学科"并把鲁迅文学传到日本的竹内好等在高等学校没有学过中国语，即便进入大学后也没有通过正规的讲座正式学习过中国语。如果说，在日本，二战之前的中国文学研究家正如安藤彦太郎所说的那样并不懂得中国语，那么反之，战前的中国语学界，即在明治学科改革过程中被从日本汉学系统分离出去的那一部分专家懂不懂中国文学呢？日本的中国语学界又是怎样选择和传播中国文学的呢？

---

① 安藤彦太郎：《中国语与近代日本》，卞立强译，北京大学出版社1991年版，第11页。
② 藤井省三：『東京外語支那語部：交流と侵略のはざまで』，朝日選書，1992年，第28页。
③ 安藤彦太郎：《中国语与近代日本》，第1页。
④ 安藤彦太郎：《中国语与近代日本》，第1页。
⑤ 安藤彦太郎：《中国语与近代日本》，第1页。

第三节
二战之前汉语教材中的中国文学

要回答日本二战之前的中国语学界是否了解中国文学这个问题，首先就要对日本汉语教学界的汉语教科书进行一番调查，看看其中是否收录过中国文学作品，以及收录了哪些中国文学作品。事实上，藤井省三曾对日本语学家神谷衡平编辑的汉语教科书中的文学篇目作过一番考察。神谷衡平1905年毕业于东京外国语学校清语科，随后一边担任善邻书院的讲师，一边在东京外国语学校专修德语和蒙古语课程。他1910年前后被聘为东京外国语学校讲师，1920年升任教授，同年9月为了研究蒙古语和中国语留学中国，神谷衡平留学中国时正值中国五四新文化运动时期。1920—1922年，中国小学文言文教科书全部改为语体文（即白话文）教科书。为了配合教育改革，商务印书馆和中华书局这两大教科书出版机构特意编辑出版了《新式国文教科书》和以动人感情、发人想象、供人欣赏为目的，以文学趣味为标准的《新学生初级小学国语教科书》。而在初中和高中的国语课本里，一两年前发表的新文学作品则占到了大半篇幅。①

大约是在北京看到过这些新式的教科书，1923年从北京归国后一年多，神谷衡平自编了日本最初的汉语教科书《标准中华国语教科书 初级篇》，第二年又出版了中级篇。中级篇采用了读本的形式，收录了胡适的散文《归国杂感》、小说《一个问题》等4篇，梁启超的散文3篇，章炳麟、汪精卫、李大钊的时文各1篇，另有《老残游记》《红楼梦》等古典白话小说的选段，以及《大公报》《北京新报》等的新闻记事若干。②1929年，神谷平衡又编辑了《现代中华国语文读本》，里面共收了25篇文章，其中有梁启超的7篇，另有鲁迅的《兔和猫》《社戏》、冰心的《寄小读者》《往事》、周作人的《随笔二篇》《书简二篇》、蔡元培的《国文的将来》、李大钊的《今与古》、郁达夫的《送仿吾的行》、许钦文的《花园底一角》、郭沫若

---

① 藤井省三：《北京、上海——近代中国文学的双城故事》，王中忱译，葛兆光主编：《清华汉学研究·第二辑》，清华大学出版社1997年版，第271页。
② 藤井省三：『東京外語支那語部：交流と侵略のはざまで』，朝日選書，1992年，第39頁。

的《函谷关》、徐志摩的《话》、金声的《北伐从军杂记》、潘淑的《创造与人生》和华林的《艺术的生命》。《现代中华国语文读本》与 5 年前的《标准中华国语教科书　中级篇》相比，收录的五四新文学作家的作品明显增多，短篇小说就选录了鲁迅和郭沫若的作品共 4 篇。①

在神谷衡平所编选的《现代中华国语文读本》出版 5 个月后，东京外国语学校支那语部的主任教授宫越健太郎又编辑了中级教科书《支那现代短篇小说选》，其中收录了鲁迅的《故乡》，除此以外还有郭沫若、王鲁彦、林淑华、叶圣陶、郁达夫、向培良、许钦文、张资平、黄庐隐、冯文炳、王统照、朱自清、冰心、刘大杰等作家的作品。② 也就是说，出自东京外国语学校的汉语教科书《现代中华国语文读本》和作为中级教科书的《支那现代短篇小说选》收录了许多五四新文学时期主要作家的作品，这两册教科书是 1929 年以后五四新文学在日本中国语教育中的主要教材。藤井省三对这两册东京外国语学校编辑的教科书评价很高，认为在神谷衡平和宫越健太郎的努力下，中国语终于摆脱了向实用会话一边倒的情况，终于可以与英、法、德、俄等国语言的语学课程相提并论了。③

不过，神谷衡平不只编辑了《标准中华国语教科书》和《现代中华国语文读本》。1926 年，他还编选了《支那长篇小说选抄：注解》以及《支那短篇小说萃选：注解》。在《支那长篇小说选抄：注解》中，他编选了《镜花缘》中的《女儿国》，《儒林外史》中的《范进中举》，《石头记》中的《甄士隐》和《初见还泪》，《水浒传》中的《五台山》和《草料场》。《支那短篇小说萃选：注解》则编选了《觉世名言》中的《夺锦楼》，《西湖佳话》中的《雷峰怪迹》，《今古奇观》中的《洞庭红》和《孝女藏儿》，《京本通俗小说》中的《拗相公》。编选这两册小说选本时，神谷衡平的挑选目标是"文学和语学两方面都有相当价值"的篇目，也希望这些书在充当中文教科书的同时，能够让普通日本大众了解中国文学。④ 藤井省三没有列举神谷衡平这两册中国小说读本的原因大约与其对日语教科书中的中国新文学的关注有

---

① 藤井省三：『東京外語支那語部：交流と侵略のはざまで』，朝日選書，1992 年，第 47 頁。
② 藤井省三：『東京外語支那語部：交流と侵略のはざまで』，第 49 頁。
③ 藤井省三：『東京外語支那語部：交流と侵略のはざまで』，第 50 頁。
④ 神谷衡平编：『支那長篇小説選鈔：註解』，文求堂書店，1926 年，"序言"，第 3 頁。

关。但是，我们可以看到，这两册古代白话小说恰好介于1923年的《标准中华国语教科书 初级篇》和1929年的《现代中华国语文读本》之间。也就是说，即便到了20世纪20年代初期，中国的新文学，或者说现代白话文学在日本教科书中并未趋于稳定。此外，从汉学与支那学对立的角度来看，我们发现，古代白话和五四新文学后的现代白话，在日本教科书的引进历史中是作为一个连续整体呈现的。

　　中国古代小说在日本江户时期的汉语学习中一直就存在。江户时期是日本汉学比较发达的一个时期，日本通过长崎的中国商船获得各类中国书籍和文物，《三国演义》《水浒传》《三言二拍》等白话文学便是这个时期传入日本的。江户汉学以汉籍原典为学习的必读教材，在中国文言典籍中，特别是史部或子部中的短小篇章也曾经过汉语口语化改写后收入日本的唐话教材中。① 江户时期的汉学家和画家柳里恭便推荐《水浒传》《西游记》《三国志演义》等作为培养"唐通事"（即翻译）的必读教科书，在此之后，他认为可继续修读《今古奇观》《三国志演义》《水浒传》《西厢记》一类的口语小说。著名儒学者荻生徂徕和伊藤仁斋、伊藤东涯父子都喜读《水浒传》，他们分别在各自的私塾中用《水浒传》作为学习"唐话"的教材。在唐话世家中，中国语学习都是直接以通俗口语小说作为教材，选用的往往是《今古奇观》《三国志演义》《水浒传》《西厢记》《红楼梦》《金瓶梅》，或是由日本人所编选的中国小说选本《小说精言》《小说奇言》。② 但是这样一种在培养翻译人才的过程中选用中国古代白话小说的传统并未进入日本汉学的正统，也没有延续到明治时期。例如，在明治时期所编选的中国文学史中，往往没有元明清时期在中国流行的用白话写作的小说《三国志演义》《水浒传》《西游记》《红楼梦》等，没有收录除了受当时的文学观念的束缚外，还与当时汉学家的语言训练有关。当时的汉学家虽然可以用训读来阅读汉文体，但是无法阅读与文言在词汇和语法上都相差甚远的、用口语体写成的戏曲和小说。例如，古城贞吉曾在1897年出版的《支那文学史》序言中写道，自己在写作时曾通过同乡朋友进入日本内阁文库，因而得以第一次看到各类元曲选本以及古本《西厢记》的数种版本。但自己只是看了一下目

---

① 林彬晖：《日本江户明治时期汉语教科书与中国古代小说关系述略》，《上海师范大学学报》（哲学社会科学版）2007年第5期。
② 林彬晖：《简论作为汉语学习材料的〈水浒传〉——以日本为例》，《水浒争鸣》第11辑。

录，并没有阅读，这并非出于自己鄙视这些俗语作品，而是自家学历不足，根本读不懂。①

虽然藤井省三并未提到20世纪20年代中期神谷衡平所编选的古代白话小说选，但应该可以看到，这两册古代白话小说选也体现了日本语学界和汉学界转换期错综复杂的真实情况。在神谷衡平所编选的《支那短篇小说萃选：注解》以及《支那长篇小说选抄：注解》出版之前，1918年，张廷彦曾编辑过一册《三国选萃：支那最新通用官话》，由文求堂出版。张廷彦毕业于京师同文堂，1897年外国语学校作为高等商业学校的附属学校成立时，张廷彦就被聘为东京高等商业学校的教师，他同时还在宫岛大八所创办的善邻书院授课，1898年回中国。1900年，张廷彦再度赴日，在东京帝国大学讲授汉语，还在善邻书院、东京高等商业学校和陆军大学校兼职。再度赴日后，张廷彦编辑了多部中国语教材，是近代日本中国语教育史上最有名的中国教师。②1929年，他在东京去世。③后来成为著名中国语学者、中国语教育家的仓石武四郎，在考上东京帝国大学的"支那文学科"后便独自一人跟随张廷彦学习了两年汉语，据说除他以外，谁也不去上汉语课。

在六角恒广所编辑的《中国语关系书书目》中，与中国语言教学相关的古代文学和戏曲读本并不只有上述这些，即便到了20世纪三四十年代也并未中断。在台湾协会专门学校接受教育并作为陆军省翻译参加日俄战争的宫原民平曾于1914年编译了《西厢歌剧》。1935年，他又出版了《支那小说戏曲读本》，收录了《杜十娘怒沉百宝箱》和《破幽梦孤雁汉宫秋杂剧》。此后不久，他便被聘为东京帝国大学的中国文学讲师，正式投入了中国文学和中国语的教学工作。六角恒广的《中国语关系书书目》一书中还辑录了路大荒所编选的《聊斋志异外书磨难曲》(1936)、神谷衡平编选的《曾文正家书抄》(1936)、仓石武四郎编辑的《三国演义》(1944)等。需要指出的是，这些教材读本有一大部分是由当时日本的文求堂书店出版的。

---

① 古城贞吉：『「支那文学史」刊行当时の思い出』，富山房编：『富山房五十年』，富山房，1936年，第132页。
② 杨杏红：《日本明治时期北京官话课本语法研究》，厦门大学出版社2014年版，第249页。
③ 寇振锋：《日本汉语教材〈急就篇〉的编刊及影响》，《国际汉语学报》2016年第6卷第2辑。

第四节
汉学传统转型中的文求堂

　　文求堂是1861年在京都开业的书店，店名"文求"便是年号"文久"的谐音。甲午战争后，本着去东京学习中国语的打算，文求堂的第二代接班人田中庆太郎进入东京外国语学校支那语科学习，1899年毕业。文求堂也于田中庆太郎毕业后的1901年迁至东京。之后，田中庆太郎进一步到中国游历，到北京专研汉籍，发掘善本。由于大量输入中国的古书和字画，文求堂成为驰名的经营中国书籍的日本书店。① 当文求堂出版神谷衡平的《现代中华国语文读本》和宫越健太郎的《支那现代短篇小说选》时，正值文求堂关东大地震后发展的第三阶段。关东大地震引起的大火烧毁了文求堂及其全部藏书和字画，重建后的书店改变了经营方针，减少了从北京购买古籍珍本，转而变为从上海购入具有实用性的、普及性的新刊物，其中就包括五四以后采用新式标点的国学基本典籍，整理国故运动中的国学研究著作，以及中国语教学用书等。②

　　正是由于田中庆太郎自身与东京外国语学校支那语科的亲缘性，也由于文求堂在关东大地震后经营方针的转换，20世纪20年代后的文求堂也关注起中国现代文学。例如，田中庆太郎曾对大革命失败后流亡到日本的郭沫若多有关照。通过田中的引导，郭沫若才得以进入东洋文库，发现了东洋文库中所藏的一大批无人问津的甲骨文材料。郭沫若流亡时期在日写作的九部考古学著作全部由文求堂书店出版。除此之外，田中庆太郎也对郭沫若的生活百般照料，除了预支生活费外，还赠予他不少杂志和衣物。郭沫若与田中庆太郎也留下了两百多封个人信件。③ 文求堂当时还与现代书局有着密切的业务往来，现代书局出版发行的《创造十年》《现代》杂志等在文求堂都有销售。④

---

① 钱婉约：《田中庆太郎与文求堂》，阎纯德主编：《汉学研究》第七集，中华书局2003年版，第358页。
② 钱婉约：《田中庆太郎与文求堂》，第359页。卢沟桥事变后，文求堂的这一转变更为明显和彻底。
③ 马良春、伊藤虎丸主编：《郭沫若致文求堂书简》，文物出版社1997年版。
④ 刘婉明：《田中庆太郎与中国文学研究会》，《中国比较文学》2019年第4期。

除了较早关注到郭沫若的文学作品外，文求堂也比日本东京帝国大学的中国研究者们更早关注到鲁迅。1932年，田中庆太郎亲自编辑了作为中级中国语教科书的《鲁迅创作选集》，收录了《孔乙己》《药》《阿Q正传》和《故乡》等作品。六角恒广曾高度评价田中庆太郎的工作，认为将文学作品直接作为教材，且采用的是鲁迅的作品，不可不谓是日本中国语教学中的一个重要变化。田中庆太郎对鲁迅及中国现代文学的关注要早于竹内好等人1934年才成立的中国文学研究会。① 在此之后，文求堂1935年出版了《现代实用支那语讲座》，除了基本篇、会话篇、时文篇、尺牍篇外，还有第九卷小说与散文篇，由松枝茂夫和奥平定世一起编辑。1939年出版了田中庆太郎编辑、松枝茂夫注释的《周作人随笔抄》以及松枝茂夫所译的周作人的《中国新文学的源流》，此书是文求堂"支那学翻译丛书"中的第四册。周作人于1934年访日，在此之后便受到了文求堂的关注。

20世纪30年代，竹内好在日记中曾多次记录其在文求堂购书的情况：1934年他曾购入过丁玲的《母亲》《自杀日记》以及《田汉戏曲集》(1、2、4、5卷)、《洪深戏曲集》、伍启元的《中国新文化运动概观》、梁启超的《戊戌政变记》、袁牧之的《演剧漫谈》以及《现代》杂志。冈崎俊夫也曾回忆过，自己大学时代曾在文求堂买过《达夫代表作》。饭冢朗则在文求堂购买过《茅盾自选集》和陆晶清的《素笺》。② 可见，相比于帝国大学中学院式的中国文学，出版市场以及与中国有更多实际联系的中国语学者有着更敏锐的直觉、更多实验性的勇气和胆量。

在文求堂转向现代文学出版的过程中，有田中庆太郎自身外在于帝国大学汉学传统的因素，在他的关系网中很重要的一支便是东京外国语学校"支那语部"的教师和毕业生，也即藤井省三所称的"东京外语支那语部集团"。可以说，正是由于在东京外国语学校的教育经历以及自身的人脉，田中庆太郎才能较为顺利地从古籍收购与销售转向与现代中国相关的现代出版业。当然，文求堂在关东大地震后致力于白话现代中国文学的译介和出版，在很大程度上是迫于其自身经营的经济压力；不过，正是文求堂这种希望走向民众的经营诉求让中国白话文学在日本得到了更广泛的译介机会。

---

① 六角恒广：『中国語関係書書目』，不二出版，2001年，第107页。
② 刘婉明：《田中庆太郎与中国文学研究会》，《中国比较文学》2019年第4期。

第五节
二战之后日本汉语教学中的中国文学

1945 年以后，日本中国语教材中以中国文学为读本的现象更为常见，且现代文学占据了主流。在六角恒广所整理的二战之后至 2000 年间与中国语相关的书目中，粗略统计后，可以发现与中国文学相关的书目大致有：

奥野信太郎、鱼返善雄编：《会话本红楼梦》，好学社，1947 年
鱼返善雄编：《鲁迅短篇集》，目黑书店，1948 年
鱼返善雄编：《新中国小说集》，目黑书店，1948 年
鱼返善雄编：《旧中国小说集》，目黑书店，1949 年
仓石武四郎、实藤惠秀监修：《孔乙己》，播磨书房，1954 年
中国语友会注音：《阿Q正传》，中国语友会，1955 年
中国语友会注音：《小二黑结婚》，中国语友会，1955 年
太田辰夫、鸟居久靖译注：《面子问题》，又新堂，1955 年
田中清一郎译注：《阿Q正传》，大学书林，1955 年
东京大学教养学部编：《半夜鸡叫》，大学书林，1955 年
中泽信三译注：《小二黑结婚》，大学书林，1956 年
大芝孝译注：《叶绍钧童话选》，江南书院，1956 年
相浦杲译注：《我在霞村的时候》，江南书院，1956 年
有田忠弘译注：《赵树理选集》，江南书院，1956 年
藤堂明保、松本昭译注：《秋收》，江南书院，1956 年
田森襄译注：《林家铺子》，江南书院，1956 年
太田辰夫、鸟居久靖译注：《龙须沟》，江南书院，1957 年
北浦藤郎、太田爱子译注：《骆驼祥子》，江南书院，1957 年
六角恒广译注：《我在霞村的时候 夜》，大学书林，1958 年
赖惟勤译注：《离骚》，江南书院，1958 年
神谷衡平译注：《风波》，大学书林，1958 年
光生馆编辑部复制：《注音阿Q正传》，光生馆，1962 年
光生馆编辑部复制：《解说注音叶圣陶童话选》，光生馆，1963 年

香坂顺一注释注音：《宝船》，光生馆，1963 年

访中代表团改订：《改订注音林家铺子》，光生馆，1967 年

香坂顺一注释注音：《月牙儿》，光生馆，1969 年

香坂顺一注释注音：《阿Q正传》，光生馆，1971 年

香坂顺一、上野惠司注释日译：《红色娘子军》，光生馆，1972 年

松井博光、佐伯庆子注释注音：《中国民话选》，光生馆，1973 年

香坂顺一编集，愚公会讲师团译：《半夜鸡叫》，满江红，1973 年

芦田考昭编：《中国纪行散文选》，金星堂，1975 年

太田进、吉田惠编：《鲁迅作品选》，东方书店，1975 年

香坂顺一、上野惠司编：《表音注释红果蜜　赶猪记》，光生馆，1976 年

香坂顺一、上野惠司注编：《鲁迅选（一）》，光生馆，1979 年

大河内康编：《老舍〈断魂枪　骆驼祥子抄〉》，东方书店，1980 年

山田敬三编：《鲁迅评论选集》，东方书店，1981 年

中川正之编：《女流作家作品集》，东方书店，1981 年

釜屋修编：《赵树理》，东方书店，1981 年

是永俊编：《茅盾〈子夜、小巫〉》东方书店，1981 年

植田渥雄编译：《西湖物语　白娘子他二篇》，大学书林，1981 年

井口皇注：《中国现代作家选》，东方书店，1982 年

大川完三郎编注：《中国现代作家选II》，东方书店，1982 年

泽山晴三郎编：《中国语古典白话小说选》，东方书店，1982 年

泽山晴三郎译注：《茶馆》，大学书林，1982 年

香坂顺一改编：《骆驼祥子　暴风骤雨》，光生馆，1983 年

大芝孝注译：《叶圣陶童话名作选》，东方书店，1983 年

佐藤富士雄注译：《中国现代作家选III》，东方书店，1983 年

中野达、孟广学著：《中国诗词选读》，东方书店，1984 年

加贺美嘉富、矢野光治注译：《巴金　窗下》，骏河台出版社，1983 年

铃木阳一编注：《孙悟空》，骏河台出版社，1984 年

藤井省三注译：《巴金　长生塔》，骏河台出版社，1986 年

柴田清继编：《燕山夜话抄》，东方书店，1986 年

香坂顺一注音注释：《阿Q正传》，光正馆，1987 年

伊藤敬一、釜屋修、德永纯子、郭春贵编：《老舍　火车上的威风　柳家大院》，东方书店，1989年

庐晓逸、大滝幸子编：《中国语中级课本当代小小说选》，白帝社，1989年

武永尚子、张光正编：《弯弯的月亮》，骏河台出版社，1990年

大内田三郎编：《简单中级读物中国童话读物选》，骏河台出版社，1990年

八十章好、胡志昂编：《芙蓉镇》，东方书店，1992年

田中秀编：《华日对照中国现代短篇小说名作选》，永和语学社，1995年

张孟等人：《中国语教科书中级三国志》，MEK，1996年

牛岛德次注释：《老舍〈骆驼祥子〉注释》，同学社，1996年

相原茂编：《中国掌小说》，东方书店，1997年

郭春贵编：《现代中国著名作家散文选》，白帝社，1998年

近藤直子编：《中国语中级课本名作选》，朝日出版社，1999年

青野繁治、和田知久编注：《迷舟　迷走艇》，东方书店，1999年

上述所列的六角恒广整理的基本上都是日本的中国语学习用书。大学书林、江南书院、白帝社、骏河台出版社、光生馆、东方书店等都是日本二战之后发行和出版中国语学习教材的出版社。六角恒广所列的中国语相关书目自然不可能穷尽全部的相关图书。例如，书目中所提到的仓石武四郎，除了在二战之前编辑了《三国志演义》、在二战之后的1954年与实藤惠秀一起监修了《孔乙己》外，还曾翻译过叶圣陶的《文章例话》、茅盾编辑的《中国新文学大系》、冰心的《怎样欣赏中国文学》《陶奇的暑假日记》《冬儿姑娘》等。又如六角恒广未提到的还有鱼返善雄1940年编辑的《大陆的言语与文学》里面收录了林语堂的文章，并介绍了胡适、钱玄同等人的文学作品。上述这些皆未收录于六角恒广的《中国语关系书书目》。六角恒广所列出的这些中国文学作品书目，一些可以直接用于中国语学习，编者精心地加上了注释和表音，而有些则因为是中文原文，适合用作中级以上中国语学习者的读本。这些读本既可以用作语言学习的课本，也可以用作对中国文学感兴趣的读者和研究者的阅读文本。例如，神谷衡平1942年出版、1958年再版的《支那短篇小说对译丛书》第二篇的《风波》，既可以列入鲁迅在日译介的范围，为当时学院中的研究者所使用，又可以列入日本中国语学习的教材，为一般日本民众学习中国语所用。任何书目都不可能全面，六角恒广所列的《中国语关系书书目》还是为我们了

解日本汉语学习中的中国文学提供了线索。确切地说,正因为其在编撰时所体现出的边缘的模糊性,才使我们看到日本的中文教学和中国文学之间共有的历史,才更加意识到在这两者中划定边界的困难。

尽管有一些遗漏,《中国语关系书书目》还是很好地展现了在日本的中国语语学教材中存在着大量的中国文学。不过与战前从古代白话文转向现代白话文的情况不同,战后的日本,除了1947年奥野信太郎与鱼返善雄所编的《会话本红楼梦》,鱼返善雄所编的《旧中国小说集》和赖惟勤所编选、1958年由江南书院出版的《离骚》外,与中国语相关的教材中的中国文学在很长时间内都主要集中在中国现代文学选本。进入20世纪80年代后,植田渥雄所编的《西湖物语 白娘子他二篇》和泽山晴三郎所编的《中国语古典白话小说选》才又在语学书目中重新引入中国古典白话小说。

就从事编选、注释、表音等工作的人员来看,20世纪40年代日本中国语教育领域比较重要的是鱼返善雄。鱼返善雄出生于1910年,日本大分县人,1926年开始在上海东亚同文书院学习,1929年由于生病中途退学归乡。1933年通过文部省的考试获得英语和中文教师资格,随后在东亚学校教书。从1939年开始,在东京帝国大学文学部担任非专职教师。他二战期间曾任东京高等师范学校教授,战后在东洋大学等校担任客座教授,1966年去世。他所编选的《新中国小说集》中收录了鲁迅的《狂人日记》、郁达夫的《沉沦》、郑振铎的《风波》、陶晶孙的《木犀》、孙俍工的《隔绝的世界》、冯文炳的《竹林的故事》、叶绍钧的《倪焕之》、茅盾的《烟云》、赵景深的《红肿的手》、黎烈文的《崇高的母性》、老舍的《赵子曰》、巴金的《家》、冰心的《两个家庭》、丁玲的《水》等50篇小说的节选。他所编选的《旧中国小说集》则收录了《三国演义》等6篇。除了六角恒广所列出的这些在中国语学范围内的书目外,鱼返善雄还在语学范围之外做了一些直接与中国文学相关的翻译工作。例如,他1948年翻译了《游仙窟》,1949年翻译了《水浒传》。他1954年翻译了《西游记》,收录在创元社出版的《世界少年少女文学全集》第26卷。他1951年还翻译过刘麟生的《中国文学ABC》(《中国文学入门》,东京大学出版部1951年)。

香坂顺一是从20世纪60年代开始从事中国现代文学编选工作的。香坂顺一和鱼返善雄是同时代的人,出生于1915年。从东京外国语学校支那语科毕业后,他1938年前往中国台湾,任教于台湾高等商业学校。其间他曾前往广州,在岭南大学留学。在二战之后日本民主主义运动勃兴之际，他开始通过汉语教学推进中日友好交流，是战后日本最早编纂现代中国语词典的学者之一。20世纪60年代初，他应邀来中国访问，70年代初，他成为北京大学最早的客座教授，在北京大学进行了长达4年的讲学和研究。1980年，他所任教的日本大东文化大学和北京外国语学院签订了交流协定，开启了中日两国大学交流合作的先河。①

从以上论述可以看出，自明治时期以来，中国文学在日本译介的面貌较为复杂，它受到日本汉学传统自身变更的影响，受到关东大地震后日本出版界实际营销策略的影响，受到中国文学和文化发展的影响，也受到二战之后中日两国政治和文化交流的影响。在文学史和学术史主要被以学院为主体的研究所垄断的情况下，中国文学在日本传播的面貌相对单一。对日本的中国语语学领域内中国文学传播和译介的关心则为这一问题提供了一个可供讨论的例子，以期今后得到更为深入的研究。

---

① 续三义：《日本汉语教学研究——香坂顺一先生的汉语教学理念及实践一瞥》，吕才主编：《坚实的步履》，商务印书馆2011年版，第58页。

第四章

《改造》杂志与鲁迅的跨语际写作

我想从鲁迅的一首旧体诗引出本章拟讨论的问题。

扶桑正是秋光好。
枫叶如丹照嫩寒。
却折垂杨送归客。
心随东棹忆华年。

这首诗是鲁迅1931年12月赠给增田涉的惜别之作。作为中国现代文学研究者在二战之后广为人知的增田涉,当时还只是刚刚从东京帝国大学中国文学专业毕业的一名本科毕业生。1931年3月他来到上海,由佐藤春夫介绍拜访了内山完造,又通过内山完造认识了鲁迅,得到了鲁迅的赏识,随后便跟随鲁迅学习中国文学,直至1931年底。上引诗作无疑体现了鲁迅对弟子增田涉的关爱,但鲁迅也借此表达了对自己留学日本时期的青春年华的感怀之情。根据增田涉的解释,"华年"一词,表露了鲁迅"青春时代留学日本的记忆对他来说始终是难以忘怀的"。增田涉还提到,"鲁迅当时有再次赴日的意思"。①

在此之后,虽然鲁迅在给内山完造等友人的信里也曾提到过"再

---

① 增田涉:『魯迅と日本』,『魯迅の印象』,角川书店,1970年增补,第140页。

次赴日"的想法。① 但是，正如我们后来所知道的那样，因为种种原因，鲁迅再次赴日的愿望并没有实现。

1933年2月，为迎接诺贝尔文学奖获得者萧伯纳赴日访问，日本著名的综合杂志《改造》曾向鲁迅约稿。自此之后，直到1936年10月去世，鲁迅在《改造》上发表了多篇日语文章，而在此前后，《中央公论》《东京朝日新闻》《文艺》等报刊也曾刊载过鲁迅的文章或作品的翻译。改造社，这家因出版廉价版《现代日本文学全集》而掀起日本出版界革命的出版社，还出版了《鲁迅全集》②。岩波书店也在其具有巨大影响力的"岩波文库"丛书中收录了一本《鲁迅选集》。可以说，这一时期，鲁迅宛如再度访问了日本。当然，这一次他既不是作为留学生，也不是作为观光客，而是作为与日本第一流作家相比毫不逊色的作家，以日文作品重访了日本。那么，此次越境日本的鲁迅，通过日本的媒体，尤其是《改造》这样具有广泛社会影响的杂志，传达了怎样的信息呢？他所传达的信息在日本是怎样被接受的？还有，这样的跨语际写作对鲁迅文学的传播有什么意义？本章拟就这些问题略作探讨。

第一节
与鲁迅相关的日本媒体状况

要考察以上问题，首先应该对当时与鲁迅相关的日本媒体的状况进行考察。因为从一定意义上说，在鲁迅通过媒体传达信息的同时，媒体也通过鲁迅传达着信息。

1923年1月，鲁迅在《北京周报》上刊载了日文自译作品《兔和猫》，该小说最初用中文创作，发表于1922年10月10日《晨报》"特别号"上。《鲁迅日记》1922年12月6日记云："夜以日文译自作小说一篇。"说的就是为《北京周报》翻译《兔和猫》。《北京周报》之后还刊载过3篇对鲁迅的采访，皆是新闻记者的笔调，不能说是鲁迅自己的创作。

---

① 参见鲁迅1934年6月7日《致增田涉》，1933年7月11日《致山本初枝》。
② 该作品由井上红梅翻译，改造社1932年11月出版，其实是鲁迅的小说集。

第四章
《改造》杂志与鲁迅的跨语际写作

《北京周报》是当时居住在北京的日本人发行的。据东京大学已故教授丸山升的研究，在20世纪20年代，诸如《上海日日新闻》《满蒙》等日语刊行物都译载过鲁迅的作品，日本的左翼文学阵营也发表过关于鲁迅的评论，尽管这些介绍和评论对鲁迅的理解还算不上深入，但其中也出现了像山上正义那样给出精辟评论的鲁迅论者。丸山升还指出："虽然比左翼文学对鲁迅的介绍晚了一两年，但是在影响的深度和广度上有着更重大意义的，无疑是佐藤春夫、增田涉对鲁迅的翻译和介绍。"①1932年1月佐藤春夫在《中央公论》上发表鲁迅《故乡》的翻译，并撰写《关于原作者的小记》（以下简称《小记》）；同年4月，增田涉在《改造》上发表了《鲁迅传》；同年7月，佐藤春夫又在《中央公论》上刊出他翻译的《孤独者》。当时佐藤春夫是活跃于日本文坛的知名作家，他翻译的鲁迅作品又发表在当时著名的综合杂志《中央公论》上，所以影响广泛。鲁迅的名字由此开始为日本文化界所熟知。②

沿着丸山升指出的线索，查检《中央公论》杂志，在1932年1月的"新年特辑号""创作栏"里，确实可以看到佐藤春夫翻译的鲁迅小说《故乡》，但有意思的是，无论目录还是正文，原作者鲁迅的名字都以很小的字号放在括号里，而译者佐藤春夫的名字却堂皇地与其他作家并列在一起。这应该是《中央公论》编者的编排处理，与佐藤春夫撰写的饱含敬意的《小记》相比，其对鲁迅的认识显然是很淡漠的。③

佐藤春夫的《小记》虽然只有两页，却是一篇信息量很大的文章。在这篇《小记》中，佐藤发现了鲁迅"作品中深藏着的传统味道"，认为鲁迅是"令人有杜甫起于现代之慨"的作家，并说鲁迅不仅是"中国最大的小说家、中国左翼作家联盟的盟主"，而且其作品被广泛翻译成法、德、俄、英以及世界语，是"世界的鲁迅"。基于这样的评价，佐藤表述了以下的愿望：

（鲁迅氏）于吾国语言亦甚为练达，若我国读者喜读其作，且编辑者亦有

---

① 丸山昇：『魯迅・文学・歴史』，汲古書院，2004年，第89、93頁。
② 丸山昇：『魯迅・文学・歴史』，第94頁。
③ 这也反映了当时日本对鲁迅了解的普遍状况，据增田涉说，1932年4月他的《鲁迅传》在《改造》杂志刊出时，"我的年轻时候曾在中国住过的伯父看到杂志的广告，曾对我的堂弟解释说：'鲁是姓，迅传是名'"。增田涉：『魯迅の印象』，角川書店，1970年增補，第24頁。

欢迎之意，此位因中华民国现政府之野蛮愚蠢政策而不得不保持沉默的作者，则有可能将其新旧诸作，直接以日文面世。倘若我的此一空想有幸成为现实，应给予这位大作家以待我辈作家同样之礼遇，相信他亦会为我国文明贡献而不吝所能。

丸山升注意到佐藤春夫在《小记》中提到的"鲁迅文学中的传统问题"，对其中所体现的"对于鲁迅的理解"给予了很高评价，同时也指出佐藤"忽视了鲁迅所持的强烈的政治性和社会性"①。不过，如果仔细阅读《小记》，还可以看到，佐藤努力想把鲁迅放入"我国文明"亦即"日本文明"的脉络里，倒是流露出了一定的政治意图。如果联系到《小记》的执笔时间"1931年12月10日"，恰当九一八事变之后，一·二八事变即将发生之际，正是中日关系空前紧张的时期，佐藤春夫要把"世界的鲁迅"纳入"我国文明"，无论有意还是无意，都不能不说是呼应了当时日本侵华的时局氛围，不过，在《小记》里，佐藤呼吁，"除了将中华民国作为战争的对手来看待，还应该看到这个国家其他方面，亦即她的优秀文明"，显然也是真诚的。

事实上，1932年1月，鲁迅在上海已经读到了《中央公论》刊载的佐藤春夫所译《故乡》及其所撰《小记》，他在给增田涉的信中说：

> 一月号《改造》未刊载《某君传》，岂文章之过耶？实因某君并非锋头人物。证据是：Gandhi虽赤身露体，也出现在影片上。佐藤先生在《〈故乡〉译后记》中虽竭力介绍，但又怎么样呢？②

信中所说的《某君传》，指的是增田涉的《鲁迅传》，这是增田涉在向鲁迅求教期间，深感有向日本读者介绍这位杰出作家的必要而撰写的，他把原稿寄给佐藤春夫，"希望帮助在日本的杂志发表"，而"佐藤氏读了原稿，回信说：'《鲁迅传》即刻拜读，深感有趣，或许应该说，不是有趣，而是感到了鲁迅先生之伟大，更为合适'"。佐藤随即把增田涉的原稿转给了《改造》杂志，却被退回，接着又转

---

① 丸山昇：『鲁迅·文学·历史』，汲古書院2004年，第96页。
② 鲁迅：《致增田涉》，《鲁迅全集》第13卷，人民文学出版社1981年版，第470页。

给《中央公论》，也未被采用。据增田涉后来的解释："或许因为鲁迅这个名字在日本还不为人所熟悉，加上作为作者的我是一个无名之辈，日本的综合杂志都不予以理睬。"最后，还是佐藤春夫鼎力斡旋，《鲁迅传》才得以在《改造》上刊出。①其中的经过，鲁迅或许不尽知其详，但通过增田涉肯定也有所了解，在这样的情境中，他对佐藤春夫心怀感激，善意地理解他的《〈故乡〉译后记》，当然在情理之中。

据增田涉回忆，有关鲁迅去日本的话题就是他在这一时期提起的，征询鲁迅的意见后，他曾写信给大学时代的老师盐谷温商量办法，但未见回音。②1931年底归国之后，增田涉仍在为此事而努力，似乎也曾与佐藤春夫进行过商谈。但身在上海的鲁迅，则在一·二八事变的战火中被迫逃难，直至1932年3月19日才搬回家中，他与增田的通信，在此期间当然也中断了。

在避难生活中，鲁迅和茅盾等43人于1932年联合签署了《上海文化界告世界书》，抗议日本帝国主义军队在上海的侵略和屠杀。③同年4月13日，在给内山完造的信里，鲁迅明确表达了放弃赴日的想法，他说：

> 早先我虽很想去日本小住，但现在感到不妥，决定还是作罢为好。第一，现在离开中国，什么情况都无从了解，结果也就不能写作了。第二，既是为了生活而写作，就必定会变成"新闻记者"那样，无论从哪一方面看都没有好处。何况佐藤先生和增田兄大概也要为我的稿子多方奔走。这样一个累赘到东京去，确实不好。依我看，日本还不是可以讲真话的地方，一不小心，说不定还会连累你们。④

由此可见，鲁迅放弃"去日本小住"，首先出自他坚持要在中国继续写作的

---

① 增田涉：『佐藤春夫と魯迅』，『図書』1964年7月号，『魯迅の印象』，角川书店，1970年增补，第270—271页。
② 增田涉：『魯迅と日本』『魯迅の印象』，角川书店，1970年增补，第140—141页。
③ 刊于《文艺新闻》战时特刊《烽火》，1932年2月4日。
④ 鲁迅：《致内山完造》，《鲁迅全集》第13卷，人民文学出版社1981年版，第476—477页。

决心，其次也出自他对日本情势的判断。佐藤春夫后来回忆说，鲁迅似乎是因为五一五事件发生，感到日本社会也动荡不安，于是取消了来日本的念头。① 这与实际情况颇有出入。如上面的书简所示，早在1932年5月15日日本右翼军人杀害首相犬养毅的事件发生之前，鲁迅已经作出了决断。他认为"现在日本也不是可以说真话的地方"，应该是对日本长期观察和综合分析的结果。不过，鲁迅虽然谢绝了日本友人的赴日邀请，却没有拒绝来自日本媒体的约稿请求，而是采取了积极回应的态度，尽管他知道各种媒体的约稿意图并不尽相同。

第二节
《改造》杂志中的鲁迅形象

《改造》杂志是比较集中地发表鲁迅日语作品的媒体，饭仓照平曾注意于此并作过分析：

> （鲁迅的）这些日语文章都是于1933年到1936年间集中写就的。改造社与执笔者所建立的联系，自然是重要契机，但更应该看到的时代大背景是自1931年九一八事变和1932年一·二八事变开始的日本对中国的侵略、日本新闻出版界对中国的关心日益高涨。②

饭仓照平在此触及了鲁迅的日文写作与时代情势之间的微妙关系。恰恰是日本对中国的侵略升级刺激了日本新闻出版界对中国的关心，改造社积极向鲁迅约稿，即此一潮流和氛围中的产物。但如前所述，作为有影响的综合性杂志，其实是《中央公论》率先刊载鲁迅的作品，后来却被《改造》取而代之，这表明，即使在同一时代氛围中，各媒体的着眼点和关心程度也并不相同。那么，《改造》杂志是在何种意义上关注鲁迅的呢？

---

① 佐藤春夫：『鲁迅の横颜』，『東京朝日新聞』1936年10月20日。
② 引自饭仓照平为日文版『鲁迅全集』第19卷所写『解说』，『鲁迅全集』第19卷，学习研究社，1986年，第244页。

第四章
《改造》杂志与鲁迅的跨语际写作

自《改造》杂志最后停刊和改造社解体（1955），至今已经超过半个多世纪，已经很少有人记得其存在，但在日本的大正及昭和前期，《改造》杂志曾和《中央公论》（1899年创刊）及《文艺春秋》（1923年创刊）共同占据着言论的中心，和该刊的母体改造社一起，在现代日本媒体史上留下了浓重的印迹。山本文雄在《日本的大众传播史》中这样说：

> ……民主主义运动不仅仅停留在该运动本身，它还促进了社会主义思想的急速传播。在此形势下，《改造》《解放》和《社会问题研究》都在1919年创刊。山本实彦创办的《改造》由激进思想家构成主要阵容，带有超越民主主义的社会主义倾向。这种具有左翼倾向的宣传吸引了青年读者层，一时压倒了《中央公论》。
>
> ……说到综合杂志，不得不提昭和初年处于鼎盛期的《中央公论》和《改造》。①

但也有研究者认为《改造》杂志和改造社的经营方针实际上是商业主义的，左翼倾向不过是其顺应潮流的表现。时代潮流变了，杂志和出版社的方针也随之改变。这样的看法当然也不无依据。考察《改造》杂志30多年的历史（1919—1944.6；1946.1—1955.2），可以说，在空前激烈的时代暴风雨中，顺应时局潮流或抗击时局潮流的情况时有发生。其中，社会风潮和形势、国家权力机关的言论统治、出版经营者追求利益的用心，都会影响杂志的走向，而编辑者的坚持、执笔者的意图等等，也错综交织于其间，且在不同阶段有不同表现。松原一枝曾描述道：《改造》从创刊的大正八年（1919）到昭和初期，是具有社会主义及左翼倾向的，但自1937年卢沟桥事变爆发前后开始，则逐渐通过迎合"时局"的出版物，来和此种倾向做一种平衡。② 这虽然是一种大致的勾勒，亦为理解在《改造》上登载文章的鲁迅提供了有意义的线索。

鲁迅的名字最初引人注目地出现在《改造》杂志是该刊1932年4月号刊载增

---

① 山本文雄：『日本的大众传播史』，東海大学出版会，1988年增补，第136、167頁。
② 松原一枝：『改造社と山本実彦』，南方新社，2000年，第205—206頁。

田涉的《鲁迅传》时。但在该刊每期例行的"编后手记"上，并未见任何评论，说明该刊编者对鲁迅其人还了解不多。随后情况便发生了变化。同年11月，改造社出版了井上红梅翻译的《鲁迅全集》，并在这个月的《改造》杂志上以一页篇幅刊出了广告，其词云：

中华现代左翼作家第一人的全部力作出版

鲁迅，周树人！往昔游历日本，少壮提倡白话文，以一篇《狂人日记》为中国新文学树立典型，因《阿Q正传》而确保世界不朽文名之鲁迅！作为左翼作家联盟盟主，决然立于反抗国民政府之立场，他的艺术，把吾等抱持极大关心之邻邦中国的传说、风俗、习惯、思想、生活，以特异的观察与形式，展现于吾等面前。如不翻读此书，欲言新的"支那"，实不可能！

当时鲁迅读到了这些广告词，并注意到广告词的表述实际上是取自增田涉的《鲁迅传》。他在给增田涉的信中写道：

今日拜读《改造》刊登的广告，作者被吹得很了不起，也可慨叹。就是说你写的《某君传》为广告尽了义务，世事是怎样的微妙啊。①

即便如此，这则广告也表明改造社和《改造》杂志开始意识到中国作家鲁迅的价值。该刊把鲁迅作为中国左翼作家的代表人物加以宣传，亦非偶然之举。在此之前，改造社已经出版了廉价版《资本论》(1927年全译本，定价一日元)、《马克思恩格斯全集》《高尔基全集》，都因呼应了当时日本日益高涨的社会主义思想、左翼文学思潮而引起了强烈反响，同时也收获良好的市场效益。在增田涉的《鲁迅传》刊出之前，《改造》1932年2月号所载岩藤雪夫的"文艺时评"，也谈到"中国左翼作家"鲁迅的"杰作"《故乡》(佐藤春夫译，刊载于《中央公论》)。非常有意思的是，和岩藤雪夫的"文艺时评"并列排在《改造》上的一则广告，是收在《高尔基全集》第21—25卷里的《四十年——克里·萨木金的生平》，广告词称赞说，

---

① 鲁迅：《致增田涉》，《鲁迅全集》第13卷，人民文学出版社1981年版，第501页。

第四章
《改造》杂志与鲁迅的跨语际写作

这是"世界上篇幅最长的普罗创作",表明"普罗"在当时已是吸引读者瞩目的关键词。日本普罗文学的新锐作家小林多喜二的小说《工厂细胞》(又译作《工厂党支部》,连载于《改造》1930年4—6月号)、中野重治的诗歌《雨中的品川车站》(《改造》1929年2月号)等作品,在这一时期,也与新感觉派作家横光利一、川端康成的作品一起,位于《改造》杂志文艺创作栏的主要位置。鲁迅作为中国左翼作家的代表而被特别强调,应该与此种氛围有关。

总之,从这一时期开始,《改造》杂志开始注意到鲁迅的存在,并与鲁迅建立了直接的联系。1933年4月,《改造》杂志为迎接萧伯纳来日访问,专门筹划《欢迎文豪萧伯纳》特集,该期的"编辑手记"称:"萧伯纳巡游世界,将途经日本,本社已早早派出特派员亲赴上海,以表欢迎之情,并斡旋和鲁迅氏的交流"。但据改造社特派员木村毅回忆,他持社长山本实彦的密令奔赴上海,本想直接面见萧伯纳,因为萧拒绝与记者见面,最后"不得不把一切都交由鲁迅操办"。而正是经由鲁迅的斡旋,木村毅才得以见到萧伯纳。①

此期《改造》杂志《欢迎文豪萧伯纳》特集的编排方式也值得注意。鲁迅的文章排在特集的首篇位置,在杂志的扉页上,并列排放着萧伯纳和鲁迅的照片。更有意思的是,同期《改造》上继续刊登有关井上红梅译《鲁迅全集》的广告,文辞表述却发生了变化。最为明显的改动表现在广告词的标题,在突显鲁迅作为"支那现代世界性作家"地位的同时,悄然抹去了其"左翼作家"的称谓。与此呼应,广告词正文特别提到鲁迅"被称为中华民国的(夏目)漱石",且被罗曼·罗兰誉为"东洋第一流的艺术家"。此后,在《改造》杂志上,去除了左翼色彩的鲁迅作为"世界名人"的形象越发鲜明。如该刊1934年3月号刊载了鲁迅的日文文章《火·王道·监狱》,此期的"编辑手记"这样写道:

> 本志至下月正当创刊十五周年。以此为契机,杂志总体面貌将焕然一新,而下一期将会将之具体化。本期有幸获得多篇特稿。作为中国的大作家而为世界所知的鲁迅氏的随笔,在东洋文人的从容余裕中,隐藏着犀利的讽刺。

---

① 木村毅:『萧伯纳在东洋』,『改造』1933年4月号。

1934年4月号为《改造》创刊15周年纪念号，上面所刊特约专稿有爱因斯坦的《为了和平》和罗曼·罗兰的《艺术与行动：论列宁》，作者都是世界知名的文化人。翌年（1935），《改造》杂志6月号又刊载了鲁迅的《在现代中国的孔子》，同期"编辑手记"则称，"鲁迅氏珠玉般的杂文久已不得，文章虽短却包含了无限的讽刺"。该"手记"还谈到同期刊出的爱因斯坦的文章，认为"博士的感想文虽简洁却对世界现状有着独特的敏锐批判"，并希望读者将之与鲁迅"珠玉般的杂文"一起"品鉴欣赏"。

综上，1933—1935年，《改造》杂志上的鲁迅形象经历了从"中国左翼作家第一人"到"世界性作家"及"中华民国的漱石"这样的转变。这既表明该刊对鲁迅评价的提高，也是该刊被迫"去左翼化"的结果。众所周知，1931年九一八事变之后，随着"帝国日本"对华侵略逐步扩大，日本国内的政治形势也日益严峻。1932年5月15日，时任内阁首相犬养毅被暗杀，这意味着日本的政党政治结束，军队"暴走"加速。1933年2月，著名左翼作家小林多喜二被特高警察虐杀。同年4月，京都帝国大学教授泷川幸辰因主张法学观点被政府免职，这标志着思想控制和言论统治的加剧升级。据山本文雄的研究，左翼出版物在1934年之后锐减，到1935年则完全从书店消失了。① 在这样的背景下，改造社对鲁迅采取了"去左翼化"的叙述，显然带有某种自我保护的用意，但不把鲁迅及其作品局限在左翼作家的范围内，从一定意义上亦可视为对鲁迅认识的新发展。

《改造》如此重视鲁迅，从某种意义上说，是该社社长山本实彦意向的表现。据增田涉回忆，他撰写的《鲁迅传》被《改造》杂志编辑退稿后，佐藤春夫曾对山本说："编辑没眼力，请你直接读一读。"② 这应该是山本接触鲁迅的开端，同时也决定了此后《改造》与鲁迅的关系，此后一直由社长山本直接与鲁迅联系。山本其人，经历和思想都颇为复杂。他出生于日本鹿儿岛，因家境贫寒，中学未毕业即到冲绳做小学代课教师，后到东京勤工俭学，读完大学后进入《大和新闻》工作，同时亦对政治怀有浓厚兴趣，于大正二年（1913）当选为东京市议会议员。1919年，山本创办改造社和《改造》杂志，一跃成为新闻出版界的风云人物。1930年，他

---

① 山本文雄：『日本的大众传播史』，东海大学出版会，1988年增补，第170页。
② 增田涉：『佐藤春夫と鲁迅』，『图书』1964年7月号，『鲁迅の印象』，角川书店，1970年增补，第271页。

在家乡获选众议院议员，活动范围也伸展到政界。① 如同《改造》杂志所表现出来的思想面貌一样，在 20 世纪 30 年代，山本实彦基本上属于新闻出版界具有独立性格且同情左翼的领袖式人物。1931 年九一八事变后，山本不仅本着媒体经营者的敏感，积极筹划出版有关中国话题的书籍，他还像一个第一线的记者那样，亲赴中国考察采访，撰写纪实报告，与各界人士接触交流。水岛治男回顾道："面对动荡的日中关系，（山本实彦）从《改造》主持者的立场，筹划某种方式的交流与和解，是事实。这也许不能说意义多么重大，也没越出个人随意活动的范围，但说是在好的意义上作为'国士'进行的活动，是没有疑义的。"② 这可谓中肯的分析。在此过程中，山本有意识地听取鲁迅等有代表性的中国文化人的意见，并通过《改造》杂志传达给日本读者，这样的努力也是值得肯定的。

第三节
横跨中日双重语境的言说方式

以上所谈，主要是日本的媒体方面，特别是《改造》杂志所构建的鲁迅形象。那么，鲁迅又是怎样通过日本的媒体来表达自己观点的呢？下面仍以《改造》杂志所刊鲁迅的日文作品为中心，谈谈鲁迅是如何通过作品传达信息的。

《改造》上刊载的鲁迅文章

发表时间	发表的文章	相关事项
1933 年（昭和八年）	『SHAW と SHAW を見に来た人々を見る記』《改造》4 月号"编辑手记"有所论及	中文译文题目为《看萧和"看萧的人们"记》，许霞译，鲁迅校订，发表于《现代》（上海）第 3 卷第 1 期（1933.5）；后收入《南腔北调集》（1934）
1934 年（昭和九年）	『火・王道・監獄』《改造》3 月号"编辑手记"有所论及	中文译文改题为《关于中国的两三件事》，鲁迅译，收入《且介亭杂文》（1936）

---

① 松原一枝：『改造社と山本实彦』，南方新社，2000 年。
② 水岛治男：『改造社の时代』（戦前编），图书出版社，1976 年，第 265 页。

续表

发表时间	发表的文章	相关事项
1935年 （昭和十年）	『現代支那に於ける孔子様』 《改造》6月号"编辑手记"有所论及	中文题目先译为《孔夫子在现代中国》，亦光译，刊于《杂文》月刊（东京）第2号（1935.7），后由鲁迅修改，题目改为《在现代中国的孔夫子》，收入《且介亭杂文二集》（1936）
1936年 （昭和十一年）	『私は人をだましたい』 《改造》4月号"编辑手记"有所论及 『中國傑作小説・小引』（初刊时没有题目） 『蕭軍簡介』（初刊时没有题目） 《改造》6月号	中文译文题目为《我要骗人》，鲁迅译，发表于《文学丛报》月刊（上海）（1936.6），收入《且介亭杂文末编》（1937）

1933年4月—1936年6月，鲁迅在《改造》上发表了包括《萧军简介》在内的6篇文章。这些文章之后都被翻译成中文在期刊上发表。鲁迅亲自翻译了其中的两篇，校订和修改了两篇。前面已经谈到，这个时期日本对华侵略步步升级，中日之间的冲突日益激化，鲁迅并不拒绝而是积极回应日本媒体的约稿，在用日文写作的同时也把中文读者放在考量范围内，有意识地横跨中日双重语境进行写作，实际上显示出了挑战纠结着复杂社会现实言说语境的勇气和决心。

在当时的中国，有些人不怀好意地看待鲁迅的日文写作。如刊于《改造》1934年3月号的《火·王道·监狱》就曾被邵洵美编辑的《人言》杂志抢先翻译了最后一节，以《谈监狱》为题刊载于该刊第1卷第3期（1934年3月3日出版）。译者仅署了"井上"两字，且有"附白"说明翻译虽未告知原作者，但"仍用翁的署名发表，以示尊重原作之意"。在译文之后，该刊"编者"还专门加注云："鲁迅先生的文章，最近是在查禁之列。此文译自日文，当可逃避军事裁判。但我们刊登此稿目的，与其说为了文章本身精美或其议论透彻；不如说举一个被本国迫逐而托庇于外人威权之下的论调的例子。"

《人言》杂志为何采取如此不光明的手段？在此且不去推测，但读其"编者注"文字，分明可以感到其对鲁迅在国内被"查禁"的幸灾乐祸，至于说鲁迅的日文写作是"托庇于外人威权之下"，则更明显带有信口诬人的味道。遭遇了"被翻译"的鲁迅当然表示非常愤怒,在杂文集《准风月谈》的后记里,把《人言》的译文、"译者附白"和"编者注"一并录存,并直接点出了《人言》编者邵洵美和他的"帮闲专家章克标"——亦即"冒充了日本人"的译者。其时邵洵美已经与鲁迅发生过笔争,此后他也有多篇文章讽及鲁迅,但关于这篇《谈监狱》的译载事件,似乎未见谈及。直至20世纪80年代初期,章克标接受研究者访问,① 后来又写作《关于鲁迅》一文,才明言《谈监狱》确为他所译,"译者附白"也是他所写,但章说他"原不过想借重鲁迅的大名来为刊物招揽几个读者",并特别强调:触怒了鲁迅的主要并非"译者附白"而是《人言》的"编者注",而这个注是"郭明"亦即邵洵美所加。云云。

上述插曲表明,鲁迅在《改造》杂志发表的日文作品,返至中文语境后也颇有风波,值得认真分析。限于篇幅,我们仍把考察重点放在日文脉络里的鲁迅写作,首先来看鲁迅最初发表在《改造》上的『SHAW と SHAW を見に来た人々を見る記』(《看萧和"看萧的人们"记》)。在该篇文章的开头,鲁迅说道:

> 私はSが好きだ。それは其の作品、或いは伝記を読んで好きになったではないので、只だ何処でか少許の警句を読んで、誰かから彼はよく紳士社会の仮面を剥ぎ取るといふ事を聴いたか好きになったのだ。もう一つは支那にも随分西洋の紳士の真似をする連中が居る、彼等は大抵Sをこのまないから。私は往々自分の嫌ふ人に嫌はれる人を善い人だと思ふときがある。②

> 我是喜欢萧的。这并不是因为看了他的作品或传记,佩服得喜欢起来,仅仅是在什么地方见过一点警句,从什么人听说他往往撕掉绅士们的假面,这就喜欢了他了。还有一层,是因为中国也常有模仿西洋绅士的人物的,而他们却大抵不喜欢萧。被我自己所讨厌的人们所讨厌的人,我有时会觉得他就是好人物。③

---

① 蒋启韶:《章克标谈鲁迅》,《鲁迅研究动态》1983年第8期;张颂南:《章克标生平和他谈有关鲁迅的几件事》,《鲁迅研究动态》1984年第4期。
② 引自『改造』1933年4月号。
③ 鲁迅:《看萧和"看萧的人们"记》,《鲁迅全集》第4卷,人民文学出版社1981年版,第494—497页。

总结起来，在这段文字里，鲁迅主要表述了两层意思：第一，他是因为萧"往往撕掉绅士们的假面"亦即批评上流社会而喜欢萧；第二，声明自己并非萧伯纳研究方面的专家，甚至也没有读过其作品或传记。但是，鲁迅此段文字后面接着说：

现在，这萧就要到中国来，但特地搜寻着去看一看的意思倒也并没有。
十六日的午后，内山完造君将改造社的电报给我看，说是去见一见萧怎么样。我就决定说，有这样地要我去见一见，那就见一见罢。

这无疑是鲁迅式的曲笔，事实上，在接受改造社请托之前，也就是说在2月15日之前，鲁迅已经寄给《申报》副刊"自由谈"一篇题为《萧伯纳颂》的文章（发表于《申报·自由谈》1933年2月17日，后收入杂文集《伪自由书》时改题为《颂萧》），此文主要针对上海《大晚报》有关萧伯纳的报道，特别是针对该报攻击萧伯纳在香港的演讲为"共产主义宣传"，给予犀利讽刺和反驳。由此可见，面对萧伯纳来访这一事件，鲁迅从一开始就颇为关注，但他的关注点主要并不在"世界文豪"萧伯纳的动向，而是各种媒体围绕萧伯纳的动向所作的反应。因此，尽管改造社请托鲁迅"写一篇萧的印象记"，结果却如鲁迅的文章标题所显示的那样，他还是将"萧"和"看萧的人们"一起当成了考察对象。

不用说，当时能够参与迎接萧伯纳的主要是文化人和新闻记者，其中有很多即属于鲁迅所说的"绅士阶层"。鲁迅将敏锐的视线投向了他们，尤其是各媒体的报道方式。鲁迅在文中写道："第二天的新闻，却比萧的话还要出色得远远。在同一的时候，同一的地方，听着同一的话，写了出来的记事，却是各不相同的。"他还对上海的英文、日文和中文新闻报道进行了比较分析。鲁迅说："例如，关于中国的政府罢，英字新闻的萧，说的是中国人应该挑选自己们所佩服的人，作为统治者；日本字新闻的萧，说的是中国政府有好几个；汉字新闻的萧，说的是凡是好政府，总不会得人民的欢心的。"

初看起来，这些例子仿佛是漫不经心随意拈来，其实都是鲁迅深思熟虑的选择。在萧伯纳访问过上海后，鲁迅曾和瞿秋白一起收集上海各大报纸刊载的相关报道，汇编成册，书名为《萧伯纳在上海》。书中收录《政治的凹凸镜》一文，鲁迅在文中说到的"日本字新闻"，也即《上海每日新闻》，其论调很像《日本政府的外交文书》，而"汉字新闻"亦即中文各大报纸的报道，则基本上都来自中国当局的英文半官报《大陆报》所捏造的新闻。①将《政治的凹凸镜》与《看萧和"看萧的人们"记》两相对照，可以看到，鲁迅的批判指向并非一般的新闻界，而是以加紧对华侵略的"日本政府"及独裁的"中国当局"等权力为背景或靠山的新闻媒体。

鲁迅积极回应《改造》的约稿，是他通过媒体与权力进行斗争的一环。他把改造社请托的"萧的印象记"，最终写成"看萧的人们"的印象记，应该是有意为之。作为作者，鲁迅把文稿交出去后，自然无法知道会被相关媒体安排到怎样的格局里，而事实上，《改造》杂志之所以花费心思编辑《欢迎文豪萧伯纳》特集，既是该刊一贯以世界文化名人为招牌的作风之延续，更有借助萧伯纳这位名人对当时日本的内外时局发表意见的用意，其间缠绕着多种力量的博弈，这需要另有文章专门梳理和分析，在此能够确定的是，鲁迅《看萧和"看萧的人们"记》对上海媒体的反讽，无疑也同样适用于包括《改造》在内的日本媒体上的"萧伯纳言说"，即使杂志有自己的编辑预设，鲁迅的独特表述也会逸出被设定的框架，动摇那些框架，甚至导致其解体。

鲁迅的跨语际写作其实也是在进行跨语际作战，他发表在《改造》1936年4月号上的『私は人をだましたい』（《我要骗人》）一文表现得尤为明显。关于此文已经有很多分析和解说，文中提及的"山本社长"，亦即改造社社长山本实彦，他的约稿是促成鲁迅写作此文的直接契机。查《鲁迅日记》，1936年2月11日记有"午内山君邀往新月亭食鹌鹑，同席为山本实彦君"。②而据山本所写的通信，他是2月9日到达上海的，③来后即见鲁迅，可见二人交谊已深，但山本请鲁迅写稿，是否仅仅是一般编者的例行工作？对此一线索，其实还有可以继续考察者。

据山本所写的游记和报道，可知他随后由上海去了杭州、苏州，但主要目的地是国民政府的首都南京，在南京他访问了蒋介石、张群、孙科等政要，④也与新闻界、文化界人士出席了"日华问题讨论会"。《中央日报》《新民报》等媒体都对他

---

① 瞿秋白：《政治的凹凸镜》，乐雯：《萧伯纳在上海》，野草书屋1933年印行，第92—95页。
② 鲁迅：《鲁迅全集》第15卷，人民文学出版社1981年版，第282页。
③ 山本実彦：『上海からＳへ』，『支那』，改造社，1936年，第190頁。
④ 山本実彦：『蒋介石』『蒋政権をめぐる人々』，『支那』，改造社，1936年，第229—256，343—346頁。

的行踪和言论进行了报道，希望他"以进步文化人的资格，推进有意义的'国民外交'"。其关注之切，期待之殷，甚至让山本本人感到意外。他说："我的这次南京之行，南京的报纸有这样那样的报道，但我并没有另负官方使命，只是一介旅人。不过，因为会见了很多要人、报社领导、大学教授，引起种种臆测，也无可奈何。"① 而山本之所以如此受关注，其实并非没有缘由，这既因《改造》杂志在日本言论界的地位，也与中日之间日益紧张的情势密切相关。当时，日本军队大规模屯聚华北，对中国守军步步紧逼，在上海、南京也通过各种方式制造事端，如迫使南京政府查封《新生》周刊等，都刺激了中国各界不断增长的抗日情绪。山本在这样的时刻来中国，当然也不单是为了观赏江南山水，在南京，他特意避开日式宾馆而去找中式宾馆投宿，据他自己说，就是想要直接目睹中国人"排日的面貌""在被憎恶的目光中，和他们在同一房间里呼吸"。② 在南京新闻界、文化界的座谈会上，山本则表述了这样的愿望："通过中日知识分子的努力，促进中日关系的好转，实现远东的和平。"③ 在归国后发表的长篇报道里，山本说他与南京的新闻界、文化界人士"敞开襟扉（腹蔵なき）交换了意见"，④ 又说：他感到在南京所接触的各界人士的谈话，"都像是事前商量了一样，像盖公章似的公式化"⑤。这应该也是实情，但由此言可推知，他当时的发言应该也不无应酬之词。

　　鲁迅是否注意到山本在南京的活动，不得而知，但他肯定知道山本和《改造》此时的关心所在。所以，在他这篇看似"漫无条理"的杂文里，他以随意议论的方式开头破题之后，立刻提起此前的日本水兵在上海闸北被暗杀事件所引起的恐慌，以及"5年前的正月的上海战争"亦即"一·二八事变"，自然把话题聚焦在了所谓中日关系问题上。不过，鲁迅几年前已经作过判断："现在日本也不是可以说真话的地方。"现在，既要以日文在日本的杂志上回应这个问题，又不能"说真话"，这显然是一个难题。鲁迅应对的办法是公开表示"我要骗人"（"私は人をだましたい"），也就是公开宣布自己是在"说假话"，这当然是以他特有的悖论式修辞，说

---

① 山本実彦：『蒋政権をめぐる人々』，『支那』，改造社，1936 年，第 344 頁。
② 山本実彦：『南京』，『支那』，改造社，1936 年，第 51 頁。
③ 山本実彦：『南京のヂャーナリスト』，『支那』，改造社，1936 年，第 89—112 頁。
④ 山本実彦：『南京のヂャーナリスト』，『支那』，第 89—112 頁。
⑤ 山本実彦：『蒋政権をめぐる人々』，『支那』，第 345 頁。

出了不得不"骗人"的"真话"。下面这段文字一直被认为晦涩难解，同时也最能体现鲁迅的修辞特征：

>　　こんなものを書くにも大変良い気持でもない。言ひたいことは随分有るけれども、「日支親善」のもつと進んだ日を待たなければ成らない。遠からず支那では排日即ち国賊、といふのは共産党が排日のスローガンを利用して支那を滅亡させるのだと云つて、あらゆる処の断頭台上にも×××を仄めかして見せる程の親善になるだらうが、併しかうなつてもまだ本当の心の見える時ではない。①

>　　写着这样的文章，也不是怎么舒服的心地。要说的话多得很，但得等候"中日亲善"更加增进的时光。不久之后，恐怕那"亲善"的程度，竟会到在我们中国，认为排日即国贼——因为说是共产党利用了排日的口号，来使中国灭亡的缘故——而到处的断头台上，都闪烁着太阳的圆圈的罢，但即使到了这样子，也还不是披沥真实的心的时光。②

当代日本文学评论家川村凑认为，这段文字"之所以难于理解，不是因为鲁迅的日语笨拙，而是因为把心里所想原样道出——直抒胸臆，在这种场合是太莽撞了"。"'文之人'鲁迅不能曲笔折腰，他用奇妙的曲折的'日语'文章表达自己想要说的话"③可谓恰切。而这段文字里的关键词语"中日亲善"其实具有多重解读的可能。从字面意思看，作者似乎是说，在"'中日亲善'更加增进的时光"，双方可以披襟畅谈，但因为这是一个未来句式（"等候的……时光"/進んだ日を待たなければ成らない），也就否定了其作为现实的存在。而用引号将其特别标出，显然也是在提示：这可能是一种虚假的说辞。在日文稿里，"中日亲善"写作"日支親善"，这层意思表现得更为明显。接下来的一句则更曲折，包蕴的意思更多，作者指出：如果这种"亲善"在中国推行，达到"排日即国贼"的程度，那结果就是

---

① 『改造』1936年4月号。
② 鲁迅：《鲁迅全集》第6卷，人民文学出版社1981年版，第488页。
③ 川村湊：『魯迅を読む：「私は人をだましたい」』，『しにか』1996年11月。

"到处的断头台上，都闪烁着太阳的圆圈"。"太阳的圆圈"，是鲁迅把此文翻译成中文时补充上去的，日文原稿应该是"日の丸"，也就是日本国旗，而以日本国旗在"到处的断头台上"闪烁这一意象，为所谓"日支親善"作注解，无疑戳穿了这一口号的欺瞒性，当然为日本的书报检察官所不能容忍，所以用"×××"替代。这表明鲁迅的行文虽然曲折，但棱角和棘刺也立在其中。而此长句里面包含的分句"因为说是共产党利用了排日的口号，来使中国灭亡的缘故"，则不仅意在揭露日本把"共产党排日"作为侵略中国的借口，同时也是对当时国民党政府坚持反共政策的讽刺。由此可见，即使是回应中日关系问题，鲁迅也没有将二者简单切割，他所抨击的对象，同样包括欺压"愚民"或"灾民"的中国权力者。

在《我要骗人》写作前两个月，鲁迅为萧红的《生死场》作序，曾提到"4 年前"的"一·二八"和当时刚刚发生的上海闸北"愚民"的逃难潮，显然与此文具有互文性关联，由此可知，鲁迅写《我要骗人》，固然是为应山本实彦之约，但面对日本日益升级的侵略行为，他已经久久郁结在心。《鲁迅日记》1936 年 2 月 23 日记云："为改造社作文一篇，三千字。不睡至曙。"说的就是此文。可以想象，当时身体已经衰弱的鲁迅彻夜不眠地写作，当他写到"也还不是披沥真实的心的时光"，内心充满了怎样的悲哀和痛楚！鲁迅没有轻言"敞开襟扉（腹蔵なき）"，他更想把自己的"过虑"之思说出来，即使这会让热心的读者失望：

> 要彼此看见和了解真实的心，倘能用了笔，舌，或者如宗教家之所谓眼泪洗明了眼睛那样的便当的方法，那固然是非常之好的，然而这样便宜事，恐怕世界上也很少有。这是可以悲哀的。

而在鲁迅"悲哀"的感叹中，分明蕴含着他对彼此能够"披沥真实的心"的渴望和期待。竹内好曾说："鲁迅晚年曾用日语写作。那些文章全都具有向日本民众发出呼唤的形式和内容。"[①] 其中，《我要骗人》里"用血写添"的"个人的豫感"，无疑是最为令人震撼的呼唤。

---

① 竹内好：『文化移入の方法（日本文学と中国文学 2）—魯迅をちゅうしんとして—』，『世界評論』1948 年 6 月号，引自『竹内好全集』第 4 卷，筑摩書房，1980 年，第 127 頁。

第五章

"中国题材"的政治：以郭沫若与改造社为例

郭沫若一生与日本有着不解之缘。1914—1923年，郭沫若曾度过近10年的在日留学生涯。不久，他又度过近10年的流亡生涯。二战之后，他又因为新中国的文化和外交活动，经常出访日本。在这期间，他在日本用日语发表文章，他的中文作品被日本作家和知识分子翻译成日文，他介绍日本，日本也关注他。正如蔡震先生所说的那样，"郭沫若在日本"理所当然应该成为一个内容丰富、具有重要意义的研究课题。①

大革命失败后，郭沫若于1928年2月携家人赴日本避难，一住就是近10年，直至1937年再次回国。②郭沫若自己称这段时期没有适当的环境来写想写的东西，即使写完也无处发表。③然而，随着近年来"郭沫若在日本史料挖掘"工作的推进，郭沫若在日流亡期间作品的发表情况也渐渐变得清晰起来。日本学者藤田梨那发现了一批这一时期郭沫若在日本杂志上发表的日语作品以及日本学人对他的评论。④藤田梨那所主持的"郭沫若在日本史料挖掘"工作曾考察到，

---

① 蔡震：《"郭沫若与日本"在郭沫若研究中》，《新文学史料》2007年第4期。
② 王继权、童炜钢编：《郭沫若年谱》（上），江苏人民出版社1983年版，第242页。
③ 郭沫若：《沫若自选集》，上海乐华图书公司1934年版，第1页。
④ 藤田梨那：《郭沫若与日本杂志的关连》，《郭沫若学刊》2011年第1期。

郭沫若在日本时期，日本有几十家杂志曾发表过他的作品，其中有《中央公论》《改造》《大调和》《同仁》《满蒙》《日本评论》《历史科学》《支那语》《中国文学月报》《中国事情》《中国文学》《现代中国文学》《自由》《飙风》等杂志。她继而又在《郭沫若与日本杂志的关连》一文中继续考察了郭沫若发表于《历史科学》《同仁》《日本评论》等杂志上的历史研究文章。她指出，郭沫若流亡日本期间，他的史学研究、历史小说、身边小说等都通过日本的各种杂志给予日本史学界及一般社会人士一定的影响。从 1930 年开始，日本中学国语教科书上也开始采用郭沫若的作品。不过，藤田梨那所列举的这些日本期刊对郭沫若的认识和兴趣主要集中在他的历史研究方面。事实上，约请郭沫若在《同仁》杂志上发表文章的可能正是中国文学研究会的成员曹钦源。1934 年，竹内好、冈崎俊夫和武田泰淳等人发起成立了"中国文学研究会"，据竹内好日记记载，郭沫若曾有形无形地参与该研究会，该会杂志封面的题字也是请郭沫若帮忙题写的，郭沫若还经常不要任何酬谢地参加"中国文学研究会"的例会，只是要求演讲的题目不限于文学。① 1935 年 1 月 26 日下午，郭沫若就曾赴"中国文学研究会"进行了长达一个半小时的讲演，陪伴郭沫若的正是"中国文学研究会"的同人曹钦源。曹钦源当时正在《同仁》杂志做编辑，因此想将讲演内容刊于《同仁》杂志，但因郭沫若此前早已与岩波书店的《思想》杂志约定了刊发讲演内容，故拒绝了《同仁》。后来商定的结果便是为《同仁》另作一篇《考史余谈》，发表于 1935 年 4 月号的《同仁》。② 郭沫若发表在《同仁》上的其余文章也有可能与曹钦源相关。也就是说，虽然这些是发表在医学杂志《同仁》上的史学文章，但也与"中国文学研究会"有关系。其中仍有较多的史料可挖掘。

与此同时，中国国内的郭沫若研究者蔡震也曾提到过郭沫若流亡期间在日本改造社的杂志上多次发表文章之事，并就郭沫若"与改造社之间究竟保持着一种什么样的关系"提出了问题。③ 正如蔡震所言，在郭沫若所交往的每个日本人的名字背后，都有值得我们探寻的历史。基于上述研究现状，本章将梳理并解读郭沫若在改造社的杂志《文艺》上直接用日文写作的文学评论：《我的母国·作为日本文学课

---

① 竹内好：『郭沫若氏のこと』，『竹内好全集』第 13 卷，筑摩書房，1981 年，第 57 頁。
② 朱琳：『近代日本における知識人の中国認識——中国文学研究会を中心に』，日本东北大学国际文化研究科博士论文，2017 年，未刊。
③ 蔡震：《"郭沫若与日本"在郭沫若研究中》，《新文学史料》2007 年第 4 期。

题》(日文:『日本文学の題材・母国』,以下简称《我的母国》),并进一步揭示其与改造社和日本文学的联系。

《我的母国》作于1936年5月初,并于同年6月发表于改造社旗下的《文艺》杂志"中国——现代日本文学的课题"专栏。① 在此之前,郭沫若曾经与改造社及《文艺》有过合作。1933年10月,他曾在《改造》上发表过《现代支那政治论》。1933年11月30日,他创作《自然底追怀》一文,发表于1934年2月的《文艺》。1935年,《改造》第17卷第5期还曾刊发过郭沫若的《武昌城下》。这一次《我的母国》一文的发表是与改造社一贯合作的延续。在此专栏中,郭沫若和日本作家一起回顾了日本现代文学中的"中国题材"创作,并对当下日本作家如何继续"中国题材"的文学创作给出了建议。中日两国一衣带水,文化交流频繁,中国作为日本文学的主题并不罕见。然而,杂志社又是出于何种考虑而策划这样一个专栏的呢?参与其中的郭沫若想传达什么信息呢?

另外,藤田梨那曾分析1934年《同仁》杂志上池田孝对郭沫若文学的介绍,指出同仁会在组建阶段就与日本政府有着紧密的关系,杂志《同仁》的运营经费基本上来源于政府的国库资助,正因为《同仁》的这种特殊性质,杂志在20世纪30年代并未受到政府的严格检阅,成为镇压危险中的一个安全地带。郭沫若不但在上面发表过历史小说、身边小说和历史剧,而且其所刊载的作品以及《同仁》的其他作者对郭沫若的评论都没有受到审查和删除,郭沫若也因此得以"以隐蔽的形式仍然与日本普罗文学保持一定的关系"。② 《文艺》杂志的这个文学专栏的情况又如何呢?

第一节
改造社与"现代中国"

《文艺》杂志1936年的这组"中国——现代日本文学的课题"专栏讨论曾引起

---

① 王继权、童炜钢编:《郭沫若年谱》(上),江苏人民出版社1983年版,第304页。『日本文学の題材・母国』的中文翻译题为《我的母国·作为日本文学课题》,非戈译,曾刊于1936年7月第4期的《文学丛报》。文章曾经郭沫若校验,并补充了在日本发表时被删除的内容。
② 藤田梨那:《郭沫若与日本杂志的关连》,《郭沫若学刊》2011年第1期。

学者的注意。王升远曾在其对卢沟桥事变前后日本人对华态度的研究中提到，在中日关系愈发难解之时，"文学界颇有影响的《文艺》杂志便发起过'去描写支那吧！'专题讨论，约请逃亡在日的郭沫若、小说家藤森成吉以及日本评论家兼翻译家新居格撰文探讨"。① 王升远的研究勾勒出了卢沟桥事变前后日本文化界及媒体参与对华事务方面的情况，并指出日本军部的意志与杂志社的利益以及读者的阅读趣味在侵华时期形成了高度的同向性。② 但是，王升远关注的是《文艺》专栏中的日本作家藤森成吉的《描写中国吧！》和日本评论家新居格的《现代中国的题材性》，而未注意到与郭沫若及上述日本作家一起参与讨论的还有改造社社长山本实彦，以及他在该专栏中所发表的《从上海致S》。③ 王升远的讨论侧重于1936年"中日的对峙关系愈发难解"之时，介绍1937年卢沟桥事变爆发以后山本实彦的中国之行及改造社的出版动向，为改造社的出版资本自20世纪20年代中期以来与中国及中国题材文学的关系研究留出了空间。对于中国题材的文学，郭沫若在《我的母国》中写道："假使真有丰富日本文学的内容和活跃日本作家的才能的诚意，日本的聪明的出版家或进步的团体不是可以当作事业来做吗？"④ 事实上，邀请郭沫若参与讨论的《文艺》杂志所属的改造社正是这样做的。《文艺》的这组专栏体现的正是改造社社长山本实彦本人对中国事务及"中国题材"文学的关心。

改造社致力于中国市场的开拓大约始于20世纪20年代中期。1926年夏天，改造社曾组织过一次来华调研的活动。同年7月5日，《改造》杂志曾出版过夏季增刊《现代支那号》，发表了20多位中国作家的作品。其中有丁西林的独幕剧《压迫》、凌叔华的短篇小说《酒后》、郭沫若的两幕历史剧《王昭君》、杨振声的短篇小说《阿兰的母亲》、陶晶孙的《短篇三则》、田汉的独幕剧《午饭之前》、徐志摩的诗歌《海韵》、闻一多的诗歌《春光》、饶孟侃的诗歌《三月十八日——纪念铁狮子胡同大流血》。评论则有胡适的《我们对于近代西洋文明的态度》、李人杰的《中

---

① 王升远：《昭和初期日本文化人的北京体验及其政治、文化心态》，《山东社会科学》2016年第2期。
② 王升远：《昭和初期日本文化人的北京体验及其政治、文化心态》，《山东社会科学》2016年第2期。
③ "中国——现代日本文学的课题"文艺专栏，『文芸』1936年第4卷第6期。
④ 郭沫若：『日本文学の題材・母国』，『文芸』1936年第4卷第6期。

国无产阶级及其运动的特点〉、冯友兰的《中国哲学的贡献》、高一涵的《中国的学生运动》、顾颉刚的《苏州的歌谣》和陈西滢的《中国新文学琐谈》。这些作者基本属于现代评论派和创造社，而文学研究会和《语丝》周围的作家一个也没有入选。据王晓平介绍，当时，鲁迅等人面临着被拘捕的危险，郭沫若、茅盾等人在南方的革命浪潮中奔走，结果抛头露面来欢迎改造社来华人员的，便只有现代评论派的人物了。① 这大约还只属于改造社在北伐后，对中国常识性的了解和接触。

在此之后，很快，1928年，山本实彦社长亲赴上海并约请著名的新感觉派作家横光利一撰写游记。以综合性杂志《改造》起步的改造社，在参与日本国内出版市场激烈竞争的同时，也希望通过拓展海外市场寻找新的机会。② 一年之后，即1929年，在改造社成立10周年之际，山本实彦发表了讲话，郑重表达了改造社对介入"东洋"事务的决心。③ 山本实彦配合着张作霖的死、九一八事变、一·二八事变等历史性事件连续策划出版了一系列有关中国题材的书，其中就有横光利一著名的《上海》。身为社长，山本实彦对作为海外市场的中国有着非常清醒的认识。在专栏中的这篇《从上海致S》中，山本实彦告诫日本作家，"这数十年间，不管如何，中国已经成了舞台的中心，引起了日、英、美、苏四个强国的关心。这关心不止于政治、外交、经济等方面，文学的各种问题也在列。法国、美国、英国、苏联的作家皆以中国为题材进行了创作，以中国为舞台的题材对上述诸国都有巨大的魅力"④。山本实彦清楚地看到了描写中国所具有的重要意义。后来《改造》邀请郭沫若用日文连载《武昌城下》大约也是延续这样一个通过拓展海外市场和题材寻找出版机会的思路，这也在一定程度上反映了日本向中国大陆实行军事侵略以后，日本读书界兴起的对中国事务的兴趣。

当年，横光利一拒绝了山本社长撰写游记的要求，转而发表了长篇小说《上海》。不过山本实彦并未放弃这一构想，他亲自撰写了一系列游记，发表于1936年6月《文艺》杂志的《从上海致S》一文即他一系列中国游记中的一篇。1936

---

① 严绍璗、王晓平：《中国文学在日本》，花城出版社1990年版，第380页。
② 王中忱：《日本新感觉派文学：在殖民地都市里的转向——论横光利一的〈上海〉》，王中忱、林少阳主编：《重审现代主义——东亚视角或汉字圈的提问》，清华大学出版社2013年版，第348—349页。
③ 松原一枝：『改造社と山本実彦』，南方新社，2000年，第153页。
④ 山本実彦：『上海からSへ』，『文芸』1936年第4卷第6期。

年 2 月，山本实彦游览了上海、苏州、杭州、南京等地，并于 2 月 24 日在上海送别了从日本启程到德国参加奥林匹克运动会、途经上海的横光利一。① 这组游记同年结集成《支那》小册子，由改造社出版。从这一角度来看，《文艺》杂志上这组有关如何描写中国的专栏文章并非仅仅是"日本文学界的反躬自省，旨在探求中国题材创作不振、水准低下之因由"这么简单。② 至少是延续了改造社的出版资本自 1928 年以来持续投注的方向，也充分展示了作为出版社社长的山本实彦在开拓海外市场方面惊人的活动能力。然而，山本实彦的中国之旅及其惊人的活动能力与郭沫若所参与的"中国——现代日本文学的课题"专栏讨论又有何联系呢？

第二节
"日华文化提携"促生的"中国题材"

横光利一的日记透露了 1936 年山本实彦中国之行的一些细节。2 月 24 日，横光利一写道：

> 上午九时半，抵达上海。刚踏上朋友今鹰的楼梯，突然有人在下面大声叫喊，转身一看，是山本实彦。太意外了，本想下去说说话，但一想还没跟今鹰打招呼，就上了二楼，喝了杯茶后，去楼下的内山书店。书店里有鲁迅、实彦以及内山书店老板三人。鲁迅因为昨晚赶写《改造》的稿子，一直没睡，脸色苍白，胡须浓密，牙齿长得很整齐。他邀我一起上南京路新雅饭店吃午餐。③

横光利一还和 1928 年来上海时一样，借住在朋友今鹰琼太郎位于施高塔路千

---

① 山本実彦：『上海から S へ』，『文芸』1936 年第 4 卷第 6 期。
② 王升远：《昭和初期日本文化人的北京体验及其政治、文化心态》，《山东社会科学》2016 年第 2 期。
③ 横光利一：《欧洲纪行》，李振声译，《感想与风景》，广西师范大学出版社 2005 年版，第 106 页。

爱里45号的宿舍。①内山书店也于1929年搬到了施高塔路。在那里，横光利一恰好见到了山本社长和鲁迅会面的场景。鲁迅日记里也有会见山本实彦的记录："1936年2月24日，午山本实彦君赠烟卷十二合，并邀至新雅午餐，同席九人。"②横光利一在日记中所说的鲁迅"赶写《改造》的稿子"正是鲁迅2月23日晚写完的《我要骗人》的日语原文。③由此可见，山本实彦1936年的中国之行至少部分与鲁迅相关。"中国——现代日本文学的课题"在《文艺》上刊出的同一时间，也即1936年6月，《改造》上刊出了萧军的《羊》。《羊》是鲁迅亲自挑选的，在文章前面还印有一段鲁迅的简短序言。这也即是后来编入《鲁迅全集》的《〈中国杰作小说〉小引》。④在萧军的《羊》后面，还有一个"现代中国作家的力作续载"广告。⑤广告宣告"这次山本社长杂南京和上海游历，与中国文坛的诸多作家会谈的结果，就是向日华文化提携迈出了一步，今后将尽力每月刊载一篇中国现代作家的作品。本社的这一新计划在中国文坛引起了巨大的反响"。⑥这即是1936年山本实彦中国之行的成果之一。

事实上，除了横光利一在日记里提到的1936年2月24日的新雅午餐外，山本实彦和鲁迅曾于2月11日，也即山本实彦到沪后的第三天见过一面。鲁迅在1936年2月11日的日记里写着"午内山君邀往新月亭食鹌鹑，同席为山本实彦君"⑦。在此之后山本实彦就拿着鲁迅所写的致蔡元培的介绍信赶赴苏州、杭州、南京各

---

① 王中忱：《日本新感觉派文学：在殖民地都市里的转向——论横光利一的〈上海〉》，王中忱、林少阳主编：《重审现代主义——东亚视角或汉字圈的提问》，清华大学出版社2013年版，第358页。
② 王世家、止庵编：《鲁迅著译编年全集》第20卷，人民出版社2009年版，第69页。
③ 王世家、止庵编：《鲁迅著译编年全集》第20卷，第65—69页。
④ 序言在《文艺》发表之初并无标题。
⑤ 作为"日华文化提携"计划一部分的"现代中国作家的力作续载"也没有能够持续进行。中日战争爆发，这一构想没有能够兑现，《改造》一共发表了6篇中国作家的文章。1936年10月鲁迅逝世，这一"中国杰作小说"的连载立刻被一个更大的商机所替代，那就是《大鲁迅全集》的出版。
⑥ 见『改造』1936年6月广告。
⑦ 鲁迅1936年2月11日日记，王世家、止庵编：《鲁迅著译编年全集》第20卷，人民出版社2009年版，第51页。鲁迅逝世后，《文艺》1936年12号刊出了鲁迅的文章《统一战线问题》，所配发的照片正是山本实彦、内山完造和鲁迅三人在新月亭会面的照片。

地，访问了蒋介石、蔡元培、张群、孙科等人，并以"国民立场"和新闻界、学术界等人举行了"日华问题讨论会"。①山本实彦因其改造社的出版资本、"曾当选过众议院议员"的政治光环，以及通过《满蒙》《蒙古》《小闲集》等游记而获取的"作家"身份受到南京政府的高度重视，南京政府希望山本实彦能够以一个"进步文化人"的身份，正确认识中国、介绍中国，从事有意义的"国民外交"。②山本自己也在南京新闻界和文化界的座谈会上表达了希望"通过中日知识分子的努力，促进中日关系好转，实现远东和平"的想法。③

所谓"中日知识分子的努力"自然包含作家和文学者的参与。山本实彦的《从上海致S》一文写作于南京之行之后，山本在行文中不断敦促日本作家"S"要重视文学在建设中日关系方面的作用。在山本实彦看来"将中国作为文学对象具有巨大的意义"。④他说道："要尽快将以往对中国的陈旧认识转换到民国以后中国的新认识上。日本现在站在一个世界大舞台上，视野也应该相应地扩大，认识也应该更加实际和深入。无论是苏联还是美国都将在中国这个国际市场上与日本发生竞争关系，因此就日本研究的课题而言，和苏联与美国相比，更值得研究的是民国中国。"⑤说到具体的"研究内容"，则是"未来年轻的中国如何崛起？如若不能崛起，则中国在民族、经济和社会方面又将如何？预见这些问题对文学家而言是一件有意思的事情"。⑥也就是说，促进"中国题材"文学的创作——以了解中国、描写中国、研究中国为目的的文学创作——是山本实彦南京"国民外交"之行后的一项重要决定。

但是，山本实彦很清楚，与20世纪20年代的情况不同，30年代中后期中日关系愈加复杂与紧张，"那些游览上海、南京、北平等地的纪行文是无法引起世界注意的，也不能满足我国知识阶级的期待"⑦。因此，改造社约请鲁迅选编"中国杰作小说"，作为一种从文学上了解"现代中国"的途径也是可以理解的。正如《改

---

① 山本実彦：『南京のヂャーナリスト』,『支那』,改造社，1936年，第90—112页。
② 山本実彦：『南京のヂャーナリスト』,『支那』,第106页。
③ 山本実彦：『南京のヂャーナリスト』,『支那』,第97页。
④ 山本実彦：『上海からSへ』,『文芸』1936年第4卷第6期。
⑤ 山本実彦：『上海からSへ』,『文芸』1936年第4卷第6期。
⑥ 山本実彦：『上海からSへ』,『文芸』1936年第4卷第6期。
⑦ 山本実彦：『上海からSへ』,『文芸』1936年第4卷第6期。

造》在广告中所说的那样，刊登"现代中国作家的力作"正是"日华文化提携"的一大成果，而邀请郭沫若和日本作家共同参与"中国题材"文学的讨论也是这一"国民外交"文学活动中的重要一环。

第三节
在日本发现"现代中国"

对于用文学来实现"日华文化提携"，山本实彦与鲁迅的设想并不相同，甚至可以说是针锋相对的。对于通过何种文学才能有效地研究中国，山本实彦很坚定地说"以中国为文学题材的作品，和中国人自身写作相比，我觉得中国以外的人才能从客观的角度把握当下、做出合适的描写"。① 山本实彦心中的设想自然是日本人应该比中国人更能客观地把握中国的局势，能够写出以中国为题材的文学。邀请鲁迅编选"中国杰作小说"无非是想听取中国方面的意见和表达，而更重要的则是引起日本作家的兴趣。但是，鲁迅在为《羊》所作的序言中开门见山地说，中国的新文学，尤其是短篇小说，尽管"还称不上什么杰作，要是比起最近流行的外国人写的，以中国事情为题材的东西来，却并不显得更低劣。从真实这点来看，应该说是很优秀的。在外国读者看来，也许会感到似有不真实之处，但实际大抵是真实的"。② 鲁迅坚持的是中国左翼作家自己言说的中国。

当然，鲁迅连载"中国杰作小说"也有一些实际的政治斗争方面的需要。在继萧军的《羊》后，1936 年 6 月，鲁迅又将柏山所写的短篇小说《崖边》介绍给"中国杰作小说"专栏刊载，小说前有胡风写的作者小传。胡风在简介里写道："好容易可以发表。又写了几个短篇。可是被南京政府逮捕，现在还不知呻吟在哪里的监狱中。因友人的编辑，六月中出版了短篇集《崖边》。"③ 柏山原名彭柏山，1931 年加入"左联"领导下的文艺研究会，担任大众教育委员会书记。他是在鲁迅直接

---

① 山本実彦：『上海から S へ』，『文芸』1936 年第 4 卷第 6 期。
② 笙军：『羊』，『改造』1936 年 6 月。
③ 上海社会科学院文学研究所编：《三十年代在上海的"左联"作家》第 2 卷，上海社会科学院出版社 1988 年版，第 399 页。

培养、帮助、鼓励下从事创作活动的。《崖边》是柏山1934年的作品，是最早反映苏区生活的短篇小说，不过1934年11月柏山便被捕了。当鲁迅在《改造》上介绍柏山的作品时，他正被关押在苏州的牢中。这段时间，他一直与鲁迅保持着通信关系。鲁迅还托胡风不断地寄书、寄钱、寄衣服，甚至寄药给他。此时，他托胡风将其5篇小说辑成集子交由巴金的文化生活出版社出版。

同样重要的是，在《改造》杂志上刊出的"中国杰作小说"将如何描写中国社会这样一个文学课题直接抛到了改造社及日本读者的面前。什么才是真实的中国？作为外国人，日本人又该如何理解和描写中国？20世纪30年代的中国题材和20年代的纪行文又有什么不同？这些必将成为日本文坛乃至广大日本大众感兴趣的问题。为了配合这部分"中国杰作小说"在《改造》的连载以及如山本实彦所设想的勾起日本现代作家描写和研究中国的兴趣，由山本实彦牵头在《文艺》展开一场有关日本现代文学该如何理解和描写中国的"中国——现代日本文学的课题"讨论也是很有必要的，郭沫若和藤森成吉等就是在这样一个文学参与"国民外交"的历史背景下参与了《文艺》杂志的讨论。那么，郭沫若对用中国题材的文学参与"国民外交"持何种态度呢？

郭沫若与鲁迅1936年在《改造》上用日文发表的文章形成了一种呼应关系。鲁迅1936年4月在接受改造社的约请用日语写作《我要骗人》时，陷入了一种虽知道"现在日本也不是可以说真话的地方"但又要在日本的杂志上用日语写作以回应所谓的中日关系问题这样一种两难境地。鲁迅的策略是在日语文章中公开表示"作为穷余的一策，我近来发明了别样的方法了，这就是骗人"。[1]此时，正好"遇到山本社长了，因为要我写一点什么，就在礼仪上，答道'可以的'。因为说过'可以'，就应该写出来，不要使他失望，然而，到底也还是写了骗人的文章"，而"写这样的文章，也不是怎么舒服的心地"。[2]所谓"骗人"则是一种"曲笔"，一种要说但又不能说真话的修辞方法。鲁迅自身对如若用笔和舌来促进彼此了解，就能因此而"看见和了解真实的心"这种想法是持怀疑态度的。[3]也就是说，鲁迅一方面在《改造》上选编"中国杰作小说"，自己也在《改造》上发表日语文章，另

---

[1] 鲁迅：《我要骗人》，王世家、止庵编：《鲁迅著译编年全集》第20卷，人民出版社2009年版，第94页。
[2] 鲁迅：《我要骗人》，王世家、止庵编：《鲁迅著译编年全集》第20卷，第96页。
[3] 鲁迅：《我要骗人》，王世家、止庵编：《鲁迅著译编年全集》第20卷，第97页。

一方面则对是否真的能促进山本实彦所预期的"日华文化提携"持悲观态度。除了也许能唤起日本读者对中国左翼作家的关心和同情外，除了能勾起社会舆论外，鲁迅对自己的文章所起的作用是不置可否的。

被抛以如何描写中国的问题，与日本作家一起参与讨论的郭沫若的文字也不得不曲折起来。文章一开头他就说：

> 我漫然地应诺下从文艺编辑部来的"作为日本文学课题的中国"这样的题目来写一点关于"写中国"的课题。可是当我拿起笔来，想写些什么的时候，实在苦了我。对于只要有一定立场和才能，便可以处置任意题材的、身在几乎绝对自由境地的作家，而强行要求他去写某种被限定的题材，这种事情，已经是够可怪了，还要我这个中国人来向日本文坛发出"你们写写中国吧"这样的号令，这不是更可笑吗？①

接着郭沫若还提出自己的意见是否能代表中国还是一个问题。可是，他最后说道，因为"已经应诺下人家，不写些什么是不成的"②。郭沫若的回答与鲁迅的回答几乎是一模一样的。和鲁迅一样，自到日本以后就一直受到监视甚至有入狱经历的郭沫若很清楚日本并不是能说真话的地方。他在文章的一开头就讽刺日本并非"绝对自由境地"，而山本实彦所谓的用文学研究中国并在现代日本文学中鼓励中国题材这种做法本身也是一件很可笑的事情。

接着，郭沫若说道，自己要把文章的标题从"支那"改为"中国"，传达了自己"为了危难中的母国舍去生命都在所不惜"的决心，并告诫日本的读者唯有这种心情可以代表今日的中国，他希望"怀着描写中国希望的日本作家能把这一点作为参考"。③所谓的"从未有过的危难"当然是指自九一八、一·二八之后日本对中国的侵略，而在这样一个本以"日华文化提携"为目标的专栏里，郭沫若对日本作家和读者首先传达的就是为了救国不惜舍弃生命的决心和警告。郭沫若的上述表述无疑与鲁迅的《我要骗人》有一定的相似性。郭沫若也用"曲笔"就改造社提出的何为真实的中国、外国人描写中国的有效性以及山本实彦所构想的"日华文化提

---

① 郭沫若：『日本文学の題材・母国』，『文芸』1936 年第 4 卷第 6 期。
② 郭沫若：『日本文学の題材・母国』，『文芸』1936 年第 4 卷第 6 期。
③ 郭沫若：『日本文学の題材・母国』，『文芸』1936 年第 4 卷第 6 期。

携"等问题作出了自己的回应。

据实藤惠秀的研究,"支那"一词在日本流行大约是在甲午战争之后,但一直到大正时期,"支那"一词并未引起中国人的强烈反感。中国人"听到日本人口称'支那'而感到不快,是在二十一条、出兵西伯利亚、巴黎和会、五四运动等事件,日本的野心接二连三暴露以后的事情"。①

1930 年,中华民国国民政府对外交部发出训令,督促外交部"从速要求日本政府,今后称呼中国,英文须写'National Republic of China',中文须写大中华民国。倘若日方公文使用支那之类的文字,中国外交部可断然拒绝接受"②。之后日本在正式公文中使用"中华民国"的称呼,但社会上一般书面语及口语,仍然使用"支那"的名称,这一问题并未得到根本解决。这也是郭沫若在 1936 年依然要重申这个问题的原因。他在同一时期的《关于日本人对于中国人的态度》一文中写道,"支那和其他一个或一个以上的国家并列时便永远是在下位",例如"英支""佛支""独支""米支""白支""伊支""露支"等,"就和春秋列蛮夷于国际盟约最下位的一样,中国始终是处在最劣等的地位的"。③ 然而,更让郭沫若恼火的是,"象这样的表现法本来并没有国法或文法上的规定,然而千家报上,万人笔下都一致地取着这种表示"④。

这里还需要考虑的是郭沫若与"中国文学研究会"的交往,与上述的"支那"一词形成了对照。本章开头已经提到,郭沫若在《同仁》杂志发表文章可能正与其有形无形参与"中国文学研究会"有关。郭沫若与"中国文学研究会"的竹内好和武田泰淳都有一定的交往。当时,竹内好正在撰写关于郁达夫的毕业论文,他去拜访过郭沫若,意欲了解一些关于创造社的事情。武田泰淳则在竹内好的引荐下,曾到千叶县市川市拜访过流亡中的郭沫若,并从此成为中国文学研究会成员中与郭沫若接触较多的一个人。后来中华人民共和国成立后武田泰淳还曾作为日本作家代表团成员几度访华,与郭沫若也多有接触。⑤ 武田泰淳与竹内好等人一起创办的"中

---

① 实藤惠秀:《中国人留学日本史》,谭汝谦、林启彦译,生活·读书·新知三联书店 1983 年版,第 187 页。
② 实藤惠秀:《中国人留学日本史》,第 190 页。
③ 郭沫若:《关于日本人对于中国人的态度》,《宇宙风》1936 年第 25 期。
④ 郭沫若:《关于日本人对于中国人的态度》,《宇宙风》1936 年第 25 期。
⑤ 冯裕智:《武田泰淳与郭沫若交往考——兼谈武田泰淳对郭沫若的翻译》,《新文学史料》2019 年第 2 期。

国文学研究会"专门从事中国现代文学的研究与译介工作。他们在研究会的名字上执意要使用"中国"而不是"支那","它是近代日本第一个在自己的组织名称中明确冠以'中国'二字,并明确宣称以中国现代文学为研究对象的文学社团"。① 据熊文莉推测,正是由于他们使用了"中国"二字而不是"支那",郭沫若才会欣然同意为他们的官方刊物《中国文学》题词。②

不过,正如熊文莉所言,战前日本学术界的"中国研究"主要是指有关中国古典的研究,即当时所说的"汉学""支那学""东洋学"。但是,这样的"中国研究"所关心的只是古代"支那"的问题,而非现代中国。即便偶有学者对现代中国发生过兴趣,如京都支那学派的学者青木正儿早在1920年就从《支那学》的创刊号开始一连三期连载《以胡适为中心的汹涌澎湃之文学革命》一文——这些极少数的学者们也无法抗拒日本国内无视现代中国的潮流,"在大环境的影响之下,他们最终远离同时代的中国,仍旧回到了古代中国"。③ 郭沫若自己在《我的母国》中也捕捉到了这一言说的困境。他在文章中说道,中日两国"共领略着茶的清淡、丝的柔软、磁器的玲珑以及南画的渊默。我国对于日本文学的赠与——不,日本作家描写过她的作品,在日本文学上并不少",稍远一点,日本作家森鸥外和夏目漱石留下来很多历史小说与纪行文;稍近一点,芥川龙之介、谷崎润一郎、佐藤春夫等也都描写过中国。④ 古代中日之间的文化交流大多被概括在"支那学"的传统里,而上述日本作家的这些"中国题材"的创作集中出现在明治末年及大正时期(1912—1926)。那么,到了20世纪30年代,日本作家如果要继续对现代中国进行关注与书写呢?郭沫若批评了日本现代作家对中国历史题材的执着,他在文章中说道:"日本作家喜欢写我国的历史题材,或者取材于现代,而用想象装上血肉。假使从中国古代生活样式被日本保存得多的一点说起来,也许日本作家写中国的历史作品更能表现出现实味也未可知,但是,像仅只有在古代希腊的环境里才能创造出来的

---

① 熊文莉:《20世纪日本中国研究的里程碑——日本中国文学研究会》,《山东社会科学》2014年第3期。
② 熊文莉:《20世纪日本中国研究的里程碑——日本中国文学研究会》,《山东社会科学》2014年第3期。。
③ 熊文莉:《20世纪日本中国研究的里程碑——日本中国文学研究会》,《山东社会科学》2014年第3期。
④ 郭沫若:『日本文学の題材・母国』,『文芸』1936年第4卷第6期。

希腊雕刻一样,想在现代日本再现随着古代中国从舞〔台〕上退场了的中国历史,无论是怎样一种想象力丰富的作家,都是一件困难的事业吧。"① 在他看来,"对于历史题材寄以更多的趣味的这种趣向是从来被东方的历史观所累了的观念的残余。把想象的黄金时代设置在遥远的古代,而以为这个世界在一天天地趋向末日的这种反进化的旧史观支配着东方人的头脑,有二千年"② 。在此番话的背后,他呼唤的无疑是日本作家对现实中国的关注。

到了 20 世纪 30 年代,日本这一边也愈发感觉到对现代中国认识的匮乏。正如熊文莉所说的那样,在战前的日本高等教育中,外语教育以英语、法语和德语为主,没有现代汉语的位置,如果要学现代汉语就必须上商业学校或是私立的语言学校。现代中国不是日本所要学习和研究的对象,而只是一个贸易和商业的对象而已。在战前的日本,可以说严格意义上的有关现代中国的学术研究并不存在。③ 因此,在中日时局日益紧张的 1936 年,《文艺》杂志再次提起日本文学创作中的"中国题材"这一命题本身也意味着日本方面对于自身"现代中国"知识缺乏和描述能力欠缺的一种自我反省。郭沫若自称这篇文章完全是应《文艺》杂志编辑部之邀,杂志想听听中日双方的意见。④ 因此可以看到,尽管是代表了日本现代出版资本,《文艺》和改造社至少体现了日本对现代中国的正视,而且往往是这种与市场关系最为密切的资本方面,比传统的学院学术更早地站在了中国研究范式转换的潮流之前。郭沫若的《我的母国》一文则是与日本普遍存在的"支那"言说的一战。

第四节
日本左翼文学脉络中的"中国"

与此同时,郭沫若也发现,在少数关心现代中国的日本人那里存在着对中国的

---

① 郭沫若:『日本文学の題材・母国』,『文芸』1936 年第 4 卷第 6 期。
② 郭沫若:『日本文学の題材・母国』,『文芸』1936 年第 4 卷第 6 期。
③ 熊文莉:《20 世纪日本中国研究的里程碑——日本中国文学研究会》,《山东社会科学》2014 年第 3 期。
④ 郭沫若:『日本文学の題材・母国』,『文芸』1936 年第 4 卷第 6 期。

失望，即"伴着近年来的'生命线'的长足的进展，中国现实人为地使一部分的人们唤起了幻灭，同时使对于中国的过去的爱着也蹂躏了起来"①。因为在那儿有着一只手拿着人道正义的旗帜，而另一只手则贩卖鸦片的吸血鬼样地跳梁，那里也有贴着礼义廉耻和新生活的商标而把民众的血液做商品的北京猿人，有许多袭击都市和农村的大洪水、大饥荒和大屠杀，有"从被战车，坦克车，轧杀着的大地的心底迸发出来的铁流的浩荡，有多次新生机的胎动，阵痛，流产，早产"，总之"是一副光怪陆离，惊人的未来派的画面"，而这种画面一定会使那些浸淫在茶室中的贵公子和享乐主义者背过脸去。②他们绝不愿正视现代中国的真面目的。但在郭沫若看来，虽然"被帝国主义的大海啸所席卷着"的中国"差不多在一切的分野上都呈现出总破产的状态"。可是，就在那儿"正有伟大的，任何地方都得不到的俨然的现实活着"。③所以，真正的问题不仅仅是日本无视现代中国，更是何为现代中国，以及要如何真正描绘现代中国。

事实上，除了改造社社长山本实彦、自由主义文人新居格外，参加讨论的另一位与郭沫若一起参与《文艺》"中国——现代日本文学的课题"专栏讨论的日本作家是藤森成吉。藤森成吉曾担任全日本无产者艺术联盟（纳普）的书记，是日本知名的左翼作家。据藤森成吉回忆，他与郭沫若在20世纪30年代不间断地有一些交往。据王志松的研究，日本的无产阶级文学者一直以来都通过合法渠道发表文章。在其鼎盛的1928—1930年间，无产阶级文学者在非无产阶级文学期刊和出版社发表的作品呈持续上升趋势。仅以1930年1月为例，发表的作品就多达52篇。其中，《改造》发表了10篇。即便在左翼运动溃败以后，转向作家也没有受到发表的限制。1936年，《改造》和《文艺》上可以常见到左翼作家的文章。④因此，《文艺》上的这组专栏中就暗含了某种左翼言说的可能性，这组讨论或许也可以被视作中日左翼作家20世纪30年代交流与交往的一个环节。

虽然由出版资本推动的"中国——现代日本文学的课题"讨论发端于1936年，但日本现代文学中的中国题材的出现绝非20世纪30年代中后期才有的现象。本章

---

① 郭沫若：『日本文学の題材・母国』，『文芸』1936年第4卷第6期。
② 郭沫若：『日本文学の題材・母国』，『文芸』1936年第4卷第6期。
③ 郭沫若：『日本文学の題材・母国』，『文芸』1936年第4卷第6期。
④ 王志松：《20世纪日本马克思主义文艺理论研究》，北京大学出版社2012年版，第98页。

开头也提到20世纪20年代不断延伸的铁路网与新开通的日本邮船线路将谷崎润一郎、芥川龙之介等大正时期的作家送往上海，留下了一批中国游记。① 然而，新居格在《文艺》专栏中的《现代中国的题材性》一文中说，真正堪比世界水平的、描写中国的现代日本文学，当属横光利一的《上海》。② 横光利一的《上海》记录了发生在上海的"五卅事件"对生活在帝国延伸线上的日本人的触动，也提到了殖民地都市中日本人的身份和认同问题，开创了与以往中国游记不同的叙述路径。王中忱和日本学者十重田裕一都曾指出过《上海》所体现出的日本向东亚地区殖民扩张的历史脉络。③ 本章还想指出，除了体现日本殖民扩张的脉络外，横光利一的《上海》还体现了另一种重要的历史脉络，它代表了现代日本文学乃至世界文学中有关中国题材的一个转折点，那就是中国新兴的工人运动开始进入现代日本文学。这也是很少被提及的现代日本文学中"中国游记"以外的另一支传统，这即郭沫若在《我的母国》一文中所提到的诸如藤森成吉、前田河广一郎、村山知义等"用亲热的眼光凝视着而声援"中国"第三现实"的日本左翼作家30年代初所开拓的"中国题材"的传统。④ 郭沫若所提及的这3位日本作家都是活跃在20世纪20年代末、30年代初的左翼文学家，他们的中国题材文学以中国五卅运动至大革命失败期间的工人运动为主要内容。

1928年，藤森成吉当选为全日本无产者艺术联盟第一任委员长，于1930年1

---

① 刘建辉：《魔都上海：日本知识人的"近代"体验》，甘慧杰译，上海古籍出版社2003年版，第87—103页。

② 新居格：『現代支那の課題性』，『文芸』1936年第4卷第6期。新居格是20世纪三四十年代日本文化界的著名人士，在哲学思想、文学和社会活动等方面具有广阔视野。新居格自身也与鲁迅有亲密交往。1934年5月，新居格曾在上海有几次会见鲁迅的机会。鲁迅曾题《戌年初夏偶作——玩家墨面没蒿莱》一首赠与新居格，并赠送新居格女儿《引玉集》一部。5月30日，内山完造又在知味观宴请新居格与鲁迅、茅盾、田汉、沈端先、郑伯奇、陶晶孙、穆木天等人。当年7月2—3日，新居格在《读卖新闻》上发表《风云支那闲谈》，第一次评价了鲁迅，此后，共发表有关的研究论文11篇，成为日本自由主义鲁迅研究流派中最有影响的评论家。严绍璗、王晓平：《中国文学在日本》，花城出版社1990年版，第321页。

③ 王中忱：《日本新感觉派文学：在殖民地都市里的转向——论横光利一的〈上海〉》，王中忱、林少阳主编：《重审现代主义——东亚视角或汉字圈的提问》，清华大学出版社2013年版，第348—349页。

④ 郭沫若：『日本文学の題材・母国』，『文芸』1936年第4卷第6期。

月渡欧，途经意大利、奥地利、德国，最后于 1931 年 11 月进入苏联，参加在哈尔科夫举行的第二届国际革命文学大会。① 除了参加大会外，藤森成吉的主要活动区域在德国柏林，他在那里参与了国际工人救援会的活动。在此期间，他以 1931 年的江淮大水为背景，创作了剧本《救救中国的兄弟》，揭露了国民党常年在防洪筑堤方面的贪腐以及在救灾方面的无能。② 这个戏剧的创作受到国际工人救援会的影响，并试图于 1931 年 10 月在国际工人救援会的展览会上上演。③ 廖承志、王炳南以及从日本渡德的创造社成员成仿吾都参加了排演。④ 1925 年以后，中国的工人运动因为五卅运动、广州起义等一系列运动的爆发而成为世界无产阶级革命蓝图中的重要组成部分。至少藤森成吉在 1930 年的柏林所接收到的信息是这样的。藤森回忆道，在柏林的时候，"印度和中国南方的苏维埃运动是柏林劳动者中最大的话题"。⑤ 由此可见，正如郭沫若所言，被那些日本"支那学"和享乐主义者的三味线的弦线所拒绝了的东西，正受到无产阶级文学的欢迎。把现代中国作为题材的倾向，现在正在成为一个世界的事实。⑥

自五卅运动至大革命失败，以工人运动为主要内容的中国无产阶级革命成了广泛的世界无产阶级革命的一部分，赢得了来自日本、苏联、德国等国的国际援助和关心，而重要的工人运动也成为世界无产阶级文学的描写对象。一个处于"巨大变革中"的中国正吸引着藤森成吉、前田河广一郎、村山知义等日本左翼作家。也正是在这样的背景下，1930 年前后，日本无产阶级文学中涌现出一股"中国题材"热，它记录着中日左翼作家共同参与世界无产阶级革命的历史。

以京汉铁路同盟罢工和上海五一节及沪杭铁路的同盟罢工为创作题材的日本左翼戏剧家村山知义在接受中国左联外围刊物《文艺新闻》采访时称自己创作中国题

---

① 藤森嶽夫：『たぎつ瀬：作家藤森成吉略伝』，中央公論事業出版，1986 年，第 96 頁。
② 藤森成吉：『支那の兄弟を助けろ』，『ロート・フロント』，学芸社，1933 年，第 217—245 頁。这个剧本很容易让人联想到丁玲在同一时期创作的小说《水》，两者在题材上非常接近。
③ 藤森嶽夫：『たぎつ瀬：作家藤森成吉略伝』，第 96 頁。
④ 加藤哲郎：『ワイマール期ベルリンの日本人：洋行知識人の反帝ネットワーク』，岩波書店，2008 年，第 271 頁。
⑤ 藤森成吉：『支那を描け！』，『文芸』1936 年第 4 卷第 6 期。
⑥ 郭沫若：『日本文学の題材・母国』，『文芸』1936 年第 4 卷第 6 期。

材的戏剧无非是因为中日两国的共同点很多，以中国的事件为题材，可使日本劳动大众同时发生"切身底"和"国际底"两种情感；而中国的问题就是日本的问题。①身处世界无产阶级革命中的日本作家对中国革命的理解正如前田河广一郎所言，从压榨劳动者获利的资本家来看，中国和日本从根本上是一样的，恐怕中国的无产阶级运动也会发展到日本。②因此，就像藤森成吉在专栏中的《描写中国吧！》一文中所说的那样，"我们必须去描写支那，这并不单单因为她是我们的邻国。现在，对我们而言，支那是超越了邻国意义的存在。其命运与我国、与我们的命运息息相关。处于如此密切而微妙关系的国家，近数十年来绝无仅有"③。

"中国的问题就是日本的问题""中国的命运与我们的命运息息相关"——一种强烈的国际连带感连接着20世纪30年代初的中日左翼作家们。1930年6月日本无产阶级作家同盟中央委员会作出了《关于艺术大众化的决议》，设定了能解决文学大众化问题的"题材"，其中第十条便是要求日本无产阶级作家"创作描写殖民地无产阶级和国内无产阶级联合的作品。创作描写能激发无产阶级国际联合感情的作品"。④1930年11月，在藤森成吉所参加的国际无产阶级作家联盟第二次大会上，国际无产阶级作家联盟作出的《关于日本无产阶级作家联盟的决议》第七条便是要求中日两国的无产阶级文艺组织互相交流经验，互相支援，相互批判，加强组织联系。⑤因此，我们应当看到藤森成吉在《文艺》上提出，"在中国作家要描述本国的真实景况而受阻之时，日本作家应担负起这项工作"背后有着中日无产阶级文学

---

① 本报东京通讯处：《日本文艺家访问：多以中国事件为戏剧题材的村山知义》，《文艺新闻》1931年11月9日第三版。而为村山知义提供历史材料的正是翻译了郭沫若的《中国古代社会研究》的藤枝丈夫。1928年，藤枝丈夫与藏原惟人一起创立了国际文化研究所，主持中国问题研究部。郭沫若到日本后不久，藤枝丈夫曾和山田清三郎一起采访过郭沫若，在藤森成吉所主持的《战旗》上发表了《中国新兴的文艺运动》和《访中国的两位作家》两篇文章。见蔡震："郭沫若与日本"在郭沫若研究中》，《新文学史料》2007年第4期。
② 前田河広一郎：『悪漢と風景』，改造社，1932年，第325頁。
③ 藤森成吉：『支那を描け！』，『文芸』1936年第4巻第6期。
④ 『芸術大衆化に関する決議』，『プロレタリア文学資料集年表』，新日本出版社，1988年，第97頁。
⑤ 『日本におけるプロレタリア革命文学の問題に関する決議』，『資料世界プロレタリア文学運動』第四巻，三一書房，1975年，第146頁。

国际连带的历史背景,与山本实彦所呼吁的日本作家描写中国的提法有着根本的区别。①

日本无产阶级文学中所出现的中国题材还曾引起过日本无产阶级内部对写作方法的讨论。例如日本女作家宫本百合子就曾在阅读了藤森成吉的《转换的时代》后在《读卖新闻》上连载《有关无产阶级文学中的国际主题》来专门讨论无产阶级作家该如何处理中国题材的问题。她写道:近年来"出现了村山知义的《全线》和《胜利的记录》。在诗歌方面则出现了巴黎公社、俄国十月革命后的社会主义建设、有关中国及朝鲜同志的作品。小说方面则有桥本英吉的《巷战》、村山知义的短篇小说。报告文学方面则有胜本清一郎的《赶赴红色战线》以及中条百合子有关苏联的各种报告,而藤森成吉的《转换的时代》则会将这一倾向更加扩大"。②在宫本百合子看来,藤森成吉的《转换的时代》是失败的,它也将日本无产阶级文学如何处理国际题材,特别是其中的中国题材的问题郑重地提了出来。无产阶级文学自然不能用猎奇的目光来写作,也不能将写作归之于民族主义,最后日本的农民还是日本的农民,而中国的农民还是中国的农民。她对日本无产阶级文学所提出的要求便是要树立可信的典型,不但要描写重大历史事件,也要关注日常,既要写作与历史事件相关的正面素材,也不能疏忽负面素材。总之,要用"唯物辩证法"处理"国际题材"。③不过,宫本百合子的文章并未引起日本无产阶级文学内部关于如何写作国际题材的讨论。更为遗憾的是,20世纪30年代后期,日本无产阶级文学的生存状态每况愈下。虽说与日本无产阶级文学及作家的关系构成了郭沫若流亡日本时期生活和思想的重要组成部分,但我们可以将1936年《文艺》上郭沫若与藤森成吉的对话看作20世纪30年代以来中日无产阶级文学交流的一种延续。这次座谈中藤森成吉所代表的左翼文学也处于衰弱时期。郭沫若流亡日本时期正是日本的无产阶级文学运动进入其1928—1932年间的全盛时期,而1932—1937年郭沫若归国这一段时间则是日本无产阶级革命文学从盛到衰、军国主义兴起的时期。可以说郭

---

① 藤森成吉:『支那を描け!』,『文芸』1936 年第 4 卷第 6 期。
② 宫本百合子:『プロレタリア文学における国際的主題について』,『宫本百合子全集』第十卷,新日本出版社,1979 年,第 55 頁。
③ 宫本百合子:『プロレタリア文学における国際的主題について』,『宫本百合子全集』第十卷,第 63 頁。

沫若在日本期间亲历了日本无产阶级文学由盛至衰的过程。郭沫若的文章既成了对日本无产阶级文学发展的一种回顾，同时也可视作对日本无产阶级作家们的鼓励。

正如上面所介绍的那样，1936年，鲁迅和郭沫若虽能借助改造社的出版资本以一种"隐蔽的形式"与日本普罗文学界开展持续的交往，对出版资本与"国民外交"中的"中国题材"文学委婉地提出批评意见，并再次重温了20世纪30年代以来日本左翼作家共同参与世界无产阶级革命的历史。与明治、大正时期以"中国游记"为主要内容的"中国题材"文学不同，郭沫若与鲁迅支持中日左翼文学传统中的"中国题材"文学。《我的母国》体现的是这一时期郭沫若、鲁迅及日本左翼作家对中日关系、中日文学交流历史与未来等问题所作的思考。但是，正如鲁迅与郭沫若所预见的那样，"日华文化提携"最终没有能够阻止时局的恶化。抗日战争爆发后，身在日本的郭沫若自然很清楚地感受到日本自九一八提出"满蒙生命线"后"文艺的和亲力的表现却非常减少了"的局面。①

卢沟桥事变后，山本实彦又一次亲赴天津、北京、青岛等地。刚到塘沽后不久，他便在《大公报》上读到了从日本逃回国的郭沫若在上海文艺界的欢迎宴会上发表的用鲁迅《惯于长夜过春时》一诗的韵脚所作的七律："又当投笔请缨时，别妇抛雏断藕丝。去国十年余泪血，登舟三宿见旌旗。欣将残骨埋诸夏，哭吐精诚赋此诗。四万万人齐蹈厉，同心同德一戎衣。"②对于郭沫若，山本实彦很明确地感受到"他和我们都已归属于各自民族的战场，而我只能为我国的胜利祈祷"③。原本借助改造社出版资本进行的中日左翼文学交流在1937年以后已不复可能，中日左翼作家共同参与的"中国题材文学"讨论与鲁迅所主持的"中国杰作小说"连载为它画上了句号。

---

① 郭沫若:『日本文学の題材・母国』,『文芸』1936年第4卷第6期。
② 山本実彦:『郭沫若』,『支那事変』,改造社,1937年,第24頁。
③ 山本実彦:『郭沫若』,『支那事変』,第26頁。

第六章

自我与他者的再确认：日本作家堀田善卫的鲁迅阅读与接受

第一节
日本的鲁迅接受史与中国新文学"走向世界"

2005年3月29日是一个风和日丽的日子。上午，应邀来北京讲学的加藤周一利用正式讲演前的空隙，在清华大学出席了一个小型座谈会。当谈到他那些针砭时弊的文字在当时日本社会并不能被很多人理解甚至常常受到误解时，他凝重的神色里明显地流露出孤寂和凄凉。沉默了片刻之后，他用深沉的语调吟诵了一句诗，来表达自己的心情：横眉冷对千夫指，俯首甘为孺子牛。加藤周一不是研究中国问题的学者，除了文学创作以外，他的研究领域主要是欧洲和日本的文学、文化与思想。他或许考虑到座谈会的场合，考虑到自己面对的是中国听众，但他此时脱口诵出鲁迅的诗句，却很明显不是有意准备的，而是他知识素养的自然流露。这涉及了鲁迅与日本、鲁迅在日本的影响和接受，以及相关的中国新文学走向世界的问题。

东京大学教授藤井省三曾多次写到，在日本，鲁迅"既是一个外国作家，同时也享受国民文学式的待遇"。①在日语脉络中，藤井所说的"国民文学"具有怎样的含义呢？据日本权威的辞典《广辞苑》（岩波书店出版）解释，"国民文学"指的是"在近代民族国家形成的过程中，使用本国语言独自创造出来的文学。是得到全体国民特别喜爱、引以为傲的文学"。按照这样的标准，仅就使用的书写语言而论，鲁迅的作品就不符合起码的条件，更不要说另外那个标准：让日本"全体国民""引以为傲"了。藤井应该是考虑到了这一点，所以谨慎地把"享受国民文学式的待遇"的鲁迅，限定在其作品翻译成日文的鲁迅。据藤井考察，从20世纪初期的零星介绍，到鲁迅逝世第二年《大鲁迅全集》（全7卷，改造社，1937）出版，再到二战以后，各种各样的鲁迅作品日译本问世，在日本，鲁迅作品的翻译一直绵延相继。藤井特别提到，自1956年日本的教育出版社把鲁迅的短篇小说《故乡》选入中学国语教科书以后，其他一些出版社也相继仿效，到中日两国恢复邦交的1972年，日本5家垄断经营中学教科书的出版社，都在国语教科书亦即语文课本里选用了竹内好翻译的《故乡》。也就是说，自1972年以来，"这三十年间，几乎所有的日本人都在中学读过《故乡》。这样的作家，无论国内还是国外，都是不多见的。可以说，他是近似于国民作家的存在"②。

中学国语教科书当然不会是日本读者接触鲁迅的唯一途径，却无疑是一个显著的标志，标志着翻译成日文的鲁迅作品，已经作为经典，浸入到一般日本人的知识结构和文化素养当中。从这一意义上说，藤井省三确实指出了日本鲁迅接受史上的一个重要现象。这种现象当然可以说明鲁迅的影响巨大，甚至还可以此为例证，说明以鲁迅为代表的中国新文学如何"走向了世界"。但如果我们通过藤井提示的现象，注意到经由翻译转换的鲁迅作品实际已经进入了另外一种语言脉络和阅读体制，从而去追问和探究，作为翻译文学，鲁迅的作品在另一种脉络里怎样被阅读和接受，与异国读者构成了怎样的关系，也许比单纯陶醉于中国新文学的"世界影响"之类的佳话中更具有学术生产性。

迄今为止有关鲁迅在日本的阅读和接受史研究，大都集中在对鲁迅研究史的

---

① 藤井省三：『鲁迅事典』，三省堂，2002年，第286页；『新・鲁迅のすすめ』，日本放送协会，2003年，第101页。
② 藤井省三：『新・鲁迅のすすめ』，日本放送协会，2003年，第119页。

考察，这样的考察，自然主要是围绕鲁迅作品的专业翻译者、研究者进行的，实际上忽略了专家以外的人数众多的一般读者。而事实上，恰恰是这些一般读者，才是鲁迅翻译文学作品的主要读者。当然，把鲁迅接受史的研究推进到一般读者层面并非易事，因为融化在这些读者的知识和修养中的文学，类似于水中之盐，没有明显的踪迹可寻，从这个层面讨论，也许需要另外一套方法，但诸如采访、问卷等手段更适于现状调查而很难应用于历史研究，有鉴于此，本章把考察对象确定为一位特殊的读者，即曾经写过关于鲁迅文章的日本作家堀田善卫。这自然是因为堀田写下的文字为我们提供了可以追寻的线索，他主要通过翻译来阅读鲁迅，在这一点上，他与日本一般读者的距离远比日本的鲁迅研究专家们更为接近；同时也因为，作为二战结束后以"国际作家"著称的堀田善卫始终对包括中国在内的第三世界国家和地区抱有热切的关心，积极参与和推动亚非作家会议运动，并把自己的国际体验融入文学写作，以一批优秀作品影响了包括后来获得诺贝尔文学奖的大江健三郎在内的日本青年作家及众多读者。在战后的一段时间内，很多日本读者是通过堀田的作品认识第三世界、认识中国的。如同下面所引述的那样，堀田不止一次谈到，在其人生和文学写作道路上，鲁迅曾是他的坐标和重要思想资源之一。综合以上几点，可以说，堀田对鲁迅的阅读与接受，应该是鲁迅乃至中国新文学在日语脉络中被阅读和接受史上一个有特色的个案。

第二节
堀田善卫：在由欧入亚的时刻与鲁迅相遇

1951年，堀田善卫凭借小说《广场的孤独》《汉奸》斩获第26届芥川文学奖，成为"战后派"文学中引人瞩目的存在。但是，堀田的文学活动其实开始得更早。他于1936年考入庆应义塾大学预科，专业本来是政治学，其兴趣却在文学，所以，进入本科后便从法学部转到了文学部，就读于法国文学系，并很快成为《荒地》《山树》等诗歌杂志的同人。据有关资料介绍，当时堀田最倾心的是波德莱尔、马拉美、瓦莱里、兰波等象征主义诗人的作品，以及巴尔扎克的小说、尼采的著作。同时，他也读了一些马克思主义的书。总体说来，在这一时期，堀田和他周围的同人们都沉浸在欧洲文学、艺术和思想的氛围里，①与中国文学，尤其是五四以后的中国新文学，几乎没有什么关联，那么，他是在什么时候又是在怎样的情景中接触到鲁迅的呢？在《鲁迅的墓》一文里，堀田说：

> 我热心阅读鲁迅，是在1942年冬到1943年秋季之间。为什么是在1942年冬到1943年秋季之间呢？因为那期间我生了病，被逐出军队。就在那段时间里，我通读了改造社出版的《大鲁迅全集》……②

堀田的这段话说得比较简略，须要补充若干被省略的环节才能读得明白。以上引文中说到的1942年，在堀田的生活史上是一个转折点，这年9月，他从庆应义塾大学毕业。按照日本的学制，堀田的毕业时间本应在1943年3月，因为战争，被提前了半年。若干年后，堀田还对此耿耿于怀，认为是被国家强行赶出了校门。③同年10月，堀田就职于日本国际文化振兴会，一年以后，转到日本海军军令部欧洲军事情报临时调查部。在这个机构里，他被分配翻译法文军事情报，如法国抵抗运动领导者利用英国BBC广播发往法国国内的信息，但因为不知密码，翻译过来也不知其意。用堀田的话说，他和一批文化人，当时做的都是这种毫无用处的愚蠢工作。

后来，在《难忘的断章·鲁迅的〈希望〉》一文里，堀田再次谈到他与鲁迅作品的最初相遇，他说，他是在征召令到来之前的痛苦绝望时期，"偶然地买了《大鲁迅全集》读了起来"，最初读到鲁迅《野草》中的《希望》就在这一时期，亦即"1942年的冬季"。其实，在写于《鲁迅的墓》和《难忘的断章·鲁迅的〈希望〉》之前的《鲁迅的墓及其他》一文里，堀田把自己与鲁迅作品的相遇过程描述得更为具体，在此仅把其中的几段相关文字摘录如下：

---

① 久保田芳太郎编：『堀田善衞年谱』，『昭和文学全集』第17卷，小学馆，1989年，第1113页。
② 堀田善衞：『鲁迅の墓』，『季刊·现代芸術·3』(1959年6月)，引自『堀田善衞全集』第12卷，筑摩书房，1974年，第64页。
③ 堀田善衞：『めぐりあい人びと』，集英社，1993年，第17—18页。

第六章
自我与他者的再确认：日本作家堀田善卫的鲁迅阅读与接受

> 1943 年，夏季的一天，征召令解除，我走出富山陆军医院的大门……
>
> 在征召令到来之前，我买了改造社版的《大鲁迅全集》，只读了一两册。为什么学法国文学出身的我买了这么一大套全集？这是因为印在岩波文库版鲁迅选集上的作者的面部照片，那神情曾莫名地炙灼着我的头，给我留下了无法割舍的印象。
>
> 对于收在岩波文库版里的小说类作品，当时我几乎都不敢恭维，觉得写法笨拙。我觉得，比起写小说，虽然我不能确切知道那事情是什么，但作者似乎是一个有着堆积如山不得不做的事情的人，是一个不得不把小说作为那山一般堆积着的、必须去做的事情之一小部分的人，是一个担负着这样命运的人。
>
> 征召令解除，回到家里，我捧起了改造社版的大鲁迅全集。……①

需要注意，以上所引堀田谈论鲁迅的文章都写于 20 世纪五六十年代，是作者对 20 世纪 40 年代往事的回忆，其中不无记忆误差，我们依据这些文字考察堀田当年的思想状况，是要进行一些辨析的。有关最初接触鲁迅作品的时间，堀田一直说是在"征召令"到来之前，但对这个最让他焦虑纠结的"征召令"的到来时间，却说得比较含混，有时笼统说是"在 1942 年冬到 1943 年秋季"，② 有时则明确地说是在"1943 年 2 月"，③ 但根据堀田在 20 世纪 40 年代作为同人参与的《批评》杂志上的相关记载，可以知道这个"征召令"到来的确切时间应该是"1944 年 1 月"。④ 即便如此，我们仍然无法判定堀田最初接触鲁迅著作的确切时间，但可以此为标志梳理出一个大概的线索，即堀田善卫最初接触鲁迅，是在他大学毕业之后，征召入

---

① 堀田善衞:『魯迅の墓 その他』,『文学』1956 年 10 月号, 转引自『堀田善衞全集』第 12 卷, 筑摩书房, 1974 年, 第 136 頁。
② 堀田善衞:『魯迅の墓』,『堀田善衞全集』第 12 卷, 筑摩书房, 1974 年, 第 64 頁。
③ 堀田善衞:『美しきもの見し人は』,『堀田善衞全集』第 13 卷, 筑摩书房, 1974 年, 第 103 頁。
④ 在《批评》杂志第 6 卷第 2 号（1944 年 2 月 1 日发行）署名山本的"后记"里写道"堀田善卫应征"；同刊第 6 卷第 4 号（1944 年 4 月 1 日发行）所载堀田善卫《西行（四）原高贵性（二）》一文末尾，附有作者所写短文《别离辞》，开头第一句便说："文章写到这里的时候，笔者接到了征召令。"此文所记写作时间为"昭和十九年一月二十六日"。另，同期《批评》还刊载了《送堀田善卫君应召序》，都可证明堀田收到征召令是在 1944 年 1 月。

伍的命令到来之前。他首先读到的是岩波书店出版的《鲁迅选集》，这是日本著名作家佐藤春夫与当时还很年轻的学者增田涉共同翻译，1935年由岩波书店出版的。随后，堀田又购买了改造社出版的《大鲁迅全集》。众所周知，增田涉1931年持佐藤春夫的介绍信到上海，通过内山书店主人内山完造结识鲁迅后，即从鲁迅学习中国小说史，与其成为亲密的师徒。1935年，增田和佐藤应岩波书店之邀译编《鲁迅选集》，曾得到鲁迅的认可和授权。① 增田后来说："我觉得这个文库本对把鲁迅比较广泛地介绍到日本起到了作用，虽然记不准确，但大约10万册，我想那是卖了出去。"② 至于《大鲁迅全集》，则是在鲁迅逝世之后由改造社组织翻译的，共7卷，收集了当时所能见到的鲁迅的绝大部分作品，至1937年出齐。藤井省三认为，《大鲁迅全集》出版之后，"在日本的读书界，鲁迅遂成为不能忘怀的名字"。③ 如果考虑到其时正值日本发动全面侵华战争的前夜，日本读者出自各种不同目的竞相阅读有关中国的书籍，改造社大规模出版鲁迅的作品，也可谓抓住了时机，当然，同时也为堀田善卫这样的后来读者阅读鲁迅作品提供了条件。

堀田的关注点之所以由法国及欧洲文学转向中国、转向鲁迅，无疑也与他当时的现实处境及精神状态有关。就此而言，在这几篇文章里不断出现的"征召"一词值得特别注意，这显然是导致堀田精神焦虑的最重要因素。堀田当然清楚，日本的国家权力之所以强行把青年学生提早赶出校门，目的并非要把他们闲置在闲散的机构里，而是准备把他们送往战场。所谓"征召令"，就是悬在堀田头上的一把利剑，随时可能落下，打断他的人生和文学写作进程。堀田后来曾这样描述说：

> 战争早已开始，报纸上每天都是"势如破竹、战果赫赫"之类的标题。而我的心思全在诗歌、小说和评论的写作上。我有无限多的东西要写。
>
> 可是，尽管我一直想拼命地写下去，内心里萦回不去的却是这样的思绪：在写作完成之前，如果征兵通知来到，所有的一切，包括自己的生命和人生，

---

① 鲁迅1934年12月2日在《致增田涉》中说："《某氏集》请全权处理。我看要放进去的，一篇也没有了。只有《藤野先生》一文，请译出补进去。"信中所说《某氏集》，即指"岩波文库"版《鲁迅选集》。参见《鲁迅全集》第13卷，人民文学出版社1981年版，第602—603页。
② 増田涉：『佐藤春夫と魯迅』，『図書』1964年7月。
③ 藤井省三：『魯迅事典』，三省堂，2002年，第288頁。

就都要半途而废了。周围的朋友们连续不断地被征召入伍，日本军队势如破竹的攻势和赫赫战果，都不能使我的绝望转换成希望。①

在当时，日本军队的主要战场在中国，面对一个自己命定将要前往的地方，产生了解的愿望，是很自然的。对堀田来说，尽管这并非出自他自己的本意，但日本侵略亚洲的战争，无疑是促成他的文学关心"由欧入亚"的重要背景。②

第三节
堀田的早期文学评论与鲁迅的潜在影响

虽然堀田善卫读大学时就开始写诗，但他真正进入文坛，则是在走出大学校门加入《批评》杂志同人行列之后。《批评》杂志创刊于1939年8月，到1945年2月停办，总计印行56期。该杂志最初由山本健吉、中村光夫、吉田健一等创办，堀田善卫自1943年开始参与其中，先后在该刊发表诗歌6首，评论和随笔5篇，其中论述日本著名和歌诗人、出家为僧的西行的长篇论文《西行》，先后连载了5期。③此时的堀田主要以文学评论家的面目出现，其思想也主要体现在他的评论文字里。查检堀田这一时期的文章，可以看到，他所谈论的，从日本的古典、现代作家到欧洲的文学艺术，所涉内容相当广泛，而弥漫在各篇文章中的，确实是一种苦闷绝望的情绪。在随笔《关于未来》的开篇，堀田曾这样描述当时的状况：

---

① 堀田善衛：『忘れえぬ断章　魯迅の「希望」』，『週刊読書人』1961年7月17日，引自『堀田善衞全集』第12卷，筑摩書房，1974年，第153頁。
② 据堀田善卫回忆，他记得自己"最初接触中国的现代文学，是在1941年或1942年的时候"，首先读到的是小田岳夫根据茅盾小说《蚀》编译而成的《大过渡时代》。参见堀田善衞：『回想・作家茅盾』，『現代中国文学・2・茅盾』，河出書房，1970年10月。
③ 关于堀田善卫在《批评》杂志上的文章，特别是堀田的"西行论"，曾嵘在『戦時下の堀田善衞について—「批評」を中心にして』（大阪大学比較文学会編輯出版『阪大比較文学』2009年3月第6号）中作了比较详细的分析，可参看。

  清晨，起身离开的时候，也许不会重新归来的念头便在朝阳的光线中穿梭飘浮。即使走在黄昏的归途，我觉得也不能充分理解"归途"一词所包含的所有意思。大致与此相同的，可以说还有"前进"。如果说自己在动，确实是在动，而周围也在一起运动。如果这样以为，这是真正地在动吗？

  我的这种状态，似乎既不是漂泊，也不是停滞。不过，如果说是向前行进，确实可以感到激烈的向前；说是沉潜，则可以感受到一种纵深。倘若夸张一些说，甚至感觉到一种类似地球转动似的运动。①

不必说，这种进退不得、去归无定的悬空状态，既是堀田对自己当时生活处境的描述，也是他内心情绪的表露。在征召令随时会来，也就是随时可能被命令去赴死的严酷境况中，堀田没有试图以写作制造超然于现实的幻影，而是全力把自己被迫面对死亡时的紧张思索灌注于写作行为之中。堀田很诚实地表示："在内心已经深怀确实而痛切的死的感受之时，所谓未来，以及现在，觉得都成了完全不能理解的东西。甚至觉得所谓过去，也是混乱不清的。"②由此可以看到，当时堀田自己也理不清自己的思绪，他不时陷入绝望和虚无之中，但又努力挣扎着振作。在同一篇文章里，他说："当死成为贴近身边的墙壁的时候，我们要竭尽全力度过每个生的瞬间。"而作为一个文学青年，堀田把艺术视为思考生与死问题的基石。他说：

  我认为，在以死这一界限为前提的情形下，思考面向未来的生，不可能有比艺术更为可靠的基石。③

作家、评论家中村真一郎在阅读堀田早期的评论文字时特别注意到这句话，指

---

① 堀田善衞:『未来について』,『山河』1943 年 5 月号。同月堀田也开始在『批评』发表作品，此文与『批评』所载堀田的文章属于同一系列。引自『堀田善衞全集』第 13 卷，筑摩書房，1974 年，第 307 页。
② 堀田善衞:『未来について』,『堀田善衞全集』第 13 卷，筑摩書房，1974 年，第 308 页。
③ 堀田善衞:『未来について』,『堀田善衞全集』第 13 卷，第 309 页。

出：在这里，"艺术是作为截断了有限之生的死的对抗物被提出来"的。① 他认为，堀田在随笔《关于未来》里谈到了"当时对他而言最大的人生课题"，那就是"死和艺术"。中村说："在平时，美、艺术是使生更为丰富的存在，但对于昭和十年以后年龄在二十岁的人来说，能够超克凸现到眼前的死——那是以战争的形式出现的——令人讨厌的死的，是艺术、美。"②

中村真一郎和堀田善卫同年出生，经历相仿且交往密切，他结合同时代人的经验所作的判断，表现出了特别的洞见，但我们还应该在中村所分析的基础上更进一步，考察当时堀田所理解的艺术和美究竟意味着什么？翻检堀田早期的评论可以看到，他没有把美或艺术视为超然、静止、自律的存在。在《关于未来》一文里，堀田虽然认为艺术作品诞生之后，会脱离它的制作者而独立，但同时也指出，这只是在把作品作为主体考察时的解释，如果把作品的制作者也就是人作为主体予以考虑，则应该说，所谓作品的独立不过是其结果，作者和作品其实是一种"相互角逐搏斗"的关系。③ 大概是出于这样的认识，堀田的早期评论并没有把作品和作者切割开来作封闭式分析，而是更关注作品制作者的思想和精神状态。如在《海利根斯塔特遗书》一文中，堀田首先从贝多芬遭遇听力减弱的困境入手引起话题，然后分析说，失聪并不是导致贝多芬精神危机的致命伤，而是促使他迈向"精神王国"更高阶段的契机；贝多芬失聪后到海利根斯塔特休养时写下"遗书"，表露的是对宿命的觉悟、内在激情的燃烧和为实现理想孤独地进行艺术创造的决心。堀田进而指出：贝多芬的"遗书"，是他遵从自己内心激情发出的"理想"宣言，是他对自己所爱的人、将要诀别的人的痛切致歉，是葬礼进行曲，是决然掉头而去的告别词。④ 在同一篇文章里，堀田还由贝多芬谈到歌德，他认为，有人把歌德临终前的

---

① 中村真一郎：『同时代者堀田善衞』，『堀田善衞全集』第13卷，筑摩书房，1974年，第380页。
② 中村真一郎：『同时代者堀田善衞』，『堀田善衞全集』第13卷，第380页。
③ 堀田善衞：『未来について』，『堀田善衞全集』第13卷，筑摩书房，1974年，第309—310页。
④ 堀田善衞：『ハイリシュクットの遺書』，『批判』1943年10月号，引自『堀田善衞全集』第13卷，筑摩书房，1974年，第321—323页。另，所谓《海利根斯塔特遗书》是贝多芬写给友人倾诉自己内心痛苦的信，在作曲家死后被发现，《大众音乐报》发表时称其为"遗嘱"。参见大卫·温·琼斯：《贝多芬画传》，秦立彦译，广西师范大学出版社2003年版，第101页。

最后要求视为诗人的遗言，其实是不够确切的。歌德要求"再多一些光亮"，并非临终前的突然觉悟，而是这位伟大诗人毕生始终如一的追求。①

在早期的评论文字里，堀田曾以不同的表述方式多次排列、分析欧洲文艺从古典派到浪漫派乃至现代派的谱系，他把古典主义音乐家巴赫、亨德尔、海顿、莫扎特、贝多芬等称为"伟大的血统"，认为"即使欧洲的末日来临，这些音乐也将像夕阳染红了的阿尔卑斯山那样巍然耸立"②。堀田特别指出了贝多芬与深受他影响的"正统浪漫派"的差异，认为与贝多芬相比，西欧的正统浪漫派表现出了更多的哀愁和没落，而浪漫派以后的现代音乐，则成了没有旋律的片段颤音。③ 对于文学，堀田也持类似的看法。他对19世纪末欧洲艺术中的"绝望之美"以及对"20世纪前半的绝望感觉的文学"都有深刻的理解，同时也倾心于歌德对"光亮"的渴望，看重席勒对"欢乐"的赞颂。④

概而言之，在堀田的早期评论里，"绝望""绝望感觉""理想""光亮"等词语频繁出现，可见这是缠绕在作者内心挥之不去的情结，而其中所谓"理想"和"光亮"，又大都停留在抽象层面，缺少具体的内涵。在这样的脉络中，堀田对鲁迅的《野草》，特别是其中的《希望》一文产生共鸣，是很自然的。尽管堀田的早期评论没有言及鲁迅，是一个不庸讳言的事实，但鲁迅的潜在影响无疑是存在的，所以他后来才不止一次地在回忆文章里提起。

前面已经引录过堀田的此类回忆文字，在此可以再作补充的是，在《鲁迅的墓及其他》一文里堀田说过，当年他曾计划写作日本现代作家和鲁迅的比较论，所以把初读鲁迅的感受记在了笔记本上，而他后来在文章中对鲁迅面部神情的描述，就来自他旧日的笔记：

总是在悲伤中夹杂着愤怒，愤怒里混合着忧伤，在怅惘中呐喊，呐喊中萦

---

① 堀田善衛：『ハイリシュクットの遺書』，『批判』1943年10月号，引自『堀田善衛全集』第13卷，筑摩書房，1974年，第324—325頁。
② 堀田善衛：『ハイリシュクットの遺書』，『批判』1943年10月号，引自『堀田善衛全集』第13卷，第328頁。
③ 堀田善衛：『ハイリシュクットの遺書』，『批判』1943年10月号，引自『堀田善衛全集』第13卷，第327—328頁。
④ 堀田善衛：『ハイリシュクットの遺書』，『批判』1943年10月号，引自『堀田善衛全集』第13卷，第325、328—329頁。

回着怅惘,深知人心内的无底深渊,彻底战斗一直到死。就是这样一张无法言说难以形容的面孔。望着鲁迅从鼻子两侧到嘴角两端的凹陷处,寒气凛然而至。具有如此悲惨而高贵面孔的人,一个世纪当中,并不会很多,或许最多也就是一个或两个。①

在同一篇文章中堀田还写到,与鲁迅的头像一样震撼他的还有《野草·希望》里的诗句,他从中感到了一种"绝望"的共鸣:

"绝望之为虚妄,正与希望相同。"这是散文诗《希望》中的一句。这句诗,在此后的战争日子里,一直支持着我……
这样的诗句,尽管是鲁迅从匈牙利诗人裴多菲那里发现的,但也完全可以由此看出,鲁迅的内心是多么深刻的绝望。那时正迷恋绝望的我,从内心深处受到了强烈震撼。②

在《难忘的断章·鲁迅的〈希望〉》一文中,堀田更为详细地描述了自己当时的精神状态和阅读《希望》的感受。他说,在《大鲁迅全集》里,自己看到了一个前所未见的精神世界:"我觉得,在那里,既存在着无论法国文学还是马克思主义文献里都不曾有的亲切,也存在着那两者之中同样没有的激烈。"③但堀田是否由此获得了摆脱内心绝望情绪的力量了呢?显然没有。在同一篇文章里,堀田说,这一时期,他曾接触到日本的反战人士,听到他们动员人民制止战争的主张,但在当时,"对这些庄严的反战的和革命的宣言,我并不相信。不是半信半疑,而是完全不信"。他引用鲁迅《野草·希望》中的话形容自己当时的心情:"这以前,我的心也曾充满过血腥的歌声:血和铁,火焰和毒,恢复和报仇。而忽而这些都空虚了。"④

也就是说,此时的堀田,虽然从鲁迅作品中感受到了"亲切""激烈""血和

---

① 堀田善衞:『魯迅の墓 その他』,『堀田善衞全集』第12卷,筑摩書房,1974年,第137頁。
② 堀田善衞:『魯迅の墓 その他』,『堀田善衞全集』第12卷,第137頁。
③ 堀田善衞:『忘れえぬ断章 魯迅の「希望」』,『堀田善衞全集』第12卷,筑摩書房,1974年,第154頁。
④ 堀田善衞:『忘れえぬ断章 魯迅の「希望」』,『堀田善衞全集』第12卷,第154頁。

铁",同时,也对其中的"空虚""绝望"情绪深怀共鸣,甚至可能是后者对他更有吸引力,所以,后来回忆起当时的情景,堀田才会认为《希望》中的那句名言"绝望之为虚妄,正与希望相同",既是激励的力量,同时也是"有毒"的,并说:"这有毒的言辞从战争期间到战后一直支撑着我,或者说是既使我成熟也让我堕落。"①联系堀田此一时期有关欧洲文艺的评论,可以看到,这种情绪和认识,与当时堀田的精神世界是一致的,他没有在事后的回忆里拔高自己,也没有夸大鲁迅影响的作用。而另外一个可证明堀田回忆文字具有真实性的事件,是他后来去中国后不久即专门拜谒了鲁迅的墓,时间是在1945年6月,同行者有武田泰淳、菊池租。那时堀田还没有在文章里直接谈到鲁迅,这一行为更显示了鲁迅在他心里所占的分量。

第四节
"上海物语"与鲁迅形象的意义

在此应该介绍堀田善卫的第一次中国之行。本来,堀田极有可能以从军士兵的身份"前往中国",这也是让他最为焦虑的,但一个意外事件让他的人生道路发生了改变。1944年2月,堀田确曾应召入伍,但参加新兵训练的第十天便因胸部疾患住进了医院,且一住就是3个月,出院以后,对他的征召令解除,他的军人生活即告结束,他又重新回到国际文化振兴会就职。②1945年3月,在亲历了美军飞机对东京的大轰炸之后,堀田决意离开日本本土。3月24日,他搭乘通过关系获得座位的军用飞机抵达上海,在国际文化振兴会设在上海的资料室工作,③同年8月,在上海迎来日本的战败投降。

关于堀田于日本战败前决然离开本国的动机,在1952年2月25日祝贺他获得芥川文学奖的庆祝会上,他曾作过说明。这个庆祝会是由日本近代文学研究会、中

---

① 堀田善衞:『忘れえぬ断章 魯迅の「希望」』,『堀田善衞全集』第12卷,筑摩書房,1974年,第154頁。
② 堀田善衞:『めぐりあい人びと』,集英社,1993年,第21頁;另见栗原幸夫:『堀田善衞全集·第13卷·解題』,『堀田善衞全集』第13卷,筑摩書房,1974年,第386頁。
③ 堀田善衞:『めぐりあい人びと』,集英社,1993年,第22頁。

第六章
自我与他者的再确认：日本作家堀田善卫的鲁迅阅读与接受

国文学研究会、《荒地》文学社共同举办的，堀田善卫作为获奖者发表致辞说："今天有很多初次谋面或仅仅通过作品了解我的新朋友来参加庆祝会，按照常理，我应该介绍一下我的文学履历，不过，因为在别的地方我已经写过类似的东西，所以，我想还是应该讲讲那以后的事情，也就是我决定奔赴仍处于战争之中的中国的动机，以及后来归国开始战后的工作这段时间的事情。"接下来，堀田这样说：

> 十九年，当我被征召入伍而不久因病遣归的时候，我买了《鲁迅全集》，读了一遍。为什么买《鲁迅全集》，现在怎么也记不清了，总之，确实是买了，读了。而在全集中，确实收有散文诗《野草》，在其中的一首诗里，有这样一句：
> 绝望之为虚妄，正与希望相同。
> 这句诗，给处于战争绝望或者说是自暴自弃情绪之中的我以猛烈的一击……
> 现在回想起来，如果说这句诗对我的另一影响，是让我产生了前往中国的念头，我觉得绝非夸大其词。①

如前所述，堀田回忆自己经历的文字前后常有出入，如此次致辞中说到在"（昭和）十九年"亦即1944年购买了《鲁迅全集》，就与他的另外几篇文章中的说法不同。②但这些细节上的出入不妨碍我们把握堀田与鲁迅的基本关系，从军队医院出来的堀田已经接触到鲁迅，并心有所感，应该是没有疑问的。问题在于堀田说鲁迅《野草·希望》里的诗句，促使他"产生了前往中国的念头"，我们对此不能作过于简单的理解。第一，应该看到，作为获奖庆祝会的致词，即使从礼节上，堀田也会考虑到主办方之一的中国文学研究会的存在，有意提到与中国文学有关的话题。第二，从堀田在致辞中所用的假设性修辞，可以看出他在谈鲁迅文章里的诗句的"另一影响"时，是在做事后追认，而非重述事前即已清晰存在的目的意识。第

---

① 堀田善衛：『堀田善衞全集・第1巻・解題』，『堀田善衞全集』第1巻，筑摩書房，1974年，第501頁。
② 堀田善衛：『魯迅の墓 その他』『魯迅の墓』『忘れえぬ断章 魯迅の「希望」』，『堀田善衞全集』，筑摩書房，1974年。

三，堀田在另外的场合谈到他在战争末期决意离开日本的动机，更多强调的是他目睹了昭和天皇到轰炸后的现场视察，"臣民"们跪拜在废墟上谢罪的情景所引起的失望和愤怒。在当时堀田的内心，已经产生了"这究竟是谁的罪责"的疑问。① 第四，堀田还曾谈到他当时的目标，是想经由中国前往欧洲。② 第五，有堀田的好友认为，堀田离开日本，与他当时的家庭纠葛也有一定关系。③ 综合这些因素，可以看到，促使堀田离开日本奔赴上海的因素是多元的，"鲁迅影响"要放到多重纠结的脉络中进行考察，才能准确评估其意义和作用。

同样还应该看到，到达上海以后，堀田进入了一个新的环境。如果说，包括鲁迅在内的多种因素促使堀田从日本本土来到上海，是他挣脱绝望、希望有所作为的第一步，那么，到了上海以后，如何认识自己在新环境中的位置，选择怎样的生活，对于堀田而言，又成了一个新的问题。虽然堀田滞留上海的时间仅仅一年零十个月，中间却经历了日本战败这样一个巨大的划时代变动，这使他对自己及环境的认识与判断变得更为严峻。从堀田后来的文章与小说作品可以看到，在此过程中，他确实不断把鲁迅作为自己思考的资源和坐标。随着堀田思想的变化，他从鲁迅及其作品里感受到的意义也有所变化。

堀田初到上海时，日本即将战败的气氛已经很明显，加之通货膨胀严重，使得他在任职机构几乎无事可做。④ 但当时的上海毕竟还被日本占领，属于汪精卫南京政府的管辖区域，堀田所在的机构，以促进"国际文化交流"为旗帜，但当时他们所谓的"国际"，无疑主要是在日本勾画的"大东亚"范围内，他们的活动，自然也要编组到所谓"大东亚共荣"的脉络里。对此，堀田虽然有所认识，但在一段时间内还是颇为暧昧含混的，以致他在战后不久为上海的《改造评论》撰文时，还特别强调自己是怀着诚意来从事中日民间文化事业的。在同一篇文章里，堀田还提到大东亚文学者会议，在批判该会议作为日本帝国"官制""军制"的产物企图"把日本的侵略合理化"的同时，也不很委婉地认为，作为个体，在一些文学家的内心

---

① 堀田善衞：『明月記私注』，『堀田善衞全集』第 13 卷，筑摩书房，1974 年，第 206—207 页。
② 堀田善衞：『めぐりあい人びと』，集英社，1993 年，第 21 页。
③ 陈童君：《堀田善卫研究序说——从上海体验到〈祖国丧失〉》，日本学研究中心硕士论文，2010 年。
④ 堀田善衞：『めぐりあい人びと』，第 26 页。

里，也燃烧着想要拨正已经扭曲了的中日关系、至少是文学领域的中日关系的悲壮愿望。但当时的管制太严苛了，是"绝对性的""即使是对中国的抗战文化抱有兴趣，对于当时的日本人而言，就意味着立刻'入狱'"。行文至此，堀田引用了鲁迅的话，他说："对于当时的我，鲁迅所说的'绝望之为虚妄，正与希望相同'，是支撑自己的力量之一。"①

这应该是堀田在文章里第一次正式引用鲁迅，虽然没有详细谈到鲁迅在怎样的意义上给了他启示和鼓舞，却表明在堀田的文学世界里，鲁迅已经从潜在影响成为显性存在。此后，堀田曾在等待遣返归国的日本侨民集聚区生活过一段时间，12月，被国民党中央宣传部对日工作委员会留用，参与日语杂志《新生》的编辑及日语广播等工作。②1946年12月，为担心卷入国民党中央宣传部的内部纷争，他申请归国，翌年1月初回到日本。从1948年起，堀田陆续创作并发表了《波浪下》《共犯者》《被革命者》《祖国丧失》等小说，题材和主旨皆取自他在上海的经历，在战后的日本文坛呈现出异样色彩。从一定意义上可以说，上海是二战以后堀田善卫作为小说家重新出发的起点，在上海的经历在相当一段时间里影响甚或决定了堀田文学写作的基本内容和基本音调。值得注意的是，在堀田这一系列可称为"上海物语"的作品中，鲁迅形象作为情节的构成要素出现在小说里，这在日本的战后文学中是比较少见的。

堀田的"上海物语"，既是各自独立的短篇，又在主题、情节上相互关联，特别是以《祖国丧失》为题汇为一集的作品，以一位战后被留用在上海的日本知识分子杉先生的视点为叙述线索，描写在国共纷争的背景下，一群中国青年为如何选择自己的道路而焦虑不安的状态。这组小说的最后一篇《被革命者》，在将要结尾的地方，借一个人物之口提出了这样的问题：如果鲁迅现在还活着，到底会不会成为中共的文化人呢？小说没有给出明确的结论，而是以一个意味深长的场面描写结尾：

（杉先生）注意环视了一下四周，在大财阀宋氏家族气势威严的大墓附近，是鲁迅谦朴内敛的墓。烧制在白瓷上的肖像从鼻子向下缺了一块，那眼睛，闪

---

① 堀田善衛:『反省と希望』,『改造評論』1946年6月创刊号，引自『堀田善衛全集』第12卷，筑摩书房，1974年，第120页。
② 红野谦介:『堀田善衛　上海日記・解題』，集英社，2008年，第344—345页。

着透彻的清醒和深厚的悲愁。①

虽然只是以简练笔触勾勒出的场景，但放在一部系列小说的大结局之处，无疑蕴含了作者的特殊用心。从叙事结构看，这一场景的出现也许有些突兀，但小说描述彷徨中的知识分子在人生抉择时刻，呈现出鲁迅的形象，应该不是作者的一时心血来潮，而是经过了认真思考的设计。在《祖国丧失》之后写作的长篇小说《历史》里，堀田又延续了同样的思考和叙述方式。《历史》仍然以二战之后中国的内战状态为背景，以各类知识分子聚分离合为主要内容，涉及政治、经济、文化等方面，叙述结构更为错综繁复，开篇化用《列子·汤问》篇的意象，这样写道："中国天顷，倾向了西北。其结果，是地势低洼，斜向东南，每当秋季，水便溢出，向东南流淌。"显示出了史诗般的恢宏气势。但小说的叙述，仍然以留用在中国的日本知识分子的视点为线索，其中再次出现了与鲁迅相关的情景：视点人物龟田在几位中国青年的聚会上作自我介绍，谈到自己对日本侵略战争的厌恶，也谈到因为曾读过鲁迅的书，产生了对中国的关切。龟田有关鲁迅的话题引起在场青年的注意，特别是一位倾向进步的青年，特意沿着这个话题追问，但龟田的回答却让青年们失望，龟田明确说，当年他是把鲁迅有关"绝望""希望"的诗句，融进了带有赞同"大东亚共荣"色彩的诗篇。《历史》出现的这一场景，固然与作品的整体情节发展有关，因为在此场景之前，小说曾写到龟田发现中国青年简单地把日本曾经翻译过左翼文献的人物想象成反战人士，他认为这是误解，所以坦率地告诉中国青年，在战争期间，日本的知识界并不像中国青年善意想象的那样有效地组织过反战运动，"至少我自己不是那样组织里的一员，而是确实配合了（侵略）战争"。② 很显然，这也是作者借小说人物之口，对自己的思想所作的剖析和反省。在此意义上可以说，《历史》里出现的这一细节，其实体现了堀田对鲁迅认识的深化和对鲁迅精神的继承。既严厉地批判了社会现实，又严肃地剖析了自己，在这一点上，堀田与鲁迅的精神是相通的。

---

① 堀田善衛：『被革命者』，『文芸』1950年1月号，引自『堀田善衛全集』第1卷，筑摩书房，1974年，第195页。
② 堀田善衛：『歴史』第一部第二篇『石を愛する男』，『堀田善衛全集』第1卷，筑摩书房，1974年，第35—36页。

第五节
鲁迅的启示：与异民族交涉的彻底性

从1948年到20世纪50年代前期，堀田所写的"上海物语"系列，无疑都与他当年滞留上海的经历有关，带有某种回忆往事的味道。1956年，堀田善卫作为日本作家代表赴印度参加亚洲作家会议，以后又成为亚非作家会议的积极参与者和组织者，其文学活动和文学表现更具国际化色彩，其关心更多倾向第三世界，他也萌生了再到中国看看的念头。值得注意的是，堀田是通过回忆鲁迅的文章表达这一愿望的。1956年10月，他发表了《鲁迅的墓及其他》一文，这是堀田第一篇正面讲述自己阅读鲁迅经历的文章，他特别回忆到当年在上海寻访鲁迅墓地的过程，以及当时的感受：

> 鲁迅墓旁，是人所共知的宋子文、宋美龄的家族，也就是所谓宋氏家族的非常庞大的墓地。鲁迅的墓实在很卑微，连十字架也没有，但像在横滨的外国人墓地常见的那样，土葬之后立上一块细长的白色石头，在坟头的地方，立了一块像屏风似的，白色的石碑。只有这么一块东西。石头四周，杂草蓬乱地生长着。
>
> 但是，我的心因此而猛然一震。鲁迅的眼睛，那只眼睛，以沁入心扉般的视线，烛照到我的内心。

堀田特别说明，他之所以强调鲁迅的"那只眼睛"，是因为当时看到墓碑上镶嵌的瓷质头像已经残破，"左眼也已残缺，只有右边的一只眼睛，从深处发出光芒，用似乎是微热而又锐利、直刺人心的目光凝视着我"。堀田这样描述鲁迅的目光："亲切而冷酷，还可以用许多这样的反义词并列来形容的眼睛，似乎在述说着某种极为严峻重大的事情。是我很难清楚理解的，也许是不想让我清楚知道的重大事情……"按照此文的脉络，面对鲁迅的目光，堀田既有很多困惑不解，似乎也感觉到了一种召唤，所以，在文章结尾处，他写道："很想什么时候再去看看那墓地，还有那眼睛。鲁迅的眼睛，不仅牵连着日本、中国，还牵连着东方文化文学的整体。"①

对照小说《被革命者》中出现的鲁迅墓地场面,可以看到,数年之后,堀田以随笔形式重提旧事,显然不是简单的重复,而是通过与鲁迅的目光想象性地重逢,提出新的问题。此文发表于堀田去印度参加亚洲作家会议筹备工作的前夕,②他说想再去寻访鲁迅墓地,自然暗含着要去访问上海、访问中国的意思。众所周知,二战以后,特别是从20世纪50年代初期开始,在冷战的格局下,日本进入以美国为首的西方阵营,日本政府拒绝承认新生的中华人民共和国,使两国处于隔绝状态,堀田等日本作家参与包括中国在内的亚非作家会议,是要遭遇很多阻力,需要付出很多努力的。③在此过程中,堀田始终站在前列,并借此机会积极推动日本作家与中国作家的交流。1957年10月,堀田善卫获得重访中国的机会,受中国作家协会、中国人民对外文化协会之邀,他和中野重治、井上靖等访问北京、上海、广州等地,并以此为契机写作了系列随笔,后以《在上海》为题结集出版。④

堀田之所以把他这部游记的主要场景设定在上海,与他当年在上海的滞留经历有关,但从《在上海》可以看到,堀田并没有简单地抒发"旧地重游"的感慨,而是努力把自己的旧日经验,放在从旧中国到新中国的历史巨变过程中,放在东西冷战与第三世界反殖民运动的背景下,重新咀嚼、审视,从而对中国以及日中关系提出自己的看法。后来获得诺贝尔文学奖的大江健三郎是堀田善卫的文学后辈,他对堀田的随笔集《在上海》极为推重,认为这是二战以后日本人所写关于中国的最好的书之一。⑤

《在上海》以历史与现实交错的方式展开叙述,其中,堀田比较集中思考和探

---

① 堀田善衛:『魯迅の墓 その他』,『堀田善衞全集』第12卷,筑摩书房,1974年,第139—140页。
② 亚洲作家会议于1956年12月在印度新德里召开,同年1月,堀田前往参与筹备。参见堀田善衞:『めぐりあい人びと』,集英社,1993年,第54—55页。
③ 据堀田说,他去印度参与筹备亚洲作家会议,旅费和住宿费等就是日本笔会、文艺家协会和他本人支付的,当时川端康成、舟桥圣一和江户川乱步捐助较多。参见堀田善衞:『めぐりあい人びと』,集英社,1993年,第54页。
④ 堀田善卫此部随笔集中的作品从1958年起陆续在『世界』(岩波书店)等杂志发表,1959年7月以『上海にて』为题由筑摩书房(东京)印行单行本出版。
⑤ 大江健三郎:『中国を経験する』,堀田善衞:『上海にて』,筑摩书房ちくま文芸文库,1995年,第215、229页。

究的是如何"与异民族交涉"的问题。在他看来，这不是一个抽象的理论命题，而是一个严肃的实践性课题，而对于曾经发动过侵略战争的日本而言，要参与第三世界的反殖民运动，首要的前提是认真地反省自己的侵略历史。在参与亚洲作家会议时，堀田对此已经有所感受，① 到了写作《在上海》时，堀田的反省意识更加自觉。在堀田看来，从思想、文化层面追问日本发动侵略战争的原因，首先应该清算"大东亚共荣圈"意识形态，特别是曾被大力鼓吹的所谓中日"同文同种"口号的虚妄性和欺瞒性。基于这样的考虑，堀田认为应该注意辨别日本和中国之间的差异。在《自杀的文学家和被杀的文学家》一文中，堀田写道："与其以文学的普遍性、理解的可能性为先导，不如逆道而行，从理解的困难，异质性、断绝程度之深刻……出发更为合适。"② 《暴动与流行歌》的主要内容本来是讨论安娥的《渔光曲》，堀田甚至用了很多笔墨逐句分析歌词，但在谈到自己无法理解该歌曲为何流行时，堀田却飞跃式地给出结论："不能为所谓同文同种的虚妄口号迷惑，中国是外国，中国人民是外国人。"③

在写作《在上海》时，堀田善卫为何如此强调日本和中国之间的异质性？因为按照他的思路，这是破除"大东亚共荣"迷思的必要程序，只有先确认不同民族、国家之间的差异，然后才可以考虑怎样与不同的民族、文化进行交涉。也就是说，考虑日本和中国的关系时，日本应重新确认二者的自我和他者身份。在这样的语境中，堀田重新提到了鲁迅，特别是鲁迅用日文写作、发表于《改造》杂志1936年4月号上的文章《我要骗人》。

堀田认为，在中日之间战事一触即发的时刻，在将去世之前，鲁迅接受当时日本最有影响的综合杂志之一《改造》的约稿，面对日本读者，鲁迅没有空泛地说一些友好的言辞，而是犀利地指出中日之间严峻的对立现实。犀利地揭破了当时日本宣扬的所谓"中日亲善"的虚伪性，毫不含糊地断言：现在"还不是披沥真实的心的时光"，彼此之间还无法"看见和了解真实的心"。堀田认为，这表明"鲁迅与

---

① 堀田善衛:『胎動するアジア——第一回アジア作家会議に出席して——』,『堀田善衛全集』第11卷，筑摩書房，1974年，第439—440頁。
② 堀田善衛:『自殺する文学者と殺される文学者』,『上海にて』,筑摩書房ちくま文芸文庫，1995年，第154頁。
③ 堀田善衛:『暴動と流行歌』,『上海にて』,筑摩書房ちくま文芸文庫，1995年，第134頁。

日本，鲁迅与异民族的交往，实际上也是非常彻底的"。他赞赏鲁迅的这种"彻底"精神，尤其对鲁迅文章末尾一句"用血写添几句个人的豫感"，表示了深刻的共鸣，他说："无论是日本人还是中国人，无论是在 1936 年还是今天，恐怕没有谁能够泰然自若地把这篇文章的最后一行读过去。这之间是'血'的历史，而经历了'血'的历史之后的今天，中国和日本甚至连正式的邦交还没有建立！"①

很显然，尽管堀田回顾历史，着眼点却在现在和未来。他不仅痛切反省日中之间"血"的历史，也对两国尚未建立"正式的邦交"的严酷隔绝感到痛心，由此可见，堀田强调与异民族交涉的"彻底"精神，不仅是指要清晰确认不同民族、国家之间的差异，更包含在此基础上跨过民族隔绝的深渊、进行更坚实交流的热望。他访问中国，写文章介绍中国，从民间文化交流领域推动两国邦交正常化，无疑就是为实现此种愿望的努力。但堀田不赞成以廉价的乐观预测两国关系的前景，他说："我们握手的手掌与手掌之间，浸染着血。"②他甚至这样预言："两国恢复邦交不容易，而邦交恢复以后也许还会更不容易。"③大江健三郎为《在上海》单行本写"解说"文时，对堀田的这一预言给予了特别注意，认为这行文字是堀田"用血写添几句个人的豫感"。④大江这里显然是借用了鲁迅的修辞，同时也以隐喻的方式对堀田与鲁迅的"彻底"精神之关系作了评价。

---

① 堀田善衞:『魯迅の墓 その他』,『堀田善衞全集』第 12 卷，筑摩書房，1974 年，第 65 頁。
② 堀田善衞:『再び忘れることと忘れられないことについて』,『上海にて』,筑摩書房ちくま文芸文庫，1995 年，第 60 頁。
③ 堀田善衞:『はじめに』,『上海にて』,筑摩書房ちくま文芸文庫，1995 年，第 12 頁。
④ 大江健三郎:『中国を経験する』,参见堀田善衞:『上海にて』,筑摩書房ちくま文芸文庫，1995 年，第 215、229 頁。

第七章

作为事件的鲁迅：中日共通主体的理想与实践

鲁迅在日本有着众多的研究者。自增田涉到最新一代的日本学者，在藤井省三梳理的日本鲁迅"系谱"中却没有中野重治。"系谱"强调的是，在二战之后"新兴鲁迅潮中扮演重要角色的是竹内好、松枝茂夫、小野忍、增田涉等中国文学研究会的旧成员"。① 在理解鲁迅"思想、政治方面的战斗方式"上，被丸山升称为"在战前的日本无出其右"的中野重治似乎并没有在日本鲁迅研究的历史上留下什么痕迹。②

然而，中野重治的确留下了一系列关于鲁迅的文章，从1937年1月的《鲁迅二题》到1971年的《想知道的事》，共计14篇，从中日关系全面紧张时开始一直贯穿到二战之后。③ 中野重治是日本著名的小说家、诗人、无产阶级文学运动的主要理论家和评论家，1902年出生于福井县，1925年和东京大学的同学一起组织马克思主义研究会，曾任全日本无产者艺术联盟中央委员。1932年两度入狱，1934年迫于肺病"转向"并承诺出狱后不再参加共产主义政治活动。他被诺贝尔文学奖获得者、著名的日本作家大江健三郎称为"日本唯一能够在

---

① 藤井省三：《鲁迅在日文世界》，藤井省三主编：《日本鲁迅研究精选集》，林敏洁主译，中央编译出版社2016年版，第6页。
② 丸山升：《鲁迅·革命·历史——丸山升现代中国文学论集》，王俊文译，北京大学出版社2005年版，第336页。
③ 朱幸纯：《日本文学者的鲁迅阅读空间——中野重治〈鲁迅〉编译后记》，《鲁迅研究月刊》2015年第7期。

文学和人品上接近鲁迅的作家"。① 可是，对于这样一位日本作家、无产阶级文学运动理论家的鲁迅论我们似乎已经遗忘。这一章将重点放在以往被鲁迅研究及鲁迅东亚传播研究所忽略的面向，借此还原鲁迅在日译介更为丰富的面貌。同时，更为重要的是，揭示鲁迅及其文学对日本无产阶级运动的影响。

第一节 被遮蔽的鲁迅影响

一、学院之外

虽然如藤井省三所指出的那样，日本对鲁迅的关注可以追溯到鲁迅留日时期，即他转往仙台医专和后来在东京"弃医从文"编辑《域外小说》的时期，但鲁迅在日译介和研究主要集中在二战之后。② 鲁迅逝世后不久日本发动了全面侵华战争，随即是规模越来越大的太平洋战争，因而从绝对数量上来看，二战之后的鲁迅在日接受史自然要比战前长得多。不过，在丸山升看来，战后鲁迅开始被广泛阅读是在1953年，主要归功于20世纪40年代"中国文学研究会"的重要发起人、曾于1943年出版过评论集《鲁迅》的竹内好的翻译。这一年竹内好连续出版了鲁迅的翻译作品，包括2月出版的《鲁迅评论集》（岩波书店）、5月出版的《鲁迅作品集》（筑摩书房）以及6月出版的《鲁迅入门》（东洋书馆）。以这几册有关鲁迅的翻译和评论为契机，竹内好一跃成为20世纪50年代日本翻译介绍鲁迅的第一人。③

近年来，战后鲁迅研究的亲历者也曾更为清晰地描绘过那时日本的鲁迅研究场域。例如，尾崎文昭曾在《战后的鲁迅研究》一文中更为清晰地描绘了战后鲁迅研究的场域。在他的叙述中，日本的鲁迅研究者主要是东京大学中国文学研究科的青

---

① 大江健三郎：《参与世界文学之一环的亚洲文学》，大江健三郎：《燃烧的绿树》，郑民钦译，河北教育出版社2001年版，第2—3页。
② 藤井省三：『東京外語支那語部：交流と侵略のはざまで』，朝日選書，1992年，第80頁。
③ 藤井省三：『東京外語支那語部：交流と侵略のはざまで』，第84頁。

年学生所组成的"鲁迅研究会",东京都立大学学生组成的"中国文学会",京都大学相浦杲、伊藤正文、吉田富夫、山田敬三、中岛长文等组成的文学小团体,以及阿部兼也、山田敬三、片山智行、丸尾常喜等战后七八十年代涌现的第二代研究者。① 不过,正如尾崎自己所说的那样,东京大学的"鲁迅研究会"是要跟竹内好的鲁迅形象对抗的,尾崎文昭的"战后鲁迅研究"史基本上以东京大学、东京都立大学和京都大学3个主要学院为主。

在日本的帝国大学体系外,还存在着广阔的鲁迅研究空间。例如,藤井省三就曾通过东京外国语大学这样一个特殊的场域关注过"中国语教科书与中国语教室里的鲁迅文学"。毕业于东京外国语大学的日本文求堂的老板田中庆太郎曾出版过作为中级教科书的《鲁迅创作选集》,这比竹内好1934年才成立的中国文学研究会要早。而最初在日本课堂上使用鲁迅作品作为教材的是东京外国语学校支那语部1924年的毕业生武田武雄,他曾于1928年在横滨高等商业学校三年级中国语班的课堂上使用过鲁迅的《阿Q正传》,这比京都帝国大学教授仓石武四郎在课堂上讲授鲁迅的《故乡》要早两年。② 上面所提到的,战后被遗忘的青木书店出版的《鲁迅选集》的译者小田岳夫和田中清一郎都是东京外国语大学的毕业生,小田岳夫不仅是译者,还是《鲁迅传》的作者,是一位出色的鲁迅研究者。在这种日本战后以帝国大学为中心的高度学院化的历史叙述中,明治后便从主流的汉学研究中被分化出去的汉语教学与研究这一支不受重视是很自然的事情。毕业于东京外国语学校的小田岳夫尚且没有受到重视,那么尽管被大江健三郎誉为"日本唯一能够在文学和人品上接近鲁迅的作家"中野重治,由于其是一名作家,亦自谦为一名普通读者,"不是从事鲁迅研究的人",而只是以鲁迅研究的外行人身份来阅读鲁迅,在这种情况下被人彻底遗忘是再正常不过的事情了。③ 不过,李冬木曾经指出,"在这个世界上还不曾有鲁迅传的时候,中野重治就写了《鲁迅传》(1939),虽然还只是篇呼吁鲁迅传应该在日本被写出来的随笔而不是鲁迅传本身,但自小田岳夫的《鲁迅

---

① 尾崎文昭、薛羽:《战后日本鲁迅研究——尾崎文昭教授访谈录》,《现代中文学刊》2011年第3期。
② 藤井省三:『東京外語支那語部:交流と侵略のはざまで』,朝日选书,1992年。
③ 大江健三郎:《参与世界文学之一环的亚洲文学》,大江健三郎:《燃烧的绿树》,郑民钦译,河北教育出版社2001年版,第3页。中野自谦的话见中野重治:『鲁迅研究杂感』,『中野重治全集』第20卷,筑摩书房,1997年,第664頁。

传》(1941) 起，日本的鲁迅传和传记文学却都是在这个随笔之后出现的"。① 同时，李冬木还曾指出中野重治的《鲁迅传》对竹内好《鲁迅》的重要影响。丸山升也曾在他的《日本的鲁迅研究》一文中高度赞扬过中野重治的鲁迅论。②

二、竹内好之外

尾崎文昭所描述的"战后鲁迅研究"是以东京大学、东京都立大学和京都大学3个主要学院为主的，所谓战后鲁迅研究的范式，不管是跟随也好，对抗也罢，在很大程度上是竹内好所定下的基调。

中国对日本鲁迅研究的认识也基本与日本保持一致。日本的鲁迅研究最先被介绍到中国且影响深远的莫过于竹内好的鲁迅研究了。"竹内鲁迅"大约是1986年被翻译介绍到中国的。20世纪80年代中后期，"竹内好的名字很快就最早出现在北京大学钱理群等一些人的论文里"。③"以竹内为代表的那种以'学习中国'为基础的战后日本思想史，似以'文化大革命'的结束而告终，然而它对中国的影响却还未开始。④总之，在现有鲁迅在日译介的叙述中，"竹内鲁迅"成为一个绝对绕不过去的话题。

竹内鲁迅成为绕不过去的话题同时也意味着这一绝对话题对于鲁迅在日译介其他面向的遮蔽。例如，在目前的鲁迅在日接受史中，谈得更多的是《阿Q正传》《朝花夕拾》《野草》《故事新编》等鲁迅文学创作在日本的接受情况。这与"竹内鲁迅"在译介鲁迅的历史中占主流且日益经典化的历史也有关系。例如，1953年竹内好在筑摩书房出版的《鲁迅作品集》中收录了《野草》《呐喊　彷徨》《朝花夕拾》和《故事新编》。1955年出版的《鲁迅作品集续》依然延续第一辑的基本框架，继续收录补充《野草》《呐喊　彷徨》《朝花夕拾》和《故事新编》中的各篇。1955年，岩波文库又出版了竹内好所译的《野草》和《阿Q正传　狂人日记》以及松

---

① 李冬木：《"竹内鲁迅"三题》，《读书》2006年第4期。
② 丸山昇：『日本における魯迅』，伊藤虎丸编：『近代文学における中国と日本：共同研究・日中文学交流史』，汲古書院，1986年，第432頁。
③ 伊藤虎丸：《鲁迅与终末论：近代现实主义的成立》，李冬木译，生活・读书・新知三联书店2008年版，第388页。
④ 伊藤虎丸：《鲁迅与终末论：近代现实主义的成立》，第387页。

枝茂夫所译的《朝花夕拾》。在1956年岩波书店出版的12卷《鲁迅选集》中,第一卷收录了《呐喊》和《野草》,第二卷收录了《彷徨》和《朝花夕拾》,第三卷收录了《故事新编》和《两地书》,以上3卷皆由竹内好翻译。1956年新潮社出版的《现代世界文学全集》第42卷为中国现代作家的作品,除了茅盾、丁玲、赵树理、郭沫若的少数作品外,大部分为竹内好所译的《呐喊》《彷徨》《朝花夕拾》和《故事新编》中的作品。1958年筑摩书房出版的《世界文学大系》第62卷都是鲁迅的作品,收录了竹内好所译的《呐喊》《彷徨》《朝花夕拾》《故事新编》和《野草》中的作品。这种情况基本延续到20世纪六七十年代。1962年筑摩书房的《世界名作全集》第33卷、1966年筑摩书房重版的《鲁迅作品集》、1968年筑摩书房出版的《世界文学全集》第54卷、1969年河出书房新社出版的《世界文学全集彩色版》第35卷、1974年筑摩书房出版的《筑摩世界文学大系》第78卷等所收录的鲁迅作品基本上都局限于竹内好所译的《呐喊》《彷徨》《朝花夕拾》《故事新编》和《野草》中的作品。

但竹内好并非日本鲁迅研究和译介的全部历史。1956年岩波书店出版的《鲁迅选集》中曾收有特殊的一卷:《鲁迅选集 别卷 鲁迅介绍》。该卷除了收录竹内好的《历史中的鲁迅》(『歴史における魯迅』)外,另收有中野重治的《某个侧面》(『ある側面』),山本健吉的《鲁迅的作品》(『魯迅の作品』),小川环树的《鲁迅的古典研究》(『魯迅の古典研究』),小野忠重的《鲁迅与版画》(『魯迅と版画』),佐藤春夫的《译鲁迅的〈故乡〉与〈孤独者〉时的事情》(『魯迅の「故郷」や「孤独者」を訳したころ』),佐佐木基一等人的《鲁迅的思想和文学》(『魯迅の思想と文学』),冈崎俊夫、今村与志雄及小野忍等人的《鲁迅评价的变迁》(『魯迅評価の変遷』),这一卷甚至还收录了郭沫若的《鲁迅礼赞》(『魯迅礼讃』)及岩波书店《鲁迅选集》编辑部对许广平的访谈内容《围绕在许广平周围》(『許広平氏を囲んで』)。中野重治是日本无产阶级文学家。冈崎俊夫作为"中国文学研究会"的成员也翻译了大量丁玲、赵树理和郭沫若的作品,对中国的人民文学颇感兴趣。佐佐木基一战前曾是《现代文学》杂志的同人,战后致力于卢卡奇研究和前卫艺术运动。小野忠重则是日本的版画家。从这些参与者的背景和他们各自的选题来看,1956年的《鲁迅选集》尚有打开众多不同研究路径的可能性。但是到1964年这套《鲁迅选集》再版时,这一卷别卷却不知所终了。现今的日本鲁迅研究也很少谈到当时面貌纷繁的鲁迅研究实态。

长久以来，我们都在竹内好将中国作为反思日本现代性的思想中理解他的鲁迅翻译。但将中国看作日本"优等生"的反面这种想法在日本战后并非竹内好所独有的，日本共产党、新日本文学同仁等很多日本作家与文学团体也曾将中国、中国文艺界以及中国共产党看作一种思想资源。他们心目中的鲁迅形象又是什么样的呢？可以确定的是，正如竹内好的鲁迅研究是针对东京大学的"汉学"、京都大学的"支那学"以及日本普罗科学研究所三方面的共同批判一样，在广义的日本战后思想的内部也有着互相竞争甚至相对的不同话语。① 丸山升曾注意到1953年竹内好的译著成为畅销书之前的日本鲁迅作品翻译是存在一个空白期的，即因美军占领日本而中断的。② 日本的东西出版社于1946年10月出版了增田涉所译的《鲁迅作品集》第一卷《阿Q正传》，内收《孔乙己》《阿Q正传》《眉间尺》《藤野先生》等篇目。1947年1月，东西出版社又出版了松枝茂夫所译的《鲁迅作品集》第二卷《朝花夕拾》。据说原有第三卷的出版计划将出版鹿地亘所译的《随笔集》，但该出版计划最终并未能够实现。③

　　鹿地亘原名濑口贡，1903年5月1日出生于日本国大分县，毕业于东京帝国大学国文学科，曾作为东京大学"新人会"成员与作家中野重治等一起举办"马克思主义艺术研究会"，投身日本的无产阶级文学运动。鹿地亘1932年1月加入日本共产党，1933年成为无产阶级作家联盟成员，后成为日本无产阶级作家联盟负责人之一，担任"日本无产阶级作家同盟"最后一任总书记。九一八事变后，鹿地亘发表了许多反战言论，因而受到日本军国主义者的迫害，1934年被捕下狱，1935年10月由"法庭转向"，获保释之后混进剧团，1936年1月下旬秘密来到上海，通过内山书店结识鲁迅，在日本的《文艺》期刊上发表与鲁迅的见面会谈《与鲁迅交谈》，成为除增田涉外另一个直接受教于鲁迅的日本弟子。④ 鹿地亘还在胡风协助下为日本国内翻译鲁迅作品。鲁迅逝世后，鹿地亘与胡风曾一同参加了日本改造社《大鲁迅全集》的编译工作。鹿地亘参加了第二卷中《野草》部分、第三卷《随

---

① 丸山昇：『日本における魯迅』，伊藤虎丸编：『近代文学における中国と日本：共同研究・日中文学交流史』，汲古書院，1986年，第442页。
② 丸山升：《鲁迅・革命・历史：丸山升现代中国文学论集》，王俊文译，北京大学出版社2005年版，第357页。
③ 丸山升：《鲁迅・革命・历史：丸山升现代中国文学论集》，第345页。
④ 鹿地亘：『魯迅と語る』，『文芸』1936年第4卷第5号。

笔·杂感（一）》、第四卷《随笔·杂感（二）》和第七卷《传记》部分的编译工作。①据丸山升介绍，这部传记虽晚于增田涉的《鲁迅传》，但早于小田岳夫的《鲁迅传》，并在全面论及鲁迅生平这一点上较增田所写的更加出色，客观来看这是一个不可否认的事实。②1938 年第二次国共合作期间，鹿地亘曾受中国国民政府的聘请，作为顾问参加军事委员会政治部第三厅的对敌宣传工作，对日本战俘进行反战教育和训练。他还组织了"反战同盟工作队"，亲自率领工作队赶赴前线，对日军开展宣传工作。楼适夷曾写作《欢迎我们的日本友人》《日本反战作家鹿地亘》等文章予以介绍。③鹿地亘在介绍、翻译和研究鲁迅方面作出了重要的贡献。

鹿地亘于 1946 年 5 月返回日本，专心从事中国现代文学作品的研究和翻译，持续发表了一些关于鲁迅的文章，其中包括其 1948 年的专著《鲁迅评传》。不过，1951 年 11 月鹿地亘忽然被驻日美军"卡农机关"（The Canon Unit）绑架，直到 1952 年 12 月才被释放。美军要求鹿地亘"站在美军的立场上，和美军一起"从事美军的宣传活动，但遭到鹿地亘的严词拒绝。鹿地亘后来还曾作为苏联的间谍被起诉，被迫进行长期的法庭斗争，直到 1969 年才被宣判为无罪。在此期间，他渐渐脱离了中国文学的研究工作，转而回忆自己在中国所从事的反战活动。④战后不久，盟军最高司令官总司令部（GHQ/SCAP）参谋第 2 部（G2）所领导的民间检阅支队（Civil Censorship Detachment）开始对日本国内所有的期刊、书籍、电影等展开非公开的审查。据仓重拓的研究，美国马里兰大学图书馆的"普兰格文库"（Gordon W. Prange Collection）收藏了最综合的美国占领时期的日本文献，其中包括至少 6 部鹿地亘的作品。仓重认为，很有可能鹿地亘与中国的特殊关系已经被美军当局所关注，从而影响到鹿地亘原有的与鲁迅相关的出版计划。不管怎么样，"1951 年底至 1952 年底鹿地亘被驻日美军监禁，释放之后也无法专心从事中国文学研究，反而竹内好在日本获得独立之后恰当地抓住时机，并成为鲁迅作品日文翻

---

① 仓重拓：《论中国左翼文学中"转变"问题——以日本"转向"为参照》，清华大学博士论文，2019 年，未刊。
② 丸山昇：『魯迅・文学・歴史』，汲古書院，2004 年，第 228 頁。
③ 李秀卿：《革命文艺的拓荒者楼适夷》，四川大学出版社 2012 年版，第 227 页。另见仓重拓未刊博士论文。
④ 仓重拓：《论中国左翼文学中"转变"问题——以日本"转向"为参照》，清华大学博士论文，2019 年，未刊。

译的第一人"①。鹿地亘除了与鲁迅关系密切外,还与中国现代作家萧军、胡风、冯雪峰以及现代版画家黄新波等有所交往,因此尽管正如仓重拓所指出的那样,叛变祖国而出逃的鹿地亘与鲁迅之间的关系是颇为敏感的话题,他们的交谈曾涉及中日现代历史上相当敏感的"转向"问题,鹿地亘与鲁迅的相关研究仍将是非常有意义的研究,目前在日本及中国的鲁迅研究中也鲜有见到对鹿地亘的关注。在这种情况下,很自然地,同样是与竹内好处于不同战后脉络中的且与鹿地亘有关的日本无产阶级作家对鲁迅的阅读和思考也很少被提及。其中,很重要的便是鹿地亘到上海后依然与之保持书信联系的日本作家中野重治。总之,这一脉的日本鲁迅接受长期以来多少都有点被"竹内鲁迅"所遮蔽。

三、超越早期鲁迅

1953 年,除了《阿Q正传》,日本的鸠书房还出版过一册瞿秋白编选的《鲁迅杂感选集》和鹿地亘所译的冯雪峰的《鲁迅回想》。1953 年、1954 年青木书店出版的五卷本《鲁迅选集》第一、二卷小说创作部分的译者则是小田岳夫和田中清一郎,另外几卷皆为《杂感集》。青木书店的前身是创始于 1916 年的白扬社。白扬社以出版历史研究与社会研究方面的书籍为主要经营项目,是一家倾向于社会改革的出版社,曾创办杂志《白扬》(1921—1962)和《历史科学》,《历史科学》自 1932 年至 1936 年 12 月,共出版 51 辑,后又出版杂志《历史》。白扬社昭和时期的社长是中村德次郎。二战期间改名为青木书店。②而鸠书房是活跃于战后 1951—1954 年期间的出版社,创始人是江崎诚致。江崎中学时代就爱读千田是也和中野重治等日本无产阶级文学运动中左翼作家的作品。中学毕业后,江崎加入小山书店,从事出版业。太平洋战争爆发后江崎曾应征入伍,1946 年复员后,他一边继续从事出版业,创立了冬芽书房,一边致力于为共产党的活动筹资。冬芽书房后独立出来一部分,称为鸠书房。1951—1953 年,鸠书房所编译出版的其他与中国相关的书籍有:丁玲的《太阳照在桑干河上》(1951)、由鹿地亘翻译的《毛

---

① 仓重拓:《论中国左翼文学中"转变"问题——以日本"转向"为参照》,清华大学博士论文,2019 年,未刊。
② 藤田梨那:《郭沫若与日本杂志的关连》,《郭沫若学刊》2011 年第 1 期。

泽东文艺座谈会上的讲话》(1952)、赵树理的《李家庄的变迁》(1951)、周立波的《暴风骤雨》(1951)、鸠书房编辑部编译的《新中国的基础知识》(1952)、徐光耀的《平原烈火》(1952)、《中国新文学入门》(1952)、《中国解放诗集》(1953)、《毛泽东思想和创作方法:"延安文艺座谈会上的讲话"发表十周年纪念论文集》(1953)、牧浩平的《朝鲜战线》(1953)、尾崎庄太郎的《学习的理论和实际:向中国经验学习》(1953)、谢尔盖·米哈伊洛维奇·特列季亚科夫的《暴风雨中的青春:某个中国青年的自传》(1953)以及《宋庆龄选集:为了新中国的战斗》、史沫特莱的《中国红军在前进》等30多册。这些书籍明显与中国共产主义运动有关。

鸠书房所翻译出版的《鲁迅杂感选集》和《鲁迅回想》曾经让中野重治非常欣喜,顿感鲁迅在日翻译工作的进步。他也曾认真阅读译文并写下修正意见。他说,《鲁迅杂感选集》1933年在中国出版之后,不少日本人没有读到这本书,"武田泰淳、竹内好、增田涉这些人或许读到了,在学院里从事研究的人或许也读到了。尾崎秀实等人可能也读到了,但我们没有读到"。[1]在中野看来,鸠书房在战后翻译出版该书正是将鲁迅和中国的历史与思想惠及普通人的做法。因此,中野重治认为,即便日本的读者读到该书是在20年之后,即便译文不算十分出色,即便流传不是很广,中国文学专家,还有民主文学运动的积极分子们都应该承认该译本的重要意义,并更好地宣传该译本,批评该译本,以图今后的改善。但可惜的是,中野重治遗憾地发现,该译本并未得到足够的重视和批评。[2]在他看来,不管《鲁迅杂感选集》及瞿秋白的序文在中国是如何被阅读和对待的,在日本它们没有被研究者所重视,没有成为日本自身的研究问题,这无论如何都是一种不足与遗憾。[3]中野重治的一篇题为《鲁迅研究杂感》的杂文仅从题目看起来便清楚地显示出其向鲁迅所写作的"杂感"以及瞿秋白所编辑的《鲁迅杂感选集》"致敬"的意思。

在他的鲁迅论中,中野重治尤其关注1926年之后的鲁迅及其杂文。让中野重治关心1926年后的鲁迅的正是其对鲁迅个体生命所作的高度历史化的认识。尾崎

---

[1] 中野重治:『魯迅研究雑感』,『中野重治全集』第20卷,筑摩書房,1997年,第669頁。
[2] 中野重治:『魯迅研究雑感』,『中野重治全集』第20卷,第669頁。
[3] 中野重治:『魯迅研究雑感』,『中野重治全集』第20卷,第670頁。

文昭曾清楚地指出，日本鲁迅研究比较缺乏对20世纪30年代的鲁迅以及作为杂文家的鲁迅的分析。因为日本鲁迅研究的出发点是竹内好的《鲁迅》。竹内好主要关注的是北京时期鲁迅的思想，认为鲁迅思想的根子在这里，虽然晚年的竹内好翻译了鲁迅的杂文，但是没有写多少评论。后来的学者对抗也好，超越也好，补充也好，都是跟着竹内好走的，也主要是研究日本时期和北京时期的鲁迅，由于受到竹内好关注的制约，除了丸山升以外，大多没有走到上海时期。① 例如，尾崎文昭曾指出，如果按照木山英雄、丸尾常喜所分析的鲁迅思想进程，"说到《写在〈坟〉后面》，就可以了，30年代的鲁迅已经在这个逻辑里说明了。虽然不谈30年代，几乎就跟谈了一样"，在他们看来，30年代，鲁迅的精神上没有崩溃，没有精神危机和变化，所以不必多谈了。② 然而，正是出于对中国历史的关注，对所处历史和环境的关注，中野重治成为和丸山升一样少数几个"走到了30年代"的鲁迅研究者。中野重治关注的恰恰是鲁迅生命的最后10年。

但是，正如我们所看到的那样，进入20世纪60年代以后，被日本各个出版社和各类丛书反复出版和重印的鲁迅作品主要是竹内好所编译的《呐喊》《彷徨》《朝花夕拾》等。这种情况直到70年代后期才有所改观。在伊藤虎丸看来，竹内鲁迅在日本二战之后思想史中的终结与"文化大革命"的结束有关。但若通过战后文集和选集的出版来检视的话，竹内鲁迅的结束，大约与新一代鲁迅研究的崛起有着密切的关系。随着日本新一代鲁迅研究和中国文学研究者的出现，鲁迅的译介工作中出现了片山智行、横田瑞穗、驹田信、丸山升、伊藤虎丸、松井博光、竹内实、中岛长文、尾崎文昭等一大批年轻的新面孔和新的思考。

四、作为出发点的反思

近年来中国学界开始对日本的鲁迅研究重新进行批判性的阅读。高远东就曾对竹内好所论述的东方现代性与欧洲现代性的根本关系以及其所提出的"回心"到底

---

① 尾崎文昭、薛羽：《战后日本鲁迅研究——尾崎文昭教授访谈录》，《现代中文学刊》2011年第3期。
② 尾崎文昭、薛羽：《战后日本鲁迅研究——尾崎文昭教授访谈录》，《现代中文学刊》2011年第3期。

多大程度上是对鲁迅真实情况的描述提出过疑问。① 董炳月在《竹内好的"现代"话语——从子安宣邦〈何谓"现代的超克"〉讲起》和《"内在现代性"与相关问题——论竹内好对〈倪焕之〉的翻译与解读》两文中提出了更直接的批评。竹内好思考的是为何日本确实走上了西方现代化的道路而中国却在一开始就对此产生了怀疑,并最后走上了一条不同的"内在"或"内发"现代性的道路。对此,董炳月认为鲁迅作为现代中国的启蒙思想家,更多地受到西方思想的影响,鲁迅所"抵抗"的不是"现代"而是"传统",曾对他晚年文艺思想产生重大影响的马列主义文艺理论同样来自西方。并且,在竹内好的鲁迅论中"鲁迅仅仅是在形式上、比喻性地成为'线索',鲁迅的思想本质、文化观念并未被涉及"。② 沟口雄三也曾批评竹内好,认为他"把追随西欧的条件的'无'看作一种'欠缺'或'虚无空白',并把'无'看作'转化'的动力",但是这样的解读"使我们从一开始就远离了另一种认识的可能性",使得"我们一直把重点放在了断绝而不是继承上"。③ 与竹内好强调断绝不同,沟口雄三强调的是这种被竹内好认为是"欠缺"的"无"其实并不是真正的欠缺,因为"中国的近代原先就是以自身的前近代为母胎的,因此在其内部继承了中国前近代的历史特性"。④ 他认为,"正如日本将欧洲近代思想巧妙地吸收进了日本前近代以来的思想构造中,实现了日本独特的自我革新一样,中国也是在其前近代以来的思想构造中逐渐接受欧洲,实现了中国独特的自我变革"。⑤

上述这些研究都触及鲁迅研究的一个核心问题,即鲁迅的抵抗到底是不是像竹内好所说的那样是"东洋的抵抗"。但是,像沟口那样强调中国"内在现代性"的逻辑也有其局限性,它依然是一种强调与西方普遍现代性对立的二元逻辑,它从本质上并没有否认西方普遍性在"起源"上的胜利;相反,它仅仅把这种普遍性的缺失当成是"东洋现代性"的胜利,而自居于"反应"的后发位置,并继续在两极对

---

① 高远东:《"现代"如何"拿来"——以中国文学现代性的确立途径为讨论中心》,《鲁迅研究月刊》2000 年第 7 期。
② 董炳月:《竹内好的"现代"话语——从子安宣邦〈何谓"现代的超克"〉讲起》,《文艺研究》2017 年第 8 期。
③ 沟口雄三:《作为方法的中国》,孙军悦译,生活·读书·新知三联书店 2011 年版,第 11 页。
④ 沟口雄三:《作为方法的中国》,第 15 页。
⑤ 沟口雄三:《作为方法的中国》,第 24 页。

抗的思维中考虑东西方关系和中日关系。这种近乎文化本质主义的中西对立思维会妨碍我们认识到历史的复杂性，以及在很大程度上，所谓东洋的、本土的传统和与其相对的看起来是普遍主义的西方知识其实都只不过是历史中相互影响的结果这一事实。因而，竹内好的鲁迅论的意义或许在于它为我们提供了这样一个等待超越和反思的起点，等待我们进一步探讨如何突破普遍西方现代性及其对它的反抗的东洋现代性的二元对立、突破代表了西方现代性的日本与所谓的内发的中国现代性之间的对立。

尽管丸山升也曾高度赞扬过中野重治的鲁迅论，但对中野重治晚年的政治行动有所批评的丸山升在阅读其鲁迅论时心情大约也会有所矛盾。① 以丸山升为代表的东京大学"鲁迅研究会"所从事的是"历史主义"的工作，"就是要展开认真的阅读。每周，后来是每个月开会，精读鲁迅。一篇文章，一句话一句话来阅读。不明白的词语，不清楚的社会背景，一个一个查清楚"。② 丸山升自己也谈到过，他认为思考鲁迅内心世界的问题时，不应只依赖自身问题意识的感应，而必须将鲁迅重新置于当时的历史，从中考察他精神运动的方式。一言以蔽之，"不论对鲁迅还是中国，都不要急于探求普遍性的东西，而应以更客观化、相对化的方式，在与具体时代和状况的关联中加以思考，普遍性的东西自然会在其中清楚地现形的"。③ 丸山升的这一番话恰恰与中野重治对日本的鲁迅研究的期待以及其自身的鲁迅论实践的理念相左。中野重治曾谈到自己对日本鲁迅研究的理解，"我强烈地认为，日本或日本人在鲁迅研究这件事上，有着与苏联等其他国家不同，也与中国自身不同的特殊条件"，也即"日本可以提出中国的研究、苏联等其他国家的研究所不及的内容。这或许也是日本的中国文学研究者、鲁迅研究者所肩负的特别的义务"。④ 正如下文将要揭示的那样，中野重治确实是在中日两国的具体历史中，以及在日本自身的历史中来阅读和思考鲁迅的。

中野重治表面上看似与竹内好一样在中日两国关系中对鲁迅进行认识和解读，

---

① 丸山昇：『日本における魯迅』，伊藤虎丸编：『近代文学における中国と日本：共同研究・日中文学交流史』，汲古書院，1986年，第432页。
② 尾崎文昭、薛羽：《战后日本鲁迅研究——尾崎文昭教授访谈录》，《现代中文学刊》2011年第3期。
③ 丸山升：《回想——中国，鲁迅五十年》，王俊文译，《鲁迅研究月刊》2007年第2期。
④ 中野重治：『魯迅研究雑感』，『中野重治全集』第20卷，筑摩書房，1997年，第672页。

实质上却有着与竹内好不同的问题意识。在与竹内好的鲁迅论差不多同一时期出现的中野重治的鲁迅论里，中野重治并未将鲁迅"作为方法"，也未将鲁迅树立为反思日本现代性的"他者"。相反，他从鲁迅最后10年的生命活动中获得了一种中日共同历史意识，从而在阅读鲁迅的过程中建构起中日历史间的"共通主体"，并在战后中日两国文学和文化交往中实践了这一理想。这是一种有别于中日对抗与对立的历史观，力图在中日战争爆发之前，通过构建中日历史的"共通主体"来参与历史事件。它超越了中国或日本的国别框架，力图在中日底层革命和经验中找到彼此沟通、重建历史并参与政治实践的可能。中野重治的"鲁迅论"因其紧贴历史而不同于竹内的抽象鲁迅论，也因为他直接进入中日两国的历史，而不同于丸山升等人通过鲁迅还原中国历史的做法，可以说是日本鲁迅研究中非常独特的一支。也正由于"共通主体"兼涉中日两国历史叙述，我们可以看到鲁迅文学之于日本无产阶级作家和文学的深刻影响，甚至可以看到鲁迅文学在战后中日两国实际历史交往中所持续发挥的能动作用。

鉴于日本鲁迅研究上述种种被遮蔽的现实——被"竹内鲁迅"所遮蔽、被日本帝国大学汉学传统的权威所遮蔽、被专业学院化的鲁迅研究所遮蔽、被由竹内鲁迅所设定的"30年代前鲁迅"的研究模式所遮蔽——本章以中野重治致萧军的信为切入口，重提中野重治的鲁迅论，并借此反思日本战后的鲁迅研究，也借此还原一个包含日本无产阶级鲁迅阅读史的、更丰富的鲁迅在日接受与研究的历史样貌。

第二节
中野重治的鲁迅论

1937年上半年改造社的《文艺》杂志策划了《中日文学者往复书简》（以下简称《往复书简》），计划分3次刊载萧军与中野重治、夏衍与久板荣二郎、丁玲与宫本百合子之间的文学通信，因为卢沟桥事变的爆发，《往复书简》只按计划进行了两次。[①] 作为《往复书简》的第一波，中野重治与萧军的公开通信刊登于1937年6月的《文艺》杂志。为萧军翻译并周旋此次《往复书简》的正是流亡到上海并担

---

① 太田哲男：『若き高杉一郎：改造社の時代』，未來社，2008年，第105—108頁。

任改造社《大鲁迅全集》翻译的日本作家鹿地亘。在这封致萧军的公开信中，中野重治首次公开谈及了鲁迅及其作品，此时正值鲁迅逝世后不久、改造社《大鲁迅全集》出版之际，中野重治直接且受惠于鹿地亘所编译的《大鲁迅全集》中的杂文卷。不久前的 1937 年 1 月，中野重治在《作家俱乐部》(『作家クラブ』)上发表了《鲁迅二题》，他在同时期的《报知新闻》上发表的《一分为二的中国及其他》里也谈到了鲁迅，它们与《文艺》上的致萧军的信一起构成了中野重治 "鲁迅论" 的开端。从 1937 年 1 月的《鲁迅二题》到 1971 年的《想知道的事》，中野重治共写了 14 篇相关的鲁迅论文章。

在给中野重治的信中，萧军谈论到小田岳夫的《最近支那艺术界的报告》、鲁迅的创作、中国文坛可悲的现象、纪德的《访苏归来》、战斗的 "韧性"、对日本小说的印象、中国文学评论家的匮乏、中国期刊粗制滥造而作家生计艰难的处境、《鲁迅全集》的出版情况、对日本使用 "支那" 一词的不满以及自己的艺术鉴赏标准。[①] 中野重治则在回信中谈道：自己的父亲曾作为一等炮兵参加过甲午战争、鲁迅所写到过的 "藤野先生" 尚健在、日本的邮政审查制度、日本大众的文学和其对立者的文学之间正在以前所未有之势分道扬镳、日本文艺界盛行的 "新日本主义" 口号、借爱国主义之名的民族主义以及与此相对的日本民众正在追求真相的事实，他还谈到想读一读描写中国游击战的作品。[②] 在中日战争即将爆发的特殊时刻，通过这封看似日常、无关痛痒、漫谈式的公开信，中日两国作家开始了不同寻常的交往。

中野重治是日本著名的无产阶级文学运动领导人和作家，1902 年出生于日本本州岛中部福井县坂井郡一个殷实的小地主家庭，1919 年考入金泽市第四高等学校文科乙类，中野重治高中时就开始写作和歌、诗和小说，早早地显露出文学天分。1924 年，中野重治考入东京帝国大学德文系，1925 年与同学一起创办了同人文学杂志《裸像》，发表自己的诗歌，初期诗歌主要以 "感叹青春的流逝和失恋的

---

① 萧军：《致中野重治》，《萧军全集》第 17 卷，华夏出版社 2008 年版，第 214—221 页。
② 中野重治：『蕭軍へ』，『中野重治全集』第 11 卷，筑摩书房，1997 年，第 93—101 页。萧军无法直接用日语写作，他与不会中文口语的鹿地亘的笔谈、信件也由鹿地亘翻译，因此从信的质量上来看，中野重治表达的内容更为集中，也更具整体性和连贯性，形式上更接近于完整的文学评论。

哀伤"为主题,沉湎于"苦闷的象征"般的情绪里。1925年夏天,中野重治经日本作家林房雄介绍加入东京帝国大学左翼学生组织新人会,随后开始接触马克思主义和工人运动,曾受新人会派遣到印刷厂鼓动工人罢工。1926年2月,中野重治与鹿地亘共同组织马克思主义文艺研究会,并参与创办同人文学杂志《驴马》。中野不仅在《驴马》上发表诗作和海涅书简的翻译,还发表了4篇评论。这时期中野的诗歌观和文学观发生了巨大变化,他也开始在日本无产阶级文学刊物《文艺战线》上发表译作,并担任日本普罗列塔利亚文艺联盟中央委员会委员。此后,他的评论和写作比以往更为激进,受福本主义理论的影响,中野重治试图在文学阶级性、政治性的言辞中重建自身的主体。随着无产阶级政党势力的急剧扩大,日本政府援引《治安维持法》对处于地下状态的共产党组织成员进行大搜捕,1928年中野重治曾两次被拘捕。1930年5月,他第三次被捕,未能像之前两次那般得到迅速释放,而是被关进了监狱,直到当年12月才被保释出狱。出狱后的第二年8月,中野重治加入了日本共产党,由于政治斗争的空前激烈,1932年5月中野被取消了保释,再次被捕入狱。经过近两年的关押和多次审讯,中野重治于1934年3月被判处4年徒刑。在这段时间,中野在狱中身心几度处于衰弱的状态,1934年5月身染肺病的中野被迫承认自己的共产党员身份,并承诺不再参与共产主义运动,"转向"出狱。①

在鹿地亘的周旋下,与中野重治公开通信前,萧军就对中野重治有所了解。早在20世纪30年代,中野重治的作品就被译介到中国。1934年4月,上海现代书局曾出版过尹庚所译的《中野重治集》,收录了《老铁的话》《初春的风》《看樱花送报的人》《年轻的人》《砂糖的故事》5篇小说。萧军就阅读过这本集子并向鲁迅询问其人其作。据萧军回忆,"到了上海以后,偶然读到日本当时左翼作家中野重治的一本短篇小说集,中文译本名叫《初春的风》。其间有几篇写得很动人",萧军因而还想读一读这位作家的其他作品,便写信询问鲁迅。②而鲁迅自身对中野重治也并不陌生。据说在鲁迅的外文藏书里就藏有中野从德文转译的《列宁致高尔基的

---

① 对于中野重治的生平介绍均参考王中忱:《遍体鳞伤的经验与血肉丰满的思想——重读作为马克思主义作家的中野重治》,《世界文学》2017年第1期。
② 萧军:《鲁迅给萧军萧红信简注释录》,金城出版社、西苑出版社2011年版,第44页。

信》，且收藏了东京丛文阁和岩波书店分别在1927年、1935年刊行的两种版本。①鲁迅在1934年11月17日给萧军及萧红的回信中告诉他们，"中野重治的作品，除那一本外，中国没有"。除此之外，鲁迅还提到了中野重治的转向，告诉他们，日本的左翼作家中现在没有转向的就只有藏原惟人和宫本百合子了。②鲁迅对中野重治的转向给予了宽容和理解，他告诉萧军及萧红"事情是要比较而论的，他们那边的压迫法，真也有组织，无微不至，他们是德国式的，精密，周到，中国倘一仿用，那就又是一个情形了"③。刘柏青曾称，鲁迅的这些话不仅对中国的左翼文艺队伍来说，即便是对日本的左翼文艺队伍而言也是非常深刻，切中要害的。④事实上，1932年日本政府对无产阶级文化运动的镇压真如鲁迅所言是有组织的。同一时期有400多名作家和艺术家被捕或被起诉，其中包括藏原惟人、宫本显治、宫本百合子、秋田雨雀、鹿地亘等和中野重治这样的无产阶级作家联盟的重要成员。以此为开端，陆续被捕的左翼人士竟多达1700多人。⑤鲁迅说这番话的时候，迫于严重的肺病从而转向的中野重治刚出狱约半年。⑥只是，与萧军通信的中野重治并不了解这些，否则他一定会从鲁迅对年轻作家的谈话中获得某种精神上的安慰。

张杰在其著作《鲁迅：域外的接近与接受》中曾集中谈论过日本转向作家对鲁迅的阅读。例如，1931年4月发表转向声明后出狱的林房雄就曾用鲁迅的《故乡》来为自己的转向辩解。他在鲁迅用文学拯救国民精神的思想中找到自己在转向后"献身于文学"的思想资源。⑦日本文艺评论家、社会活动家龟井胜一郎也曾在转向后的迷茫期集中阅读过鲁迅的作品，强调鲁迅在思想转变的时候在实践方面的努力。⑧仓重拓也在其论文《试论鲁迅对"转向"的看法——以日本友人访谈录中的相关记载为主》一文中谈到原胜在《紧邻鲁迅先生》、鹿地亘在《与鲁迅交谈》

---

① 王中忱：《日本作家中野重治小辑》，《世界文学》2017年第1期。
② 萧军：《鲁迅给萧军萧红信简注释录》，金城出版社、西苑出版社2011年版，第43页。
③ 萧军：《鲁迅给萧军萧红信简注释录》，第43页。
④ 刘柏青：《鲁迅与日本文学》，吉林大学出版社1985年版，第179页。
⑤ 张杰：《鲁迅：域外的接近与接受》，福建教育出版社2001年版，第243页。
⑥ 中野重治于1934年5月26日转向出狱。松下裕：『評伝中野重治』，筑摩书房，1998年，第148页。
⑦ 张杰：《鲁迅：域外的接近与接受》，第249页。
⑧ 张杰：《鲁迅：域外的接近与接受》，第251页。

以及竹内好在《文化移入的方法（日本文学与中国文学二）：以鲁迅为中心》中都曾谈到过与鲁迅曾就转向问题进行过交流。①目前，已经有研究注意到中野重治在1939年《鲁迅传》一文中对鲁迅的《无花的蔷薇》《死地》和《空谈》等文章所产生的强烈共鸣，从而指出鲁迅对转向后的中野重治在精神上所给予的鼓励。②不过，正如上面所提到的那样，中野重治在鲁迅生前并不知道鲁迅曾与萧军和萧红谈及自己的转向。③萧军虽然在致中野重治的信中提到自己曾向鲁迅写信请教中野重治的作品，不过并未谈到鲁迅曾言及转向一事。④中野在给萧军的信中对鲁迅的讨论，并非为了探听和讨论中国作家对转向的看法。

即便中野重治发表了脱离共产党的转向宣言而出狱，但这并不意味着无产阶级作家中野重治真的放弃了信仰。1935年，转向出狱后的中野重治写作了带有自传色彩的小说《乡村之家》，描写了青年大学生勉次因参与左翼文化运动被捕，"转向"出狱后回到家乡，与父亲及周遭环境关系紧张。正如小说中所描写的那样，中野重治肯定在转向后承受了来自家人的误解与压力，但是正如小说的结尾勉次仍决定要写下去所暗示的那样，转向以及转向后所承受的实际生活压力并未给中野重治带来严重的思想危机。在当时的日本，"转向"后的作家有的人真的跟随政府指令"转向"了右翼，有的则蜷缩到了所谓纯文学的象牙塔里，从根本上自我放弃了继续参与社会政治活动的资格。而中野重治并未被自己的监禁和转向所吓倒，早在前两次被捕后，中野就在诗歌中写道，"纵使可以剥夺我的自由／也不能剥夺把声音传给隔壁的墙的自由""这一坪空间的生活即从今天开始／在这一坪空间里我继续自己的工作""即从今日起／在这一坪的空间里／我要开始继续重要的工作"⑤。转向后，他则更加"固执地要用写作表示重回左翼文学队伍"的决心，在深受限制

---

① 仓重拓：《试论鲁迅对"转向"的看法——以日本友人访谈录中的相关记载为主》，《文学评论》2019年第2期。
② 竹内栄美子：『批評精神のかたち：中野重治・武田泰淳』，イー・ディー・アイ，2005年，第148頁。
③ 中野重治：『魯迅について』，『中野重治全集』第20卷，筑摩書房，1997年，第635頁。
④ 有研究推测，中野重治最早是从竹内好1948年所写的《鲁迅与文学》中才第一次得知此事。参见竹内栄美子：『批評精神のかたち：中野重治・武田泰淳』，イー・ディー・アイ，2005年，第143頁。
⑤ 中野重治：《即从今日开始》，王中忱译，《中野重治诗选》，《世界文学》2017年第1期。

的言论空间里，他仍通过评论文章表示"期待意识形态的批评"，呼吁批评家勇敢对时代的不安作出分析和回应。① 中野重治所坚持的写作也并非纯文学写作。据王中忱研究，转向出狱后的中野重治在希望重返左翼写作的同时文风也发生了变化。1935 年 7 月，中野重治把出狱后所写的评论和随笔结为一集出版，题名《议论与小品》，其中的议论文章已经不见早期评论那样的激进和犀利，而带有小品的韵味。与鲁迅自三一八惨案后基本放弃短篇小说创作而专注于杂文写作的经历相似，转向后的中野重治也从事了大量"杂文"和评论的写作。更为重要的是，在这些"议论与小品"中，其"展开论述的依据和前提，已不再是观念论的无产阶级及其政党，而是源自以马克思主义观点对日本社会和历史所作的实际考察和分析"。② 致萧军的这一封"既不像是信，也不像文章"的公开信可以说是其中的一例。因此，对于 1937 年的中野重治而言，鲁迅的意义尚不在于鲁迅如何看待转向，而在于其他与其一贯的无产阶级文学运动相关的、更为重要的方面。

第三节
"事件"的发现

1937 年，鲁迅对日本作家中野重治的意义和冲击正在于鲁迅的逝世。中野重治在致萧军的信中开篇就提到了鲁迅的逝世，说自己了解到藤野先生正是由于"鲁迅先生的逝世"。他这样写道："我想写的内容有很多。比如说，我的父亲在甲午战争时曾作为一等炮兵在战争中打过大炮。又比如说，鲁迅先生所写过的'藤野先生'现在还健在，就在我出生的村子附近居住，还有借着鲁迅先生的逝世我了解到了以前不曾知道的藤野先生的事情，还有其他更琐碎的事情都想一并写在这里。"③ 改造社的《文艺》杂志 1936 年 12 月曾刊出过一个"鲁迅追悼"的专辑，刊登了

---

① 王中忱：《遍体鳞伤的经验与血肉丰满的思想——重读作为马克思主义作家的中野重治》，《世界文学》2017 年第 1 期。
② 王中忱：《遍体鳞伤的经验与血肉丰满的思想——重读作为马克思主义作家的中野重治》，《世界文学》2017 年第 1 期。
③ 中野重治：『萧軍へ』，『中野重治全集』第 11 卷，筑摩书房，1997 年，第 93 页。

第七章
作为事件的鲁迅：中日共通主体的理想与实践

鲁迅自己的作品《死》及《中国文学的统一战线》。另外还有池田幸子的纪念文章《鲁迅最后的日子》。①池田幸子即与中野重治一直保持书信往来的鹿地亘的妻子。鹿地亘是鲁迅逝世前所访问的最后一位日本人。鲁迅逝世后，鹿地亘也因为当时与鲁迅的亲密交往而成为为鲁迅抬棺的唯一一个外国人。池田幸子的文章可以说是对鲁迅生前最后时光的第一手描述。无论是通过《文艺》抑或其他消息，抑或通过鹿地亘的书信，中野重治都十分了解鲁迅逝世的情况。中野重治1937年同一时期还发表了《一分为二的中国及其他》，文章原题为《一分为二的中国》《中日文学联系》以及《回忆逝世的鲁迅》，它们曾作为《文学者所关心的中国》的第四、五、六篇分3次连载于《报知新闻》。②可见，这一时期中野重治比一般日本人都更密切关注鲁迅的逝世，触动中野重治的正是鲁迅的逝世，并进而推动他在这一残酷的现实中思考中日文学关系。

那么，中野重治从鲁迅的逝世中所感悟到的又是什么呢？中野重治曾读过恩格斯为马克思的《法兰西内战》所写的序言，恩格斯称赞马克思的远见，说他能在转瞬即逝的历史片段中创造出具有预见性的无产阶级运动的理论。③中野重治曾在自己所撰写的《鲁迅传》中进一步将马克思关于巴黎公社的发言与鲁迅在三一八惨案后所写的一系列文章相提并论。④在日本学者林淑美看来，中野重治自身也具有恩格斯所说的能在"历史上大事件在我们眼前上演时，或者说在刚刚结束时，能够把握事件的性格、意义及必然的结果"这种特殊才能。⑤然而，林淑美并未明说中野重治为何将鲁迅在三一八惨案后的言论与马克思在巴黎公社起义后的发言相提并论，以及此时中野重治预见了什么，而只是从日本历史的角度推测，认为中野重治此时看到的正是日本二二六兵变后"军队对同胞民众投以武器虐杀的残暴和野蛮的行径"。⑥这方面对应的正是中国的三一八惨案。

---

① 参见《文艺》杂志1936年12月号。
② 中野重治：『解题』，『中野重治全集』第11卷，筑摩书房，1997年，第452页。后收入『愉快的杂谈』单行本时才改动了题目，全集也延续这一改动。
③ 中野重治：『批評家と作家とのあいだのギャップということ』，『中野重治全集』第11卷，筑摩书房，1997年，第484页。
④ 中野重治：『鲁迅伝』，『中野重治全集』第20卷，筑摩书房，1997年，第627页。
⑤ 林淑美：『批評の人間性：中野重治』，平凡社，2010年，第119页。
⑥ 林淑美：『批評の人間性：中野重治』，第118页。

林淑美的论述基于对日本历史内部的解读，不过，如果我们把中野重治对鲁迅的论述放入1937年的特殊历史时刻，或许会得到不同的提示。除了看到军队对同胞民众的虐杀外，中野重治将鲁迅和马克思的发言相提并论，由此提示的或许还是一种世界无产阶级革命的视野以及对历史过程中突发"事件"的警觉，他看到了一种重建中日联系的契机。在鲁迅写于三一八惨案之后的《无花的蔷薇之二》中，相比表面上成为事实的虐杀，中野重治看到的更是"这不是一件事的结束，是一件事的开头"的潜在意义。换而言之，中野重治的预见能力不仅仅是对单独的日本历史而言，通过鲁迅，中野重治所看到的无疑是中国自三一八惨案开始的一系列社会变动的开端以及由此可能发生的中日关系的变动，并认为这将是一种东亚史与世界史意义上的预言。

　　中野重治在1937年1月的《一分为二的中国及其他》一文的开篇提到他在东亚经济调查局所编译的《中国农家经济研究》一书中读到，"中国在过去十年间所经历的深刻变革使得欧洲与日本过去的中国研究的内容与对象都要随之发生显著的变化"，具体而言就是要将研究的视线从中国的上层转移到下层，关注中国农村的破产以及农民正在被苏维埃新的社会秩序所组织和动员起来这一事实。① 中野重治1937年所理解的10年大约便是从1927年开始的近10年，也即三一八惨案后、鲁迅和章士钊之间笔诛墨伐离开教育部和北京来到南方却又最终愤而离开厦门大学和中山大学、迁往上海直至去世的10年，是他在三一八惨案后写下《无花的蔷薇》《死地》和《空谈》等文章后的10年，也是山上正义所说的成为"反逆者"鲁迅的10年。据中野重治自己的描绘，这10年也正是红军撤离瑞金开始北上二万五千里长征、1936年共产党大部队到达陕西、随着日本侵略的加剧国共统一战线结成、"国民党对人民战线进行残暴镇压"、鲁迅与中国文艺家协会论争且身体逐渐崩溃直至最后去世的10年。② 通过鲁迅的逝世，中野重治得以回望与聚焦鲁迅生命最后的10年，由此他看到从三一八惨案至鲁迅逝世的这10多年间中国一分为二的格局

---

① 中野重治：『二つにわかれた支那その他』，『中野重治全集』第11卷，筑摩书房，1997年，第11页。《中国农家经济研究》的原作者是著名作家赛珍珠的丈夫卜凯（John Lossing Buck），原题《中国农家经济：中国七省十七县二八六六田场之研究》（*Chinese Farm Economy: A Study of 2866 Farms in Seventeen Localities and Seven Provinces in China*），英文原书1930年由芝加哥大学为南京金陵大学和太平洋关系中国委员会出版，1935年满铁的东亚经济调查局翻译出版了日文版，中文翻译于1936年由商务印书馆出版。

② 中野重治：『鲁迅について』，『中野重治全集』第20卷，筑摩书房，1997年，第634页。

越来越清晰明朗的历史,看到无产阶级革命日趋成熟的 10 年,看到中国革命从上层革命转变为下层革命的 10 年。

1925 年以后,中国的工人运动因为五卅运动、广州起义的爆发而成为世界无产阶级革命蓝图中的重要组成部分。也正是这个时候,通过中国革命促进印度的革命、推动广阔殖民地和半殖民地的革命这一理想成为世界无产阶级革命的信念。即便是大革命失败后,在 1928 年的共产国际第六次代表大会上,英国支部、美国支部和日本支部依然认为"上海、广州、汉口的工人,是整个被压迫东方胜利的反帝革命斗争的代表"①。此时的中国代表的是"亚洲的觉醒"。日本与中国的历史确实存在着差别,然后这种差别并非由于两国对西方普遍现代性的接受存在差异,而是由于其在世界革命中的位置不同。中国处于国内革命与进一步推动世界革命一触即发的边缘,也正是在这个意义上,鲁迅在三一八惨案之后的发言才具有与马克思在巴黎公社起义失败后的发言相同的历史预言性。三一八惨案和巴黎公社的起义一样,在中野重治的叙述中都是能撕开历史连续性的重要"事件"。

那么,中野重治是如何清晰辨认出"事件"的呢?在当代左翼理论中,个体汇入历史与政治"主体"建立的过程必然发生在个体对"事件"的辨认过程中,而个体与"事件"之间的通道则是不断显现与生成的"观念"。②对中野重治而言,构成这种观念的内容一部分来自他通过鲁迅的逝世所获得的历史意识。1937 年,中野重治得以重新发现鲁迅 10 年前的预言,凭借的是他对另一个"事件"的认识,即鲁迅的逝世,并由此回望,最终发现了历史并辨认出了"事件"。

改造社以鲁迅逝世为契机加紧编译的《大鲁迅全集》是中野重治能够了解鲁迅生命最后 10 年的必要条件。正如本章开头所言,早在 1932 年 1 月《中央公论》就刊登了佐藤春夫翻译的《故乡》,4 月增田涉在《改造》发表了《鲁迅传》。同年三四月间被检举入狱的中野重治是否在当时就读到了鲁迅的作品和传记不得而知。③但不管如何,这些都不是对鲁迅生命最后阶段的描述。在此之前,日本有的

---

① 片山潜:《告中国工人和劳动人民书》,戴隆斌:《国际共产主义运动历史文献》第 45 卷,中央编译出版社 2013 年版,第 28 页。
② 阿兰·巴迪欧:《第二哲学宣言》,蓝江译,南京大学出版社 2014 年版,第 133 页。
③ 中野重治自己说已经不记得何时开始阅读鲁迅,但是因为不能阅读中文原文,若是通过只能阅读翻译这一点来看的话,最初的便是 1931 年左右增田涉的《鲁迅传》。参见中野重治:『ある側面』,筑摩书房,1997 年,第 643 页。

只有"鲁迅选集",将鲁迅散文、杂文或者杂感介绍给日本读者的正是这次7卷本的《大鲁迅全集》。① 《大鲁迅全集》从1937年2月开始刊行,至8月结束,比中国《鲁迅全集》的出版早了一年。② 收录了《华盖集》《华盖集续编》与《而已集》的《大鲁迅全集》第三卷于1937年3月出版发行。③ 中野重治或许正是由此读到了鲁迅生命最后10年的杂文,从而了解到鲁迅10年来的个人历史与思想。参与《大鲁迅全集》第三、第四卷杂文部分编译工作的正是中野重治的好朋友鹿地亘。鹿地亘在《大鲁迅全集》第三卷出版后,从上海给中野重治寄送了一部。④ 中野重治正是在其朋友的推荐下阅读了《大鲁迅全集》中相关的鲁迅杂文。不过,《大鲁迅全集》的出版只提供了条件,关键还在于,在鲁迅逝世的历史时刻、在回顾鲁迅生前最后10年并由此向前展望未来的那个瞬间,中野重治获得了一种具有穿透力的历史感,并通过这种历史意识辨认出了与原有秩序决裂的那个时刻。

对于鲁迅的逝世,竹内好曾说"鲁迅的逝世正处于抗日民族统一战线结成之时",正是鲁迅的逝世让原本争论不休的文坛统一起来,或许可以说如果鲁迅不死,也就没有我们后来所看到的统一了吧。⑤ 然而,这是一种以鲁迅逝世为起点向前看的历史叙述,而且可以说是一种隔断历史,甚至是去历史化的视点。中野重治的历史视线与此不同,他拥有的是英国历史学家卡尔所说的那种在历史河流里的历史意识,即在现在与过去之间展开永无休止的对话的能力。⑥ 与竹内好不同,站在鲁迅逝世的起点,中野重治采取了反观、追溯性的视角,他反观到的恰恰是鲁迅10年一以贯之为无产阶级文学所作的斗争。由此,他获得了一种"理论家"的预测能

---

① 丸山升:《鲁迅·革命·历史——丸山升现代中国文学论集》,王俊文译,北京大学出版社2005年版,第335页。
② 丸山升:《鲁迅·革命·历史——丸山升现代中国文学论集》,第334页。
③ 见改造社《大鲁迅全集》第三卷封底的发行日期。
④ 据竹内荣美子的研究,现有中野重治藏书里的《大鲁迅全集》第三卷里有笔记的部分和中野重治在1939年所作的《鲁迅传》里所引用的部分是一致的。另外,在译者鹿地亘的名字旁,还写着上海窦乐安路燕山别墅35号的地址,这正是当时鹿地亘在上海的居住地址。书的扉页上也显示着鹿地亘赠中野重治的馈赠信息。竹内荣美子:『戦後日本、中野重治という良心』,平凡社,2009年,第195、197页。
⑤ 竹内好:『鲁迅の死について』,『竹内好全集』第一卷,筑摩书房,1980年,第184页。
⑥ E.H.卡尔:《历史是什么》,陈恒译,商务印书馆2011年版,第115页。

力，得以在历史"事件"发生之初就能勇往直前。

与民族统一战线相反，中野重治看到的是中国人民解放战争的开始以及中国底层革命的崛起。正如中野重治在给萧军的信中所指出的那样，"最近在《改造》上刊登的埃德加·斯诺和艾格尼斯·史沫特莱的《毛泽东会见记》宽广地打开了日本读书人对于中国的视野，日本读书人都热心阅读了"，日本读者能够较为全面地了解到中国红军的情况正是1937年初发表在《改造》上的史沫特莱和斯诺对毛泽东的访谈。①卢沟桥事变后，《文艺》编辑高杉一郎读到了史沫特莱发表在1937年4月美国杂志《民族》上的《马》，从此文推测出史沫特莱已经渡过渭河，从西安到达中共的根据地保安，由此激动不已，遂亲自翻译了《马》，并刊发在《文艺》上。②1936年春天，中共方面曾经让上海的地下党寻找一名能发表作品的外国记者和一名医生。鉴于斯诺是一个受人尊敬且与报纸保持良好关系的记者，且斯诺同情中国共产主义运动，宋庆龄向中国共产党推荐斯诺作为参观中共陕西根据地的人选。1936年6月，斯诺同医生马海德一起进入陕西根据地，1936年7月16日夜，毛泽东接见了斯诺。这次接触，粉碎了当时国民党的新闻封锁，向世界报告了"红色中国"的真相。斯诺还采纳毛泽东"到前线去看看"的建议，到前线生活了1个月，对中国红军有了进一步的认识，他把自己在陕甘宁边区所听、所看、所记的事情写成一系列通讯，发表在英美报刊上，客观公正地报道了中国共产党所领导的中国革命，扩大了中国革命在国内外的影响。5个月后，斯诺从陕西撤出，回到西安。1937年10月，这一系列新闻通讯汇编成《红星照耀中国》，由伦敦戈兰茨公司出版。与此同时，第一个向世界报道西安事变的史沫特莱于1937年1月进入陕西，1月12日她乘坐卡车从西安向三原出发，2月到达中共根据地和训练中心延安，一直待到同年9月。到达的当天，史沫特莱就与毛泽东进行了谈话。③也就是说，鲁迅逝世前后恰逢日本进步知识分子能够通过西方记者的笔了解到另一个中国底层革

---

① 中野重治：『萧軍へ』，『中野重治全集』第11卷，筑摩书房，1997年，第100页。
② 高杉一郎：『大地の娘』，岩波书店，1988年，第4页。史沫特莱的原文信息为"Hundred White Horses," Nation, April 1937, No. 144, pp.377—378。
③ 有关斯诺和史沫特莱进入陕西根据地的内容参见 Ruth Price, The Lives of Agnes Smedley, Oxford University Press, 2005 中的相关叙述。

命世界之时，这才是中野重治所感受到的鲁迅逝世的那个时刻的历史。然而，就在这一历史时刻，日本发生了著名的二二六兵变，全面走向一发不可收的军国主义道路。

第四节
经验与个人政治

与竹内好对鲁迅所作的几乎是"去经验化"的理解不同，中野重治对鲁迅的理解有着近乎历史主义与经验主义的"幼稚"。竹内好则一再怀疑鲁迅作品中所叙述的经验的真实性，抵抗着所谓鲁迅经历的"传说化"，他不愿相信鲁迅参加了光复会，也不认为幻灯片事件是鲁迅弃医从文的契机，转而执着于追问鲁迅身上那超越了为人生、为民族、为爱国的"有"，那"拔净了"一切功利主义后在根源上被称作"无"的某种东西。① 正如丸山升所指出的那样，竹内好虽然"没有简单地否定鲁迅的文学、思想所具有的政治性，更没有把鲁迅说成是艺术至上主义者"，但竹内的鲁迅论最终仍然采取"文学者鲁迅"这样的终极指向，在一种文学与政治对立的框架中思考。② 竹内的鲁迅论想要在剥离具体的政治与历史的情况下追寻生命本质的某种不变的"无"，赋予文学一种抽象意义上的"政治性"。竹内好所要抵抗的是"具体的"政治，而达到的则是抽象的"政治性"。然而这种抽象的"政治性"本身就意味着拒绝进入鲁迅的"历史与经验"，是一种将鲁迅作为相对"他者"的"自我言说"。从而，日本与中国只在思辨的形而逻辑上相遇，却不与具体的历史与经验层面相关。

与此相反，中野重治选择的是把"鲁迅逝世"历史化，站在中国历史的"当下"，紧贴中国历史，在与历史的联系中重建"当下"的意义。中野重治的鲁迅论反复提到的正是三一八惨案之于鲁迅经验上的冲击，论述的是鲁迅自1931年后因

---

① 竹内好：『鲁迅』，『竹内好全集』第一卷，筑摩书房，1980年，第61页。
② 丸山升：《鲁迅·革命·历史——丸山升现代中国文学论集》，王俊文译，北京大学出版社2005年版，第341页。

日本帝国主义的入侵而奋起的"战斗"以及在战斗中被消耗的生命。中野重治写道，鲁迅最后时期的评论多写于1936年去世之前，写于与日本帝国相抗争、抗日统一战线结成的"正中"，鲁迅直到临终前还在发表议论。鲁迅生命的最后10年被放在了相当具体的历史与政治的脉络中。与竹内好不同，中野重治谈论的几乎全是鲁迅"为人生、为民族、为爱国"的"功绩"。

正如上文所介绍的那样，20世纪20年代就投身于日本无产阶级文学事业的中野重治深受当时激进的福本主义的影响，强调主体的建成。① 但是，投身左翼文化运动后，中野重治不断受到国家权力的打压，他对马克思主义、阶级斗争的认识，也不断从观念转为经验和体验，这些生活经验的改变也与其自身的主体改造有所联系，并进一步影响了他参与社会实践的方式，即他的艺术创新。② 与柄谷行人所强调的中野重治身上强烈的"作为他者"的无产阶级意识不同，王中忱看到的是经验对革命意识的形塑作用。这也是中野重治在鲁迅身上所找到的共鸣，中野重治看到，鲁迅对革命方向的认识，对工农无产阶级实现改革、革命和新建设的信念并不是来自书本，而是从剪辫、废除缠足时代开始一路以实践的方式获得的，是通过自己的判断来亲自认识的。中野重治在他的《鲁迅研究杂感》中写道："由此鲁迅反而对在资本主义发展中高高在上的我们日本形成了痛切的刺激。"③ 这才是他所看到的可以作为日本优等生教材的中国鲁迅的意义。在他看来，鲁迅的可贵就在于他并非直接从马克思主义出发，而是从马克思主义之前的黑格尔出发，一度经过费尔巴哈从而到达马克思。鲁迅文学所体现的并非科学社会主义，而是诞生科学社会主义的中国生活现实本身。④

中野重治所描述的正是一个在现实、经验层面不断斗争的鲁迅形象。张旭东曾将1925—1927年间鲁迅所写的《华盖集》《华盖集续编》《而已集》看作鲁迅过渡时期的写作，认为鲁迅生命最后10年杂文上的"自觉"由此而发，而这种"自

---

① 柄谷行人：『近代日本の批評』昭和篇上，講談社，1997年，第29頁。
② 王中忱：《遍体鳞伤的经验与血肉丰满的思想——重读作为马克思主义作家的中野重治》，《世界文学》2017年第1期。
③ 中野重治：『魯迅研究雑感』，『中野重治全集』第20卷，筑摩書房，1997年，第673頁。
④ 中野重治：『ある側面』，『中野重治全集』第20卷，筑摩書房，1997年，第653頁。

觉"便诞生于鲁迅对经验中的"小事情"的关注。鲁迅在《华盖集题记》里明确指出，"我今年偏遇到这些小事情，而偏有执滞于小事情的脾气"，张旭东认为"小事情"包含了必然性和真实性，种种理想和梦想，种种以"大事情"面目出现的东西，在这种"小事情"面前总是碰壁。同时，因为是后者而不是前者跟"历史"站在一起，具有现实本身所具有的强度，因而"鲁迅与这个大时代的关系，却正是通过'执滞于小事情'确立的"。①

也可能是基于这种对"小事情"的"执滞"，当 1936 年 2 月改造社社长山本实彦亲赴上海，以"国民立场"与新闻界、学术界等人举行"日华问题讨论会"，希望"通过中日知识分子的努力，促进中日关系好转，实现远东和平"时，鲁迅答应了山本实彦的邀请，同意为《改造》推荐并编辑"中国杰作小说"。②正如鲁迅自己发表在《改造》上的《我要骗人》中所说的那样，自己并不相信"用了笔，舌，或者如宗教家之所谓眼泪洗明了眼睛那样的便当的方法"便能看见真心，可是鲁迅依然用《我要骗人》的曲折方式表达自己对中日时局的看法以及对国民政府的批评。在鲁迅与日本左翼作家鹿地亘的努力下，萧军的《羊》于 1936 年 6 月作为"中国杰作小说"的首篇发表于《改造》，鲁迅亲自作序。③三一八惨案之后，鲁迅正是通过寻找这些"小事情"来搏击大时代，实现历史主体的使命。与鲁迅相似，中野重治也是通过在中日两国的关系中寻找"个人的事件"来完成自己的主体实践。对于自己这封写给萧军、和他一起坦诚讨论中日文学和中日国家关系的信，中野重治在信的开头就毫不含糊地说这是"个人的事情"。与鲁迅一样，他从《改造》"中国杰作小说"的后续工作《文艺》杂志上的《往复书简》这样的"个人的事情"着手，践行自己的政治追求。正如丸山升所言，正是在无数琐碎的个人事情中，在这些个人体验所代表的渺小的、"联结目标与现实间的无数的中间项"中诞生了历史。④

---

① 张旭东：《杂文的"自觉"——鲁迅"过渡期"写作的现代性与语言政治》上，《文艺理论与批评》2009 年第 1 期。
② 山本実彦：『支那』，改造社，1936 年，第 97 页。
③ 中野重治很可能正是通过《改造》的"中国杰作小说"而了解到萧军和中国现代文学的，而萧军可能也是因此而受到《文艺》编辑注意的。
④ "中间项"是丸山升的提法。见丸山升《鲁迅·革命·历史——丸山升现代中国文学论集》，王俊文译，北京大学出版社 2005 年版，第 62 页。

第五节
共同历史中的共通主体

了解鲁迅"个人的事情"与经验只是第一步。如何让中国的历史"事件"与日本相关呢？通过三一八惨案和1936年的国共统一战线及日本的二二六兵变了解到中日各自的历史"事件"以及中日间完全不同的历史走向也还只是一种局部的知识。中野重治发现，在日本，"即便是琐碎的个人生活，若细究起来就会发现它们也都与中国有关"。[①] 也就是说，他已经开始思考鲁迅与东亚历史的关系了。

通过鲁迅发现了中国近10年的历史后，中野重治并未就此止步，而是进而将鲁迅的个体生命放到了中日两国相联系的大历史背景下作进一步考察。通过鲁迅，中野重治看到的是"在诞生鲁迅这位作家、革命家的历史条件和动力中，日本作为一个绝大的因素一直都存在"，在甲午战争、日俄战争、第一次世界大战、俄国革命、孙文的革命中间，像"藤野先生"这样的问题不断刺激着鲁迅。通过鲁迅，中野重治反观到了日本资本主义、军国主义和帝国主义的成长、膨胀，以及残酷侵略的历史。鲁迅日本留学因此而起，鲁迅弃医从文也是因为这个。而这样的日本，在1931年后又开始向中国发动了大规模的侵略。[②] 因而，中野重治断言，假如认定1931年为日本加紧侵略的开端，那么从1931—1936年的这6年"可以说是日本帝国主义促使鲁迅写作的"。[③] 中野重治看到"将年轻的鲁迅推向革命、推向文学的方向的，正是日本帝国主义直接伸向中国的魔掌，不是别的，正是我国的侵略和压迫之手"。[④] 通过鲁迅，中野重治看到了日本帝国主义在中国和其他东亚国家展开的历史，在鲁迅的命运里同样包含着日本的命运，两者不能分开。因而在给萧军的信中，中野重治写道，日本是一个"从中国引进的菊花最终成为皇室家徽的国家"、一个"若没有甲午战争就不会有今日的国家"、一个"在中国打仗并取得了日俄战争胜利的国家"。没有近代中国的历史就不会有如今日本的历史，中国并不是

---

① 中野重治：『萧军へ』，『中野重治全集』第11卷，筑摩书房，1997年，第93页。
② 中野重治：『鲁迅研究杂感』，『中野重治全集』第20卷，筑摩书房，1997年，第672页。
③ 中野重治：『鲁迅研究杂感』，『中野重治全集』第20卷，第673页。
④ 中野重治：『鲁迅先生の日に』，『中野重治全集』第20卷，筑摩书房，1997年，第629页。

日本的他者，中国早已内化在日本的历史中。

也正是基于这样的理解，中野重治1937年给萧军的信以"我想写的内容有很多。比如说，我的父亲在甲午战争时曾作为一等炮兵在战争中打过大炮。又比如说，鲁迅先生所写过的'藤野先生'现在还健在，就在我出生的村子附近居住，还有借着鲁迅先生的逝世我了解到了以前不曾知道的藤野先生的事情"这样的内容开始。①中野重治通过住在自己所出生的村子附近的"藤野先生"，在与自己生命有关的具体的时空坐标里把握近代以来的中日关系。据研究，中野重治的父亲本姓清池，入赘到中野家后改从妻子家的姓氏，名藤作，青年时期做过福井县法院的雇员，甲午战争时曾作为炮兵出征，退伍后曾到东京法律学校进行过短期学习。他1898年到台湾，任职于土地调查局，一直工作到日俄战争时期的1904年，归国后曾在大藏省所属烟草专卖局工作。5年后，他又赴朝鲜，运用他在台湾的经验，继续从事殖民地的土地调查工作，直至1917年退职还乡。②参加过甲午战争的中野重治的父亲，直接从甲午战争所获得的殖民地台湾得到工作，以此供养儿女。日俄战争后，他父亲又继续从日本新获得的殖民地朝鲜那里获利。可以说，中野重治的家庭与日本帝国的对外扩张关系密切。

中野重治很早就对自己的身份有所体认。早年他曾在自己创作的诗歌《雨中的品川车站》中描写送别被日本政府迫害的朝鲜诗人回到自己祖国的情形。他在诗中勉励朝鲜友人，"去吧，去把坚厚、光滑的寒冰打碎，让那长期被堵塞的河水决堤奔放"。③他也曾经在《朝鲜姑娘们》一诗中描写"在京城的朝鲜女子学校，作为总督府爪牙的校长悄悄地开除了一位深受学生爱戴的教师"，随后描写"告别之日到来"时的情形："所有的姑娘都冲上讲台／按住校长伸向警铃的手／姑娘们的身体相互挤压着／放开喉咙／扭动着身子喊叫／——你说的全是谎言！"④从中野重治早期的诗作来看，在20世纪二三十年代的日本文学家中，"很少有人能像中野重治这样以鲜明的批判态度关注日本帝国主义对周边国家的殖民侵略，并对殖民地民众的

---

① 中野重治：『萧军へ』，『中野重治全集』第11卷，筑摩書房，1997年，第93頁。
② 王中忱：《遍体鳞伤的经验与血肉丰满的思想——重读作为马克思主义作家的中野重治》，《世界文学》2017年第1期。
③ 中野重治：《雨中的品川车站》，李芒译，《中野重治诗四首》，《日语学习与研究》1982年第4期。
④ 中野重治：《朝鲜姑娘们》，王中忱译，《中野重治诗选》，《世界文学》2017年第1期。

反抗怀有深切的关心和同情"①。这种在文学上所显现出来的对日本帝国主义的关心和反省，自然与中野自身的经历有关。

中野对日本帝国主义、对自身经历的一贯思考，到了20世纪30年代，也淋漓尽致地体现在他致萧军的这封公开信中。自己的父亲和藤野先生之所以能成为连接中日两国历史的纽带正是由于他们是作为日本人的中野重治与鲁迅在个人经验上的联系。通过自身所选择的这些与鲁迅相关的"事件"，中野重治重新建构了一条以鲁迅生命历程为主要线索的中日历史。中野重治的策略是把作为认识客体的鲁迅的个体经验与中国的历史"事件"一同纳入自身的个人经验中来，在断裂性的中国"事件"中找到自身及日本的关联性，并由此建立起一种基于相关联经验的共同历史叙述，将这经验的瞬间再次刻画为一个个日本历史上的"断裂"时刻，它们也由此转变为日本人中野重治自身的"事件"和东亚历史的"事件"。中野重治就通过重构中日历史建构起了跨国历史关系中的"共通主体"。

目前，学界有一个相似的概念——"相互主体性"②。据日本学者代田智明介绍，"相互主体性"意味着主体是作为由复数的多样的他者创造的网络系统的交点而持续生成的，因而可以说"主体是由他者创造出来的"。③理论资源上受惠于胡塞尔、拉康和哈贝马斯的"相互主体性"预设了两元对立的结构，强调主体并非由自身而是由其自身存在结构中的"他性"来界定的。中野重治通过阅读鲁迅所建立起来的"共通主体"与此有本质的不同，它不强调自我与他者的对立哪怕是并存关系，而强调一种与中国历史"非对立""非他者"的"同一"共生关系，展现的是中日间相互重叠与包含的历史关系以及这种历史关系中的主体。处于鲁迅逝世的"当下"，中野重治投向中日两国未来的视线里所包含的正是10年前鲁迅站在三一八惨案的瞬间向后10年所投射的目光。1937年中野重治作为一个日本人的个体生命中所贯穿的正是甲午战争以来鲁迅和中国的历史，日本正是通过中国的过去才到达了1936年二二六兵变的"当下"。中野重治并非仅仅站在日本或中国，而是站在这两

---

① 王中忱：《中野重治创作初论》，《清华大学学报》（哲学社会科学版）2003年第18卷第1期。

② 此概念由高远东在其2002年的论文《鲁迅的可能性——也从〈破恶声论〉寻找支援》中提出。相似的概念还有"主体间性"或"间主体性"。

③ 代田智明：《全球化·鲁迅·相互主体性》，李明军译，《内蒙古民族大学学报》（社会科学版）2008年第1期。

者之间，站在两者共同、共生的历史空间，摸索着两者未来的方向。

在致萧军的信中，中野重治说道："日本人阅读新闻报道的方法进步了。对于中国文艺家协会的成立，也有人这样写道'中国的文学运动通常都是民众运动的先驱，具有非常大的政治意味，正因为如此也有很大的危险性'。至于说对谁有危险性，这种事情也渐渐地被人所理解。"① 中野重治并没有在信中明说到底是对谁有危险，但是如果从中日间"共通主体"的角度来看，答案就很清楚了，这既是对中国资产阶级的威胁也是对日本帝国主义的威胁。这时，中野重治所发现的"事件"——中国的三一八惨案、鲁迅逝世与日本的二二六兵变——已经不再是一国的"事件"了，而是东亚历史和世界历史"事件"。中日各自的历史"事件"只有在一个超越自身的、更大范围内才能被理解。改变一国现状的途径也不再仅仅局限于各自的历史，而只能在超越自身的、与世界的普遍联系中得到解决。正像中野重治所提到的那样，只有通过中日间"共通主体"的协作行动，才能解决中野重治在信中所谈到的"个人的事情"，只有当"个人形式转变为大众形式时"，也即中野重治与萧军的公开信在《文艺》上公开发表时，原本在日本会被开启后投递，或者索性会丢失的信件才能通过公开发表而妥善安全地传递给对方。② 也只有建立这种共同历史中的"共通主体"意识，才能克服文艺的局限性，"从更宽广的角度来看待两国的事情，特别是我们各自国家的事情"，不让一些细枝末节的问题一时性地遮蔽那些长时段、更重要的问题，借此避免不必要的小论争，集中精力关注眼前的关键问题。③ 即便在中日两国开战在即之时，在中日两国无产阶级文学运动的历史中，中野重治看到的依然是重建历史和中日间"共通主体"的可能，追求的是两国人民所期待的共同的东西。

正因为如此，中野重治能够在鲁迅生命最后艰难的 10 年中看到不断尝试构建中日"共通主体"的历史。自三一八惨案以来的 10 年是中国左翼文学遭受严重考验的时期，也是日本无产阶级文学运动与组织全面溃败的时期。不过，中野重治却从中看到了鲁迅在黑暗历史中的"现实主义"态度。中野重治动情地说，正是受到蒋介石多次围剿、撤离瑞金从而开始北上进行二万五千里长征的红军，以及生活在

---

① 中野重治：『萧军へ』，『中野重治全集』第 11 卷，筑摩書房，1997 年，第 100 頁。
② 中野重治：『萧军へ』，『中野重治全集』第 11 卷，第 94 頁。
③ 中野重治：『萧军へ』，『中野重治全集』第 11 卷，第 95 頁。

黑暗中的鲁迅，事实上已不断接近死亡却还一直在"与黑暗捣乱"的鲁迅形象激励他政治性地思考，让他从中获得了巨大的感动与鼓励。[1] 因而，即便在中日无产阶级文学运动的溃败中，中野重治依然能够看到：日本文学和中国文学的关系正是在这10年间得到了飞跃式的发展，两者作为文学运动而紧密地连接在了一起。这10年也正是鲁迅的名字和作品开始介绍到日本的时期，是史沫特莱出现在日本读者视野中的时期。在这一时期，日本的《战旗》上曾刊登了对中国作家禁言的抗议和中国左翼作家联盟对国民党虐杀中国作家而向世界发出的呼吁书。这一时期也是鲁迅为小林多喜二发表公开声明的时期。[2]

中日无产阶级文学运动紧密合作、相互联络的开端也正是从中野重治所看到的"事件"开始的。鲁迅被消耗殆尽的10年不仅仅是鲁迅个体生命的10年，也是中国革命日趋成熟的10年，更是中日之间构筑"共通主体"无限可能的10年，是东亚整体革命离可能越来越近的10年。1926年，日本作家里村欣三在其发表于《文艺战线》上的《苦力头的表情》中描写了日本劳动者在中国深入中国苦力之中最后得到认可的故事。从此以后，江马修、村山知义、久保荣、黑岛传治、藤森成吉、前田河广一郎等日本无产阶级作家都不断关注中国革命。1930年11月，国际无产阶级作家联盟在国际无产阶级作家联盟第二次大会上作出了《关于日本无产阶级作家联盟的决议》，要求中日两国的无产阶级文艺组织互相交流经验，互相支援，相互批判，加强组织联系。[3] 由此展开的正是中日无产阶级文学努力构建"共通主体"的10年历史。

1937年，中野重治一定是在日本愈演愈烈的侵略路线、在与各种敌对势力的斗争中被消耗殆尽的鲁迅、在中国共产党受到蒋介石的封锁与镇压却依然顽强生存并通过斯诺和史沫特莱向外界发声这一系列错综复杂的历史图景中再一次受到了莫大的心灵震撼与激励。怀着这份感动，对在信中诉说审查之苦、出版与生计之难的萧军，中野重治大约是怀着一种必须好好回信、一定要对苦难中的中国左翼作家有

---

[1] 中野重治：『ある側面』，『中野重治全集』第20卷，筑摩書房，1997年，第653頁。
[2] 中野重治：『二つにわかれた支那その他』，『中野重治全集』第11卷，筑摩書房，1997年，第13—14頁。
[3] 『芸術大衆化に関する決議』，『プロレタリア文学資料集年表』，新日本出版社，1988年，第97頁。

所鼓励的迫切心情写下了"我反复读了你的来信,感到不能不回信、无论如何都想要给你回信""迫切地想要花数小时写这封回信""这可能会是一封让你不甚满意的回信,不过请你耐心读一下""只此一次,请你务必忍耐一下"等等这样激动的话语。① 出于这一份心意,中野重治告诉萧军"日本的民众在追求正确的事物",他们"自身也在培养这种探求能力",②"民众和其对立者之间的对立关系并非仅仅变尖锐了,而是正在急速地发生变化"③。中野重治说这番话的时候,日本无产阶级革命的现状并不容乐观。不久中野重治自身也被完全禁言了。但也正因为如此,我们才能反观中野重治在 1937 年 6 月致萧军的这封信中所传达的心情以及"个人的事情"所具有的意义。可以说,中野重治和萧军在《往复书简》里之所以呼吁"今后中日两国在文学创作和评论方面,要进一步加强系统的介绍",就是为了有利于"两国人民所追求的共同东西",体现的是对创造共同历史与中日间"共通主体"的期望。

中野重治在给萧军的信中以及其后一连串的鲁迅论中反复提到"藤野先生"。在《藤野先生》中,鲁迅写了在甲午战争后留学日本的"我"却在日俄战争后的日本"发现"了对中国学生孜孜不倦的藤野先生。或许真如竹内好所说,鲁迅的个人经验不真实,不是文学叙述对应的真实细节。但那又有什么关系呢?关键在于,鲁迅基于自身经验,在甲午战争与日俄战争之后,在那个特定的历史空间内,用"意识"重新刻画了经验。就像"我"将"藤野先生"板书过程中上下臂的血管移动了一点点位置一样,鲁迅将"藤野先生"这一经验组织进了中日共同的历史并用文学创造了那样的"藤野先生"。与经验的真与假相比,更为重要的是哪些经验被选择、如何被塑造、怎样被呈现为"历史",以及是否在建构积极的"共通主体"。

《往复书简》又何尝不是呢?中野重治在 1937 年发现了鲁迅,开始了一连串的鲁迅研究,并心心念念着"藤野先生",并给萧军写了公开信。中野重治在中日关系日益紧张的历史时刻,在日本马克思主义退潮、军国主义高涨的时期,在萧军和中国作家心中树立起一个日本左翼作家的具体形象,他告诉萧军,虽然和中国一样几乎所有日本作家也都面临着生活和生计的不安,但是日本的民众在追求正确的事

---

① 中野重治:『萧军へ』,『中野重治全集』第 11 卷,筑摩书房,1997 年,第 93 页。
② 中野重治:『萧军へ』,『中野重治全集』第 11 卷,第 97 页。
③ 中野重治:『萧军へ』,『中野重治全集』第 11 卷,第 95 页。

物，同时自身也在培养这种探求能力。这样的话语无疑是文学性的，是中野重治站在1937年的时间点上对结局的猜测，也是一种在与现实的"距离"中得到的判断。中野重治是在用这种方式接近鲁迅。

可以说在鲁迅与日本作家的共同努力下，日本《文艺》杂志上刊登的"中国杰作小说"以及《往复书简》体现的正是1936年、1937年后中日进步作家面对历史困境的最大决心与勇气，是他们企图在中日冲突越来越激烈时以一种最为公开的形式来构筑超越"个人的事情"的"共通主体"的努力。以中野重治致萧军的公开信为开端的《往复书简》虽然因为卢沟桥事变的爆发而中断，但是，正如鲁迅和中野重治所预见的那样，"这不是一件事的结束，是一件事的开头"，中日左翼作家实质性的接触已经受到了10年来双方苦难历史的浇灌，由此发芽。包括中野重治、《文艺》编辑高杉一郎在内的日本作家二战之后所开展的一系列中日友好交流活动正由此出发。中野重治战后连续展开的"鲁迅论"以及对《日本战败的意义》的认识也由此萌发。从这个意义上而言，《往复书简》自身也是中日关系的历史脉络中一个富有启示性的"事件"。

第六节
"普通道德感情"的重建

1945年8月15日，日本天皇通过电台广播的方式发表了《终战诏书》，中日间自1931年九一八事变开始的战争由此结束，一个有可能创造出中日间"共通主体"的新时代即将来临。1955年，日本前首相片山哲率领的日本"拥护宪法国民联合代表团"与中国人民对外文化协会在北京签订了《关于中日两国文化交流的协定》，倡议中日两国增进文化交流。为了落实这一协定，1956年3月日中文化交流协会成立，同年5月，梅兰芳率中国京剧代表团访问日本。同年秋天，由作家草野心平、画家那须良辅等参加的日本文艺家代表团访问了中国。[①] 不久后，中野重治也获得访问中国的机会。

---

① 田庆立：《战后中日两国无邦交时期的文化交流》，《社科纵横》2014年第9期。

1957年10月26日—12月4日，受中国作家协会和中国人民对外文化协会的邀请，中野重治作为第二批访问中国的日本文学代表团成员来到中国，团长是山本健吉，成员另有井上靖、多田裕计、十返肇、堀田善卫和本多秋五。这次访华不仅是中野的首次中国之行，也是他的首次海外之行。11月10日，日本文学代表团和中国作家协会在北京就两国文化交流问题进行了商谈，中野重治等人代表日本文艺家协会同中国作家协会发表了联合声明。声明称："中日两国文化，不仅有悠久的历史关系，而且由于相互间的密切联系，才获得了今天的繁荣，目前特殊的政治形势，更使我们深切地感觉有加强文化交流的必要。在日本文学代表团访问中国期间，两国文学工作者对于为了促进两国文化的发展必须进一步加强文学工作者与作品的交流，取得了完全一致的意见，并愿意尽一切力量促其实现。"[1]签字仪式后，周扬和山本健吉分别代表两国作家发表了讲话。接着，两国作家进行了友好的交谈。日本文化交流协会邀请中国作家在第二年春天访问日本，周扬代表中国作家欣然接受了这一邀请。在此之后，日本文学代表团成员又访问了上海、成都、重庆、武汉、广州等地。

回到日本后，《新日本文学》召开了中国之行座谈会。本多秋五和山本健吉都就"胡风"问题和"丁玲"问题发表了批评周扬和中国作协的言论。日本文学代表团访问中国的时候，恰值中国1957—1958年间开展反"右派"斗争，而周扬是反"右派"斗争的领导人。本多秋五和山本健吉对周扬及作协的很多做法并不满意，也对胡风和丁玲等作家抱有极深的同情。对于本多秋五和山本健吉的发言，中野重治提出了异议。他说："我说的不是说中国坏话的事，也不是那些让人觉得周扬是讨厌的人的话这些事情。作家在'精神自主性'的名义下，对看到的好事和坏事都可以不加解释地直抒胸臆。直言不讳，口无遮拦也不妨。"[2]但是，在中野重治看来，那毫无遮拦的批评本身，在现下特殊的政治情势下，在两国的关系中，会对日本产生不利影响。上述这些话让战后文学批评家川村凑不能不产生一种中野重治是在提倡文学应当服从政治的错觉。[3]竹内荣美子反驳了这一看法，认为中野重治要

---

[1] 中野重治：『中国の旅』，筑摩书房，1960年，第26页。
[2] 中野重治：『中国の旅』，第40页。
[3] 川村凑在『戦後文学を問う』一书中提到，转引自竹内荣美子：『戦後日本：中野重治という良心』，平凡社，2009年，第176页。

表达的是既然中日两国作家共同发表了联合声明,那么日本作家就应该尊重这一联合声明背后的精神,日本作家应该不仅仅停留在表面的赞美之辞,而应该为了赞美之辞由衷地努力。① 在竹内荣美子看来,中野重治有别于本多秋五和山本健吉等人的发言无疑是由于他以中日两国历史为基础,以恢复和加强中日两国文化交流为主旨的立场。

竹内荣美子的观察不能不说很犀利,她清楚地指出了中野重治对中日两国共通历史观的坚持。中野重治的上述言论无疑清楚地显示出他对创造中日"共通主体"的焦虑与急迫。不过,在二战之后的特殊环境中,中野重治要如何重建中日两国的"共通主体"呢?中野重治所发现的便是"人性"和"普通的道德感觉"的价值。他在《中国之旅》最后一章《人的立场》中写道:"战后有很多日本人去了中国,其中有作家、艺术家,也有演员,这种情况今天还继续着。对此,中日两国有两种不同的态度,日本政府表现得相当冷淡。旅费之类的皆没有拿出来,而中国政府则对他们表示了最大的欢迎,什么都准备好了,表现出了一定要请他们去的态度。战后是不是有很多中国人到日本来呢?没有!确实也有人来,但是让人感到非常遗憾的是,只有极少的中国人来过。中国政府高高兴兴地把人送来了,而日本政府呢,却给人制造麻烦,不让人来。中日两国的交往情况通过中日两国的人们的互相来往情况便可知道,这里边有两种不同的明暗的态度。中国人是很明朗的,可惜的是,日本人很暗,而且现在还是继续如此。"② 中野重治所说的便是中日文化交流当时艰难的现实。据统计,1949—1953 年,中国无一人赴日,而 1954 年有一次 20 人访日,1955 年有 4 次共 100 人访日,到了文化交流正式启动的 1956 年则有 3 次共 110 人访日,其中梅兰芳率领的京剧代表团占了 86 人。③ 而梅兰芳的访日公演过程也的确如中野重治所言遭遇了不少困难与危险。面对这种情况,中野重治说道:"只要中日两国今后仍不得不恢复邦交,那么日本政府的这种态度必须由日本人亲手将其打破。日本今后应该派有清楚立场和态度的人去中国。"④ 他所说的有清

---

① 竹内荣美子:『戦後日本:中野重治という良心』,平凡社,2009 年,第 179 頁。
② 竹内荣美子:『戦後日本:中野重治という良心』,第 250 頁。
③ 郝祥满:《中日文化交流与中日关系——以中日邦交正常化以前的中日文化交流为中心》,《日本问题研究》1998 年第 1 期。
④ 竹内荣美子:『戦後日本:中野重治という良心』,第 250 頁。

楚立场和态度的人，"说的不是社会主义者、共产主义者、马克思主义者，或赤色人士，都不是这样的人。不如说是具有人道立场的人，不如说是基于人道、五体健全的日本人。作为日本人的'国民情感'能符合理性，这种样子的人也可以"①。

中野重治后来还谈到，周恩来总理曾在1960年的4月10日第二届全国人民代表大会第二次会议上，就目前国际形势和中国对外关系问题发表了讲话。日本各大媒体对此进行了报道和猜测，有媒体说，认为中国承诺放弃对日军事赔偿的低姿态将持续到以中日为主轴的亚洲和平非核时代这种看法过于乐观。中野认为，读到日本报纸对于周恩来声明所作解读的日本人是不是会脸红，这是一个"日本人的感觉"的问题。②他还补充道："一个人应该有什么样的感觉，一个日本人应该如何应对，虽然确实是有对方的原因，但是我们还是应该要派有觉悟的人去中国，要派有'普通的道德感觉'的人去。"③可见，中野重治论述的核心并非政治，并非社会主义者、共产主义者、马克思主义者，而是"人"，能够符合理性的、人的"情感"和人的"普通的道德感觉"的人。中野重治谈的是，在日本政府不闻不问，没有任何经济援助的时候，在中国方面提供了旅费，提供了资助，做了种种准备，诚心诚意欢迎日本作家访华的时候，日本人是不是不应该当面说好话，回国后一味迎合国内媒体发表异见这样一种如何为"人"的朴素道理。尽管国家间的政治制度不同，但如何为人的"情感"与"普通的道德感觉"仍然是有可通之处的。基于"人"或"人性"的根本要求，依然可以重建中日间的"共通主体"。但是，何为"普通的道德感觉"呢？

"人"或"人性"，即日语中的"人间"是二战之后中野重治作品中的一个关键词，也是二战之后日本的关键词。1946年1月1日，日本天皇发表"人间宣言"诏书，否定了天皇作为"现代人世间的神"的地位，宣告天皇也是具有人性的普通人。作为普通人的天皇问题一直是中野重治等日本知识人战后所关注的问题。"人间"也是战后日本思想界普遍存在的关键词。例如，1945年12月，川端康成和久米正雄就将利用战时镰仓文库所获利资本创刊的杂志直接命名为《人间》。1946年

---

① 竹内栄美子：『戦後日本：中野重治という良心』，平凡社，2009年，第250页。
② 竹内栄美子：『戦後日本：中野重治という良心』，第251页。
③ 竹内栄美子：『戦後日本：中野重治という良心』，第252页。

5月，日本文部省所颁布的《新教育敕语》中的第二条便是指责"日本国民不尊重人性（人间性）、人格和个性"。① 因此，占领期日本民主主义运动中的一项重要内容便是要恢复日本从天皇到平民的人性。

当然，对于中野重治而言，"人"和"人性"的概念是在与战后日本思想界——特别是荒正人、本多秋五与平野谦等《近代文学》同人的论辩和论争中逐步清晰和明确起来的，而对于鲁迅的阅读则成为其很重要的思想来源。本多秋五在1946年1月创刊的《近代文学》创刊号上发表了直接以"人间"为题的论文《艺术　历史　人间》，对早期的无产阶级文学与文化运动作了反思。本多认为艺术家应当尊重"私"与"个"，战后日本首先应该是一个解放"个"的时代。在政治与文学的关系方面，本多则认为不能捕捉人的精神生活的文学是将要灭亡的文学，批判了藏原惟人的公式主义。在关键的"人"的概念方面，本多秋五则回顾了自己的青年时代，认为自己在揭露社会虚伪和不公的时候，并未想过自身可能被谎言所骗。而如今，即便自身仍有与不公斗争的资格，但自己更愿意谨慎地、具体地从事更崇高、更美好的工作。他检讨自己以前迷恋于"现实"和"正义"，而如今则想考虑更为本质的事物。本多在这篇开卷文章中所表达的意思基本上与《近代文学》的"艺术至上主义""尊重人权主义""不受意识形态束缚，追求文学的真实性""反对文学功利主义"等方针相一致。同一时期，平野谦也在《近代文学》上发表了《新生活》《基准的确立》《政治和文学》等论文，荒正人则在《近代文学》上发表了《第二青春》《民众是谁》《终末日》等论文。他们的论文也表达了与本多差不多的意思，即批评无产阶级文学的政治至上主义，提出要建立一种更为"人性的文学"。

针对《近代文学》同人的上述观点，中野重治发表了3篇题为《批评的人性》的文章予以反驳。他在《批评的人性　一》中批评将小林多喜二与火野苇平一视同仁的平野谦将帝国主义的政治与一般政治等而论之的做法，因为这样做分不清政治的目的和手段，他们只不过是在"维护人性的美名下践行着保守的自由主义"。② 他们所谓的人性从作为历史、社会存在的人性转入了超历史、超社会的人性。在中

---

① 林淑美：『批評の人間性：中野重治』，平凡社，2010年，第29页。
② 中野重治：『批評の人間性』，新日本文学会，1949年，第39页。

野重治看来，平野谦和荒木正论述中的所谓民众也好，人也好，人的"感觉""感情"和"意欲"无非都是基于极端的"自我主义"的一种脱离实际社会存在的空想。①

那么，到底应该维护和张扬怎样的人性呢？中野重治在《批评的人性 二》中就此问题作了进一步的回答。在中野重治看来，平野谦等人的错误在于，将追究战争责任的根本良心问题、伦理问题只当作抽象的观念问题来处理。侵略战争中的作家的良心不能不与具体的历史相关，在中野看来，"作者的良心的强弱不能不是一个作者对于历史的自觉的强弱问题"②。也即，平野谦等人所提倡的人性是一种空无一物的人性。与这种去历史的"人性"论能形成有效对话的正是鲁迅身上所体现出的具体而历史的人性。

也正是在战后对"人性"与"人性和政治"的关系，或者说"人性的政治"这些主题的一贯思考中诞生了中野重治1956年的《某个侧面》。他在战后1956年所作的《某个侧面》中写道，"如果从1931算起的话，我已经读了二十五年的鲁迅了""二十五年前最初阅读鲁迅时，是什么印象呢，我已全然忘记了"，但如今阅读鲁迅，则是"那种越读越深的感受"③。也就是说，中野重治25年间的鲁迅阅读有所不同，这不仅仅如他所言，自身"有一直阅读的时期，也有几年因为各种原因一点儿也没有读的时候"；中野重治的鲁迅阅读在时时更新，不断生长。对于1956年的中野重治而言，此时的感动并不等同于25年前的初次阅读印象，而是在战后日本文学环境和中日"共通主体"再建的过程中所重新获得的感动，即鲁迅身上所体现出来的作为人性的道德、情感与感觉，这是一种内在的、可以通往政治的人的情感与感觉。或者说，也正是在对鲁迅自1937年开始的断断续续却持续不断的阅读中，中野重治深化了对"人性""人性和政治"，或者说"人性的政治"这些主题的思考。

在《某个侧面》中，中野重治借用鲁迅的例子，深刻地论述了人性和政治的关系。《某个侧面》的核心思想若总结起来便是：在鲁迅身上，他通过读到人的东西

---

① 林淑美：『批評の人間性：中野重治』，平凡社，2010年，第62頁。
② 林淑美：『批評の人間性：中野重治』，第48頁。
③ 中野重治：『ある側面』，『中野重治全集』第20卷，筑摩書房，1997年，第644頁。

而产生了政治上的感动,即"我在鲁迅身上与其说看到了政治的人,还不如说看到了人的政治。可以看到,政治成为人性的东西,或者说历史具有了肉身"①。中野重治看到,鲁迅"只是描写出令人憎恶的势力、令人憎恶的人,描写值得热爱的势力、值得喜爱的人群和个人。有时只描写那种憎恶,只描写那种爱。人们会被这种憎恶所感染,会被这种爱所感染。接着,就会带着这份憎恶与政治上的敌人斗争;带着这份爱奋不顾身地保护自己的政治伙伴。它会变成一种极为自然的却又十分强烈的义务感。这不是别人教给的东西,而是作为自己内部早就存在的东西"。但是,这种早已存在的自然的、感情的东西并非仅仅停留在感情层面,它会召唤出"自己内部尚未被意识到的沉睡着的政治意识",它们会"作为政治立场、政治态度和决定突然觉醒",它会"突然超越作为人性态度决定的领域,将所有人引入政治态度决定之地"。② 这也即中野重治在和本多等人辩论时所谈到的符合理性和一般政治伦理的人,即一种特殊的情感最终可以被引入理性和政治意识的人。中野重治所总结的正是他在鲁迅身上所看到的"人性"与"政治"的统一关系。

因此,在随后1957年的中国之行中,面对本多秋五和山本健吉有关中国作家是否具有文学自由及中国反"右派"斗争的一系列言论,中野重治的反应较为激烈。可以说,在这些问题上双方观点的不同及争论可以放到战后便开始的"政治与文学"的延长线上来看。虽然中野重治确实呼唤要建立一种"人性"和"普通的道德感情",要送五体健全的日本人去中国。但是,他所谈论的"情感"和人的"普通的道德感觉",并非抽象的人的情感与道德,而是基于战前中日两国历史和战后中日两国的文学交流现实的、具体的、社会的、历史的"情感"和"普通的道德感觉"。要重建中日间相通主体的一种可能便在于这样一种作为政治根基的、能引导出政治立场的"人"的"普通的道德感觉"。这种"普通的道德感觉"不仅仅是对作为特殊性的"国民情感"的超越,更是将情感上升到理性层面,通向意识、政治和理性的途径。这也是鲁迅之于中野重治及20世纪五六十年代中日两国文化和文学交流的实际的、具体的、持续的影响。

---

① 中野重治:『ある側面』,『中野重治全集』第20卷,筑摩書房,1997年,第645、649页。
② 中野重治:『ある側面』,『中野重治全集』第20卷,第645页。

可是，无论是中野重治的鲁迅论也好，还是中日左翼作家双方参与的"中国杰作小说"创作、《往复书简》也罢，都没有在历史中得到持续的发展。沟口雄三曾经回忆，"在战后50年代到80年代的30年里，我们一直在冷战的框架里面，通过声援亚洲的民族解放运动、对抗美国的保卫中国战略等斗争，向中国谋求连带感觉"，然而到了80年代，当中日外交恢复后，中国陆续派遣学术代表团访问日本。对于那些来访的人，沟口虽如饥似渴地寻求交流，却"总是无法得到满足"，好像什么地方不对劲。① 竹内好后续的日本鲁迅研究就是在这样一种冷战后、没有意识形态"干扰"的情况下被介绍进中国的。此时竹内好自身也经历了20世纪五六十年代一系列的变化，然而，与竹内好反对安保条约、愤然辞职相比，中国学术界无疑更关心他在与政治对立的关系中所谈论的"文学"。冷战结束后被介绍进中国的《鲁迅》与其说是竹内好的《鲁迅》，不如说是中国学界所选择的《鲁迅》。这一过程用伊藤虎丸的描述来勾勒就是：中日之间的鲁迅研究经历了一条从"学习中国"到"探求共通的课题"的线索，在经历了战后日本人的自我批评和对毛泽东领导的中国革命的成功的惊叹、70年代冷静观察中国的阶段、中国知识分子"文革"后的反思以及战后民主主义孕育的日本一代知识分子的反省后，90年代以后"两国的知识分子转到了一个共同拥有亚洲近代思想课题的时代"② 只是，在20世纪90年代以后"共通课题"的鲁迅研究里，中日两边谁都没有再提到1937年中野重治的鲁迅论，谁都不想再多说政治，不想多说文学与"具体政治"、文学与"事件"的关系。

在20世纪90年代后开始的鲁迅研究的"共通课题"虽然名为"共通"，却对中日共同历史与"共通主体"的记忆相对淡薄，要么日本是不同于曾经的"意识形态"中国的另一个自由民主的他者，要么中国是日本得以反思现代性的他者。当鲁迅作为一种"他者"时，鲁迅被"抽象化"而脱离其自身意义与历史从而成为一种可以用来反思和对举的对立面，中日共同的现代历史进程也被割裂，各自局限于一个被构想的"意识形态终结"的"自我"之中。这样的鲁迅论与其说是一种开放的鲁迅论，不如说是一种以拒绝姿态出现的封闭的鲁迅论，它拒绝进入鲁迅的历史和

---

① 孙歌：《关于"知识共同体"》，《主体弥散的空间——亚洲论述之两难》，江西教育出版社2002年版，第345页。
② 伊藤虎丸：《鲁迅与终末论：近代现实主义的成立》，李冬木译，生活·读书·新知三联书店2008年版，第375页。

中国的历史，而只愿意停留在一个抽象、意识、想象，甚至是符号层面的"鲁迅"与"中国"，而中日两国历史上"共同的鲁迅"却被人遗忘。

中国20世纪八九十年代出现的这种鲁迅阅读现象可以在"马克思主义理论"退潮中得到部分解释。当日本马克思主义退潮之后，曾经被体系化理论所排斥而沉潜在下意识中的非合理性情绪随着运动的低潮被急速提升到意识层面，形成一种反政治主义的图示，即中野重治所批评的"艺术中不存在政治价值之类的"意见。[1] 竹内好的《鲁迅》显然诞生在这样一种反合理性、反科学的日本"马克思主义"退潮期，它又在中国的马克思主义退潮之际被介绍到了中国。然而，我们需要看到的是，这并非中日鲁迅研究"共通课题"的全部。中野重治提供了另一种基于共同历史意识和主体的鲁迅论，强调一个与具体政治经验相关、具有历史意识和实践力量的鲁迅。鲁迅在此过程中并不是作为"方法"用于反思日本近代性中的不合理性，也不是抽象的符号，而是一种对中日"共通主体"的召唤，代表了一种中日共通的历史意识与一种参与文学政治实践的可能。长期忽略这一点，是否意味着我们缺少一种能够在历史之中辨认和发现"事件"的能力，缺少一种想象世界的视角和一种判断未来的预见呢？我们是不是应该在重建政治与历史意识的基础上重新刻画中日鲁迅研究的共同经验呢？这是中野重治的非他者的鲁迅论留给我们的课题。

附　录
《致萧军的信》[2]

翻译　熊鹰　仓重拓

萧军兄：

我反复读了你的来信，感到不能不回信，无论如何都想要给你回信。我最近想

---

[1] 丸山真男，『近代日本の思想と文学』，『丸山真男全集』第四卷，岩波书店，1996年，第127页。

[2] 萧军致中野重治的信见《萧军全集》。原信没有标题，标题为《文艺》杂志所加，目录中的标题是《日本致中国的信》，刊登于《文艺通信》专栏。翻译根据1937年7月《文艺》杂志译出，并根据筑摩书房1997年版《中野重治全集》第11卷校补。

要调查的事情很多，调查工作也刚刚开始。不过，为了个人的事情，现在迫切地想要花数小时写这封回信。这可能会是一封让你不甚满意的回信，不过请你耐心读一下。你在来信的最后部分写道"写得太长了，既不像是信，也不像文章。不过，我希望您的回信不要像我这样乱七八糟"。为此我感到更过意不去了，因为我接下去要写的也是"既不像是信，也不像文章"的东西，不过鉴于我既不是日本外务大臣也不是特务机关的官员，只此一次，请你务必忍耐一下。能为我辩解的话也是有的——"既然是给朋友写信，草草了事行吗？"

我想写的内容有很多。比如说，我的父亲在甲午战争时曾作为一等炮兵在战争中打过大炮。又比如说，鲁迅先生所写过的"藤野先生"现在还健在，就在我出生的村子附近居住，还有借着鲁迅先生的逝世我了解到了以前不曾知道的藤野先生的事情，还有其他更琐碎的事情都想一并写在这里。① 这些无非都是些琐碎的个人事情，不过在这个从中国引进的菊花最终成为皇室家徽的② 国家里、在这个若没有甲午战争就不会有今日的国家里、在这个在中国打仗并取得了日俄战争胜利的国家里，即便是琐碎的个人生活，若细究起来就会发现它们也都与中国有关。就连我现在所写的文字也是从中国传来的。换句话说，我们的祖先只不过是把从中国传来的东西加工了一下罢了。

不过，不得不快一些了，早上的鸟在喳喳叫了。而我想写的却是《日本文学的现状和日本作家对中国的关心》这样复杂的大问题。我不能像一开始所说的那样悠悠道来。不过，我完全赞成你以下的话而写了这封信。我相信我这封匆忙写就的信对实现你的主张也一定会有所帮助。

你在信里说"我想，今后中日两国在文学创作和评论方面，要进一步加强系统介绍。通过互相切磋，可以了解到两国人民所追求的共同东西，会收到更好的效果。我觉得相互之间一个月一次的《中日文学通信》是必要的。从而帮助两国文学创作者和读者，发现各自的长处和短处，掌握两国文学发展的主流以及它们的进展

---

① 《文艺》杂志上的"藤原先生"为"藤野先生"之误。鲁迅逝世后，日本的《文学介绍》(『文学案内』) 杂志1937年3月号发表了日本作家贵司山治对藤野先生的访谈。中野重治因此得知藤野先生就住在自己出生的村子附近，并曾想要亲自拜访藤野先生。

② 《文艺》杂志"菊花为皇室家徽"是缺字，译文通过《中野重治全集》补全。

你的话和我想说的完全一样。这基本上也是所有日本作家和读者的要求。我想《文艺》也是因此而开展《中日文学通信》的吧。进行《中日文学通信》在其他方面对我们也是有帮助的。首先，邮政审查的麻烦可能会因此而得到缓解（？）②吧？日本的邮政制度好像正在迅速地发生变化。例如，某人从中国给我写的信是启封后直接投递给我的。以前启封后的信件会再次封上后再投递，而如今就这么刷刷地启着封地投寄。启封投递的来信中有一封曾告诉我给我寄了新波先生的版画集，但是版画集至今我仍未收到。③如果通过在杂志上公开刊登致彼此的公开信，那么当信件由个人形式转变为大众形式时，就能防止这种麻烦发生吧。第二，我们由此能从更宽广的角度来看待两国的事情，特别是我们各自国家的事情。因为自己身在其中

---

① 这部分翻译引自《萧军全集》中的中文原信《致中野重治》，参见《萧军全集》第17卷，华夏出版社2008年版，第219页。从萧军给中野重治的信来看，萧军的确建议"今后中日两国在文学创作和评论方面，要进一步加强系统介绍。通过互相切磋"，不过，他在信中也提到"前天，我准备写信，走访了鹿地先生。他在纸上写道：'对于中国作家来说，文艺是什么？我想请您来谈谈有关日本文学和中国文学的见解，然后用通信的形式写出来，登在报纸上，可以吗？'"萧军致中野重治的信写于1937年5月1日。由此可见，中日文学通信的计划可能是日本方面提议的，可能正是由《文艺》杂志和鹿地亘一同策划的，时间大约是1937年的4月间，而且从萧军致中野重治的信中可知，萧军认同这一提议，认为"相互之间一个月一次的《中日文学通信》是必要的"。参见鹿地亘：『中国の十年』，時事通信社，1948年，第41页。

② 原文有问号。

③ 新波即为黄新波，上海美术专科学校毕业，曾参加"反帝大同盟""中国左翼作家联盟"与"中国美术家联盟"，参与鲁迅提倡与指导的新兴版画运动。黄新波与日本友人鹿地亘相识于第二届全国木刻流动展览会，鲁迅亦到场参观并给予意见。鲁迅逝世后，黄新波是治丧委员会的成员之一，并作木刻《鲁迅先生遗容》和《鲁迅先生葬礼》。1937年，黄新波出版了个人版画集《路碑》，鹿地亘和胡风分别为其作序。鹿地亘的序言《新波君的木刻画》发表于1937年第2期的《希望》，文章详细介绍了鹿地亘与黄新波相识的过程以及对其木刻艺术的评价和意见。中野重治信中提到"启封投递的来信中有一封曾告诉我给我寄了新波先生的版画集"，大约是指鹿地亘从上海给其寄去黄新波的版画集《路碑》。值得注意的是，鹿地亘和胡风都在序言里对黄新波创作"祖国的防卫""为民族"等题材略有批评，并与鲁迅生前喜爱的德国版画家珂勒惠支的版画集进行了对比。这在一定程度上体现了鲁迅生前所参与的"国防文学"论争。从后面中野重治询问萧军有关"国民主义文学"的部分可以看出中野重治的意见与鹿地亘、胡风接近。

反而不了解自己国家的事情这种情况也是有的。特别是在文学艺术的世界里，研究和论争都带有强烈的主观色彩，一些细枝末节的问题常会一时地遮蔽那些长时段、更重要的问题。不过，要是把自己国家的情况传达给国外，即便是主观强烈的人他能不渐渐习惯于客观地来把握这些问题吗？如果能借此避免不必要的小论争，眼前只有关键的问题，那就太好了。

那么日本文学的现状该如何概括呢？据我所想，勤劳大众的文学和其对立者的文学之间正在以前所未有之势逐渐分道扬镳。民众这一边尚没有产生能证明自己阵营立场正确性的杰作，而不断摇摆在两者间的作品却非常多。和你所写的中国的情况几乎完全一样，"自足"和"自暴自弃"的情况、"粗制滥造"的情况在日本也泛滥起来。和中国一样，几乎所有的日本作家也都面临着生活和生计的不安。而且正如你所指出的那样，"日本的艺术可以说得上是'妖艳'的艺术，但不是'丰满'的艺术"，这种情况也还在继续。但是，总体来看，无论是艺术作品还是文艺理论日益都发生着过去不曾有过的民众立场和其对立面之间的分裂，这是千真万确的现状。民众对立者的文学家们，经常歇斯底里地宣称一切反对他们主张的人都是民众的敌人。这些人，要么就是过去说文学与民众利益、阶级利益无关而同样歇斯底里叫喊的人。否则就是在民众的力量表面上强大起来时就在这边活泼地游泳，而当民众的力量看起来弱小时则又潜入水里游到彼岸的人。不过，日本最近的经济贫困以及让日本好像经历了几次地震一样的政治激变都使得民众用一种深深怀疑的眼光来打量他们了。他们能看出民众的眼睛是雪亮的，因而摇身一变摆出一副自己才是民众真朋友的样子。但是，他们又无法证明这一点。因而，他们唯有一法，那就是为了满足自己而急躁地声称反对他们主张的人是在向民众鼓吹绝望的东西，同时也是瞎模仿西方装模作样罢了。这正符合了日本统治历来的政治方针，那就是不择手段地把民众吸引到自己这一边来。九一八事变就体现了这种将动摇的政治和经济状况往一定方向统一起来的日本帝国的方针，自此之后这一方针就变得愈发厉害。而与此一致的文学投机者们很快就在国民大众面前拿出了"新日本主义"的口号。不过现在，他们提出这个主义不久自己就开始渐渐意识到这个主张对文学没有多大用处。少数人也由此变得越来越歇斯底里。但是，谁都没有将这种主义看作是把希望赋予民众的、非瞎模仿的和纯真烂漫不摆样子的东西。如果看看他们称赞那和爱国主义纠缠在一起的民族主义，中国人就能更清楚地看明白他们的心。最近法国飞机途经中国飞抵日本，当广播里传来多雷的飞机在上海迫降时，日本东京某个小学的学生们竟然举起双手大喊"万岁"。① 另外，当某国立学校的日本人英语老师对某德国老师说这是"幸运的不幸"时，得到的回答却是"我不这么认为"这样的事也是有的。而那些民众对立者的文学家们却拼命告诉人民，对小学生和英语老师的爱国心提出任何质疑的人都是民众的敌人。

但是，民众希望能够得知正确的东西，摸索他们自己的道路。很多有才能的作家或多或少都站在民众的立场上，并自然会把不得不站在民众的立场上这种现状具体地写出来给你们看。日本的文艺家协会想要建造文艺会馆，而作为其成员的我正想要出钱，但是我听说因为《建设旨意》中如下的措辞而遭到了相当强烈的反对："文艺对社会的介入像今日如此强势是过去未曾有过的……以上的话虽可用文武并重一句来概括，②不过文艺的价值还未能如武事在国家社会被重视。军人有他们宏伟的'军人会馆'……而'文艺会馆'却至今都尚未建造这一事实充分说明了一直以来的情况。这不仅仅是我国文艺界的耻辱与损失，一不小心我国也会意想不到地招致外国的误解，从而让外国误认为我国是一个武断之国、军略之国，这也将是我们国家的损失。"

在这一点上，我并不认为日本"正意想不到地招致外国的误解"。中国的人民怎么看呢？

日本的民众在追求正确的事物，同时自身也在培养这种探求能力。近年来日本文学家经常描写恋爱和结婚，其中最有名的一位得出如下的结论："姑娘无论如何热爱对方，结婚之前绝不应该把自己的身体交给他。黄花闺女应该在保持黄花闺女的情况下花功夫获得经历无数男人这种艺妓的本领。光会说'我爱你'却身无分文的男人是没有资格说我爱你而向女孩求婚的。男人有妻妾也是没有办法的，但是有小妾的情况下，应该将去百货商店的钱交给正房太太。"

---

① 法国飞行员马塞尔·多雷（Marcel Doret）及无线电操作员弗朗索瓦·米凯莱蒂（Francois Micheletti）1937年1月20日从巴黎出发，挑战100小时连续飞行的记录，他们于1937年5月26日上午9点15分迫降于上海，随后于下午1点35分后再次起飞向日本出发，预计7小时飞抵东京，却因事故迫降于高知县，未能完成挑战。参见 *The Nippu Jiji*，1937年5月26日。马塞尔·多雷1936年就曾飞抵过日本，当时是开着期望向日本政府兜售的法国D510战斗机。William Green, John Fricker, *The Air Force of the World*, Macdonald, 1958, p.181.

② 《文艺》原文为"右文尚武"，收入全集后更正为"右文左武"。

这位作家并非直接站在反对民众的立场上，同时也是一位获得多数民众信任的作家。对此，一位无名的青年——我想可能是青年，我并未见过他——这样写道，"除了会说'我爱你'外一无所有的工农青年，尽管这位著名作家会用手堵住他的嘴，他一定仍会大声说'我爱你'。为什么呢？他们没有财产用以购买可作为永久奴隶驱使的妻子，他们也没有可以用来弥补自己爱不足的财产，对于他们而言，'我爱你'除了字面意思外没有任何其他动机"，他从这种角度给予具体反驳。前者的恋爱论与后者的反驳在此我都不能详细介绍。但是通过这个例子可以看出，民众和其对立者之间的对立关系并非仅仅尖锐了，而是正在急速地发生变化。民众和其年轻的下一代不能不从那些看起来似乎是站在民众立场上的人那里也使劲地拽出对立者。更何况，用差劲的辩解来糊弄民众、直接把反民众的立场归于爱国主义名下这种少数文学者的伎俩也无法再继续欺瞒勤劳民众及其年轻一代，这是很自然的事情。

　　下面我要稍稍谈谈日本作家对于中国的关注这个话题。一言以蔽之，他们最近特别关心中国。但是，在这里不得不提一下你所谈到的"中国"和"支那"的问题。① 现在有相当多的日本作家使用"中国"。不过，毕竟也还有很多其他作家仍在使用"支那"。但是，我想说的是，使用"支那"和"对中国的侮辱"这是两件事。这一点着实需要详细说明，不过在此我仅就"日本的实际"作一些说明。虽然"支那"古来就有轻蔑的意思这是事实，但是对于普通日本人而言"支那"是作为一个通用的地理概念来使用的。也就是说，对我们而言，唐、宋、元、明、清、中华民国，这些全都是地缘上的"支那"。这和把美利坚合众国简称为美国差不多。我只是说"差不多"。小田岳夫虽然写了诸如"现在正是一个我们不得不重新深刻

---

① 山本实彦在同一时期继一系列中国游记后又出版了题为《支那》的游记，并于1936年6月在《文艺》上展开了一次"支那——现代日本文学的课题"的文艺专栏讨论，流亡日本的郭沫若就参与其中，发表了《我的母国·作为日本文学课题》，也对日本文艺界使用"支那"提出了抗议。由于政治和出版资本等原因，1936—1937年间日本出现了一次"中国热"。改造社社长山本实彦在从上海寄回的文章中写道"日本现在站在一个世界大舞台上，视野也应该相应地扩大，认识也应该更加实际和深入。无论是苏联还是美国都将在中国这个国际市场上与日本发生竞争关系，因此就日本研究的课题而言，和苏联与美国相比，更值得研究的是民国中国"。参见山本实彦：『上海からＳへ』，『文芸』1936年第4卷第6期。

认识支那排日运动的秋天""我们不能忽视在支那对小学儿童所进行的排日教育。这是令人心寒般恐怖、可怕的事实"这样的话，但是我想小田并无意侮辱中国。日本的无产阶级也习惯用"支那问题"这样的语言来研究中国问题，也有人说"中国支那"，我自己也用过支那红军这样的说法。关于应该正确使用国名这一点，我想大概日本所有的作家都会同意你的意见，并且今后也会这样践行。① 真正的问题在于，比如说小田写了——你那里只举小田的例子——"稍稍夸张地说，不能不让人怀疑支那的小学教育实际上是为'排日'而存在的"，但却对为何会如此没有研究的热情。有一位叫近卫秀麿的日本人，他是日本最著名的音乐家之一，也是当今近卫首相的弟弟，此人对于中国胡乱发言，他说日本人若到"支那"，"若是到大学生、美术学校的学生、音乐学校的学生等聚集的场所去发表演说，那就要在黑板上写汉字给他们看。一定会赢得拍手喝彩的。竟然到这种程度。他们差不多已经忘了我们和支那是同文同种的国家。他们是那种程度，因此他们想要做什么事情都是可以做得出来的"。他随后又这样说，"到支那去最好给学生听众演讲。这时，有中国学生中说不想邻邦之间再次流血。我对此回答说首先结束内乱吧"。

这种场合里的"支那"明显带有侮辱的意味。而且，这里可以明显感觉到和这种侮辱感相伴的漫不经心。恐怕今后，日本的帝国主义者们说话也要小心吧。另一方面，他们称朝鲜为半岛，朝鲜人为半岛人，他们的民族主义已经"藏头露尾"、没法完全隐藏了。关于这一点我举别的例子来说明。最近，一名叫秦的陆军新闻班长所写的《邻邦俄国》的书非常受欢迎。在此之前，一名叫小林一三的企业家也曾写过苏联见闻录。② 不过，我觉得比之小林的书，秦的书更有价值，这是因为和小林那产业资本家一扫而过的目光不同，秦用军事的目光长时间地观察俄国。从这点来说，这位军人的书对于金融资本家而言也有很大帮助。恐怕不久的将来就会有《邻邦中国》这样的书，而里面的"支那"也将全部换成"中国"吧。我觉得这在不久的将来会实现的。

但日本作家对于全局也开始睁开眼睛了。不过，这种认识还没能像中国作家的日本认识那样成为很好地被组织起来的力量。最近在《改造》上刊登的埃德加·斯

---

① 意指今后将接受萧军的建议使用"中国"。
② 秦彦三郎：『隣邦ロシア』，斗南書院，1937 年；小林一三：『私の見たソビエット・ロシヤ』，東寶書店，1922 年。

诺和艾格尼斯·史沫特莱的《毛泽东会见记》宽广地打开了日本读书人对于中国的视野。① 日本人都热心阅读了。日本人阅读新闻报道的方法进步了。对于中国文艺家协会的成立，也有人这样写道"中国的文学运动通常都是民众运动的先驱，具有非常大的政治意味，正因为如此也有很大的危险性"。至于说对谁有危险性，这种事情也渐渐地被人所理解。

虽说这种理解还远远不够，而且也不是报纸和读物最终能解决的问题。不过另一方面，和艺术的方法问题、例如社会主义的现实主义相关，属于过去历史阶段的国民战争在中国的情况是不可避免地要与帝国主义发生冲突，从这一点来看，今后从这里会诞生出非常新的问题吧？② 另外，虽然日本的国民主义文学家们反对中国的国民解放战争，但站在民众立场上的作家们也被认为与此倾向相反等等，对此你们怎么看呢？

就像中国没有对于日本文学的介绍，在日本对于中国文学的了解也非常不充分。虽说在日本赛珍珠的作品很受欢迎，③ 但是我却很想读一读描写了游击战的田军的作品——我是最近才听说田军的名字，不过我看到你的来信里没有提及这个，也有可能是我听错了吧。④ 很多日本作家会为中日两国之间的文学交流做贡献吧。

---

① 埃德加·斯诺和艾格尼斯·史沫特莱的《毛泽东会见记》刊于1937年5月的《改造》。
② 社会主义现实主义是中野重治转向后思考的一个重要问题。日本对于社会主义现实主义的论争大约始于1934年下半年至1935年，贵司山治、久保荣等作家都对作家如何客观地表现现实、表现时代的本质和阶级意义等展开了讨论，中野重治与他们都发生了论争。具体参见林淑美:『転向後の課題と社会主義リアリズム』，林淑美:『中野重治連続する転向』，八木書店，1993年，第261—279頁。
③ 鲁迅曾在1933年11月15日致姚克的信中谈到"布克夫人"，称"她的作品，毕竟是一位生长中国的美国女教士的立场而已，所以她之称许《寄庐》，也无足怪，因为她所觉得的，还不过一点浮面的情形。只有我们做起来，方能留下一个真相。即如我自己，何尝懂什么经济学或看了什么宣传文字，《资本论》不但未尝寓目，连手碰也没有过。然而启示我的是事实，而且并非外国的事实，倒是中国的事实，中国的非'匪区'的事实"。胡风1935年撰文批评赛珍珠的《大地》，说作者受到一个比较开明的基督教徒这个主观观点的限制，而没有懂得中国农村及中国社会。见胡风:《〈大地〉里的中国》，郭英剑编:《赛珍珠评论集》，漓江出版社1999年版。
④ 中野重治提到的"田军"其实正是萧军，而所指的描写游击战的作品正是著名的《八月的乡村》。鹿地亘随后发表在1937年9月《文艺》上的《现在中国文学界鸟瞰》一文特地对此作了纠正。参见鹿地亘:『現在中国文学界鳥瞰』，『文芸』1937年9月。

不过，之前大搞日俄战争纪念活动之时，我曾指出虽说有很多日本文学作品对日俄战争进行了描写，并且日本人原本就被称为是一个对正义相当敏感的民族，可是作品里却不描写国土上有另外两国开战的那个国家的人民生活。如果中国有这样的作品我特别想读一下。

我本应该要谈一下日本各类的文学流派和文学期刊间的关系，不过不得不让给后面的人来谈。另外，关于经历了中日间种种历史变迁的朝鲜和中国台湾的文学与戏剧，我只能在此写道，他们在非常困难的环境中进行着斗争，具体的就让别人来写吧。那么下面的这一节就请转告鹿地亘，日本的批评家中只有很少数的人在进行坚韧不拔的战斗这种想法是错误的。有很多人在斗争。鹿地亘那样对你们说我并不服气。① 这可能是由于他并不完全了解日本的情况吧。另外，好像他还未学习中国话，这非常不好。请告诉他，请他立即进行听说训练。

我的回信就是这般的不堪了。不过请你将它当作日后将长时间延续下去的文学通信的伊始，予以见谅。另外，请一定记住我们正在为你们身体的健康与安全深深地祈祷。

1937 年 6 月 3 日
中野重治

---

① 指鹿地亘告诉萧军，"在日本，进步的评论家多少都有些变质了，或者也可以说是变节了，然而只有中野先生和中条百合子与这种形势相对抗，他们具有'韧'的战斗性"。参见萧军 1937 年 5 月 1 日致中野重治的信。

第八章

日据时期东北、华北的日本"戏通"及其京剧书写：从"华北交通写真"的京剧文献说起

第一节
"华北交通写真"京剧文献与因时顺势的民国日本人京剧研究

　　2019 年伊始，由日本京都大学人文科学研究所主持的《华北交通档案》(『華北交通アーカイブ』)全部写真的网络数据公开项目，自动议起历时 8 年，终于完成并实现全网公开，引起中日学界的普遍关注。此数据库文献来源于华北交通株式会社，这是殖民机构"满铁"的子公司，也是日本战时有名的国策公司，[①] 具有政府背景，日中合办，成立于 1939 年，日本二战失败后关闭。它承担、管辖战时中国华北、西北区域的铁道、公共交通运营任务，同时作为国情调查和宣传报道的一部分，也拍摄、收藏了大量战时中国的照片，共计 3 万 5 千张黑白照片，即此次公开的"华北交通写真"。在这为数庞大

[①] 这是日本在昭和前期依据确立战时体制的国家政策而建立的特殊公司。一种由政府资助保护的、由新兴财阀主导的半官半民企业，目的是强化军需生产、开发占领地区和振兴产业，也是日本实际上的殖民机构。

第八章
日据时期东北、华北的日本"戏通"及其京剧书写：从"华北交通写真"的京剧文献说起

的照片中，有数百张生动细致地呈现了自20世纪30年代末到40年代初（主要是1938—1942年间）的华北戏曲生态。其中有舞台剧照定妆照，也有名伶的扮装过程和后台实录，有城乡演出的大场面，也有不少可归于"私照"的生活照，还有科班与戏校训练、教学、生活的日常场景以及盔头衣箱道具的制作和节令戏俗。梨园百态，五花八门，大量为此前国内所未见，堪称珍贵的记录。从华北交通株式会社为这批照片所标注的拍摄信息可知，拍摄者姓氏有汤本、丰田、安福、桥爪、竹岛、岩村、荒木、长谷川、城所、西森等，当然，这些记录了战时中国社会生活方方面面的拍摄者本身，并不一定都是戏曲爱好者，但从照片中名伶的自然放松姿态来看，在他们的背后，还应当有热衷戏曲且熟稔梨园界的人士存在，他们为拍摄者提供拍摄机会并做向导"参谋"。事实上，在当时的华北交通株式会社之中，正有这样一个具有如此实力的"参谋"，他就是日本京剧通石原岩彻。

提起石原岩彻这个名字，或许关注中日文学交流的人并不太陌生，因为在20世纪50年代末，他曾将《红楼梦》译为日文在日本出版。①然而他的《红楼梦》翻译，只重点抽取了原著的爱情线索作了"大众文学化"的简译，既非佳译，难免昙花一现；相比起来，他对中国戏剧则有着长期关注，而其中最具代表性也是最有可能为中国戏剧研究者知晓的，就是他于20世纪40年代初出版的《支那剧的话》这本专著了。在这本近300页的书中有不少图片插页就来自"华北交通写真"。

民国时期日本人的中国戏曲研究，尤其是京剧研究，在京剧学术史上具有一定程度的开创和示范之功，其中最有名的代表如波多野乾一、辻听花等人，学界已不乏介绍。②不过纵观民国时期，研究京剧并有专书问世的日本"戏通"还大有人在。不包含单纯的剧目梗概介绍和翻译，单言京剧研究的日文专著，此时期就至少有以下14本：

村田乌江：《支那剧与梅兰芳》(1919)

黑根扫叶（祥作）：《支那芝居案内》(1919)、《支那剧精通》(1921)

辻听花：《支那芝居》(1923—1924)

波多野乾一：《支那剧五百番》(1922)、《支那剧及其名优》(1925)、《支那剧大

---

① 曹雪芹：『新編紅楼夢』，石原巌徹編訳，春陽堂書店，1958年。
② 相关代表研究有么书仪的《晚清戏曲的变革》、李莉薇的《近代日本对京剧的接受与研究》等。

观》(1940)

　　塚本助太郎：《支那芝居读本》(1936)

　　滨一卫：《北平的中国戏》(1936)、《支那芝居的话》(1944)

　　安藤德器：《京剧入门》(1939)

　　永持德一：《支那剧鉴赏》(1938)、《支那的芝居》(1941)

　　石原岩彻：《支那剧的话》(1943)

　　在这批著作中，石原一书在成书时间上较晚。虽相比辻听花、波多野乾一、滨一卫等人的鼎鼎大名，他在今天看来名不见经传，但时钟拨回大半个世纪前，他的京剧研究的流行程度，并不逊色于上述几人。我们或许还曾记得辻听花在《支那芝居》自序中曾提到的，因日本书肆的各种搪塞，致使本书日文版多年间不得出版之痛；① 而今天无论是在中国还是在日本，要想找到同时期黑根扫叶的《支那芝居案内》《支那剧精通》两书，可谓一册难求。相比之下，石原之书则有多个版本存世（如1943年华北交通社员会版、1943年新民印书馆版和1944年新民印书馆版）。除此之外，他关于中国戏曲的论述还反复出现在一系列带有"官方"印记的出版物中。例如，在1942年"满铁"铁道总局旅客课所编《满洲风物帖》中，就收有石原的长文《支那芝居与曲艺的话》。② 另外，在1940年满洲事情案内所编《满洲生活案内》一书中，有《支那芝居的话》一节，虽未标作者，但对读此节内容与石原的《支那剧的话》，可知正出于后者。至少在"满铁"系统内部，石原无疑被视为中国戏曲权威。同时，在不乏"中国通"的中国北方的日本人群体中，石原也有颇高的知名度，其以石敢当这一笔名所写的小书《杂谈支那》，自1936年7月到1940年8月，短短4年间，竟然刊印了21版。

　　石原著述的流行可谓因时顺势。吉川幸次郎曾分析过，明治时期日本人因现实与想象的落差，从而割裂了古代中国与当下中国，仅把前者作为需要理解的文明，而对积贫积弱的后者产生了文化心态上的蔑视。③ 20世纪20年代，情况并没有明

---

① 辻武雄：『支那芝居』，支那风物研究会，1923—1924年，第1頁。
② 石原巌徹：『支那芝居と寄席の話』，満鉄鉄道総局旅客課編：『満州風物帖』，1942年，第185—223頁。
③ 吉川幸次郎：『支那人の日本観と日本人の支那観』，『吉川幸次郎全集』（第二卷），筑摩書房，1968年，第577—579頁。

日据时期东北、华北的日本"戏通"及其京剧书写:从"华北交通写真"的京剧文献说起

显变化。中日双方虽"在政治、经济上有种种关联",但"直到现在,我国主要都是偏向对中国旧有历史文学的研究,而对于政治、军事、语言、一般的地理、贸易等方面,没有给予充分的研究。近来也是始终关注旧中国……特别是作为软文学、演剧方面,几乎到现在还无一人着手研究"。[①] 但是10余年后,随着日本侵略扩张的步伐,对于当下中国的国情研究调查成为现实的需要,辻听花当年的愿景——"借中国戏来了解中国人的社会、家庭,即中国人的人情、风俗、习惯,换言之,了解中国人的国民性、游乐的趣味并为逐渐解决整个中国的问题作出一些贡献",[②] 彼时已经成为毋庸置疑之论,而这种现实功利性也正是造就石原著述流行的重要基点。他在面向日本人(尤其是"满铁"系统日本员工)的讲座中提到,了解京剧是与嗜戏成瘾的中国北方人打好交道的不二法门,在铁道系统内中国员工的戏迷剧团组织尤为盛行。无论是在艰难的交涉场合还是在日常生活工作中,若日本人能以京剧为谈资、为联谊同乐手段,都会极大增进交际与共事的和睦融洽。[③] 在研究之外,石原还曾专门编译过一本集合了《凤凰山》《四郎探母》等几出与东北地区相关的戏曲剧本和故事的小书,名为《与满洲有关的支那剧物语》,标题本身就是京剧与地缘政治结合的体现。

石原的京剧著述所带有的这种现实功利性与其供职于日本对华殖民侵略机关的背景密切相关,但在讨论20世纪前半叶日本学者的海外中国研究成果时,这样一重背景却往往被或有意或无意地忽视,这本身就是一个有意思的话题。而作为民国时期日本京剧研究之作,他的京剧书写对于20余年来的相关研究有着怎样的总结、评价?在历史转承之际,其京剧论述又处于日本相关学术进程中的什么地位?这样一个在当时颇有影响力的"戏通""中国通",他的周边是否也云集着一个日本同好、同道的群体?他们的存在对于我们了解历史上东北、华北的戏曲活动和生态,有着怎样的意义?……在中日两国尚未看到关于其人其作有力研究的今天,借"华北交通写真"档案的公开,对上述问题进行讨论,也许正逢其时。

[①] 辻武雄:『支那芝居』,支那風物研究会,1923—1924年,第6頁。
[②] 辻武雄:『支那芝居』,第10頁。
[③] 石原巌徹:『支那劇の話』,華北交通会員社,1943年,第3—4頁。

第二节
石原岩彻其人、周边日本"戏通"群体以及相关的东北、华北戏曲活动

因中日两国关于石原岩彻其人的介绍资料有限且多语焉不详,笔者综合查找到的资料,拼凑出其生平行迹大略。

石原岩彻,1898 年出生于日本本州西部的中国地区,原名石原秋朗,笔名有石敢当,他在写作俳句、川柳时,亦用沙人、青龙刀等笔名。他在广岛、岛根两县长大,中学毕业后移居广岛市内。视安艺、石见地区为故乡。这一地区在德川末期出现了可以"傲视全国"的一代文豪赖山阳,这位"从任日本外史起写下诸多诗文,振奋了国民精神"的人物,成为石原的榜样①。石原曾就读于为培养开拓殖民台湾人员而成立的拓殖大学,为其第 18 期学员。20 世纪 20 年代中期,他加入具有法西斯倾向的国家主义团体行地社,曾创作《行地社社歌》歌词。② 早在大正时期,石原就曾到过天津,并曾在青岛任外交官,③ 昭和时代初任"满铁"弘报部(宣传部)部员,④ 活跃于《满蒙》《月刊满洲》等杂志,凭借俳句、川柳写作和对京剧的研究,广获文名。此外,他还有《一味楼杂记》《望喜楼杂话》等书问世。自 20 世纪 30 年代后期至二战结束,他任华北交通株式会社旅客课宣传主任、顾问、华北交通附属业务局参议等。⑤ 同时任 1940 年夏改组后的"满洲文话会"北京支部长。⑥ 他的卒年不详,直到 20 世纪 70 年代,他还作为评论家、随笔家,活跃于日本报刊媒体上。

在迄今可见的关于石原岩彻的零散信息中,要属长居东北,曾与其"办公桌相

---

① 石原巖徹:『藝州を語る』,『満蒙』1936 年第 5 期。
② 『学校で教えない歴史 36(二・二六事件・最終~青年日本の歌~)』https://blogs.yahoo.co.jp/bonbori098/29366152.html
③ 石原巖徹:『シナツウの反省』,『政界往来』1971 年 9 月。
④ 据名古屋文理大学剑持隆教授研究,正是石原岩彻指出"宣传"一语易给人说谎之感,"满铁"才将"宣传部"改为"弘报部"。(『満鉄の弘報活動』,『経済広報』2013 年 7 月号)
⑤ 『北京と北京人を語る座談會』,『文芸春秋』1939 年第 8 期;Kenneth Ruoff. "Japanese Tourism to Mukden, Nanjing, and Qufu, 1938—1943", *Japan Review*, 2014(27)。
⑥ 冈田英树:《伪满洲国文艺政策的展开——从"文话会"到"艺文联盟"》,冯为群等编:《东北沦陷时期文学国际学术研讨会论文集》,沈阳出版社 1992 年版,第 174 页。

日据时期东北、华北的日本"戏通"及其京剧书写：从"华北交通写真"的京剧文献说起

邻一起工作了数年"的同事和友人、文学家、翻译家大内隆雄对他的描述最为生动，"据说他学生时代的时候像竹竿一样十分瘦弱，不想现在的他却是挺着那样大的将军肚，胖到走起路来都是以肚脐为中心，左肩右肩，左脚右脚，奇怪地摇晃着""自不必说是东洋的豪杰之士"。他介绍石原将书斋命名为"望喜楼"，取"眺望喜马拉雅"之意，十分感慨其气魄之宏大。同时，令大内印象深刻的还有"先生来了兴致的话还会唱一曲中国京剧"，虽然"唱得未必那么专业，但却充满了他的风格和气概"。①

从早年以江户豪杰诗人和外史学者赖山阳为榜样，到在拓殖大学写下充斥着"尚武""殉国""胆色""大亚细亚""唤醒睡狮"等语词意象的《红陵健儿之歌》，②再到任职于在华殖民机构，石原岩彻的前半生紧密联系着日本的对外殖民扩张历史。但日本殖民体系内部也并非铁板一块，著名日本伪满洲研究学者冈田英树曾以1941年春发表的，旨在"强化殖民主义思想、实行文化专制、更加凶恶镇压抗日爱国进步文艺活动的反动纲领"——"艺文指导要纲"为界，将分属其前后的东北日本文艺界组织"文话会"和"艺文联盟"进行了一定程度的区分。他认为以"满铁"机构中心大连为据点的前者主要是民间交友机构，"与政府权力保持一定的距离"，而以伪满洲国国都新京为中心的后者则是日本国家政策对于文化统一管制的产物。与此相关，长期在东北生活、对于伪满洲国建设和政治议论等采取冷眼旁观姿态的日人，与积极奉行"建国精神"的同胞之间，也呈现出所谓"大连意识形态"和"新京意识形态"的紧张。"文话会"的改组，"实际上就是意识形态及文化的中心向新京转变的过程"，一些当事人也提到了改组后"文话会"氛围的改变。③石原岩彻曾担任改组后"文话会"的华北支部长。处在这个暧昧的过渡节点，加之他文人兼政府官员的暧昧身份，为我们判断他的立场增加了难度，不过如果综合石原的经历和写作的文章，不难看出这个昭和初期便来到"满洲"的"老关东"，对于

---

① 大内隆雄：《满洲文学二十年》，高静译，北方文艺出版社2017年版，第68页。
② 收入宫泽正幸主编《拓殖大学歌集》（拓殖大学校友会官网 https://takushoku-alumni.jp/kasyu）。此外在二二六兵变时，鼓舞了陆军少壮军官"皇道派"的《青年日本之歌》（也称《昭和维新之歌》）正是由石原作词的《行地社社歌》修订而来，而长期以来被认为是此歌词作者的三上卓实为修订者。（https://blogs.yahoo.co.jp/bonbori098/29366152.html）
③ 冈田英树：《伪满洲国文艺政策的展开——从"文话会"到"艺文联盟"》，冯为群等编：《东北沦陷时期文学国际学术研讨会论文集》，沈阳出版社1992年版，第158—162页。

包括建立伪满洲国傀儡政权在内的日本一系列对华策略和战时日本军部,有着强烈不满。他曾为历史文化名城北京或难逃战火荼毒而忧叹,①公开提倡"《荒山泪》《霸王别姬》等剧,都是含有反战意味的好戏"②,宣扬"亲善"。石原在文章中曾提到土肥原、板垣等把持军部的"伪中国通"们一意孤行的穷兵黩武之举,他将在战时就以"民间中国通"自居的日本人的对华策略批判为"必败"之策。③无疑,石原本人正是以后者自居的,他与日本军部代表了殖民者内部不同的拓殖思路和立场。

"反战"但不反殖,主张从文化、心理和民族性入手,达成"人心归顺",将"对中国及中国人的认识"作为"我日本民族天赋使命之大陆经营之成功的前提",④这是石原无论作为官员还是文人、"戏通"时,都奉行的准则。对于官员石原来说,这一准则不仅体现在"华北交通写真"文献库的相关工作中,也体现在1942年他所提议的力图恢复战后市面繁荣、重新发扬"因近代物质文明和西洋思想入侵而凋敝的中华儒教"并使其与"大和魂"接合的"曲阜观光复兴计划"等工作中。⑤而对于"戏通"石原来说,也正是因其所奉行的殖民思想,京剧对他才呈现出特别重要的意义——所谓"我们现在满怀热情要将标榜的'乐土'理想付诸实现,与殖产兴业并行,也必须应当致力于可说是民众生活之一部分的戏剧的保育"。⑥这点也在他勤勉的京剧书写中,留下了不可否认的印记。

关于石原的戏曲著述,笔者依据目前所查知内容,列表如下:⑦

---

① 石原巖徹:『事變後の北京劇界』,『滿蒙』1938 年第 3 期。
② 石原巖徹:『支那劇の話』,華北交通会員社,1943 年,第 204 頁。
③ 石原巖徹:『シナツウの反省』,『政界往来』1971 年第 9 期。
④ 石敢當(石原巖徹):『自序』,『雜談支那』,月刊滿洲社,1938 年。
⑤ 这份计划拟就了 8 点具体措施,寻求曲阜孔庙的"伊势化"(即日本伊势神宫化,即国庙化),不仅恢复其为信仰和学习中心,也使其成为富有活力的观光中心。计划强烈体现出日本作为亚洲文明守护者的自命,希图依靠日本的努力让近代以来饱受批判的儒教重新支配中国人的精神。可参见 Kenneth Ruoff: "Japanese Tourism to Mukden, Nanjing, and Qufu, 1938—1943", *Japan Review*, 2014 (27):171—200。
⑥ 石原巖徹:『支那劇の話』,第 199 頁。
⑦ 除了与戏剧相关的写作,在华时期石原还写作、发表了大量川柳、俳句作品,并曾组织较大范围的川柳募集工作,他还写作了散文、政论文章。二战之后他还翻译了《红楼梦》、张竞生的《性史》等,直至 20 世纪 70 年代还在《政界往来》等杂志上发表政论文章。因本章内容限定,不列于表中。

日据时期东北、华北的日本"戏通"及其京剧书写：从"华北交通写真"的京剧文献说起

石原岩彻的戏曲著述

专著	《支那剧物语》	朝日新闻社	1939 年
	《与满洲有关的支那剧物语》①（社员会丛书第 31 辑）	满铁社员会	1939 年
	《支那剧的话》（社员会丛书第 6 辑）	华北交通社员会 新民印书馆	1943 年 1944 年
	《京剧读本》	朝日新闻社	1956 年
文章	<u>《关于昆曲》</u>②		写于 1928 年
	<u>《昭和四年左右的支那剧界大观》</u>		写于 1929 年 9 月
	《支那剧近况及其他》	《满蒙》	1929 年 10 卷 10 期
	《其后的支那剧》	《满蒙》	1935 年 16 卷 9 期
	<u>《关于支那剧改良问题》</u>		写于 1936 年 12 月
	《事变后的北京剧界》	《满蒙》	1938 年 19 卷 3 期
	《支那剧界巨星陨落》	《满蒙》	1938 年 19 卷 4 期
	《天津的支那剧》	《北支那》	1939 年 6 卷 8 期
	<u>《支那芝居杂观》</u>		写于 1939—1940 年
	《中国役者气质》	《文艺春秋》	1940 年 18 卷 13 期
	《支那芝居的话》	收入满洲事情案内所编《满洲生活案内》	1940 年
	《支那芝居与曲艺的话》	收入满铁铁道总局旅客课编《满洲风物帖》	1941 年
	《日本人与支那剧》	《公论》	1941 年 3 月
	《京剧往何处去》		1941 年 10 月
	《支那剧的趣味》	《演剧界》	1951 年 9 卷 1 期
	《一个京剧爱好家的叹息》	《日本及日本人》	1969 年 1 期

---

① 《与满洲有关的支那剧物语》和《支那剧物语》两书内容实无二致，后者是朝日新闻社面向日本本国民众出版的作品，删去了书名中的"满洲"二字。
② 《支那剧的话》分为上下两篇，第一篇是根据其戏剧讲座记录修订而成，第二篇是作者十数年来发表文章的搜录，即表中文章一栏中加下划线者。

由上表可见，石原对中国戏曲的研究约始于20世纪20年代末，确切地说，1928年韩世昌经由大连到日本进行公演，对日本的戏曲爱好者可谓一个重要刺激。彼时"满铁"工作人员石田贞藏为韩世昌赴日专门编写过单行本宣传册《昆曲与韩世昌》，其中论述了昆曲的历史，并援引了刘振修《昆曲新导》中的语句。石原这篇《关于昆曲》也援引了包含相同段落在内的更多篇幅，且日文翻译几乎一样。同时，他还将在《昆曲与韩世昌》中有关昆曲史阐述的未注明出处段落明确归于此次公演经办人、时为"满铁"情报课特约工作人员的旅日华人黄子明名下。显然，他是以熟悉公演宣传内情并共享资料的"满铁"内部人员身份写作此文的。从文中可见，此时的他戏曲学养尚浅，多有人云亦云之处，例如将高则诚的《琵琶记》归入杂剧，认为元之前大概只有唱没有白，且歌舞分别，元后方唱白兼有，且载歌载舞，始为戏曲等等。① 但是他的学习提高之路并不缺乏引导，因为在这时的"满铁"机构中心大连，已经形成了日本人的戏曲同好圈。1925年11月，大连就成立了隶属"满铁"名下满蒙文化协会（也即大连中日文化协会）的京剧研究团体"中国剧研究会"，② 此研究会中人员情形虽尚待考察，但从韩世昌访日公演前在大连的"前站"演出剧评专辑中，多少可见端倪。这期名为"昆曲与韩世昌的演戏"的大连演剧专辑，刊于大连中日文化协会发行的杂志《满蒙》11月号，收集了来自文艺界人士和戏迷、观众的9篇剧评与一首诗歌，其作者及文中所涉部分日本人名称，可视作当时大连日本文艺界戏曲爱好者的一份不完全名单，其中较重要且可考的，有如下一些人物：

大谷武男，"满铁"大连图书馆馆员，《满蒙》杂志的积极投稿人，同时也为伪满洲其他一些日文报纸杂志创作小说、评论等。

松崎鹤雄，号柔甫，日本著名汉学家、版本目录学家。其后半生在中国度过，居大连最久，曾供职于"满铁"图书馆，直至日本战败投降后方归国。

柴田天马，日本文学研究者、翻译家，以翻译《聊斋志异》闻名于世，《满蒙》杂志亦刊登过其《聊斋志异》译作片段。他1953年曾获日本朝日新闻社奖。

井田泼三，时为居于大连的日本医生，也是艺术研究者，对广播界贡献较多。

---

① 石原巌徹：『支那劇の話』，華北交通会員社，1943年，第111—112頁。
② 当时东北的"中国剧研究会"不止一个。如20世纪30年代末，"满铁"弘报系统也曾成立过名称相近的戏剧研究会，但这些研究会在性质、构成上都不乏联系、影响和相似处，或可纳入同一系统。

第八章
日据时期东北、华北的日本"戏通"及其京剧书写：从"华北交通写真"的京剧文献说起

村冈乐童，又名村冈祥太郎，日本音乐家，早年曾在天津北洋师范学校任教授，民国初期定居大连，在当地文化与音乐活动中极为活跃，是"村冈管弦乐团"、大连少女歌剧团、大连戏剧办事处、大连高等音乐学院等组织的创办者和负责人，曾被日本人誉为"满洲音乐之父"。他是 20 世纪 30 年代伪满洲国国歌的共同作曲者之一，病逝于大连。

赤冢吉次郎，原大阪池田师范学校训导兼教师，大正时期积极投身日本国语教育，《满蒙》杂志的积极投稿者，20 世纪 30 年代后期担任大连中日文化协会下属"满洲国语研究会"评议员，曾任伪满洲国"新京"商业学校校长。①

……

纵观他们的剧评文章，尤其是大谷武男、柴田天马、村冈乐童等人，熟稔中国古典文学文化，专业学养深厚，对于认知难度颇高的场上之学——昆曲音乐，他们都有着惊人的领会和分析能力。石原熏染于如此高手云集的同好圈中，得以快速成长，约 10 年之后，他就成为在"中国剧研究会"这类组织中发表长篇讲演、引导他人的师者。而石原岩彻从一名高喊着"尚武""殉国"的拓大学子到转向投身民间文化事业的反战"亲善"立场，或许与身边这些久居东北的"老满洲""老关东"的"大连意识形态"影响也有着一丝干系。

此外，石原还在他的著述中，尤其是在收入《支那剧的话》的《日本人与支那剧》一文中，明确提到了以下三类活动于他周边的日本"戏通"代表：

1."满铁"系统内部的戏剧家，以著名小说家、剧作家久米正雄为代表。关于久米正雄，熟悉中日戏曲交流的人或许会想到他 1924 年为梅兰芳赴日公演撰文，并在日本《演剧新潮》杂志邀请著名戏剧家为梅兰芳举行的座谈会发言的情形。但他在 20 世纪 30 年代末应聘供职于"满铁"华北交通株式会社资料课，成为石原同事的情形，则少为人知。1939 年春，久米正雄来到北平，石原因更喜好生行戏的豪杰慷慨，对于"绝非中国戏传统精髓"的花衫剧独尊日本颇耿耿于怀，于是与熟悉梅兰芳赴日公演策划和经营情形的久米交流，后者告之"因为毕竟日本大众对于中国剧没有什么了解，为了演出商业成功，只好依靠梅兰芳的'色气'。同时，如只有梅的专门演出，恐经营成绩不佳，因此穿插日本戏剧来吸引观众"。② 鉴于久

---

① 关于《满蒙》本期专号和作者详情，笔者另文进行完整的翻译和译注，此处不赘述。
② 石原巖徹：『支那劇の話』，華北交通会員社，1943 年，第 244 頁。

米正雄确曾真诚倾倒于梅兰芳之美,此番谈论经由石原复述,未必是久米本意,但石原由此主观强化了对于京剧内部行当流派间的偏好取舍,当是无疑的。

2. 鲜为人知的戏曲"笃学之士"和"实演者"。"笃学之士"以久米正雄、池上清水二人为代表,石原尤其推崇。此二人在张家口经商时,曾对当地一家由孤儿院、戏班合二为一的山西梆子剧团大力支持,使其摆脱经济困境,得以为继。池上于1940年去世,久米后赴天津,在繁忙的工作之余研究戏剧,力图通过戏剧把握社会相,他曾在《蒙疆新闻》上刊出部分文章。更值得注意的是久米有感于日本戏剧只有《父归》《婴儿杀戮》等新剧被介绍入华,于是着手翻译日本歌舞伎剧本,被石原认为如果能够实现,将是"划时代的事业"。① 遗憾的是对于此事业的完成情况,不仅石原不晓,我等后人也无从查考。

如大内隆雄所言"唱得未必那么专业"的石原,深知外国人演出京剧的困难,尤其"日本人的歌喉不适应戏曲,很少有人能唱,特别是成年之后再习剧者",② 因此,周边凤毛麟角的"实演者"就格外引起他的注意。在文中,他曾记载了如下几位日本"实演者":20世纪20年代以着和服演出为噱头、与中国丈夫搭班在东北营生并曾至上海、南京巡演的梆子女伶安藤红;平津两地的日本人名票斋藤、中村、中山等人。特别是安藤红,虽演出多面向乡间,但声音高亢,颇有天赋,据说曾有相当人气,若非石原之笔,恐难为今人所知。

3. 潜在的竞争者,以安藤德器为代表。这是一个较特殊的存在。首先在身份上,安藤此时供职于北京广播电台调查部,与石原同为沦陷区的日方官员。安藤虽与梨园界有交游,但其活动更多围绕日中政界高层人士和政治史传写作,尤其与日本政坛三朝元老、曾任首相的西园寺公望过从甚密,相关作品产量惊人。那些随笔式的中国散记与京剧书写在他更多只是锦上添花之举,③ 其写作重心与石原异

---

① 石原严彻:『支那劇の話』,華北交通会員社,1943年,第237—238页。
② 石原严彻:『支那劇の話』,第232页。
③ 从1934年到1941年,安藤德器陆续写作、编著的书籍就有《趣味的维新外史》《维新志士传》《历代内阁物语》《山阳与苏峰》《西园寺公与湖南先生》《陶庵素描》(引者注:陶庵公即西园寺公望)、《陆海军今昔物语》《幕末伟人物语》《宪政沿革物语》《文人墨客物语》《军部总观物语》《陶庵公影谱》《园公秘话》《北支那文化便览》《京剧入门》《满支杂记》《维新外史》《汪精卫自叙传》等,此外,他还为报刊写作了大量文章。从这些出版物的题旨,不难看出其写作的侧重点。

日据时期东北、华北的日本"戏通"及其京剧书写：从"华北交通写真"的京剧文献说起

趣的背后，或也反映了二人在政治、文化立场与观念上的差异。即便这样，安藤的京剧专著《京剧入门》仍然"抢"了先机，比石原的《支那剧的话》早了4年问世。石原对这本"七七事变后仅有"的日本人京剧研究书籍，评价并不高，认为"对要想初步获得中国剧知识的人来说不算坏，但是内容颇有几分杜撰，唯一好的地方是将名剧择出百题介绍其梗概并简单解说，此为稍有可取之处"。①除立场差异这一可能的原因之外，石原的低评价或许也与二人更具体的戏剧观差异有关：安藤极为看重旦行戏，在其《满支杂记》中便有与程砚秋等名旦交游的大量记载，在《京剧入门》的名伶传中，亦给予旦行篇幅极多，而对石原看重的生（尤其是武生）、净两行行文寥寥，这或也正是石原指其为"杜撰"无稽之处。在石原看来，当前虽来华日人剧增，但日本人的京剧研究，相比大正年间辻听花、村田孜郎、波多野乾一、黑根祥作和井上红梅"五先觉"的工作，质与量皆下滑严重，②他在表达对安藤不满的同时，是否也暗示了自己才是继承"五先觉"志业之不二人选呢？

在《日本人与支那剧》一文中，石原还提到武藤贞一、尾崎士郎、一户务等同时期在日本重要报刊媒体上发表中国剧见闻观点的"旅行者"，③以及1939年春，他曾作为向导与来北平之日本剧作家真船丰、阿部知二、今日出海三人看戏的经历。不过与上述三类人物以及石原本人相比，这些人士恐怕还很难够得上"戏通"一词。著名文学家谷崎润一郎和木下杢太郎都曾感慨20世纪最初10年奉天戏曲土壤之贫瘠，④而到了20世纪30年代后，根据国内学者研究，不仅票界戏曲演出繁盛，李万春、言菊朋、金少山、吴素秋、魏莲芳、李盛藻、马连良、李玉茹、富连成大班等众多戏曲名家也来到伪满洲，⑤其中李万春更是在1933—1939年间5次来

---

① 石原巖徹：『支那劇の話』，華北交通会員社，1943年，第99頁。
② 石原巖徹：『支那劇の話』，第224頁。
③ 详为武藤贞一的『大陆各处』（昭和十三年七月二十八，『大阪朝日』），尾崎士郎的『杂囊』（昭和十四年十一月二十六，『东京日日』），一户务的『支那的演剧』（昭和十三年九月，『东京朝日』）（石原巖徹：『支那劇の話』，華北交通会員社，1943年，第242頁）。
④ 谷崎润一郎：『支那劇を観る記』，『谷崎润一郎全集』（第六卷），中央公論新社，2015年。
⑤ 何爽：《伪满洲国时期的旧剧》，《戏曲艺术》2014年第1期。

演，还曾与李少春在哈尔滨上演过"争霸"的热闹戏码。除此之外，石原还在文章中记载了伪满洲国成立前的北铁从业员俱乐部、大连连东俱乐部，伪满洲国成立后的新京铁路局员俱乐部、奉天协和会的协和俱乐部等有名的票社组织。来满名角方面，则特为我们补充了自 20 世纪 20 年代末到 1935 年来满演出的"海派"名角名单——刘筱衡、麒麟童、林树森、赵如泉、杨瑞亭、高百岁、刘汉臣，勾勒出一个"满洲戏曲界成为上海派势力范围"的历史片段。① 这些令伪满洲戏曲演出市场高潮迭起的事件，很多都与在满日本人的各种官方、民间组织的运作关系甚深。而在京剧"本场"北平，石原本人亦曾广泛联系杨小楼、尚小云、荀慧生、马富禄、王幼卿、筱翠花、刘砚芳、金仲仁等梨园名角，深度介入、促进了战事爆发后剧界"正常营业"与"市面繁荣"的恢复。② 这自然是出于稳定日伪政府对沦陷区统治的意图，但是也从另一个角度，说明了石原凭借日本人"戏通"身份活跃于梨园界的游刃有余。

第三节
在"亚细亚精神"的想象中辨析京剧的传统和未来

在民国时期日本人的京剧研究专著中，较多的是历史沿革述略、风俗文化解说、程式规约举要与名伶名剧介绍，石原《支那剧的话》一书上篇也大体未脱出这一范畴，然其下篇所集其 10 余年间之讨论文章，则颇有价值。毕竟，能够始终处于与中国剧界"危机感"的同声相应中，直接关怀、讨论京剧未来发展走向的外国

---

① 石原巌徹：『支那劇の話』，華北交通会員社，1943 年，第 156—160 頁。另外，石原还记录了天津的武生元祖李吉瑞 1930 年 3 月也曾先赴上海，后至大连演出（同书，第 152 頁）。

② 石原曾写道"于十一月二十日，经由北京名医与剧通汪凤椿，与杨小楼、尚小云、荀慧生、马富禄、王幼卿、筱翠花、刘砚芳、金仲仁等诸君宴会，极力主张夜间开演，论述对于人心安定有好的影响，也有利于恢复市面繁荣，希望在座诸君奋发。果然该月末，夜场逐步开演，进入十二月，各剧场皆恢复夜间开演……北京人士有戏瘾可过，人心安定、市面繁荣得到强化"。石原巌徹：『事變後の北京劇界』，『滿蒙』1938 年第 3 期。

日据时期东北、华北的日本"戏通"及其京剧书写：从"华北交通写真"的京剧文献说起

人，无论今昔皆不多见。

关于彼时新旧剧之争与戏曲改革、改良之发展路径等问题，在伪满洲文艺界也曾有过热烈讨论，已为一些学者关注，但是相关研究多只限于中文材料和中国人群体。① 石原迄今可知的戏曲著文始于1928年，而在1929年，他就起意讨论"中国剧往何处去"，直面这"胡适等提倡之新文化运动及其前后中国文艺界一大难题"②。直到1941年，他以"京剧往何处去"为题作出总结，这一贯穿了10余年的思考，可谓他作为外国人"戏通"的思考中，最有特色和最具价值之处。其戏曲观具体来说有以下特征：

1. 根植于民间日常，强调其连续性而非断裂性，呈现出对京剧"本场"的看重和对本土脉络的尊重，但同时又主张应遵循人情与时代而进步

作为文艺家的石原，其创作多持民间文艺和大众文艺立场，如热衷于以"卑微日常茶饭事"的日本"大众文艺"来表现并开拓在满日本人文化，10余年间致力于"对满洲风俗事物的川柳化"。③ 同时，他也是从民间和文化角度进入中国这一庞大认识对象的。他极为赞赏广袤黄土中生长出来的民谣，认为其中抒发了对政治、社会不平的舆情，是把握民众生活与思想的"天声"，④ 而一般在外国人看来有碍剧场观瞻的设文武场于台上和扔手巾把等旧俗，在石原眼中也都具有了恐难复现的"珍景"的味道。⑤

既为"戏通"且为"风俗通"的石原，对于当时日本官方另将戏曲命名为"满洲剧"的"割裂"做法，⑥ 颇不以为然，认为"所谓'满洲剧'，与'中国剧'并无所异，也没有区别的必要，只要改其应改，使其向应该进步的方向进步而已"⑦。从这句话中，我们也看出尊重固有脉络的石原并非保守之人，相反，他多次参照日本戏剧的发展历程，提出人情以喜新为自然，戏剧发展应顺情因时。针对昆曲曲高和

---

① 何爽：《伪满洲国时期的旧剧》，《戏曲艺术》2014年第1期。
② 石原巌徹：『支那劇の話』，華北交通会員社，1943年，第121頁。
③ 石原巌徹：『川柳と満洲』，『満蒙』1937年第8期。
④ 石原巌徹：『序』，藤沢由藏：『黄土の声』，華北交通会員社，1942年，第16頁。
⑤ 石原巌徹：『事變後の北京劇界』，『満蒙』1938年第3期。
⑥ 例如1944年，西村保男《满洲戏剧》一书由满洲事情案内所刊行，此书的描述对象实为中国戏曲，且并不限于京剧，乃是一个整体性、普及性的介绍。
⑦ 石原巌徹：『支那劇の話』，第199頁。

寡这一公论，他提出了"有违众论"的质疑，认为不能将民众喜好与否作为品格高低的判断标准，昆曲让位于皮黄秦腔乃顺应时代、民众要求之必然变化，不可偏颇以趣味低俗化发展视之。① 在京剧领域，他则指斥某些否定一切改良，一味认定"今不如昔"的"京派"老戏迷"食古不化""顽固守旧"的思想，亦将视京剧为封建时代物、必随社会进化而灭亡的"改良无望说"视为教条，而从正面评价"有识之士复兴改良志愿及奋斗"的"引人注目"。② 一方面，他看到当前剧界虽少再出杨小楼、余叔岩、梅兰芳等绝世天才，但因富连成、荣春社、鸣春社、中华戏曲学校等培养之力，人才无虞，甚至较此前更为阵容齐整，对于李万春、袁世海、叶盛兰、俞振飞、马富禄等新进甚至富有"新味"的年轻演员寄予期待；③ 另一方面，关于甚嚣尘上的"京""海"派新旧之争，石原在不断强调北京乃京剧"本场"，将"上海剧"与"京剧"分立的同时，也曾寄望"海派"良多，认为"上海派抛弃了京剧的象征主义，走上寻求写实主义革新之途，是应当予以首肯的艺术运动"，并建言其要在"形式写实"之外，"重视心理描写"，在"武戏的真刀真枪"外，更重视向"京派"学习"震动人心的力量和深味"，以防止"乱暴卖艺之感"和"堕入'无反省'的趋新逐异"。④ 而当他一路观察下来，日渐失望于海派"改革"日益落入如同日本名女优天胜一流的奇术、真物使用和超长篇制作的荒唐无稽，一意孤行时，⑤ 石原心中那从固有脉络生发，又顺情因时，不拘新旧成见的理想改良之京剧，是否还有踪可循呢？

2. 形式风格上追求"兼听兼看"，但不以纯粹外在耳目之娱为高格，而以沉雄慷慨的男性美学和儒家文化为意趣根底

---

① 石原巌徹：『支那劇の話』，華北交通会員社，1943 年，第 117—119 頁。
② 石原巌徹：『支那劇の話』，第 212、146 頁。
③ 石原巌徹：『支那劇の話』，第 84、273、280 頁。
④ 石原巌徹：『支那劇の話』，第 122—129 頁。
⑤ 平林宣和曾讨论梅兰芳古装新戏或曾受到日本名女优天胜的影响（《梅兰芳古装新戏与"电光"的世纪——试探梅兰芳〈天女散花〉与洛伊·富勒的电光舞之关系》，刘祯、秦华生主编：《梅兰芳精神及传播国际学术研讨会论文集》，学苑出版社 2018 年版），而石原则多次以确凿口吻指出了"海派"对"天胜流"奇术的模仿（石原巌徹：『支那劇の話』，華北交通会員社，1943 年，第 125、169、175 頁）。

日据时期东北、华北的日本"戏通"及其京剧书写：从"华北交通写真"的京剧文献说起

在10余年的京剧书写中，石原曾长期关注并反复论述两种剧目类型的新倾向，即"花衫剧"与"文武老生剧"。相较于石原笔下的老生、正净、青衣、老旦及天津黄（月山）派武生戏等"宜听之戏"，这两种都是"宜看之新倾向戏"，① 也是"华北交通写真"京剧文献中特为突出的剧目类型。前者指梅兰芳领军之新制脚本，程砚秋、尚小云、荀慧生、黄玉麟、筱翠花、张君秋、毛世来、宋德珠等最为有名的男旦演员皆在此潮流中，以至于石原一度在旦行中只按花衫、老旦、武旦细分，而不再分青衣花旦了。② 这类花衫剧"承认中国剧本来演出方法的绝对价值，改良处只是脚本、剧的构成以及一些剧场设施的末节，此主张得到了华北地方以北平天津人士为主的绝对支持"，石原也认为此改良法"与日本歌舞伎以本来手法搬演新创作"的情形几乎一致，是京剧改良诸法中"颇中肯綮"者，③ 既解决了脚本题材一向以历史剧、滑稽剧为主的单调问题，又保留了其歌调、形式的优长，且相对易于操作。但石原并不是无区别地对待一切新制花衫剧，他认为其中《天女散花》之类是"针对外行的吸引眼球的漂亮戏"，仅仅"限制在以美女为主人公的题材内，兴味止于主演的美貌和华美的舞台呈现，鲜有剧情予人之感动，绝不能说是中国剧传统的真髓"，即便可说"优雅象征"，然"因太玄妙空虚，没有真切感，风雅人士也会看腻"。④ 相比而言，他最认可《荒山泪》《霸王别姬》等"含有反战意味的好戏"，相比"以前绝大部分悲欢离合家庭儿女的故事"，这些花衫戏在社会意义上体现出"现代中国剧与往昔相比较确实已有非常大的进步"。⑤ 暂不提他打着"亲善反战"旗号的文化殖民思路，单从剧目本身的差别而言，石原所推崇的"宜看"，大抵并不重在声色之丽，而在剧情内涵的突出。

正因此，石原更为推重并始终密切跟踪着所谓"文武老生剧"10余年间的发展。"文武老生剧"是石原的"独创"术语，与一般所指并不相同。其意为区别于

---

① 石原巌徹：『支那劇の話』，華北交通会員社，1943年，第173頁。
② 石原巌徹：『支那劇の話』，第106頁。
③ 石原巌徹：『支那劇の話』，第205頁。
④ 石原巌徹：『支那劇の話』，第173、244、206頁。
⑤ 石原巌徹：『支那劇の話』，第204頁。

短小折子戏的一出完整剧情大戏，主演多有武生功底，但又难说是传统武生抑或老生，而是含各种角色人物，换今天的说法，或许可以叫量身打造的新制"大男主戏"。其脚本制法多是从复杂化与戏剧情节强化角度对传统折子进行串接或老戏"翻案"，尤以猴戏、三国戏、剑侠戏为重。相较于传统戏或有的古涩味道，"文武老生剧"文武兼擅，热闹易理解，代表了年轻观众所喜爱的方向和风格。这一类戏虽可归于受"上海流"的影响，但其中被石原视为第一号人物的李万春，却有北京一派的幼学功底，卓然众人。北京保守剧界因其艺风与杨小楼有相近处，对他也并不排挤，且有"杨小楼第二"之望。此外，他与北京富连成之叶盛章、更为年轻之李少春，亦被石原并视为三杰，胜过麒麟童、林树森、刘汉臣、高百岁、赵如泉、安叔元、小孟七、杨瑞亭等纯粹"上海养成"之伶。①

既传承有源，又脱胎出一派新型男性剧风，《三国志》《水浒传》《西游记》等题材又广为日本人熟知，更重要的是这些戏体现出了"中国剧中占有重要部分的发扬英雄豪杰之东洋男性美的部分和表现忠臣烈士悲壮意气的部分"，今天的日本观众看了，也会振奋于"今日时势中的中国剧"之"勇壮活泼鼓舞志气"，②在石原看来，这是比梅兰芳的男旦戏更适合赴日公演的剧目类型。事实上，在当时在华日本"粉丝"的积极筹备下，确曾有邀请李万春赴日演出计划，但并未成行。

"东洋男性美"是石原京剧鉴赏中的关键词。与此词相关，他还曾激赏过一系列名伶：身兼俞黄、演艺堪称绝奏，可类比于幸四郎、左团次的杨小楼；仍有孙（菊仙）派之雄的唯一后人时慧宝；声音宏大、架势堂堂，虽有"过火"之訾然男性豪宕之气当代无匹，亦有松本幸四郎之趣的金少山；副净中登峰造极、意气豪迈创制新剧之郝寿臣；慷慨悲壮之天津黄（月山）派武生仅存之马德成；等等。③值得注意的是，推重"兼听兼看"的石原特别提到，以唱和听为本位的天津黄派武剧"有着伟大的价值""应当作为中国国粹予以保存发扬"，而其给出的理由颇不寻常："现在人们除了看梅兰芳一类的华丽戏剧、上海式的热闹眼睛的浅薄炫技之物等，对天津派武剧呈现出来的慷慨悲壮之美已没有理解能力了……"④

---

① 石原巖徹：『支那劇の話』，華北交通会員社，1943 年，第 78、136 頁。
② 石原巖徹：『支那劇の話』，第 244—245 頁。
③ 石原巖徹：『支那劇の話』，第 155、73、81、156、136、77 頁。
④ 石原巖徹：『天津の支那劇』，『北支那』1939 年 8 月。

在这样一段解说中,石原所说的慷慨悲壮的男性美学,勾连起了幸四郎、左团次与杨小楼、金少山等中日名伶,也勾连起了具有男性文化底色特征的儒家文化与尚武的"大和魂"。从这一点上说,无论是石原作为本职工作而起草的复兴儒教、将孔庙"伊势神宫化"的"曲阜观光复兴计划",还是他作为"戏通"对文武老生剧和武生、净行戏的看重,都具有一致的内在逻辑。

无疑,这一对"东洋男性美"的共同体想象,是石原观察、把握中国戏曲传统与未来的建基点。在既是殖民者,又是中国文化通的石原身上,这一共同体想象也呈现出多方面的紧张。无论是在华期间,还是在晚年,石原都深切感到在现实情境中,日本人与中国人各方面的隔阂很深。"所谓'同文同种'的说法,实在要不得。"①而京剧的认识论价值正在于此。况且,石原不满于战时日本军部的"伪中国通"受"同文同种"观念的贻害所犯下的最大错误,就是对同时代中国与中国人心理,尤其是其民族主义之力的极端无知,以为这正是日本战败的根本原因。无疑,对这一难为武力征服的民族主义的认识,促使石原走向了反战,他具有了从现实文化、人心入手来构建亚洲共同体的殖民意识形态。但是,在他所言将京剧作为认识中国独特民族性的门径和将京剧视为承载及重新发现"亚细亚精神"的载体这两者之间,显然存在着无法调和的紧张与矛盾。而在更微观的层面,它表面上从文化、人心的体察入手,具有一定的包容性,一定程度上反思了所谓"新旧""雅俗"等语词中的文明论等级观,突破了同时期一些思维桎梏和表述惯性。然而它从根本上依托于日本拓殖、扩张以在亚洲实现霸权的现实政治,呈现出对"非亚"因素的强烈排他性。与此相关,石原那些在"新旧"之间看似圆融通达的论述实则仍逃不出"本质主义"的窠臼:人情虽以喜新为自然,然而当需要解释年轻世代所"喜"之倾向于感官刺激和物质性的"新"究竟从何而来时,不出预料地,石原将时间性的"新"(现代)与空间性的"西方"进行了人们所熟知的对位,将其归因于"欧化影响"。②此因一旦祭出,"新"也就不再是"人之常情",而具有了"溢出"其理想之"亚细亚"边界的性质。无论石原在"新旧"具体问题上的论述如何显豁旷达,

---

① 石原巖徹:『シナツウの反省』,『政界往来』1971 年第 9 期。
② 石原巖徹:『支那劇の話』,華北交通会员社,1943 年,第 221 頁。

对于新制脚本如何推崇，但由于在地缘政治与时代整体性的时空对位下，"新"—"欧化"—"非亚"之间达成链接，石原最终也只能为京剧的危机作出"与昆曲一样，其衰落正是因其好处（特性）"这一从本质上而言与"不合于时代"并无不同的判语，①他所寻找到的必须也只能是在"亚细亚"内部的解决方案，也就只有在经历由花衫新剧与文武老生剧所代表的过渡时代后"回归传统戏"，或宿命论地"除看着它渐渐衰歇别无他法"了。②石原的京剧研究顺应着日本的拓殖需求，始发于对中国当时现状和文化研究的热切诉求，然其始于某种现实性与开放性，却又终于内收与封闭性的思考路径，也为我们认识殖民思维的复杂性提供了一个有代表性的案例。

康保成曾将日本的正式京剧研究分为前后两个阶段，前以波多野乾一、辻听花、永持德一等为代表，后以滨一卫、泽田瑞穗、波多野太郎等为代表，呈现出从对京剧历史和当代演剧的关心，到在注重当代演剧的同时又擅长从民间文化、信仰角度切入的变化。③根据这样的论述，鲜为人知的石原岩彻及其京剧论著，不仅在时间上正位于两阶段承接处，且其研究的方式、角度，亦显露出某种承启特征，值得两国的学人们给予更多的关注。在20世纪70年代初，也即中日建交前夕，石原还以评论家、随笔家身份在日本报刊发表政论，他延续着对只知"古中国""旧中国"的"伪中国通"的批判，向"对于新中国现状的了解完全白纸一张"的日本民众介绍了新中国在卫生防疫、水利工程、国民心理与生活理想诸方面日新月异的进步，指出不论中国是何政体，都必以同等之人民视之，以"推心置腹、取信于人"为"颠扑不破之永久交往真理"。④但这样基于文化、人心的友好之声，与石原在政治上对于中、苏等国马克思列宁主义意识形态的敌意并存，具体反映在针对京剧的论述中，则表现为将大陆的"戏改"视作政治高压下，京剧完全成为专制意识形

---

① 石原巖徹：『支那劇の話』，華北交通会員社，1943年，第283—285页。
② 石原巖徹：『支那劇の話』，第221页。
③ 康保成：《中国戏剧史研究入门》，复旦大学出版社2009年版，第162—165页。
④ 石原巖徹：『シナツウの反省』，『政界往来』1971年第9期。

日据时期东北、华北的日本"戏通"及其京剧书写:从"华北交通写真"的京剧文献说起

态宣传工具,丰富的历史传统被禁灭的历程。① 从石原晚年的复调之声,不难发现其中多有他在华期间书写、思考径路的延续。石原岩彻追求成为一名"真正的中国通"的人生,不仅留痕于中国戏曲的研究史中,也如一抹飞行器划过长天的航迹,以自身的纹路显现出空中诸般潜暗气流,并最终汇入中日之间变幻激荡的时代风云中。

---

① 石原巖徹:『マルクス主義は仁義と無縁—昔中国にあった害群の馬はいまは北方で世界平和を乱す』,『政界往来』1972 年第 4 期。

第九章

帝国内部的中国现代文学

1936年,在刚刚成立4年的伪满洲国爆发了一场关于什么是"满洲文学"和"满洲意识"的大讨论。笔名为"城小碓"的日本作家本家勇认为,"满洲"的文学只不过是一种日本文学的延伸,"我们没有看到任何可以被称作为满洲文学的东西"①。他理想中的"满洲文学"是以日本文学为雏形的,也就意味着把"满洲"的文学发展成日本的"乡土文学"。②而与这种观点相对的则是另一种基于独立的"满洲国"的文学观,代表人物有木崎龙、吉野治夫、大内隆雄等在华的日本作家、评论家和翻译家。受到过马克思主义理论影响的大内隆雄和加纳三郎基于伪满洲国是一个多民族"国家"的现实和理想,从而提出一种与中国文学有联系的、独立的"满洲文学"概念,并且相信这种文学要比日本本土的文学更优秀。③

这是一场没有最终结论的争论,或者说,这场争论最终以1945年8月15日日本投降以及200多万在满日本人彻底丧失他们的"异乡"而告终。回到日本12年后,曾经参与什么是"满洲文学"辩论的大内隆雄在他的战后回忆录《中国札记》里叙述了自己在"第二

---

① 城小碓:『満洲文学の精神』,満洲文話会編:『満洲文芸年鑑』,1938年复刻版,葦書房,1993年,第25頁。
② 城小碓:『満洲文学の精神』,満洲文話会編:『満洲文芸年鑑』,第29頁。
③ 加納三郎:『満洲文化のために』,『満洲評論』1941年第21卷第5期。

故乡"中国的 25 年旅程,他在开篇第一章里便说"我爱中国"。① 对于 1921 年便移居中国东北,先后在长春商业学校、东亚同文书院、南满洲铁道株式会社度过一生中的少年及壮年时光的大内隆雄来说,很难说到底是中国还是日本才是他的故乡。

大内隆雄所生活的这片日本依靠武力夺得的伪满洲国生存空间,从历史、地理、法律各个角度来说都无疑是中国的领土。然而,对于曾经生活在这片土地上的日本人而言,他们的精神世界则与昭和日本以及中国大陆都有着密不可分的关系。建立一个包括日本人、中国人、朝鲜人、俄国人、蒙古人以及北方少数民族在内的复合多民族国家的理想,是从旧贵族到日本军人、官僚、浪人、间谍、无产阶级文学运动转向者、演员、作家等各色人都曾有过的梦想和欲求。伪满洲国也正是继明治富国强兵、脱亚入欧、北海道开拓、将台湾与朝鲜作为殖民地以来,昭和日本最大、最真的梦想。② 美国历史学家安德鲁·戈登曾指出,正是对"满洲"的侵略才最终将日本从受到全球经济危机持续影响的经济危机中解救出来。九一八事变前,日本基本农作物的价格下跌了约百分之四十三,同时农村也涌现了大量地主与佃农之间的矛盾。③ 从 1926 年到 1930 年,东京零售商店的破产率几乎翻了一番。④ 但是日本对中国东北的侵略却带来了日本国内经济的复兴,由于伪满洲国和朝鲜的重工业和化工业,日本的工业出口在 1931 年至 1934 年间增长了近百分之二十八。⑤ 而作为一种对抗日本资本主义的思潮,普罗文学和无产阶级文学运动也大量流入日本控制下的东北地区。当 1928 年、1929 年间,共产主义运动在日本遭到镇压时,曾经隶属于日本普罗艺术联盟的近百分之九十五的无产阶级文化运动者选择了"转向"。⑥ 他们中的很多人选择到"满洲"重新出发。例如,曾经带领伪满洲国代表团参加第一届大东亚文学者大会的三田清三郎就曾是《文艺战线》和《播种人》的同人。转向后,他于 1939 年迁入伪满洲国。又如,

---

① 山口慎一:『中国札记』,私家版,1958 年,第 1 页。
② 川村湊:『異郷の昭和文学:「満洲」と近代日本』,岩波书店,1990 年,第 19 页。
③ Andrew Gordon, *A Modern History of Japan: From Tokugawa Times to the Present*, Oxford University Press, 2003, p.183.
④ Andrew Gordon, *A Modern History of Japan: From Tokugawa Times to the Present*, p.183.
⑤ Andrew Gordon, *A Modern History of Japan: From Tokugawa Times to the Present*, p.183.
⑥ 尾崎秀樹:『近代文学の傷痕:旧植民地文学論』,岩波书店,1991 年,第 226 页。

上文所提到的，也是接下去的这一章将要集中讨论的日本翻译家大内隆雄也曾卷入共产主义运动——虽然与日本本土的情况稍有不同。据《在满日系共产主义运动》记叙，"大内隆雄在接任《满洲评论》主编后，从1932年至1933年，《满洲评论》的编辑政策没有明显的改观。在此期间，《满洲评论》依然刊载了满铁左翼人士的大量言论。这也体现了大内自己的许多想法，所有这些都是共产主义思想的体现"。① 被遣返回国后的大内并没有罢休，不久后又再次回到"满洲"，转而从事中国文学的译介工作。而其中国文学译介工作所凭借的汉语能力则得益于上海东亚同文书院的培训。这所1901年由日本东亚同文会在上海开办的学校，以培养对中国情势熟悉的中国通为目标，1921年曾升格为日本外务省直属专门学校，毕业生曾被大量输送到"满洲"，它的设立与发展集中体现了20世纪初日本对在华事务的关心。可以说，作为与东京同时存在的殖民地空间，"满洲"并非外在于日本现代化的历史；相反，它是日本现代化历史的一部分。正如在"满洲"所刊行的诸如《新天地》等杂志具有象征意义的名字所显示的那样，"满洲"早已成为昭和时期日本人在闭塞、停滞、充满矛盾的现代化过程中寻找出路、突破自身困境的一种方式。

如果说开拓"满洲"殖民地是昭和日本自身的生存方式，那么发生在伪满洲国的日本文学活动便正如日本文学研究者川村凑所言，无疑是"异乡的昭和文学"。② 由此，在伪满洲国译介和传播的中国文学则很自然地应当被看作在昭和日本帝国内部被译介的中国文学。川村凑曾将在"满洲"的文学活动分为三类，以夏目漱石《满韩处处》为代表的旅行者文学，以北村谦次郎、绿川贡、牛岛春子以及上述所提到的城小碓、大内隆雄等为代表的移居"满洲"者的文学以及出生在"满洲"的日本人的文学。③ 其中以第二类数量最多，在思想和情感上也最为复杂，因其较多地涉及日本人在伪满洲国的身份问题和伪满洲国的民族政策。川村凑在《民族摩擦——奉天、哈尔滨、蒙疆》一章中曾仔细检视了不同日本作家对伪满洲国"民族协和"政策的态度与处理方式。例如，他注意到牛岛春子是如何在《姓祝的男人》中塑造一个"比日本人还要更日本人"的"殖民地人典型"，他也注意到日本作家

---

① 関東憲兵隊司令部：『満日系共産主義運動』，極東研究所出版会，1969年，第244頁。
② 川村湊：『異郷の昭和文学：「満洲」と近代日本』，岩波書店，1990年，第27頁。
③ 川村湊：『異郷の昭和文学：「満洲」と近代日本』，第23—25頁。

又是如何在作品中借用"满人"的视点，最终却只能停留在日本人的意识中以及日本人是如何在复合民族的现实面前仍然不能抛却单一民族国家的观念。这些例子都体现出：虽然建立于1932年的伪满洲国只存在了短短的14年，它在殖民政策及殖民统治方面却具有高度的复杂性。不过，稍有遗憾的是，川村凑只讨论了在满日本作家的作品和文学活动，他的研究并未涉及翻译，也未涉及在满中国作家的写作与活动。作为一种重要的"文化统合"手段，文学翻译和文学写作一样，都在殖民统治中起着重要的作用。

事实上，正如下文将要指出的那样，在伪满洲国，中国作家的现代文学在1937年之后变得格外重要，它的兴盛不但与大量日本移民涌入"满洲"有直接的关系，也体现着伪满洲国民族政策的变迁和实质。如何吸收和发展中国文学也关系着日本帝国的未来，名副其实地关系到战前日本帝国在东北亚、中国台湾、南洋等各个场域的"国民统和"的成败，是20世纪三四十年代日本帝国历史重要的内容。从这个意义上来说，在满日本作家如何认识中国文学，中国文学在伪满洲国的译介、在日本帝国内部的传播是了解20世纪上半叶日本帝国历史不可或缺的一面。近年来，伪满洲国建立过程中的意识形态和文化因素也受到重视。伪满洲国在意识形态方面包容各种跨国、跨区域因素的"特殊能力"引起了许多研究者的兴趣。杜赞奇、路易斯·杨、拉纳·米特、驹达武、Suk-Jung Han, Hyum Ok Park 等都对伪满洲国的殖民文化与意识形态进行了研究。这些新的研究都提出了一个问题，即怎样在领土侵略和血腥屠杀之外理解殖民主义。在此基础上，我们可以进一步提出这样一个问题，即在所谓的跨民族、跨文化的殖民意识结构中殖民统治是怎样具体展开的。通过对在满中国文学的译介活动，可以揭示驹达武在《殖民地帝国日本的文化统合》一书中所关注的问题，即在殖民地帝国日本对他民族的支配历史中，所谓的民族主义是如何产生自我否定的胚芽，而最后又是如何走向自我极端发展的终点，即自我否定的胚芽是如何最终难产的。① 不过，驹达武并未直接关注"民族协和"问题，认为它不过是一种针对中国排日言论的权宜之计，是一种想要将民族理论自身相对化的努力，而特别关注伪满洲国文化统合诸种手段中的"王道"概念的系谱。② 与驹达武的研究不同，本章将要正面讨论1937年日本在满的民族协和政

---

① 驹达武：『植民地帝国日本の文化統合』，岩波書店，1996年，第8頁。
② 驹达武：『植民地帝国日本の文化統合』，第238頁。

策，以及在此政策实施过程中，尤为关键的中国文学译介活动，并由此揭示日本昭和文学史是如何不得不却又最终无法包容中国文学的。

第一节
中国文学的"复兴"

1937 年，伪满洲国迎来了文学的"春天"。自 1937 年起，中文期刊《明明》《艺文志》《新满洲》在伪满洲国先后创立。《明明》杂志由在伪满洲国总务厅任职的古丁、疑迟等于 1937 年 3 月创办，曾得到"满洲"社城岛舟礼的财政资助，发行 19 期后于 1938 年 8 月停刊。《明明》停刊后，古丁等人又于 1939 年 6 月创办了《艺文志》，于 1940 年 6 月休刊。同期创立的还有日文期刊《满洲浪曼》，创刊于 1938 年 10 月，同人则包括北村谦次郎、横田文子以及木崎龙、今井一郎、大内隆雄、荒牧芳郎等一大批在伪满洲国各大文化机关任职的日本人。《满洲浪曼》于 1941 年 5 月终刊，共出版七辑。在《明明》和《艺文志》上发表的中国文学作品经常被翻译后刊登于《满洲浪曼》，而中国作家也翻译了不少《满洲浪曼》同人的作品刊登在他们的期刊上。例如，大内隆雄的《未完成的文学自叙传》，木崎龙以笔名仲贤礼写作的《我的文学十年》以及北村谦次郎的《半生之记》都被翻译后刊登在《艺文志》上。

可是，伪满洲国的现状是长期以来中国文学普遍不受重视。在《满洲浪曼》上的《满洲文学研究》评论特辑号里王则从中国人的角度阐述了"满洲文学"。他说："满洲人谁也不否认日本文学的存在。但满洲也有文学。这好像是日本人最近才发现的事情。满洲也有文学。此乃幸事。满洲文学与日本文学进行交流。此尤为幸事。"① 在伪满洲国成立初期，日本作家和中国作家之间的直接接触非常有限。真正大规模的接触与合作要到 1937 年左右才开始。早期，满铁对中国东北作家的文学作品基本不感兴趣。根据伊藤武雄的介绍，当时的满铁调查科的研究可以简单地划分为历史研究、地理研究、文学研究和中日关系政治研究四个方面。但是在文学

---

① 王则：『満日文学交流雑談』，吕元明、铃木贞美、刘建辉监修，复刻版『満洲浪曼』第 5 辑，ゆまに书房，2002 年，第 87 页。

研究方面，他们基本上只关心中国的古典文学和诗词。1929 年，几乎没有任何有关中国东北现代文学的研究和调查。① 当时，日本作家和中国作家大多居住在不同的区域，各自擅长的文学形式也不尽相同。例如，大部分日本作家都创作短诗和俳句，其中职业作家很少。而深受五四文学的影响，中国东北的作家较早开始了小说创作。起初，在满日本人的文学创作集中在大连或新京，这与满铁沿线的经营有关，而中国作家大多集中在殖民统治较为松散的哈尔滨。② 但是随着萧红、萧军和舒群 1934 年的离去，罗烽和白朗 1936 年的离去，以及金剑啸的被捕和遇害，中国作家的创作失去了活力。到 1935 年为止，大部分在哈尔滨创作的作家都已撤走。③ 同时，中国作家的创作对报纸副刊的依赖很大。但是，1935 年"满洲弘报协会"成立，关东军加强了对报纸和出版的监管。④ 当时主要的报纸，如《大同报》和《盛京时报》都受到了影响。中国作家也失去了原有的创作空间。1935—1936 年间的中国文学多少处于停滞状态。⑤ 但是从 1937 年开始，因为有了共同的发表空间，中日作家之间的翻译与交流活动也频繁了起来。

在期刊同人翻译和交流的基础上，1939 年和 1940 年日本翻译家大内隆雄分别翻译出版了中国作家的小说集《原野》和《蒲公英》，广受好评。《原野》收录了古丁的《原野》《小巷》、小松的《洪流的阴影》《人造绢丝》、夷迟的《黄昏后》、田兵的《阿了式》、袁犀的《邻三人》、今明的《三种雷同的人类》、盘古的《老刘的正月》、辽丁的《哈尔滨》等作品。《蒲公英》则收录了小松的《蒲公英》《施忠》、古丁的《变金》、石军的《窗》《离脱》、疑迟的《北荒》《梨花落》《雁南飞》、田兵的《砂金夫》、巴宁的《马》、女作家吴瑛的《翠红》等作品。这两个选集中的不少作品都曾在《明明》和《艺文志》上发表过，而翻译则在《满洲浪曼》上先行发表。当《原野》1939 年 9 月出版时，以日本人为主的在满半官方文学组织文话会召开

---

① Itō Takeo, *Life Along the South Manchurian Railway: the Memoirs of Itō Takeo*, M.E. Sharpe, 1988, p.106.
② 岡田英樹：『文学にみる「満洲国」の位相』，研文出版，2000 年，第 114 頁。
③ Norman Smith, *Resisting Manchukuo: Chinese Women Writers and the Japanese Occupation*, Vancouver: University of British Columbia Press, 2008, p.43.
④ 『強力な言論機関準備の必要：弘報協会設立につき板垣参謀長説明』，『満洲日々新聞』1936 年 9 月 4 日。
⑤ 大内隆雄：『満洲文学二十年』，国民画報社，1943 年，第 350 頁。

了一个庆功宴，一个月之后又举办了一个意在促进中日文学交流的《原野》座谈会。①1939 年，《满洲文艺年鉴》第一次破天荒地开始介绍中国文学作品，其中就有田兵的《阿了式》和小松的《人造绢丝》，均是《艺文志》同人的作品。

除了发行杂志和翻译集外，在 1937—1941 年这一段时间，中国作家大量被邀请加入原先以日本人为主的文话会和"满映"（株式会社满洲映画协会）。文话会诞生于 1937 年 6 月的大连满铁社员俱乐部，以"助成促进满洲文化活动为目的""支援会员的研究成果、论文、作品的发表与出版"和"援助具有文化意义的事业"为目的的文话会，初期同人性质更强，更多的是一个旨在促进文学创作和交流的松散组织。不过，1939 年总部迁至新京后官方色彩更强。②1940 年，文话会拥有会员 400 多人，在大连、奉天、新京、哈尔滨、北京和东京都设有支部。③1940 年文话会的主要任务有：派遣中国作家访问日本、出版中国作家的作品集、增加文话会的正式刊物《文话会通信》的中文版面，使不会日语的中国作家也能参与文艺活动。④除了发行机关刊物外，文话会还出版了《满洲文艺年鉴》，设立"满洲文话会奖"，分为作品奖和 G 氏奖，参加民生部大臣奖的评选活动。民生部大臣奖第一届获奖的是穆儒丐的《福昭创业记》，第二届则颁发给了古丁的《平沙》。⑤成立于 1937 年的"满映"从一开始就将观众设定为中国人，但是包括李香兰参演电影在内的"满映"初期摄制的电影都未能实现这一目标。⑥因此，"满映"开始雇用中国作家，其中一大部分为《艺文志》周边的作家。古丁、外文、爵青、吴郎、吴瑛都是"满映"的供稿者。梁山丁也常为"满映"创作剧本。⑦日本作家方面，《满

---

① 大内隆雄：『満洲文学二十年』，国民画报社，1943 年，第 270—272 页。
② 冈田英树：《伪满洲国文学》，靳丛林译，吉林大学出版社 2001 年版，第 22 页。
③ 单援朝：《漂洋过海的日本文学：伪满殖民地文学文化研究》，社会科学文献出版社 2016 年版，第 151 页。
④ 新京文話会：『本部委員会』，『満洲文話会通信』1940 年第 30 期。
⑤ 单援朝：《漂洋过海的日本文学：伪满殖民地文学文化研究》，第 8 页。
⑥ Michael Baskett, *The Attractive Empire: Transnational Film Culture in Imperial Japan*, University of Hawaii Press, 2008, pp.29—30.
⑦ 胡昶、古泉：《满映——国策电影面面观》，中华书局 1990 年版，第 89 页。

洲浪曼》同人中也有超过半数的作家为"满映"工作。① 半官方的文学团体文话会与"满映"把当时新京的中日作家聚集到了一起。

中日作家的这些文艺活动不少都受到伪满洲国政府和满日文化协会的资助。满日文化协会成立于 1933 年，隶属于日本外务省文化事业部，并得到东方文化学院东京和京都两个研究所学者的支持。从满日文化协会的成员组成上来看，它并非一个单纯的文化组织，而是统合了关东军参谋部、弘报处、协和会、日本外务省的许多官员。当时的评议员中就有弘报协会的理事长森田久、弘报处的处长武藤富男、协和会总务部长皆川丰治和协和会的常务主事杉村勇造。② 满日文化协会起初的任务是搜刮东北地区的文物，接收东北大学和图书馆，整理散佚的文献图书。自 1937 年起，满日文化协会从日本外务省获得资助，支持伪满洲国的文学发展，鼓励中日文学交流。1940 年 5 月的满日文化协会的纪要中就记录着对民生部大臣文艺奖、艺文志事务所、《满洲浪曼》同人等各个团体作家的出版和各作家间的联络给予经费援助。③ 从 1938 年开始，满日文化协会出版"东方国民文库"，里面就包括第 9 编陈曾寿的《旧月簃词》，第 11 编辛嘉所译的《蒙古民间故事》，第 14 编穆儒丐的《福昭创业记》，第 15 编古丁所译的夏目漱石的《心》，第 22 编古丁的《平沙》。④ 也就是说，对中国文学的兴盛以及"满洲文坛"文学杂志和文学团体的发展来说，很重要的资金来源便是满日文化协会和日本。在中日战争胶着、中国台湾和朝鲜的人们面临着改姓和民族语言丧失的时候，伪满洲国的"满人"作家的创作却得到了一次意外的振兴机会。在满的中日作家也第一次在官方授意下展开了各种文学和文化交流。

---

① 岡田英樹、西田勝、西原和海：『「満洲浪曼」をどう評価するか？』，『植民地文化研究』2001 年第 1 期。
② 『満日文化協会紀要並職員表送付』，昭和十五年五月，『アジア歴史資料センター』，文件号 B05016056800, Sheet No 16—17。有关满日文化协会请参见岡村敬二：『日満文化協会の歴史：草創期を中心に』，岡村敬二自行发行，2006 年。
③ 『満日文化協会紀要並職員表送付』，昭和十五年五月，『アジア歴史資料センター』，文件号 B05016056800, Sheet No 11。
④ 新京资料室联合会编：『官庁会社刊行資料目録』，新京资料室联合会，1941 年，第 189 頁。

第二节
"民族协和"与中国文学

不过，1937年之后出现的中国文学的繁荣和中日文学交流的展开不应被看作伪满洲国统治的松动，相反，它们代表的是日本运用文化手段加强了伪满洲国的"新型"帝国统治。具体而言，用当时《满洲浪曼》的同人古川哲次郎的话来说就是，摆在当时"满洲文化"的指导者日本人面前的课题便是要让五族协和的意识开出五族协和的花，让日本人真正成为"满洲文化"的指导者和建设者。① 成立于1932年的伪满洲国，在其官方文件中宣扬"王道"政治和"五族协和"。《建国宣言》宣称："凡在我国家领土之内居住者，皆无种族之歧视、尊卑之分别，除原有之汉族、满族、蒙古族及日本、朝鲜各族外，即其他国人，愿长久居住者，亦得享平等之待遇，保障其应得之权利，不使其有丝毫之侵损。"② 提出"民族协和"的说法与当时日本所承受的国际压力有关。一方面，第一次世界大战后，世界殖民史已进入1915—1945年这个衰落期。③ 1918年前后，威尔逊和列宁先后提出民族自决理论。日本不得不面对汹涌的民族运动大潮。在东亚，中国的五四运动和朝鲜的三一起义几乎同时爆发。各种反殖民和反帝国主义的民族独立运动在印度、伊朗、土耳其、阿富汗和尼加拉瓜等地接二连三地发生。从第一次世界大战到20世纪四五十年代之间的这段时间见证了新的民族国家的不断出现，它们纷纷寻求从各种帝国统治中独立。④ 另一方面，日本也不得不面对业已建立的欧美帝国主义霸权。当日本通过甲午战争获得中国台湾后不久就发生了所谓的"三国干涉还辽"。30多年后，日本对中国东北发动的九一八事变又再一次

---

① 古川哲次郎：『満洲文化の指導建設者日本人』，吕元明、铃木贞美、刘建辉监修，复刻版『満洲浪曼』第1辑，ゆまに書房，2002年，第225页。
② 満洲国史編纂刊行会：『満洲国史』，満蒙同胞援護会，1970年，第219页。
③ D. K. Fieldhouse, *The Colonial Empires: a Comparative Survey from the Eighteenth Century*, Macmillan, 1982, p.396.
④ Edward W. Said, "Yeats and Decolonization," in: Terry Eagleton, Fredric Jameson, and Edward W. Said ed., *Nationalism, Colonialism, and Literature*, University of Minnesota Press, 1990, p.75.

遇到了国际联盟调查团的压力。当伪满洲国建立时，日本军部曾有共识，为了避免进一步激化国际谴责和干预，有关"满洲问题"要小心处理。[①]简而言之，作为帝国主义后进国家的日本，要同时抵抗来自殖民地和来自其他帝国主义势力的压力。这就是20世纪30年代初伪满洲国建立时"民族协和"话语提出的历史大背景。

当然更为重要的是，日本当局之所以采用这一措辞是由伪满洲国当时实际的民族分布情况所决定的。在伪满洲国人口数量上占据主导的是当时被统称为"满人"的汉人和满族人。事实上，从20世纪20年代初期开始，每年都有大约80万至100万的山东和河北移民，从关内移民到"满洲"。[②]在伪满洲国建立前，这一地区就已经聚集着超过3000万的"满人"了。[③]与此形成鲜明对比的是，直到第二次世界大战结束，在此地区日本在人口数量和文化上都不占主导地位。虽然早在1932年9月日本就开始了第一次有组织的移民。但是，到1936年为止，只有约2367户日本家庭从日本本土移居到"满洲"，总人数为4245人。真正大规模的"满洲移民"要到1937年之后。但是，即便那样，根据伪满洲国1940年的人口普查，在满4300万人口中只有大约82万是日本人。[④]除了"满人"与日本人，伪满洲国还有一些其他少数族裔的人口。例如，1939年的时候，除了俄国人及少量德国和波兰的犹太人外，有大约100万的蒙古族和朝鲜族居民。[⑤]

但是，要在伪满洲国的殖民空间实现"民族协和"几乎是不可能的。在伪满洲国从未颁布过任何正式的国籍法以规定谁是这个"国家"真正的国民。原本在满铁的日本员工都是有补贴的，但是1932年伪满洲国建立之后，满铁取消了这份安置

[①] 松本侠：《满蒙自由国设立方案大纲》，中央档案馆、中国第二历史档案馆、吉林省社会科学院合编：《日本帝国主义侵华档案资料选编：九·一八事变》，中华书局1988年版，第376页。

[②] Yamamuro Shin'ichi, *Manchuria Under Japanese Domination*, trans. Joshua A. Fogel, University of Pennsylvania Press, 2006, p.10.

[③] Yamamuro Shin'ichi, *Manchuria Under Japanese Domination*, p.10.

[④] 王承礼主编：《中国东北沦陷十四年史纲要》，中国大百科全书出版社1991年版，第362页。

[⑤] John J. Stephan, "Hijacked by Utopia: American Nikkei in Manchuria," *Amerasia Journal* 23, No.3, January 1997, p.2.

补贴，因为现在伪满洲国不再是外国了。① 但是，根据当时日本本土的国籍法，在日本注册户籍的日本国民和从属于日本帝国的朝鲜籍居民是无法取得日本以外的国籍的。在满的朝鲜人一方面向伪满洲国当局缴纳税收，另一方面却被编入朝鲜总督府组织的军队。② 又如，1935年以后，在满日本人的教育问题由日本外务省全权负责，而朝鲜人的教育问题则由伪满洲国政府负责。③ 所谓的"国民"并不是一个意义明确、内部统一的概念，相反，它只是伪满洲国统治者为了"统合"和动员各种资源，借用的一个"资产阶级"概念，而"民族协和"充其量只不过是一种政治修辞罢了。

"民族协和"在伪满洲国每日都经受着来自实际生活的考验。路易斯·杨就曾指出，在伪满洲国，种种诸如"腐败""缺少爱国心""土匪"等文化和民族标签都被用来歧视当地的"满人"，用来证明日本剥削廉价劳动力和杀害无辜贫民的合法性。④ 这种不平等关系不仅仅存在于中日民族之间，它更普遍地存在于伪满洲国的民族关系中。比如，1938年中日战争打响以后，不少"满人"都被伪满政府拉去做劳工，他们大多是从河北、山西、河南等地找来的，没有本地户口，死了随地掩埋，而这些工程的工头多由朝鲜人担任。日本人自身是不参与这些工程的，只有当日本兵源枯竭时，日本人才被动员走进工厂，走向农村，开向国境。⑤ 到1936年之后，由于日本内阁做出了向"满洲"大量输出日本移民的决定，伪满洲国的民族关系也因此变得更为紧张。到了20世纪30年代后期，随着大量日本移民的涌入，种族和民族问题成为伪满洲国不得不面对的一个首要问题。

正是在这种背景下，文学和文化也成了巩固殖民统治的一翼。"满人"文学，即中国现代文学的繁荣正值伪满洲国文化身份建立的关键时期。1936年日本撤销

---

① 大内隆雄：『満洲文学二十年』，国民画报社，1943年，第339頁。
② Hyun Ok Park, *Two Dreams in One Bed: Empire, Social Life, and the Origins of the North Korean Revolution in Manchuria*, Durham, Duke University Press, 2005, pp.134—139.
③ 田中隆一：『「満洲国民」の創出と在満朝鮮人問題』，『東アジア近代史』2003年第6号。
④ Louise Young, "Rethinking Race for Manchukuo," in Frank Dikötter ed., *The Construction of Racial Identities in China and Japan*, Hong Kong University Press, 2015, pp.165—167.
⑤ 刘春英：《大亚细亚主义与"大东亚战争"——以〈艺文〉第2卷第6号解说为中心》，《日本学论坛》2008年第4期。

了在满的治外法权，满铁也不得不将它的当地行政权转让给伪满政府。① 紧接着，1937 年迎来了大规模的日本移民与新的伪满官员。原先建立伪满洲国的一批官员都被调回了日本。取而代之的是星野直树、松冈洋右等。正是在日本官员与移民大量流入的同一时期，在满日本作家中爆发了什么是"满洲文学"的争论。作家们开始疑惑"满洲文学"到底是日本文学的延长线，还是伪满洲国自身的文学。这可以看作对 1936 年以来一系列变化的一种回应。而此时的官方态度是要在"民族协和"精神下发展出伪满洲国独自的文学。此时，重新确立伪满洲国精神，建立伪满洲国文化身份对于帝国的稳定至关重要。于是 1937 年以后中国文学及其翻译被提上了伪满洲国文化建设的日程。殖民或帝国统治并不仅仅是经济侵略与领土扩张，在此过程中也展开了大量的文化统治。

第三节
帝国的中国专家

上文所提及的《原野》与《蒲公英》的译者是活跃在伪满洲国的日本翻译家大内隆雄。伪满洲国时期文学研究专家冈田英树曾说过，要"毫无遗漏地列举出他的全部翻译是不可能的"，在其所编的伪满洲国日译中国作家作品目录里，在可以判明译者名字的 142 篇作品里，大内所译的有 110 篇。② 这只是 20 世纪 80 年代初步的统计，实际的数字可能更大。大内隆雄是 1937 年以后所展开的中国文学翻译和中日文学交流的重要实践者和推动者。

大内隆雄 1907 年出生于福冈市，1921 年随叔父移居中国东北，求学于长春商业学校。长春商业学校由满铁成立于 1920 年，实行五年制教育体系，致力于培养中等商业人才，教授英、俄、汉、蒙四种语言，大部分学生是日本人。高中时代的大内隆雄是与谢野铁干所创立的《明星》杂志的忠实读者。1923 年，大内曾向

---

① 『満洲国ニ於ケル日本国臣民ノ居住及満洲国ノ課税等ニ関スル日本国満洲国間条約』，文件号 A03022067100，アジア歴史資料センター。
② 冈田英树：《伪满洲国文学》，靳丛林译，吉林大学出版社 2001 年版，第 236 页。

平野万里所编辑的杂志投稿过他所写作的短诗歌。①1924年左右，他还在福岛名为《乡愁》的期刊上发表过自由体短歌，他并未将日本作为自身"乡愁"的对象，而是表达了他对自己第二故乡"满洲"的热望。他生动地描绘了长春清晨的景象，被浓烟包裹的街道、湛蓝的天空、肥胖的中国妇女以及在车站等待着火车的奶牛，生动的画面反映出大内积极介入这个城市的感情与精神，用他自己的话来说就是对自己选择的"无悔"。②同年，他还出版了自己的诗集《砂》。第二年，他以日本人父子在"满洲"艰辛创业的小说《感情的微尘》获得了长春实业新闻所举办的小说竞赛第二名。③1925年，大内被上海东亚同文书院录取。与日本国内的教育体系不同，东亚同文书院的教学目标是专门培养翻译和能在实际生活中处理中日问题的专家。④大内在东亚同文书院所接受的语言训练、各种有关当代问题的课程以及田野调查都有助于他日后在满铁的工作。1929年作为第25届毕业生毕业后，大内随即加入了满铁的情报课，为《满铁调查月报》《协和》《满蒙》《书香》《满洲日日新闻》等一系列期刊报纸撰文。⑤成立于1900年的东亚同文书院主要为日本在华的政治和经济活动输送人才。20世纪30年代上半期，满铁各部门吸收了近250名东亚同文书院的毕业生。⑥1931年，大内开始与著名的中国研究专家橘朴一起为当时重要的期刊《满洲评论》工作，并曾一度负责过《满洲评论》的编辑工作。大内初期发表在《满洲评论》上的评论文章多关于日本在满的经济和政治政策。他在《新天地》《满蒙》等期刊上偶尔发表文学评论和翻译。但是，他的文学评论读起来常常像调查报告，只列出书名和出版者，很少作主观评价。1941年后，大内开始连载他的《满洲文学二十年》，后以单行本的形式结集出版。著名的日本殖民文学研究者尾崎秀树对该书评价很高，认为它为今天的伪满洲国文学研究提供了很多宝贵的

---

① 大内隆雄：『満洲文学二十年』，国民画报社，1943年，第24页。
② 大内隆雄：『満洲文学二十年』，第50—54页。
③ 大内隆雄：『満洲文学二十年』，第37页。
④ 黄福庆：《东亚同文会——日本在华文教活动研究之一》，《中国近代史研究通讯》1976年第5期。
⑤ 有关大内隆雄的生平，参见 Okada Hideki, "The Realities of Racial Harmony: The Case of the Translator Ōuchi Takao," *Acta Asiatica* 72, March 1997, pp.61—80.
⑥ Douglas R. Reynolds, "Chinese Area Studies in Prewar China: Japan's Tō-A Dōbun Shoin in Shanghai, 1900—1945," *Journal of Asian Studies*, Vol.45, No.5, November 1986, p.947.

史料。但是尾崎也曾指出，比较可惜的是书里缺少评论和感想。①

与后来从日本来到"满洲"的许多转向作家不同，大内本身所接受的教育和训练都是以满铁调查员为目标的。大内在长春商业学校和东亚同文书院的学习初衷并非为了文学研究。长春商业学校是满铁为了培养初中级商业人才而建立的，长春商业学校的模型可能是明治时期的东京商业学校。明治十八年，即1885年，东京外国语学校停办，英、德、法三门归入帝国大学预科的大学预备门，即一高，也即战后的东京大学教养学部，而鲁（即俄语）、清（即中文）、韩三科则归入高等商业学校，商业学校是用来培养商业和贸易人才的。明治以后，日本的中国研究就开始分化，一条途径便是东京帝国大学的正规汉学研究，另一条途径便是商业学校的教学研究。中国语不是大学里所修的外语，而是专门学校所学的外语，当时除了外国语学校外，只有一些高等商业学校开设了中国语，例如山口高等商业学校等，而从这些商业学校毕业的人是无法进入帝国的文官考试制度的。据安藤彦太郎介绍，根据自甲午战争以后形成的高等文官制度，能够通过外交官考试的外交官80%以上来自东京帝国大学法学部，这些人都不会说中文。而中国语合格的人大部分出自东京外国语学校和上海东亚同文书院，他们不能当大使和公使，只被看作掌握特殊外语技能的人，他们中的杰出者往往被称为"中国通"。② 可以说，大内隆雄以上海东亚同文书院与后来的满铁为依托的人生从一开始就有别于东京本土帝国大学的精英路线，这种人生经历也为他日后关注伪满洲国中国作家的生存状态打下了现实的基础。就是这么一位典型的"中国通"、满铁调查科的员工翻译了大量中国文学作品。

冈田英树在《伪满洲国文学》一书中早就考证出大内隆雄的"左倾"历史。大内在上海求学期间，恰遇国民党北伐和随后1927年的"清共"。大内与具有日本文化背景的创造社及太阳社同人，尤其是与郁达夫和郭沫若交往密切。郁达夫曾在报纸上刊发《公开状答日本山口君》，与大内讨论中国革命文学的前途，希望他"能将我们的努力、我们的志愿，翻译过去，告诉你们日本的青年同志。我们大家都应该联合起来，废除国界，打倒我们共同的敌人"。③ 大内同年9月在《满蒙》上发表了《中国文学的现在和将来》以回应郁达夫的公开信。文中，他认为中国已经度

---

① 尾崎秀樹：『近代文学の傷痕：旧植民地文学論』，岩波書店，1991年，第220頁。
② 安藤彦太郎：《中国语与近代日本》，卞立强译，北京大学出版社1991年版，第4页。
③ 郁达夫：《公开状答日本山口君》，《洪水》1927年第3卷第3期。

过了资产阶级革命时期，具备无产阶级革命的条件，革命文学即无产阶级文学就是应着这种社会大形势而诞生的。①大内对中国社会的性质、中国革命的发展情况以及中国文学的任务所作的理解基本上与郁达夫在公开信中所表达的观点一致。在从"创造社向左转"到"革命文学论争"的这一时期，大内隆雄都与创造社的成员保持着密切交流与合作关系。田汉和欧阳予倩曾观看过他作为学生所演出的话剧《获虎之夜》，而他则在田汉任系主任的上海大学教授日语和日本文学。1929年到了大连之后，大内隆雄还在《满蒙》上刊登《上海文坛交游记》《中国的新文学街逍遥》《中国的新文学二三》等文章回忆他和创造社同人的文学交流活动。大内还在大连介绍新书和出版信息的专门报纸《书香》上介绍过创造社的动向。而此时，创造社已于1929年2月遭查禁，他们的文学刊物《创造月刊》也停刊了。郁达夫早已脱离了创造社，郭沫若则逃亡日本，成仿吾也因社中事务棘手而去了欧洲。1930年他还曾借回东京旅行的机会造访过亡命日本的郭沫若。②直到1932年，大内依然坚持着创造社的"无产阶级文学观"。他曾在《中国文艺文化的展望》一文中将1932年之前中国的现代文学划分为两个过程：第一个是胡适的《文学改良刍议》与鲁迅的《阿Q正传》时代，第二个是1925—1927年的《创造月刊》时代。他认为最好地继承文学革命传统的是创造社的同人们。在经历了这两个阶段之后，便是"以创造社和太阳社这两个社团为中心而发展起来的无产阶级文学高昂时期"。③

由于与创造社同人们的交往，大内隆雄对鲁迅的态度谈不上积极。在满铁工作时，曾与鲁迅有过一面之交的大内隆雄还写下了有关《阿Q正传》最早的评论文章，与长江阳译的《阿Q正传》同时刊出。文章沿用了钱杏邨的观点，认为虽然鲁迅开创了中国小说的新纪元，然而他不能作为中国今日文学的代表。"凡读过那两部集子（《呐喊》《彷徨》）和《野草》的人，从那里是看不到革命出路的；只有作者在那里呐喊和彷徨，他终于只是野草，而未能成为乔木；他只说了过去和现在，却没有将来。鲁迅在那里暴露出小资产阶级的根性，小资产阶级的任性，不能认错且疑虑，我们都能看出这些问题之所在。即使前面有一条光明的路，他也不会

---

① 山口慎一：『支那文学の現在と将来』,『満蒙』1927年第89期。
② 冈田英树：《伪满洲国文学》,靳丛林译,吉林大学出版社2001年版,第231页。
③ 大内隆雄：『中国文藝文学の展望』,『満洲評論』1932年第2卷第2期。

走向那里，而且不安于现实，理想中也缺少希望，结果是惟有在歧路上徘徊。"①

近年来，单援朝还进一步具体考察了大内隆雄早期的左翼活动。例如，他指出，大内1930年曾与中村秀男一起创办过文艺期刊《街》。所谓"街"的含义便是"走向街头的文艺运动"。②《街》终刊后，原班人马又组织了一个"满洲文艺研究会"，并于1931年秋天推出《满洲文艺小册子》。同一时期，大内还编辑了《大陆文学》，1930年10月号刊载了《长沙恐怖政治的记录》，记述了中国工农红军围攻长沙的战役。1931年6月号则刊登了大内所翻译的《中国无产阶级小说选》以及殷夫的译诗。众所周知，与胡也频、柔石、冯铿等人一起于1931年2月7日深夜在上海龙华刑场被秘密处决的殷夫曾是太阳社成员、共产党员、左联成员。"左联五烈士"被秘密杀害后，上海的报纸对此都保持沉默，直到1931年3月30日，左联的外围刊物《文艺新闻》才刊出了冯雪峰署名"蓝布"的文章《在地狱或人世的作家？》，以"恳请"公众弄清"文艺界一个不幸的消息"。③可以看出，在同一时期的殖民地"满洲"，大内隆雄通过某种渠道关注到中国左联在上海的变动并在自己主编的期刊上予以及时反映。日后，他还在自己所编辑的《满洲评论》上继续关注此事，曾发表了《诗人殷夫之死》的文化时事消息。大内几乎以赞赏的口吻写道："殷夫虽然是普罗诗坛被寄予厚望的一位诗人，但他并没有就此止步，而是活跃于青年运动的实际领域。他在《摩登青年》上所刊登的《目前中国青年反帝国运动的战术》就是这方面活动的反映。"④大内文章中所关注到的《摩登青年》是青年反帝大同盟的机关刊物，以"资本主义生产合理化与军国主义"为斗争对象，提倡"更进步底意识"和更实际的"深入大众的一个运动"。⑤1929年以后，殷夫专门从事共产主义青年团的工作和青年工人运动，负责该刊的编辑工作。殷夫在《摩登青年》上发表了《军国主义批判》《再论军国主义》《目前中国青年反帝运动的战术》等一系列文章。殷夫在《目前中国青年反帝运动的战术》一文中指出，"反帝运动与其他斗争切实联系起来"，反帝运动要"巩固工人阶级对于反帝运动的领导

---

① 山口慎一：『魯迅とその時代』，『満蒙』1929年第129期。
② 单援朝：《漂洋过海的日本文学：伪满殖民地文学文化研究》，社会科学文献出版社2016年版，第6页。
③ 见《文艺新闻》1931年3月30日报道。
④ 晃阳：『詩人殷夫の死』，『満洲評論』1931年第1卷第2期。
⑤ 摩登青年社：《摩登青年社发起宣言》，《摩登青年》1930年第1卷第2期。

权"并切实注意到国际的呼应,反帝运动要"坚决的反对改良宣传"等。① 可以看出,对于领导青年反帝运动的殷夫来说,反帝运动早已脱离了五四到五卅时期资产阶级民族运动,而与无产阶级夺取领导权的社会革命联系在了一起。对于殷夫的这些观点,大内大约是赞同的。

除此之外,单援朝还指出,大内隆雄在1930年曾成立移民文学社,编辑《移民文学》。1930年4月,《移民文学》上刊登了大内的《怒吼吧,中国!》。②《怒吼吧,中国!》是苏联诗人兼作家铁捷克所创作的以中国万县事件为背景的多幕剧,它曾于1926年2月在莫斯科的梅耶荷德剧场上演。1928年夏天,到苏联参加歌舞伎公演的河原崎长十郎将《怒吼吧,中国!》的演出剧本带回了日本,随后由大隈俊雄翻译成日文,北村喜八润色修订,1929年8月31日到9月4日这出改编后的戏剧在日本剧团筑地小剧场上演。③1929年12月1日,中国的《大众文艺》第2卷第2期刊登了《东京最近演剧评》,作者"青服"报道了《怒吼吧,中国!》在日上演的情形。在此之前,1929年10月下旬,创造社不幸关门,郑伯奇在四川路的永安坊开设了文献书房,二楼则给新近成立的艺术剧社使用。艺术剧社的成员另有陶晶孙、冯乃超、太阳社的钱杏邨、孟超,以及从日本回来的沈西苓(即叶沈)和许幸之。沈西苓、许幸之曾在筑地小剧场实习过。1929年8月《怒吼吧,中国!》在日本上演时,沈西苓曾在服装发型的考证等方面做过协助工作。④创造社成员所成立的这个上海艺术剧社是第一个在中共地下组织的领导和支持下,开展无产阶级戏剧运动的剧团。而陶晶孙编辑的《大众文艺》也很快被左联所吸收。从1930年3月第2卷第3期开始,《大众文艺》成为左联的机关刊物。现在因为无法找到《移民文学》,也很难知道大内的《怒吼吧,中国!》写的到底是苏联、日本抑或中国的事情。但是可以隐约地感觉到此文与同一时期日本和中国创造社的无产阶级文学运动的关系。

在这激进的左翼浪潮中,大内曾因其不当的言论于1931年和1933年两次违反

---

① 殷夫:《目前中国青年反帝运动的战术》,《摩登青年》1930年第1卷第2期。
② 单援朝:《漂洋过海的日本文学:伪满殖民地文学文化研究》,社会科学文献出版社2016年版,第13页。
③ 八住利雄:『「吼えろ支那」とプハリン』,『築地小劇場』1929年第6卷第8号。
④ 尾崎秀树:《陶晶孙与艺术剧社》,张小红编:《陶晶孙百岁诞辰纪念集》,百家出版社1998年版,第207页。

治安维持法。根据《在满日系共产主义运动》的记载，1933 年大内曾因此被遣送回日本，不过最终免予起诉。① 据单援朝介绍，这次被检举则是因为他卷入了红色救援会事件。② 大内在 1942 年出版的自传小说《某个时代》里也曾记叙过这段经历。但对于他第一次违反治安维持法的经历，大内却一直保持沉默。单援朝最近的研究指出，大内第一次被检举是因为转入地下的"满洲"共产党想要把工会运动进一步推向大众。他们决议于 9 月组织日本共产党"满洲"地方事务局，否定私有制以改变日本国家体制，以实现共产主义社会为目的。九一八事变之后，事务局的第二次会议通过了三项决议：第一，反对日本为了维护资本家的利益而发动的九一八事变；第二，决议发行机关报《满洲赤旗》；第三，决议发行小册子《关于地下运动》。后来，抚顺警察局在邮局通过开封的方式查获了《满洲赤旗》《通讯工会消息》等刊物，从而导致了检举。这次事件中共有 50 多人被逮捕，最终被起诉公判的有 20 人。③ 山口慎一的名字赫然被列上了报纸。但是大内是否被起诉，情况不明，至少他仍然留在《满洲评论》工作。

第四节
"民族协和"的建国梦

对于以上大内所参与的左翼文学运动，单援朝认为，"从《街》到《满洲文艺小册子》"再加上《大陆文学》，"这一系列的活动构成了殖民地'满洲'无产阶级文学运动的一条主线"。④ 这里需要补充的是，虽然大内认同无产阶级文学革命，可是其思想也受到了中国托洛茨基派的影响。对于大内第二次被检举，日本研究者石田卓夫则认为可能与大内翻译了大量朱新繁的文章有关。1932 年左右，大内在担任《满铁调查月报》和《满洲评论》编辑时，曾翻译了很多朱其华（笔名朱新繁

---

① 関東憲兵隊司令部：『在満日系共産主義運動』，極東研究所出版会，1969 年，第 244 页。
② 单援朝：《漂洋过海的日本文学：伪满殖民地文学文化研究》，社会科学文献出版社 2016 年版，第 21 页。
③ 单援朝：《漂洋过海的日本文学：伪满殖民地文学文化研究》，第 17—21 页。
④ 单援朝：《漂洋过海的日本文学：伪满殖民地文学文化研究》，第 8 页。

的）的文章。例如，1932年4月23日的《满洲评论》发表了朱其华的《上海事变与陈独秀主义》，6月又连载了《中国的社会民主主义运动》。从1932年8月到12月，大内又在《满铁调查月报》上翻译并连载朱其华的《中国经济的现状及未来》，甚至当大内在被押送遣返东京的船上，他所携带的行李中还有朱新繁的中文著作《中国政治现状维持与革命前进》。石田卓夫甚至认为，大内所携带的可能正是朱其华的中文手稿。① 可见，大内对20世纪30年代初的中国社会史论战十分了解，这是一场有关中国社会性质、中国革命形势以及无产阶级地位的论战。大内将苏维埃中国看成中国革命的新阶段，认为1925—1927年的壮烈悲惨已成过去，现在是中国无产阶级革命前进的年代。在这一方面他与中国的创造社同人意见也是一致的。

但是，同时，也需要看到，大内无产阶级思想的另一些特点。他比较接近后来称为托派的朱其华。朱其华，又名朱雅林、朱新繁，1895年出生于浙江海宁，早年留学日本，1921年冬加入中国共产党，在上海从事工人运动。第一次国共合作期间，朱其华曾在广州黄埔军校政治部工作，任鲍罗廷的翻译。北伐时，朱其华先后任国民革命军第四军政治部宣传科长、武汉中央军校政治教官、中共中央政治局秘书，后又参加了南昌起义，曾写过《八一革命宣传大纲》及《土地革命宣传大纲》。1928年，朱其华曾赴莫斯科参加中共六大，从20世纪30年代开始与陶希圣发起社会性质论战，被视为中共党内十大托派之一。由于受到朱其华的影响，大内对中国社会史论战中代表国民党资产阶级的陶希圣格外不满，也对"马克思主义"旗帜下陈独秀的"爱国运动"充满怀疑。大内曾在《有关满洲问题中国方面的讨论》一文中集中批评了陶希圣"将帝国主义的概念仅仅局限于日本帝国主义，同时对要肩负反帝任务的中国主体方面的条件避而不谈"的论说。② 无产阶级联合的立场让大内对"民族主义"与"爱国主义"都十分反感，无论是日本的国家社会主义，还是中国国民党资产阶级所激发的反日情绪。在大内看来，阶级性比国家边界来得重要，因为阶级战争才是人类最后的同胞战争，没有阶级战争，也就没有人类的最终解放。③

---

① 石田卓夫：『外務省文書があきらかにする大内隆雄伝の一節』，『中国研究月報』2007年第61卷第6期。
② 矢間：『満洲問題に関する中国側の検討』，『満洲評論』1932年第2卷第3期。
③ 大内隆雄：『中国文藝文学の展望』，『満洲評論』1932年第2卷第2期。

正是由于对国家这一形式缺乏理解和认识，参加了无产阶级文学运动的大内没有对伪满洲国的建立提出异议。大内并不反对建国，他认为九一八事变是"一种特殊的变革"，而相应的文化领域的宗教、风俗、艺术、科学、教育等诸秩序的变革则是一场文化革命。①1933年8月25日，日本召开了第六十三次议会。外相内田康哉认为承认"满洲国"是安定满蒙，以求得东亚长久和平的唯一方法。大内欣喜地说"外相的演说和对满态度一经向世界公布，果然引来了欧美世界的批判。但是无论如何，满洲国得到承认的那天又近了"。②"满洲"的大部分日本人，包括大内隆雄及《满洲评论》周围的知识分子大都是支持建国的，只是在对于建立一个怎样的伪满洲国，以及在伪满洲国和日本的关系等很多问题上观点并不一致。

20世纪30年代的大内是反对"日满单一经济论"的，他认为因为"满洲"的现实是半殖民地。所谓的半殖民地化并不是一个帝国主义国家可以充分地享有被殖民地领域内的所有资源，而是若干个帝国主义国家的势力互相在此领域中调和矛盾。因此日满单一经济论所提出的"保全领土""门户开放""机会均等"等口号无疑要受到半殖民地现实的制约。大内尤其不满"现在谈到殖民地和半殖民地问题的时候，动不动就搬出'全国民''全民族'的题目"以及"满洲是日本的生存线，为了维持日本的生存只有靠满洲"这种说法。③在他看来，这无疑是用爱国和反对资本主义的口号欺骗大众。他举例说明英国为了解决国内的工业恐慌，是如何压迫印度的殖民地解放运动的。废除了自由贸易的英国既无法解决殖民地的原材料生产过剩问题，又阻碍了殖民地的工业发展。在对殖民地勤劳大众的压迫以及对民族资产阶级不得不让步的基础上，英国勉强维持着殖民统治。④在他的心目中，伪满洲国的建立是为了建立一个独立的国家，而非为了打造一个给日本提供原始资料的殖民地。大内并不希望伪满洲国深深地卷入日本帝国的侵略版图，也不希望伪满洲国沦为日本的经济殖民地。

也正是在无产阶级改造日本殖民地这一想法的基础上，大内隆雄提出了伪满洲国应当贯彻民族自决及"五族协和"的政策。⑤伪满洲国当以各地民众的共同利益

---

① 山口慎一：『満洲における民族文化の問題』，『満洲評論』1932年第3卷第7期。
② 晃：『日本議会と対満問題』，『満洲評論』1932年第3卷第10期。
③ 山口慎一：『現階段における対植民地政策』，『満洲評論論』1932年第3卷第18期。
④ 山口慎一：『現階段における対植民地政策』，『満洲評論論』1932年第3卷第18期。
⑤ 山口慎一：『単一経済と民族自決』，『満洲評論』1932年第2卷第6期。

为前提开展民族文化运动，但是最终的结果不是建立资产阶级的政权，"最重要的是真正的民族国家的形成必须脱离帝国主义资产阶级而独立"，而"民族独立这样的重大责任，决不是殖民地的民族资产阶级可以做到的"。① 他甚至在同一时期的《满洲文化建设之我见》一文中提出应以中文和世界语为伪满洲国的通用语，各民族在实际生活中，无论是经济上还是政治上都必须做到平等。② 大内怀有建立一个内部民族平等的无产阶级"满洲国"的梦想，并没有导致他与上海同时代左翼文学青年的交流和对中国共产党同情的自我矛盾，而是使他能够更欣然地接受伪满洲国建立这一事实。

或许与大内有着很强联系的橘朴的经历能帮助人们更好地了解九一八事变和伪满洲国成立初期大内的思想。1934 年 8 月橘朴在《满洲评论》上发表了著名的《我的方向转换》，回忆自己在事变后思想上的变化，他声称自己从自由主义向法西斯主义及劳动者大众的民主主义转向。在这篇文章中，橘朴说自己终于认识到了他们是在"全国农民大众的热烈支持"的社会基础上，"建立以东北四省为单位的独立国家，以期作为解放亚洲的基石"。就这样橘朴真诚地期待着"把劳动大众从资本家政党的独裁中解放出来"，建立一个理想国家。③ 无论是经过法西斯洗礼的橘朴还是接受过无产阶级文学运动熏陶的大内隆雄在伪满洲国成立这一点上奇迹般地聚合在了一起，并且关于谁应该领导这个国家，他们都想到了受到帝国主义与资本主义掠夺的劳苦大众。

大内这种对无产阶级主体的坚持自然要体现在他的文学翻译实践中。大内所翻译的《原野》小说集在刊行后得到了广泛的好评，被称为"日本文学中不曾见过的'满人眼睛'"④，但是，当时许多日本文人觉得满系文人的作品过于黑暗。木崎龙就说"通读下来，整体的感觉是十分黑暗。在情节上出现非常突兀不流畅的人物。但是，这可能正是他们的痛苦烦恼之处。因此，我们需要更加紧密地团结在一起，竭尽所能地突破这痛苦，向前进"。⑤ 中国作家王秋萤也说"古丁、疑迟、小

---

① 山口慎一：『単一経済と民族自決』,『満洲評論』1932 年第 2 卷第 6 期。
② T.O.：『満洲文化建設私案』,『満洲評論』1932 年第 2 卷第 15 期。
③ 橘樸：『私の方向転換』,『満洲評論』1934 年第 7 卷第 6 期。
④ 加納三郎：『満洲文化の為に』,『満洲評論』1941 年第 21 卷第 5 期。
⑤ 木崎龙发表在《满洲文话通信》第 26 号上关于《原野》的评论，转引自大内隆雄：『満洲文学二十年』,国民画报社，1943 年，第 269 頁。

松、袁犀、石军是当时《明明》最活跃的作家。虽然当时各作家风格不同,但当时形成了一种共通的主要思潮。那就是描写黑暗,使作品中充满阴霾的氛围"。①

《原野》和《蒲公英》两个集子中所收集的中国作家的作品所体现出的黑暗主要集中在两个方面——由气候所营造的氛围黑暗和小说情节上的抑郁黑暗,两者相辅相成。在这两本集子中,大部分小说描写的都是寒冷的冬天,或者是秋天的风和雨。例如,袁犀的《邻三人》是这样描写主人公"我"所处的环境的:

> 从窗隙钻进一股尖利的寒风,使我不由得打了一个冷战,右手已冻得麻木,笔杆常从手里溜出去,地下的煤球炉,早就熄了火,烧得剩一层白灰,风从窗隙不停地吹进来。摔开了笔,我要寻一根卷烟,拉开了抽屉,在破烂的稿纸堆里翻出一个小得只可以吸一口的烟头,我点着了它,扯起破外衣的领子,拉紧围巾,我不能再写字了,离开这冰凉的窗户,躺到板床上去,心想今年冬天真是太冷,窗户上满满的厚霜。天暗下来,我的屋子黑了。②

而小说的结尾是:

> 一个阴天,在下着雪,我从小窗户望着一角黑色的天空,看见黑烟卷着雪花往天上翻滚,一面灰色的屋顶墙,遮住我的眼睛,每天我看见的只是这一角黑天空和乱七八糟的电线。③

袁犀的《邻三人》描写的是找不到工作的"我"在一栋房子里借了个房间,在那里认识了做苦力的两个兄弟和做妓女的金凤,大家都是没有工作,或者有着低贱工作也无法吃饱肚子的人。在失业之后,两个苦力相继在冬天的早晨不知去向。这篇小说描写的是寒冬,天是黑的,楼道是黑的,房间也是黑的,在这样阴暗的环境

---

① 秋萤:《满洲文艺史话》,转引自大内隆雄:『満洲文学二十年』,国民画报社,1943年,第250页。
② 袁犀:《邻三人》,《明明》1938年第3卷第1期,引自线装书局编:复刻版《明明》,线装书局2008年版,第348页。
③ 袁犀:《邻三人》,《明明》1938年第3卷第1期,引自线装书局编:复刻版《明明》,第357页。

里找不到工作的"我"和做苦力的穷人们只能在黑暗的屋子里叹气。

　　这种对于自然环境极端的处理方式引起了包括大内在内的日本文人的注意。北村谦次郎就说他无法进入原野的世界,"我首先就被满洲真的有这么阴郁吗这样的问题给困扰住了。难道满洲的自然只有晚秋、秋雨、泥泞的道路吗?不是这样。只是他们不愿意写别的。这难道不是因为他们特别的爱好吗。也就是说他们走不出他们狭小的主观世界"。[1] 也就是说北村谦次郎意识到了中国作家作品里的阴郁与他们对自然的异常描写有关。同时,他也觉得这不是偶然,是因为中国作家的主观选择造成的,他们有意识这样去写。

　　对于中国作家这种曲折地通过对自然环境的描写来反映社会现实的手法,作为亲自翻译这些作品的大内其实是能看明白的,他虽然没有专门写文批评中国作家作品的黑暗,但是,他创作了一个日语剧本《松花江闪耀着光芒》。该剧本发表在1940的《满洲浪曼》上,其中对松花江两岸自然风光的描写可以看作对中国作家文学作品中黑暗最好的回应。

　　这个剧本共分3幕,写了中国一个大户人家的女儿秀玲和她的继母吴素兰以及朋友曹娟之间的故事。秀玲是一个自由奔放的新时代人物,父亲车祸丧生。继母吴素兰是一个旧时代的女人。秀玲的朋友曹娟出生于一个希望通过劳动来实现理想的贫苦家庭。秀玲和曹娟都爱上了曹娟的朋友王,一个在建设松花江大坝的技师。可最后的结果是,王选择了曹娟,两人结婚了。对生活失望的秀玲以自杀结束生命。一开幕,大内对秀玲和她的继母素兰所身处的建筑的介绍就是"正面有着大大的窗户,附近种着树木,可以看到远处的松花江缓缓流动。杨柳吐露鲜嫩的绿芽,秀玲正在弹奏钢琴,曲目是《春》"。[2] 接下来是母女两人的对话。

　　　　向窗外眺望的素兰:"看啊,已经完全是春天了呢,看啊,杨柳完全绿了。"
　　　　秀玲:"是啊,柔和的绿色,实在是太好的绿色了,好像在燃烧似的。"
　　　　素兰:"现在可是满洲最好的季节啊。"

---

[1]　北村謙次郎:『文藝時評』,『満洲行政』1939年11月第6卷第11期。
[2]　大内隆雄:『松花の流れは輝いている』,复刻版『満洲浪曼』第六辑,ゆまに書房,2002年,第189頁。

秀玲："是啊，太美了。"

素兰："嗯，太美了。"①

这样的对话和场景在第二幕中再一次被强调。吴素兰的朋友 A 和 B 来她家玩。B 夸赞这里美丽的风景，A 说："是啊，还有花香呢。"秀玲说："现在可是满洲最好的季节哦。"B 说："这里什么都美。"A 说："是啊，真美，实在太美了。"② 春天，最好的季节无疑是大内剧本中所要反复强调的。

在大内的剧本中，穿越"满洲"的主要河流松花江无疑成了一个传达全剧政治信息的重要象征。在他的剧本里，松花江被他用来表达这样一种思想："满洲"是一个充满力量的乡土，而伪满洲国的健康永恒则体现在松花江的富饶与日夜不停地流淌中。在第二幕中，有一段母女两人关于松花江发洪水的对话。秀玲对母亲说："半夜说不定会发洪水呢。那松花江的流水，不知道什么时候又会发洪水。说起洪水，去年发洪水的时候，妈妈你在这里吧？"素兰回答道：

> 是啊，很大的洪水呢。水从院子前面冲过来。如果水再大一些，这个房子可能就要被冲走了。那时还有雷鸣，我特地跑到院子里来看，光着脚站在水中。水流啊流，不知为何我有种奇妙的安定感。站在水中的时候，水不知为何变得和自己亲密起来。我一个人孤零零的，和这水在一起，变成了伟大自然中的一分子，有种亲切感。树枝流过来了，树叶也流过来了，木材也流过来了。这水于我来说好像是温柔的有生命的，我竟然就那样在那水中站了很久。③

松花江即便有洪水，也是自然和生命力的象征。像王这样日夜辛勤劳作的工人正在修建一个能使松花江不再发洪水的大工程。一旦建成，伪满洲国的人们无需再恐惧。王所参与的巨大工程象征的则是 20 世纪 40 年代伪满洲国正在进行着的、包括"民族协和"政策在内的一系列变革。全剧最后在孩童们歌唱松花江的歌曲中结

---

① 大内隆雄：『松花の流れは輝いている』，复刻版『満洲浪曼』第六辑，ゆまに書房，2002 年，第 189—190 页。

② 大内隆雄：『松花の流れは輝いている』，复刻版『満洲浪曼』第六辑，第 216 页。

③ 大内隆雄：『松花の流れは輝いている』，复刻版『満洲浪曼』第六辑，第 212 页。

束，歌声缥缈回荡"粉色的天空万里无云／松花江流淌着／清澈而美丽／闪亮的太阳照耀着／波光粼粼的水面／昨日，今天，明日／永远地流淌着"。

但是，对于大多数中国人而言，松花江被投射了太多复杂甚至是苦涩的感情。伪满洲国成立后，它曾有过 1932 年、1934 年和 1938 年三次大洪水。1932 年 7 月，哈尔滨曾因为 27 天连绵不断的暴雨而受灾，共计有近 2 万人因此而丧生。①1936年，松花江在自然灾害所带来的恐惧上又因张寒晖所作的抗日歌曲《松花江上》而被投射上了强烈的爱国情绪。"我的家在东北松花江上，那里有森林煤矿。还有那满山遍野的大豆高粱……""九一八，九一八，从那个悲惨的时候，脱离了我的家乡，抛弃那无尽的宝藏。流浪，流浪……"这脍炙人口的歌词早已让松花江的春天成为苦涩的回忆，同时它也见证了第二次国共统一战线的结成。

然而，更为有趣的是大内也从中国作家的小说中看出了"明朗的出路"。他说，"1938 年，《明明》有了更新的企划。质的充实以外量与先前相比也增加了不少。一周年纪念号的时候，刊出了古丁百页的作品《原野》和小松的《洪流的阴影》，这两篇文章给当时的文坛带来了巨大的波纹。各种刊物都陆续开展了批评活动……各期散见的石军的《驼背峰》、田兵的《阿了式》、袁犀的《邻三人》等都没有物语式的结尾悲观落寞的描写，而是暗示着一条明朗的出路，这一年可谓是文坛有珍贵收获的一年"。②也就是说，与一般的日系文人只看到中国文学的黑暗不同，大内在这些作品里看到了"光明"。可是，这种光明到底是什么呢？

在《邻三人》结尾处，袁犀让两个劳工中的一个赵宝禄离开了。对于赵宝禄的离开许才晚上回来后"好像明白的点一下脑袋，可是他不告诉我。这天晚上他和我谈了许多话，他说他明白了，他四十多岁今天才明白"③。第二天早上，许才也离开了。作者显然不准备直接告诉读者，许才明白了什么，以及他们谈了什么。然而，日本研究者冈田英树认为，我们有理由相信，主人公许才和赵宝禄的去向之一很有可能就是参加革命。故事末尾主人公不知所终是当时"满洲"文坛的写作模式

---

① 哈尔滨水利局：《哈尔滨水利志》，哈尔滨市水利局 1994 年版，第 81 页。
② 原文是大内以"衣云"的笔名在泰东日报上发表的"文坛十年印象记"的片段，大内自己将其中的第 4 至第 6 回转载到《满洲文学二十年》上。详见『满洲文学二十年』，国民画报社，1943 年，第 384—385 页。
③ 袁犀：《邻三人》，《明明》1938 年第 3 卷第 1 期，引自线装书局编：复刻版《明明》，线装书局 2008 年版，第 357 页。

之一。"在当时某些作品中,写到人物陷入困境时,都以一'走'做结束,这不仅成为某些作者的惯用手法,甚至形成一种公式化。虽然连作者本人也不相信他写的人物会走向革命,但形成公式后,连读者也心领神会,认为这是走向光明——革命"。① 这也许就是大内所说的"一条明朗的出路"吧。

当然,正如王志松所指出的那样,这一光明也体现在作品强烈的无产阶级联合的倾向上。② 故事说的是同住在一幢楼里的4个人怎样在困境中相互扶持的故事。曾经是阔少爷的"我"是一个靠卖文为生的知识分子,"我"房间的一边住着两个身世可怜的劳工许才和赵宝禄,每天起早摸黑靠做苦力生活。另一边住着金凤和她年迈卧床的母亲,金凤以卖淫为生。他们因为经常到"我"屋子里来取暖与我认识。生活的贫困使得"悲哀像被割断了食道一样,除了自己谁也不明白",大家只好在"黑暗的屋子里叹息"。③ 和这些没办法吃饱饭的人接触的"我"终于发现"在这里的都是同样命运的人啊,被生活压得不能翻身不能喘气"的人,"我"也由此改变了自己资产阶级的立场。④ "我"渐渐地忘却自己曾经是一个阔少爷,或是所谓的"知识分子",这两个滚在生活的油锅里煎熬的青年使"我"多明白了不少人间的事情,从他们身上"我"好像接触了一股力量,至少这力量使"我"不做梦不回忆,使"我"再不敢想做一个有一间精致的书房的文学作家的梦,终于"我"明白我也是一样的没饱饭吃的穷家伙。当小说中的另两个主人公许才和赵宝禄失业时,"我"通过自己的稿费或者是从朋友那里得来的钱救济着他们,妓女金凤则"为我们缝或补一些破衣服,有时也替我们洗"⑤,当"我"没有钱的时候,两个劳工也供我吃喝。当"我"和两个劳工都没有钱的时候金凤则靠"用乳房用嘴唇换来的钱"来负担所有人的生活。⑥

---

① 黄玄:《东北沦陷时期文学概括》,《东北现代文学史料》第4辑,黑龙江社会科学院文学研究所1982年编印,第137页。
② 王志松:『翻訳と「満洲文学」:雑誌「満洲浪曼」における大内隆雄の立場』,『越境:日本語文学研究』2014年第1期。
③ 袁犀:『隣三人』,大内隆雄訳,大内隆雄編:『原野:満人作家小説集』,ゆまに書房,2000年,第356頁。
④ 袁犀:『隣三人』,大内隆雄訳,大内隆雄編:『原野:満人作家小説集』,第355頁。
⑤ 袁犀:『隣三人』,大内隆雄訳,大内隆雄編:『原野:満人作家小説集』,第356頁。
⑥ 袁犀:『隣三人』,大内隆雄訳,大内隆雄編:『原野:満人作家小説集』,第357頁。

小说中的一段歌词将大内所期待的无产阶级联合的情感体现到了极致。一天，"我"从街上买大饼包回来一张纸——好像留声机唱盘的歌词，上面有残缺字写着："我们都是没饭吃的穷朋友……饥饿道上一块儿走……天灾使我们成一家……人祸逼我们牵紧手……"；背面是"送饭的师傅请你慢慢走……我们不是强盗……担子里菜饭大家吃……马路上太阳人人有……"①为了使主人公知识分子"我"的身份更符合全文的无产阶级联盟的基调。大内在翻译时对小说作了一些处理。原文是"总之，这一所楼里，唯有我的屋子里有火，在这一群人里我像一个财主"②。可是大内的翻译却是："要するにこの建物では、私の部屋に火がある時だけ、わたしはそ其処の連中の大将みたになもだった。"③原文明明是"我"是这幢楼里屋子里唯一有火的人，"我"在这群人中的身份的确有着大财主的样子。但大内偏要掩藏起这种阶级差异，以突现阶级联合的情感，他的翻译是"只有我的房间有火的时候，我才像是这伙人的大将"。没有了"财主"一词，我的阶级身份也不同了。

可是，即便有了无产阶级联合的感情，大内也不愿意承认伪满洲国"民族协和"的现实。

原文中有这么一句话"我在那里等待一个能吃饭能活的时候"。大内的翻译则变成了"そして其処で私は食ってゆくだけ働ける機会を待っていた"。④"等待一个能吃饭能活的时候"的意思被误翻成了"等待为了能糊口的工作机会"。如果再看几段译文，我们就可以知道，这样的改变不是偶然。小说中有另一段"我"对做苦力的邻居解释我的谋生手段时说的话。我说"'你们用手用胳臂用力气吃饭，我用脑袋吃饭'，说吃饭自己也不好意思，在那时指了卖文章是不能吃饱饭的，但是还没有吃饱饭的法子，就只好那样对他说"。⑤这段话被大内翻译成了"'君たちは君たちの腕の力で食ふんだらう、僕は頭で考へ手でかいて食ふのさ！'食ふなんて言へる筋合ち

---

① 袁犀：《邻三人》，《明明》1938年3月第3卷第1期，引自线装书局编：复刻版《明明》，线装书局2008年版，第352页。
② 袁犀：《邻三人》，《明明》1938年3月第3卷第1期，引自线装书局编：复刻版《明明》，第350页。
③ 袁犀：『隣三人』，大内隆雄訳，大内隆雄编：『原野：満人作家小説集』，ゆまに書房，2000年，第311页。
④ 袁犀：『隣三人』，大内隆雄訳，大内隆雄编：『原野：満人作家小説集』，第308页。
⑤ 袁犀：《邻三人》，《明明》1938年3月第3卷第1期，引自线装书局编：复刻版《明明》，第351页。

ゃなかった、原稿なんかは食べぬといふことを言ふ積もりだったが、それには先づさきのやうに説明せねだならなかった"①。在这翻译的过程中，"但是还没有吃饱饭的法子"这句话完全脱落了。又比如小说中大家失业以后的情况是"晚上在床上饿得不能入睡也常有"②，大内的翻译是"夜床に入って眠りつけぬことも屡屡あった"③，完全体现不出这是因为饥饿的原因。在叙述自己的身世之后，许才大骂"反正我什么苦都受过，什么苦尽甜来？我操你个苦尽甜来想的什么？反正我们就是受苦的家伙，操他妈……"④，大内的翻译是"結局、どんな苦労でもしたのだ、結局俺は苦労をするやうに生まれついていたのさ、畜生"。⑤ "什么苦尽甜来？我操你个苦尽甜来想的什么？"这种对伪满洲国苦尽甜来理想的怀疑也被大内删除了。作为伪满洲国基础的无产阶级的生活不能苦到活不下去，也不能对一个更美好的将来有所怀疑。怀揣着建国梦想的大内却无法直视伪满洲国"民族协和"惨淡的现实。

第五节
文学翻译中的"民族协和"

虽然说伪满洲国有关民族政策的官方口号是"五族协和"，但是伪满洲国的现实远比这个复杂。日本民族无疑在伪满洲国占统治地位，尽管他们在数量上不占优势，却占据着各种行政和领导机构。要通过翻译来实现"民族协和"并非易事。但是，根据日本学者冈田英树的研究，"中国作家的作品中有避免让日本人登场的倾向"，几乎都没有对日本人的直接描写。这是因为"如果让日本人登场，就不得不直接表明作家对日本人的态度，对伪满洲国的立场"。⑥ 描写日本人对于想说真话

---

① 袁犀：『隣三人』，大内隆雄訳，大内隆雄编：『原野：满人作家小说集』，ゆまに書房，2000年，第314頁。
② 袁犀：《邻三人》，《明明》1938年第3卷第1期，引自线装书局编：复刻版《明明》，线装书局2008年版，第355页。
③ 袁犀：『隣三人』，大内隆雄訳，大内隆雄编：『原野：满人作家小说集』，第327頁。
④ 袁犀：《邻三人》，《明明》1938年第3卷第1期，引自线装书局编：复刻版《明明》，第354页。
⑤ 袁犀：『隣三人』，大内隆雄訳，大内隆雄编：『原野：满人作家小说集』，第324頁。
⑥ 冈田英树：《伪满洲国文学》，靳丛林译，吉林大学出版社2001年版，第159页。

又不能说真话的作家来说是一件很痛苦也很危险的事情。与避免描写日本民族相反的是，中国作家却经常在作品中描写流亡到东北的俄国人。爵青、田兵、疑迟、舒群、骆宾基等作家都在他们的作品中描写过流亡的俄国人。这种"替代性"的他者成为中国作家表达现实的一种手段，同时也反映出他们对民族政策的理解。

1932年伪满洲国成立时，在"满洲"境内被日本当局称为"外国人"的俄国人大约有75000人。[1] 他们中有大约3万是失去国籍的俄国人。[2] 他们中大多数都是因为建造中东铁路而到达"满洲"的。经过十月革命和紧接着的20世纪20年代的苏联内战，大批反对苏维埃政府的流亡俄人也逃入"满洲"。1922年居住在哈尔滨的俄国人竟高达15万人，另有3万多流落在伪满的其他地方。[3] 作为沙俄政府海外殖民地的哈尔滨成了大批旧俄贵族、工商业主、文武官员和知识分子等的流亡地。但是，当苏联政府获得国民政府承认，中国收回中东铁路路权时，为了保住在中东铁路的工作，原先就已经在为中东铁路工作的俄国人也随之加入了中国或苏联国籍。那些拒绝更换国籍的便成了"无国籍"的流亡俄国人。东北作家舒群的小说《没有祖国的孩子》就描写了一段自1924年中苏根据《奉俄协定》共管中东铁路起到伪满洲国建立为止的哈尔滨地区中朝俄各民族人民共同生活的历史。以哈尔滨"一面坡"小镇的中东铁路员工学校为原型的小说中的"东铁学校"插着"一半属于中国，一半属于苏联"的校旗。而到小说的最后，学校有了新的旗帜，"一半是苏联的，黄色的小斧头、镰刀、五角的小星星"，可"另半面却不是属于中国的了"，是那在地图与万国旗中从未见过的旗帜。[4] 随着伪满洲国的建立，当地的人口又发生了一次结构性变化。日本于1934年12月底成立了"白系露人事务局"，统一管理留在伪满洲国的近4万流亡俄国人。在满的俄国人口在1935年苏联将铁路路权转让给日本以后急剧下降，持苏联护照的俄国人纷纷回国。当时伪满州国的基本精神是要将反对苏维埃的俄国人吸收到伪满洲国的"五族"中去。但事实上，在满俄人的地位是非常不稳定的，随着国际形势的发展，有时算入"五族"，有时

---

[1] 杨光：《论伪满洲国朝、日外来民族与"国籍法"的难产》，延边大学硕士论文2005年。
[2] 杨光：《论伪满洲国朝、日外来民族与"国籍法"的难产》，延边大学硕士论文2005年。
[3] 石方等：《哈尔滨俄侨史》，黑龙江人民出版社2003年版，第71页。
[4] 舒群著，中国现代文学馆编：《舒群代表作：没有祖国的孩子》，华夏出版社2009年版，第15页。

又不算入。①

　　在舒群《没有祖国的孩子》的结尾，中朝两个年轻人从伪满洲国逃亡到上海。20世纪30年代的上海吸收了各地的避难者。在中东铁路中苏共管以后，不愿意加入苏联国籍的俄国侨民则流入了上海。上海的文学也因此曾在20年代末和30年代初出现过一个"流亡俄人叙事的小高潮"。蒋光慈、冯乃超、钱杏邨等都曾写作过以流亡俄人为主人公的小说，但是这些小说大多塑造了不值得同情的"敌人"形象。②与上海的这类小说叙事不同的是，东北作家创作了一系列生动的、令人同情的俄国人形象。例如，萧军的《羊》描写了买不起船票回家的俄国少年。舒群的另一篇小说《无国籍的人们》描写了在监狱中因为偷窃被抓的穆果夫宁、他那因为做私娼被抓的女人以及两个没钱买船票被抓的俄国小孩。在监狱里穆果夫宁唱着"白云下，有我的祖国，有我的家。风雨中，有我的一颗心，有我的一朵花"。③而俄国孩子却总在问"为什么我们在世界上好像没有国家的人呢？"④疑迟的《雁南飞》描写了留在伪满洲国的俄国奶农令人同情的生活。主人公列农靠卖奶制品生活，然而却不得不加入伪满洲国统治者当局牵头的合作社。原本可以卖120元一头的奶牛却被以50元一头的价格强行收购。来与列农交涉的是他的同胞亚历山大以及他身边那身着制服、一言不发的上司。⑤日本伪满洲国时期的文学研究者冈田英树认为，这位一言不发的上司代表的正是中国作家不能正面描写的日本权威。⑥小说结尾，列农和儿子看着天边的大雁，儿子向列农说道："它们能飞回故乡……那么，爸爸我们的故乡呢？"小说所隐含的政治意味不言而喻。

　　与许多其他中国作家一样，舒群和疑迟都曾在哈尔滨生活和学习过。疑迟毕业于中东铁路车务处专科传习所，在铁路沿线小站任职多年。舒群1932年加入中国

---

① 生田美智子：『日本統治下ハルビンにおける「二つのロシア」—ソビエトロシアと亡命ロシア—』，『言語文化研究』2009年第35卷。
② 杨慧：《真实的幻象——略论中国普罗小说中的白俄叙事》，《四川大学学报》（哲学社会科学版）2013年第4期。
③ 舒群：《无国籍的人们》，《舒群代表作》，华夏出版社2010年版，第93页。
④ 舒群：《无国籍的人们》，《舒群代表作》，第96页。
⑤ 疑迟：《雁南飞》，《明明》1937年第1卷第5期，引自复刻版《明明》，线装书局2008年版，第199页。
⑥ 冈田英树：《伪满洲国文学》，靳丛林译，吉林大学出版社2001年版，第159页。

共产党，后又加入上海的左联。他能用"一种国际性的、现代政治的视野"在多民族混杂的哈尔滨地区"洞察到了自己的民族处境及'祖国'的必要性"①。他们的小说总是隐含着对"祖国"和"家"的思考。与上海的俄国人叙事相比，疑迟、舒群等东北作家对帝国主义政治环境中各个民族之间关系的理解更为深刻和复杂，他们不仅将这些俄国人与失去故乡的流浪俄人作了区别，还经常企图超越刻板的民族形象。但是，这些隐含着对日本殖民批判的作品经过日语翻译以后又会是什么样子呢？下面我将以另一位作家田兵描写流浪俄国人的《阿了式》以及大内隆雄对其的翻译为例进行分析。

田兵的小说《阿了式》最初发表于1937年的《明明》。故事梗概是："满人"主人公"我"因为要去某个城市，晚上暂住在S城的一家旅馆。遇到了拿着破靴子想来换酒喝的俄国少年阿了式。并从伙计那里听说了阿了式一家的悲惨故事。阿了式的父亲是一个落寞的俄国贵族，后来逃到了X地，卖身给了现在的主子，在葡萄园里工作，工作条件恶劣，十分辛苦。父亲是个酒鬼，经常偷一些主人的东西让阿了式去换酒。姐姐无奈做了妓女，每次只有2毛钱。母亲为了吃饭，跟了附近的石灰工厂的中国人。但中国人不肯养活阿了式，他只能无奈地跟随父亲，或者在外流浪，经常受到别人的欺负，生活悲惨。

在小说原文中，有一处描写阿了式拿着破旧靴子想要去中国老板处换酒，却被老板赶了回去。老板说如果他姐姐愿意用身体来换的话，他可以考虑。于是有如下的原文。"混蛋你寻思什么，你爹那个老王八。快回家告诉你姐姐给我留地方。"②日本翻译家大内隆雄的翻译是"馬鹿奴、何お考へてるんだ、此奴、早く家に帰って姉さんにやって来いといへ"③。"快回家告诉你姐姐给我留地方"被大内改成了"快让你姐姐来"。小说在一开头的时候写在这个酒馆里常常出现的、最有名的便是一名叫娜丽的俄国姑娘，陪着客人喝酒和说笑。这很有可能就是阿了式的姐姐。根据当时日本人自己的观察，在伪满洲国的俄国人能做的工作非常有限，且都很低

---

① 柳书琴：《"满洲他者"语言网络中的新朝鲜人形象：以舒群〈没有祖国的孩子〉为中心》，《韩中言语文化研究》2009年第21辑。
② 田兵：《阿了式》，《明明》1938年第3卷第1期，转引自复刻版《明明》，线装书局2008年版，第325页。
③ 田兵：『アリョーシャ』，大内隆雄訳，『蒲公英：満人作家小説集』，ゆまに書房，2000年，第301頁。

级。原先的军队长官有的给日本人开车做门童，农民和工人很多靠乞讨过活。面貌稍好的姑娘大多沦落风尘。① 即使是日本人也不得不承认"世上再无什么比没有国籍的人的生活更凄惨的事情了"②。

在小说的另一处，阿了式的母亲因为太穷而委身于一个烧石灰的中国工人，原文是"他老婆为了弄盅饭吃，便跟了一个中国人，烧石灰的工人"③。大内的翻译是"彼の妻は食ふ物を石灰工場の支那人から貰ったりした"④，其中阿了式的母亲是通过怎样的方式才能吃上饭的内容完全被省略了。虽然阿了式的母亲跟了中国人，吃上了饭，但是阿了式的境遇并没有因此而改变。"他每天除掉到站上来拾煤核外，便跑东山沟村落北头的小学校墙垣边看人家踢球，有时候，竟被人家群起的围起来，被人唾着，指着，骂着王八蛋，甚至大家给他编成歌'中国×子，俄国×，×呀×呀，怪受的，阿了式姐姐两毛'。"⑤ 究其原因"这也是因为烧石灰的工人收入太少，从根本上，不喜欢他，更不肯养活他的关系。在他也觉得烧石灰的工人是生疏不相吻合的一个人"⑥。而大内的翻译是"これ石灰焼き労働者の収入が余り少なかっただでまあるが。それを本当に喜ばなかったからである"⑦。"更不肯养活他的关系。在他也觉得烧石灰的工人是生疏不相吻合的一个人"这句话在大内的翻译里是完全没有的。作者田兵并没有在小说中简单地指责和批判日本殖民者，而是刻画了殖民环境里多层次的民族关系。田兵看到了"满人"和流亡俄国人之间不平等的关系。但是，这种对民族冲突的反思在翻译后的小说中有所减弱。

以上这段阿了式母亲跟了一个中国人的内容呼应的是小说原文中店主和"我"的对话。客栈的掌柜对"我"说："他姐姐没听说么，两角钱一下，别看这家伙样

---

① 野口喜一：『北満北支に皇軍を慰問して』，京浜実業新聞社，1938年，第70頁。
② 大アジア日本青年連盟：『満洲研究団報告第1回』，大亜細亜日本青年連盟本部，1935年，第220頁。
③ 田兵：《阿了式》，《明明》1938年第3卷第1期，转引自复刻版《明明》，线装书局2008年版，第326页。
④ 田兵：『アリョーシャ』，大内隆雄訳，『蒲公英：満人作家小説集』，ゆまに書房，2000年，第303頁。
⑤ 田兵：《阿了式》，《明明》1938年第3卷第1期，转引自复刻版《明明》，第326页。
⑥ 田兵：《阿了式》，《明明》1938年第3卷第1期，转引自复刻版《明明》，第326页。
⑦ 田兵：『アリョーシャ』，大内隆雄訳，『蒲公英：満人作家小説集』，第304頁。

不及，两爹呢。"① 这里暗示的是阿了式的母亲跟着一个中国人走了，讽刺阿了式有两个爹。原文中别人嘲笑阿了式的歌"中国 × 子，俄国 ×，× 呀 × 呀，怪受的"表达的也是这个意思。由于大内没有在翻译里传达阿了式的母亲委身于一个中国工人，所以此处的翻译则是"お聞きになった事ありませんか、これの姉さんは＊＊＊＊なんですよ、これみたいに不様じゃありませんよ"②。其中"两爹呢"也就不得不完全省略了。"中国 × 子，俄国 ×"也只是含糊地翻译成"支那の何とか、ロシヤの何とか"③。

通过以上比较，我们发现大内的一连串改动并不是偶然的误翻，而是有意识的再创造。家和父亲的隐喻在中国文学传统中有着很长的历史，大内对此很清楚，他说："阅读最近满系的文学作品，其中有关家、家族的问题非常多见。这是 10 年前中国文学中很常见的一个主题，当时的电影、演剧中也有很多。"④ 大内还在《支那关系数书》中介绍中国五四时期描写大家庭的代表作品巴金的《家》和中国文学中的家族问题。他说："与传统的抗争，直到今天仍有现实意义，仍能感动人心，可见'家'的世界是我们不得不着眼的一个世界。"⑤ 对于"满洲"出现的大量家族小说，他说，一方面"满系的官员、公司职员比以前多了很多。他们比以往更容易和家人分离。日常生活、恋爱、结婚，所有的一切都在和以往不同的条件下进行。为小说提供了很多素材。旧的家族制度对他们形成了重压。他们对此进行批判，与此争斗，为此苦恼"。另一方面，"家族制度问题是作家能够更自由书写的主题。如果写其他问题，如对旧事物的叛逆则可能会生出一些不必要的麻烦来。比较没有争议的便是进步青年在有关家族制度的问题中，进行批判和反抗"。⑥

关于对家和父亲的题材，大内只说了一半。通过对家和父亲的描写，"满洲"作家还表现出对政治的思考。在五四作品中，家并不是作为单纯的社会单位而存在

---

① 田兵：《阿了式》，《明明》1938 年第 3 卷第 1 期，转引自复刻版《明明》，线装书局 2008 年版，第 325 页。
② 田兵：『アリョーシャ』，大内隆雄訳，『蒲公英：満人作家小説集』，ゆまに書房，2000 年，第 301 頁。
③ 田兵：『アリョーシャ』，大内隆雄訳，『蒲公英：満人作家小説集』，第 304 頁。
④ 大内隆雄：『満系と家族制度』，『満洲評論』1941 年第 21 巻第 18 期。
⑤ 大内隆雄：『支那関係数書』，『満洲評論』1942 年第 23 巻第 4 期。
⑥ 大内隆雄：『満系と家族制度』，『満洲評論』1941 年第 21 巻第 18 期。

的，家和父亲是整个社会结构和体制的象征。从更大的层面上来说，在中国的新文学传统中家和国不可分。因此，大内应该明白这些，在他的翻译中也找不到田兵原文中"你爹那个老王八"这样指桑骂槐的话，以及"两个爹"这种含沙射影的情节。在他发表于同一时期的剧本《松花江闪耀着光芒》中，大内故意设置了母女两个人物，父亲和丈夫的形象是缺失的。母亲是自称"旧时代的人物"。对于"常常想着过去的"的继母，女儿秀玲总是劝母亲不要想过去的事情，不停地劝她"妈妈，你现在是自由的啊"①"妈妈，你现在身处自由的环境，和我没有区别"。②大内这个以中国家庭为背景的剧本说的难道不是缺少父亲权威，从"旧时代"走过来的伪满洲国的现实吗？

由于受到政治环境的限制，中国作家总使用非常隐蔽的方式写作。据说，一些久居东北的日籍文化人曾谈到东北作家的中文作品中似乎藏着猜不透的"谜"，他们说这些"字面上找不到什么反抗的内容，但骨子里总让人觉得还有点别的什么。而这种猜不透的'谜'中国读者则完全可以心领神会"。③但是，这些文化元素一经翻译就荡然无存了。有时候，中国作家也对日本殖民统治提出直接且公开的批评。例如，梁山丁曾在《绿色的谷》中直接批评所谓的"民族协和"政策。他在小说中写道："火车从广漠的大平原上滚进这个充满了烟雾的市街，它以怪兽一般的吼叫震碎了这市街的春梦，谁都知道，使这市街繁荣的脉管，便是一年比一年更年轻更喜悦的火车，它从这里带走千万吨土地上收获的成果和发掘出来的宝藏，回头捎来'亲善''合作''共荣''携手'。"④这些对殖民地"民族协和"政策伪善的批评完全没有在大内的翻译中出现。梁山丁在小说中借着修铁路工人之口深情地写道："我爱我破碎的家乡，我不爱这锦绣的天堂。"⑤但是，这种对破碎的家乡之爱被大内隆雄翻译成"怀念呀我的家乡，这里的天国却也很快乐"（懐かしや古里，この

---

① 大内隆雄：『松花の流れは輝いている』，复刻版『満洲浪曼』第六辑，ゆまに书房，2002年，第191頁。
② 大内隆雄：『松花の流れは輝いている』，复刻版『満洲浪曼』第六辑，第210頁。
③ 黄万华：《艺文志派文学的风貌》，孙中田、逄增玉、黄万华、刘爱华合著：《镣铐下的缪斯——东北沦陷区文学史纲》，吉林大学出版社1999年版，第115页。
④ 梁山丁：《绿色的谷》，春风文艺出版社1987年版，第103页。翻译见梁山丁：『緑の谷』，大内隆雄訳，吐风书房，1943年，第174頁。
⑤ 梁山丁：《绿色的谷》，春风文艺出版社1987年版，第191页。

天国も楽し）。①当然，大内在翻译上所作的改动很可能是出于其对山丁的爱护，为了不突出其作品中的反抗意识，不在日文译本中显现这层含义。不过，不管怎样，通过这么一个对中国文学进行翻译的日文文本世界，伪满洲国的"民族协和"俨然成立了。翻译对于多民族共存的伪满洲国而言至关重要，1937年之后，它对建设一个独立的"满洲国"文化身份更有着不可或缺的作用。

早在20世纪80年代，美国的日本学研究者就已经注意到伪满洲国在日本对外扩张历史中的特殊地位。美国的历史学家及中国专家彼德·杜斯（Peter Duus）、马若孟（Ramon H. Myers）以及马克·皮蒂（Mark R. Peattie）就将日本在伪满洲国的统治区别于其在亚洲其他地区的帝国统治。在他们的叙述中，与通过不平等条约体系获得的"非正式殖民地"以及"正式殖民地"不同，伪满洲国的历史只被表述为日本在东北亚的战时领土（wartime empire）。它是日本明治维新后苦心经营的帝国路线开始走向"非理性"的转折点。②与此观点相对的是历史学家杜赞奇的研究。杜赞奇也将日本在伪满洲国的统治看作不同于日本对中国台湾及朝鲜的一种统治方式。但是与早期历史学家们的"非理性"措辞相比，杜赞奇对日本在伪满洲国的历史评价要积极得多，他说："无论伪满洲国的建设者们的初衷是多么的帝国主义。伪满洲国最终没有发展成一个殖民地，而成了一个民族国家（nation-state）。"③杜赞奇认为，因为伪满洲国种种城市和工业建设，它应该区别于19世纪的殖民地。④同样，路易斯·杨也在研究中分析了伪满洲国由关东军所建立的种种正式的殖民统治手段以及包括培育地方精英和建立市场在内的种种"特殊"的非正式控制手段。⑤在伪满洲国众多有别于19世纪传统殖民主义的手段中，那能在同一殖民空间包容"区域主义""亚细亚主义""跨国的"，甚至是"全球的""世界主义"的

---

① 梁山丁：『緑の谷』，大内隆雄訳，吐风书房，1943年，第332页。
② Mark R. Peattie, "Introduction," in *The Japanese Colonial Empire, 1895—1945*, ed. Ramon H. Myers, Mark R. Peattie, Princeton University Press, 1984, p.57.
③ Prasenjit Duara, *Sovereignty and Authenticity: Manchukuo and the East Asian Modern*, Rowman & Littlefield, 2003, p.1.
④ Prasenjit Duara, "Nationalism, Imperialism, Federalism, and the Example of Manchukuo," *Common Knowledge*, Vol.12, No.1, 2006, p.60.
⑤ Louise Young, *Japan's Total Empire: Manchuria and the Culture of Wartime Imperialism*, University of California Press, 1998, p.11.

意识形态的特质尤其引人注目。① 然而，通过中国作家的书写及相关的日语翻译我们可以看出，所谓的殖民现代性和非正式控制手段并未能从根本上动摇殖民地在经济、政治和文化各方面的掠夺性结构。

第六节
作为帝国榜样的"民族协和"

流亡到东北的俄国人不仅出现在中国东北作家的笔下，1940年左右，在伪满洲国的日语文学中也出现了一次描写流亡俄人的文学热潮。"满洲文话会"会长吉野治夫1940年创作了《伊凡的家》，这一年，转向作家山田清三郎也将发表于《满洲新闻》上的连载小说收集成册，出版了《日满露在满作家短篇选集》。1941年1—5月《满洲浪曼》的主要发起人之一北村谦次郎在《满洲日日新闻》上连载《春联》，以中国人过年张贴的春联为名的小说讲述的主要是在满流亡俄人的生活。②1941年与1942年出版的两卷《满洲国各民族创作选集》虽说是"各民族"创作选，其实只收录了"日满露"作家的作品。其中，日本作家横田文子的小说《美丽的挽歌》以新京郊外流亡俄人居住区"宽城子"为背景。同一时期『ロマノフカ村の話』『ロマノフカ村』『白系露人の経営と生活』等一系列有关流亡俄人生活的调查书籍也不断出现。③一改先前日本作家对流亡俄人生活的漠不关心，从1940年开始，伪满洲国出现了一个描写流亡俄人生活的文学高潮。

这个文学现象的出现仍然与日本移民大量流入伪满洲国有关。从1937年开始的国策移民计划到1941年已经进行了5年，所谓的第一期计划已经完成。在此之前，1939年12月，日本和伪满洲国共同发表了《满洲开拓政策基本要纲》，原本的"移民"日后将以"开拓民"的形式进入。以"皇纪二千六百年"为契机，从

---

① 引号中的措辞均为各种研究的原文。参见 Han Suk-Jung, "The Problem of Sovereignty: Manchukuo, 1932—1937," *Positions: East Asia Cultures Critique*, Vol.12, No.2, 2004, pp.464—470.
② 韩玲玲:『満洲国における北村謙次郎の創作』,『日本研究』2013年第48期。
③ 韩玲玲:『満洲国における北村謙次郎の創作』,『日本研究』2013年第48期。

1940年起，日本将向"满洲"输送以几十户甚至几百户为单位的"集团开拓"，并要求新的开拓民和现有的居住民一起混住与融合。① 而此时如何使日本移民能更好地适应"满洲"的气候和生产方式以及原先就已经凸显其重要性的"民族协和"政策成了非常重要的课题。当时，伪满洲国境内有几个著名的流亡俄人聚集与生产区。内蒙古呼伦贝尔草原的三河一带聚集了几十个俄人村庄，这里的俄国人不仅快速适应了"满洲"寒冷的气候，而且发展了牲畜业，复制了原有沙俄时代的生产方式和社会形态。另一个便是1936年作为"模范村"刚刚在横道河子附近建立起来的"柳树河子村"。这里只有26户流亡俄人住户，约150人，以狩猎和农耕为主要生产方式。② 1938年，满铁出资在"柳树河子村"附近建立了"满洲开拓科学研究所"，以便深入研究这些俄国村落的家庭构成和民俗。还有一个流亡俄人聚集地位于当时伪满洲国首都新京西北二道沟的"宽城子"火车站附近。该区域因为中东铁路的关系，聚集了一大批沙俄时代的铁路工作者。铁路归伪满洲国所有后，苏联国籍持有者大多归国，此处被大量沙俄旧贵族和旧军人占领。1937年后，大量日本移民移入新京，"住宅难"成为一大问题，"宽城子"也因此再一次进入人们的视线。③ 当时"满映"在"宽城子"设有临时拍摄基地，1941年川端康成访问伪满洲国时还专程走访了这里。④

　　田兵、疑迟等东北作家笔下流亡俄人形象虽然与上海的流亡俄人叙事不同，但也有一定的模式可循。他们的生活通常都比较凄惨，"乞丐、妇女、混血儿"是三类比较突出的形象，流浪和酒精麻痹是人物的主要特征。⑤ 这样的描写大多与他们早期哈尔滨的生活经历有关，也是出于中国作家自身对"无国籍"的思考。与东北作家20世纪30年代对流亡俄人描写不同的是，40年代的日本作家倾向于在作品中确立另一种模式，即在满俄人大多数对苏维埃政府有所不满，他们要想在"满洲"过幸福的生活，就应该像"柳树河子村"及三河一带的流亡俄人一样从事农业或狩猎。

---

① 長谷川皓洋：『満洲開拓の沿革と概貌』，満洲移住協会，1942年，第37—39頁。
② 福田新生：『北満のロシア人部落』，多摩書房，1942年，第80—81頁。
③ 韩玲玲：『満洲国における北村謙次郎の創作』，『日本研究』2013年第48期。
④ 川端康成：『満洲国の文学』，『川端康成全集』第32卷，新潮社，1982年，第620頁。
⑤ 金钢：《现代东北文学中的俄罗斯人形象》，《求是学刊》2009年第4期。

比如吉野治夫的小说《伊凡的家》塑造了失去原有"农民"生活的伊凡。主人公伊凡原本在火车站做杂役，修缮铁路，但是随着火车站的废弃，伊凡也成了一个"废人"。为了找工作，他跑到了伪满洲国的首都新京，住进了近郊的"宽城子"流亡俄人聚集区，在都市里过着落魄的生活。与此相对的是伊凡在迁入都市之前在沙俄时代是一个农民，过的是快乐自足的农业生产生活。① 又如，北村谦次郎的《春联》通过住在"宽城子"的日本军官小野浩太郎之口，对"满人"兄弟绘声绘色地讲述了国民党部队是如何在钱财的诱惑下袭击在满俄国人，而流亡俄人彼得一家又是如何在该次苏炳文事件之后救助了日本军官小野浩太郎。苏炳文事件之后，小野浩太郎受彼得夫妇的委托将他们的女儿娜塔莎及丈夫带到首都新京。然而，娜塔莎的丈夫由于无法适应都市生活病死在了新京，娜塔莎独自一人回到了哈尔滨的牧场。通过娜塔莎夫妇的经历，小野明白了流亡俄人在北满从事农业是最好的选择，从此便专心于三河地区的流亡俄人移民事业。②

北村谦次郎等日本作家笔下的流亡俄人形象与满铁当时展开的针对流亡俄人的生产方式和社会风俗的调查一样，有着比较清晰的目标，即指导日本开拓团民更好地适应北方的风土气候，正确认识农业生产。北村谦次郎在小说中批评日本移民"无论是大都市的居民，还是开拓地的农民，都无法顺应自然，只要一有机会就想着要回到故乡"，他们完全不知道热爱这片土地。③ 与此相对，小说塑造了愿意帮助日本人建设"满洲"新农村和信奉与他民族融合的"满人"兄弟贞造和铎佐。弟弟贞造追随小野浩太郎到一面坡特别训练所去"建设新农村"了。与相信"浪漫主义"的弟弟相比，哥哥更信奉诸如学习在荞麦面里打上个生鸡蛋这种"民族协和"的方式。④ 小说的结尾是过年的时候，哥哥收到弟弟从远方寄来的

---

① 杉本正子：『白系露人をめぐる「テクスト」——吉野治夫「イワンの家」石沢英太郎「競う」』，杉野要吉编：『「昭和」文学史における「満洲」の問題』，早稻田大学教育学部杉野要吉研究室，1996 年，第 61—65 页。

② 北村谦次郎：『春联』，昭和战争文学全集编集委员会：『昭和戰争文学全集』第一卷，集英社，1962 年第二版，第 241—304 页。《春联》最初是在《满洲日日新闻》上连载，现收入《昭和战争文学全集》，但后者与前者的内容出入很大。

③ 北村谦次郎：『春联』，昭和战争文学全集编集委员会：『昭和戰争文学全集』第一卷，第 301 页。

④ 北村谦次郎：『春联』，昭和战争文学全集编集委员会：『昭和戰争文学全集』第一卷，第 291 页。

信后仿佛看到了砍下的木柴、新造的房屋、成群的蜜蜂……一幅移民地春天的图景。①与北村谦次郎的《春联》一样洋溢着乐观、浪漫精神的是上文所提到的翻译家大内隆雄发表于同一时期的独幕剧《阳春花开时》。作品描述了兄妹二人和母亲共同生活的满人家庭的故事。最后，哥哥毫不犹豫地选择去遥远的通化工作，因为只要"在满洲国里头，哪儿都行"。②话剧以哥哥为康德新闻悬赏征募厚生歌曲所写的获奖歌曲结尾，众人唱道："阳春花开时，人人都微笑着欢喜。"③这一获奖歌曲的内容大概映射着大内隆雄早年的经历。1929 年，正当大内隆雄在中国南方边疆参加东亚同文书院的毕业大旅行时，他得到自己为满铁社歌悬赏比赛所作的歌词获得二等奖的消息。10 多年前，他在自己所作的歌曲里写道："光从东方来，照耀大地，我们的使命在东亚的土地。看吧，我们的使命是将北斗星的光耀带到这原野，万里无垠的原野。黎明破晓的晨钟唤醒满蒙的原野，我们共同希望着繁荣。看吧，原野上翻滚着波浪般的高粱，太阳照耀着原野。"④多年来所寄予"满洲"原野的理想进一步化作了 20 世纪 40 年代为了响应伪满政府动员大量年轻人走向开拓地带的号召，化作了鼓励年轻人积极走向开拓地的伪满洲国的"浪漫主义"精神。

此时，1937 年提出的何为"满洲文学"的问题已经解决。当初开展"日满"文化交流的时候，评论家提出的要在与中国作家及中国文学交往中来建设"满洲文学"的命题到 20 世纪 40 年代已经发展成要在各民族"协和"关系中来界定和发展"满洲文学"。对于什么是"满洲文学"，20 世纪 40 年代后不断代表东京赴伪满洲国指导的川端康成这样回答："日系作家的作品，并非仅仅是日本文学的延长线。我不是要故意提倡对抗日本文学。而是期待满洲国能发展出独自的文学。满人作家和中国文学不一样。流亡俄人作家和苏维埃文学也不一样。"⑤从 1937 年开始的、仅在日本作家与"满人"作家中大规模展开的中日文化交流发展到 40 年代演变成了

---

① 北村谦次郎：『春联』，昭和戦争文学全集編集委員会：『昭和戦争文学全集』第一卷，集英社，1962 年，第 304 頁。
② 大内隆雄：『阳春花开时』，『新满洲』1943 年第 5 卷第 8 期。
③ 大内隆雄：『阳春花开时』，『新满洲』1943 年第 5 卷第 8 期。
④ 江上照彦：『満鉄王国：興亡の四十年』，サンケイ出版，1980 年，第 208 頁。
⑤ 川端康成：『「満洲国各民族創作集」第一卷選者のことば』，『川端康成全集』第 33 卷，新潮社，1982 年，第 102 頁。

"各民族"文学和文化的融合。1941年与1942年出版了由川端康成、北村谦次郎、山田清三郎和古丁编选的《满洲国各民族创作选集》两卷。第一卷除了收录东北作家山丁、疑迟、石军和吴瑛的作品外还收录了流亡俄人作家的作品。其中,山丁的短篇《狭街》由大内隆雄翻译。

《满洲国各民族创作选集》①的出版不仅对伪满洲国意义重大,它对整个帝国都具有重要的借鉴意义。北村谦次郎的《春联》得到了川端康成极高的评价,川端康成不但为他在东京联络出版社,还为该书的单行本亲自作序。他认为这篇小说之所以成功,是因为"古往今来,第一流的文学里缺少对异国异民族的描写,而日本人不习惯描写异民族,真正能拿得出手的作品几乎没有"②。通过塑造住在"宽城子"的满人兄弟和俄人彼得一家,北村谦次郎的这部小说恰恰描绘了伪满洲国"民族协和"的建国史。伪满洲国的"民族协和"对于20世纪40年代初期正在南方展开行动的日本帝国具有一定的借鉴作用。川端康成在其编选的《满洲国各民族创作选集》序言里清楚地表过态:

> 日本今日在南方也进行着战斗。但是,和他民族共同建国,共同发展振兴文化的事业在满洲国以外却从未有过。大东亚的理想首先在满洲国得到实践。如果在满洲国不能成功的话,那么它在其他地方也不能实现,因为我们是在和汉民族共同实现这一理想。不用说,像汉民族这样优秀的民族再也找不到第二个了。至少从文化方面来看的确是这样的。③

这两卷《满洲国各民族创作选集》出版的同时,日本正在开拓南方帝国版图。

---

① 《满洲国各民族创作选集》中没有一位朝鲜作家的作品。从1937年开始朝鲜就常常在"民族协和"话语里缺失,尽管朝鲜是伪满洲国的"五族"之一。日本自1938年始就建立了陆军特别志愿兵制度,在朝鲜人中招募军人。在创造"五族协和"神话的同时,日本还造出了一个"日鲜同宗"的神话,意图将日朝关系处理成"国内"关系,而不仅仅是与他民族交往的关系。因此,通过文学建构"五族协和"是应具体的外交与军事需要创造出来的有意识的政治话语,至多只是一种政治修辞。
② 川端康成:『満洲国の文学』,『川端康成全集』第32卷,新潮社,1982年,第622頁。
③ 川端康成:『「満洲国各民族創作集」第一卷選者のことば』,『川端康成全集』第33卷,新潮社,1982年,第101頁。

到 1942 年日本已经在南方攻克了新加坡等地，在这些南方区域有着非常复杂的民族和族群关系，这里有很大一部分人都是马来后裔。川端康成预见，在南方日本作家与他民族一起创造新的文学是迟早的事情。伪满洲国的日满文学交流肩负着为帝国新型治理方式树立榜样的重任。

大内被检举遭送回日本后，再次回到伪满洲国是 1935 年 2 月，任职于《新京日日新闻》。也正是从那时起，大内对伪满洲国的中国文学渐渐产生了热情。大内在伪满洲国成立之初就开始拥有的"民族协和"理想是他一直以来认为中国文学具有重要性的主要原因。对大内来说伪满洲国作为独立国家需要有独立的"满洲文学"。"满洲文学"真正的危机是它沦为日本文学的亚流，用同时期日本文人加纳三郎的话来说，"这意思不是依赖于中国文学，而是因为，一方面占压倒多数的满洲民族的文学表现是必须的文化要求，另一方面是欲在和中国文学的相互作用中确定满洲文学的本质，并以此为方向，从中汲取明确其独立性的要素"。[①]

1938 年，大内隆雄在与同人们一起创立《满洲浪曼》时，对自己的工作有相当的自觉，他说："我的工作主要是翻译和介绍中国作家的作品。为此首先要大量阅读中国作家的作品，并从中选择。这是一件既快乐又困难的工作，需要投入大量的精力。翻译也不太容易。但我感到自己的工作有很大的意义。在此之前，我每有机会就翻译，或者说自己创造机会从事翻译，今后我将更加努力。我希望在满的日本人可以读到这些翻译，也希望进一步，日本的日本人能够读到这些翻译。从这个意义上来说，我希望《满洲浪曼》能够在满洲以及日本被广泛地阅读。"[②]让日本人阅读中国作家的作品成为其翻译的一大目标。正如其所希望的那样，他所翻译的中国作家的作品集多是由日本国内的出版社出版发行的。例如，古丁的长篇小说《平沙》是由中央公论社出版的，《原野》和《蒲公英》等中国文学作品翻译文集是由东京的三和书房出版的，《满洲国各民族创作选集》是由东京创元社出版的，而《日满露在满作家短篇选集》是由东京的春阳堂书店出版的。通过对中国及流亡俄人文学作品的翻译，大内隆雄大约真的感受到了其在自己所作的满铁社歌里所写的

[①] 加纳三郎：『満洲文化の為に』，『満洲評論』1941 年第 21 卷第 5 期。
[②] 大内隆雄：『私の旗』，吕元明、铃木贞美、刘建辉监修，复刻版『満洲浪曼』第二辑，ゆまに書房，2002 年，第 171 頁。

"亚洲的人民和日本的先驱者和睦相处"。①

通过对一些中日文学作品的分析，我们看到在"民族协和"话语政策下，于1937年后出现的中日文学交流是应日本移民大量移住伪满洲国的政治需要而产生的。但是，与此同时，由政治催生的文学交流也成为一个抵抗殖民统治的支点。正是在"民族协和"的殖民统治下，通过描写流亡俄人形象，中国作家在作品中表达了他们对现实的态度，完成了他们的殖民抵抗。对于"民族协和"的书写和翻译成了一个中日双方争夺的话语场所。

我们习惯了镇压、杀戮、剥削的殖民史叙述，它们的确是殖民历史实践过程中的内容。但是，殖民权力并不单纯以一种否定的方式来实现，它也通过创造种种利于维持帝国的关系来实现。在评论欧洲18世纪之后的"新"殖民主义时，库珀和史托乐说赤裸裸的攻占、剥削和镇压已经是过去的事情了，经法国大革命之后，19世纪法国、英国、荷兰、西班牙和葡萄牙在殖民地用公民、民权、主权等"资产阶级"概念建立起了一个假象的空间，用以实施事实上的区分隔离。②这就是18世纪以后出现的殖民主义的一大特点。这一论断对于19世纪末、20世纪初才加入帝国主义队伍的日本也有效。后进帝国主义国家日本也借助公民、国籍、"民族协和"、现代化等"资产阶级"话语建构了一个帝国。从此角度来说，日本在伪满洲国的文化统治和意识形态包容性与世界各地其他的殖民主义并没有什么特别不同，只不过是18世纪之后，运用"资产阶级"政治、经济和文化话语手段所建立的一个殖民空间。因此，1937年以后的中日文学交流和日本文人对中国文学的翻译也是权力关系的一部分。但是，正如福柯所言，"哪里有权力，哪里就有抵抗"。③抵抗并不外在于权力关系，而是权力关系中的另一极，是权力关系不可消除的对立面，即便是作为帝国权力关系的一部分而存在的"满人"文学无疑也是帝国权力关系内部实施抵抗的一种可能性。

---

① 江上照彦：『満鉄王国：興亡の四十年』，サンケイ出版，1980年，第208页。
② Frederick Cooper, Ann Laura Stoler, "Between Metropole and Colony: Rethinking a Research Agenda," in *Tensions of Empire: Colonial Cultures in a Bourgeois World*, University of California Press, 1997, p.3.
③ 米歇尔·福柯：《性经验史》，上海人民出版社2002年版，第71页。

第十章

二战之后日本语境里的中国"人民文学"

1945年日本二战失败后，随着社会形势和文学整体状况的变化，日本的中国文学译介也进入了一个新的阶段。这个新阶段的特征不仅在于被翻译的中国文学作品数量日益增加，还在于中国文学作为一种思想资源深刻地进入日本思想和文学运动的内部。也正是在战后初期，"人民文学"一词流行开来。此时日本的中国文学研究界所说的"人民文学"通常指1942年《在延安文艺座谈会上的讲话》发表以来，沿着这一方向形成的文学潮流，有时它也被用于泛指进入新阶段的中国文学的整体。

例如，冈崎俊夫1951年发表的《中国的人民文学》一文便指出，五四以来的新文学至今已有30多年，可以划分为多个不同时期，而"尤其是以1942年为分界点，前后的样貌有了明显差异"。冈崎俊夫认为人民文学是在毛泽东理论指导下从解放区产生的文学，它最初的代表是赵树理，而随着解放战争传遍全国，1949年第一次文代会宣告了它的"胜利"。[1]另一个例子是竹田复、仓石武四郎1956年主编的《中国文学史的问题点》一书，现代以来的中国文学被划分为"文学革命""革命文学"和"人民文学"三个章节（分别由增田涉、小野忍和冈崎俊夫撰写），其中前两章分别以五四时期和左联成立前后为重

---

[1] 冈崎俊夫：『中国の人民文学』，『思想』1951年第323期。

心,而抗战以来,特别是1942年以来的部分,则被归入"人民文学",冈崎俊夫在这一章里主要讨论的代表作家是赵树理和丁玲。而作为20世纪50年代中国文学翻译的标志性成果,河出书房出版的十五卷本《现代中国文学全集》中也有五卷属于当时所说的"人民文学",它们是《赵树理篇》《丁玲篇》《黄谷柳篇》(上下卷)和《人民文学篇》,其中《人民文学篇》是短篇作品集,用于介绍赵树理、丁玲、黄谷柳之外的代表作家的作品,包括萧三、邵子南、李季、田间、康濯、胡可、马烽、骆宾基、艾芜、高玉宝、张天翼、袁水拍,还有兴台村剧团集体创作的《人往高处走》。由此大致可以看出"人民文学"的范畴。

但是,并非日本所有的中国文学研究者都认同"人民文学"这一概念。例如,竹内好就更倾向于使用"国民文学"的概念来理解中国文学的新阶段。在他1951年发表的《社会主义的现实主义》一文中,竹内从茅盾1950年6月的演讲《文艺创作问题》里提炼出"国民文学"课题,进而写道:

> 建设国民文学这一课题,自从中国文学作为现代文学而成立的文学革命以来,迄今为止都是一以贯之的目标。但是对这一目标的自觉和确认,却是最近的事。具体而言就是抗日战争以来。在集结了民族全部力量的这场战争期间,文学家的自觉深化了,他们发现了共通的目标。无论是组织上,文学理论上,还是作品上,都出现了飞跃式的发展。这种发展现在还没有被充分地介绍到日本来。有人错误地介绍它,以为诞生了"人民文学"这样一种新的倾向的文学。其实中国文学整体上发生了质的变化。这种变化的性质应该称为革新,或者说深化,而不是单纯的流派或文类的交替。将"人民文学"视为流派,是一部分研究者的误解。1942年延安文艺座谈会上毛泽东的讲话《现阶段中国文艺的方向》也不是将流派作为问题,而是将中国文学整体的革新作为问题。这次演讲作为文学理论是划时期的,成为今天中国文学的指导原理,但其指导性来自把对国民文学的愿望组织化的理论本身的正确,而不是通过什么外在权威将作为流派的"人民文学"合理化。①

---

① 竹内好:『社会主義の現実主義』,『竹内好全集』第3卷,筑摩书房,1981年,第99页。

很明显，竹内好不愿把延安产生的"人民文学"从五四以来的现代文学中分离出来，作为异质性的存在来理解，而是强调中国文学作为"国民文学"的一贯性、统一性。在他的解释中，中国文学自20世纪40年代以来的转型基于自发的内在动力，即"对国民文学的愿望"。竹内好试图通过"国民文学"的概念来理解中国文学的转折（从事后的视角看，这也就是人们常说的"现代文学"向"当代文学"的转型），这种解释潜在包含着对日本文学的构想，预示了他在不久后的"国民文学论争"中的基本立场。

今天，在回顾日本二战之后初期的中国文学译介和研究时，竹内好是我们首先会想到的核心人物，然而对竹内好视角的过度倚重，有可能遮蔽同时代的其他视角。正如上面一段引文所显示的，在当时日本的中国文学译介中，其实存在着某种对中国文学解释权的争夺，"人民文学"还是"国民文学"的问题便是其中的一种表现。而"人民文学"的介绍者们是否真的如竹内好所说，仅将"人民文学"视为一种"流派"呢？问题或许没有这么简单。只有重新聚焦于竹内好的"竞争者"时，我们才能理解其话语的针对性，并对相关问题作出自己的判断。

值得注意的是，以竹内好为首的中国文学研究会同人曾于《文学》1951年12月号上发表《日本中国文学研究的现状和问题》一文，文章总结了当时中国文学译介和研究的几个主要群体：

> 以东京大学中国文学研究室为中心的人员（仓石武四郎等）；
> 中国文学艺术研究会（有会刊《中国文学艺术通信》，也是日本《人民文学》杂志事实上的友军岛田政雄等人参与创刊的，其做的与新作品相关的工作比任何群体都更多）；
> 中国文学研究会（会刊《中国文学》，目前仍未能复刊，正致力于研究会的复活、延续）；
> 以京都大学为中心的人员（吉川幸次郎、入矢义高等）；
> 中国研究所（文学部门比较薄弱）；
> 东大东洋文化研究所（饭塚浩二、仁井田陞等，没有文学专家）；

此外还有奥野信太郎、鱼返善雄等人参与的孤立的小团体。①

事实上当时推广中国"人民文学"最为用力的，正是这里提到的以岛田政雄为首的中国文学艺术研究会，这一群体与竹内等所在的中国文学研究会在工作重心、文学观念和政治色彩上多有差异。正如上文所说，岛田政雄等人所译介作品的数量是相当大的，在当时颇具声势，但今天这些工作却淡出了人们的视野。这一方面是由于相比于后来成体系的翻译和研究，当时"人民文学"浪潮中的译介还比较粗糙，但更重要的原因或许是意识形态上的。日本二战之后初期的"人民文学"译介与日本共产党的文化政策和内部纷争有着密切的联系，政治色彩极浓，因此在时过境迁之后也难免受到冷遇。但这些译介实践和相关讨论所包含的问题相当丰富，并不是仅用极"左"的评价便可以盖棺论定的。对它们的重读，能够帮助我们更深入地理解日本二战之后的文化史，以及中日文学在特定历史时期的动态关系。

第一节
"人民文学"的初步引入：以鹿地亘和岛田政雄为例

从抗战结束到新中国成立前后，"人民文学"在日本经历了一个逐渐升温的过程。在这一阶段，对新的文艺理论的介绍走在具体作品翻译的前面。这不难理解，因为以延安为发源地的"人民文学"本身就是在理论方针的指导下展开的，这种文艺路线经过抗战至解放战争的数年实践，才逐渐获得成规模的具体创作成果（例如，《太阳照在桑干河上》和《暴风骤雨》都是1948年出版的），因此，这些"人民文学"代表作在日本的译介自然比毛泽东的文艺理论要晚。当然，更重要的是随着中国革命进入新阶段，日本知识界对以毛泽东为首的中国共产党领导层的思想理

---

① 竹内好等：『日本における中国文学研究の現状と問題』，『竹内好全集』第3卷，筑摩书房，1981年，第312—313頁。

论有着共同的关心。二战之后不久,毛泽东的《在延安文艺座谈会上的讲话》以及他的《新民主主义论》等其他理论著作很快被译成日文。

《在延安文艺座谈会上的讲话》的第一个日译本是新日本文学会组织翻译的,译者千田九一同时也是中国文学研究会的成员。该译本于1946年12月由十月书房出版,依据的是1945年11月由东北书店出版的《现阶段中国文艺的方向》,因此沿用了这一书名,同时也将原书附录的三篇文章一并译出,这些文章是陈云的《关于党的文艺工作者的两个倾向问题》、周扬的《坚决贯彻毛泽东文艺路线》以及1943年11月7日中共中央的《关于执行文艺政策的决议》。可以说,对毛泽东在延安文艺座谈会上的讲话,日本知识界从一开始就将它与中共的其他政治文献特别是整风运动相关文献结合起来理解。而新日本文学会对在延安文艺座谈会上的讲话的宣传,与当时日本的"民主主义文艺运动"和"政治与文学"论争也有联系。

另一个值得注意的问题是,此时,以延安为发源地的"人民文学"不仅对日本来说是同时代的新现象,对中国解放区以外的广大地区也同样如此。换而言之,延安文艺在日本的传播,与其在中国的传播具有某种平行性,与中国的文化领导权的确立有着内在的联系。抗战胜利后,聚集在延安的文化人分散到各地从事文化工作,将新的"人民文学"推广到全国,而这一动向也通过各种渠道影响到日本。例如,上海是这种传播过程中的一个重要中转站,一些战后滞留上海的日本人在接触到解放区传来的文学动向后,很快又将它们带回了日本。岛田政雄等在《改造日报》工作的日本人便是如此,由于中共方面在上海的文化宣传和有意识的对日工作,他们得以结识郭沫若、茅盾等众多中国作家,形成了对"人民文学"的基本认识,他们回国后致力于对中国文化的译介。另一个例子是鹿地亘,他通过抗战期间的宣传工作,与中国众多左翼人士建立了密切联系,回国后他也成为中国新的文化动向的宣传者,与岛田政雄等的"中国文学艺术研究会"多有合作。与竹内好等"中国文学研究会"成员不同,鹿地和岛田等并不单纯是学者,其身份更多具有"活动家"的色彩,与中国政界和文化界有更直接的互动关系,他们在这一时期成为向日本宣传中国"人民文学"的主力。通过他们的活动,我们可以看到"人民文学"并不只是被动地作为研究对象被介绍到日本,而是在当时中国的文化领导权的确立过程中,在冷战初期的东亚意识形态角力中,通过有意识的中日合作进入日本的。

下面就结合鹿地亘和岛田政雄的著作，具体讨论他们是怎样理解中国的"人民文学"或者"人民文艺"的。

一、鹿地亘的《中国文化革命》

对中国的鲁迅研究者或者抗战史研究者来说，鹿地亘不是一个陌生的名字。他战前在日本无产阶级文学运动中的活动，1936年逃至上海后与鲁迅及其周边青年的交往，以及抗战期间在反战同盟所做的工作，目前基本上都已被介绍到中国学界。但是1946年鹿地亘回国后的文化活动还较少受到关注，这一方面是因为他从1948年起便因患肺结核而处于休养状态，1951年底又遭驻日美军"卡农机关"绑架，被释放后也因长期的法庭斗争而不能专注于写作；另一方面是由于鹿地亘在中国文艺译介方面的成果后来被日本学界边缘化。这并不是他个人的问题，而是战后初期"人民文学"译介成果的普遍命运。

早在1936—1937年间，鹿地亘就已从事中国文学译介工作，其中最著名的当属《大鲁迅全集》的编译。二战之后他的一些著述和翻译也是在此延长线上展开的，例如撰写《鲁迅评传》①，翻译冯雪峰的《鲁迅回忆录》②等。与此同时，他还致力于介绍毛泽东在延安文艺座谈会上发表讲话以来中国文学的新动向。他在《中国文化革命》③一书中从整体上介绍抗战以来中国的"人民文化"，不久后又翻译了"人民文学"的代表作《暴风骤雨》（与安岛彬合译）④和《李有才板话》⑤，还重译了《在延安文艺座谈会上的讲话》并撰写长篇解说⑥。下面以《中国文化革命》为中心，具体介绍鹿地亘的"人民文学"观。

随着二战的结束，中国问题成为日本知识界瞩目的热点。亲身参与中国的抗日战争，与中国政界、文化界有着密切关系的鹿地亘，在这方面自然很有发言权，因此1946年回国后他便成为中国革命和文化状况的介绍者，展开繁忙的演讲和写作

---

① 鹿地亘：『魯迅評伝』，日本民主主義文化連盟，1948年。
② 馮雪峯：『魯迅回想』，鹿地亘、吳七郎共訳，ハト書房，1953年。
③ 鹿地亘：『中国文化革命』，九州評論社，1947年。
④ 周立波：『暴風驟雨 上卷』，鹿地亘、安島彬共訳，ハト書房，1951年。
⑤ 趙樹理：『李有才板語』，鹿地亘訳，日本出版協同，1952年。
⑥ 毛沢東：『一九四二年延安における毛沢東の文芸講話』，鹿地亘訳，ハト書房，1951年。

活动，这些成果首先收录于《中国文化革命》一书中。通过这部作品，鹿地亘成为将中国"人民文学"引入二战之后日本的先驱。这种介绍不是单纯的现状解说，而具有高度的主体性，联系着他对日本文化状况的批判性思考和对未来文化运动的构想。

在《中国文化革命》的序言中，核心关键词是"民族"，而"民族"和"人民"又常常并置在一起，这两个概念的区别没有被特别强调。鹿地亘着重强调中国的民族解放斗争对思考日本"民族"问题的意义。他认为，自从中国开展五四运动以来，处于逆境中的中国文化人（以鲁迅和郭沫若为代表）不断与"民族和人民的问题"对决，而处于顺境中的日本则缺少这样的对决：日本人民大众尽管处于悲惨境遇，却"被显赫的'民族发展'之幻影所麻痹"，而作为大众的一部分的知识阶级也只是顺应这样的时代形势，没有进行真正反省。鹿地从这里看到了日本"近代文化"的本质缺陷。

我不是说日本近代文化没有任何成就。

非但不是如此，近代日本的文化史还在匆忙地突进于帝国主义道路上的日本的膨胀中，为了给自身赋予血肉，赋予内容，"广泛地从海外"学习先进知识，孜孜不倦地持续着建设近代文化的努力。当然，日本也不是没有取得一定的文化成绩，尽管还极为贫弱，但足以加入列强的行列，摆出得意的面孔。

但是没有任何一个人，敢于同这样发展起来的日本文化史、日本近代史本身进行对决。①

在批评日本近代知识阶级的同时，鹿地也客观地指出了他们面临的困难：任何敢于与民族问题、人民问题对决的人，都会"立刻被'日本民族'本身的道路，被历史的车轮碾碎"。他也提到了战前的无产阶级文化运动，认为它由于"残酷的蹂躏"而销声匿迹。但是，面对战后的新形势，鹿地认为全面反思的机会已经来到，而在这个问题上，中国文化——特别是经过抗战洗礼而发生巨大变化的中国文

---

① 鹿地亘：『中国文化革命』，九州評論社，1947年，第11—12頁。

化——具有重要的参考价值。

　　回国途中，我们在上海遇到了8年前在汉口分别，后来投身于边区和游击战场的电影演员陈波儿。她长期活跃于艰险的战场，数年后转移到延安从事剧本创作和导演。在上海久别重逢的我们，发现她从当初那样一个纯真的年轻演员，变成了稳重成熟的人民艺术家，心中不免充满感叹。

　　中国文化和文化人成长了。并且，人民大众开始拥有自己的文化。以五四为起点，一贯以民族、人民为目标，总是站在其解放斗争的前线上开辟道路的中国文化界，如今已经进入到人民当中，呈现为属于人民的事物。

　　如今，在这个民主主义日本的文化革命的出发期，我必须向人民诉说这一切。①

这里有两个问题值得注意。首先，鹿地亘从"民族"角度对追逐西方现代性的日本近代文化的批评，开创了二战之后的"近代主义批判"之先河，在后来日本共产党对"近代主义"有组织的声讨中，或者在竹内好对中日近代文化的比较中，都能看到类似的逻辑。其次，鹿地亘所说的"中国的文化革命"是比较宽泛的概念，纵观全书可以发现，"文化革命"主要体现为抗战以来"人民文化"的成长，但同时也是对五四文学革命传统的延续，鹿地没有在"五四"和"延安"之间作明确的切割，这是他与当时另一个"人民文学"宣传者岛田政雄的显著不同。这种立场或许是由鹿地亘自己在重庆的实际经验决定的，书中的第一篇文章《抗战中的两种文化》进一步体现了这一点。

《抗战中的两种文化》一文（原为演讲）指出，由于中国是农业国，"工人阶级几乎还没有形成"，所以知识阶级在"中国民族革命"中扮演的角色格外重要，而正是抗日战争使知识阶级发生了巨大的变化，真正进入人民当中。鹿地认为，"抗战以前中国的文化运动、艺术运动""发生于都市"，尽管在方向上是"向人民"的，却"难以进入占中国人口绝大多数的劳动人民，特别是农民中间去"，这一是

---

① 鹿地亘：『中国文化革命』，九州評論社，1947年，第16頁。

因为基本的民生问题尚未解决,人民大多还是文盲,二是因为从"半殖民地都市"发生的近代文化"自身就具有难以大众化的性质",这种弱点"经过这次战争才得到克服"。由于抗日统一战线的成立,原本"在国民政府统治下得不到合法性"的"民族革命的文化运动",终于"有条件合法地进入中国腹地",文化人得以深入地接触人民大众。但由于抗战中存在着延安、重庆的"两种政治",因此文化运动也呈现出两种样态。①

鹿地亘基于自己的亲身经历,介绍了1938年"文协"成立以来,国统区文人与国民党政府关系的几个阶段的变化,指出随着国民党的文化统治逐渐复归于战前的旧态,国统区文艺形成了两种特色:一是以郭沫若、阳翰笙的历史剧为代表的,从历史中取材来反思现实的风气;二是揭露黑暗现实的"批判现实主义"。他认为,通过与"民族"问题的对决,这些作家"游离于'人民的现实'的主观倾向",获得了"现实主义的圆熟"。但是由于社会状况的限制,国统区的文化活动逐渐陷入困难,"在抗战后期几乎没有什么可观的成绩"。与此形成对照的是延安,在这里文化人和人民结成了更深的关系,并且反省过去的"都市文化的性格",反思自身的"寄生性",而毛泽东在延安文艺座谈会上的讲话给文化人的自我改造指明了方向。鹿地亘把在延安文艺座谈会上的讲话作为整风运动的一部分来理解,认为毛泽东的文艺政策意味着"文化运动中的整风运动的提起"。他进而指出,伴随着根据地人民生活状况的改善,以及文化人与人民的共同劳动,出现了新的属于人民的文艺形式——秧歌剧。总而言之,鹿地亘认为中国的文化运动进入了新的阶段:文化终于不再是由知识阶级"给予"大众的东西,不只是"为人民",而是"由人民自己亲手创造"。

这种将重庆和延安的文化状况对比分析的思路,在当时比较普遍,可能是沿用了中国国内的言说方式。不过鹿地亘并未把国统区与解放区的文化对立起来,而是将其统合于"民族"与"人民"的名义下。对于国统区文艺,他主要指出客观条件造成的困难,并没有从作家的主观层面寻找原因,没有专门批评"小资产阶级"意识,这或许是他在大后方的实际工作经验所决定的。在此意义上,鹿地亘的观点可以说位于岛田政雄和竹内好中间的位置:岛田相信中共文艺政策代言人对国统区文

---

① 鹿地亘:『抗戦中の二つの文化』,『中国文化革命』,九州評論社,1947年,第17—20頁。

艺的论断，将解放区文艺置于更高位置上；而竹内则采用从根本上怀疑国统区和解放区的二分法（中国文学研究会的其他成员如武田泰淳也有类似的观点），主张把中国的"国民文学"作为整体来看待。鹿地亘不像岛田那样简单地把解放区以外的文化归诸"小资产阶级"文化，但他也不像竹内好那样绕过阶级来谈"国民"。对于延安的"人民文化"，他一方面比较相信延安知识人的自我叙述，另一方面也结合日本的实际，在解读中有自己的侧重点。

在向日本引进中国"人民文化"的经验时，鹿地亘重点关注两个问题：一是文化人的立场问题，二是文艺大众化和民族形式问题。

作为二战之前日本无产阶级文学运动的领导者之一，鹿地亘对于辨别和克服文化人的"小资产阶级性"这一问题自然不陌生。他在当时的论争中写下的《反抗小市民性的跳梁》等文章，就强调无产阶级文学运动不能无原则地吸收"同伴者"，需要警惕他们带来的"小市民性"。对延安整风运动的必要性，鹿地亘表示了高度的认同。在《关于三风整顿》一文中，他比较系统地介绍了这场运动的背景、原因和主要内容，并指出目前被介绍到日本的中国"人民文化"正是"文化界的三风整顿的伟大斗争的成果"。对于延安文艺座谈会上的讲话，鹿地首先是放在整风运动的脉络里来理解的。《毛泽东文艺讲话概要》一文相当详细地梳理了在延安文艺座谈会上的讲话的要旨，呼吁日本知识人学习这种经验，展开"自我改造的长期实践斗争"，克服小资产阶级性，到人民中间去。不过值得注意的是，鹿地在谈论战后日本文化方向时，展现出一种比战前更为灵活的态度。

在介绍在延安文艺座谈会上的讲话提出的立场/态度问题时，鹿地结合二战之后日本的语境进行了发挥，他指出在当时的"政治与文学"论争中也要注意立场/态度问题。他认为"政治与文学"的问题一直没有得到真正的解决，"政治优先"往往被理解为"在作品中插入狭义的'政治宣传'，或相较于文学艺术的创造，将重点放在政治上"，以至于引起很多反对。他进而指出：

> "政治优先"不是那种东西。它指的是作者把握现实的方式和其中体现的政治性。把握现实的方式决定主题的选择。接下来，也就决定了对待作品中的人和事的态度。在这里，作者的立场——以谁为敌，以谁为友，以谁为自己人——这种战略和战术的立场就会呈现出来。如果对此没有正确的把握，也就不能确切地把握现实本身。在这一点上必须承认"政治"的优先性。（中略）

如果不论对自己人还是敌人，只要对方有缺点就气势汹汹地加以攻击，这样的作品或者批评，就脱离了我们的文化革命立场。站在这一立场上，应当辨别"三种人"来组织斗争。（中略）

缺点和错谬，长处和成功——倘若看似对这些问题本身做出了正确的判断，却没有推动人民的胜利、民主日本的胜利，而是变成恫吓，引起反感，造成混乱，其原因往往在于对这种"立场"的实践化的理解的缺乏，或者不够注意。在过去的日本，福本主义导致的战线分裂，战前无产阶级文化运动中持绝对主义者态度的横行——我们之所以反复经历这些苦涩的失败，原因也在这里。

在这些场合，我们站在"正确"这一死的立场上，而没有立足于人民革命的现实斗争中。①

相较于与鹿地亘二战之前的文论，在这里他的立场似乎变得更具包容性。面对《新日本文学》和《近代文学》的"政治与文学"论争，鹿地亘虽然仍然强调"政治"的优先性，但他对"政治"的理解发生了变化：最重要的不是理论的"正确"，而是维护战后日本文学界的民主主义的"统一战线"，理论论争需以不破坏团结为限度。这些论述有意识地学习在抗战中区分敌友的战略，同时又结合了对过去的无产阶级文学运动的反思。正如鹿地亘所说，战前日本无产阶级运动的分裂与福本主义的影响有关：由于过度重视用思想斗争来排除"杂质"，保证革命队伍的纯洁性，造成了同一阵营内的过激批判。事实上鹿地亘自己当时的文章也有这样的倾向。在中国的10年让他对"统一战线"有了更深入的认识，因此，在构想二战之后日本的文化运动方向时，他选择了一种更为灵活和实际的态度。他对在延安文艺座谈会

---

① 鹿地亘：『毛沢東の文藝講話より』，『中国文化革命』，九州評論社，1947年，第17—20頁。

上的讲话的解释运用，也与战后日本"民主主义文学运动"对"统一战线"的诉求相呼应。

在同一篇文章中，当介绍在延安文艺座谈会上的讲话中的"对象问题"时，鹿地亘也进行了发挥。他指出，文艺大众化是中日文学界共通的课题，而日本和中国文人都面临一种矛盾，这就是自身趣味与服务对象的不一致。小资产阶级出身的知识人没有在思想和感情上与大众一体化，因而有一种纡尊降贵的"自我牺牲"意识，试图在自己所喜爱的"高尚艺术"中"掺水"来提供给大众。这让一些人感到"文艺"成为"政治目的"的牺牲品，于是引发了"政治主义者"和"文艺主义者"的对立。鹿地亘指出，在战后的论争中仍然能够看到这样的"自我牺牲"意识，而对其一味批判是无法解决问题的。因为在战前日本的政治压迫中，革命文艺和大众斗争被"隔离"开来，没有"一体化"的条件，作家的自我转向也就尤为困难，牺牲感的产生是难以避免的。而如今要真正在文艺创作中消除这种"自我牺牲"意识，就要像那些从上海租界转移到延安的作家们一样，自己迈动脚步，到大众中去改造自己的思想感情，而这一过程必然是"长期的甚至是痛苦的磨炼"。①

在这里，鹿地亘其实并没有从理论上解决问题。不过或许在他看来，从理论上解决问题本就是不可能的，问题只能通过实践得到解决。这也是鹿地亘介绍中国"人民文学"时的根本态度：他试图引入的不是一套文学理论，而是一种实践经验，问题的核心是到人民中间去。这一时期鹿地在不同场合反复强调，脱离人民的文学论争是无意义的。例如，在《回国以来的感想》中，他便表示自己出席 1946 年 10 月的新日本文学会第二次大会时感到了失望，因为面对二战之后大众运动的历史性成长，作家们的关注点却始终停留在"文学的确立"上，"第一是文学，第二还是文学"，总是"用'文学'的框框来限制自己，束缚自己的工作"。②鹿地认为，"把自己关在'文学'里面（即便是所谓的无产阶级文学）"，本质上还是"封闭在小

---

① 鹿地亘：『毛沢東の文藝講話より』，『中国文化革命』，九州評論社，1947 年，第 66—68 頁。
② 鹿地亘：『帰国してからの感想』，『中国文化革命』，九州評論社，1947 年，第 180—181 頁。

资产阶级的作家生活和基于其狭隘视野的感情生活的框架中",而现在需要的是打破这种框架。① 因此,他主张日本文学家不要只顾"议论荷风的颓废,或者抨击林房雄",不要只讨论少数读者关心的文学论,而要为"职场、工厂、农村"的人民斗争服务,"只有报道员、通信员,与人民斗争相结合的文化干部的活泼行动与全面成长,才是新的人民的作家群的母胎"。他还以抗战前中国文坛的"两个口号"论争为例,认为不管是夏衍等的"国防文学"还是胡风等的"民族解放战争的大众文学",本质上都是"未能与广大中国人民相接触的"上海文坛的空论,尽管在主观上以统一战线为目标,实际却造成了宗派分裂。② 由此可见,鹿地亘对"人民文学"的介绍建立在对中日两国左翼文学发展史的反思之上。此外,正是二战之后日本民众文化组织的空前活跃,使近代以来的"文学"(纯文学)的封闭性愈发暴露出来,中国"人民文学"的译介也因此具有现实针对性。

鹿地亘谈的"人民文学"并不意味着"文学"的一种流派,而是溢出日本近代"文学"框架的事物。鹿地亘关注的不只是作品本身,还有"人民文学"对民众的动员和组织经验。因此比起短篇小说、报告文学等,他更热心介绍的是延安的秧歌剧。1945年春,鹿地亘在"第十八集团军重庆事务所"观看了新华剧团的公演。这一时期秧歌剧正在重庆引起广泛反响,《新华日报》花大篇幅进行介绍推广,而陶行知创办的育才学校的剧团也开始引入秧歌剧。饶有意味的是,鹿地记叙道,在体验了舞台上下的热烈互动后,他回想起小时候村里的庆典(村祭)和农村戏剧(村芝居),想起那种"集体的亲密友爱的气氛"。他由此引申出对"民族形式"的思考,认为一个民族的文化想要健全成长,其"文化形式"一定要"以本民族自身的东西,以民族生活中产生的东西为基础"。③

> 而且,在今后的时代里,尤为重要的是人民文化的创造。要创造能让人们在社会生活中,作为集体而感到欢乐和亲切的文化,能将人们结合起来,产生作为亲密整体的自觉的文化。(中略)

---

① 鹿地亘:『帰国してからの感想』,『中国文化革命』,九州評論社,1947年,第190頁。
② 鹿地亘:『帰国してからの感想』,『中国文化革命』,第191頁。
③ 鹿地亘:『中国の人民文化』,『中国文化革命』,九州評論社,1947年,第108—111頁。

诚然日本也有盂兰盆舞,有八木节①和佐渡曲②。但悲哀的是,在日本的环境里没有人觉得它们配得上称为"文化"。即便称为文化,也只是与高雅文化相对的低俗文化。这也是没办法的事。它们保存着封建的形式、落后于时代的内容而留在民间,而文化界还没有对此进行加工、尝试改造和利用的例子。

日本的近代文化穿着外来的衣服,与大多数人民距离遥远。因此,说白了,大多数人民只觉得"高尚艺术什么的,俺们不懂"。

由此就形成了与人民生活的落差。高尚艺术就交给知识阶级,"俺们还是喜欢佐渡曲、浪花节"。这也就为过去讲谈社那种反动低俗"文化"的广泛传播创造了条件,任由它在人民大众中间流毒无穷。③

在另一篇演讲《劳动人民与地方文化》中,鹿地亘也谈了同样的问题:日本的近代文化被少数人占有,而讲谈社的低俗文化在民间泛滥,被反动势力利用,"广泛传播了军国主义的排外思想"。同时,他也指出了二战之后日本的新变化:近年来各地农村"盂兰盆舞广泛举行""到处都呈现出地方文化运动的新气象",而一些文化人却对此不以为然。他承认这些民间歌舞也有低俗之处,但认为它们绝不比文化人捧为"国粹"的净琉璃、歌舞伎更下等,因为这些"国粹"不过是"反映了江户町人和武士、赌徒头目们的生活的消费文化",而与此相反,盂兰盆舞、种田歌(田植唄)和渔歌(大漁節)等民间歌舞则反映了劳动人民生产过程中的活泼感情、收获的喜悦,具有更多"健全的、人民艺术的要素"。④随后,他再次介绍了延安文化人改造民间艺术、创造秧歌剧的实践。

---

① 八木节(八木節):群马县和栃木县地区流行的传统民谣。
② 佐渡曲(佐渡おけさ):新潟县佐渡地区的传统民谣。
③ 鹿地亘:『中国の人民文化』,『中国文化革命』,九州評論社,1947年,第112页。
④ 鹿地亘:『働く人民と地方文化』,『中国文化革命』,九州評論社,1947年,第198—200页。

鹿地亘二战之前的文论中似乎罕有这种农村视野。正是借助中国解放区文化运动的经验，他重新注意到农村文化对艺术的"民族形式"创造和"大众化"的重要意义，并由此看到了抵御近代出版资本所支配的通俗文化的可能性。在这里鹿地亘使用了"生产"与"消费"的对立结构：在他看来，无论是被军国主义利用的通俗小说，还是被文化界视为"国粹"的净琉璃、歌舞伎，本质上都是"消费文化"，而真正的"人民文化"必须与生产劳动结合在一起。

对鹿地亘而言，以秧歌剧为代表的"人民文艺"对其的启示，关键不在于艺术形式自身的更新，而在于艺术的组织功能。1946 年在接受中国文学研究会访谈时，他这样说道：

> 问题不在于选择某一种形式。那种意义上的事情田汉也做了，他进行了改造京剧、变更其内容的运动。那种做法可以说也有一定效果。就像（日本的）新兴短歌运动有意义一样，它当然也发挥了某种作用。但是在创造新时代的文化这一点上，还不能说它们具有意义。在延安，不是以京剧这样的事物为出发点，而是到人民的生活中去，在人民生活中共同生产——在广大民众的众多事业中，逐渐形成集体，而艺术形式从中自然地提炼出来。是作为国民运动的出口，从中抓住了机会。绝不是作为形式上的问题，以京剧改造云云作为出发点。我在这里说的问题也不是日本民族艺术的一般形式有哪些，而是我们要实际到工厂生活中去，到农村去。在那里，工厂的人们、农村的人们建立起各自的社团。在其中，通过农村戏剧这样的形式来动员村民，或者用盂兰盆舞将村民集结起来，为了村庄的组织上的成长而创造、开拓这样的机会。（中略）不是说因为日本古代有歌舞伎，有能乐，所以就思考能否通过它们来培育日本式的事物，不是以这种思考为出发点。①

总的说来，作为中国的"人民文艺"在二战之后日本的早期传播者，鹿地亘所关注的问题从一开始就无法收束在"文学"或"艺术"的框架内部，而是与对战后日本社会运动的构想结合在一起。通过对延安文艺运动的借鉴，他对日本文坛（包括无产阶级文学在内）的问题进行了反思，并试图引导文学界将关注点从文坛内部

---

① 中国文学研究会：『鹿地亘氏に聴く　中国の文学運動』，『中国文学』1946 年第 98 号。

转移到战后蓬勃发展的民间文化运动上来。这种方向在日本后来的"人民文学"热潮中延续。然而我们也需要注意一件事：与野坂参三等反战同盟延安支部的日本人不同，鹿地亘并不是在延安，而是在重庆和桂林等地经历了抗日战争，因此他对解放区文艺运动的描述毕竟只是一种转述，带有想象性的成分。这也是他在后来的"人民文学"译介中始终存在的悖论。

二、岛田政雄的上海体验与 20 世纪 40 年代末的中国文学译介

岛田政雄是 20 世纪 40 年代末至 50 年代初期在日本介绍"人民文学"的代表人物，他在日中友好协会、中国文学艺术研究会和日本《人民文学》杂志的积极活动，有力地推动了这一译介潮流的形成。这一时期他的主要译著有黄谷柳的《虾球传》（与实藤惠秀合译）①、赵树理的《李家庄的变迁》（与三好一合译）②、鲁艺剧本《白毛女》（集体翻译）③、周而复的《医生白求恩》④、萧三的《青年毛泽东》⑤等，其中《虾球传》和《李家庄的变迁》影响尤其大。他的研究著作有《风暴中的中国文化》⑥《中国的文工队：组织与经验》⑦《中国新文学入门》⑧等。他主持的中国文学艺术研究会还编译过中国文学理论文集《毛泽东思想与创作方法："延安文艺讲话"发表十周年纪念论文集》⑨和《新中国的创作理论》⑩。20 世纪 60 年代以后岛田还有其他译作，如杨沫的《青春之歌》等。从这些翻译对象的选择，不难看出他的基本立场。而值得特别注意的是，岛田对中国文化文学的这种关注，与他战后在上海的

---

① 黄谷柳：『蝦球物語』，岛田政雄、实藤惠秀共訳，三一書房，1950 年。
② 赵树理：『李家荘の変遷』，岛田政雄、三好一共訳，ハト書房，1951 年。
③ 鲁艺芸术学院文工团：『白毛女』，岛田政雄等集団翻訳，未來社，1952 年。
④ 周而复：『医師バツーン』，岛田政雄訳，青銅社，1951 年。
⑤ 萧三：『青年毛沢東』，岛田政雄、玉嶋信義共訳，青銅社，1952 年。
⑥ 岛田政雄：『嵐に立つ中国文化』，国際出版，1948 年。
⑦ 岛田政雄：『中国の文工隊：その組織と経験』，大路社，1949 年。
⑧ 岛田政雄：『中国新文学入門』，ハト書房，1952 年。
⑨ 中国文学芸術研究会編訳：『毛沢東思想と創作方法：「延安文芸講話」発表十週年記念論文集』，ハト書房，1953 年。
⑩ 中国文学芸術研究会編訳：『新中国の創作理論』，未來社，1954 年。

经历有着密切的关系。

  岛田政雄1912年出生于日本鸟取县,根据其自传[①]的叙述,他在青年时期曾受到藏原惟人理论的吸引,中学毕业后在家乡从事无产阶级文学运动(例如建立《战旗》支部,发表《第二无产者新闻》等),在20岁时因触犯"治安维持法"被捕,在狱中服刑期间转向,出狱后前往东京谋生。1938年岛田通过思想犯管理组织"帝国更新会"的推荐,应聘"亚洲自治协会"的"中支民众工作员",前往中支派遣军杭州特务机关海宁班(也就是俗称的"宣抚班"),在浙江省海宁县硖石镇从事"宣抚"工作,例如在当地开智小学教日语。1939年岛田从海宁班辞职,前往上海谋生,主要工作是通过上海的新闻杂志了解社会状况,撰写调查报告,提交给昭和通商等"国策会社"。与此同时,他还成了上海日文报纸《大陆新报》的撰稿人,先后执笔《南船北马》《大陆文化评》等专栏。1944年岛田在《大陆新报》上发表了《民族文学的确立》《民族文学的内容与形式》等文章,与"大东亚文学者大会"唱反调,与章克标、陶晶孙等发生争论,当年5月再次被逮捕,在日本领事馆拘留所被拘留7个月后得到假释,在杨树浦海军警备区保甲事务所找到工作,不久后在上海迎来日本的战败。

  二战结束后,岛田政雄经中尾胜男介绍,加入上海的日本共产主义小组。中尾胜男曾在大正和昭和前期的劳工运动中扮演重要角色,属于日本共产党的领导层,但在1928年的三一五事件中被逮捕,数年后宣布转向。根据岛田回忆,在当时的上海,中尾胜男周围聚集了一批年轻的转向者,他们"都是曾为治安维持法所苦,因日本的战败而感到解放的人",想要为日本和中国的民主化做贡献,以"弥补迄今为止的错误"。因此,在延安的野坂参三和在重庆的鹿地亘成了他们关注和学习的对象,而改造日报社的成立,则为他们与中国各界人士接触提供了契机。抗战胜利后,汤恩伯指挥的陆军第三方面军接管上海,而在这一过程中,负责接收日文报纸《大陆新报》的是陆久之,他以此为基础创办《改造日报》,沿用了《大陆新报》的许多员工。由于陆久之本人的特殊身份(虽是第三方面军高官,蒋介石的女婿,但同时又是中共地下党员),改造日报社中有众多"统一战线"派的民主人士,报纸呈现出左翼色彩。陆久之请中尾胜男任顾问,而岛田等上海共产主义小组成员也因此加入《改造日报》。改造日报社的主要任务是向日俘、日侨进行宣传。随着滞

[①] 岛田政雄:『四十年目の証言』,窓の会,1990年。

留上海的日本人陆续回国，岛田等人又开始"在陆久之社长、金学成总经理的指挥下编辑面向日本的综合杂志《改造评论》"。《改造评论》的一个关注点是二战之后如何处置日本的问题，例如1946年9月的第二号上登载了郭沫若等中国知识人在日本问题座谈会上的观点，其中有针对性地批判了日本天皇制以及驻日盟军总司令部（GHQ）对天皇制的姑息，第三号则重点讨论战争赔偿问题。同时，该杂志从呼吁中国和平统一的立场出发，向日本介绍国共政治协商的进展。而在编辑工作之外，岛田等人还"着手准备吸收新中国文化以向日本介绍"。

1946年，鹿地亘等一批反战同盟成员从重庆来到上海，打算经由此地回日本，《改造日报》组织欢迎会和采访，岛田等人在此过程中不仅认识了鹿地亘，同时还结识了护送反战同盟成员来沪的冯乃超和康大川。冯、康当时均隶属于"国民政府军事委员会政治部第三厅"，抗战期间他们在郭沫若领导下从事对日政治工作，因而与反战同盟过从甚密。鹿地亘等回国后，冯乃超和康大川留在上海负责中共方面的对日宣传工作。当时中共方面对改造日报社相当重视，根据岛田政雄回忆，他母亲在上海去世时，冯乃超、康大川代表中共前去表示慰问。通过这些"第三厅"工作者的介绍，《改造日报》的日本员工得以接触到更多中国文化人，了解中国文艺界的新动向。岛田在回忆录中写道：

> 在文学艺术方面的学习上，我感触最深的，是当时以解放区为中心而得到实践，成为新的中国文学艺术运动的指导方针的"毛泽东延安文艺讲话"。当然，也是多亏冯乃超氏的费心安排，来到上海的周而复、刘白羽、欧阳山尊等三位先生为了我和翻译河村翰治君，连续数日前往郭沫若氏的住宅，为我们生动地讲解了解放区八年来的文学艺术的发展状况。（中略）
>
> 周、刘两氏都是《新华日报》的记者、解放区的文化工作干部和作家，他们的纪实报告和文学作品在当时上海的出版界引起了热烈的反响。周氏奔走于抗战胜利后的东北（旧满洲）所写的报告文学《东北风云》①当时正在上海的周刊杂志《时代》上连载，刘氏的同样写东北的报告文学新作《环行东北》也刚出版单行本，在书店里吸引着读书界的视线。欧阳山尊作为解放区秧歌的指

---

① 《东北风云》应为《东北横断面》和《松花江上的风云》之误。

导者而闻名。他是自己来到，而周、刘两氏总是一起过来。他们都仪表堂堂，年轻的身躯上套着合身的西服。我把当时在上海能够入手的解放区的新小说、戏曲、评论等列成清单，以便向他们询问，这些作品在新的中国的文化中占有怎样的位置，受到怎样的评价。（中略）

周、刘两氏举出各种例子，为我们说明了毛泽东文艺讲话划时代的意义。①

通过对解放区作品的掌握和与周而复、刘白羽的交流，岛田政雄形成了对中国文学运动方向的基本认识。他将"文艺为谁服务""大众路线"和知识分子"自我改造"等问题带回日本，以此为依据来分析批判二战之后日本的文学和文化运动。与延安文人的交流还形塑了岛田政雄对解放区文学"代表作"的认识，影响了他后来在译介工作中的选择。周而复、刘白羽向他们介绍了一批"在实践毛泽东在延安文艺座谈会上的讲话的过程中产生的代表作"，包括赵树理的《小二黑结婚》《李有才板话》、孔厥的《一个女人翻身的故事》和邵子南的《地雷阵》等。而欧阳山尊则介绍了"随着抗日战争进入农村的剧团，将西欧的近代戏剧形式照搬到农村时，遇到了怎样的失败"，进而介绍了在延安文艺座谈会上的讲话后秧歌戏的发展，特别是以《兄妹开荒》为代表的集体创作方式。岛田在这些交流中积累了很多材料，为他回国后介绍"人民文艺"奠定了基础，例如，《风暴中的中国文化》一书中关于秧歌戏的材料便直接来自欧阳山尊的笔记。

在关注解放区文化动向的同时，岛田政雄等人也接触了国统区的众多著名文化人。除了"第三厅"的郭沫若、冯乃超等人，岛田见到的从重庆来上海的文化人还有茅盾、胡风、翦伯赞、田汉、阳翰笙、叶以群、孔另境等。田汉、阳翰笙为岛田等介绍了抗战期间国统区戏剧的发展情况。茅盾与岛田谈论了国统区文学的整体状况，认为今后中国文学的方向是"现实主义和民主的方向"，他还重点谈了文艺大众化的问题，介绍了一些"旧瓶装新酒"的实践，如张恨水对章回小说的改造，欧阳予倩和田汉的旧戏改良，以及注入了抗战内容的唱本、鼓词等，但总体上茅盾认为国统区的文艺大众化并不算成功，这是由政治状况决定

---

① 岛田政雄：『四十年目の証言』，窓の会，1990年，第31—33页。

的。茅盾还将岛田介绍给叶以群,促成文联社(中外文艺联络社)与改造日报社的合作。

岛田政雄对胡风的拜访也值得注意,因为他特地询问胡风是怎样看待毛泽东在延安文艺座谈会上的讲话。在岛田面前,胡风似乎有所保留,他只是强调了解放区和国统区客观条件的差异,以此为由将"讲话"相对化,限制了它的适用范围,而没有更深入触及他自己的"主观战斗精神"等。倘若岛田能够以此为契机,进一步关注中国文艺理论界的矛盾冲突,或许他对中国"人民文学"的认识会有所不同。尽管岛田已经把"讲话"路线视为中国文学的新方向,但在当时的中国,这一路线还没有确立绝对权威地位,还存在与它具有竞争关系的其他文艺观念,而"讲话"权威的最终确立,也以这些异见的排除为代价。遗憾的是,岛田并没有充分关注"讲话"在国统区知识界传播时遇到的阻力,后来在1952年的《中国新文学入门》一书中对胡风问题他仍然处理得比较简单,只是引用了茅盾和舒芜的批判文章,指出胡风的理论表现了国统区困难状况下"小资产阶级的绝望、焦躁",具有"进步和反动的双重性"。[①] 总的说来,岛田在理解中国"人民文学"的发展时,过度相信权威话语,没有充分把握中国文学转型过程中错综复杂的矛盾。

除了与上述文学家的交流,岛田政雄在上海对木刻版画的接触也值得注意。1946年9月18日,中华全国木刻协会主办的"抗战八年木刻展"在上海开幕,岛田政雄等几名改造日报社员工受邀前往,在木刻协会干事汪刃锋的陪同下参观了展览,中国版画的发展状况给岛田留下了深刻的印象,他感到"不管哪个作品都彻底贯彻着人民的立场""流露出对农民、石工、铁匠、纤夫、搬运工人等劳动人民的无限热爱和对劳动的自豪"。岛田等当即表示希望在日本也开办中国木刻展览。这一计划后来在东京的中日文化研究所和朝日新闻社的支持下得以实现,这就是1947年2月在东京银座举办的"中国木刻展",展览期间中日文化研究所还举行了系列演讲"中国民主艺术集会"。由此可见,对中国版画的关注,并不完全是岛田个人的兴趣,而是具有普遍性的。友常勉的《从中国木刻到版画——战后日本民众版画运动·序说》指出,尽管中国木刻版画起步比日本晚,但从鲁迅开始的新兴木

---

① 岛田政雄:『中国新文学入门』,ハト書房,1952年,第228页。

刻运动，经过抗战中的实践和毛泽东在延安文艺座谈会上的讲话的指引，在与农民的交流中实现了版画的中国化，而"战后日本的民众版画运动是在中国木刻的影响下开始的"。① 中国木刻的展出成了二战之后日本版画运动中的常规环节，岛田所在的中日文化研究所和日中友好协会也在中日版画交流中起到了推动作用。根据友常勉的研究，当时在《版画运动通信》《美术运动》等美术杂志上，将中日版画进行对比的批评极为常见，这也从一个侧面说明了中国"人民文艺"在日本的影响力。

1946 年 11 月，岛田政雄被迫离开上海，因为国共开战后上海的局势愈发紧张，国民党当局已无法再容忍《改造日报》的左翼立场，岛田等日本员工被强制遣返。回到东京后，岛田加入了菊池三郎任理事长的"中日文化研究所"，不久后正式加入日本共产党。他在回忆录中写道，自己"以毛泽东的讲话为自身文学活动的方针"，因此从上海回国后，"希望在自己的实践活动中为工人、农民服务"。② 这种信念不仅体现在他对中日文化交流的推动中，还体现在他对日本的民众社团运动的参与中。通过与著名左翼作家德永直的关系，岛田参与了民众文艺运动的组织工作。1947 年 6 月，东京地方文学社团协议会（東京地方文学サークル協議会）正式成立，协议会建立在由各种企业、事业部门劳动者自发组建的 40 余个小型文学社团之上，会刊《文学社团》成为民间文学组织互相交流，发表劳动者作品的平台，岛田成为该刊物的编辑。值得注意的是，岛田在创刊号上发表的文章《出发与方向》专门提出"文学为谁服务"的问题，从中不难看出他学习毛泽东在延安文艺座谈会上的讲话的痕迹。也是在这一时期，岛田在德永直、坂井德三的介绍下加入新日本文学会。对岛田和其他关注中国"人民文学"经验的日本文化人来说，战后日本雨后春笋般涌现的群众性文学社团，正是将中共的"大众路线"本土化的中介，他们因此高度重视这些民间社团的发展，这一方向也体现在后来的《人民文学》杂志上。

随着中国问题成为日本出版界的热点，岛田政雄也成为诸多杂志的供稿人。他

---

① 友常勉：『中国木刻から版画へ——戦後日本の民衆版画運動・序説』,『東京外国語大学論集』2010 年第 80 号。
② 岛田政雄：『四十年目の証言』,窓の会，1990 年，第 64 頁。

在日本民主主义文化联盟的会刊《文化革命》上每月连载"中国文化报告",从1947年9月号持续到1949年5月号,介绍中国的各种文化艺术动向,此外,他还应邀在《新日本文学》《世界文学研究》《中国研究》《中国语杂志》《人间》《展望》等刊物上发表文章。岛田周围聚集起了一批对中国新文艺感兴趣的年轻人,其中有东京大学、东京外国语大学的学生,也有从中国返回日本的人,他们共同建立了"中国文学艺术研究会",将鸠书房作为他们的集会场所,他们开始发行油印版刊物《中国文艺》,后更名为《中国文学艺术通信》,持续到1953年。该研究会曾集体翻译刊行新中国第一次至第三次文代会的大会报告,还编译了理论文集《毛泽东思想与创作方法:"延安文艺讲话"发表十周年纪念论文集》和《新中国的创作理论》。研究会成员中较著名的人物还有三好一,他与岛田政雄合译了赵树理的《李家庄的变迁》,后来成为日中友好协会的骨干。

《风暴中的中国文化》一书收录了岛田20世纪40年代末创作的一系列文章,集中体现了中华人民共和国成立前岛田对"人民文学"的理解。该书第一篇文章《文化革命的中国类型》提纲挈领地说道:

> 中国的近代文化革命,在1919年的五四新文化运动中实现了辉煌的发展,但中途遭遇挫折,以1942年5月延安文艺座谈会为转机,进入了新的发展阶段。这两个阶段的特征在于,前一阶段的革命文化运动的承担者,主要是小资产阶级知识分子,而在新的阶段,工人阶级与农民成了主体。①

"文化革命"是这一时期鹿地亘和岛田政雄等"人民文学"介绍者不约而同使用的词语。鹿地亘在《中国文化革命》一书中没有明确界定"文化革命"的时间范围,而岛田的解释则更加清晰直白,他说的"文化革命"与毛泽东所讲的"新民主主义革命"在时期上基本重合。在后文中岛田直接指出这场"文化革命"与"新民主主义革命"是并行的关系。通过把在延安文艺座谈会上的讲话叙述为一个绝对的新起点,岛田笔下的中国"文化革命"有了更为清晰的轮廓,但与此同时,与鹿

---

① 岛田政雄:『嵐に立つ中国文化』,国际出版,1948年,第3页。

地亘相比，在岛田的描述中"五四"和"延安"之间似乎也呈现出更加明显的断裂。在"文学篇"里的《中国文学的转折点》一文中，他直截了当地断定五四新文学的性质是"反封建的资产阶级文学运动"，而到了1927年，这种运动由于"资产阶级的叛变所导致的大革命失败""失去了其阶级基础"。尽管随着民族解放战争的开始，文艺界开始形成新的统一战线，但岛田认为，五四新文学在抗战所带来的"历史的严肃试炼"面前"失败了"，没能真正"扎根中国大地"，走进农村、工厂和兵营。这是因为"五四文学的形式不是民族的，只是欧洲文学形式的移植""不是几千年来住在中国封建农村社会的大众所能理解的"。岛田进而指出，让"中国的革命文学"得以进入新阶段的，是抗日战争期间中国共产党领导下的根据地建设。随着社会经济基础的改变，农民大众的"翻身"，五四文学终于"由小市民知识分子手里，交到革命的人民大众手中"，这意味着文学的"质的、阶级基础的转换"，而毛泽东文艺讲话从理论上明确了这一点。岛田强调《讲话》"并不是由一个政治家从外部对文学的道路加以命令"，而是"从抗战以来文艺活动的总体经验中集中提炼出的当然的结论"。① 他进一步指出："文学应该从属于政治。政治是人民的一切力量的集中。这不是说，文学是政治的附属品，或者是政治的留声机、扩音机。文学作品越是高度表现真实的艺术作品，就越是真实地表现时代和阶级对立，因而就越是政治性的。人民的文学表现人民的政治。人民的政治就是人民生活本身。"②

对岛田政雄来说，"人民文学"这一范畴是很明确的，毛泽东讲话的方向就是"人民文学"的方向。而这种明确自然也有其代价：他在某种程度上将1942年以降的解放区文学从中国现代文学的整体传统中孤立出来，放大了"人民文学"与此前文学史的断裂关系，遮蔽了其间千丝万缕的联系。在具体文学作品的译介上，他也完全将目光投向解放区，而对国统区的作品几乎很少关注。这既是由于岛田个人视野有限，在对中国现代文学形成整体、深入的认识之前，就直接进入了"人民文学"，同时也是由于他不加保留地全盘接收周扬等解放区文艺代言人的言论，而没有与他们拉开距离来批判性地审视。

尽管岛田政雄对"人民文学"的理论阐释颇为粗疏，但他介绍的具体作品和文

---

① 岛田政雄：『嵐に立つ中国文化』，国際出版，1948年，第86—89页。
② 岛田政雄：『嵐に立つ中国文化』，第100页。

艺现象，对当时的日本人来说无疑是新鲜的。当时中国正处于战争中，日本又受到占领军管制，及时追踪中国的文艺动向并不容易。岛田所在的中日文化研究所采取的策略是经由香港建立信息渠道。在解放战争期间，一批左翼知识人和进步报社、出版社陆续从上海转移到香港。岛田等在鹿地亘的帮助下，与在港的民主人士建立联系，广泛搜集香港的中共系报刊如《华商报》《群众》《小说月报》等文艺杂志，以及在香港刊印的书籍和宣传手册，从而了解中国文艺界的动向。① 中华人民共和国成立前的3年间，岛田对"人民文学"的介绍主要依靠这些材料以及他此前在上海积累的资料。这种介绍注定是不全面的，因此他所关注的某些文艺作品在后来的中国文学史中或许也显得不是很有"代表性"，但是在战后日本的特定历史情境下，这些作品却发挥了传递一种新的文化经验的作用。

《风暴中的中国文化》一书集中介绍了抗战以来"人民文艺"的成就，所涉及的文艺类型包括木刻版画、秧歌、话剧、小说、诗歌和报告文学等。《关于木刻画》一文从鲁迅影响下的木刻运动说起，介绍了木刻版画如何伴随着抗战而逐渐与人民结合在一起，文中多处引用青年版画家王琦、汪刃锋的叙述，不难看出这些信息主要是他在上海时获得的。《关于秧歌》一文主要依据欧阳山尊提供的资料介绍延安的秧歌剧。同鹿地亘一样，岛田也高度评价秧歌剧在艺术的民族化、大众化方面的意义，同时特别关注其中集体创作的方法。《解放区的两部新剧》则着眼于话剧，介绍的是《同志，你走错了路》和《穷人乐》。关于前者，岛田引用姚仲明、陈波儿的文章介绍其集体创作的经验，以及对"导演中心主义"和"明星个人主义"的克服；关于后者，则介绍其与在延安文艺座谈会上的讲话后"文艺下乡"运动的关系。在诗歌方面，岛田最关注的是艾青的作品，《艾青的三部诗集》一文通过诗集《旷野》《反法西斯》和《吴满有》来把握艾青10年间的创作轨迹，并且选译了部分诗作。从翻译的选择上看，岛田优先选取的是与抗日战争相关的、具有鲜明斗争性和批判性的诗作，例如《反侵略——给日本的士兵大众》《忏悔吧，周作人》和《通缉令——街头诗试作》等。而文章最后收束于《吴满有》，因为这是艾青到延安以后的诗作，是毛泽东在延安文艺座谈会上的讲话的成果，展现了"新政权下诞生的新农民的典型"，岛田认为它"不仅对作者而言标志着一个新纪元，而且也翻开

---

① 岛田政雄：『四十年目の証言』，窓の会，1990年，第62页。

了中国诗坛新的一页"。① 在报告文学方面，岛田注目于丁玲、杨朔、萧三等 16 位作家共同完成的报告文学作品集《英雄传》，认为袁广发等"劳动英雄"正是"新民主主义革命中产生的新人民的典型"，他们与鲁迅笔下的阿 Q 式的农民形成鲜明对比，体现了中国农民的解放：在无产阶级政党的指导下，农民终于不再是"历史的奴隶或小丑"，而在文学中成为英雄，成为"历史的主人公"。②

在小说方面，赵树理是岛田政雄重点介绍的对象。他用大量篇幅详细介绍了《小二黑结婚》《李有才板话》和《李家庄的变迁》，对剧情的解说极为详细，并且援引周扬《论赵树理的创作》和茅盾《论赵树理的小说》等代表性评论来说明赵树理小说的特色和意义。岛田归纳出赵树理作品的几个特征：其一是大众性，他以《小二黑结婚》在太行区的销量以及群众自发改编上演的事例来说明赵树理在大众中受欢迎的程度。其二是一种"新的现实主义"，他指出赵树理所描写的村庄"没有一个是静止的"，都处于变化之中，赵树理对变化中的农村农民的面貌有着"动态的把握"，这种新的现实主义只有在新政权下，在新民主主义革命中才成为可能。其三是描写手法上具有"人民式的朴素与精确"。岛田向日本读者介绍说，习惯了欧洲近代文学的细致描写的人，或许为赵树理用这么少的字数叙述这么多内容而感到惊异，但描写的"琐屑主义"属于"有闲的、停滞的、只能静态地把握事物的阶级"，是"没落期的小资产阶级文学"的手法，而革命中的中国人民大众与这种"琐屑主义"无缘，赵树理的手法才符合他们的心理和语言。③ 可以说，岛田政雄是"赵树理方向"在日本最早的介绍者之一，他的积极宣传带动了赵树理作品特别是《李家庄的变迁》在日本的热度。相比之下，竹内好对赵树理的注意是稍晚的事（1951 年以后）。正是在"人民文学"热潮中，竹内才开始谈论赵树理，并将其纳入自己的"国民文学论"脉络。

1949 年中华人民共和国的成立为"人民文学"在日本的进一步传播创造了条件。作为日中友好协会准备会（1949 年 10 月 10 日成立）的常任干事，岛田推动了中日间文艺资料的有组织交换。例如，在 1950 年上半年，岛田组织了一个特别的委员会，开启了新日本文学会与中国文协之间的资料互换，将德永直、中野重

---

① 岛田政雄：『嵐に立つ中国文化』，国际出版，1948 年，第 115 页。
② 岛田政雄：『嵐に立つ中国文化』，第 155 页。
③ 岛田政雄：『嵐に立つ中国文化』，第 145—148 页。

治、宫本百合子、佐多稻子等日本作家的代表作寄赠中国文协，同时表示希望获得文协发行的《中国人民文艺丛书》，得到了积极回应。在推动资料交流的同时，岛田还做了另一项重要的工作：获得中国报刊的翻译权。由于当时日本受到占领军的出版管制，根据驻日盟军总司令部的规定，一切外国书籍的翻译乃至新闻杂志的转载都必须获得版权方许可才能进行，因此如何取得中国出版物的翻译权也就成为译介工作的先决条件。岛田在与鹿地亘妻子池田幸子商量后（当时鹿地亘因患肺结核住院疗养），通过康大川与中国方面取得联系，以鹿地亘和岛田政雄两人的个人名义先获得翻译权，然后将翻译权委托给日中友好协会。1950年5月，岛田等获得了包括中国领导人、学者、作家在内的51人的翻译授权书，随后又获得了《人民文学》《新华月报》等11种刊物的授权。之后，日中友好协会进一步与岩波书店、改造社等出版社和日本各大学合作，于1950年7月设立了"日中翻译出版恳话会"，来解决中国图书的翻译出版问题。①

在这样的背景下，中国"人民文学"代表作陆续进入日本，形成了一个短暂的热潮，对这些作品的译介与20世纪50年代日本文化运动的复杂脉络联系在一起。下面将围绕岛田政雄担任编委的《人民文学》杂志来讨论这一问题。

第二节 日本《人民文学》杂志与中国文学的接受

一、《人民文学》杂志概况

随着中华人民共和国的成立，东亚的地缘政治版图大幅变化，冷战格局也日渐形成。由于美国占领军开始推动日本的再军事化，二战之后初期日本共产党视占领为"解放"的和平革命路线失效。1950年1月，共产党和工人党情报局（Cominform）发表文章批评日共二战结束以来的路线，这意味着苏联对日共的施压，日共内部由此发生争议，分裂成由德田球一、野坂参三等领导的"主流派"（又称"所感派"）和以宫本显治为代表的"反主流派"（又称"国际派"）。1950年

---

① 岛田政雄：『四十年目の証言』，窓の会，1990年，第86—88页。

6月，随着朝鲜战争爆发，美国占领军开始全面打压日本左翼，日共成为非法政党，这进一步加深了左翼运动的混乱和危机。德田、野坂等"主流派"领导人逃亡北京，并成立"临时中央指导部"，开始效仿中国革命的"农村包围城市"武装斗争路线。日共党内这次分裂后来被称为"50年问题"，而这次危机在文学界也投下了深重的影子。

新日本文学会成立于1945年，聚集了藏原惟人、宫本百合子、中野重治等无产阶级文学运动的中流砥柱，其核心人物均为日共党员，但与此同时，它在名义上仍然是独立的文学团体，并不隶属于日本共产党。或许在这种相对"独立性"中已经埋下了日后冲突的种子。1950年新日本文学会的分裂一方面是日共"50年问题"在文学界的直接反映，但从另一个角度看，也可以说是二战之后"政治与文学"问题在新日本文学会内部的延伸。1950年5月《新日本文学》刊载了岛尾敏雄的《小小的前卫》(『ちっぽけなアヴァンチュール』)和井上光晴的《未写的一章》(『書かれざる一章』)两篇短篇小说，由于在作品中流露出对日共的怀疑和批评，引发了日共"主流派"的激烈批判，被斥为"反党"的"小资产阶级"作品，而《新日本文学》编辑部和中野重治等作家则对其进行了辩护，对反对者进行了反驳，对立由此形成，并且愈演愈烈。同年9月，《新日本文学》正式刊出了批判日共中央（"主流派"）的声明，这也意味着对自身"反主流派"立场的公开，而一部分支持"主流派"的文人因此退出新日本文学会，建立了与其对抗的文学阵地，这就是1950年11月创刊的《人民文学》。《人民文学》的发行持续到1953年12月，后更名为《文学之友》（发行至1955年）。第一任主编是江马修，后任分别是赤木健介（伊豆公夫）、广末保和户石泰。杂志的主要编委有藤森成吉、除村吉太郎、岩上顺一、岛田政雄、岩仓政治、松山映、栗栖继，后来野间宏和丰田正子等人也加入了进来。

《人民文学》杂志诞生于日共"50年问题"萌生时期，又随着日共党内对立的消解而淡出历史舞台，因此在文学史中通常被视为政治纷争的衍生物，得到的评价不高。但近年来随着一些日本学者对20世纪50年代文化运动的再考察，《人民文学》重新受到重视。战后民众社团（サークル）活动的代表性研究者道场亲信和鸟羽耕史指出，《人民文学》作为全国民众文化社团网络的中介和枢纽，在当时的文化运动中发挥了重要作用。作为文学杂志，《人民文学》的执笔者阵容虽然不及《新日本文学》强大，但也拥有野间宏、安部公房等年轻作家，同时还出现了小林胜、春川铁男、足柄定之等一批工人作家和许南麒等朝鲜作家。① 而从中国文学传播的角度来看，这份刊物也有其特殊的意义：它推动了20世纪50年代初期"中国人民文学"在日本的短暂热潮，使中国文学译介与日本民众文化运动产生了内在联系。

在二战之后的初期，新日本文学会对中日文学交流起到了一定的推动作用。但在《人民文学》与《新日本文学》并立的时期，特别是1950—1952年间，前者对中国文学的传播显然出力更多。这一方面是由于以岛田政雄为中心的"中国文学艺术研究会"是《人民文学》的"友军"，而另一重背景则是，《人民文学》所支持的日共"临时中央指导部"当时正在北京，对中国革命模式的学习持"主流派"的基本立场，因此对中国文学"大众路线"的引入也就成为题中应有之义。

《人民文学》杂志上与中国文学相关的内容大致可以分为以下几类：

1. 中国文学作品的翻译。由于杂志版面有限，《人民文学》登载的译作数量并不多。当时《太阳照在桑干河上》《暴风骤雨》等代表性长篇小说各有单行译本，所以《人民文学》主要还是通过评论以及图书广告的形式将中国文学作品介绍给读者。杂志直接刊载的译作主要有赵树理的《李家庄的变迁》（2卷1号至2号，岛田政雄译，未完）、孙犁的《荷花淀》（2卷3号，中垣虎儿郎译）、丁玲的《二十把板斧》（2卷7号，牧浩平译）、草明的《自传》（2卷6号，译者不详）、高玉宝的《高玉宝》（4卷1号，宫崎弘译，节译）等。

2. 对中国文学的介绍和评论。这部分内容分量最大，介绍和评论的重点自然是中国的"人民文学"，其中既包括《太阳照在桑干河上》《暴风骤雨》《李家庄的变迁》等代表作，又包括黄谷柳的《虾球传》、草明的《原动力》等在后来的文学史中相对被边缘化的作品。此外，《人民文学》上还刊载过很多类似于外国作家小传的文章，例如，"人民作家的面影"系列专栏，其中赵树理、丁玲和鲁迅先后登场。该专栏介绍过的其他国家作家有尼古拉·阿列克谢耶维奇·奥斯特洛夫斯基、路易·阿拉贡、巴勃罗·聂鲁达等，他们均有共产党员身份。其中介绍聂鲁达的一期实际上译自袁水拍的文章，同期还选译了袁水拍《马凡陀的山歌》中的一首。

---

① 道場親信、鳥羽耕史：『文学雑誌「人民文学」の時代　元発行責任者・柴崎公三郎氏へのインタビュー』，『和光大学現代人間学部紀要』2010年第3号。

3. 并非专门介绍中国文学，但涉及相关内容的文章。作为《新日本文学》的竞争者，《人民文学》刊载了很多讨论日本文学发展方向的论争性文章，而在这些文章中，中国"人民文学"经常被引为论据。在评价具体的日本文学作品时，也有不少论者将中国作品作为参照，由此可以看到中国文学的译介成果如何内化于当时日本的文学阅读与文坛论争中。

4. 新闻通信。《人民文学》上刊登了许多介绍新中国文艺动态的新闻稿。例如，在杂志上常设的"国际文学通信"栏目中，中国方面的消息占比很大。而对这些新闻的选择也体现了明确的问题意识，比如1卷1号"国际文学通信"栏的短文《丁玲与〈文艺报〉》通过介绍《文艺报》编辑部与通信员往返来信的内容，强调了遍及全国的"文艺通信员"制度的意义，这显然与《人民文学》自身的定位有关：它不是专门面向文坛的刊物，而试图引导全国各地民众的文学活动，十分注意与各个工厂、社区的自发性群众文化社团的联络。从后来杂志编辑部与各地文化社团频繁的信件往返中，以及各地的"《人民文学》之友会"中，也能看到"通信员"制度的落实。1卷2号至2卷3号的几期"国际文学通信"，则着重介绍了中国文艺界在抗美援朝中的动向，这与《人民文学》对朝鲜战争的关注是一致的。在朝鲜战争的背景下，反对日本的再军事化，反对将中苏等社会主义国家排除在外的"单方面讲和"，呼吁"全面讲和"，是《人民文学》的基本立场，而围绕这一主题，杂志上多次刊载中国方面以集体名义（如上海文艺工作者总会）[①]或个人名义（如郭沫若）[②]致日本文艺界的公开信，并征集日本文化界的回复。到了1952年，成为国际文学通信栏目热点的则是北京的"亚太和平会议"。此外，在《人民文学》对日本各地文化活动的报道中，也能看到与中国文学相关的内容，例如各地的"鲁迅祭"。

下面以《人民文学》上的评论类文章为中心，具体介绍这一时期"人民文学"译介热潮的特点。

---

① 上海文艺工作者总会：『国際文学通信　中国　上海の文芸工作者より日本の文芸工作者へ』，『人民文学』1951年2卷4号。
② 郭沫若：『日本人民よ救国に立ち上がれ　郭沫若氏からの公開状』，『人民文学』1951年2卷9号。

二、作为榜样的《虾球传》

在《人民文学》创刊号（1950年11月）上，最引人注目的对中国文学的评论是高仓辉的《为人民服务的文学——读〈虾球传〉》一文。黄谷柳的《虾球传》当时在日本的热度或许会令今天的中国学者感到意外。《虾球传》最初于1947—1948年在香港《华商报》副刊《热风》上连载，共分三部，其单行本在1948—1949年间由香港新民出版社陆续刊行，在中国香港和华南地区受到广泛的好评，不久后中国文学研究者实藤惠秀便在日本的《中国语研究》上介绍了这一作品。①1950—1951年，岛田政雄与实藤惠秀合译的《虾球传》（日译本标题为"虾球物语"）分上下两册由河出书房出版，引发了热烈的反响，在不到半年的时间里竟重印4次，成为现象级作品，而高仓辉的文章在一定程度上揭示了这种热度的成因。

高仓辉是二战之前便已成名的作家和政治家，曾因参与左翼运动多次入狱，在20世纪30年代还曾发起"国语国字"改革运动。二战之后他加入日本共产党，1946年当选为众议院议员，1950年又当选为参议院议员，但随即便遭逢占领军对日共党员的迫害，被开除公职，随后前往中国参加了德田球一在北京组建的日共"临时中央指导部"。高仓辉在《人民文学》创刊号上的评论，一定程度上反映了日共"临时中央"整体的文学观。他在文中首先表达了读到《虾球传》后的喜悦，并认为这部作品包含着"当今文学所必须具有的"根本品格。

> 迄今为止的一切文学（一切艺术），可以说都是"有条件的""有成规的"文学。不知道这"条件""成规"的人，就没有欣赏作品的资格。也就是说，大众被区分为能欣赏作品的人和不能欣赏的人。不能欣赏，就被视为文化教育低的人，受到蔑视。这种文学（艺术）终究只是特殊阶级的文学，绝不是真正的大众的文学。而从今以后，如果一部作品不能让哪怕是有生以来第一次接触文学作品的纯粹外行的读者，都毫无滞涩地流畅地读下去，把他们吸引到作品

---

① 実藤惠秀：『谷柳「蝦球傳」——香港の浮浪児』，『中国語研究』1949年第9期。

中去，使其深受感动，那么它就不是真正的文学。①

接下来高仓辉引用了黄谷柳的《我写〈虾球传〉的感想》一文。黄谷柳批评当时知识分子作家的作品对香港中下层市民来说"仿佛'天书'似的难懂，而作家又不愿为大众"降格"，因此"恶浊的文艺横流"才"乘虚而入，把饥不择食的中下层读者毒害了"。为了创作为多数大众服务的作品，黄谷柳强调向人民学习，并指出不仅需要借鉴古典作品，甚至还要"向敌人作品的某些表现手法和表现技巧学习"。另外，出身军旅的黄谷柳还提出小说并非只有专业作家才能写，而是各行各业的人都可以写。② 这些观点无疑唤起了高仓辉的共鸣。作为在二战之前就主张文字改革的左翼文化人，高仓辉对普及文化、打破文化垄断等问题有着持续的关注，他提倡使用假名写作也正是基于这种立场。因此，他对《虾球传》的大众性、通俗性作出了极高的评价。当然，通俗性只是高仓辉理想中的新文学的门槛，仅仅如此还不够。他指出，"讲谈、浪花节"等通俗艺术也是大众喜闻乐见的，但它们往往建立在"麻痹性的、封建的义理人情"之上，而"新的文学"不仅需要具有大众性，还需要"引出潜藏在劳动人民身体深处的，具有生产性的美好感情和感觉，并进一步提高、纯化，把对人生、社会和历史的不可动摇的确信和唤醒种到全体劳动人民心里"。高仓认为《虾球传》就具有这样的要素，小主人公虾球在社会底层的丰富经历反映出"剧变中的中国社会的本质"，而在此过程中主人公也逐渐找到真正应该走的道路。③

值得注意的是，这篇文章还引入了某种"世界文学"的视角。高仓辉把《虾球传》与哈谢克的《好兵帅克》并置起来，指出第一次世界大战催生了《好兵帅克》这样的作品，它采用了崭新的手法，既是"最大众的"，又是"最革命的"，揭露了战争的本质，然而也正是因为该作品打破了既往文学的"条件""成规"，它才遭到一部分评论家的排斥，被文学成规束缚的评论家和读者一面受到这部作品的吸引，

---

① タカクラ・テル：『人民に仕える文学——「シアチウ物語」をよんで』,『人民文学』1950 年 1 卷 1 号。
② 黄谷柳：《我写〈虾球传〉的感想》,《大公报·文艺》1949 年第 55 期。
③ タカクラ・テル：『人民に仕える文学——「シアチウ物語」をよんで』,『人民文学』1950 年 1 卷 1 号。

一面又耻于承认它是艺术。高仓辉进而把《虾球传》放在《好兵帅克》的延长线上,认为随着二战中"历史舞台由欧洲转移到亚洲",《虾球传》诞生了,它进一步打破了文学的"条件""成规",深入大众之中,它也将受到日本"文坛"的轻蔑,这对文坛是可悲的,而对大众却是可喜的。①

事实上,吸取了大量白话通俗小说手法的《虾球传》当然也有它自己要遵守的"成规"。但高仓辉在这里所针对的"条件"和"成规",主要是指日本近代文学特别是"纯文学"的框架。他还特别指出,"在我们日本,连左翼作家都被绑在这'文坛'的网里,游离于劳动大众",因此《虾球传》尤其具有教育意义。这种对日本文坛的批评,不仅是高仓辉个人的见解,同时也反映了日共"主流派"共同的文学观,是《人民文学》阵营的基本立场。《人民文学》2 卷 3 号(1951 年 3 月)刊登的另一篇对《虾球传》的评论也同样将矛头指向了文坛。文章作者藤森成吉认为,日本的"文坛阶级"倾向于给《虾球传》贴上"通俗小说"的标签,例如在《每日新闻》书评栏就能看见这样的评价,而在藤森看来这实际上反映了知识阶级的偏见,《虾球传》是真正"为人民服务的文学",而日本的很多纯文学作品其实反而更"俗"。②

在高仓和藤森等看来,即便是新日本文学会中那些著名的左翼作家的作品,也仍然带有日本文坛的封闭性,并不是真正为大众服务的。正是在对文坛文学的批评中,中国的"人民文学"成了重要的参照物。在日本既有的文学价值评判体系中,这些中国作品有时显得不够"文学",然而也正因如此,它们将近代日本的"文学"概念相对化,使得"什么是文学"重新成了问题。尽管日本文学后来的发展并不十分符合"人民文学"提倡者们的预期,但这种对近代文学的不满确实相当普遍,"国民文学"讨论也正是在这种背景下展开的。

高仓辉的文章还把《虾球传》与中国的新兴木刻版画联系在一起,因为它们都是从中国革命中诞生的新文艺,都"打破了艺术的垄断"。他特别提到了王麦秆等版画家关于儿童的作品,认为它们与《虾球传》一起"代表了中国的孩子,代表了中国的命运"。这些议论既反映了中国木刻艺术当时在日本具有的强烈象征性

---

① タカクラ・テル:『人民に仕える文学——「シアチウ物語」をよんで』,『人民文学』1950 年 1 卷 1 号。
② 藤森成吉:『書評　続シアチウ物語』,『人民文学』1951 年 2 卷 3 号。

《人民文学》杂志也时常刊登中国版画，甚至用作封面），同时可能也透露出《虾球传》受欢迎的另一个理由：它是关于"孩子"的，有某种儿童文学色彩和成长小说的元素。后来实藤、岛田的《虾球传》译本也确实被收入了1975年太平社出版的《中国的儿童文学》丛书中。在二战之后初期百废待兴的日本，流浪儿是一个具有典型时代特征的社会现象，也出现过以此为题材的作品，例如清水宏的电影《蜂巢的孩子们》就大获成功。因此，《虾球传》中的小主人公在香港社会三教九流间摸爬滚打的故事，容易唤起日本读者的某种共鸣。与此同时，虾球的成长故事又具有一种寓言性，暗示了一种光明的未来，这种成长小说的叙事结构与日本人的期待视野也吻合：对刚成立的中华人民共和国的憧憬和对日本的再生期待重叠在一起。藤森成吉评价《虾球传》的文章直接使用了"ビルヅングス・ローマン"（德语"Bildungsroman"的音译，即成长小说、教育小说）一词，认为这是它与一般通俗小说的显著区别，同时指出这种描写与社会生活紧密相关的精神成长过程的小说，正是日本文学中所缺乏的。

　　高仓辉在文章末尾明确指出，《虾球传》是呼应毛泽东在延安文艺座谈会上的讲话的最具代表性的作品。尽管《虾球传》在日本极具人气有多方面的原因，并不能直接等同于"人民文学"的胜利，但在日共"50年问题"的大背景下，对它的解释基本是由日共"主流派"的文学路线所主导的。一位《人民文学》的读者甚至在投稿中写道，阅读《虾球传》促使他"清算了过去的严重错误，彻底向人民学习，多少理解了为人民服务的党中央的大众路线"。同时他还指责新日本文学会没有创造出日本自己的《虾球传》。（不过这位读者对《人民文学》杂志也提出了几点批评，认为杂志上汉字还是太多，普通大众不易读懂，而且刊载的一些作品，例如坂井德三的诗，抽象无趣。但总体上他还是认可《人民文学》"用人民的语言，生产人民要求的文学"的努力。）①

　　在今天的中国文学史叙述中，《虾球传》处于比较边缘的位置，所以这些日本知识人对它的高度评价或许会令我们感到惊讶。但如果回到历史现场，我们会发现，《虾球传》成为"人民文学"在日本的典型并不只是偶然。在解放战争期间，香港的新闻出版界是中国左翼文艺扩大影响力、争夺文化领导权的重要场域，同时

---

① 柴田昭三：『人民に仕える文学と人民におしつける文学』，『人民文学』1951年2卷3号。该作者是持"主流派"立场的民众艺术团体"押仁太"的成员。

也是日本文化界了解中国左翼文化的重要信息渠道，因此连载于中共报纸《华商报》，并在香港获得巨大成功的《虾球传》也自然会受到实藤惠秀、岛田政雄等中国文学研究者的关注。《虾球传》的成功不只是商业上的，它还是南下香港的中国左翼文学界所找到的一个典型，它"较好地解决了左翼文学与香港本地题材相结合的时代命题"，被认为是冲击了香港本地"黄色文艺堡垒"，"夺回"了香港和华南的小市民读者，因此受到夏衍、黄秋耘、司马文森等旅港文化干部的高度评价。①茅盾在1949年第一次文代会上总结10年来国统区文艺成就时，也以《虾球传》为例，认为它受到了解放区作品的影响，反映了民族形式与大众化的方向。②在这种背景下，日本文学界将《虾球传》作为中国"人民文学"的代表作来接受，也就是顺理成章的事了。而且，对于一直需要与城市通俗文学争夺读者的日本左翼文学界来说，于小市民阶层获得成功的《虾球传》，在审美趣味上或许比解放区以农村题材为主的"人民文学"主流有更多可借鉴之处，这大概也是它成为日共"大众路线"榜样的原因之一。

但是，对转变中的中国文学来说，《虾球传》这种向小市民阶层审美趣味作出"妥协"的左翼作品，终究只是过渡性的产物，是一种权宜之计。随着新中国文学体制的成立和发展，《虾球传》很快便失去了榜样的意义，因此在文学史叙事中被边缘化也就不可避免了。而关注中国文学史叙述的岛田政雄在1952年的《中国新文学入门》中也调整了对《虾球传》的评价，指出《虾球传》体现了"小资产阶级的正义感"，虽然"在当时发挥了进步的作用"，但"未能像《李家庄》和《桑干河》那样写出大众的阶级仇恨，像《暴风骤雨》那样揭示力量的根源"。③

三、丁玲与赵树理

《人民文学》杂志所推崇的另外两个典范性中国作家是赵树理和丁玲。他们是

---

① 谢力哲：《"表现香港"、"夺回读者大众"与"夺取黄色堡垒"——论〈虾球传〉之于旅港左翼文坛的意义》，《世界华文文学论坛》2018年第4期。
② 茅盾：《在反动派压迫下斗争和发展的革命文艺——十年来国统区革命文艺运动报告提纲》，《茅盾全集》第24卷，人民文学出版社1996年版。
③ 岛田政雄：『中国新文学入門』，ハト書房，1952年，第262頁。

解放区文学成就的代表者,与黄谷柳相比无疑更为"正统"。在中华人民共和国成立前,岛田政雄就已在各种场合介绍赵树理和丁玲的创作,而到了《人民文学》杂志盛行时期(1950—1954),赵树理和丁玲的代表作陆续被译成日文,产生了更广泛的影响。在这波热潮中,岛田政雄等日共"主流派"文化人起了很大的推动作用,他们在延安文艺讲话的延长线上理解赵树理和丁玲的作品,将它们用于论战和对民众文化运动的指导,在这一过程中,中国的"人民文学"与二战之后日本的问题意识产生了融合,最终又渐渐超出了日共"主流派"的解释框架,成为更广泛的公共讨论的一种资源。

对《人民文学》一派的知识人来说,丁玲的典范性是双重的:一方面,她出身于小资产阶级家庭,但最终又在毛泽东文艺路线的指引下克服了自身的文学小资产阶级性质,成为与人民群众相结合的作家,因而证明了知识分子自我改造的有效性、可能性;另一方面,她又是新中国的文化干部,《文艺报》的主编,其文学组织工作也为《人民文学》杂志提供了可资借鉴的经验。

正像前文所提到的,《人民文学》创刊号的"国际文学通信"专栏就介绍了丁玲与《文艺报》。文中指出,《文艺报》的活力在于它通过"遍及全国所有职场、地域的文艺通信员的网络,生动地反映了大众中间的文艺运动"。文章特地引用了《文艺报》第二十三期所登载的编辑部与通信员的往来信件,介绍了《文艺报》编辑部对通信员工作的指导和要求(例如,保证每月寄来一封信和一篇稿件,反映在文艺政策学习过程中发现的问题,分析研究各地思想文化运动状况,进行综合报道等等)。同时文章又提到,《文艺报》由于以工农兵为主人公,少有知识分子题材,也引起了一些不满,而丁玲在第二十三期发表的《跨到新的时代来——谈知识分子的旧兴趣与工农兵文艺》则回应了这个问题。文章节译了丁玲这篇论文中的一段,其中丁玲呼吁读者抛弃对旧式的"知识分子""少爷小姐"题材的兴趣,关注和理解工农兵文艺。① 对《文艺报》通信员制度和丁玲文章的这些介绍,明显反映了《人民文学》杂志自身的问题意识。无论是文化交流网络的建设,还是对知识分子文学趣味的批判,都是《人民文学》所关注的课题,后来在杂志上被反复

---

① 冈崎俊夫:『国際文学通信 丁玲と文芸報』,『人民文学』1950 年 1 卷 1 号。

讨论。

对丁玲其人其文学进行整体介绍的则是2卷1号上的《人民作家的面影3》。这篇文章由岛田政雄执笔，简明地叙述了丁玲的人生轨迹和创作经历，肯定了她早期的《在黑暗中》等作品在反映中国知识女性心理方面的价值，但重点还是放在她走向革命、走向大众的过程上。文中引用了丁玲在《〈陕北风光〉校后记所感》中关于克服"个人英雄主义"，走向"集体英雄主义"的自我叙述，进而指出"在她克服自己的个人英雄主义、小资产阶级性的过程中，毛泽东思想成为了指引道路的启明星""特别是1942年毛泽东在延安文艺座谈会上的讲话成为了巨大的鼓舞"，在整风运动的背景下丁玲逐渐走到大众中去。接下来文章继续依据《〈陕北风光〉校后记所感》，介绍了丁玲在工厂里的经历和她创作《十八个》《二十把板斧》《田保霖》等作品的过程，并特别指出解放区写"真人真事"的创作实践对作家自我改造的意义。之后文章集中介绍了《太阳照在桑干河上》的诞生，重点不在于小说内容，而是丁玲参与涿鹿县土地改革的经验。岛田引用了傅东的《丁玲访问记》的相关叙述后，强调丁玲不是仅仅为了寻找小说材料而到农村去的，而是真正"在村里参加大众活动，动员他们，组织他们，让他们站起来面对自身的问题"，帮助他们解决问题。文章末尾再次称赞丁玲所坚持"向人民学习"的精神。①

岛田这篇文章体现了日共"主流派"文化人在介绍丁玲时的共同特点：他们着重强调的是她的姿态——忠实于毛泽东的文艺路线，积极在工农兵中间进行自我改造，并将党的革命政策文学化——而没有深入到其作品内部。而对丁玲这种姿态的称扬，往往又与对新日本文学会作家的"小资产阶级性"的抨击是一体两面的。一个值得注意的现象是，这一时期《人民文学》上的很多文章都将丁玲与宫本百合子对置，推崇前者以批判后者。例如，岛田政雄的论文《文学运动的新方向》便批判宫本没有理解"文学为谁服务的"问题，她的文学观本质上还是个人主义的，而与此同时，他引用了丁玲1949年在第一次文代会上的发言，主张要学习中国作家的集体主义精神。岛田强调作家不能为创作而创作，必须真正投身到革命实践中去，

---

① 岛田政雄：『人民作家のおもかげ（3）中国　丁玲』，『人民文学』1951年2卷1号。

把创作与实践结合起来，对他而言丁玲正是这样的典范。文中他还以丁玲为参照来评价德永直描写东芝工人运动的小说《静静的群山》，认为这部作品虽然有着不小的意义，但仍存在不足，"如果能真正服从无产阶级的战略战术，在斗争中的各阶级间立体地刻画出党的政策，那么就会像丁玲的《太阳照在桑干河上》成为'农村工作的教科书'一样，成为对人民有更多教育意义的、思想性更高的作品吧"①。换而言之，对岛田而言丁玲的典范性不仅在于她深入群众，还在于她直接为党的政策服务。

与岛田多有交流的德永直，这一时期也十分服膺中共的文艺路线，并时常提到丁玲。例如，他在《人民文学》3卷2号至3号上连载的《小林多喜二与宫本百合子》一文，便两次提及丁玲，将她与小林多喜二并列为榜样。他表示自己也曾经有与宫本百合子相同的倾向，如今才明白自身的错误，理解了文学运动的新阶段。"这是在中国丁玲所走的道路，在日本由小林多喜二最先作出示范的道路。这就是建设文学的大众路线的道路。"②

对宫本百合子的批判是《人民文学》杂志发动的文学论争的重要组成部分。1951年初宫本百合子逝世后，《新日本文学》组织了一系列纪念活动，而《人民文学》则与之针锋相对，有组织地展开批判。这些激烈的盖棺论定本质上还是为日共党内斗争服务的（宫本百合子是日共"反主流派"代表宫本显治的妻子，与中野重治、藏原惟人共同构成《新日本文学》的核心），有很多偏颇粗暴之处。在这种背景下，"主流派"文人对作为宫本百合子对立面的丁玲的描述也过于简单化，少有贴近作品内部的分析。

在1952年出版的《中国新文学入门》中，岛田对丁玲的文本分析稍有推进。他将《太阳照在桑干河上》和《暴风骤雨》放在一起评析，认为如果说《李有才板话》《李家庄的变迁》写出了"抗日战争期间的革命的本质"，那么这两部反映土改的作品则写出了"人民解放战争时期的革命的本质"；赵树理的作品有着"黑白两色的木刻画"般的朴素之美，而这两部作品则有着"更近于油画的真实性"。除了"油画"式的现实主义之外，在岛田看来这两部作品还有以下特色：反映了中国共产党的政策如何在大众斗争中被接受、被具体化；写出了大众自身的力量；诉苦场

---

① 岛田政雄：『文学運動のあたらしい方向』，『人民文学』1951年2卷3号。
② 德永直：『小林多喜二と宫本百合子2』，『人民文学』1952年3卷3号。

面足以成为文学史的经典。岛田认为在这几方面《太阳照在桑干河上》比《暴风骤雨》更突出,但他也指出这两部作品语言形式的大众化程度都不如赵树理的作品,特别是《太阳照在桑干河上》还有很多"不易读的、无趣的描写";而在人物塑造上,他也认为丁玲的一些人物(例如章品)还不够典型化,比较概念化。①

总的来说,《人民文学》杂志上丁玲的名字出现次数虽多,但对其作品的真正讨论却比较少。不过幸运的是,从两篇来自普通读者的投稿中,我们可以窥见当时文坛之外的日本读者是如何阅读丁玲的。

其中一篇文章是2卷4号上福岛要一的《读〈太阳照在桑干河上〉》。该文作者是一名农业技术员,他说自己"每次去农村,见到活动家,都推荐这本书"。在谈论小说前,他先提起电影《中国人民的胜利》,因为影片里中国大众的"明朗面貌",是他之前在中国(可能是侵华战争期间)"完全想不到的",他由此深感"社会组织的事业能改变人的面貌"。而在《太阳照在桑干河上》,尽管农民的生活很苦,但他同时读出了"明朗、幽默的一面"。福岛认为这部小说的特征在于写出了"平凡的村庄的人们",其中的恋爱、阴谋、悲喜剧都是平凡、日常的,在农村极为普遍的,而正是这种"毫无特异之处的平凡事物,生机勃勃地活动着,渐渐发展为一个伟大的社会"。他特别提到,小说中的共产党员也是平凡的。读到文采做群众动员工作失败的情节时,福岛仿佛看到了自己,"不得不发出苦笑",但同时"反而深受鼓舞"。他认为:"中共的伟大革命,就是从这样平凡的不成熟的革命家中,逐渐选出真的革命家,从而获得那样了不起的成果。我们绝不需要渴望成为英雄,也不必为我们现在的低水平而悲叹。"由此看来,福岛也是一名日共党员,他在现实的农村工作中对丁玲笔下的农村革命产生了共鸣,并受到鼓舞。文中也谈了中国土地革命的方法问题,指出中国"区分农村阶层的方法与我国非常不同",对日本读者可能不易理解,因此专门对地主、富农、中农和贫农的概念作了一番解释,指出中共的农村阶层划分的最重要标准是看有无剥削,而不像日本只看有无土地。在文章的最后,福岛对坂井德三的翻译表示感谢,肯定了坂井在译文中尽量用"大众的语言"的努力,但同时他又提了些意见:一是文章里有些句子仍显生硬;二是对日本大众来说,小说中的中国人名如果不加假名注音,反而更好读,所以他希望译

---

① 岛田政雄:『中国新文学入門』,ハト書房,1952年,第257—259頁。

者能够为了大众的亲切感而"在发音的问题上做出牺牲"。①

在 20 世纪 50 年代初，日本一般读者能接触到的丁玲著作主要有两部，一部是坂井德三译的《太阳照在桑干河上》（ハト書房，1951），另一部是冈崎俊夫译的小说集《我在霞村的时候》（四季社，1951）。《人民文学》4 卷 1 号上的《创作活的文学》一文便与后者有关，文章的作者三木比吕志是名古屋文学社团"风车"的成员。这篇文章其实并非专门谈论丁玲，而是香椎敏卫小说《何处去》（『何処へ』）的书评。《何处去》讲述了一名遭受驻日美军士兵施暴的女性的故事，而书评作者由此联想到了丁玲的小说《我在霞村的时候》和《新的信念》。作者认为，同样是受辱的女性，《何处去》的女主人公沉溺于绝望的、消极的个人复仇，没有向同胞求助，缺乏战斗性、建设性，而丁玲笔下的中国女性则截然不同。"无论是贞贞还是陈老太婆，都绝对没有以自己的死亡向侵略军复仇的想法，也绝不是想着只靠自己一人来解决。比起跪着死，她们选择站起来斗争。在这斗争中会产生新的解放、自由和爱。"文章中特地引用了《新的信念》中陈老太婆控诉日军暴行的片段。显然在作者看来，女性个人的悲惨与屈辱只有与大众的愤怒和反抗结合起来，才是出路。他表示，在现实中看到的堕落与死亡已经太多，而现在"我们需要的是，活着前进的，从堕落中站起来的人的文学"。②

总的来说，20 世纪 50 年代初期的《人民文学》一派对丁玲的介绍和理解还是粗线条的。在日共"主流派"的叙述中，丁玲很大程度上被符号化，成为在延安文艺座谈会上的讲话发表以来中共文艺政策正确性的注脚，其作品自身的丰富性没有得到深入挖掘。由于对整风运动、土地改革的简单化理解，这批日本知识人和普通读者也难以把握丁玲创作背后的复杂历史性、文学与政治的张力。尽管《太阳照在桑干河上》作为"人民文学"的代表作，在这段时期广为人知，然而其中的文学经验却终究与日本有些隔膜，因为经过战后驻日盟军总司令部自上而下推进的农地改革，日本不可能再出现中国式的土地革命。不过，从女性问题的角度阅读丁玲的思路则在日本显示出更长久的生命力，成为后来日本丁玲研究的显著特征。

与丁玲并列的另一位"人民文学"代表作家是赵树理。作为 1942 年在延安文

---

① 福岛要一：『「太陽は桑乾河を照らす」を読んで』,『人民文学』1951 年 2 卷 4 号。
② 三木比吕志：『生きる文学を』,『人民文学』1953 年 4 卷 1 号。

艺座谈会上的讲话发表以后解放区文学中树立的第一个典型,赵树理自然成为日本的"人民文学"译介者们高度关注的对象。在中华人民共和国成立前岛田政雄已开始介绍"赵树理方向"。而随着日共的路线转换和《人民文学》的成立,赵树理文学产生了更加广泛的影响。《人民文学》创刊号上便登载了岛田政雄的《人民作家的面影1 中国 赵树理》,两个月后开始连载岛田所译的《李家庄的变迁》。

《人民作家的面影1 中国 赵树理》首先从《小二黑结婚》故事的原型岳冬至事件讲起,介绍了赵树理如何根据现实的民主化斗争的需要,在真实事件基础上进行加工,提炼出典型,认为小说尽管结局与原本的事件截然相反,却"把握了社会发展的方向""反映了社会的真实"。但岛田随即指出,《小二黑结婚》还存在着显著缺点:没有从阶级分析的高度把握恶势力产生的根源。他认为,克服了这一缺点的是《李有才板话》,其中"农村的阶级分析更加具体,更加精确,同时在人物描写上阶级性也更加明确,每个人都更加生动"。而对于赵树理的第三部作品《李家庄的变迁》,岛田的评价更上了一个台阶,他认为这部作品让赵树理"成为了世界级的作家",它所写的村庄的历史是"中国革命的横断面","主人公贫民铁锁的解放与成长,也正是中国人民的解放和成长的最动人的典型"。① 不过,这篇文章并没有展开分析《李家庄的变迁》,转而介绍起了1949年6月26日《人民日报》副刊登载的文章《也算经验》,甚至完整翻译了全文。赵树理在这篇短文中用简洁质朴的语言概括了他的创作经验:材料从与群众的共同生活和工作中来,主题由实际遇到的问题发展而来,在语言和故事结构上尽最大可能去照顾群众的习惯。由此也可以看出,岛田最关心的不是讨论赵树理的文学史位置和具体作品的赏析,而是要引入一种具有切实的可操作性的创作方法,特别是介绍给《人民文学》杂志周边的写作者们。文章末尾又提到赵树理最近因在《说说唱唱》上发表的孟淑池作品《金锁》而受到批判。不过岛田并未深入解读这一事件的意味,只是概要转述了赵树理几篇自我批评文章的内容。这也是岛田的中国文学译介的一个弱点:他对中国作家的公开发言和实际状态之间可能存在的错位缺少重视。

对于倡导"大众路线"的日共系知识人来说,赵树理在语言、文体上的大众化具有示范性。岛田在翻译《李家庄的变迁》时,也尝试在语言上尽量贴近普通群

---

① 岛田政雄:『人民作家のおもかげ(1)中国 趙樹理』,『人民文学』1950年1卷1号。

众，在一定程度上可以说是对"赵树理方向"的效仿。《人民文学》杂志所载岛田译文的一个显著特点，就是相比当时一般的文学书籍使用的汉字更少，很多汉字词语都用平假名来书写，而人物对话中更是几乎没有汉字。这既是为了降低阅读难度，照顾那些受教育程度较低，认识汉字不多的日本读者，同时或许也是为了更直观地传达赵树理原文通俗平易的语感。而一些涉及文化差异的专有名词，特别是一些器物细节，岛田的译文也倾向于转换为日本读者所熟悉的相近事物，而不是详细注释。如果把岛田的译文与1956年《现代中国文学全集·赵树理篇》中小野忍重译的版本作对比，上述特点就会更加明显：小野译本中汉字的数量明显增多，而且中国的专有名词保留得更多，例如他没有像岛田那样把"烙饼"一词翻译成"やきもち"（日本的烤年糕），而是保留原文，并专门附加注释。在人名的处理上，两个译本也不一样，小野的译本采用通行的办法，即在原本的中文人名旁边附加假名注音，而岛田的译本则只有在人物第一次登场时使用"汉字＋假名注音"的方式，以后则一律将中国人名写成片假名，例如"小毛"写作"シャオマオ"。岛田译本采取这种比较罕见的处理方式，或许有两个原因：一方面仍然是基于以"去汉字化"来实现文学语言"大众化"的思路（岛田也许受到了同为《人民文学》撰稿人的假名文字论者高仓辉的影响，这一点有待考证），另一方面则是为了让日本读者更直观地体会人物名称的汉语读音。然而，这种尝试的实际效果未必理想。前文提到的福岛要一《读〈太阳照在桑干河上〉》就涉及了这一问题，在作为普通读者的福岛看来，小说里中国人名的注音反而是一种对阅读的干扰，不如只看汉字来得简单。总的说来，小野忍的译本在学术性、专业性上比岛田政雄、三好一的译本更胜一筹（这也反映出"中国文学研究会"和"中国文学艺术研究会"这两个团体学术造诣上的差距），但岛田政雄等的翻译实践作为另一种探索，也自有其意义。

在"中国文学艺术研究会"和《人民文学》杂志的合力推动下，赵树理在日本的热度迅速上升。日本"赵树理热"的一个特点是尤其重视《李家庄的变迁》这部作品。在《人民文学》3卷1号的答读者问栏目中，应一位想要了解中国文学的读者的要求，岛田政雄推荐了一些阅读书目，其中第一种便是《李家庄的变迁》，优先度与毛泽东讲话并列。在同时期其他一些日本知识人关于赵树理的议论中，包括稍晚的竹内好的相关文章里，《李家庄的变迁》也都具有特殊位置。而在中国，这部作品没有被赋予如此高的地位，受到的重视并不比《小二黑结婚》《李有才板话》

更多。那么，日本人为何特别关注《李家庄的变迁》呢？

一种可能的解释是，与赵树理的其他作品相比，这部小说在情节上的时间跨度更大，宏观地呈现了抗战期间中国农村的历史变迁，因此也更容易被日本读者作为一种直观的社会寓言或者民族寓言来阅读。岛田政雄就从铁锁身上看到了"中国人民的解放和成长"的缩影。而高仓辉的《赵树理的〈李家庄的变迁〉》一文阐释得更为详细。如同谈黄谷柳的《虾球传》时一样，在这篇文章中高仓辉采用了一种"世界文学"的宏观视角，他从苏联文学谈起，认为十月革命不仅开创了人类历史的新纪元，而且也开辟了文学发展史的新阶段：苏联文学给世界各地作家的启示在于，"作家不应凭其'天才'来选择作品的题材和手法，而是应该首先以其社会史的（革命的）目光分辨、选出题材，并找到与之相符的表现手法"。他随即指出，随着中国革命的胜利，中国文学在苏联文学以来的方向上实现了更大的发展，而赵树理是其中的核心。高仓辉认为，"《李家庄的变迁》的重要特色，首先在于其形式的新颖"，它"没有严格意义上的主人公"，而是写出了整个村庄的成长，刻画了在历史环境的变迁中"村庄里的全体农民是如何结合、成长、战斗的"；李家庄短短8年间的惊人变化，"极为具体地显示了，目前在世界各地前进的革命，与其所带来的新秩序，是怎样改变人，使人幸福的"。高仓辉还认为，这部小说无论形式还是内容都具有鲜明的民族性，而民族性是判断今天的文学的价值的重要尺度。[1] 这一观点与后来竹内好的赵树理论之间存在延续性。

无论是岛田政雄、高仓辉，还是竹内好，都高度评价了《李家庄的变迁》的历史感（或者说某种史诗性）。正如李杨指出的，《李家庄的变迁》20世纪50年代初在赵树理的创作中是相对"另类"的一部，是"赵树理一生中最接近'现代小说'的一次努力"，它不再只是对过渡时期的乡村故事的描绘，而是在叙事结构中带入了"历史感"，写出了农民主体意识的生成过程，这"才是真正书写历史主体的方式"。然而赵树理对这一突破没有明确的自觉，而周扬等评论家也没有意识到这部作品的重要性。李杨认为，作为"赵树理方向"缔造者的周扬在这里反而限制了赵树理创作的潜能。[2] 从这个角度来看，《李家庄的变迁》20世纪50年代初在日本获

---

[1] タカクラ・テル:『チャオ・シュリ（趙樹理）の「李家荘のうつりかわり」』,『人民文学』1951年2卷9号。
[2] 李杨:《"赵树理方向"与〈讲话〉的历史辩证法》,《文学评论》2015年第4期。

得的关注虽有偶然性，却又有其内在的合理性。可以说，日本的译介者们恰恰发现了在当时中国的赵树理解释中被忽略的可能性。

与丁玲一样，赵树理的作品也成为一些日共系知识人评价日本文学时的参照。《人民文学》3卷4号上刊载的德永直的文章《大众不是杂草》便是一个例子。在评价日本工人作家春川铁男的小说《日本劳动者》时，德永直将《李家庄的变迁》拿来作对比。他同时提到的另一部中国小说是草明的《原动力》。他肯定《日本劳动者》书写劳动运动的意义，但又指出，小说过于集中地描写劳动者的"奋起"，特别是到了后半部分，出现的人物大抵都是有阶级自觉的"斗士"，而对普通大众的书写很少，这会导致小说对大多数读者缺乏吸引力。德永直认为，"拥有阶级观的劳动者，目前一百个人里才有一个"，因此作者应该从没有阶级自觉的日本普通读者的角度出发，写出大众中的典型，这样才有引导、教育的意义。他进而强调，这不只是文学的问题，更是政治的问题，即如何理解共产党与大众的关系。德永直认为在春川铁男的意识里"共产党还是与大众分离开来的存在""处于比大众高得多的地方"，而实际上"革命的人物绝不是从天上掉下来的，而是从大众中伴随着客观的条件而产生的"，就像《李家庄的变迁》中的铁锁、冷元或者《原动力》中的孙德怀一样。在德永直看来，《李家庄的变迁》和《原动力》体现了什么叫作真正"向大众学习"，它们通过典型人物写出了"大众的本质"，例如"赵树理在'铁锁''冷元'和'二妞'身上发现了大众的本质，发现了革命的元素"；而党的政策只有在"和大众的本质结合起来"时才真正具有力量。在文章最后一部分，德永直还重新反思了当时《人民文学》一派奉为典范的小林多喜二的作品，指出《为党生活的人》重心在身为党员的"我"身上，终究还是面向少数先觉的读者，而如今需要从大众的角度去写作。①

德永直这番议论比较典型地说明了当时日共知识分子是怎样通过中国"人民文学"去理解"大众路线"的。尽管在理论上他的逻辑有着循环论证的色彩，即预先设定了党与大众在本质上的一致，但在具体创作实践上，他的意见无疑是有针对性的。他对赵树理和草明的分析或许也会使我们联想到中国20世纪50年代的"中间人物"问题。德永直所说的"典型"并不是阶级意识的样板和化身，而是动态地体现历史主体意识生产过程的人物，他们具有过渡性，在起点上要与缺少阶级觉悟的

---

① 德永直:『大衆は雑草ではない』,『人民文学』1952年3卷4号。

多数读者一样,从而唤起读者的认同。

除了黄谷柳、赵树理、丁玲之外,散见于《人民文学》上的关于中国作家的内容还有很多,这里就不一一介绍了。下面要集中讨论的是,这些来自中国文学的经验是如何与《人民文学》对日本文化运动方针的制定和具体活动的组织过程发生关系的。

四、"大众路线"与"鲁迅祭"

作为20世纪50年代初期日本民众文化运动网络中的一个枢纽、各地文化社团和刊物的交流平台,《人民文学》杂志的功能不仅仅是发表左翼文学作品和评论,还在于对文学运动整体方向的引导。1950—1951年,《人民文学》与《新日本文学》是竞争对抗关系,因此它对文学运动的规划在很大程度上是通过论争形式展开的,通过对藏原惟人、宫本百合子等新日本文学会核心人物的激烈批判,《人民文学》旗帜鲜明地推出了文学上的"大众路线"。那么在此过程中,作为参照物的中国文学发挥了怎样的作用?前文已涉及这一问题,例如在对宫本百合子的批判中丁玲被高度符号化,而下面将通过《人民文学》2卷3号所刊载的岛田政雄《文学运动的新方向》一文来作更集中的讨论。岛田的这篇文章较为全面地展现了当时《人民文学》在论争中的基本立场,包括它批判《新日本文学》的逻辑,同时也呈现了《人民文学》文学运动方针与中国文学的内在联系。

作为毛泽东文艺路线在日本的忠实传播者,岛田在文章《文学运动的新方向》的第一节就提纲挈领地提出了"文学为谁"的问题,这正是他从在延安文艺座谈会上的讲话中学来的思路。他指出,过去日本的文学运动"最大的缺点就是没有搞清'为谁的文学'这一问题":尽管作家也是"人民大众的一员",但这并不意味着为自己写作就等同于为人民大众写作。他认为,宫本百合子的《两个庭院》《道标》等作品把以自己为原型的上流家庭的小姐写成"绝对正确的人物",一切以女主人公的好恶为尺度,这就只是为自己,而不是为人民的文学。那么怎样才算"为人民"?岛田在这里明显模仿了在延安文艺座谈会上的讲话的策略,从阶级观点上对"人民"亦即文学的服务对象进行了分类,并明确了其优先度顺序:文学第一要为工人(他们是革命的引领者,站在全体人民前头),第二要为农民和市民(他们是工人的同盟者),第三才是小资阶级("他们是容易动摇的阶层",其个人主义的特点会"成为革命的负担",需要由工人阶级来除去这些负担,将他们引领到劳动大众的阵营中来)。岛田强调,三者不是并列的,必须以最具战斗性的工人阶级为领导(他提到刚发生的松川事件,认为这恰恰证明了统治阶级对工人力量的畏惧)①。岛田这种阶级分析结合了二战之后日本的问题意识。朝鲜战争期间,在反对日本再军备化的斗争中,工人确实是最活跃的反体制力量,而各地文化社团组织也多以工厂工会为基础。因此,相较于被奉为模范的延安文学来说,日本的"人民文学"具有更鲜明的"工人文学"色彩。值得一提的是,草明的《原动力》之所以得到《人民文学》杂志的热心推广,受到比在中国本土更高的评价,也是由于它是新中国初期还比较少见的工业题材作品。

《文学运动的新方向》第二节题为"颠倒的运动",这一节归纳了藏原惟人、宫本百合子和中野重治在二战之后文化运动方向上的"错误"。岛田认为战后《新日本文学》所引领的"民主主义文学"运动"将小资产阶级知识分子的文学放在第一位,把为工人服务的文学推后了"。他着重批判了藏原的《文化革命的基本任务》等纲领性论文,指出这些理论产生于当时对形势错误的判断:"日本的革命可以通过和平手段进行。"藏原认为二战之后"我国的统治阶级没有军队"将致力于"文化反动",所以可以通过文化斗争来展开和平革命,而岛田指出藏原无视文化反动背后的权力问题,以至于把文化革命与"工人阶级对权力的政治经济斗争"分离开来,变成了"独立的或者与之并列存在的东西"。②简而言之,藏原的文化革命理论建立在二战之后初期日共的和平革命构想之上,而这种构想的前提是将以美国为首的占领军视为"解放者"。随着冷战局势的激化,占领军开始镇压左翼,"和平革命"立刻失去了现实性。岛田对藏原的批判,正是以日共这种处境和路线上的变化为背景,因此重新强调文化要为现实政治斗争服务。然而放弃"和平革命"的日共事实上更加没有胜算,这是岛田等"主流派"知识人无法解答的两难问题。

岛田政雄对藏原惟人的第二点批判,则在于"普及"与"提高"的关系上。藏原在《文化革命的基本任务》里指出,当前的文化革命需要继承和发展"高水平"

---

① 岛田政雄:『文学運動のあたらしい方向』,『人民文学』1951 年 2 卷 3 号。
② 岛田政雄:『文学運動のあたらしい方向』,『人民文学』1951 年 2 卷 3 号。

的"文化遗产",而这一事业要由专业人士承担,目前其多数还是"资产阶级和小资产阶级出身的知识分子",这是不得已的。藏原进而指出眼下"各文化团体第一位的、最重要的任务是创作方面的活动",要发表超出以往的"研究和创作业绩",第二项任务是"民主主义文化的普及",第三项任务是"新的专家的养成"。他还特别提到,延安时期的中国与当下日本情况不同,当时中国还处于战争状态,所以"通过获得资产阶级专家,继承和发展过去高水平的文化遗产,从而间接地在文化上为大众服务,还不是革命政权的文化政策的主要问题",重点还是战争所需要的更直接的启蒙和服务。换而言之,在藏原看来延安时期的文化还重在"普及",无暇顾及"提高",所以日本不必机械地效仿延安文艺路线,应该以"提高"为主。在这里藏原实际上对中国的"工农兵文艺"表达了某种疏离的态度,而岛田政雄要批评的正是藏原这种把"普及"和"提高"截然分开,主要依靠"专家"亦即专业知识分子的文化革命构想。岛田指出,延安时期的文化运动绝非搁置了"文化遗产的继承和发展",而是"基于为夺取权力而战斗的工农兵大众的要求,出于为工农兵大众的斗争服务的目的,继承和发展文化遗产",首先为大众服务,其次才是知识分子,这种先后关系是不可颠倒的。岛田认为,5年来在藏原理论的指导下新日本文学会始终把"专家"放在高处,由"高"向"低"地对劳动者进行普及,结果导致"文学运动没能追上并反映劳动人民逐渐高涨的斗争,也没能写出在斗争中成长起来的劳动人民的新的类型"。[①] 简而言之,对岛田而言,"普及"和"提高"并不是两个问题,本质上是一致的,脱离劳动者的政治斗争来谈文化的继承和发展是没有意义的。

  基于这样一种政治化的文学观,岛田十分认同当时德田球一所倡导的"大众路线",这一路线几乎可以说是延安文艺路线的翻版。然而在日共领导层,这种文学观并未占据主导地位,毋宁说受到了很大的阻力,宫本显治和宫本百合子都曾对一元化的文学/政治观表示怀疑。1948年,在新日本文学会第四次大会上,宫本百合子进行总结讲话时表示,要求今天的日本作家"像19世纪俄国知识人那样到人民中去"是不合理的。她还说道:

---

① 岛田政雄:『文学運動のあたらしい方向』,『人民文学』1951年2卷3号。

在这里我感到，刚才的讨论中包含着非常有趣的矛盾。发言者的绝大多数都要求新日本文学会的活动更多地触及作为革命承担者的工人阶级的现实，参加他们的经济政治斗争。我认为这全都是正确的。但是，为什么没有发言者提出机敏的富于斗争性的计划，设法让我们现在所获得的事实上存在的民主主义文学运动的产物，全面地为先进阶级所活用呢？①

比起让作家直接到工人中间去，宫本百合子更重视的是普及现有的"民主主义"文学作品，通过作品为劳动者服务。与藏原惟人相似，她也强调知识分子的"专业性"价值：作家的意义主要不是体现在对经济政治斗争的直接参加，而是文化成果的创造。这种意见当然具有合理性和现实性。但是，一个问题也因此被搁置了，这就是知识分子的"自我改造"。而对德田球一等效仿延安文艺路线的日共系知识人来说，这恰恰是一个关键问题。所谓"大众路线"，不只是为大众服务，更要求作家在大众中间克服自己的"小资产阶级性质"。

宫本显治的《统一战线和知识分子》一文更直接地触及了这个敏感问题。他批评了当时左翼的一种倾向，即"一味强调党内外的文化专家的'小资性'，甚至抹杀当前革命的、进步的创造研究的主体可能性，总是重复一种'公式'阶段论，主张首先通过最底层的'人民中间'的启蒙活动来实现'自我变革'，然后创造研究的条件也就随之形成，而对不服从者加以排斥"。宫本认为，这种倾向只能动员部分人，不能真正动员"广泛的文化专家大众"。他还指出："把已经入党的知识分子视为'非劳动者的文化专家'，将他们与'劳动者'进行对照乃至对立起来，从理论上说是荒谬的。"②

从宫本夫妇这些带有反驳性质的议论也可以看出，当时在左翼阵营中已经有相当一部分人对二战之后新日本文学会的"民主主义文学"感到不满，希望作家的创作活动能更进一步与普通劳动者的生活和斗争相结合，在大众中间"自我变革"。这也是《人民文学》得以成立的基础。诚然，这些批评意见有时过于简单粗暴，变

---

① 宫本百合子：『討論に即しての感想—新日本文學會第四回大會最終日に』，『新日本文学』1949 年 2 月号。转引自岛田政雄：『文学運動のあたらしい方向』，『人民文学』1951 年 2 卷 3 号。
② 宫本顕治：『統一戦線とインテリゲンチャ』，『前衛』1949 年第 39 号。

成扣"小资产阶级"帽子，乃至把作品批评上升到"反党"问题的高度（1950年岛尾敏雄的《小小的前卫》和井上光晴的《未写的一章》便受到这样的谴责），因此宫本显治等人对过度政治化倾向的拒绝和批判也是有合理性的。同时，这也说明左翼文坛与工农社会运动之间的脱节，在当时已成为受到普遍关注的问题。藏原惟人和宫本显治所构想的文化运动，仍然以专业化的知识分子为主体，并且通过把知识分子解释为"大众"的一部分，回避了现实存在的知识分子与大众之间的断层，取消了知识分子的自我变革/改造问题。对那些试图打破文坛文学与民众运动隔阂的人来说，这种论调自然是难以接受的。

在岛田政雄看来，宫本显治的上述议论本质上是拒绝"到大众中去"的表现，而反观德田球一对"谦虚面对大众，向大众学习"的强调，可谓高下立判。他还批判道，宫本仿佛认为知识分子只要入了党，就一切问题都解决了，然而中国的整风运动证明党内的小资产阶级倾向是需要克服的，真正的党员需要不断自我批判，到大众中去锻炼。

《人民文学》杂志对藏原、宫本的批判，过去通常被简单地视为日共"主流派"和"非主流派"之争在文学界的投影，仿佛是纯粹的党内权力斗争的反映，但其实质绝非如此简单，而关系到左翼文艺的核心难题：文艺为谁服务？知识分子要不要自我改造？对岛田政雄等一批知识分子来说，以在延安文艺座谈会上的讲话为方向的"中国人民文学"给出了一种答案，尽管这答案并不像他们所认为的那样完善，但它确实给20世纪50年代初的日本左翼文艺运动提供了重要的启示。

在《文学运动的新方向》的第三节，岛田政雄从正面阐述了"大众路线"的实施方法。他首先举的一个例子是美术界出现的"押仁太运动"。这一运动由大山茂雄、铃木贤二、新居广治、泷平二郎4位艺术家发起，"押仁太"一词即取自他们姓名的首字母。当时"到大众中去"的口号不仅在文学界形成一股潮流，在美术界也同样产生了广泛的影响（日本美术会将这一口号纳入了1950年的活动方针）。在此背景下，上述几位画家展开集体创作的尝试，学习中国连环画的画法，1950年以"押仁太"的名义先后出版了绘本《日立物语》和《常东物语》，这两部作品分别取材于茨城县日立制造所工人的反解雇斗争和"常东农民组合"的农会运动，他们在创作过程中深入当地斗争的现场，在众多农民、工人、美术家、摄影家、作家之间建立起联系，通过集体讨论和协作最终完成了作品。《人民文学》2卷2号上所刊载的"押仁太"活动宣言中声称："押仁太既不是个人的名称也不是作家团体的名称。押仁太如今是两千五百名日立工人和四万常东农民的文化能量的结晶的别名。"宣言中还提到,他们的美术社团推动日立工会向农村派出了"文化工作队和农具修理班"。① 岛田指出,文学界也应当向这种艺术运动学习,从大众的现实需要出发,为斗争服务,让大众参与到创作过程中来,实现专家与大众的全面合作。作为美术界"大众路线"的典型,"押仁太"不仅在艺术形式上汲取了中国连环画的特点,更借鉴了中国"文工队"的行动方式。而对于专门写过《中国的文工队:组织与经验》一书以宣传中国文艺工作经验的岛田来说,"押仁太"的出现无疑是一件令人振奋的事。

关于怎样实践"大众路线",岛田政雄提出的第二个建议是"从大众所选择的形式出发",亦即采取大众喜闻乐见的艺术形式。他特别强调要继承民间艺术的遗产,并举出了几个例子:在北海道的煤矿工人斗争中,一些妇女把斗争内容改编成"御咏歌"(一种将佛教教义以和歌格式编成歌词,并谱曲演唱的传统音乐形式);文工队"自由座"采取净琉璃人偶剧形式来宣传反税斗争;歌舞伎剧团"前进座"在全国的学校和工厂展开巡演。岛田认为文学界也要向这些实践学习,从"大众的立场""大众的感觉"出发来丰富和发展文学的形式。②

接下来,岛田政雄又强调要克服个人主义,走向集体主义,在这里他批评宫本百合子的"个人主义"文学观,并引用丁玲1949年在第一次文代会上的发言,主张学习中国作家的集体主义精神。这部分内容前文已经涉及,此处不再赘述。值得注意的是,岛田还指出"个人主义"的、"小资产阶级"的艺术理论对文坛之外的工人作家和民众文学社团也产生了负面影响,"职场作家要通过其所属的职场的现实,做反映工人阶级斗争的文学的书记员,才能占据历史位置",然而在"战后文学运动的小资产阶级的偏向"的影响下,一些工人文学社团也游离于实际斗争,变成了"文学修行""学习小说"的社团。③《人民文学》2卷1号刊载的另一篇文章《与战斗的大众在一起——从自我批判与文学会批判说起》也涉及了上述问题。文章作者平中忠信是一名北海道的工会运动组织者,新日本文学会北海道支部协议会

---

① 押仁太:『美術における大衆路線——「押仁太」について——』,『人民文学』1951年2卷2号。
② 島田政雄:『文学運動のあたらしい方向』,『人民文学』1951年2卷3号。
③ 島田政雄:『文学運動のあたらしい方向』,『人民文学』1951年2卷3号。

的成员，他在文中批评新日本文学会倾向于培养和吸收"艺术至上主义""自居为专家"的作家，在北海道也出现了很多这样的人，他们与那些憧憬资产阶级文坛的文学青年无甚区别。

上述批评揭示了日本二战结束以来左翼文学的一个根本性问题：所谓"民主主义文学"终归也是"文坛"的文学，并非外在于日本的文学体制，因此在培养、选拔文学新人的机制上也与传统文坛没有本质区别，而对文学新人来说，这可能促使他们在写作上更追求"文学性"，试图获得文坛的认可，而不是面向文化水平较低的大众来写作。平中忠信在文中自我批判说，他刚开始从事文学社团的组织工作时，也受到"艺术至上主义"的影响，只写一些"自鸣得意的抽象的诗"，在受到部分群众批评后才开始反省。在介绍三菱美呗煤矿的文化运动时，他也指出，与美术、戏剧、音乐舞蹈方面的社团相比，"文学会"是最落后的，这是因为"囿于文学会的框架"，没有真正与大众活动结合起来。①

为了解决左翼文学运动中存在的这种问题，岛田政雄和平中忠信都提议进一步学习中国的经验，推进文工队的活动和通信员网络的建设。平中认为"通信员才是民主主义出版物的唯一基础"。岛田反对仅以作品论成败的"作品中心主义"和将普及与提高分割开来的"专家至上主义"，呼吁在"所有职场""所有地域"培养与斗争密切相关的"文学书记员"群体，让文学真正为劳动者的斗争服务。

在《人民文学》杂志上这些关于文学运动的议论中，对文学的理解已经不同于日本近代以来主流的"文学"概念，"文学"变得更加广义、宽泛、驳杂，与"文艺"的区别变得模糊，而这与他们导入的中国经验不无关系。冈崎俊夫的《中国的人民文学》一文曾指出，毛泽东在延安文艺座谈会上的讲话中没有使用"文学"一词，而是在谈"文艺"，这一细节不可忽略。他认为，"过去文学被赋予较高的地位，是在持西欧思维的都市文坛，而站在广大人民的立场上看，文学未必比其他艺术具有更高的地位"；而且中国的"人民文学"不仅包括纯文字作品，也包括戏剧剧本乃至连环画的文字部分，换而言之，在中国的人民文艺中"文学还没有作为文学而充分独立"。②冈崎俊夫这段话包含着摇摆和矛盾，他一方面看到了近代以来

---

① 平中忠信：『聞う大衆と共に——自己批判・文学会の批判から』，『人民文学』1951年2卷1号。
② 冈崎俊夫：『中国の人民文学』，『思想』1951年第323期。

的"文学"概念是源自西欧的产物，并非必然和自明的，但另一方面似乎又觉得独立的"文学"范畴仍然有必要强调。而与冈崎不同，岛田政雄并未从概念层面深思"文学"和"文艺"的区别，但他所呼吁的文学活动其实更加广义化，这种活动甚至不一定要以"作品"为成果。

岛田政雄提倡超越"作品中心主义"，而《人民文学》杂志在实践中也确实展现了这样的倾向。这未必全然是主动选择的结果，毕竟《人民文学》能够倚靠的职业作家远不及《新日本文学》多，因此可登载的文学作品也就很有限。但这种客观条件的限制，也促使《人民文学》更侧重文化活动的组织工作，推动民众社团的交流，给非职业作家和普通读者以更多的发言机会。这些实践可以说是一种构建文坛之外"文学"场域的尝试。

《人民文学》杂志在 20 世纪 50 年代民众文化活动中的贡献，近年来通过道场亲信和鸟羽耕史等学者的研究已重新进入学界视野，本章在此不再赘述。不过，为了进一步呈现《人民文学》周边的文化活动与中国文学的关系，这里有必要介绍其中一种具有鲜明时代特色的活动："鲁迅祭"。

在《人民文学》上，关于鲁迅具体作品的介绍和评论很少，但鲁迅的名字却经常出现。1950 年《人民文学》1 卷 1 号上便刊载了题为《做人民的牛——鲁迅这样告诉我们》，该文节译自郭沫若 1946 年 10 月 19 日在上海的鲁迅逝世 10 周年纪念大会上的演讲（原载于《文汇报》），译者为岛田政雄。郭沫若在演讲中引用了毛泽东《新民主主义论》中"鲁迅的方向，就是中华民族新文化的方向"这一说法，并从鲁迅的诗句"俯首甘为孺子牛"中解读出一种"为人民服务"的孺子牛精神。而《人民文学》杂志完全接受了这一说法，在 2 卷 4 号所刊《人民文学》编辑部答复中国文艺工作者的公开信中，便表示要向鲁迅的"孺子牛精神"学习。2 卷 8 号上牧浩平的《人民作家的面影 9　中国　鲁迅》一文也将鲁迅的文学生涯与中国新民主主义革命的道路重叠起来进行介绍。① 因为岛田政雄与中国文学艺术研究会主要的关注点是延安时期以来的中国文学，对鲁迅的研究甚少，所以《人民文学》上也基本没有关于鲁迅的深入讨论，只有鲁迅的名字作为高度抽象化的符号反复出现。

---

① 牧浩平在文章末尾注明，此文参考了陈涌的《一个伟大的知识分子的道路》一文（《人民文学》杂志 1950 年第 11 期）。

相较于日本二战之后鲁迅研究史的丰富成果,《人民文学》对鲁迅精神的这些宣传似乎贡献不大。不过,杂志上大量出现的关于"鲁迅祭"的报道,却从一个侧面反映出对中国文化符号的使用是如何内在于当时日本文化运动中的。具体来说,"鲁迅祭"分为两部分:一部分是文化界、出版界组织的集中纪念,另一部分则是地方民众文化社团组织的活动。

1951 年是鲁迅逝世 15 周年,随着鲁迅忌日临近,《人民文学》陆续刊载了一系列相关文章,如牧浩平的《人民作家的面影 9 中国 鲁迅》(2 卷 8 号),旅日华侨界知名人物甘文芳所写的《鲁迅逝世十五周年纪念日》(2 卷 9 号),2 卷 10 号上刊登了新闻稿《各地盛大的高尔基、鲁迅祭》,12 号上又刊载了内山完造的《缅怀鲁迅》和岛田政雄的新闻稿《鲁迅纪念集会》。据岛田记载,这次纪念集会于 10 月 19 日在东京有乐町举行,发起人为内山完造和山本实彦,参与者有长与善郎、鱼返善雄、冈崎俊夫、小野忍等 20 余人,均为与鲁迅有交集者或中国研究者。岛田评价说:"这场集会启示我们必须要跨越不同的思想立场和政治党派,向鲁迅学习,为民族解放而奋斗,坚定了我们对确立民族统一战线的信心。"① 这一评价把对鲁迅的纪念与当时日本的"统一战线"问题结合在一起。牧浩平的文章也介绍了鲁迅对中国革命文艺界统一战线建立的贡献,并在末尾处强调只有从为工农服务的目的出发才能实现统一。值得注意的是,同时期《新日本文学》也在纪念鲁迅,而且在 1951 年第 10 期纪念鲁迅、高尔基逝世 15 周年的小特集上,重点刊载了松枝茂夫译的《答徐懋庸并关于抗日统一战线问题》一文。

这两种杂志同时举行的鲁迅纪念活动具有一种竞争的性质。值得一提的是,当时中国文学研究会的成员武田泰淳在小说《风媒花》中恰好提到了这一事件。小说第四章写道,有两个名为《文学集团》和《劳动文艺》(原型即《新日本文学》和《人民文学》)的互相对抗的文艺杂志正各自准备举办"鲁迅祭",并且都向主人公所在的中国文化研究会(原型即中国文化研究会)发出邀请,这使得研究会同人们发生了分歧。② 由此也可以看出,当时对鲁迅的纪念实际上成了左翼文学阵营内部的话语权之争的一环,具有特殊的象征色彩。而在关于鲁迅的言说中,"统一战线"

---

① 岛田政雄:『鲁迅をしのぶ会』,『人民文学』1951 年 2 卷 11 号。
② 武田泰淳:『风媒花』,新潮社,1976 年,第 85 页。

这一关键词的反复出现，也与这种背景有关。

1951年9月《旧金山和约》的缔结，意味着日本被占领的状态即将结束，但与此同时美军实际上却获得了在日本长期驻扎的合法性。针对这一状况，《人民文学》编委会在1951年第9期上发表声明，呼吁全国文学界加入"民族解放的统一战线"，11号又刊载了赤木健作的论文《关于文学者的统一战线》。对于论争对手新日本文学会，《人民文学》要求他们进行自我批判，加入日共"主流派"领导的统一战线，而《新日本文学》也不甘示弱。岛田政雄、牧浩平在纪念鲁迅时提到统一战线的用意是很明显的，而《新日本文学》此时选择刊载《答徐懋庸并关于抗日统一战线问题》，应该也不是一种巧合，因为此文产生于"两个口号"论争之际，恰好与文学界统一战线建立过程中的宗派主义和"左倾"问题有关。这一事例再次体现出中国文学在当时日本左翼文学运动中所具有的符号功能。

不过，如果把目光转向文坛之外，我们会看到"鲁迅祭"并不只是党派之争的工具，而与活跃的民众社团活动结合在一起。例如《人民文学》2卷12号上刊载的一份来自岛根县松江地区的文化活动报告，便将"鲁迅·高尔基祭"与当年春天的"石川啄木祭"、夏天的"青年学生和平祭"并列为当年松江地方的三场主要文学活动，其中和平祭的主要议题是对松川事件被告的声援，而也正是承办这次和平祭的青年们提出举办"鲁迅·高尔基祭"，邀请增田涉等知名人士，在米子、松江等地组织纪念活动。在3卷1号的"文化短信"栏目中介绍了法政大学的鲁迅祭：

> 十一月八日，法政大学教育学部的人民文学之友会计划举行高尔基·鲁迅祭，作为大学祭的一环，然而演讲会遭到禁止，于是改成展览，陈列了中国木刻版画和与之相配的中国抵抗诗歌，《阿Q正传》的漫画与解说，以及高尔基与法西斯主义作斗争的事迹等等，令观众深受触动。[1]

由此可见，当时各地"鲁迅祭"的内容并不限于鲁迅本身，有时成为对"中国人民文艺"的更综合性的介绍，并与日本的文化议题结合起来。3卷12号上的《怎样描写新的人物形象》一文更进一步揭示了"鲁迅祭"内容的丰富性。这篇文章署

---

[1] 『文化短信』，『人民文学』1952年3卷1号。

名为"东京南部文艺工作者集团"（执笔者为古川宏），文中提到1952年10月品川高滨町发生了一起驻日美军强暴妇女的事件，该团体立刻对该事件展开调查，创作了带有报告文学性质的诗歌，拿到当地中央劳动委员会会馆举行的"鲁迅祭"上朗诵，并在集会上与本地群众进行讨论。这个例子生动地说明了"鲁迅祭"并不仅仅是介绍鲁迅或中国文学的活动，而是与一种具有鲜明时代印记的公共文化空间的塑造过程相结合，成为地方民众文化运动的有机组成部分。此外，这篇文章还批评德永直等专业作家对各地民众斗争中的创作活动不够重视，没有充分看到民间诗歌和报告文学的成就。① 这种来自地方文化社团的声音在《人民文学》上反映得很多。正是通过对全国性的民众文化运动的支持，《人民文学》所宣扬的"大众路线"才真正落到了实处。

《人民文学》在文艺上的"大众路线"，是日本共产党当时所构想的"民主民族战线"的一部分。从思想史的整体脉络来看，左翼文化界的这股浪潮，是建立在对二战之后"启蒙期"的反省之上。在日本人刚刚摆脱军国主义统治的战后初期，民主、自由理念的再启蒙和对个人主体性的张扬是文化界的主流，而支撑价值理念更新的是知识结构上的再度"开国"，在这一过程中，西方特别是美国构成现代性的模范，是日本历史重新出发之际的范本。然而随着冷战加剧，美国日渐将日本纳入自身的战略体制，这种大环境使得许多人对建立在西方市民主义和人道主义之上的启蒙期话语感到不足，将其称为"近代主义"而加以批判。率先提出这种批判的正是日共系知识人。在1950年前后，围绕着占领/讲和的问题轴，"人民""民族""国民"等关键词逐渐凸显出来，而偏重"个人"书写的日本"纯文学"已难以回应这种形势。正是在这种背景下，日共"主流派"知识人效仿中国文学提出"大众路线"，试图将文学的重心从个人转向集体，重构文学与大众的关系，让文学成为"民族解放"事业的一部分。这种尝试与不久后的"国民文学"有着内在的延续性，事实上日共系知识人也积极参与了国民文学论争。相对于后来的"国民文学"，20世纪50年代初的"人民文学"有着更鲜明的社会主义色彩，然而，当时的左翼知识人并未深入地思考"人民"与"国民"的区别，以致这些包含丰富可能性的文化运动又被回收到民族国家的框架之中。

---

① 古川宏：『新しい人間像をどうえがくか』，『人民文学』1952年3卷12号。

第三节
"人民文学"译介的局限性与意义

20 世纪 50 年代初的"人民文学"译介热潮虽然扩大了中国文学在日本的影响力,但从学术方面来说,这些译介实践还存在很多问题。相较于同时代那些更专业的中国文学研究者,例如东京大学的中国文学研究室的学者,或以竹内好为首的中国文学研究会的学者,岛田政雄等"人民文学"的鼓吹者往往带有业余的、半路出家的色彩,无论是对汉语的掌握程度,还是对中国现代文学史的认识深度都有所不足。支撑他们完成大量工作的是一种政治热情和使命感,然而这也制约了他们的视野。他们对以延安文学为主流的"人民文学"的高度认同,限制了他们对中国现代文学问题结构的更深入把握。对此集中提出批评的,正是中国文学研究会的学者。

1949 年 4 月 25 日,中国研究所举行了主题为"中国人民文学的诸问题"的座谈会,与会者有岛田政雄、竹内好、武田泰淳、冈崎俊夫、小野忍、佐佐木基一,其中除岛田和佐佐木之外的 4 人均为中国文学研究会成员,他们对岛田政雄关于"人民文学"的议论多少都表示出某种怀疑。岛田的论点极为简单明了,他提到了 1949 年 3 月华北人民政府文化艺术工作委员会与华北文艺界协会举办的茶话会,援引会上周扬、郭沫若和茅盾的说法,认为"解放区文艺的方向才是中国文艺的方向"这一点已经是中国文艺界的共识,而解放区文学又以赵树理为典型,这一切成就都是在延安文艺座谈会上的讲话发表以来文艺下乡的成果。① 冈崎俊夫却认为"不能只把赵树理说成是中国文学的代表",他提到郭沫若、茅盾、巴金、丁玲等诸多作家的近况,指出他们回应时代变化的方式各有不同,体现了中国文学的"多姿多彩"。冈崎特别提到郭沫若"人民立场"的内部矛盾,认为郭沫若虽然经常强调人民立场,但在《苏联纪行》等作品中他似乎"还是那个创造社初期的浪漫诗人""吐露了非常情绪化的知识分子式的感情",他"在自己的外部看到人民,在向其接近的心情中感到英雄主义的激动"。冈崎表示他对赵树理总是感到有些遥远,而充满矛盾的郭沫若在他的眼中更为亲切,因为他自己正是一个想站到人民立场上

---

① 岡崎俊夫、小野忍等:『中国人民文学の諸問題』,『占領期雑誌資料大系 文学編』第五卷,岩波書店,2010 年,第 53 頁。

却还无法做到的日本知识分子。不过，尽管冈崎一再强调中国作家的多样性，岛田还是主张"赵树理方向才是唯一的方向"，他也承认"人民文学"内部的作家个性、多样性，但仍坚持认为"工人、农民的文学是第一位的，小资产阶级的文学是从属的"。①

在这次座谈上还出现了一个关键词——"翻身"。与会者用这一不太精确的表述来讨论中国作家的自我改造问题。冈崎俊夫认为，作家即便想要站到工农大众的立场上，但毕竟无法彻底摆脱"现在的自我"。但岛田政雄表示小资产阶级随着周围环境的激变，自身也不得不发生变革。小野忍提出中国也有"同路人作家"，而岛田却认为"中国革命的浪潮过于汹涌激烈，将一切都吞进去"，因此超然的同路人是不存在的，如果踌躇不前就会变成对立面。②

在岛田看来，当时受到中国文艺界集中批判的萧军，便是因为未能自我改造而成为革命对立面的落后知识分子的一例。解放区文艺界对萧军的有组织批判，以1948年8月萧军主编的《文化报》和中共东北局宣传部领导的《生活报》的论争为导火索，但其背后的动因可以追溯到延安时期萧军的种种"叛逆"言行。在岛田提到的1949年3月北平的文艺界座谈会上，对萧军的批判也在继续展开。对这一事件，岛田完全听信了批判者一方的说法，他援引许广平对萧军的批判，认为萧军不该"用鲁迅的讽刺笔法来讽刺攻击人民政府"，进而指出萧军"没能从人民立场上把握人民解放战争的意义"，对土改中的地主表示同情，这证明他未能完成自我改造，还是站在"一个小资产阶级知识分子的立场"上，根据"资产阶级人道主义的感觉"来发言，"对历史的动向是糊涂的"。岛田还认为，中共给了萧军很大的自由，对他的批判是文化界自发进行的。不过，在其他与会者眼中，萧军事件显然不是这样简单。竹内好则指出萧军事件不能偏信一面之词，其背后想来有更复杂的理由。

对萧军事件的判断，再次暴露了岛田政雄的一个弱点：他没有保持一种批判的距离，对中国知识分子自我改造的过程也想得比较简单，未能看到这一问题内部的

---

① 冈崎俊夫、小野忍等：『中国人民文学の諸問題』，『占領期雜誌資料大系　文学編』第五卷，岩波書店，2010年，第55—56頁。
② 冈崎俊夫、小野忍等：『中国人民文学の諸問題』，『占領期雜誌資料大系　文学編』第五卷，第57頁。

种种矛盾。

此外，正如前文已经指出的，岛田政雄放大了解放区文学与此前文学史的断裂。这也是当时"人民文学"宣传者们普遍存在的问题，他们缺少对中国现代文学的整体、深入认识，直接把在延安文艺座谈会上的讲话发表以来的文学奉为正宗。而在从二战之前就长期关注中国现代文学动态的竹内好等人看来，这种认知方式显然是有问题的。在座谈会上，竹内好重新强调了五四文学与人民文学的连续性。竹内认为中国文学"最重要的特征"可能是文学的"自律性"，在这一点上与"总是依赖外在事物"的日本文学截然不同，而这种自律性正是五四文学革命时所确立的方向：中国现代文学的起点是社会革命的挫折，因"解放的道路被堵塞"而绝望的知识分子转而展开了"自我内部的运动"，试图从心理上变革人，"正是由于不能依赖任何外在事物，结果反而确立了文学内部的自律性"。接下来竹内说道：

> 尽管岛田先生似乎认为解放区文学与五四以来的文学存在断裂，但我认为这并不是断裂。与此相对应的是，中国革命本身就是五四运动的延续。①

他进而指出，不应该用解放区或非解放区这样的标签来区分中国文学，因为中国文学看似分裂，实则不然，"从文学上能看出现在中国人的心情是怎样统一在一起的"，所以向日本介绍中国文学时，也应该将其视为统一的"国民文学"。

竹内好对中国现代文学的整体理解无疑比岛田政雄要深刻。然而，只强调"五四"与"延安"之间的连续性，完全不承认其中的断裂，同样也是成问题的。当竹内基于自身的问题意识，试图取消解放区文学的特殊地位，将中国现代文学作为统一的"国民文学"来把握时，他不得不回避中国文学正在发生的整体转型。从这个角度来看，岛田政雄对同时代中国文学界主流叙事的复制，反而在无意识中呈现甚至放大了中国文学界自我叙述中的内在矛盾和裂隙，透露出某些历史转折的信号。

此外，以"自律性"为轴来把握中国现代文学的方式，也具有鲜明的竹内好个

---

① 冈崎俊夫、小野忍等：『中国人民文学の諸問題』，『占領期雑誌資料大系　文学編』第五卷，岩波書店，2010 年，第 59—60 頁。

人色彩。这些论述显然以他的鲁迅研究为基础。如果仅就新文化运动时期的鲁迅而言，竹内所说的绝望下的"自我内部运动"是颇有说服力的。然而，当他把这种"自律性"放大为中国现代文学史的整体特征时，这一论断就很难站住脚了。岛田政雄针对这一点提出了异议。他说："竹内先生认为中国文学的特质在于对革命的政治、经济等外在事物绝望，在对文学本身的内部的探求中确立起自律性，而我的观点与此不同，我认为中国文学完全是与反帝、反封建的政治经济结合在一起发展起来的。"①岛田的说法或许还过于简单，但至少我们可以说，竹内的"自律性"论对中国现代文学整体的解释力是不充分的，对1942年以降的"人民文学"尤其无力，毋宁说后者正使"自律性"陷入深刻的危机。当然，竹内对自律性的强调绝不是为艺术而艺术，他是要克服日本长期存在的"政治与文学"的二元对立，代之以政治性的文学。而岛田政雄恰恰是另一个极点上的一元论者，他同样要克服"政治与文学"的二元论，将其统一于"为人民服务"的政治实践中。这两种思路互不相容，但值得玩味的是，两者都以中国文学经验为基础。

进入20世纪50年代，当"人民文学"在日本真正掀起热潮时，中国文学研究会的学者们也提出了更集中的批评。例如，冈崎俊夫在《中国的人民文学》一文中指出：

> 在五四以来的文学尚未得到充分消化的我国，只引进解放区系统的人民文学，会妨碍对新文学的正确理解。上海时代的文学，就像刚才说的，虽然是小资产阶级的，从现在的人民文学立场上看是要被否定的，但也有以鲁迅为首的几位作家的里程碑式的作品，还有一些作品就算在中国暂时被否定了，但也不是日本可以否定的。例如郁达夫的小说被认为是相当颓废的，有太多小市民的咏叹，或者像老舍、巴金这样拥有广大读者的作家的作品也被指出有小市民性，但能这样进行评价的，是解放后的中国人，而不是我们现在的日本人。特别是我们日本的小市民，对郁达夫的咏叹、老舍的啼笑、巴金的痛苦呻吟，反而不能不感到很大的共鸣。②

---

① 冈崎俊夫、小野忍等：『中国人民文学の諸問題』，『占領期雑誌資料大系 文学編』第五卷，岩波書店，2010年，第60—61頁。
② 冈崎俊夫：『中国の人民文学』，『思想』1951年第323期。

冈崎接着提到当时中国"新文学丛书"的编辑，以此证明新中国也是重视新文学遗产的。他进而写道："而且今天的人民文学的诸问题，很多都是五四以来新文学自身的问题的延续，所以如果不更宏观地看待包含人民文学在内的新文学整体，那么就连人民文学也无法正确理解。"冈崎俊夫的这些批评是颇为中肯的，他从日本读者的现状和需要出发，指出了单纯输入"人民文学"的不足之处。在对"人民文学"的具体作品进行分析时，他也常常从自身的"小市民"立场出发，从不讳言自己的文学趣味，既承认这些作品包含着超出西欧和日本近代文学框架的异质性，但又时常对它们的人物形象、心理刻画感到不满足。

《文学》1951年12月号刊载的《日本中国文学研究的现状和问题》一文，作为中国文学研究会同人集体讨论的成果（斋藤秋男起草，竹内好修订），更直接地批判了日共"主流派"所鼓吹的"人民文学"。文中对当时《人民文学》推崇的作家作品进行了对比，例如指出黄谷柳《虾球传》的热度主要不在于文学本身，而是"文学之前的问题"，是"对日本私小说的泛滥的潜在抗议，和对新中国的关心相叠加"，引起了这部小说在大众中的热度，至于这部大众小说在中国文学史上究竟怎么定位，介绍者们并没有尽到职责，作出充分的解说。文章接着又提到，被推为"人民文学"代表作的丁玲的《太阳照在桑干河上》和草明的《原动力》都"不能说是经过充分打磨的，具有很高艺术性的作品"，而对它们的介绍"建立在对中国的变革本身的关心，和对'中共'的政治、经济政策的求知欲之上"，译介者们没有把握它们的文学史位置，只提倡像丁玲、草明一样到农村、工厂里去学习，以致提出了错误的"丁玲·草明路线"。[①]

文中还集中批评了"人民文学"鼓吹者们对在延安文艺座谈会上的讲话的崇拜，认为尽管讲话在日本引起了广泛的反响，然而"大多数人并没有把日本文学本身的变革提上日程"，而是以为移植中国经验就能轻易解决问题，典型的例子就是"一种'文工队'至上主义"的倾向。文章进而指出，这些中国文学研究者过度强调讲话的作用，没有看到"人民文学"的历史基础，而是倚靠"权威主义"和"文

---

① 竹内好等:『日本における中国文学研究の現状と問題』,『竹内好全集』第3卷，筑摩書房，1981年，第300—301頁。

工队"这一便利的解决方法,导致了主体性的丧失。①文章还指出,"文艺讲话本身显示着中国文学正向着国民文学这一理想稳步迈进"。②这些批判的矛头直接指向岛田政雄等日共"主流派"知识人,而涉及"国民文学"的一段明显反映了竹内好的主张。

在中国文学研究会成员中,竹内好对"人民文学"的批判是最尖锐的。他在1951年的《望向中国现代文学之眼》一文中指出,本年度中国文学作品之所以在日本大量翻译出版并受到欢迎,与《旧金山和约》造成的不安感有关:日本人民感到自己正被隔绝于亚洲,因此更加希望了解中国,这种要求"像地下水一样逐渐上涨",中国现代文学"作为满足这种要求的手段而受到欢迎"。③但他同时指出,中国文学的翻译数量毕竟还远不及西方文学,很多重要作品尚无译本。竹内进而提到,这种翻译工作需要谦虚的努力,现在却出现了相反的态度:译介者不把文学当作文学,而是"从先入为主的政治立场上加以利用"。竹内声称这种"傲慢"是文学之敌,也是日本人民之敌。他以《太阳照在桑干河上》为例,认为这部作品在某种程度上是"失败之作",其杰出之处在于"不畏惧这种失败而正面处理了积极的主题",而一部分人却将其看成完美的作品,作为日本的模范,还据此来贬低宫本百合子。在竹内看来,这既是"小看了"中国文学,也是把文学贬为手段,把"外在权威"的命令当成了自己的评价。在文章末尾竹内总结说,"心中积蓄着地下水的人民不会受到这种外在权威的干扰,而会用自己的心灵去阅读中国文学",抓住中国文学的根本精神:这就是"彻底的自力更生和不妥协的精神"。"当人民把握了这种精神,地下水喷涌而出的时候,国民文学才会真正成为课题。在《山彦学校》④的著者身上,可以看到这种萌芽。"⑤

---

① 竹内好等:『日本における中国文学研究の現状と問題』,『竹内好全集』第3卷,筑摩書房,1981年,第306頁。
② 竹内好等:『日本における中国文学研究の現状と問題』,『竹内好全集』第3卷,第309頁。
③ 竹内好:『中国現代文学への眼』,『竹内好全集』第3卷,筑摩書房,1981年,第291頁。
④ 《山彦学校》(『山びこ学校』)是日本教育家无着成恭在山形县山元村担任中学教师时编撰的中学生作文集,推动了日本20世纪50年代"生活作文运动"(生活綴り方運動)的兴起。
⑤ 竹内好:『中国現代文学への眼』,『竹内好全集』第3卷,第293—294頁。

竹内好对"人民文学"译介者的批评集中于政治先行和权威主义两点，这些意见与他对日本共产党一贯的批判相一致。1950年时他便认为日共在面对苏联的批判时表现出一种没有独立人格，只知服从权威的态度，其背后是日本固有的奴隶文化结构。关于日共"主流派"和"国际派"的纷争，竹内则认为从中看不出理论上的真正对立，它只是与一般日本人生活无关的封闭的内斗。在他看来日共与其学习对象有质的差别：中共的思想是活的，是属于自己的事物，日共的思想则与其自身分离。① 竹内对日本"人民文学"潮流的批评延续了上述观点，他的思考始终落脚于日本的主体性这一问题上，在他看来"人民文学"与"国民文学"这两者的根本区别，就在于前者意味着服从外在的政治权威，后者则从民族的主体性出发。

　　不过，日本20世纪50年代初的"人民文学"潮流，事实上在多个方面都对1953年前后的"国民文学"讨论有所贡献。首先，作为竹内好国民文学论一部分的赵树理论，本身就建立在"人民文学"译介者言说的延长线上，他得到评价最高的作品《李家庄的变迁》也正是由日共系知识人引入日本文学话语空间的。竹内推崇赵树理的理由，主要在于《李家庄的变迁》所体现的那种主体性把握历史的民族精神，以及赵树理相对于近代文学的异质性——超越了以个体为中心的近代文学，打造了"个体即全体"的文学世界。而这些观点其实是岛田政雄、高仓辉等人观点的延续。岛田、高仓虽然不像竹内这样理论化，但也都从赵树理文学中看到了超越近代文学制度的可能性，他们对日本文坛和文学传统的批评与竹内是很接近的。正是基于这种对日本文坛的普遍不满，以及对"近代主义"的反思，国民文学才成为被广泛讨论的话题。岛田等与竹内的区别只是在于，这些"人民文学"的鼓吹者主张通过文学与政治运动的结合，从个体走向集体，而竹内在《新颖的赵树理文学》中则试图证明赵树理在"人民文学"中也是异质的，他认为"人民文学"的特征在于"个体埋没于全体"，容易变成"轻视人的文学"，而在赵树理这里个体与全体是辩证统一的。② 竹内这种"个体即全体"的想象仍然是高度理想化的，并没有真正

---

① 竹内好：『日本共産党論』，『竹内好全集』第6卷，筑摩書房，1981年，第142、149頁。
② 竹内好：『趙樹理文学の新しさ』，『竹内好全集』第3卷，筑摩書房，1981年，第238頁。

解决"人民文学"的难题。①

日共系知识人的"大众路线"虽然有机械模仿和唯政策是从的缺点，但在实践中确实对日本各地民众文化运动的勃兴起到了推动作用。日本二战之后的民众文化运动是在左翼政党和工会主导下展开的，到了20世纪50年代中期，这些运动具有了更多的自发性、自主性，例如当时广泛开展的生活记录运动、生活作文运动（竹内好视为国民文学萌芽的作文集《山彦学校》也正是这种环境下的产物），而这种动向刺激了文化界对"国民文学"的讨论。这种潮流的形成自然不单是"人民文学"宣传者们的功劳，但他们较早关注普通民众的阅读与写作需求，支持地方文化组织的建设，强调大众的文化主体性，探索集体创作的可能，这些实践都对日本20世纪50年代文化氛围的形成有所贡献。他们所译介的中国文学作品，也回应了当时一些日本民众的文化需求，对新的文化主体的培养起到了促进作用。竹内好也承认，尽管这些译本的翻译质量存在问题，但还是受到了比较广泛的欢迎，"其读者与其说是文学爱好者，不如说更多的是过去与文学无缘的人们，特别是工人很多""在开拓日本的新的读者层这一点上有很大的意义""随着这样的读者的成长，日本文学将来的道路也必定会有所改变"。②

中国"人民文学"在二战之后的日本形成短暂热潮，是一个具有鲜明时代色彩的历史现象。以解放区文学为主的"人民文学"输入日本，是来自两个方向的动力共同作用的结果：转型中的中国左翼文化需要确立文化领导权并扩大国际影响力，将新中国的形象展现给世界；而处于被占领期的日本，了解和学习中国革命文化的经验也是文化运动的内在要求。在这一轮译介浪潮中，起主导作用的是日共系知识人，虽然他们的翻译水平和对中国文学的整体认识都存在许多问题，其文学观有过度的政治先行和功利主义现象，但这些实践在特定历史时期发挥了一定的作用，他

---

① 关于竹内好的赵树理论，可参见铃木将久：《竹内好"国民文学论"与中国人民文学的问题》，《河南大学学报》（社会科学版）2006年第6期；韩琛：《从"竹内鲁迅"到"竹内赵树理"——"近代的超克"与作为方法的现代中国文学》，《鲁迅研究月刊》2012年第10期；刘成才、范钦林：《日本学者赵树理研究的生命情怀与方法论意义》，《文学评论丛刊》2013年第1期。

② 竹内好：『中国文学への新しい関心』，『竹内好全集』第3卷，筑摩書房，1981年，第317頁。

们输入的中国文学经验没有仅仅停留在知识阶层的话语中,而是进入日本民众文化运动内部,刺激了新型阅读与创作活动的诞生。这一时期提出的许多问题,也在后来的"国民文学"讨论和民众文化活动中得到了延续和深化。"人民文学"在日本的传播不像在新中国那样受到自上而下的推动,因此也更加依靠民众的自发性。尽管随着日本二战之后体制的稳固,这段具有社会主义文化色彩的时代记忆逐渐被忘却,但在重新审视日本二战之后文学史和中日文化交流史时,这些经验仍然值得我们重新发掘。

第十一章

民主的追求：仓石武四郎的冰心译介

第一节
五四作家冰心的民主意义

与冰心同时期的女作家苏雪林曾将冰心与鲁迅相提并论，她说："五四运动发生的两年间，新文学的园地里，还是一片荒芜，但不久便有了很好的收获。第一是鲁迅的小说集《呐喊》，第二是冰心女士的小诗。"① 冰心登上文坛的时间正是五四新文化运动开始的1919年。1919—1925年，冰心陆续发表了小说《两个家庭》《斯人独憔悴》《超人》，小诗《繁星》《春水》，散文《笑》《寄小读者》《往事》等，形成了后来被阿英称为"冰心体"的独特文风。20世纪30年代，阿英在为《谢冰心小品》作序时说道："她的诗似的散文的文字，从旧式的文字方面所引申出来的中国式（并不是固定的名词，只有说明她的句法不完全是欧化的）的句法，也引起广大的青年的共鸣与模仿，而隐隐地产生了一种'冰心体'的文字。"② 1932年，赵景深也在评论冰心

---

① 林德冠、章武、王炳根主编：《冰心论集》上册，海峡文艺出版社2000年版，第376页。
② 阿英：《〈谢冰心小品〉序》，《现代小品文钞》，光明书局1935年版，第135页。

散文《南归》时提到冰心"简洁、柔和、美丽、巧妙地融合了古代的诗词和散文"的文体。①

不过,有研究认为,"冰心体"更重要的贡献还在于抒情散文。20世纪20年代初,冰心发表了《小鸟》,接着又在《小说月报》上发表了《笑》,这之后又有了《往事》《寄小读者》等抒情散文。冰心的这些抒情散文"一出现便与当时流行的小品文大相径庭,叙事与抒情结合,温情脉脉中融入了些许的哀婉凄清,情文相生,文采丰茂,成为白话散文史上最早一批引人注目的美文",由此"证明了白话同样可以写出像文言文那样有意味、凝练、优美的散文",为白话文运动作出了实际的贡献。②

在冰心所有的散文创作中,最著名的可能就是《寄小读者》了。例如,唐弢就认为,与早年的小说和诗相比,冰心的散文成就更高,他谈到《寄小读者》"给读者一种近似抒情诗和风景画的美感",冰心的散文"笔调轻倩灵活,文字清新隽丽,感情细腻澄澈;既发挥了白话文流利晓畅的特点,又吸收了文言文凝练简洁的长处"。③《寄小读者》是冰心1923年赴美留学期间为《晨报》的"儿童世界"专栏所撰写的"通讯"散文,共计29篇。1926年5月由北新书店出版单行本。《寄小读者》在国内一直都很畅销。出版1年后便出到第4版。到1935年已发行21版,平均每5个月发行一版,至1941年共再版36次,成为现代中国最畅销的散文集之一。《寄小读者》在1935—1948年更经历了一个不断经典化的过程,收录于开明书店、中华书局、正中书局、世界书局等不同出版社所出版的国文教材。④

冰心开始写作时正处于中国文学面临根本转型的时期。她自述,"我在中学的时候,所学的国文都离我们太远""作文的题目是'富国强兵论',文章的头一句总是'人生一世'",而那些风对雪、日对月的文章,也都是"拆开来都是空空洞

---

① 赵景深:《冰心女士的〈南归〉》,范伯群编:《冰心研究资料》,北京出版社1984年版,第396页。
② 朱水涌、洪世林:《白话文运动视野下的"冰心体"》,王炳根主编:《冰心论集》,上海交通大学出版社2013年版,第497页。
③ 唐弢主编:《中国现代文学史》,人民文学出版社1979年版,第178页。
④ 许军娥:《论〈寄小读者〉的经典化历程》,《廊坊师范学院学报》(社会科学版)2009年第6期。

洞没有什么东西"。① 也许正是由于对此不满,冰心凭借《斯人独憔悴》《秋风秋雨愁煞人》等"问题小说"登上文坛,并在郑振铎的邀请下加入了以"研究介绍世界文学,整理中国旧文学,创造新文学"为宗旨的文学研究会。从写作题材上来说,与那些传统的经世济国的文章相对,冰心在文学中探索对于母女之情、寄语理想"小读者"的表达形式。冰心尤其看重文学中情的成分。正如其日后在《怎样欣赏中国文学》的演讲中所说的那样,与"文以载道"的中国旧文学不同,新文学"本来是应该用来抒发各种感情"的。② 在形式上,经过几番考虑,冰心在《寄小读者》中特地采用了通讯的形式,因为"觉得用通讯体裁来写文字,有个对象,感情比较容易着实。同时通讯也最自由,可以在一段文字中,说许多零碎的有趣的事"。③ 从 20 世纪 20 年代的《寄小读者》到 50 年代的《再寄小读者》,直到七八十年代的《三寄小读者》,书信体是冰心偏爱的写作形式。在这些书信体的散文中,冰心坚持用亲情的语言,书写自己的亲历和见闻。④ 冰心后期更多的精力都用来写作散文,在她看来,散文的范围很广,包括通讯、特写、游记、杂文、小品文等,而散文短小自由,是最便捷也最为锋利的一种文学形式;既可以写得铿锵得像诗,雄壮得像军歌,也可以写得生动曲折得像小说,活泼尖利得像戏剧的对话。⑤

对于当时的普通人,特别是女性,冰心和她的白话散文有着重要的意义。她用自己的写作经验告诉大众,女人可以而且应该以写作为职业,"这种写作的事业,可以从做小姐起写到当少奶奶,写到做老太太",因为"文词只要通顺就够了,不要写得太特别",而且"个人有个人的思想系统",形成自己的风格即可。⑥ 甚至连写作这件事情都能走入寻常人家,写作甚至不需要像样的书房,不必一定是伏案写

---

① 冰心:《今日中国女作家的地位》,《我自己走过的路》,人民文学出版社 2007 年版,第 121 页。
② 冰心:《怎样欣赏中国文学》,卓如编:《冰心全集》第三卷,海峡文艺出版社 2012 年版,第 466 页。
③ 冰心:《我的文学生活》通讯十,卓如编:《冰心全集》第三卷,海峡文艺出版社 2012 年版,第 11 页。
④ 王炳根:《序》,冰心:《我自己走过的路》,人民文学出版社 2007 年版,第 17 页。
⑤ 冰心:《关于散文》,卓如编:《冰心全集》第五卷,海峡文艺出版社 2012 年版,第 182—183 页。
⑥ 冰心:《今日中国女作家的地位》,《我自己走过的路》,第 122 页。

作，野外的湖边或门前，以膝盖托着信纸，伏身书写就可以。① 这或许是冰心对于五四新文化运动的启蒙和民主精神最好的诠释。

第二节
冰心与日本

冰心的文体特色鲜明，对五四白话文的创作实践多有贡献，且深受广大读者的喜爱。不过与出版市场的热相比，一直以来，冰心在文学史上的地位并不突出。这样的冰心在日本的接受和译介情况又是如何呢？

冰心一生中共有八次日本之行。② 第一次是赴美留学途中途经日本。1923年8月20日，冰心在横滨登陆，并坐电车到东京的日比谷公园、皇居正门前的二重桥等七八个地方游玩参观。③ 第二次1936年8月27日，冰心和丈夫吴文藻在吴文藻学术休假期间利用美国洛克菲勒激进会提供的经费访学欧美，夫妇两人在访美途中经过日本。冰心和丈夫吴文藻在著名的日本民族学家、人类学家、考古学家鸟居龙藏夫妇的陪同下，下午4点到达东京神田的日华学馆，受到了日本作家、妇女运动活动家神近市子，考古学者原田淑人，著名作家及翻译家新居格以及其他从事中国研究的日本思想家们的热烈欢迎。吴文藻和冰心与日本友人进行了亲切的交谈。面对热情欢迎自己的日本学者，冰心用英语讲话，坦陈了自己对日本人的印象，她说："我从在北平、上海、南京时对日本人的印象和今天在此对诸位的印象的差距实在是太大了。对此不作详细说明了，但我的脑海中甚至没感受到这是同一日本的诸位。"④ 到日本之前，冰心在中国只见过动用暴力的日军。她把这些日军称为"奴仆"，即"日本的佣人"，但她相信他们绝不是出于自己的本意去中国打仗的，他们的人生是受人操纵的。同时，冰心对那些为自己和丈夫的到来而紧急筹备欢迎会的日本学者们表示了由衷的感谢，她坚信眼前的这些亲切的学者才是真正的日本主人

---

① 王炳根：《序》，冰心：《我自己走过的路》，人民文学出版社2007年版，第17页。
② 虞萍：《冰心的日本之旅与日本的冰心研究》，《中国现代文学研究丛刊》2009年第2期。
③ 虞萍：《冰心的日本之旅与日本的冰心研究》，《中国现代文学研究丛刊》2009年第2期。
④ 荻野修二：《日本关于冰心的介绍——清纯的力量》，孙浩译，《日本研究》1994年第4期。

翁的形象。她决定,"今后不应再通过在中国的那些佣人,而应该尽量直接与诸位加深来往,加深相互的友情"。①会后大家合影留念,吴文藻还为与会人员题了"学术亲善"的词。而冰心则题以"人类啊/相爱罢/我们都是长行的旅客/向着同一归宿"的诗句,后收录于《繁星》。②虽说这次赴日只是冰心夫妇在赴美途中的短暂停留,但无疑他们的访问促进了中日知识分子的相互交流,她到达巴黎后还向法国的听众们讲述自己对东京的印象,冰心后来有关民主和文学外交的很多内容也能在这次访日之旅中找到端倪。

在此之后,冰心基本上都是作为国民政府,或者是中华人民共和国的中日友好协会访日代表团成员或作家协会代表团成员访问日本的。第四次访日是1955年8月9—27日,冰心作为中国代表团成员,出席了在日本举行的禁止原子弹和氢弹世界大会。第五次访日是1961年3—4月,冰心因为亚非作家会议常设委员会召开紧急会议,与巴金、刘白羽、杨朔、沙汀、林林、叶君健、李季、韩北屏等人一同赶往东京。第六次访日是作为中国作家代表团副团长于1963年11—12月间留驻东京,冰心借此机会参加了在东京御茶水杂志会馆召开的"日中儿童文学交流会",与日本中国儿童文学研究会的内山嘉吉、实藤惠秀、伊藤敬一、村山孚、君岛久子等15名东京成员以及日中儿童文学家协会的与田准一、管忠道、鸟越信、小出正吾、富田博之、犬井富子、猪野省三等10名成员进行了座谈。③冰心的第七次访日是在中日邦交正常化以后,1973年4—5月,冰心参加了由廖承志率领的日中友好协会访日代表团。冰心的最后一次访日是《中日和平友好条约》缔结后的1980年4月,冰心参加了由巴金率领的中国作家代表团赴日。可见除了最初两次是在1946年前,其余6次皆在二战结束后;二战之前的两次是她个人的求学和访学之旅,而从1946年开始的6次访日,冰心都肩负着政府的使命。

冰心的作品也早在20世纪20年代初就被翻译成了日语,只不过与鲁迅作品的日译情况一样,最初的翻译并非由日本人,而是由中国人周作人来完成的。1922年5月28日,周作人将冰心的《爱的实现》译成日语后发表在第18期《北京周

---

① 萩野修二:《日本关于冰心的介绍——清纯的力量》,孙浩译,《日本研究》1994年第4期。
② 王炳根:《玫瑰的盛开与凋谢:冰心吴文藻合传》,福建教育出版社2017年版,第645页。
③ 虞萍:《冰心的日本之旅与日本的冰心研究》,《中国现代文学研究丛刊》2009年第2期。

报》上，这便有了冰心作品的第一篇日语译文。① 而鲁迅的《孔乙己》译文刊载在1922年6月4日第19期上。冰心的《爱的实现》比之早一期。但在20世纪40年代前日本对冰心并不关注，评价也不高，研究也总体处于停滞、低迷的状态。当时周作人之所以译介冰心并非因为当时冰心的作品很流行，而是觉得冰心与自己的文学观有着共鸣。在此之前，1921年8月15日和16日，日本作家池田桃川就曾在《读卖新闻》上连载《中国现代的小说》，把冰心介绍到日本。不过，虽然池田桃川在文中高度评价了冰心的《繁星》和《春水》，但总体而言，像当时日本文学评论界的大多数人一样，池田不仅对冰心的小说感到不满，而且对整体的中国小说界不屑一顾，认为"中国的现代小说，作为小说，几乎是无价值的，没有任何创作的生命"。② 冰心夫妇1936年访日后，神近市子曾在《东京日日新闻》上连续刊载《冰心女士印象》，介绍茶话会的具体情况。不过，值得注意的是，即便是神近市子在此之前也只知道中国女作家丁玲和谢冰莹，却对冰心一无所知。一年后，1937年7月，中国文学研究者阵内宜男曾在"中国文学研究会"的同人期刊《中国文学月报》第28号作家论特集上发表了题为《冰心素描》的评论。但是，在这篇文章中，他认为作为作家，冰心大部分作品是失败的，小说远不如散文，而《繁星》和《春水》只不过是一些雕虫小技罢了，他甚至认为陷入"沉默期"的冰心早已结束了文学创作活动，不会再有创作了。此后，1939年4月，中国文学研究者与翻译家饭塚朗又在《中国文学月报》第49号上发表了《冰心的脆弱性》一文。文章虽然肯定了冰心《繁星》的意义，却也指出冰心的人生境遇过于顺利，没有曲折与困难，因而文学也将停留在"家庭爱"中，难以成长。饭塚朗对冰心的总结是，"一，冰心是资产阶级文学作家。二，冰心生长在安稳的家庭里，接受了充分的教育，并且留学美国，她不能认清污浊的社会。三，冰心的作品是从五四运动以后开始发表的。四，冰心的婚姻生活十分圆满"，总的来说，冰心的作品只不过是"赞美闲散阶级的安逸生活"，冰心是一位仅仅拥有基督教的博爱和空虚、富有同情心的作家，她将作为一位慈爱的母亲继续生活下去，而不再是作家。③ 通过上述论述可以看出，20世纪40年代前日本的翻译家与中国文学研究者对冰心十分苛刻。

---

① 虞萍：《冰心的日本之旅与日本的冰心研究》，《中国现代文学研究丛刊》2009年第2期。
② 荻野修二：《日本关于冰心的介绍——清纯的力量》，孙浩译，《日本研究》1994年第4期。
③ 虞萍：《冰心的日本之旅与日本的冰心研究》，《中国现代文学研究丛刊》2009年第2期。

然而，这样的情况在 20 世纪 40 年代得到了迅速的改观。日本著名汉学家仓石武四郎从 1940 年开始翻译了冰心的大量作品，包括《寄小读者》《斯人独憔悴》《超人》《寂寞》《悟》《别后》《疯人笔记》《诗人与政治》《冬儿姑娘》《分》《相片》《张嫂》《再寄小读者》《新年试笔》《繁星》《春水》《陶奇的暑期日记》等。冰心在二战之后的 1946—1951 年滞留日本期间，仓石武四郎还曾亲自邀请她赴东京大学演讲，并亲自翻译整理她的发言稿《怎样欣赏中国文学》。① 除了仓石的译介外，1939 年，《繁星》和《超人》也由中国文学研究会翻译出版。同时，《一个兵丁》由土井彦一郎译注，收入 1940 年出版的《西湖之夜：白话文学二十篇》。《冬儿姑娘》则由中山樵夫翻译，收入 1941 年出版的《苦闷的中国》。可以说从 20 世纪 40 年代开始，在日本出现了一个冰心翻译与介绍的高潮。

第三节
日本汉学转型中的《寄小读者》

冰心的文学作品为何会在 20 世纪 40 年代后的日本突然"走红"？日本人如何阅读和接受冰心的作品？在 20 世纪四五十年代的政治环境中，冰心的文学作品又是如何转变为一种文学交流的话语，它们又传达了何种政治信息？

在日本翻译和介绍《寄小读者》的是日本著名汉学家仓石武四郎。仓石武四郎 1897 年出生于日本新潟县高田市。1918 年，他进入东京帝国大学文学院支那学部，专攻中国文学，成为一名汉学家。本科毕业后，他转投京都的支那学系，进入京都帝国大学攻读研究生，授业于知名汉学家狩野直喜，1928 年，他曾作为日本文部省特派驻外研究员来华，先后在北京大学、北京师范大学旁听钱玄同、朱希祖等先生讲课，1930 年回国后继续修读博士学位。1939 年，他获得博士学位后任京都帝国大学教授，兼任东京帝国大学讲师。1940 年，他兼任东京帝国大学教授。二战之后，仓石武四郎致力于中国语教学与研究，为中日间的文化交流等作出了重要的贡献。1974 年，他曾被授予日本朝日文化奖。

---

① 虞萍：《冰心的日本之旅与日本的冰心研究》，《中国现代文学研究丛刊》2009 年第 2 期。

正如前面所介绍的那样，日本的中国文学研究界正式注意到冰心的是围绕在1934年由竹内好、武田泰淳、冈崎俊夫、增田涉等人共同创办的中国文学研究会周围的日本中国文学研究者，因而刊载与冰心相关的评论的期刊是《中国文学月报》。虽然饭塚朗对冰心的评价并不高，但是不管怎么样，他和中国文学研究会的同人们一样，都是愿意通过对中国现代文学的研究来对抗当时仍占据中心地位的日本汉学研究中中国古典文学的权威地位。因此，即便阵内宜男和饭塚朗对冰心的评价不高，但他们的评论依然具有重要的正面意义。1948年在日期间，冰心曾在东京大学作过题为《怎样欣赏中国文学》的演讲，在演讲中冰心依然深感"日本朝野的人士，对于中国文学的关心，到现在还大半在旧文学上，而不是关于新文学"，而且"在日本的图书馆里，收藏的中国旧文学的书，比新文学的多得多"。① 这就是包括冰心自己在内的现代文学在日本惨淡的接受情况。

不过，就在冰心1948年在日本说这些话时，她的文学作品却意外地得到了日本读者的喜爱，而且有意思的是，在日本的现代文学研究者注意到冰心的价值前，是日本的汉学家、中国语教育家仓石武四郎从日本汉学转型中特有的伦理价值体系和中国研究的角度发现了冰心的魅力。在仓石之前，任教于东京外国语学校的神谷衡平曾在其1928年选编的《现代中华国语文读本》里选用过冰心的《寄小读者》和《往事》。② 不过，将冰心的作品专门作为中国语教学的一项重要内容，从语言、文学风格、思想等各方面认识到冰心价值的是同样也活跃在中国语教学第一线的仓石武四郎。

仓石武四郎开始翻译冰心的作品正是其在京都与东京任教期间。据他自述，着手翻译冰心的作品是在1939年，当时是为了给参加京都帝国大学支那语讲座课程的学生选择后续研究的课本。1940年，《寄小读者》又被用于兵库县立丰冈中学的中国语教学的教材。在将《寄小读者》自费印刷成41页的小册子后，又"慢慢整理翻译出了一本书"。③ 仓石后来回忆说，"我在为日本学生选择中国新文学作品时

---

① 冰心：《怎样欣赏中国文学》，卓如编：《冰心全集》第三卷，海峡文艺出版社2012年版，第471、476页。
② 藤井省三：『東京外語支那語部：交流と侵略のはざまで』，朝日选书，1992年，第47页。
③ 仓石武四郎：『中国语五十年』，岩波书店，1973年，第52页。

偶然发现了冰心的小说《寂寞》。接着，当看到冰心的《寄小读者》时，感到这才是应该介绍给日本人的作品，于是便立即策划翻译。"①截至20世纪40年代，仓石武四郎都在日本帝国大学学习与工作。但仓石对作为帝国大学内中国学前身的汉学传统有着深深的不满。在他看来，日本所谓的支那文学，是按日本训读汉文的方式阅读中国的古典作品，与中国语言没有直接关系。日本传统汉学传统到20世纪40年代已经基本衰落，而新的中国认识却并未建立起来。日本人虽然仍对中国古典文学作品有所了解，但是对近代以后的中国知识是极其贫乏的。知道康有为、梁启超等中国近代史上人物的名字，知道辛亥革命、五四运动之类事件名称的人很少。②基于此种情况，在获得博士学位后重返东京帝国大学兼任教授之际，仓石武四郎决心要对日本的汉学传统从内部进行改造，而关心中国的现代文学、选译冰心的作品便成为仓石改造日本汉学的一大途径。③早在20世纪20年代留学中国期间，仓石武四郎由于感动于与鲁迅的见面，从中国留学归来后，1930年曾在京都大学选用红色封面的鲁迅小说集《呐喊》作为大学教科书，除此之外还选择了《红楼梦》，因而遭到学生们的"痛恨"。④可以说，仓石是从20世纪30年代初开始在对日本汉学教育一贯思考的基础上重新发现冰心的。

　　20世纪20年代曾到中国留学的仓石很清楚，以冰心和落华生为代表的文学研究会的作家们所面临的伦理与写作困境。这些作家们有一个共同的困惑，即人生究竟是什么。仓石在收录了其所翻译的冰心作品《现代中国文学全集》的后记中这样写道：在19世纪的西欧也曾有过相似的问题，这也是第一次世界大战后，既成价值倒塌后出现的共通问题。但是，这一问题在中国有其特殊的含义。原有传统社会的根基是儒家道德，规定了人生的各种生存方式，而如今在否定了这一切之后，人生应当如何，这是中国新一代所面临的问题。中国的新作家不能不回答中国人新的

---

① 謝冰心：『中国文学をどう鑑賞するか』，倉石武四郎訳，大日本雄弁会講談社，1949年，"前言"，第1頁。
② 安藤彦太郎：《中国语与近代日本》，卞立强译，北京大学出版社1991年版，第2页。
③ 冰心在日时期，仓石武四郎还组织编译出版了《中国新文学大系》中的《小说一集》。20世纪50年代仓石武四郎依然继续中国现代文学的译介，翻译了冰心的《冬儿姑娘》《陶奇的暑假日记》等。
④ 倉石武四郎：『中国语五十年』，岩波書店，1973年，第40頁。

生活方式的问题。① 对于在日本汉学内部进行改革的仓石武四郎而言，与忠君爱国的日本传统汉学相比，冰心的作品抒发了真实的儿女之情；与男性主导的儒学话语相比，冰心的作品代表了女性及弱者的对话精神，与诗文刻板的格律及八股形式对比，冰心时而寄语、时而独语，用通信表达的写作风格传达了现代白话活泼与民主的形象。虽然文学研究会的作家在作品中询问人生问题是20世纪20年代的事情，日本汉学在内部转型的40年代却遭遇了同样的价值危机。对于仓石而言，在对汉学传统从内部进行改革后，冰心的文学恰可以被用来填补日本对中国的新认识，并重塑日本中国研究自身的价值和意识系统。

在《寄小读者》中，冰心用一个普遍的、非庙堂之上的母亲形象向中日两国的学生读者们传达着："她的爱不但包围我，而且普遍的包围着一切爱我的人；而且因着爱我，她也爱了天下的儿女，她更爱了天下的母亲。"② 这样的文学形式让译者仓石感动不已，他在译者序中写道："我反反复复地读这本书。普通的书读第二遍时是不会流泪的。但是，这本书越读越使人感动，每次都不禁流泪。这恰好印证了无论国与国之间的关系如何，在人与人的灵魂深处潜存着一种能够共鸣的东西。也许某一天，在我的灵魂深处，会像重叠的照片那般共同映射出冰心女士的'母亲'和我的'母亲'。我作为'母亲'的孩子一遍又一遍地诵读了这部作品。"③ 与仓石相似，阅读了《寄小读者》后的日本中学生，对于冰心所描写的母亲和女儿形象惊叹不已，连连发出原来"中国也有这样的文学""中国人的心中也有这样的一面啊"的感叹。④20世纪40年代冰心的作品在日本被广大读者阅读时正值太平洋战争爆发前夕，无数学生和孩子被送往南方战场。

冰心的写作特点也与仓石对中国学术和语言文字总体特征的理解相符合，仓石在这样的理解中进一步确立了改革日本汉学传统的主张。在仓石看来，中国学术的特性是综合的、直观的，在语言上的体现便是单音节词较多，以及根据不同的字组

---

① 仓石武四郎：『現代中国文学全集第十四巻』后记，河出书房，1955年，第310页。后记并未署名，冰心部分作品由仓石武四郎翻译。
② 冰心：《寄小读者》通讯十，卓如编：《冰心全集》第二卷，海峡文艺出版社2012年版，第102页。
③ 謝冰心：『をとめの旅より子どもの国のみなさまへ』，倉石武四郎訳，大日本雄弁会講談社，1949年，第3頁。
④ 謝冰心：『をとめの旅より子どもの国のみなさまへ』，第3頁。

合成词，而字词按一定顺序排列形成句子。总而言之，中国被认为是一个直觉发达、综合能力强的民族。①因此仓石竭力扫除日本支那学传统中汉文训读的流弊，而提倡根据中国文献的排列顺序按中文的发音直接读出文献，即进行音读。②仓石还在改革以儒学和忠君爱国为基础的日本汉学精英世界后，急于重建一个更广泛、更普遍、更平等的世界。如果中国文学可以是女儿与母亲之间所使用的语言，是女性和"小读者"之间的通信，那么日本的普通读者也应分享这种情感和语言。仓石曾在《中国语教育的理论与实践》中说，以前学习汉文的学生大部分都是汉文教师的子弟或亲戚，而且有相当多的华胄子弟。原来的支那学，大多限于上层社会，一般的民众几乎没有学术研究的机会。中国研究根本不可能成为日本全体民族的营养。③而仓石要做的便是让中文成为日本普通大众的知识，提高一般日本人的中国认识。可以说，在冰心作品《寄小读者》的日译中寄予了许多仓石对改变日本社会知识等级的民主希望。

第四节
拉丁化与民间外交的悖论

由于有上述通过汉学改革以提高日本国民对现代中国的认识这样的追求，仓石很注重在自己的翻译实践中选用白话文作品以及使用口语进行翻译。王晓平曾专门研究过仓石所著的《口语译论语》一书。为了让没有机会学习汉语的人也能理解中国文化，仓石一改在此之前日本用僵硬的训读方式翻译和阅读《论语》的习惯，而特地选用口语来翻译《论语》。王晓平指出，"日本战后不久，就出现了否定汉字、要求停止使用汉字的思潮，限制汉字的声音不是鼓噪一时，而是持续有力。仓石武

---

① 倉石武四郎：『支那語教育の理論と實際』，岩波書店，1941 年，第 37—38 頁。
② 仓石的翻译实践也体现了他自身的语言观。《寄小读者》最初的油印小册子是用最简单的日语所翻译的。到了 1942 年三省堂发行单行本时，为了让日本的少男少女尽可能地阅读该书，仓石尽可能地去除了汉字，并明确表示："书中出现的汉字，当只有一个字的时候使用训读，两个字以上则用音读。"謝冰心：『をとめの旅より子どもの国のみなさまへ』，倉石武四郎訳，三省堂，1942 年，"后记"，第 4 頁。
③ 倉石武四郎：『支那語教育の理論と實際』，第 28 頁。

四郎自己就担任着国语审议会的委员，担负着限制汉字的责任，作为一位研究汉语和中国文学的学者，他对日本汉字命运的颓势充满惋惜"。①事实上，仓石自身对汉字也是十分警惕的。王晓平提到，在 1968 年为修订版《口语译论语》所撰写的长篇序言中，仓石曾表示，"本书翻译的目的在于把《论语》从汉文中解放出来。为了这个目的，解散光用汉字组成的行列，仅在里面夹杂假名来表述还是不够的。日语不如全用假名去写，但是为了眼睛看起来方便还是要加上些汉字"，这些汉字有两种，一种是中国特有的名词，即人名、地名、书名、制度名等，另一种是从欧洲文字来的如伦敦、华盛顿等，"将来汉字限制更为严厉的话，也可以去掉汉字，光用假名就行了"②。这一主张在其 20 世纪 40 年代所翻译的冰心作品中也得以贯彻，在其所翻译的《寄小读者》中，他尽可能多地减少汉字的使用，而多用假名。

不过，仓石在中文的大众化教育之路上走得更远，不仅主张尽量减少使用汉字，还倡导拉丁化。1950 年东京的日中友好协会发足时，最初的活动便是设立中国语讲习会，担任首任会长的仓石便在中国语讲习会极力推广拉丁化新文字的中国语教学。③1953 年，仓石又编著了《拉丁化新文字中国语初级教本》，并邀请当时在日的冰心和她的两个女儿为教材作了录音。这一主张的一个重要理论来源便是中国的拉丁化运动。据仓石自述，二战末期，他在京都的临川书店内发现了上海天马书店所发行的《语文论战的现阶段》，并对其中冈林所译的《苏联各民族文字的拉丁化与汉字书法拉丁化》一文产生了兴趣，由此关心起拉丁文字的教学。④1932 年，在文言复兴的浪潮中，瞿秋白和茅盾在关于大众文艺问题的讨论中指出，要通过大众文艺来修正白话文运动中的不足。在随后的大众文学的方向问题方面，拉丁化的建议被提了出来。1934 年 8 月，鲁迅也写作了《门外文谈》一文支持彻底的拉丁化。⑤鲁迅逝世后，上海工部局的华人教育处长陈鹤琴曾在上海的难民收容所里用拉丁语对难民进行教育。抗日战争全面爆发后，南京政府也通过中央宣传部承认中国文字的拉丁化运动是开展社会运动的工具。战时，许地山等人也在香港成立了新

---

① 王晓平：《中日文学经典的传播与翻译》（上），中华书局 2014 年版，第 410—411 页。
② 王晓平：《中日文学经典的传播与翻译》（上），第 411 页。
③ 倉石武四郎：『中国語五十年』，岩波書店，1973 年，第 93 頁。
④ 倉石武四郎：『支那語教育の理論と實際』，岩波書店，1941 年，第 76—77 頁。
⑤ 倉石武四郎：『漢字の運命』，岩波書店，1979 年，第 109—112 頁。

文字学会。① 20 世纪 30 年代后期，皖南新四军和陕甘宁边区都曾鼓励和推广过新文字。② 1940 年，延安陕甘宁边区成立了新文字协会。仓石热烈地感受着拉丁化运动在中国的发展。也就是说，中国从 20 世纪 30 年代开始的为了提高平民文化水准、提高识字和民主、促进大众文艺的拉丁化运动被仓石运用到了二战之后日本的汉语教学中。仓石 1950 年对拉丁文字坚持的背后无疑是一种对新中国的认同，一种重新认识一个生动的、"活着的"现代中国的强烈意愿，也是其一贯的打破原有儒家伦理秩序、关心个体权益与大众教育的态度。

不过，仓石的这一主张也影响到二战之后中日之间的民间文化交流。1955 年，中日两国领导人在万隆会议期间会晤时曾提出，基于同文的历史，中日两国可以在美国不关心的文化领域制定出两国共同的简化字方案，为千百年后的中日两国民族留下文化遗产。③1957 年，廖承志访问日本时又提到过这个问题。④ 不过，仓石武四郎 1957 年在《周刊朝日》上发表了《中国的简体字和日本的简体字——过于简单化了的"中日交流"》，并质疑此方案的可行性。他将相关成果结集为《从汉字到罗马字》一书，明确反对两国间共通简化字。就在万隆会议之后，仓石 1955 年 10 月曾作为日本学术文化视察团的成员到北京视察，曾与中国文字改革研究会的相关人员有所接触，并了解到，在中国文字改革的构想中，简化字和随后第二步的音标文字创制是紧密相连的。⑤ 中国当时推行简化字实质上是想将难字音标化，从而为后续的废除汉字，全面音标化作准备。例如，"藝"这个词，本来并不与发音相关，但简化后成为"艺"，就与发音相关了。⑥ 这与日本的情况非常不一样。与支持中国拉丁化运动的态度不同，在仓石看来，日本要尽量保存汉字，究其原因是

---

① 倉石武四郎：『漢字の運命』，岩波書店，1979 年，第 118—119 頁。
② 倪海曙编：《拉丁化新文字运动的始末和编年纪事》，知识出版社 1987 年版，第 22—23 页。
③ 岡田晃：『パンドン会における周総理』，周恩来記念出版刊行委員会編：『日本人心目中の周恩来』，里文出版，1991 年，第 56 頁。
④ 中日两国共通简化字的呼声在 20 世纪六七十年代一直都断断续续地存在。日本政治家三木武夫当选首相前也提出过统一中日简化字的问题。1978 年曾有两国成立简化字商讨委员会的消息。直到进入 21 世纪后仍有一些民间的呼声。参见潘钧：《日本汉字的确立及其历史演变》，商务印书馆 2013 年版，第 304 页。
⑤ 倉石武四郎：『漢字からローマ字へ』，弘文堂，1958 年，第 121 頁。
⑥ 倉石武四郎：『漢字からローマ字へ』，第 127 頁。

日本已经有了假名这样一种表音的方式，而且标准语的历史也较长远，因而不急于用罗马字来表音。① 这种基于中日共通简化字方案的文化外交路线最终没有成型。当然，日本认为应该暂时保存汉字的主张背后还有对二战之后美国在占领日本时期大肆推广罗马字、企图全面废除日语有关。此外，正如安藤彦太郎所说的那样，自 20 世纪 40 年代起就在破除原有儒学系统、既有观念和价值的仓石自然不可能在 50 年代再次接受"以前儒学的旧世界中的一体感以及当时大肆宣传的'同文同种'的观念"。② 与二战之后参加亚非作家会议的日本作家堀田善卫一样，仓石在中文教学领域将中国彻底作为一个外国来对待。

第五节 汉字与二战之后的中日关系

正如我们现在所知道的那样，中华人民共和国成立后的拉丁化运动并没有成功，仓石在日本所推广的拉丁化汉语教学也称得上是相当激进。作为反思仓石语言改革的一个有趣案例便是 1956 年由少年儿童出版社出版的冰心的《陶奇的暑期日记》一书。冰心 1955 年 8 月访问日本时曾将小说原稿带到日本，请求仓石将此作品翻译成日语。小说在国内出版后，冰心又写信给仓石，再次邀请仓石将小说翻译成日语。③ 可见，冰心对这本书的在日翻译与出版十分期待与重视。

这篇有意思的小说可以说富含了只有冰心和仓石两人才能分享的众多"密码"。小说是日记体，是一个不会写作文的小学生陶奇的日记。陶奇的语文老师张老师让陶奇用写日记的方式记录身边熟悉的事情，利用暑假，每天写一千字左右的日记，以此来锻炼自己的写作能力。小说便是陶奇自 1953 年 7 月 14 日暑假开始至 8 月 31 日暑假结束期间写的日记。

日记里提到陶奇的作家爸爸到鞍山体验生活去了，姐姐的同学王瑞芳的父亲

---

① 倉石武四郎：『漢字の運命』，岩波書店，1979 年，第 170—174 頁。
② 安藤彦太郎：《中国语与近代日本》，卞立强译，北京大学出版社 1991 年版，第 102 页。
③ 冰心：『タオ・チーの夏休み日記』，倉石武四郎訳，岩波書店，1957 年，第 245 頁。

是天津的大资本家，去年接受了"五反"教育，以及新上映的电影《龙须沟》。7月18日的日记里则写着"在七月二号，从日本来的第一只换侨的轮船——兴安丸上，有妈妈的表妹陈姨带着她的女儿，和五百多华侨一起到了天津"。① 经过中国红十字会代表团与日本民间友好团体的努力，从1953年3月开始，大批日侨开始归国。运载华侨的正是"兴安丸""高砂丸""白山丸"。其中以"兴安丸"客轮为最大，以至于后来人民一提到"兴安丸"便联想到日侨归国的情形。②1946年11月13日，冰心作为国民政府驻日代表团（Allied Council for Japan）第二组政治组主任吴文藻的家属从上海飞抵东京。直到1951年8月"怀着对新中国满腔热忱"从日本通过香港偷偷返回大陆为止，冰心夫妇在日本生活了近5年。③ 但是，1951年8月从日本偷偷回国的冰心夫妇并没有马上出来工作。冰心第一次公开出来参加工作是1953年9月参加中国文学艺术工作者第二次代表大会，此时大部分日侨都已经顺利回国。大会期间，香港《大公报》以北京专讯的方式，首发了署名耕野的报道《女作家冰心回到了北京》，向中国台湾、日本与美国的公众宣告冰心的最终选择。④ 不过，此时的冰心已经回国并秘密工作了两年。冰心这部从1953年7月开始写起的小说，所写的时间正好与其公开出来工作的时间段相重合。

陶奇小朋友的日记里还以陈姨叙述的形式记叙了日本人民生活的艰辛，"失业的人多着呢，享受的就是美国的军官们，战争胜利以后，美帝国主义就把日本'军事占领'了，到处占用房子，占用田地做军事基地，满街上横冲直撞"；这些谈话在小主人公陶奇的心中滋生了"我长大了，一定要打倒美帝国主义"的想法。⑤ 陈姨教导陶奇，"一般日本老百姓也是反对战争的。我们房东太太的儿子，是个小学教员。也是因为反对战争，被宪兵队抓了去就没有下落了"。⑥ 陈姨的这些叙述恰逢朝鲜战争期间。日记里也引用了抗美援朝志愿军周少元叔叔寄给陶奇姐姐陶真的信。8月11日的日记则记叙了姐姐到车站去接彭德怀司令员的事情。1953年7月，

---

① 冰心：《陶奇的暑假日记》，卓如编：《冰心全集》第四卷，海峡文艺出版社1994年版，第253页。
② 孙平化：《中日友好随想录》，《世界知识》1985年第14期。
③ 吴文藻：《吴文藻教授自传》，《晋阳学刊》1982年第6期。
④ 王炳根：《玫瑰的盛开与凋谢：冰心吴文藻合传》，福建教育出版社2017年版，第720页。
⑤ 冰心：《陶奇的暑假日记》，卓如编：《冰心全集》第四卷，第263页。
⑥ 冰心：《陶奇的暑假日记》，卓如编：《冰心全集》第四卷，第272页。

朝鲜战争结束，彭德怀代表中国人民志愿军与朝鲜人民军及同盟国军队在板门店签订停战协议。8月11日，林伯渠、郭沫若等在北京车站欢迎从朝鲜胜利归国的彭德怀。同年9、10月间才复出工作的冰心虽然无法亲自到火车站欢迎从朝鲜胜利归国的彭德怀，但她在小说中还是借陶真表达了自己的强烈愿望。这部小说可以说是冰心再出发的宣言，记述了冰心蛰伏期间的很多事情以及她的所思所想。

冰心借用《陶奇的暑期日记》重新勾画了1953年的历史，而这一段历史也与日本及美国有重大的关系。第二次世界大战结束日本无条件投降后，由美国为首的同盟国军队自1945年9月2日起正式开始了对日本的军事占领。占领期一直到1952年4月28日《旧金山和约》生效后才结束。1953年可以说是《旧金山和约》签订后"日本独立"的最初时期。在这样的关键时期，冰心用自己的小说叙述为中日、日美的历史定下了基调。也许从这个意义上来说，冰心很希望与她有深交的仓石能够将这部小说翻译成日语，介绍给日本读者。

二战之后冰心是以"儿童作家"的身份再出发的，《陶奇的暑期日记》也是由上海少年儿童出版社出版的。虽说如上面所列举的那样，小说中所记叙的内容并非"无关政治"，对于尚未加入少先队的小学生而言，并非那么容易理解。但是，小说也有反映学校生活、鼓励小学生写作的一面。张老师对陶奇的写作指点便是："你看见了什么人，玩了什么地方，看了什么书，做了什么事，听了什么故事，详细地、生动地把它叙述描写下来。就是这一天什么可记的事都没有，你还可以抄下你所看过的书里面的，你最喜欢的一段，或是什么人说的一段话，什么人来信里写的一段话。"① 小说用陶奇日记的形式写成。这些都很符合冰心自五四以来对于写作的看法，也很符合仓石武四郎一贯的"平民教育"民主主张。

不过对于仓石而言，翻译《陶奇的暑期日记》的困难并不完全像他在后记中所写的那样，即"文中有一些对日本少男少女来说难以理解不太合适的部分，因而作了一些删除"。② 仓石确实在翻译中删除了很多直接与朝鲜战争以及批评美帝国主义相关的内容，目的大约是为了在日本躲避审查，得以顺利出版。翻译《陶奇的暑期日记》对仓石而言另一大挑战还在于他要重新面对和考虑汉

---

① 冰心：《陶奇的暑期日记》，卓如编：《冰心全集》第四卷，海峡文艺出版社1994年版，第248页。
② 冰心：『タオ・チーの夏休み日記』，倉石武四郎訳，岩波書店，1957年，第245页。

字问题。尽管仓石一如既往地尽可能地用假名来翻译并减少汉字的使用。但是仓石在翻译书名时就遭遇了挫折。小说主人公陶奇的名字恰恰是中文里淘气的谐音，也是主人公的性格特点。而陶奇的姐姐原名陶珍，小说中写道，"后来她爷爷嫌'珍'呀'宝'的太俗气，就改成了真假的'真'了"。① 若真的像仓石所提倡的那样采用罗马字的话，那么"珍"和"真"，无非都只是"zhen"了。事实上，仓石确实是这样做的。他在翻译小说主人公名字时，固执地将主人公的名字，也即小说的题目用片假名"タオ・チー"来翻译陶奇的拼音"taoqi"，而不采用汉字，仅仅传达了名字的发音。不过这样一来小说值得玩味的魅力就大大减弱了。

冰心在小说中不厌其烦地传达着汉字的魅力：陶奇是一个看书的时候许多字都不认得，"有的时候连人名和故事都记不清"的孩子，可他依然读完了《吕梁英雄传》和《卓娅和舒拉的故事》等许多书。我们都知道，这很大程度上是源于汉字特有的偏旁功能，有时在不明白意思和读音的情况下，也能根据字的偏旁或部首，猜出发音或意思。陶奇的老师也要求陶奇帮助新加坡华侨同学温习功课，帮助她"分辨字义和字形"② 又例如陶奇的爷爷告诉陶奇所谓聪明的孩子"'聪'是耳朵听得真，'明'是眼睛看得清楚"。③ 这些自然是无法用拉丁语所体现的中国文字与文化的魅力。虽然，在日后的 20 世纪 60 年代，冰心并未在写作中讳言使用注音字母的好处，但冰心也在实际的文化外交工作中体会到"只消有一管笔，一张纸"就能写出几个我们共同喜爱欣赏的文学并和日本朋友"相视而笑，莫逆于心"的痛快。④ 对于受过良好教育、在五四后成长起来的冰心而言，汉字并非那么容易抛弃。对于并不反对大众化、平民化，且能坚持民主立场的她来说，对罗马字与拉丁化始终带有一种矛盾心情。在这一背景下来理解冰心的《陶奇的暑期日记》及仓石武四郎的翻译，我们不难看出他们两者在拉丁化问题上的分歧。

作为五四文化运动后成长起来的作家，冰心的文学作品以其独有的文体和写作

---

① 冰心：《陶奇的暑期日记》，卓如编：《冰心全集》第四卷，海峡文艺出版社 1994 年版，第 271 页。
② 冰心：《陶奇的暑期日记》，卓如编：《冰心全集》第四卷，第 257 页。
③ 冰心：《陶奇的暑期日记》，卓如编：《冰心全集》第四卷，第 261 页。
④ 冰心：《共同的文字和语言》，卓如编：《冰心全集》第五卷，海峡文艺出版社 1994 年版，第 636 页。

风格、特有的题材很好地表述了她对民主、自由以及庶民平等的五四精神的追求。正是冰心文体所独有的魅力和其所携带的五四精神深深吸引了对日本汉学传统不满的仓石武四郎。在日本汉学传统中将目光转向中国现代文学和现代中国的仓石在20世纪40年代即将回到东京帝国大学任教时就翻译了冰心的《寄小读者》，并在随后的四五十年代陆续翻译出更多的冰心作品。就在仓石不断接近现代中国，并同时为自己所处的日本汉学传统而深深苦恼的时候，他发现了20世纪30年代中国在大众化文艺运动中提出的拉丁化运动，并将其运用到日后的汉语教学中。仓石二战之后在日本所进行的用拉丁语来教授中文的实践虽有着良好的愿望，但由于过于前卫而最终无法贯彻下去是必然的。但是不可否认，从20世纪40年代开始，仓石对冰心作品的翻译体现了他对日本汉学传统改革的期望，以及他对现代中国的认识。他在中文教学方面的激进行为要放在其一系列的具体工作和背景下考察：仓石所创办的中国语讲习会最初是为了祖国解放后，那些被日本剥夺了母语学习机会而急于想学习中文的华侨所创办的；而其日后由中国语讲习会发展而来的日中学院的公开口号是"为了日中友好而架桥"；1956年梅兰芳访日时，中国语讲习会的全体学员都参加了欢迎会；1958年，中国语讲习会的姐妹校创办了"白梅中国语教室"，教授日本广大普通的家庭妇女中文。仓石对冰心文学的翻译与中文拉丁化教学实践包含着其在二战之后对世界冷战格局中中日两国历史的思考，激进的背后是对民主、文艺大众化运动以及现代中国的热忱。

第十二章

不曾中断的事业：二战之后日本思想文化脉络中的丁玲

第一节
《人间》杂志与丁玲的译介

二战之后，也就是1945年8月15日日本宣布投降、中国抗日战争和世界反法西斯战争胜利结束以后，而"战后时期"截至什么时候目前似乎尚无定说，本章则拟止于20世纪50年代中期，因为在那以后，中国国内的"丁玲批判"公开化后在日本引起的反应，应该另有文章讨论。

从丁玲这方面看，她在这段时间似乎与日本的文化界很少有什么交集。丁玲是在延安迎来抗战胜利的，1945年9月她组织了一个文艺通讯团，10月出发，一路跋山涉水，年底到达张家口。他们的目标本来是去接收沦为"满洲国"的东北，因国共内战爆发，交通中断，便留在了晋察冀边区。① 据丁玲后来追记，其时，她行走于山里乡间，目睹日本侵略者"三光"式"扫荡"造成的一座座废墟，曾为中国人

---

① 王增如、李向东编著：《丁玲年谱长编》上卷1945—1946年部分，天津人民出版社2006年版。

民所经受的苦难和表现出的坚韧精神流下泪水，也为中国人民在战后宽恕侵略者的"伟大的精神"感动得"心痛"①。但日益紧迫的内战情势使丁玲几乎居无定所，正在展开的土改运动更吸引了她的关注，自1946年7月至1948年4月，丁玲辗转河北数处农村参加土改，并把主要精力投入长篇小说《太阳照在桑干河上》的写作，自然没有余暇和条件关心战后的日本。中华人民共和国成立后，丁玲成为文艺界领导之一，多次接待国外文化界人士，其中也有来自日本的朋友，包括她作品的译者，但只是礼节性的会见，且"由于语言不通""没有能够作深入细致的谈话"，这些译者所写的评介文字，到了1984年，才有一部分被译成中文，被作者丁玲读到，引起了她很多"难言的感慨"。②

但在二战之后的日本，丁玲确实是最受关注的中国作家之一。据丸山升介绍："在1950年代的日本，丁玲是中国文学家中知名度仅次于鲁迅的作家。"③不过，重提这段陈年往事，主要不是想为中日文化交流史提供一段佳话，或为描绘中国文学在世界的影响补充一个实例，而是想要进一步探究：丁玲为什么会在当时引起日本读者的关心？她和她的作品是被放置在怎样的思想文化脉络上解读的？如果把二战之后日本有关丁玲的解读和讨论作为可以参照的"他山之石"，重新审视我们似乎已经很熟悉了的中国现代文学的自家风景，应该会另有发现。

早在20世纪80年代初，小林二男在专门为中国读者撰写的《丁玲在日本》一文里，就曾提到二战之后译载丁玲小说《我在霞村的时候》的《人间》杂志，④后来，丸山升也不止一次提及《人间》和《霞村》，认为"这是战后日本翻译中国抗战时期文学作品最早的一篇"之一。⑤了解《人间》是怎样一本刊物，无疑会更好地理解《霞村》被译介的来龙去脉。

---

① 丁玲：《〈一二九师与晋冀鲁豫边区〉自序》，张炯主编：《丁玲全集》第9卷，河北人民出版社2001年版，第55—59页。
② 丁玲：《与日本朋友叙旧》，张炯主编：《丁玲全集》第8卷，河北人民出版社2001年版。
③ 丸山昇：『文化大革命に至る道』，岩波書店，2001年，第174頁。
④ 孙瑞珍、王中忱编：《丁玲研究在国外》，湖南人民出版社1985年版。
⑤ 丸山昇：『文化大革命に至る道』，第46頁；另见丸山升：《战后五十年》，王俊文译，《鲁迅·革命·历史——丸山升现代中国文学论集》，北京大学出版社2005年版。

第十二章
不曾中断的事业：二战之后日本思想文化脉络中的丁玲

《人间》是一份综合性文艺月刊，创办于1946年1月，停刊于1951年8月，历时5年8个月，总计出版68期。但如果想要了解这本杂志的特点，还应该了解这本杂志的出版机构："株式会社　镰仓文库"——恰当的中文译法也许应该是"镰仓文库出版社"。据日本作家川端康成说，作为出版社的镰仓文库，其实起源于一个同样名字的租书铺。①

这个租书铺于1945年5月1日开店，创办人有久米正雄、川端康成、小林秀雄、高见顺等，不必说，他们都是文坛声名显赫的人物，但在日本临近战败、国内经济日益困顿、言论控制日益严厉的时期，他们也都陷入几乎无收入状态，为了解决生计，川端等人想出把自己和朋友们的藏书汇在一起开店出租的办法，租书铺的名字，就是他们的居住地：位于东京与横滨之间的镰仓。由于作家们的藏书丰富，品位亦高，且勤谨敬业，川端等人都亲自搬书记账，连他们的夫人们也到店当班，一时成为新闻话题，故经营业绩颇佳。第一个月分红，久米正雄竟得到911.44日元，川端康成在合伙人中所获最少，也有129.46日元，比照当时中级职员百元左右的月工资，收入真是可观。开店3个月后，日本战败投降，进入同盟国军主导下的战后社会、文化重建时期，因为有一家纸张公司加盟助力，川端等人的租书铺也乘此机遇发展成了出版社。②

由于有上述历史渊源，镰仓文库出版社成立时，便由久米正雄出任社长，川端康成等人则成为董事，但该社筹划第一本出版物《人间》杂志时，川端却请来了与租书铺无关的木村德三做主编。据木村回忆，他应川端电报之召来到东京后，曾问过要办什么样的杂志，川端回答："那是你来决定的事。"并补充说："只是杂志的名字已经决定了。"③而木村之所以获得如此信任，则无疑源自他任改造社编辑时与川端等人的交谊，同时也与川端等的生活状态有关，也就是说，战争结束后，这些作家已经有条件专心写作，而不必像开租书铺时期那样为生计而另谋出路了。

---

① 川端康成：『貸本屋』，『川端康成全集』第27卷，新潮社，1982年，第383—386頁。
② 鹿児島達雄：『貸本屋鎌倉文庫始末記』，金子晋：『鎌倉文士・鎌倉組・鎌倉仲間』，引自复刻本『人間』附冊『鎌倉文庫と文芸雑誌「人間」』，大空社，1992年。
③ 高橋英夫：『「人間」解説』，收复刻本『人間』附冊『鎌倉文庫と文芸雑誌「人間」』，大空社，1992年。

聚集在镰仓文库周围的作家，在二战之前大都属于非左翼系统，与1945年底组织起来的新日本文学会不同，后者多为二战之前的普罗文学家，其中的代表人物宫本百合子、中野重治等还是二战后重建的日本共产党的骨干，以至于当时曾有这样的说法：如果描绘一下战后初期日本文坛的势力分布图，则是左有新日本文学会，右有镰仓文库。① 但颇有意思的是，这所谓左右两极在当时并未发生理论冲突，倒是战前也参与过左翼文化运动、战后围绕《近代文学》杂志集结起来的另一个群体，曾就"政治与文学""文学者的战争责任"等问题，与新日本文学会展开了激烈论战，成为战后日本文学史上的事件。② 镰仓文库的《人间》杂志没有标举自己的理念，川端等人更专注于小说写作，把理论、理念一类的"大说"都委托给了职业主编木村德三，而从《人间》刊发的理论文字看，其实很多都是呼应所谓左翼一方的，有的执笔者就来自左翼群体。由此可见，考察二战之后的日本文坛，如果只以左右划分，是会简化其复杂性的。

如果概括《人间》的理念和倾向，首先值得注目的是创刊号刊出的托马斯·曼的《关于民主主义的胜利》，众所周知，在德国法西斯兴起的时候，托马斯·曼曾公开给予批判，因此受到迫害，最后流亡国外，这篇文章，就是曼流亡美国期间发表的讲演。同期《人间》还刊有西谷启治的《国民文化与人道主义》、福原麟太郎的《自由主义》，从这些文章标题里的关键词可以看出其主题——"民主""自由""人道"，这些都是战争时期不能讨论的。而托马斯·曼的出现还反映了《人间》在译介海外进步作家方面的努力，该刊介绍的外国作家有很多，其中以专文评介并刊出译作的则有法国作家纪德、马尔罗，中国作家丁玲等。

1946年6月发行的《人间》第1卷第6期刊载了武田泰淳的《中国的作家们》一文，比较详细地介绍了茅盾、郭沫若、老舍、巴金、林语堂、郁达夫、萧红、苏青、张爱玲等人在抗战时期和战后的情况，而文章开篇提到的便是丁玲，并用了将近全文三分之一的篇幅，评述丁玲从都市左翼作家到奔赴陕北农村投身抗战的经历，认为战火的锤炼使丁玲有所进步，并说：

---

① 本多秋五：『物语战后文学史』上册，岩波书店，1992年，第85页。
② 松原新一等：《战后日本文学史·年表》，罗传开等译，上海译文出版社1983年版，第31—46页。

第十二章
不曾中断的事业：二战之后日本思想文化脉络中的丁玲

这并不限于丁玲一人，八年艰辛的战争，使中国作家们都在向前进步。家被烧毁，背井离乡，失去亲人，在东奔西走之间，被锤炼成锐利的刀锋。

而所谓进步，并不是什么粗暴的行为，也不是政治的激烈，而是能够深刻理解人的思考力。

作为具体例证，武田以丁玲的小说《我在霞村的时候》为例：

登场人物，每人都背负着现代的问题。在没有文化知识的农村男女之间，发现了重大问题，打动了读者的心。

在此有必要对武田泰淳略作介绍，他曾以《蝮蛇的后裔》《审判》等作品成为日本"战后派"文学代表作家之一，同时也是一位中国文学研究学者，1934年，他曾与大学同学竹内好等一起组织成立中国文学研究会，出版《中国文学月报》。日本侵华战争时期，武田被征入伍，1937年10月作为辎重兵被派往中国战场，至1939年10月退役。回国后，他写作了长篇评论《司马迁》，1943年4月由日本评论社出版，与翌年同一出版社刊行的竹内好的《鲁迅》一起被视为提示了新的研究范式的著作。1944年武田再度到中国，于设在上海的东方编译馆任职，直至日本战败，1946年4月作为遗留日本人被遣返回国。作为中国文学研究家，武田在中国期间特别关注同时代中国作家的情况，在前引《中国的作家们》一文结尾处写道，回国的前一天晚上，他曾把臧克家的诗句写在居所的墙壁上。回国以后，武田自然成为日本了解当代中国文学的重要信息源，他对丁玲的评价，肯定是《人间》杂志隆重推介丁玲的重要原因。

1947年1月发行的《人间》第2卷第1号译载了丁玲的《我在霞村的时候》，在目录中与马尔罗的小说《希望》列在同一个专栏，译者就是武田泰淳的中国文学研究会同人冈崎俊夫。同年4月，《人间》第2卷第4号卷首位置刊出4位外国作家的近照：海明威、萨特、肖洛霍夫、丁玲。同期还刊有一组"创作短评"，由川端康成等人执笔，评论对象多为日本知名作家，小田切秀雄则专门评论了《我在霞村的时候》。

在前引武田泰淳的文章里，曾提到小说主人公贞贞作为"被强奸后仍然活着的女性"的身份，并说，"这绝不是特殊的猎奇话题，是被占领区常见的事"，武田认为，丁玲揭示的主题是"作为女人必须直面""强奸"这一"卑污"的问题。小田切秀雄的短评有意识地接续了武田的话题，着眼点却与武田有所不同，他说：被敌人强奸的女性应该如何生存下去，"这问题在日本内地几乎不曾发生，在中国却正是由日本人一手造成的，因此，这篇小说本身即是对日本人的一篇控诉书，这是我们无法回避的"。

小田切秀雄高中时代即参与左翼文学运动，二战之后他既是《近代文学》的同人，也是新日本文学会的成员，他强烈主张追究文学家在侵略战争中的责任，甚至发表文章公开指名批判小林秀雄等人在战争期间的表现，① 这篇短评把《霞村》解读为"控诉书"，显然是这一思路的延续。

当然，作为一位具有良好文学修养和感受的批评家，小田切秀雄没有把分析停止于"控诉"的一面，他明确说，小说作者"没有以控诉书的构想和语调进行书写，毋宁说，作者是要把落入如此悲惨境地的少女贞贞如何不屈于自己的命运、作为一个人倔强立起的行为，作为自己民族之底力坚实的新路向刻画出来"。小田切的短评明显表现出了对新的中国文学的热切期待，或许正因为如此，他在肯定"从中共地区的民众中成长起来的贞贞"是"一个新人的类型"的同时，也坦率指出，作者对贞贞周围"复杂的人间关系进行文学性思考的时候，谨慎地限制自己，仅仅连缀以自己的素朴感怀，使贞贞及其他登场人物的形象有欠精彩。这也是这篇企图从新中国的内部更为广阔而深入掘进的作品，读起来让人觉得有些着急的原因"。

第二节
20 世纪 50 年代的"困境"

丁玲和她的作品在二战之后的日本引起关注和反响，自然与翻译者的工作分不开，而说到丁玲作品的日文翻译，首先应该提到的无疑是冈崎俊夫。

冈崎在二战之后不久即译出《我在霞村的时候》，既因偶然机缘，也不完全出于偶然，据他说："战争结束后的第二年春，从上海遣返回国的友人带回的书籍里，

---

① 小田切秀雄：『追问在文学上的战争责任』，『新日本文学』1946 年 6 月号。

有丁玲的短篇小说集《我在霞村的时候》。丁玲是我曾经翻译过她的书并感觉亲近的作家，所以立刻便被吸引，很快读完。"①这里所说曾经翻译过的丁玲的书，指的是丁玲的第一部长篇小说《母亲》，冈崎的译本1938年由改造社出版，是日本"最初出版的丁玲作品单行本"，也是冈崎"最初的翻译"，直到1944年，他还在一篇文章中提及当年"一字一句吟味翻译着的时候"生发出来的"亲切和共感的心情"②。而自翻译《母亲》以后，冈崎对丁玲的关注一直在延续，"只要是丁玲的作品，总要读一读""在中国作家中，我对丁玲最感亲近，每当看到丁玲的名字，就像面对初恋的女性那样心情激动"③。

译者对原作者怀有亲近感，本来也是常见之事，但冈崎俊夫对原作者的情感则近乎是"丁玲迷"了。冈崎不仅翻译了收在《我在霞村的时候》里的4篇作品单行出版，还翻译了丁玲的论文集《跨到新的时代来》（日译本题名《文学与生活》）、长篇小说《太阳照在桑干河上》。

不过，对丁玲作品的评价，冈崎还是有自己的标准的，当他为单行本《霞村》写"译者后记"时，曾说："后来才知道，这本小说集写于延安文艺座谈会之前……《霞村》诸篇还大都是知识分子式的，是知识分子的丁玲从外部对人民的眺望。对照《桑干河上》来看，文章的表现迥如他人，极其曲折，含义过深，决不能说是'人民的'。"值得注意的是，在有了这样的判断之后，冈崎仍然坚持说："即使知道了这些情况，我还是不能降低对《霞村》、至少是其中的两三篇作品的评价。"他的理由是："因为这里不仅保持了在《陕北风光》中几乎丧失殆尽、到了《桑干河上》又恢复了的无所拘束的作家精神，还以迄今未见的力度在搏动，这即使现在看来不是'人民的'，却是文学的。是中国少见的文学。"

从这些表述，可以看出当时中国的"人民文学"理论对二战之后日本的巨大冲击和影响，而冈崎在"人民"和"无所拘束的作家精神""文学"之间表现出的困惑，则如丸山升所说，可能恰好触及了"人民文学"论的本质④，直到今天也值得深思。可以推测，冈崎之所以能作出这样的分析，应该与二战之后日本文学界展开

---

① 冈崎俊夫訳：『我在霞村的时候』，四季社，1951年，"后记"，第187—206页。
② 冈崎俊夫：《我们的〈中国文学〉》，《艺文》1944年第2卷第2期。
③ 冈崎俊夫訳：『我在霞村的时候』，"后记"。
④ 丸山昇：『文化大革命に至る道』，岩波书店，2001年，第49—50頁。

的"文学与政治"讨论不无关系,因为站在中国文学之外,且有日本文学作参照,使他得以敏锐洞察到"人民文学"论的内在矛盾。

就年龄而言,丸山升属于冈崎的后辈,他读到《人间》刊载的冈崎所译《我在霞村的时候》时,还是初中三年级的学生,他考入东京大学攻读中国文学之后,选择了丁玲作为毕业论文的课题,几十年后,丸山回忆当时的情形说:"丁玲作为知识阶级出身完成'自我改造'而成为'人民作家'的代表,吸引了日本的读者,她描写土地改革的长篇《太阳照在桑干河上》,不只是在对中国文学特别关心的那一层人中间,而是在以青年学生为主的从与日本关系的角度关心中国未来的人们中间被广泛阅读。"①丸山本人当时"正在关心自我改造是怎样的东西",所以"尝试研究一下丁玲如何由初期的小说连接到自我改造"②。

中国知识分子的"自我改造"问题,为何会在二战之后的日本激起如此大的回响?这首先与日本知识分子反省自己的战争责任有关。战争期间,为什么绝大多数文化人非但未能予以抵制反而参与其间?除了外在压力,有无内在原因?这是战后不能不追问的问题。而对于丸山升这一代战后成长起来的青年来说,面对国家强权,如何确立自我的主体,则更是一个迫切的现实问题。丸山在以丁玲为题构思毕业论文的时候,正值他因参加批判政府的"五一"游行而被捕入狱之后,他在写给大学研究室的信里介绍自己的狱中生活时说:"现在,我每天上午读丁玲,下午读《资本论》。"③可以想见,对于此时的丸山,丁玲肯定不仅仅是一个研究对象,还是鼓舞自己抗争强权的精神支撑之一。而这些,当然是当时的丁玲所不知道的。进入20世纪50年代的丁玲,也仍然在思考、探索"自我改造",但她主要面对的是新政权、新生活与作家自我的关系问题。中国与日本的知识分子在战后的交集与交错,肯定包含着很多复杂的思想命题,值得作更为深入的讨论。

就在丸山升苦苦思索丁玲和政治问题时,日本有一群女性学者也在尝试通过丁玲了解中国。她们是江上幸子、秋山洋子、前山加奈子和田畑佐和子,她们

---

① 丸山昇:『文化大革命に至る道』,岩波書店,2001年,第47頁。
② 丸山升:《战后五十年》,《鲁迅·革命·历史——丸山升现代中国文学论集》,王俊文译,北京大学出版社2005年版,第386页。
③ 丸山昇:『研究室への葉書』,『丸山昇遺文集』第1卷,汲古書院,2009年。

一同构成了日本二战之后丁玲研究的"四人组"。"四人组"是一个亲密融洽的自由学术组合,她们的年龄却颇有参差。田畑出生于1938年,在4人中最为年长,1960年毕业于东京外国语大学中国语学科,随后进入东京都立大学研究生院研究中国现代文学,而恰在此年5月,著名学者竹内好为抗议日本众议院强行通过新的日美安保法案辞去了都立大学文学部教授之职,田畑因此无缘在竹内好先生的门下受教。秋山和前山比田畑小四五岁,都是在20世纪60年代初期开始读大学,并且都选择了中国语言文学专业。秋山后来回顾说:"那时中日尚未建交,学习中文及中国文学的学生尚属少数,但与对中国不仅缺乏理解也不甚关心的普通日本民众不同,多数选修中文的学生都极为关注中国革命及中国的社会主义建设。而与他们同时代,因《太阳照在桑干河上》而获得斯大林文学奖的丁玲,在20世纪50年代学中国文学的学生眼里,是能够代表中国文学令人炫目的存在。"①

在秋山看似淡淡的叙述里,其实牵连着重要的历史事件。首先应该注意的是"中日尚未建交",而铸成这一事实的则是二战结束后形成的世界冷战格局。1951年9月签署的《日美安全保障条约》标志着日本作为一个国家明确站在了以美国为首的西方阵营,与社会主义中国处于对峙状态。其次,同样值得注意的是,即使在此种状况下,在日本国内也仍有"关注中国革命及中国的社会主义建设"的人们,田畑、秋山、前山等选择以中国文学为专业的学生即在其中。从一定意义上讲,可以说她们的选择意味着对国家权力主导的冷战意识形态的有意悖逆,这是促使她们关注丁玲这位作家的深层动因。

但自1957年在中国发生的"丁玲批判"使她们陷入困境,田畑因此受到的冲击最为激烈,因为她在大学时代恰好经历了丁玲作为"革命中国"的代表作家从耀眼位置上被打落下来的变动,田畑说,尽管她以丁玲为题写完了硕士论文,但此后她便长时期"断念了丁玲和中国文学的研究"。② 可见幻灭与创痛之深。秋山和前山读大学时,"丁玲批判"已经成为既定事实,也许没有像田畑那样感受到精神挫伤,但也没有像前辈学人竹内实、高畠穰、丸山升等人那样,直面"丁玲批判"这

---

① 秋山洋子:『1970年代の日米女性運動と丁玲』,『中國研究月報』1993年11月号。
② 田畑佐和子:《丁玲会见记》,孙瑞珍、王中忱编:《丁玲研究在国外》,湖南人民出版社1985年版,第406页。

一事件，冷静分析批判言论的暴力性，或以扎实的考证，追问由这些暴力性言论构造出来的"事实"（如所谓的"丁玲转向"问题）之真相，并进而思考中国革命的复杂与曲折；①从田畑和秋山的后来追述隐约可以感受到，作为年轻的女性学生，她们不仅仅是因为思考力尚不足以应对如此沉重且宏大的问题而选择了对"丁玲批判"事件保持缄默，或者感情用事地由此疏远了中国文学，实际上她们是以更为迂回的方式，探索着接近"中国文学"和理解"中国"的新途径。正因为如此，大约过了10多年之后，丁玲和她的文学才因为另外的契机重新进入她们的关注视野。

第三节 新女性主义者的契机与历史

秋山洋子在《20世纪70年代日美的女性运动与丁玲》中说道，这契机首先来自在美国等经济发达国家和地区兴起的"第二次妇女解放运动"，关于此次运动的特点，秋山文章亦作了简要说明。概而言之，该运动之早期发端可追溯到19世纪女性要求参政权、争取和男性平等社会地位的运动，二战以后则逐渐发展为全面批判男权主导的社会所造成的性别等级差异的思想潮流。但秋山等人之所以对来自美国的女性主义（Feminism）运动产生共鸣，则并非因为新鲜好奇，而是源自自身的生活处境。如秋山所描述的那样，作为知识女性不能学有所用，只能在家里做主妇，这使她深感苦恼，而在20世纪60年代所谓"经济高度增长"的日本，这其实是很多女性普遍遭遇的困境。秋山等人的女性主义意识是从自身的人生境况里生发出来的，所以她们的观察和论述也就总是带着浓厚的个人经验印记，并以此区别于那些漂浮在理论层面进行概念操作的女性主义论者。在这样的脉络里，丁玲及其作品重新进入她们的视野，亦可以说是她们青年时代"中国文学经验"的再度复苏。

秋山洋子说：1974年在同人杂志上和译文《三八节有感》同时发表的短文《关

---

① 有关这几位学者就"丁玲批判"所作的考察和分析，参见小林二男：《丁玲在日本》，孙瑞珍、王中忱编：《丁玲研究在国外》，湖南人民出版社1985年版，第363—385页。

于丁玲》,"是我在女性主义文学批评上的最初尝试"。田畑则认为:此文"具有重要的先驱意义",显示了秋山的"先见之明"。① 如果说日本的丁玲研究乃至中国现代文学研究存在一个向"女性主义"的转向,那么,秋山的《关于丁玲》则是一个令人瞩目的标志。与前辈学人相比,她们似乎都无意继续围绕着前辈学者所提起的政治与文学、革命与知识分子等传统命题进行讨论,而更希望以女性主义的视点探索解释丁玲及其作品的另外途径。

前山加奈子的论文《新生活的新荆棘——丁玲〈在医院中〉研究》明言"政治与文学挂钩""把文艺只是作为一个为政治组织的宣传工具来加以评价的时代已经成为过去时",强调"今后需要的是超越(这一)框架来寻求作者真髓的工作"。在该文中,前山全面梳理了丁玲《在医院中》发表以来直至20世纪80年代不同时期的各种评论之后,认为即使是对小说持肯定意见的评价,也过多聚焦于如何描写抗日根据地这一环境,而忽略了主人公陆萍作为丁玲作品中"一个崭新出世的女性"之特点,在前山看来,如果改换一个视点,"更单纯地从女性的社会地位来把握问题的时候,就会给读者予以一个新型而又积极的课题,就是陆萍的'解放度'"。也就是说,在前山看来,应该从女性解放的意义上考察陆萍的"解放度",才会认识到陆萍在丁玲小说女性形象谱系中的创新性。而值得注意的是,前山文章的结尾处还言及丁玲借助小说提出来的"组织者的现实和变革者所应有的素质"问题,认为丁玲所设定的理想状态是"革命组织集体内的人同时应有组织者以及变革者的素质",但在"现实中几乎只有前者",甚至忘记了后者,这是比物质和经济匮乏更严重的恶劣环境因素,而《在医院中》恰是在这一意义上描写根据地的"恶劣环境"的。应该注意,这段分析表明,前山的论文并未完全贯彻她自己预设的"更单纯地从女性的社会地位来把握问题"。

那么,前山是否同时也在寻求并不"单纯"限定在"女性"的复线视点?她没有对此予以清晰说明。而在《美琳与玛丽的女性主义》一文中,她的女性主义意识似乎反而变得更为鲜明强烈,她把关注点特别投注到丁玲小说《一九三〇年春上海》中的两个女性人物美琳和玛丽身上,前山注意到丁玲尤其是对后者的"自由享乐"行为和心理作了"细腻又热情"的描写,"既不冷淡,也不带攻击性",她读出了作者对这个人物的欣赏和理解,并由此提问:难道丁玲"只是为了让站在'革

---

① 田畑佐和子:『秋山洋子さんを悼む』,『中国女性史研究』2017年3月。

命'立场的望微（小说中的男主角——引者注）选择'革命还是恋爱'，才让她登场吗？"前山给出的回答是否定的，她认为玛丽在小说中是个性丰满且具有独立存在意义的形象，表现了接近"革命"周边的"摩登女郎"对自我生活道路的探索。参证丁玲小说文本，可以说前山的分析相当有说服力，她不仅从"摩登女郎"谱系对玛丽的形象提出了新解读，也矫正了长期被援引的"革命＋恋爱"分析模式的盲见。

女性主义的问题意识，使日本女性主义研究者们的观察视点集中于丁玲的女性身份和她作品中的女性人物，由此而关注到很多被先行研究所忽略的问题。田畑佐和子关注的重心多在于丁玲本人的人生际遇，她曾奋力完成丁玲晚年的两部回忆录《魍魉世界》《风雪人间》的日文翻译，[1]并将之称为"当代中国最重要的女性主义作品之一"。[2]田畑还把目光投向丁玲的母亲余曼贞，不畏烦难地解读《丁母回忆录》，在梳理丁母前半生求学、从教活动的基础上，分析了这位"实践的女性主义者"的思想和行为特征。[3]《丁母回忆录》，无论从认识丁玲的生长环境角度，还是从了解近代知识女性寻求自立和解放道路的侧面看，都是值得重视的文本，但在田畑以前似乎还没有人如此认真地探究过。

秋山洋子善于在多重线索中解读丁玲的文本，从中读出一般人所不易注意到的内涵。其《〈风雨中忆萧红〉我感》一文，通过考察两位女作家在现实生活中的一段交集，敏锐地注意到萧红对她们相识之事的"只字未提"和丁玲在回忆文章里的言而未尽，按照近年的学界风习，这本来是揣度人心幽微的绝好材料，"八卦"两位女作家隐私和纠葛的绝好话题，但秋山没有作如此世俗的推测，她说："随着反复阅读《风雨中忆萧红》后开始感到，如果萧红忍受不了与丁玲相处是事实，那原因并不在性格差异上，而是因为各自的苦恼都很深刻。"在此脉络上，秋山分析了

---

[1] 田畑佐和子：《女性主义文学与丁玲》，《中国现当代文学一颗耀眼的巨星——丁玲文学创作国际研讨会文集》，湖南文艺出版社1994年版，第321—322页。

[2] 田畑佐和子：《女性主义文学与丁玲》，《中国现当代文学一颗耀眼的巨星——丁玲文学创作国际研讨会文集》，第321页。

[3] 田畑佐和子：《读〈丁母回忆录〉》，中国丁玲研究会主编：《二十世纪中国革命与丁玲精神史——第十二次国际丁玲学术研讨会论文集》，清华大学出版社2017年版，第162—173页。

丁玲所怀抱的"苦恼",并从丁玲的"苦恼"文字里读出了对萧红以及对"在风雨封锁的时代,壮志未酬身先亡的伙伴们"的"爱和同伴意识"。①秋山对欧美的女性主义理论一向是很关注的,但她对丁玲的文本分析却不以某种理论为前提,而是以同为女性的感受,予以体贴理解,设身处地,饱含同情。秋山把《风雨中忆萧红》和鲁迅的名篇《纪念刘和珍君》相提并论,认为是"丁玲作品中最为优秀的一篇",她的《〈风雨中忆萧红〉我感》也完全可称为研究丁玲的论文中"最为优秀的一篇"。

在"四人组"中,江上幸子的年纪最轻。江上的丁玲研究更带有学院派色彩,更注意把丁玲及其作品放到原初的历史语境里考察。而因为这个"原初的历史语境"并非现成的存在而需要重新构建,所以,她以一个历史学家的态度,广泛查寻史料,从老旧报刊到原始档案,认真梳理,细心辨析,在此基础上努力复原丁玲所处的时代,这甚至使得她有些论文在"背景"与"文本"之间不能保持平衡,有时让人感觉是因过于偏重前者而忽略了后者。

但这在江上或许本就是有意为之,而她在有关丁玲的"背景"研究方面,确实有很多重要的突破。如她的《对现代的希求与抗拒——从丁玲小说〈梦珂〉中的人体模特事件谈起》,将虚构事件作为切入点,通过对现代中国"人体画"出现历史的爬梳,分析了从事西洋画的女性画家寻求自立的艰辛和"参与了现代男性精英们构筑这种新性别结构的过程"而陷入的尴尬,在此背景下,江上认为小说《梦珂》所设置的女主人公"单枪匹马带领人体模特出走"行为,"可以说也带有丁玲本人对中国初出的'现代美术'及其性别结构怀抱抗拒的象征意义",实为具有洞见的观察。②《从〈中国妇女〉看抗战时期中国共产党的妇女运动及其方针转变——丁玲〈三八节有感〉背景讨论》是江上的另一篇力作。江上以在延安出版的《中国妇女》(中共中央妇女委员会主办,1939.6—1941.3)为线索,经过仔细研读,认为以往的中共妇女运动史叙述过度贬低抗战初期至延安整风之前的妇女运动,过高评

---

① 秋山洋子:《〈风雨中忆萧红〉我感》,《丁玲与中国女性文学——第七次全国丁玲学术研讨会文集》,湖南文艺出版社1998年版,第321页。
② 江上幸子:《对现代的希求与抗拒——从丁玲小说〈梦珂〉中的人体模特事件谈起》,《中国现代文学研究丛刊》2008年总第122期。

价1943年《中共中央委员会关于各抗日根据地目前妇女工作方针的决定》亦即一般所称"四三"决定，需要进行重新审视和评估，并以《中国妇女》上的文章为依据，指出："整风前的妇女运动当然存有许多问题，但在着重抗战与边区建设的同时，亦进行多元化的活动以解放妇女，在此获得了相当的成果。"江上的这一研究可谓是对"整风史观"所遮蔽的历史面相的积极恢复，其意义远远超出文学研究，同时也为理解丁玲的写作提供了新的观察视点。此文副题标记为"丁玲《三八节有感》背景探讨"，江上以丰富史料呈现的历史场景不仅让我们了解到《三八节有感》在当年引起争议并非一个偶发事件，实与其发表时间正当中国共产党领导的妇女运动之"方针转变"时期有关，她指出《三八节有感》的风波其实余音很长，并不像通常所理解的那样在丁玲写出《田保霖》等文章得到赞扬后就画上了句号，甚至到了1949年"全国民主妇女联合会筹备委员会"编选《中国解放区妇女运动文献》时仍被收录在案。① 江上提起的这一史料，对于理解"延安整风"乃至抗战胜利以后丁玲的处境提供了值得注意的线索，但据我的有限见闻，迄今为止似乎还没有被其他丁玲研究者充分注意到。

　　江上的丁玲研究因为对"背景"的特别关注而体现出宏阔的历史视野，从一定意义上不妨说，江上是想借助丁玲这一窗口，或通过丁玲这一个案例，去观察现代中国的历史，特别是她所关心的"现代中国性别秩序"的形成史。这一观察视点使江上的丁玲研究呈现出明显的个性特色，收入本书的各篇论文在中国的学术研讨会或学术刊物上发表时，大都成为引起热议的话题，刺激了丁玲研究富有学术生产性的发展，不少研究者从这些论文中获得很多教益。在江上所描述的"现代中国性别秩序"的形成史上，丁玲处于"反抗"和"受压"的位置，江上从丁玲写作的文本及其个人的跌宕起伏经历，读出了对以男性为中心的"现代中国性别秩序"的质疑、畏惧和反抗。由于江上谈论的范围主要集中于丁玲的早期作品和延安时期作品，而对后者又着重通过文学文本分析作者亦即丁玲本人的思想和心路历程，所

---

① 《从〈中国妇女〉看抗战时期中国共产党的妇女运动及其方针转变——丁玲〈三八节有感〉背景讨论》，《丁玲与中国女性文学——第七次全国丁玲学术研讨会文集》，湖南文艺出版社1998年版；江上论文中的观点依据的是中华全国民主妇女联合会筹备委员会编的《中国解放区妇女运动文献》（新华书店1949年版）。

以,这也使其有关"性别秩序"的分析主要限定在知识女性。

在丁玲研究"四人组"里,唯有田畑和丁玲见过面,并且如前所述,是在她们受到欧美女性主义思潮的启发,决意参与一场新的女性解放运动,在丁玲生死未明之时,从丁玲的作品中获得了共鸣和激励,然后与历尽劫难之后突然复出的丁玲相遇的。田畑在《丁玲会见记》里毫不掩饰地描述了自己在见丁玲之前的激动、兴奋和期待,也坦率地写到会见后的深深失望,她说:"其实这次见面,我也想跟丁玲谈谈现在世界盛行的新的'女性解放运动',要告诉她这运动的思想和活动内容,以及我们怎样'再发现'或'再评价'她过去文章中表现的'女性主义'。可惜,这个愿望落空了。"①

田畑缘何感到失望呢?从《丁玲会见记》的描述看,首先是她感到丁玲对她兴致勃勃谈论的"美国女人的勇敢的解放运动"不感兴趣,并且意识到这不仅仅是语言沟通不畅所致,在另外一篇文章里,田畑则把这明确归因为丁玲的"封闭"。其次,田畑也颇困惑于丁玲对女性话题的有意排拒,不能理解她为何那样决然地说"我没有做过妇女工作,也没有搞过妇女运动"。②再次,田畑的失望似乎还源自她不能理解丁玲和北大荒劳动女性的关系以及丁玲热心投入的"家属工作"的意义,尽管她在听丁玲讲述"家属工作"时插话说"这不就是妇女解放的具体活动吗",但无论如何,这插话都让人感觉像是一种善意的敷衍。③在同篇《丁玲会见记》里田畑写道,她曾设想过以"丁玲的最新小说《杜晚香》作为话题来和丁玲讨论'女性问题'",尽管她"不以为我们'核家族(小家庭)'中的妇女问题和北大荒农场的妇女问题能画一个等号",但她仍然"相信全世界妇女问题有很大且根本的共同点"。④不过,通读《丁玲会见记》,却未见她们提起《杜晚香》这一话题,这是否因为作为现代都市知识女性的田畑,最终未能从《杜晚香》中找到感同身受的"共同点"?仅从《丁玲会见记》的文本无法得知其详,但在另外的文章里,田畑确

---

① 田畑佐和子:『女性主義文学と丁玲』,『中国女性史研究』1994 年第 5 期。
② 田畑佐和子:《丁玲会见记》,孙瑞珍、王中忱编:《丁玲研究在国外》,湖南人民出版社 1985 年版,第 419 页。
③ 田畑佐和子:《丁玲会见记》,孙瑞珍、王中忱编:《丁玲研究在国外》,第 424 页。
④ 田畑佐和子:《丁玲会见记》,孙瑞珍、王中忱编:《丁玲研究在国外》,第 419 页。

曾表示:"《杜晚香》因循原有的《人民文学》样式,显得陈旧。"①

　　引文里她对丁玲及其作品所作"封闭"和"陈旧"的判断,也可被理解为一种"解释的焦虑"。自认为是"新女性主义者"的田畑,与她所认定的"女性主义先驱者"丁玲,在跨越了漫长的历史时空之后相逢于一室,两人亲切地交谈,田畑努力想把丁玲纳入自己所设定的"女性主义"脉络,但被视为"先驱者"的丁玲却固执地不肯"就范",两人的话题和视线如交叉的小径,时而交汇时而错过。这情景实在令人感慨万分,在一定意义上可以说,其实是丁玲丰富的人生实践和文学写作实践,让田畑和她同人们的"新女性主义"论述遭遇到了挑战和考验。田畑的《丁玲会见记》发表之初,因其最早报道了丁玲复出的消息而引人注意,现在看来,也许是其中所描绘的两人的谈话情景更耐人寻味,尤其是其中那些交错而过的话题,如果继续探究,肯定还可引发很多值得讨论的内容。

　　丁玲研究的上述4位日本女学者,作为中国文学的研究家和翻译家,经常出现在有关现代中国文学和现代中国女性的研讨会上,与中国学者交流亲密无间,相互都不在意各自所属的民族国家的身份。对她们的研究不能仅仅从现代中国文学研究的单一脉络上理解,由于作者置身于当下的日本,她们的学术写作同时也是对日本社会、历史、思想和文化状况或隐或现的回应,这在有关战争与性暴力的论文中表现得最为直接和明显。

　　如同秋山洋子介绍的那样,她们之所以关注战争与性暴力主题,实为有感于在日本侵略战争的历史被有意无意遗忘的现实状况,而秋山提到的"女性国际战犯法庭"主要组织者松井耶依,是值得特别记住的人物。松井耶依曾任职于《朝日新闻》,作为一名有良知的新闻记者和女性社会活动家,她在20世纪70年代曾发起组织"亚洲女性之会",在80年代曾调查报道侵华战争及二战时期的日本军队强征"慰安妇"的暴行;2000年12月,松井耶依和多国女性NGO(非政府组织)一起,在东京设立"女性国际战犯法庭",以"模拟审判"的方式,追究战争时期性暴力犯罪者的责任。如果联想到二战结束之后日本始终存在的拒绝承认侵略战争罪行的势力和潮流,联想到自20世纪90年代以来以"新历史教科书编撰会"为代表的所谓"自由史观"派推动的美化侵略战争的教科书改写运动,联想到进入21世

---

① 田畑佐和子:《丁玲与佐多稻子》,《丁玲与中国女性文学——第七次全国丁玲学术研讨会文集》,湖南文艺出版社1998年版,第174页。

纪以来日本政府首脑更为顽固地屡屡参拜供奉甲级战犯的靖国神社，筹划修改战后日本宪法，尤其是修改其中宣示放弃战争的第九条，可以说，东京"女性国际战犯法庭"开设之时，粉饰和篡改侵略战争历史的势力已经相当庞大。而了解了这样的历史背景，则不难理解，为什么秋山会认为松井耶依等人的举动"具有划时代的意义"，同样也就不难理解，为什么秋山、江上等会那样关注丁玲文学中以女性在战争中遭受暴力侵害为主题的作品。①

沿着这一脉络，读秋山下面这段文字，自然会感受到沉重的分量："女性国际战犯法庭"组织的领导人松井耶依记者于2002年因肝癌突然撒手人寰，在7月召开的丁玲文学研讨会上，江上幸子作了题为"新的信念：围绕误译和删除"、秋山洋子作了题为"丁玲的道路及评价的变迁"的研究报告。②当20世纪90年代"慰安妇"现象作为国际性的人权问题重新提起时，江上幸子、秋山洋子等重新解读丁玲的《我在霞村的时候》等作品，从性暴力与战争的视点对加害与被害的结构作了更深入的分析，从一定意义上也可以说是对20世纪50年代小田切短评的积极回应和推进。

日本这4位丁玲研究女性学者都是松井耶依所推动的女性抗议运动的参与者和支持者，秋山所说2009年7月举办的丁玲文学研讨会，明显具有纪念和继承松井耶依事业的意义。不过，对丁玲研究与松井耶依的联系并不能狭隘理解，从秋山和江上对石田米子等人所作黄土高原上日军性暴力问题调查的推介和引用，可以看到"新女性主义者"之间更为广泛的连带和呼应。③

丁玲研究的新女性主义研究者们努力通过重读丁玲的作品，唤醒有关战争和女性受害的记忆，抗拒权势者们刻意制造的历史遗忘，从而也激活了长久潜存于丁玲文本之中未被察知的意涵。秋山的《再读〈我在霞村的时候〉》《日本文学中的

---

① 秋山洋子：《日本文学中的"贞贞"——重读田村泰次郎的〈肉体的恶魔〉》，《丁玲与中国当代文学——第十一次（国际）丁玲学术研讨会论文集》，厦门大学出版社2012年版，第194页。

② 秋山洋子：《日本文学中的"贞贞"——重读田村泰次郎的〈肉体的恶魔〉》，《丁玲与中国当代文学——第十一次（国际）丁玲学术研讨会论文集》，第194页。

③ 秋山洋子《日本文学中的"贞贞"——重读田村泰次郎的〈肉体的恶魔〉》以及江上幸子《"言说"战争中性受害的"耻辱"——从对丁玲〈新的信念〉之误译和删改说起》，均收入《丁玲与中国当代文学——第十一次（国际）丁玲学术研讨会论文集》，厦门大学出版社2012年版，第194—202，209—219页。

"贞贞"——重读田村泰次郎的〈肉体的恶魔〉》、江上的《"言说"战争中性受害的"耻辱"——从对丁玲〈新的信念〉之误译和删改说起》《日军妇女暴行和战时中国妇女杂志》,可谓其中的代表之作。这几篇论文,既以缜密的史料考察和精辟的文本解读见长,又毫不掩饰鲜明的现实政治针对性,这几种因素相互交织缠绕形成了论述特色。学者的严谨求真精神和"新女性主义"的政治关怀,也是她们研究和写作的根本动力,促使她们全身心地投入。

参考文献

（按姓氏发音的拼音或罗马字母顺序）

中文文献

著　作

阿兰·巴迪欧：《第二哲学宣言》，蓝江译，南京大学出版社 2014 年版。

安藤彦太郎：《中国语与近代日本》，卞立强译，北京大学出版社 1991 年版。

冰心：《冰心全集》，海峡文艺出版社 2012 年版。

冰心：《我自己走过的路》，人民文学出版社 2007 年版。

陈纪滢：《齐如老与梅兰芳》，黄山书社 2008 年版。

茨维坦·托多罗夫：《我们与他人：关于人类多样性的法兰西思考》，袁莉、汪玲译，北京大学出版社 2014 年版。

大江健三郎：《燃烧的绿树》，郑民钦译，河北教育出版社 2001 年版。

大卫·温·琼斯：《贝多芬画传》，秦立彦译，广西师范大学出版社 2003 年版。

戴隆斌：《国际共产主义运动历史文献》，第 45 卷，中央编译出版社 2013 年版。

《丁玲文学创作国际研讨会文集》编选小组编：《中国现当代文学一颗耀眼的巨星——丁玲文学创作国际研讨会文集》，湖南文艺出版社1994年版。

《丁玲与中国女性文学》编选小组编：《丁玲与中国女性文学——第七次全国丁玲学术研讨会文集》，湖南文艺出版社1998年版。

E.H.卡尔：《历史是什么》，陈恒译，商务印书馆2011年版。

方长安：《选择·接受·转化：晚清至20世纪30年代初中国文学流变与日本文学关系》，武汉大学出版社2003年版。

冯为群等编：《东北沦陷时期文学国际学术研讨会论文集》，沈阳出版社1992年版。

冈田英树：《伪满洲国文学》，靳丛林译，吉林大学出版社2001年版。

高须芳次郎：《日本近代文学史》，黎跃进等译，中央编译出版社2017年版。

郭沫若：《沫若自选集》，上海乐华图书公司1934年版。

郭英剑编：《赛珍珠评论集》，漓江出版社1999年版。

哈尔滨水利局：《哈尔滨水利志》，哈尔滨市水利局1994年版。

韩庆愈：《留日七十年》，学苑出版社2013年版。

横光利一：《感想与风景》，李振声译，广西师范大学出版社2005年版。

胡连成：《昭和史的证言——战时体制下的日本文学1931—1945》，吉林大学出版社2009年版。

胡昶、古泉：《满映——国策电影面面观》，中华书局1990年版。

黄水英选编：《冰心论集三》，海峡文艺出版社2004年版。

吉川幸次郎：《中国文学史》，陈顺智、徐少舟译，四川人民出版社1987年版。

加藤周一：《日本文学史序说》，叶渭渠、唐月梅译，外语教学与研究出版社2011年版。

江棘：《穿过"巨龙之眼"：跨文化对话中的戏曲艺术（1919—1937）》，中国人民大学出版社2016年版。

康保成：《中国戏剧史研究入门》，复旦大学出版社2009年版。

乐雯：《萧伯纳在上海》，野草书屋1933年印行。

李庆：《日本汉学史》，上海外语教育出版社2002年版。

李秀卿：《革命文艺的拓荒者楼适夷》，四川大学出版社2012年版。

李廷江、王中忱主编：《晚清中国社会变革与日本》，社会科学文献出版社

2014年版。

梁山丁：《绿色的谷》，春风文艺出版社1987年版。

列文森：《儒教中国及其现代命运》，郑大华、任菁译，中国社会科学出版社2000年版。

铃木贞美：《文学的概念》，王成译，中央编译出版社2011年版。

刘柏青：《鲁迅与日本文学》，吉林大学出版社1985年版。

刘建辉：《魔都上海：日本知识人的"近代"体验》，甘慧杰译，上海古籍出版社2003年版。

卢辅圣主编：《中国书画全书》，上海书画出版社1993年版。

鲁思·本尼迪克特：《菊与刀——日本文化诸模式》，吕万和等译，商务印书馆2015年版。

鲁迅：《鲁迅全集》，人民文学出版社1981年版。

吕才主编：《坚实的步履》，商务印书馆2011年版。

马良春、伊藤虎丸主编：《郭沫若致文求堂书简》，文物出版社1997年版。

茅盾：《茅盾全集》第24卷，人民文学出版社1996年版。

梅兰芳纪念馆编：《梅兰芳精神及传播国际学术研讨会论文汇编》，梅兰芳纪念馆2016年。

梅绍武：《我的父亲梅兰芳》，中华书局2006年版。

孟航：《中国民族学人类学社会学史（1900—1949）》，人民出版社2011年版。

倪海曙编：《拉丁化新文字运动的始末和编年纪事》，知识出版社1987年版。

潘钧：《日本汉字的确立及其历史演变》，商务印书馆2013年版。

青木正儿等：《品梅记》，李玲译，文化艺术出版社2015年版。

秋山光和：《日本绘画史》，常任侠、袁音译，人民美术出版社1978年版。

荻野修二、马若芬等著，中国赵树理研究会编：《赵树理研究文集（下卷）——外国学者论赵树理》，中国文联出版公司1998年版。

单援朝：《漂洋过海的日本文学：伪满殖民地文学文化研究》，社会科学文献出版社2016年版。

上海社会科学院文学研究所编：《三十年代在上海的"左联"作家》，上海社会科学院出版社1988年版。

石方等著：《哈尔滨俄侨史》，黑龙江人民出版社2003年版。

史桂芳：《中国的对日战略与中日关系研究（1949—　）》，中国社会科学出版社 2014 年版。

实藤惠秀：《中国人留学日本史》，谭汝谦、林启彦译，生活·读书·新知三联书店 1983 年版。

舒群著，中国现代文学馆编：《舒群代表作：没有祖国的孩子》，华夏出版社 2009 年版。

宋绍香：《中国新文学 20 世纪域外传播与研究》，学苑出版社 2012 年版。

松原新一等：《战后日本文学史·年表》，罗传开等译，上海译文出版社 1983 年版。

孙歌：《主体弥散的空间——亚洲论述之两难》，江西教育出版社 2002 年版。

孙瑞珍、王中忱编：《丁玲研究在国外》，湖南人民出版社 1985 年版。

孙中田、逄增玉、黄万华、刘爱华合著：《镣铐下的缪斯——东北沦陷区文学史纲》，吉林大学出版社 1999 年版。

特瑞·伊格尔顿：《文化的观念》，方杰译，南京大学出版社 2006 年版。

藤井省三主编：《日本鲁迅研究精选集》，林敏洁主译，中央编译出版社 2016 年版。

丸山升：《鲁迅·革命·历史——丸山升现代中国文学论集》，王俊文译，北京大学出版社 2005 年版。

丸山真男：《日本政治思想史研究》，王中江译，生活·读书·新知三联书店 2000 年版。

王炳根：《玫瑰的盛开与凋谢：冰心吴文藻合传》，福建教育出版社 2017 年版。

王承礼主编：《中国东北沦陷十四年史纲要》，中国大百科全书出版社 1991 年版。

王继权、童炜钢编：《郭沫若年谱》，江苏人民出版社 1983 年版。

王世家、止庵编：《鲁迅著译编年全集》，人民出版社 2009 年版。

王增如、李向东编著：《丁玲年谱长编》，天津人民出版社 2006 年版。

王振锁等：《日本政治民主化进程研究》，上海三联书店 2011 年版。

王晓平：《中日文学经典的传播与翻译》（上），中华书局 2014 年版。

王志松：《20 世纪日本马克思主义文艺理论研究》，北京大学出版社 2012 年版。

王中忱、林少阳主编：《重审现代主义——东亚视角或汉字圈的提问》，清华大学出版社2013年版。

王中忱：《现代文学路上的迷途羔羊》，作家出版社2020年版。

吴怀斌、曾广灿编：《老舍研究资料》（下），北京十月文艺出版社1985年版。

吴文藻：《论社会学中国化》，商务印书馆2017年版。

夏目漱石：《文学论》，王向远译，上海译文出版社2016年版。

线装书局：复刻版《明明》，线装书局2008年版。

萧军：《鲁迅给萧军萧红信简注释录》，金城出版社、西苑出版社2011年版。

小森阳一：《文学的形式与历史》，郭勇译，清华大学出版社2018年版。

谢立中主编：《从马林诺斯基到费孝通：另类的功能主义》，社会科学文献出版社2010年版。

徐渭：《徐渭集》，中华书局1983年版。

阎纯德主编：《汉学研究》第七集，中华书局2003年版。

颜海平：《中国现代女性作家与中国革命（1905—1948）》，季剑青译，北京大学出版社2011年版。

严绍璗、王晓平：《中国文学在日本》，花城出版社1990年版。

杨念群：《五四的另一面："社会"观念的形成与新型组织的诞生》，上海人民出版社2019年版。

杨四平：《跨文化的对话与想象：现代中国文学海外传播与接受》，东方出版中心2014年版。

杨杏红：《日本明治时期北京官话课本语法研究》，厦门大学出版社2014年版。

杨正光主编：《当代中日关系四十年（1949—1989）》，时事出版社1993年版。

伊藤虎丸：《鲁迅与终末论：近代现实主义的成立》，李冬木译，生活·读书·新知三联书店2008年版。

于安澜编：《画论丛刊》，人民美术出版社1989年版。

张杰：《鲁迅：域外的接近与接受》，福建教育出版社2001年版。

张炯主编：《丁玲全集》，河北人民出版社2001年版。

张小红编：《陶晶孙百岁诞辰纪念集》，百家出版社1998年版。

张哲俊：《吉川幸次郎研究》，中华书局2004年版。

赵苗：《日本明治时期刊行的中国文学史研究》，大象出版社2018年版。

中共中央文献编辑委员会编：《刘少奇选集》（上卷），人民出版社1981年版。

中国丁玲研究会主编：《二十世纪中国革命与丁玲精神史——第十二次国际丁玲学术研讨会论文集》，清华大学出版社2017年版。

中国丁玲研究会选编小组编：《丁玲与中国当代文学——第十一次（国际）丁玲学术研讨会论文集》，厦门大学出版社2012年版。

中华全国民主妇女联合会筹备委员会编：《中国解放区妇女运动文献》，新华书店1949年版。

中央档案馆、中国第二历史档案馆、吉林省社会科学院合编：《日本帝国主义侵华档案资料选编：九·一八事变》，中华书局1988年版。

卓如：《冰心年谱》，海峡文艺出版社1999年版。

期刊、报纸

蔡震：《"郭沫若与日本"在郭沫若研究中》，《新文学史料》2007年第4期。

仓重拓：《试论鲁迅对"转向"的看法——以日本友人访谈录中的相关记载为主》，《文学评论》2019年第2期。

《大江会宣言》，《大江季刊》第1卷第2期。

代田智明：《全球化·鲁迅·相互主体性》，李明军译，《内蒙古民族大学学报》（社会科学版）2008年第1期。

董炳月：《竹内好的"现代"话语——从子安宣邦〈何谓"现代的超克"〉讲起》，《文艺研究》2017年第8期。

冯裕智：《武田泰淳与郭沫若交往考——兼谈武田泰淳对郭沫若的翻译》，《新文学史料》2019年第2期。

高远东：《"现代"如何"拿来"——以中国文学现代性的确立途径为讨论中心》，《鲁迅研究月刊》2000年第7期。

宫本惠：《关于冰心讲演记录〈怎样欣赏中国文学〉》，《爱心》2017年第63期。

郭沫若：《关于日本人对于中国人的态度》，《宇宙风》1936年第25期。

韩琛：《从"竹内鲁迅"到"竹内赵树理"——"近代的超克"与作为方法的现代中国文学》，《鲁迅研究月刊》2012年第10期。

郝祥满：《中日文化交流与中日关系——以中日邦交正常化以前的中日文化交流为中心》，《日本问题研究》1998年第1期。

何爽：《伪满洲国时期的旧剧》，《戏曲艺术》2014年第1期。

黄福庆：《东亚同文会——日本在华文教活动研究之一》，《中国近代史研究通讯》1976年第5期。

黄谷柳：《我写〈虾球传〉的感想》，香港《大公报·文艺》第55期。

吉田登志子：《梅兰芳1919、1924年来日公演的报告（续）——纪念梅先生诞辰九十周年》，细井尚子译，《戏曲艺术》1987年第2期。

贾方舟：《中国画与日本画比较研究》，《朵云》1992年总第33期。

蒋启韶：《章克标谈鲁迅》，《鲁迅研究动态》1983年第8期。

江上幸子：《对现代的希求与抗拒——从丁玲小说〈梦珂〉中的人体模特事件谈起》，《中国现代文学研究丛刊》2008年总第122期。

金凤吉译：《梅馨远流樱花国——1924年日本〈演剧新潮〉（12月号）邀请著名戏剧家为梅兰芳举行座谈会（速记稿）》，《新文化史料》1996年第1期。

金钢：《现代东北文学中的俄罗斯人形象》，《求是学刊》2009年第4期。

李冬木：《"竹内鲁迅"三题》，《读书》2006年第4期。

李杨：《"赵树理方向"与〈讲话〉的历史辩证法》，《文学评论》2015年第4期。

林彬晖：《日本江户明治时期汉语教科书与中国古代小说关系述略》，《上海师范大学学报》2007年第36卷第5期。

林彬晖：《简论作为汉语学习材料的〈水浒传〉——以日本为例》，《水浒争鸣》第11辑。

林敏洁：《冰心任教日本事迹考》，《中国现代文学研究丛刊》2013年第4期。

铃木将久：《竹内好"国民文学论"与中国人民文学的问题》，《河南大学学报》（社会科学版）2006年第6期。

刘成才、范钦林：《日本学者赵树理研究的生命情怀与方法论意义》，《文学评论丛刊》2013年第1期。

刘春英：《大亚细亚主义与"大东亚战争"——以〈艺文〉第2卷第6号解说为中心》，《日本学论坛》2008年第4期。

柳书琴：《"满洲他者"语言网络中的新朝鲜人形象：以舒群〈没有祖国的孩子〉为中心》，《韩中言语文化研究》2009年第21辑。

刘婉明：《田中庆太郎与中国文学研究会》，《中国比较文学》2019年第4期。

刘正爱：《人类学他者与殖民主义——以日本人类学在"满洲"为例》，《世界民族》2010 年第 5 期。

裴亮：《轨迹与方法：竹内好的茅盾论》，《中国现代文学研究丛刊》2016 年第 11 期。

荻野修二：《日本关于冰心的介绍——清纯的力量》，孙浩译，《日本研究》1994 年第 4 期。

孙平化：《中日友好随想录》，《世界知识》1985 年第 14 期。

藤田梨那：《郭沫若与日本杂志的关连》，《郭沫若学刊》2011 年第 1 期。

田庆立：《战后中日两国无邦交时期的文化交流》，《社科纵横》2014 年第 9 期。

丸山升：《战后 50 年——中国现代文学研究回顾》，吴俊译，《文艺理论研究》1998 年第 3 期。

王奇生：《民国时期的日书汉译》，《近代史研究》2008 年第 6 期。

王中忱：《日本作家中野重治小辑》，《世界文学》2017 年第 1 期。

王中忱：《遍体鳞伤的经验与血肉丰满的思想——重读作为马克思主义作家的中野重治》，《世界文学》2017 年第 1 期。

王中忱：《中野重治创作初论》，《清华大学学报》（哲学社会科学版），2003 年第 18 卷第 1 期。

尾崎文昭、薛羽：《战后日本鲁迅研究——尾崎文昭教授访谈录》，《现代中文学刊》2011 年第 3 期。

吴承学、何诗海：《论〈四库全书总目〉的文体学思想》，《北京大学学报》2007 年第 4 期。

吴文藻：《一个初试的国民性研究之分类书目》，《大江季刊》1925 年第 1 卷第 2 期。

吴文藻：《民族与国家》，《留美学生季报》1926 年第 11 卷第 3 期。

吴文藻：《吴文藻教授自传》，《晋阳学刊》1982 年第 6 期。

吴兆鹏：《日本投降后的"中国驻日代表团"》，《钟山风雨》2005 年第 5 期。

谢力哲：《"表现香港""夺回读者大众"与"夺取黄色堡垒"——论〈虾球传〉之于旅港左翼文坛的意义》，《世界华文文学论坛》2018 年第 4 期。

解志熙：《补遗与复原：冰心四十年代佚文辑校录》，《鲁迅研究月刊》2009 年第 12 期。

解志熙：《人与文的成熟——冰心四十年代佚文校读札记》，《鲁迅研究月刊》

2010 年第 1 期。

熊文莉：《20 世纪日本中国研究的里程碑——日本中国文学研究会》，《山东社会科学》2014 年第 3 期。

许军娥：《论〈寄小读者〉的经典化历程》，《廊坊师范学院学报》（社会科学版）2009 年第 6 期。

杨慧：《真实的幻象——略论中国普罗小说中的白俄叙事》，《四川大学学报》（哲学社会科学版）2013 年第 4 期。

殷夫：《目前中国青年反帝运动的战术》，《摩登青年》1930 年第 1 卷第 2 期。

郁达夫：《公开状答日本山口君》，《洪水》1927 年第 3 卷第 3 期。

虞萍：《冰心的日本之旅与日本的冰心研究》，《中国现代文学研究丛刊》2009 年第 2 期。

张颂南：《章克标生平和他谈有关鲁迅的几件事》，《鲁迅研究动态》1984 年第 4 期。

张旭东：《杂文的"自觉"——鲁迅"过渡期"写作的现代性与语言政治》（上），《文艺理论与批评》2009 年第 1 期。

中岛健藏：《中国现代文学在日本》，李芒译，《世界文学》1959 年第 9 期。

中野重治：《即从今日开始》，王中忱译，《中野重治诗选》，《世界文学》2017 年第 1 期。

中野重治：《雨中的品川车站》，李芒译，《中野重治诗四首》，《日语学习与研究》1982 年第 4 期。

中野重治：《朝鲜姑娘们》，王中忱译，《中野重治诗选》，《世界文学》2017 年第 1 期。

朱幸纯：《日本文学者的鲁迅阅读空间——中野重治〈鲁迅〉编译后记》，《鲁迅研究月刊》2015 年第 7 期。

佐佐木干：《梅兰芳与日本画界的交流》，《中国京剧》2017 年第 12 期。

硕博论文

仓重拓：《论中国左翼文学中"转变"问题——以日本"转向"为参照》，清华大学博士论文，2019 年，未刊。

陈童君：《堀田善卫研究序说——从上海体验到〈祖国丧失〉》，日本学研究中心硕士论文，2010年。

杨光：《论伪满洲国朝、日外来民族与"国籍法"的难产》，延边大学硕士论文，2005年。

西文文献

Andrew Gordon, *A Modern History of Japan: From Tokugawa Times to the Present*, Oxford University Press, 2003.

Christopher Shannon, "A World Made Safe for Differences: Ruth Benedict's 'The Chrysanthemum and the Sword'", *American Quarterly*, Vol. 47, No. 4, December. 1995.

D. K. Fieldhouse, *The Colonial Empires: A Comparative Survey from the Eighteenth Century*, Macmillan, 1982.

Douglas R. Reynolds, "Chinese Area Studies in Prewar China: Japan's Tō-A Dōbun Shoin in Shanghai, 1900—1945," *Journal of Asian Studies*, Vol. 45, No. 5, November. 1986.

Eiji Takemae, *The Allied Occupation of Japan*, Continuum, 2002.

Ernest K. Moy, *Mei Lan-fang: What New York Thinks of Him*, New York, 1930.

Frank Dikötter ed., *The Construction of Racial Identities in China and Japan*, Hong Kong University Press, 2015.

Frederick Cooper, Ann Laura Stoler ed., *Tensions of Empire: Colonial Cultures in a Bourgeois World*, University of California Press, 1997.

George Kin Leung, Ernest K. Moy ed., *Special Plays and Scenes to Be Presented by Mei Lan-fang on His American Tour*, Peking, 1929.

Han Suk-Jung, "The Problem of Sovereignty: Manchukuo, 1932—1937," *Positions: East Asia Cultures Critique* Vol.12, No. 2, 2004.

Hyun Ok Park, *Two Dreams in One Bed: Empire, Social Life, and the Origins of the North Korean Revolution in Manchuria*, Durham, Duke University Press, 2005.

Itō Takeo, *Life Along the South Manchurian Railway: the Memoirs of Itō Takeo*, M. E.

Sharpe, 1988.

J. C. F, "Editorial Comments: Asiatic Art", *China Journal of Science and Art*, April. 4, 1926.

John J. Stephan, "Hijacked by Utopia: American Nikkei in Manchuria," *Amerasia Journal* 23, No. 3, January 1997.

Judith Schachter Modell, *Ruth Benedict: Patterns of a Life*, University of Pennsylvania Press, 1983.

Kenneth Ruoff. "Japanese Tourism to Mukden, Nanjing, and Qufu, 1938—1943", *Japan Review*, 2014(27).

Louise Young, *Japan's Total Empire: Manchuria and the Culture of Wartime Imperialism*, University of California Press, 1998.

Margaret Mead, Rhoda Métraux ed., *The Study of Culture at a Distance*, Berghahn Books, 2000.

Michael Baskett, *The Attractive Empire: Transnational Film Culture in Imperial Japan*, University of Hawaii Press, 2008.

Norman Smith, *Resisting Manchukuo: Chinese Women Writers and the Japanese Occupation*, University of British Columbia Press, 2008.

Okada Hideki, "The Realities of Racial Harmony: The Case of the Translator Ōuchi Takao," *Acta Asiatica* 72, March 1997.

Prasenjit Duara, "Nationalism, Imperialism, Federalism, and the Example of Manchukuo," *Common Knowledge*, Vol. 12, No. 1, 2006.

Prasenjit Duara, *Sovereignty and Authenticity: Manchukuo and the East Asian Modern*, Rowman & Littlefield, 2003.

Ramon H. Myers, Mark R. Peattie, *The Japanese Colonial Empire, 1895—1945*, Princeton University Press, 1984.

Ruth Price, *The Lives of Agnes Smedley*, Oxford University Press, 2005.

Terry Eagleton, Fredric Jameson, and Edward W. Said ed., *Nationalism, Colonialism, and Literature*, University of Minnesota Press, 1990.

Thomas Mann, *Ein Briefwechsel*, Oprecht, 1937.

William Green, John Fricker, *The Air Force of the World*, Macdonald, 1958.

William M. Leary ed., *MacArthur and the American Century: A Reader*, University of Nebraska Press, 2001.

W. MacMahon Ball, *Intermittent Diplomat: The Japan and Batavia Diaries of W. MacMahon Ball*, Melbourne University Press, 1988.

Yamamuro Shin'ichi, *Manchuria Under Japanese Domination*, trans. Joshua A. Fogel, University of Pennsylvania Press, 2006.

日文文献

著　作

安宇植、栗原幸夫編：『資料世界プロレタリア文学運動』，三一書房，1975年。

青木正児：『青木正児全集』，春秋社，1984年。

趙樹理：『李有才板語』，鹿地亘訳，日本出版協同，1952年。

趙樹理：『李家荘の変遷』，島田政雄、三好一共訳，ハト書房，1951年。

中国文学芸術研究会編訳：『毛沢東思想と創作方法：「延安文芸講話」発表十週年記念論文集』，ハト書房，1953年。

中国文学芸術研究会編訳：『新中国の創作理論』，未來社，1954年。

江上照彦：『満鉄王国：興亡の四十年』，サンケイ出版，1980年。

鹿地亘：『中国文化革命』，九州評論社，1947年。

鹿地亘：『魯迅評伝』，日本民主主義文化連盟，1948年。

鹿地亘：『中国の十年』，時事通信社，1948年。

柄谷行人：『近代日本の批評』昭和篇上，講談社，1997年。

加藤周一：『加藤周一著作集』第6巻，平凡社，1978年。

加藤周一：『20世紀の自画像』，筑摩書房，2005年。

加藤哲郎：『ワイマール期ベルリンの日本人：洋行知識人の反帝ネットワーク』，岩波書店，2008年。

川村湊：『異郷の昭和文学：「満洲」と近代日本』，岩波書店，1990年。

古城貞吉：『支那文学史』，富山房，1902年。

久保田芳太郎编：『昭和文学全集』，小学館，1989年。

藤森成吉：『支那の兄弟を助けろ』，『ロート・フロント』，学芸社，1933年。

藤森嶽夫：『たぎつ瀬：作家藤森成吉略伝』，中央公論事業出版，1986年。

藤井省三：『東京外語支那語部：交流と侵略のはざまで』，朝日選書，1992年。

藤井省三：『魯迅事典』，三省堂，2002年。

藤井省三：『新・魯迅のすすめ』，日本放送協会，2003年。

藤沢由藏：『黄土の声』，華北交通会員社，1942年。

福田新生：『北満のロシア人部落』，多摩書房，1942年。

富山房編：『富山房五十年』，富山房，1936年。

長谷川皓洋：『満洲開拓の沿革と概貌』，満洲移住協会，1942年。

堀田善衛：『堀田善衛全集』，筑摩書房，1974年。

堀田善衛：『めぐりあい人びと』，集英社，1993年。

堀田善衛：『上海にて』，筑摩書房ちくま文芸文庫，1995年。

本多秋五：『物語战后文学史』，岩波書店，1992年。

伊藤虎丸：『近代文学における中国と日本：共同研究・日中文学交流史』，汲古書院，1986年。

神谷衡平編：『支那長篇小説選鈔：註解』，文求堂書店，1926年。

鹿野政直：『岩波新書の歴史』，岩波書店，2006年。

狩野直喜：『支那文学史』，みすず書薦，1970年。

秦彦三郎：『隣邦ロシア』，斗南書院，1937年。

関東憲兵隊司令部：『満日系共産主義運動』，極東研究所出版会，1969年。

川端康成：『川端康成全集』，新潮社，1982年。

小林一三：『私の見たソビエット・ロシヤ』，東寶書店，1922年。

駒込武：『植民地帝国日本の文化統合』，岩波書店，1996年。

久保天随：『中国文学史』，人文社，1903年。

倉石武四郎：『支那語教育の理論と實際』，岩波書店，1941年。

倉石武四郎訳：『タオ・チーの夏休み日記』，岩波書店，1957年。

倉石武四郎：『中国語五十年』，岩波書店，1973年。

桑原武夫：『世界文学入門』，新評論社，1954年。

呂元明、鈴木貞美、刘建辉监修，复刻版『満洲浪曼』，ゆまに書房，2002年。

前田愛：『近代読者の成立』，筑摩書房，1989年。

前田河広一郎：『悪漢と風景』，改造社，1932年。

満洲国史編纂刊行会：『満洲国史』，満蒙同胞援護会，1970年。

丸山昇：『魯迅・文学・歴史』，汲古書院，2004年。

丸山昇：『文化大革命に至る道』，岩波書店，2001年。

増田渉：『魯迅の印象』，角川書店，1970年増补。

丸山真男：『丸山真男全集』，岩波書店，1996年。

松原一枝：『改造社和山本実彦』，南方新社，2000年。

松下裕：『評伝中野重治』，筑摩書房，1998年。

宮本百合子：『宮本百合子全集』，新日本出版社，1979年。

水島治男：『改造社の時代』（戦前編），図書出版社，1976年。

毛沢東：『一九四二年延安における毛沢東の文芸講話』，鹿地亘訳，ハト書房，1951年。

村田烏江：『支那劇と梅蘭芳』，玄文社，1919年。

中野重治：『中野重治全集』，筑摩書房，1997年。

中野重治：『ある側面』，筑摩書房，1997年。

中野重治：『中国の旅』，筑摩書房，1960年。

太田哲男：『若き高杉一郎：改造社の時代』，未来社，2008年。

岡田英樹：『文学にみる「満洲国」の位相』，研文出版，2000年。

岡村敬二：『日満文化協会の歴史：草創期を中心に』，岡村敬二自行发行，2006年。

大内隆雄：『蒲公英：満人作家小説集』，ゆまに書房，2000年。

大内隆雄：『原野：満人作家小説集』，ゆまに書房，2000年。

大内隆雄訳：『緑の谷』，吐風書房，1943年。

大内隆雄：『満洲文学二十年』，国民画報社，1943年。

尾崎秀樹：『近代文学の傷痕：旧植民地文学論』，岩波書店，1991年。

林淑美：『中野重治連続する転向』，八木書店，1993年。

林淑美：『批評の人間性：中野重治』，平凡社，2010年。

魯迅芸術学院文工団：『白毛女』，島田政雄等集団翻訳，未來社，1952年。

六角恒広：『中国語関係書書目』，不二出版，2001年。

三上参次、高津鍬三郎：『日本文学史』，金港堂，1890年。

笹沼俊暁：『「国文学」の思想—その繁栄と終焉』，学術出版会，2006年。

笹沼俊暁：『「国文学」の戦後空間—大東亜共栄圏から冷戦へ』，学術出版会，2012年。

佐藤春夫：『佐藤春夫全集』，臨川書店，2001年。

謝冰心：『をとめの旅より子どもの国のみなさまへ』，倉石武四郎訳，三省堂，1942年。

謝冰心：『中国文学をどう鑑賞するか』，倉石武四郎訳，大日本雄弁会講談社，1949年。

島田政雄：『嵐に立つ中国文化』，国際出版，1948年。

島田政雄：『中国の文工隊：その組織と経験』，大路社，1949年。

島田政雄：『中国新文学入門』，ハト書房，1952年。

島田政雄：『四十年目の証言』，窓の会，1990年。

新潮社：『新潮社四十年』，新潮社，1936年。

新潮社：『新潮世界文学小辞典』，新潮社，1965年。

新日本文学会編：『民主主義文学運動』，新日本文学会，1948年。

鹽谷温：『天馬行空』，日本加除出版株式会社，1956年。

杉野要吉編：『「昭和」文学史における「満洲」の問題』，早稲田大学教育学部杉野要吉研究室，1996年。

高島俊男：『水滸伝と日本人』，筑摩書房，2006年。

高杉一郎：『大地の娘』，岩波書店，1988年。

武田泰淳：『風媒花』，新潮社，1976年。

竹内栄美子：『批評精神のかたち：中野重治・武田泰淳』，イー・ディー・アイ，2005年。

竹内栄美子：『戦後日本、中野重治という良心』，平凡社，2009年。

竹内好：『竹内好全集』，筑摩書房，1980年。

谷崎潤一郎：『谷崎潤一郎全集』，中央公論新社，2015年。

浦西和彦：『プロレタリア文学資料集年表』，新日本出版社，1988年。

矢口進也：『世界文学全集』，トパーズプレス，1997年。

山本文雄：『日本的大众传播史』，東海大学出版会1988年増補版。

山本武利等編：『占領期雑誌資料大系　文学編』第五巻，岩波書店，2010年。

山本実彦：『支那』，改造社，1936年。

山本実彦：『支那事変』，改造社，1937年。

山口慎一：『中国札记』，私家版，1958年。

吉川幸次郎：『吉川幸次郎全集』，筑摩書房，1969年。

吉川幸次郎：『支那学の問題』，筑摩書房，1944年。

吉川幸次郎：『中国文学雑談：吉川幸次郎対談集』，朝日新聞社，1977年。

吉川幸次郎：『中国の知恵』，新潮社，1981年。

期刊、报纸

秋草俊一郎：『術語としての「世界文学」』，『文学』2016年第17巻第5号。

秋草俊一郎：『カノンをはかる――「世界文学全集」に見る各国別文学の受容の移り変わり』，『世界文学』2014年第120号。

中国文学研究会：『鹿地亘氏に聴く　中国の文学運動』，『中国文学』1946年第98号。

藤森成吉：『支那を描け！』，『文芸』1936年第4巻第6期。

藤森成吉：『書評続シアチウ物語』，『人民文学』1951年2巻3号。

福島要一：『「太陽は桑乾河を照らす」を読んで』，『人民文学』1951年2巻4号。

古川宏：『新しい人間像をどうえがくか』，『人民文学』1952年3巻12号。

石田卓夫：『外務省文書があきらかにする大内隆雄伝の一節』，『中国研究月報』2007年第61巻第6期。

石原巖徹：『藝州を語る』，『満蒙』1936年第5期。

石原巖徹：『シナツウの反省』，『政界往来』1971年9月。

石原巖徹：『事變後の北京劇界』，『満蒙』1938年第3期。

石原巖徹：『川柳と滿洲』，『満蒙』1937年第8期。

石原巖徹：『天津的支那劇』，『北支那』1939年8月。

石原巖徹：『マルクス主義は仁義と無縁――昔中国にあった害群の馬はいま

は北方で世界平和を乱す』,『政界往来』1972 年第 4 期。

石井素子:『日本における J.-P. サルトルの受容についての一考察:翻訳・出版史の視点から』,『京都大学大学院教育学研究科紀要』2006 年第 52 期。

鹿地亘:『魯迅と語る』,『文芸』1936 年第 4 巻第 5 号。

加納三郎:『満洲文化の為に』,『満洲評論』1941 年第 21 巻第 5 期。

川村湊:『魯迅を読む:「私は人をだましたい」』,『しにか』1996 年 11 月。

木村毅:『蕭伯納在東洋』,『改造』杂志 1933 年 4 月号。

北村謙次郎:『文藝時評』,『満洲行政』1939 年第 6 巻第 11 期。

宮本顕治:『統一戦線とインテリゲンチャ』,『前衛』1949 年第 39 号。

新居格:『現代支那の課題性』,『文芸』1936 年第 4 巻第 6 期。

西田真三郎:『梅は歌舞伎、緑は新派』,『支那劇研究』1925 年第 4 輯。

小田切秀雄:『追问在文学上的战争责任』,『新日本文学』1946 年 6 月号。

岡田英樹、西田勝、西原和海:『「満洲浪曼」をどう評価するか?』,『植民地文化研究』2001 年第 1 期。

岡崎俊夫:『中国の人民文学』,『思想』1951 年第 323 期。

王志松:『翻訳と「満洲文学」:雑誌「満洲浪曼」における大内隆雄の立場』,『越境:日本语文学研究』2014 年第 1 期。

大内隆雄:『満系と家族制度』,『満洲評論』1941 年第 21 巻 18 期。

大内隆雄:『支那関係数書』,『満洲評論』1942 年第 23 巻 4 期。

大内隆雄:『阳春花开时』,『新満洲』1943 年第 5 巻第 8 期。

大内隆雄:『中国文藝文学の展望』,『満洲評論』1932 年第 2 巻第 2 期。

実藤恵秀:『谷柳「蝦球傳」——香港の浮浪児』,『中国語研究』1949 年第 9 期。

柴田昭三:『人民に仕える文学と人民におしつける文学』,『人民文学』1951 年 2 巻 3 号。

島田大輔:『占領期「中華日報」「内外タイムス」の研究:一九四六——一九五三(上)経営と紙面分析』(上),『メディア史研究』2017 年第 41 号。

島田政雄:『一九四二年以後の中国文学』,『世界文学研究』1948 年第 1 期。

島田政雄:『人民作家のおもかげ(3)中国 丁玲』,『人民文学』1951 年 2 巻 1 号。

島田政雄:『文学運動のあたらしい方向』,『人民文学』1951 年 2 巻 3 号。

島田政雄：『魯迅をしのぶ会』,『人民文学』1951 年 2 巻 11 号。

田畑佐和子：『秋山洋子さんを悼む』,『中国女性史研究』2017 年 3 月。

橘樸：『私の方向転換』,『満洲評論』1934 年第 7 巻第 6 期。

田中隆一：『「満洲国民」の創出と在満朝鮮人問題』,『東アジア近代史』2003 年第 6 号。

德永直：『大衆は雑草ではない』,『人民文学』1952 年 3 巻 4 号。

德永直：『小林多喜二と宮本百合子 2』,『人民文学』1952 年 3 巻 3 号。

友常勉：『中国木刻から版画へ——戦後日本の民衆版画運動・序説』,『東京外国語大学論集』2010 年第 80 号。

上原究一：『近代日本における漢文または漢籍の叢書について：その位置付けと盛衰』,『文学』2016 年第 17 巻第 5 号。

山口慎一：『滿洲における民族文化の問題』,『満洲評論』1932 年第 3 巻第 7 期。

山口慎一：『現階段における対植民地政策』,『満洲評論』1932 年第 3 巻第 18 期。

山口慎一：『単一経済と民族自決』,『満洲評論』1932 年第 2 巻第 6 期。

山口慎一：『支那文学の現在と将来』,『満蒙』1927 年第 89 期。

山口慎一：『魯迅とその時代』,『満蒙』1929 年第 129 期。

八住利雄：『〈吼えろ支那〉とプハリン』,『築地小劇場』1929 年第 6 巻第 8 号。

曾嶸：『戦時下の堀田善衞について—「批評」を中心にして』,『阪大比較文学』2009 年第 6 号。

硕博论文

朱琳：『近代日本における知識人の中国認識——中国文学研究会を中心に』,日本東北大学国際文化研究科博士論文,2017 年,未刊。

后 记

　　本书是王尧先生的重大课题"百年来中国文学海外传播研究"的一部分。中国文学在日本传播的历史源远流长,本书所关心的只是近一百年来中国文学在日本的传播情况、日本人对中国文学作品的阅读和接受,以及日本学者对中国文学的研究。不过,本书并未按年代编排,而是将近百年来日本对中国文学的接受和研究分为若干专辑,以凸显其中所隐含的问题。本书尤为关注的几个方面包括学院之外的日本人对中国文学的接受、二战之前日本本土以外的殖民地对中国文学的阅读和翻译,以及现实中的出版资本所推动的对中国文学的译介和研究。本书虽然题为《百年来中国文学海外传播(日语研究卷)》,但实际上它并非一本横贯百年的通史,而是一本分专题的研究著作。

　　本书的编写得到了几位师友的支持。本人撰写了序言和第一、三、五、七、九、十一章,清华大学中文系教授王中忱负责撰写第四、六、十二章,第二、八章由中国人民大学江棘教授撰写,第十章由中国社会科学院外国文学研究所副研究员高华鑫撰写。全书最后由本人统稿。

　　本书的编写工作从2020年冬天开始,历经几个年头。在此期间,本书编写者的个人生活状态都或多或少地发生了一些变化,但不变的是我们对中日文学交流课题的关心以及对从中外文学互动关系中考察中国文学的兴趣。

　　本书的出版得到全国哲学社会科学工作办公室、江苏凤凰教育出版社的大力支持。责任编辑王岚女士为本书的出版付出了辛勤的劳动。在此特表谢意。

清华大学中文系副教授　熊鹰

2024 年 11 月于北京

图书在版编目(CIP)数据

百年来中国文学海外传播.日语研究卷 / 王尧主编；熊鹰本卷主编. -- 南京：江苏凤凰教育出版社，2025.5. -- ISBN 978-7-5743-1813-7

Ⅰ.I206.7；H059

中国国家版本馆 CIP 数据核字第 2025MV9453 号

百年来中国文学海外传播(日语研究卷)

主　　编	王　尧
本卷主编	熊　鹰
策　　划	章俊弟
责任编辑	王　岚
装帧设计	夏晓烨
责任监制	石贤权
出版发行	江苏凤凰教育出版社(南京市湖南路1号A楼)
苏教网址	http://www.1088.com.cn
照　　排	南京理工出版信息技术有限公司
印　　刷	南京爱德印刷有限公司(电话：025-57928000)
厂　　址	南京市江宁区东善桥秣周中路99号(邮编：211153)
开　　本	787毫米×1092毫米　1/16
印　　张	24.5
版　　次	2025年5月第1版
印　　次	2025年5月第1次印刷
书　　号	ISBN 978-7-5743-1813-7
定　　价	128.00元
网店地址	http://jsfhjycbs.tmall.com
公 众 号	苏教服务(微信号：jsfhjyfw)
邮购电话	025-85406265，025-85400774
盗版举报	025-83658579

苏教版图书若有印装错误可向出版社调换